U0633856

教育部人文社会科学研究规划基金项目

项目批准号：13YJA751062

张 军 ◎ 著

台港及海外的中国现代文学史

编撰研究

中国社会科学出版社

图书在版编目（CIP）数据

台港及海外的中国现代文学史编撰研究／张军著．—北京：中国社会
科学出版社，2016.6
　ISBN 978 - 7 - 5161 - 8692 - 3

　Ⅰ.①台…　Ⅱ.①张…　Ⅲ.①中国文学—现代文学史—
编写—研究　Ⅳ.①I209.6

中国版本图书馆 CIP 数据核字（2016）第 182750 号

出 版 人　赵剑英
责任编辑　郭　鹏
责任校对　郝阳洋
责任印制　李寡寡

出　　　版　中国社会科学出版社
社　　　址　北京鼓楼西大街甲 158 号
邮　　　编　100720
网　　　址　http://www.csspw.cn
发 行 部　010 - 84083685
门 市 部　010 - 84029450
经　　　销　新华书店及其他书店

印刷装订　北京君升印刷有限公司
版　　　次　2016 年 6 月第 1 版
印　　　次　2016 年 6 月第 1 次印刷

开　　　本　710×1000　1/16
印　　　张　35
字　　　数　574 千字
定　　　价　128.00 元

凡购买中国社会科学出版社图书，如有质量问题请与本社营销中心联系调换
电话:010 - 84083683
版权所有　侵权必究

目　录

导　　论

第一节　研究现状

文学史研究一直是当代中国学术界的研究热点，如新中国成立后不久学术界就借批斗胡适等实证主义的文学史观而推行唯物主义文学史观，新时期"重写文学史"的理念及实践至今仍然发挥着巨大作用。就文学史编撰史而言，新时期初邢铁华的《中国现代文学史研究述评》[①] 应说具有开创之功，到 20 世纪 90 年代，黄修己的《中国新文学史编纂史》[②] 得以出版，引起学界轰动，由此引发一个研究中国现代文学史编撰的学术方向（笔者在本书中使用"中国现代文学史"这一概念之时，除某些地方特指狭义的中国现代文学史之外，多是一个统称，包括所有的中国现代文学史、中国当代文学史、中国现当代文学史、20 世纪中国文学史、现代中国文学史等）。

其中成果最多的应该是中国现代文学史编撰史研究。胡希东的博士论文《1950—1980 新文学史著作文学史观念研究——以现代派为参照》主要是对 1950—1980 年新文学史著作中所体现出的文学史观念进行研究；罗云峰的博士论文《现代中国文学史书写的历史建构——从清末至抗战前的一个历史考察》对现代文学早期的文学史书写进行了考察；王瑜的博士论文《重审与重构：现代文学史观与中国现代文学史编写问题研究》[③] 也是关注中国现代文学史的编撰。张伟栋的博士论文《李泽厚与现

---

① 邢铁华：《中国现代文学史研究述评》，《文学评论》1983 年第 6 期。
② 黄修己：《中国新文学史编纂史》，北京大学出版社 1995 年版。
③ 王瑜：《重审与重构：现代文学史观与中国现代文学史编写问题研究》，中国社会科学出版社 2014 年版。

代文学史的"重写"》① 研究了李泽厚与现代文学史编撰的关系。很多知名学者出版了学术专著来梳理中国现代文学史的编撰史,并探讨其未来路径。如任天石的《中国现代文学史学发展史》②、黄修己的《中国新文学史编纂史》③、朱德发的《现代文学史书写的理论探索》④、朱德发与贾振勇的《评判与建构:现代中国文学史学》⑤、温儒敏的《文学史的视野》⑥、钱理群的《返观与重构——文学史的研究与写作》⑦ 与《中国现代文学史论》⑧、陈平原的《文学史的形成与建构》⑨、《作为学科的文学史》⑩、《假如没有"文学史"……》⑪、陈国恩的《学科观点与文学史建构》⑫、王泽龙的《反思与重构——中国现代文学史观综论》⑬、朱晓进的《中国现代文学史研究的视阈》⑭、黄万华的《中国和海外 20 世纪汉语文学史论》⑮、陈国球的《文学如何成为知识?——文学批评、文学研究与文学教育》⑯ 等等,这些专著对中国现代文学学科、现代文学史家、文学史著、文学史观以及教育体制等等之间纠缠交错的关系进行了综合探索。徐瑞岳的《中国现代文学研究史纲》⑰、许怀中的《中国现代文学史研究史论》⑱、冯光廉和谭桂林合著的《中国现代文学史研究概论》⑲、黄修己和刘卫国合编的《中国现代文学研究史》⑳ 等在整体观照中国现代文学研

---

① 张伟栋:《李泽厚与现代文学史的"重写"》,江西人民出版社 2012 年版。
② 任天石:《中国现代文学史学发展史》,江苏文艺出版社 2002 年版。
③ 黄修己:《中国新文学史编纂史》,北京大学出版社 1995 年版。
④ 朱德发:《现代文学史书写的理论探索》,山东人民出版社 2010 年版。
⑤ 朱德发、贾振勇:《评判与建构:现代中国文学史学》,山东大学出版社 2002 年版。
⑥ 温儒敏:《文学史的视野》,人民文学出版社 2004 年版。
⑦ 钱理群:《返观与重构——文学史的研究与写作》,上海教育出版社 2000 年版。
⑧ 钱理群:《中国现代文学史论》,广西师范大学出版社 2011 年版。
⑨ 陈平原:《文学史的形成与建构》,广西教育出版社 1999 年版。
⑩ 陈平原:《作为学科的文学史》,北京大学出版社 2011 年版。
⑪ 陈平原:《假如没有"文学史"……》,生活·读书·新知三联书店 2011 年版。
⑫ 陈国恩:《学科观点与文学史建构》,中国社会科学出版社 2012 年版。
⑬ 王泽龙:《反思与重构——中国现代文学史观综论》,新华出版社 2005 年版。
⑭ 朱晓进:《中国现代文学史研究的视阈》,人民文学出版社 2008 年版。
⑮ 黄万华:《中国和海外 20 世纪汉语文学史论》,百花文艺出版社 2006 年版。
⑯ 陈国球:《文学如何成为知识?——文学批评、文学研究与文学教育》,生活·读书·新知三联书店 2013 年版。
⑰ 徐瑞岳:《中国现代文学研究史纲》,江苏教育出版社 2001 年版。
⑱ 许怀中:《中国现代文学史研究史论》,厦门大学出版社 1997 年版。
⑲ 冯光廉、谭桂林:《中国现代文学史研究概论》,南京大学出版社 1995 年版。
⑳ 黄修己、刘卫国:《中国现代文学研究史》,广东人民出版社 2008 年版。

究史、学科史之时，都关注过中国现代文学史学研究。

中国当代文学史编撰史研究近来也日受重视。董乃斌等的《中国文学史学史》① 论及了"当代文学史的产生和发展"。贺桂梅在《中国现当代文学学科概要》② 中将当代文学史编撰置放在当代文学学科发展的框架中考察。王春荣、吴玉杰的《文学史话语权威的确立与发展》讨论了中国文学史学科、研究方法、当代文学史观、文学史家及其经典文学史著等议题，较全面整理了中国当代文学史编撰目录。杨义主编的《中国当代文学研究（1949—2009）》研究了中国当代文学研究史，讨论了当代文学史书写的得与失。还有古远清、席扬等人的论文宏观勾勒了中国当代文学史编撰的发展与变迁情形。笔者的博士论文《中国当代文学史叙述研究》③ 关注的也是中国当代文学史编撰史问题，对中国当代文学史编撰中的史家立场、叙述声部和述史情节进行了理论探讨，并较全面地对中国当代文学史著进行了目录整理。魏崇新、王同坤的《观念的演进：20 世纪中国文学史观》④ 论述了中国当代文学史观。洪子诚《问题与方法：中国当代文学史研究讲稿》⑤ 详细论述了中国当代文学史研究的立场和方法之间的复杂关联。李杨的《文学史写作中的现代性问题》⑥、旷新年的《写在当代文学边上》⑦ 和《文学史视阈的转换》⑧ 等反省了文学史书写的权力话语、范式转换等问题。於可训的《当代文学：建构与阐释》⑨、吴秀明的《中国现当代文学史与生态场》⑩、程光炜的《文学讲稿："八十年代"作为方法》⑪ 和《当代文学的"历史化"》⑫、杨匡汉的《中国当代文

① 董乃斌、陈伯海：《中国文学史学史》，河北人民出版社 2001 年版。

② 温儒敏、李宪瑜、贺桂梅、姜涛：《中国现当代文学学科概要》，北京大学出版社 2005 年版。

③ 张军：《中国当代文学史叙述研究》，中国社会科学出版社 2012 年版。

④ 魏崇新、王同坤：《观念的演进：20 世纪中国文学史观》，西苑出版社 2000 年版。

⑤ 洪子诚：《问题与方法：中国当代文学史研究讲稿》，生活·读书·新知三联书店 2002 年版。

⑥ 李杨《文学史写作中的现代性问题》，山西教育出版社 2006 年版。

⑦ 旷新年：《写在当代文学边上》，上海教育出版社 2005 年版。

⑧ 旷新年：《文学史视阈的转换》，北京大学出版社 2013 年版。

⑨ 於可训：《当代文学：建构与阐释》，武汉大学出版社 2005 年版。

⑩ 吴秀明：《中国现当代文学史与生态场》，中国社会科学出版社 2009 年版。

⑪ 程光炜：《文学讲稿："八十年代"作为方法》，北京大学出版社 2009 年版。

⑫ 程光炜：《当代文学的"历史化"》，北京大学出版社 2011 年版。

学》① 等论及了中国当代文学史的编写模式、文学史概念、时空结构、内容与体例、潜在制约以及发展态势等。

　　以上这些研究成果，关注重心都在国内的中国现代文学史著，对中国台港及海外中国现代文学史编撰进行专门研究的专著基本上还没有，但中国台港学者编撰的中国现代文学史著曾在黄修己、任天石等人的编撰史研究中得以"附录"性研究。中国香港学者陈国球的《文学史书写形态与文化政治》② 探究了不同时代不同类别的中国古代文学史框架，考察过叶辉的中国香港文学史书写。魏崇新、王同坤的《观念的演进：20世纪中国文学史观》③ 涉及林曼叔的中国当代文学史著。古远清的《台湾当代文学理论批评史》④ 将较多中国台湾学人编撰的中国现代文学史著置于文学理论批评史的范围内进行了讨论。这方面的研究在相关的期刊论文和博硕士论文中时常可以见到，特别是夏志清与顾彬的两部文学史著是常被研究的热点，季进、李凤亮等人曾考辨过海外英语国家的中国现代文学史编撰情况，而日本、法国等其他国家的中国现代文学史编撰很少有人涉猎。

　　随着中外文学交流日渐增多，一方面，在中国的很多外国留学生开始注意到他们本国的中国现代文学史编撰情形。来自越南的留学生裴氏翠芳的博士论文《中国现当代文学在越南》介绍过越南学者编撰中国现代文学史的情形。来自韩国的留学生郑英姬的硕士论文《试论韩国的中国现代文学史研究》梳理过韩国的中国现代文学史编撰历史。另一方面，中国学者也开始关注中国现代文学在国外的研究状况。张柠、董外平编的《思想的时差——海外学者论中国当代文学》⑤，钱林森编的《法国汉学家论中国文学：现当代文学》⑥ 等等都是重在收集海外学者研究中国现代文学的单篇论文。彭松的博士论文《欧美现代中国文学研究的向度和张力》、余夏云的博士论文《作为"方法"的海外汉学——以英语世界的中国现代文学研究为例》、刘江凯的博士论文《认同与"延异"——中国当

　　① 杨匡汉：《中国当代文学》，辽宁教育出版社2005年版。

　　② 陈国球：《文学史书写形态与文化政治》，北京大学出版社2004年版。

　　③ 魏崇新、王同坤：《观念的演进：20世纪中国文学史观》，西苑出版社2000年版。

　　④ 古远清：《台湾当代文学理论批评史》，武汉出版社1994年版。

　　⑤ 张柠、董外平：《思想的时差——海外学者论中国当代文学》，北京大学出版社2013年版。

　　⑥ 钱林森：《法国汉学家论中国文学：现当代文学》，外语教学与研究出版社2009年版。

代文学的海外接受》①、刘伟的博士论文《"日本视角"与中国现代文学研究——以竹内好、伊藤虎丸、木山英雄为中心》等等，他们或以海外中国现代文学研究为整体研究对象，重视具体学人、学派的学术思想，或重在中国现代文学在海外的传播和接受，这些研究尽管会涉及个别海外学者编撰的中国现代文学史著，但重心并不在于此。

　　近来国外汉学影响日增，国外汉学史编写也得到重视。保尔—戴密微的《法国汉学研究史》②，吴原元的《隔绝对峙时期的美国中国学（1949—1972）》③，张西平、李雪涛等的《德国汉学：历史、发展、人物与视角》④，马立安·高利克等的《捷克和斯洛伐克汉学研究》⑤，李明滨等的《中国文学俄罗斯传播史》⑥，熊文华的《英国汉学史》⑦、《荷兰汉学史》⑧，严绍璗的《日本中国学史稿》⑨，李庆的《日本汉学史》⑩，何寅、许光华的《国外汉学史》⑪，刘正的《海外汉学研究——汉学在 20 世纪东西方各国研究和发展的历史》⑫，葛兆光的《域外中国学十论》⑬，朱政惠的《美国中国学史研究：海外中国学探讨的理论和实践》⑭，陈君静的《大洋彼岸的回声》⑮，侯且岸的《当代美国的"显学"——美国现代中国学研究》⑯，等等，都为我们展示了国外汉学研究的概貌和发展历程。还有范伯群、朱栋霖主编的《1898—1949 中外文学比较史》⑰、周发祥等主编的《中外文学

①　刘江凯：《认同与"延异"——中国当代文学的海外接受》，北京大学出版社 2012 年版。
②　［法］保尔—戴密微：《法国汉学研究史》，中国社会科学出版社 1998 年版。
③　吴原元：《隔绝对峙时期的美国中国学（1949—1972）》，上海辞书出版社 2008 年版。
④　张西平、李雪涛等：《德国汉学：历史、发展、人物与视角》，大象出版社 2005 年版。
⑤　［捷］马立安·高利克：《捷克和斯洛伐克汉学研究》，学苑出版社 2009 年版。
⑥　李明滨、阎纯德、吴志良：《中国文学俄罗斯传播史》，学苑出版社 2011 年版。
⑦　熊文华：《英国汉学史》，学苑出版社 2007 年版。
⑧　熊文华：《荷兰汉学史》，学苑出版社 2012 年版。
⑨　严绍璗：《日本中国学史稿》，学苑出版社 2009 年版。
⑩　李庆：《日本汉学史》，上海人民出版社 2010 年版。
⑪　何寅、许光华：《国外汉学史》，上海外语教育出版社 2002 年版。
⑫　刘正：《海外汉学研究——汉学在 20 世纪东西方各国研究和发展的历史》，武汉大学出版社 2002 年版。
⑬　葛兆光：《域外中国学十论》，复旦大学出版社 2002 年版。
⑭　朱政惠：《美国中国学史研究：海外中国学探讨的理论和实践》，上海古籍出版社 2004 年版。
⑮　陈君静：《大洋彼岸的回声》，中国社会科学出版社 2003 年版。
⑯　侯且岸：《当代美国的"显学"——美国现代中国学研究》，人民出版社 1995 年版。
⑰　范伯群、朱栋霖：《1898—1949 中外文学比较史》，江苏教育出版社 1993 年版。

交流史》①、李岫、秦林芳主编的《20 世纪中外文学交流史》② 等等注重了中外文学交流史、比较史的梳理。这些研究为我们研究海外学者的中国现代文学史著提供了一个宏阔的学术语境，但它们的关注点同样不在于中国现代文学史编撰。

通过以上研究现状的梳理，我们会发现当下的中国现代文学史编撰史研究还存在以下空间有待深入：（1）中国台港及海外的中国现代文学研究已成为当下研究热点，但他们的文学史编撰还未被作为一个独立整体得以全面研究。（2）大陆中国现代文学史编撰史研究已经获得很大成就，但是中国台港及海外的中国现代文学史编撰没有受到学者的重视，在大陆编撰史论著中很少涉及，只限于期刊论文介绍。以上两点使得中国现代文学史编撰史的整体构筑缺失一重要羽翼。（3）就研究方法而言，期刊论文中介绍单部中国台港及海外的中国现代文学史著较多，但是少以比较视角考察大陆内外中国现代文学史书写的异同与联系，少从中国现代文学史编撰史的链条中去勘定这些文学史著的历史价值。只注意到海外学者对大陆的影响，而大陆的文学史著对海外的影响还有所忽略。

有鉴于此，开展中国台港及海外中国现代文学史编撰研究很有必要。

第二节　研究意义

中国现代文学史编撰引起这么多学者的关注，或许是因为"'文学史'是一门既可爱又可疑的学问"。③ 所谓"文学史"可疑，一方面，固然是指文学的历史已经随着时间流逝，很难将它们一一栩栩如生地再现在我们眼前；另一方面，也是因为文学史的书写是试图用文字来显示过去，这无疑存在媒介的不便性和篇幅的有限性等缺点，这样一来"文学史"研究和书写目的就很难不打折扣地实现，于是"文学史"存在的价值和意义就大为"可疑"了。其实这不仅是"文学史"的"可疑"，甚至是所有人文社会科学的共有"可疑"之处，这也是自然科学攻讦我们常常得手的地方，对此我们只能呼之奈何了。为什么这门学问又是可爱的？陈平原在《假如

---

① 周发祥、李岫：《中外文学交流史》，湖南教育出版社 1999 年版。
② 李岫、秦林芳：《20 世纪中外文学交流史》，河北教育出版社 2001 年版。
③ 陈平原：《假如没有"文学史"……》，生活·读书·新知三联书店 2011 年版，第 44 页。

没有"文学史"……》这篇文章中指出，其可爱在于"成功的文学史研究，必须兼及技术含量、劳动强度、个人趣味、精神境界"①，其研究目的是"以教学实践为杠杆，撬开大门，从缝隙中窥探文学史建构中的若干问题，反省、质疑、重构世人所熟悉的'文学史'图像"②；还在于研究"文学史"，"不仅仅是具体作家作品的评价，甚至也不只是学术思路或文化立场，还包含课程与著述、阅读与训练、学术研究与意识形态、校园与市场等。"③ 正因为这样的研究目的和研究对象，以及研究者个人的趣味和境界的凸显，所以陈平原认为"文学史"是"可爱"的就理所当然了。

同样的道理，陈思和在《新文学整体观续编》的"总序"里也说过："对研究文学的学者来说，文学史是通过文学与社会之间复杂关系的考察来研究文学发展规律、也是一个时代人文精神的流布与发扬的见证，文学史研究是需要摆脱单纯的审美而进入对社会历史变动、政治环境、经济发展以及人文精神演变的综合考察。在文学研究的三大环节中，文学作品的研究对应着审美解读，作家传记的研究对应着知识考辨，而文学史的研究则对应着文学发展规律与知识分子精神史的考察，是一种综合性理论性的整体研究。"④ 而"对研究者的主体而言，学术研究本来就隐晦表达了一种主体快感，在文学作品分析的过程中，主体的快感重在享用与表达自我感受，功能在审美；对文学史知识考辨的过程中，主体的快感来自对新知识以及新意义的发现，功能在求真；而文学史研究面对的则是历史与文学所构成的完整世界，主体的快感疆域要广阔得多，它体现了研究者对历史的积极参与，要求重新陈述历史意义，显现了主体在重新布局并阐释文学的能力，其意义的最高境界是善的理想，而这种追求善和传播善的本能中，主体能够获得极大的满足"。⑤ 陈思和在这里也是从文学史研究的对象、目的以及研究者所获得快感来论及文学史研究的"可爱"的。

尽管由于学术根底和学术水准还远远不能和上述两位学者相提并论，但是他们关于文学史研究的"快感"和"可爱"，笔者在进行中国当代文学史编撰史的博士论文写作时，也曾感同身受。而更多的时候，笔者感到

---

① 陈平原：《假如没有"文学史"……》，生活·读书·新知三联书店 2011 年版，第 50 页。
② 同上书，第 45 页。
③ 同上。
④ 陈思和：《新文学整体观续编》，山东教育出版社 2010 年版，第 4 页。
⑤ 同上书，第 4—5 页。

的是烦闷和"可疑"。烦闷固然是因为阅读一本本类似的文学史著，大同小异，很难有新鲜感而言，"可疑"的是同样时段的文学史在不同的文学史著中有不同的叙述。笔者最后将其命名为《中国当代文学史叙述研究》予以出版，而不是"中国当代文学史编撰史"，其意图就是在说明文学史是一种叙述行为，类似于讲故事。不同的文学史家书写同一时段文学史，就好像不同的人在叙述同样的故事，我们研究他们撰写的文学史著作，就是在比较他们在讲述同一个元故事之时有着什么样的不同。同样的元历史他们用各自不同的故事来予以"虚构"，同样的故事起因、发展、高潮和结局他们还有种种不同的编排，他们各自浓墨重彩地渲染了历史的不同细节。这都会让我们感觉到胡适的话很有道理："实在是我们自己改造过的实在。这个实在里面含有无数人造的分子。实在是一个很服从的女孩子，她百依百顺地由我们替她涂抹起来，装扮起来。好比一块大理石到了我们手里，由我们雕成什么像。"[1] 于是真实的历史面貌在文学史著的宣纸上渐渐洇浸开去，慢慢地模糊而可疑起来。

文学史撰写是"可疑"的认识，始终伴随着笔者在做《二十世纪中国文学史叙述》的博士后出站报告的过程之中。尽管后来笔者为了凸显"现代中国文学整体化历史编撰"的问题意识，而将其改名为"现代中国文学整体化历史编撰研究"予以出版，但是文学史是一种叙述行为是我始终如一的观点。因为众多学者在将中国近、现、当代文学史进行整体化编撰的过程中，即使在最简单的文学史起源问题上就存在如下多种不同的编排："1872"年《申报》创刊说、"1887"年黄遵宪倡导"言文合一"说、"1892"年文学自律说、"1898"年"戊戌变法"开始说或《天演论》发表说、"1900"年20世纪新纪元说、"1912"年中华民国成立说、"1915"年《新青年》创办说、"1917"年文学革命发起说、"1919"年"五四"运动兴起说，等等。[2] 可见我们要寻找到一致认可的文学史编撰是不可能实现的乌托邦幻想，与其如此，不如暂时搁置这一吃力不讨好的苦差事，停下脚步细细欣赏每一本文学史著在叙述历史之时的用心机巧、内在目的和思维模式，在追问文学史叙述了什么的同时，在意于其为什么这样叙述方不失为一种文学史编撰史的研究方法及心态立场。

---

[1]　胡适：《实验主义》，《新青年》1919年第6卷第4号。
[2]　张军：《现代中国文学整体化历史编撰研究》，中国社会科学出版社2015年版。

　　笔者在做博士论文和博士后出站报告之时，都曾设计了一个专门章节来研究台港和海外文学史家撰写的中国现代文学史著。这一意图是使得中国大陆、台港和海外各个地域文学史家编撰的中国现代文学史同时存在，二者互为映照，而历史的"真相"或许就能在二者之间的回环反射之中得以映现。但是由于当时的时间有限，寻找到的台港和海外的文学史编撰还只有几部，远远不能达到上述研究目的。所以，在 2013 年申报教育部人文社科项目之时，笔者就用"台港及海外的中国现代文学史编撰"为题进行申报，后来得以立项，而本书就是该项目的研究成果。

　　本书试图通过分析中国台港及海外学者编撰的中国现代文学史著在文学史内容与体例的特点，披剖文学史家、读者接受、时代思潮等等之间的复杂关系。辨析大陆内外中国现代文学史著的翻译互动情形，将大陆内外的文学史著予以比较，分析它们相互影响之处，大致勾勒出中国台港及海外中国现代文学史编撰发生发展的嬗变规律及文化语境。并希望通过本课题研究，来厘清长期以来被中国大陆中国现代文学史叙述所压制、掩盖和误读的因素，重新审视与梳理中国现代文学史编撰史，使得中国现代文学史学的轮廓得以凸显。从而为大陆中国现代文学史编撰寻找一面镜子，探测出大陆学者研究的盲点，寻求新的学术生长点。当然，这一镜子是双向的，在照射大陆学术研究的同时，也可以透射出中国台港及海外的中国现代文学史编撰也并不是完美无瑕，更重要的是二者亟待相互交流，以达成更多的相互理解。

第三节　研究框架

　　根据对中国现代文学的研究历史与成就，以及对中国大陆的影响，笔者将先研究中国台港地区的中国现代文学史编撰，然后研究海外地区的中国现代文学史编撰。

　　本书第一章主要叙述中国香港的中国现代文学史编撰。中国香港在"二战"结束后仍处于英国殖民之下，其对中国新文学研究及文学史编撰处于不管不问的状态。从 20 世纪 50 年代至 70 年代，中国香港的中国现代文学史编撰出现了繁荣，其中曹聚仁、李辉英、林曼叔、司马长风的中国现代文学史观点鲜明，代表着不同的文学观点和政治立场，他们的中国现代文学史编撰成就至今在中国香港还未有人超过，该章将对他们的文学史著进行细读分析。

第二章主要叙述中国台湾的中国现代文学史编撰。20 世纪 20 年代末，中国台湾的学人叶荣钟在日本留学之时就开始编撰中国新文学史，以借鉴中国大陆文学革命的经验教训去推广中国台湾的新文学运动。但是中国台湾当时处于日本的殖民统治之下，此后相当长一段时间不再有人编撰中国新文学史。第二次世界大战结束之后，中国台湾又回到了国民党的管理中，此时中国台湾当局对中国现代文学，特别是对 20 世纪 30 年代的革命文学实行禁锢封锁的政策，提倡反共的"战斗文学"，这使得中国台湾的中国现代文学研究几乎是空白。直到 20 世纪 70 年代中国台湾"开禁"后，中国现代文学史编撰才异军突起，从此佳作不断。我们将对叶荣钟、葛贤宁、王志健、舒兰、刘心皇、李牧、侯健、周丽丽、尹雪曼、周锦、苏雪林、陈敬之、唐翼明、皮述民、马森等人的文学史著进行研究。

第三章主要叙述日本和韩国的中国现代文学史编撰。从中国现代文学诞生至今，日本学者对其就一直关注。日本第一代中国现代文学研究者主要是大学院校之外的人士，如竹内好等人，文学史编撰不受重视。日本第二代、第三代中国现代文学研究者主要是大学教授，这时文学史编撰已经是斐然成风。笔者将介绍伊藤虎丸、丸山升、藤井省三、濑户宏等人的中国现代文学史著。韩国中国现代文学研究及文学史编撰在 20 世纪 90 年代之后迎来了一个快速发展阶段，我们将以金时俊为代表对韩国的中国现代文学史编撰情况有个大致了解。

第四章我们将讨论英语国家的中国现代文学史著，这以美国学者为主。美国中国现代文学研究经历了以夏志清、李欧梵、王德威为代表的三代学者。这些学者编撰的中国现代文学史较为少见，他们更多重在零散化的专题史建设。这些专题史的研究视角独特，体系不同一般，对中国大陆现代文学史编撰影响较大。他们在中国文学通史的编撰中将中国现代文学史作为一个重要部分予以书写，我们将对其进行考察。这里主要介绍夏志清、李欧梵、王德威、罗福林、耿德华、安敏成、史书美、奚密等人的文学史编撰，以及《哥伦比亚中国文学史》和《剑桥中国文学史》中的中国现代文学史编撰。而澳大利亚杜博尼、雷金庆合著的《二十世纪中国文学》也将成为该章的研究对象。

第五章我们将探讨欧洲国家的中国现代文学史编撰。法国、德国、捷克、俄罗斯的中国现代文学研究开始比较早，而且也有较多的文学史著。

这里我们选取善秉仁、文宝峰、明兴礼、高利克、顾彬等人有代表性的文学史著来探讨。

除了上述涉及的国家地区之外，其实还有越南、瑞典、加拿大等国家的中国现代文学史编撰，但总的来说，影响还不是很大，这里暂时不予提及。

第六章我们将对"全球化"的中国现代文学研究及文学史编撰格局进行探讨，以此来对本著进行结论。通过对中国台港及海外的中国现代文学史编撰进行梳理，我们发现全球的中国现代文学研究及文学史编撰正在由原来的相互隔离，演变成当下联系日益紧密的形态。笔者认为中国本土的研究者在这种研究格局中应该有所坚守——加强资料库的建设，将中国当代文学及时历史化，建构有中国特色的述史情节等——避免形成紧跟国外研究的被动局面。同时，笔者认为在这种"全球化"的研究业态中，所有研究人员都应该以一种宽容理解的立场姿态来进行研究，这种理解不仅应是对中国文学的理解，也包含对中国政治的理解。只有这样的"全球化"的中国现代文学研究及文学史编撰才会在坚持各自主体性的前提下，形成多种学派竞荣并存、相互促进的良好学术生态。

总之，中国台港及海外中国现代文学史编撰在研究方法、历史分期、述史情节、中外文学比较以及作家作品解读上创见颇多。但是这些文学史著也存有不容忽视的缺陷，例如历史资料错误较多、作家作品存在过度阐释等等。更有一些学者持有的文化、政治的"优越感"影响了他们的学术判断力。必须明白他们的学术研究不是为了中国大陆政治、文化服务，我们看到他们的"异"，是为了廓开我们的视野，并不是让我们放弃自我，去追求与他们的"同"。也不需要他们和我们"同"，我们应在彼此交流中得以比较文化的批判性研究，从而获得更充沛的发展动力。另外，为了让更多的面向、更多的认知相互激荡，建构出一个复杂多元、众声喧哗的中国现代文学史编撰的全新视景，我们不仅应该大力引进其他地区的中国现代文学史书写，更应该大力输出我们的中国现代文学史著，扩大我们的文学史话语权，不然就会在他者的地区丧失了我们自己的文学历史的叙述权力。

第一章　中国香港的中国现代
文学史编撰

第一节　概述

　　由于中国香港长期处于殖民状态，与中国大陆隔离时间较长，它的中国现代文学研究与大陆很不一样，因而具有自己独特的前进轨迹，现在我们对其进行简略的概述。[①]

　　中国大陆的中国现代文学研究是伴随着其产生而产生的，而中国香港的中国现代文学研究在1949年之后才有所草创。在20世纪50年代，中国香港出现了主要由美国支援的美援文化，相关出版社大致有亚洲出版社、友联出版社等。这两大出版社出版了许多攻击中共文艺政策和文艺作品的著作。亚洲出版社出版的有徐訏的《在文艺思想与文化政策中》（1954年），史剑（马彬）的《郭沫若批判》（1954年），李文的《当代中国自由文艺》（1955年）、孙旗的《论中国文艺的方向》（1956年）。丁淼不仅在亚洲出版社出版了三本攻击中共文艺的著作：《中共文艺总批判》（1954年）、《中共统战戏剧》（1954年）、《中共工农兵文艺》（1955年），还在新世纪出版社出版了《评中共文艺代表作》。而友联出版社出版的主要有赵聪的《中共的文艺工作》（1955年）、《大陆文坛风景画》（1958年），等等。这些反共文艺论著主要是为"反共抗俄"文艺运动提供理论依据，现在看来并无多少学理性。此时唯有曹聚仁、李辉英等人的工作，值得我们关注。曹聚仁有《现代文艺手册》（1952年）、《中国近百年史话》（1953年）等论著和资料汇辑问世，他的代表成果主要是香港

---

　　① 参见杨洪承《香港中国现代文学研究综述》，《山东师大学报》（社会科学版）1986年第3期；古远清《香港当代文学批评史》，湖北教育出版社1997年版。

新文化出版社的《文坛五十年》（正续两集）（1955 年）和香港世界出版社印行的《鲁迅评传》（1956 年）。李辉英此时应《南洋商报》副刊"商余"之约，以"方可"之名开始书写中国现代文学初期的历史，这些文章后来集中成书命名为《中国新文学廿年》，1957 年由香港世界出版社印行，署名为林莽。在反共的右翼文艺论著甚嚣尘上之时，曹聚仁、李辉英为我们留下了珍贵的中国现代文学史著，他们为中国香港的中国现代文学研究及文学史编撰开创了学科基础。

　　自 20 世纪 60 年代开始，中国香港的美援文化衰退，中国现代文学研究日渐发展。李英豪的《批评的视觉》① 是中国香港文学评论史上首次出现的现代主义文学评论集②。曹聚仁的中国现代文学研究有了进一步收获，此时他编出了《现代中国报告文学选甲、乙编》（1963 年香港三育图书文具公司版），其中既有作品选，还有他研究报告文学的论文。香港三育出版公司又出版了他的《鲁迅评传》的姊妹篇《鲁迅年谱》（1967 年）。友联出版公司出版了赵聪的《文坛泥爪》（后改名为《五四文坛点滴》，1964 年），此书后来在中国台湾也有翻印。余思牧是中国现代作家研究的新秀，他在鲁迅、巴金和冰心研究方面卓有成就，在侨光出版社出版了《鲁迅杰作论析》（1961 年）、《巴金杰作论析》（1961 年）、《冰心杰作论析》（1961 年），最能显示他研究水平的应该是南国出版社出版的《作家巴金》（1964 年）。该著结合巴金的生平对其作品进行解读，是继曹聚仁《鲁迅评传》后又一部有分量的现代作家论著作，也是当时国内外少有的系统研究巴金的学术专著。

　　1967 年秋季香港中文大学联合书院中文系正式决定开设"中国新文学史"课程，这是中国香港中国现代文学研究开始正规化的主要标志。这不仅意味着中国现代文学在香港大学开始作为一门学科得到了重视，而且为中国香港中国现代文学研究扩充人员、壮大队伍提供了契机。自此之后，中国香港的中国现代文学研究在资料整理上取得了长足发展，例如出现了香港中文大学联合书院图书馆编的《中国现代戏剧图书目录》等等，其中最显著的成就是 20 世纪 60 年代末由香港文学研究社出版部编印出版的《中国新文学大系·续编》十大卷本。这个"大系"较系统地整理、

①　李英豪：《批评的视觉》，文星书店 1966 年版。
②　古远清：《香港当代文学批评史》，湖北教育出版社 1997 年版，第 62—63 页。

搜集了新文学第二个十年（1927—1937 年）间的文学运动的史料和各种体裁的代表作品。这种编撰意图与编撰体例，在 1935—1936 年由赵家璧主编、上海良友图书印刷公司出版的《中国新文学大系》的基础上，有所延续又有所更新。《中国新文学大系·续编》为中国香港的中国现代文学研究界提供了基本的研究对象、研究资料和学术范畴，为其健康发展奠定了坚实的基础。这个大系的编撰是整个中国现代文学研究界了不起的成就，因为其比中国大陆 20 世纪 80 年代的《中国新文学大系》第二辑早了很多年。

在 20 世纪 70 年代，中国香港的中国现代文学研究有了长足的进步。

第一是在学科工具书上，此时友联社出版了黄俊东所著的《现代中国作家剪影》（1972 年）和赵聪著的《中国现代作家列传》（1975 年），张曼仪、黄继持、黄俊东、吉兆申、余丹、文世昌、李浩昌、吴振明八人合编了《现代中国诗选（1917—1949）》[①]（1974 年），波文书局出版了李立明所著的《中国现代六百作家小传》（1977 年）、《中国现代六百作家资料索引》（1978 年）、《现代中国作家评传》（共 4 册，分别于 1979 年、1980 年、1981 年、1982 年出版）等等。《现代中国作家评传》中每位作家的评传，大体分为"生平概述"、"文学活动述略"、"著作评介"三个步骤，介绍非常完整，在中国香港影响深远。龙门书店还翻印了苏雪林、善秉仁、赵燕声合编的《当代中国小说戏剧一千三百种提要》等等。众多的现代作家传略和创作目录，表明中国香港的中国现代文学研究在工具书整理收集方面取得可观成就，但由于他们身处中国香港，远离大陆，而且他们原多不是中国现代文学的核心成员，所以在资料的准确性和全面性方面存在不少缺陷。

第二是在掌故类方面取得了丰收。代表作有三育出版的曹聚仁的《我与我的世界》（1972 年），由文学研究出版社出版的李辉英的《三言二语》（1975 年），司马长风由昭明出版社出版的《新文学丛谈》（1975 年）等等。这类书主要是读书杂志、书话、书信往来、文人生活、书店业务等史料性的读物，它多由当事人提供，对于中国现代文学研究具有参考意义。20 世纪六七十年代中国香港学者如此重视中国现代文学中的作

---

① 张曼仪、黄继持等：《现代中国诗选（1917—1949）》，香港大学出版社、香港中文大学出版部 1974 年版。

家作品，一方面如前述是因为中国现代文学史开始进入到中国香港的大学教育体系；另一方面也因为此时的大陆正在进行的、持续不断的政治运动将大量的现代作家打成"右派"，乃至"牛鬼蛇神"，而中国台湾方面又对那些留在大陆惨遭迫害的作家幸灾乐祸，中国香港的研究者们眼看这些作家遭受到的种种不幸，于是开始收集他们的资料，并予以出版，以恢复他们的名声，指出他们的贡献。也正是这一点，足见中国香港的中国现代文学研究走出了政治意识形态的拘囿，开始了历史真实、文学艺术规律的自由探寻。

在 20 世纪 70 年代中国香港的中国现代文学研究取得的第三个成就是作家作品的出版和研究颇有斩获。首先是鲁迅研究获得了最新进展。雅典美术印刷公司再版了张向天在内地初版的《鲁迅旧诗笺注》（1972 年），此后陆续出版《鲁迅作品学习札记》（1975 年）、《鲁迅诗文生活杂谈》（1977 年）、《鲁迅日记书信诗稿札记》（1979 年）等书，张向天是继曹聚仁之后的中国香港鲁迅研究专家，他应是第一位系统收集、考证并研究鲁迅旧诗的学者。黄蒙田由大光出版公司印行的《鲁迅与美术》第一、二集，比较系统地介绍了鲁迅与中国现代新兴木刻运动，以及和美术家交往的活动。香港广宇出版社出版了丹苗的《鲁迅著作初探》（1975 年）。达道图书印刷出版了楼一丁的《鲁迅：其人，其事，及其时代》（1978 年），该书寻求鲁迅与托派、鲁迅文艺思想与托洛斯基文艺观之间的关系，一些地方曲解了鲁迅。天地出版公司出版了璧华编著的《鲁迅与梁实秋论战文选》（1979 年），该书几乎辑录了鲁迅与梁实秋论战的全部文章、卷首导言还介绍了双方论战的内容、性质及双方观点。此外还有东瑞（即黄东涛）的《鲁迅〈故事新编〉浅释》。[①] 可见此时的鲁迅研究已经由单一的作品、生平研究向多方面多层次演进，由此一个多元性的鲁迅形象开始在中国香港研究界确立。其次是较多作家作品研究的专著得以出版。刘绍铭的《曹禺论》[②] 全书由四篇论文组成，将曹禺的创作和西方文学经典进行了比较式研究。胡金铨的《老舍和他的作品》[③] 共分 26 个部分，从老舍的童年写到抗战时期，不仅注意到老舍所受到的家庭环境的培育，还注重到

---

① 东瑞：《鲁迅〈故事新编〉浅释》，中流出版社 1979 年版。
② 刘绍铭：《曹禺论》，文艺书屋 1970 年版。
③ 胡金铨：《老舍和他的作品》，文化生活出版社 1977 年版。

时代、民族、社会对其所造成的影响。黄东涛的《老舍小识》① 从作家创作的角度来论述老舍，很多地方发人深省。刘以鬯所著的《端木蕻良论》② 应是研究端木蕻良的第一部专著，其分析了端木蕻良小说中的人物形象、写作风格，并以此阐说了自己的小说观。梁锡华所著的《徐志摩新传》③ 尽管在台北出版，但是梁锡华当时正在中国香港任教，应该算是中国香港的中国现代文学研究著作。黄南翔的《当代中国大陆作家评介》④ 评介了 30 多位大陆有代表性的作家。当时的中国香港、中国台湾对中国大陆当代文学成就并不热心，评价也不高，但是黄南翔对此却不遗余力，很是不易。此外还有林曼叔著的《闻一多研究》⑤，叶如新的《现代中国作家选论》⑥ 等等。最后，很多中国现代作家的作品在中国香港得以出版。香港文学研究社共出两套"丛书"：其一是梅子主编的《中国现代文选丛书》，收有丁玲、巴金、鲁迅、冯至等六十二位现代作家选集。其二是刘以鬯主编的《中国新文学丛书》，这部"丛书"收集作品侧重于散文、杂文类，但中间也有几部研究性专著。香港世界出版社出版的《中国现代文学丛书》则包括了作家作品选和研究专著两类。香港三联书店与内地人民文学出版社联合编辑出版了《中国现代作家选集》，也包括研究资料和论文。中国香港此时在作家作品的研究和出版上都取得不错的业绩，正透露了此一时段中国香港的中国现代文学研究队伍正在扩大。

20 世纪 70 年代中国香港中国现代文学研究的第四个成就是新文学史编撰获得突破。文学研究社出版了李辉英的《中国现代文学史》（1970年），这是他在香港中文大学教学讲义的整理出版。这时期最有影响、至今还颇受重视的文学史，要数昭明出版公司出版的司马长风的《中国新文学史》（上、中、下），其在文学史的系统性、开创性、学术性、客观性上明显胜过以往及后世许多同类专著。林曼叔等人合著的《中国当代文学史稿（1949—1965 大陆部分）》⑦ 在 1978 年出版。该书虽说注明的

①　黄东涛：《老舍小识》，世界出版社 1979 年版。

②　刘以鬯：《端木蕻良论》，世界出版社 1977 年版。

③　梁锡华：《徐志摩新传》，台北联经出版事业公司 1979 年版。

④　黄南翔：《当代中国大陆作家评介》，高原出版社 1979 年版。

⑤　林曼叔：《闻一多研究》，新源出版社 1974 年版。

⑥　叶如新：《现代中国作家选论》，海洋文艺社 1976 年版。

⑦　林曼叔等：《中国当代文学史稿（1949—1965 大陆部分）》，巴黎第七大学东亚出版中心 1978 年版。

是巴黎第七大学东亚出版中心出版，但实际上此书编写与出版都在中国香港，只不过由前者提供了经费。后来万源图书出版公司出版了于蕾编著的《中国新文学思潮》（1979 年），这部专著中十四篇文章是关于中国现代文学史的十四个专题论文，涉及新文学思潮多个论题。

可见 20 世纪 70 年代在中国香港形成了一种中国现代文学研究的热潮，在资料整理、工具书编写、作家作品研究出版和文学史编撰诸方面都获得了很大成就。这为中国香港后来的中国现代文学史研究奠定了雄厚的基础，而这一时段恰恰是中国大陆、中国台湾地区中国现代文学研究处于低潮停滞时期，而此时中国香港的中国现代文学研究的异军突起在中国现代文学研究史上意义不可估量。

进入 20 世纪 80 年代之后，随着中英围绕中国香港回归祖国的谈判相继举行，中国香港民众开始对中国香港的命运前途有了前所未有的关注，文学创作及研究界也开始关注中国香港文学自身的特性。首先是一系列关于中国香港文学特质的座谈会、演讲、讲座、研讨会的召开，还有各种刊物的"香港文学回顾"和"香港作家专辑讨论"。其次，较多的中国香港文学批评集及研究专著得以出版。例如黄维樑的《香港文学初探》①《香港文学再探》②，卢玮銮的《香港的忧郁——文人笔下的香港（1925—1941 年）》③ 等等。这些专著使得中国香港文学研究进入到了学理性探讨层面，确认了中国香港文学的价值，使得其在学界获得了学科知识的建构。再次是专门研究中国香港文学的学术机构得以设立、相关评论刊物予以创建。如香港中文大学设立了由黄维樑负责的"香港文学研究室"，香港岭南学院成立了"现代中文文学研究中心"，此后陆续有《博益月刊》（1987—1989 年）、《读书人》（1995—1997 年）、《香江文坛》（2002—2005 年）等专事评论、创作的刊物。最后，中国香港文学的性质、定义、特点得到了基础性的概念厘清。例如中国香港文学研究者们先后探讨了什么是中国香港文学、中国香港作家的定义、中国香港文学的出路、专栏文章的地位、通俗文学与都市文化、"九七"回归与中国香港文学的本土化、后殖民语境中中国香港的文化身份、中国香港诗坛有否主流、中国香

---

① 黄维樑：《香港文学初探》，中国友谊出版公司 1987 年版。
② 黄维樑：《香港文学再探》，香江出版有限公司 1996 年版。
③ 卢玮銮：《香港的忧郁——文人笔下的香港（1925--1941 年）》，华风书局 1983 年版。

港文学研究等问题，推动了中国香港文学在理论批评方面的发展。①

　　尽管 20 世纪 80 年代之后，中国香港文学成为了香港本地研究者关注的重心，但是在传统的中国现代文学研究方面还是有新的发展。在资料方面进行了查缺补遗，如陈炳良出版了《鲁迅日记人名索引》②，梁锡华出版了系列研究新月派作家的史料集：《徐志摩诗文补遗》③《闻一多诸作家遗佚诗文集》④《胡适秘藏书信选》⑤《续爱眉小札》⑥，等等。作家作品选也继续被编选，如郑树森的《现代中国小说选》⑦，璧华编的《中国现代抒情诗 100 首》⑧，璧华和杨零合编的《崛起的诗群——中国当代朦胧诗与诗论选集》⑨，璧华和国良合编的《性苦闷者的独白——中国突破性描写禁区小说汇编》⑩ 等。作家作品分析研究上也得以开拓前进，如彦火的《当代中国作家风貌》⑪《当代中国作家风貌续编》⑫，论及了几十位中国现代作家。丁平的《中国现代文学作家论》（卷一·上册）⑬ 评介了覃子豪、余光中、颜元叔、周梦蝶、老舍、彭歌、胡品清、周作人、茅盾、曹禺等作家及作品，其将海峡两岸的作家放置在一起分析与众不同。刘达文的《中国文学新潮（1976—1987）》⑭，勾勒了大陆新时期文学的发展态势，简介了刘心武、张贤亮、韩少功等人的创作特点。庄柔玉所著的《中国当代朦胧诗研究——从困境到求索》⑮ 共分十章，介绍朦胧诗的发生发展与意义求索，并分析了江河、北岛、杨炼、舒婷、顾城等人的诗歌

　　① 参见计红芳《从大陆性到香港性——香港文学理论批评的发展演变》，《广东教育学院学报》2007 年第 1 期。

　　② 陈炳良：《鲁迅日记人名索引》，香港大学亚洲研究中心 1981 年版。

　　③ 梁锡华：《徐志摩诗文补遗》，时报出版公司 1980 年版。

　　④ 梁锡华：《闻一多诸作家遗佚诗文集》，香港文学研究社 1980 年版。

　　⑤ 梁锡华：《胡适秘藏书信选》，远景出版公司 1982 年版。

　　⑥ 梁锡华：《续爱眉小札》，远景出版公司 1983 年版。

　　⑦ 郑树森：《现代中国小说选》（4 册），洪范书店 1989 年版。

　　⑧ 璧华：《中国现代抒情诗 100 首》，天地图书有限公司 1980 年版。

　　⑨ 璧华、杨零：《崛起的诗群——中国当代朦胧诗与诗论选集》，当代文学研究社 1984 年版。

　　⑩ 璧华、国良：《性苦闷者的独白——中国突破性描写禁区小说汇编》，当代文学研究社 1986 年版。

　　⑪ 彦火：《当代中国作家风貌》，昭明出版公司 1980 年版。

　　⑫ 彦火：《当代中国作家风貌续编》，昭明出版公司 1984 年版。

　　⑬ 丁平：《中国现代文学作家论》（卷一·上册），明明出版社 1986 年版。

　　⑭ 刘达文：《中国文学新潮（1976—1987）》，当代文艺出版社 1988 年版。

　　⑮ 庄柔玉：《中国当代朦胧诗研究——从困境到求索》，大安出版社 1993 年版。

特点。张曼仪的《卞之琳的著译研究》① 不仅在史料上掌握得非常丰富，而且论述非常精到。黎活仁的《现代中国文学的时间观与空间观》② 对鲁迅、何其芳、施蛰存及其他散文诗作家用精神分析法和时空意识进行了洞察。还有陈炳良的《张爱玲短篇小说论集》③《鲁迅研究平议》④《中国现代文学与自我》⑤，王宏志的《思想激流下的中国命运——鲁迅与"左联"》⑥《文学与政治之间——鲁迅·新月·文学史》⑦，等等。从已有成果来看，此时香港的中国现代文学研究开始关注到中国大陆当代文学，而且对中国现代文学作家作品开始了专题性研究，但遗憾的是再也没有见到新的学人编撰中国现代文学史著。

综上所述，自 20 世纪五六十年代开始，中国香港中国现代文学研究逐步向前迈进，尤其在 20 世纪 70 年代取得了十分可喜的成就。从 20 世纪 80 年代开始，中国香港学者尽管也会适当旁及中国大陆的文学评介，但研究本土的文学成为了中国香港学界的中心，他们对中国现代文学的研究也进入到稳定的学术发展层面。这种研究态势的发展自然由其地理位置、政治局势、文学研究队伍、文学消费市场等综合因素所决定。我们这里主要分析曹聚仁、林曼叔、李辉英、司马长风等人编撰的中国现代文学史著。

第二节　曹聚仁于十字街头的文学史建构

曹聚仁（1900—1972 年），本是浙江省浦江县南乡蒋畈村（今属浙江兰溪市）人。一生辗转于新闻报界，在多家媒体杂志上撰稿写作，还有不少学术研究著作。香港世界出版社 1955 年初版了他的《文坛五十年》（正编），香港新文化出版社 1954 年初版《文坛五十年》（续编），笔者这里论及的是《文坛五十年》（正编 续编）。⑧

① 张曼仪：《卞之琳的著译研究》，香港大学中文系 1989 年版。
② 黎活仁：《现代中国文学的时间观与空间观》，业强出版社 1993 年版。
③ 陈炳良：《张爱玲短篇小说论集》，远景出版公司 1983 年版。
④ 陈炳良：《鲁迅研究平议》，香港三联书店 1993 年版。
⑤ 陈炳良：《中国现代文学与自我》，岭南学院中文系 1994 年版。
⑥ 王宏志：《思想激流下的中国命运——鲁迅与"左联"》，风云时代出版公司 1991 年版。
⑦ 王宏志：《文学与政治之间——鲁迅·新月·文学史》，东大图书公司 1994 年版。
⑧ 曹聚仁：《文坛五十年》（正编 续编），生活·读书·新知三联书店 2010 年版。

古远清曾说："曹聚仁于 1955 年来中国香港后不久，分别出版了《文坛五十年》正、续编。这可能是中国香港文学评论家对中国现代文学发展进行历史考查的最初尝试。"① 这句话真实展示了曹聚仁的文学史在中国香港中国现代文学界的特殊地位，笔者是认同的。但古远清继续介绍说，"不过在五十年代……就是说在大陆开始建设'中国现代文学史'这门学科的时候，香港限于历史条件和研究力量，未能作出相对的回应。"② 这段话，笔者并不认同，因为曹聚仁的意图虽不是明确建设"中国现代文学史"这门学科，但实际上却是这门学科的前声，而且曹聚仁的这两部文学史正是对大陆文学史著的"相对的回应"。

一　框架似无实有

《文坛五十年》这两部书为什么不能视为正规的文学史，首先是与它的框架体例有关。这两部书的框架体例给人感觉是为报刊专栏的连载而写，每篇的标题似乎都非常凌乱随意，没有逻辑性，不似正规的文学史教材那样有编、章、节的体例目录。但如果我们认真审视这些章节会发现，它的逻辑框架似无实有，只不过需要我们细细厘清。

我们来看正编：

正编首先是"引言"，简述自己写作目的等等。

然后包含各篇文章的组成，依次为"年轻时代的上海"、"一个刘姥姥的话"、"桐城派义法"、"启蒙"、"报章文学"、"江西诗派"、"新体诗"、"《人境庐诗草》"、"译诗与诗境"、"新小说"、"新戏曲"、"梁启超"、"晚清"、"民初"、"'五四'的前夜"，这十五个篇章介绍的是晚清民初的文坛情形。

然后又依次叙述"《新青年》"、"五四运动"、"新文化运动"、"新文学运动"、"真假王敬轩"、"《尝试集》"、"新诗"、"小说的兴起"、"小品散文"、"《觉悟》与《学灯》"、"《北晨》与《京报》"、"《语丝》与《现代评论》"、"文学研究会"、"创造社"、"胡适与鲁迅"、"王国维与郭沫若"、"章太炎与周作人"、"杜威与泰戈尔"十八个篇目，这书写的是

① 古远清：《李辉英："中国现代文学史"学科在香港的开拓者》，《贵州社会科学》1996 年第 3 期。

② 同上。

中国现代文学的第一个十年，"五四"文学时期。

接下来我们看《续集》：

首先是"前记：我在上海的日子"，仍然介绍自己写作《续集》的写作缘由。

随后依次为"革命的浪花"、"《学衡》与后《甲寅》"、"鲁迅在上海"、"话剧之成长"、"新诗的进步"、"写实主义的小说（上）"、"写实主义的小说（下）、"言志派的兴起"、"《人间世》与《太白》、《芒种》"、"'大众语'运动"、"报告文学"、"戏剧的新阶段"十二个篇幅，这里叙述的是20世纪30年代文学情形，是中国现代文学的第二个十年。

接下来依次书写"战争来了"、"战场上的文学"、"抗战与诗歌"、"几个诗人与作品"、"离乱中的小说"、"抗战戏剧与新歌剧（上）"、"抗战戏剧与新歌剧（下）"、"小品散文的新气息"、"文艺批评之新光"九个篇章，这书写的是中国现代文学的第三个十年，即20世纪40年代的文学。

最后是"史料述评"，这是对当时的中国现代文学史资料的一个评价，也是曹聚仁对自己的写作态度做进一步总结，类似于整个文学史的后记。

经过简单整理，我们就会发现曹聚仁的《文坛五十年》整体上有着自己的通盘考虑。其正编主要写的是晚清民初及"五四"时期的文学，大致讨论的是新文学从旧文学发展而来，逐渐地成熟。而《续集》论述的是20世纪三四十年代文学，这是中国新文学的演进。其以"革命的浪花"暗示了20世纪30年代的文艺关键词为"革命"，而后又以"战争来了"表明20世纪40年代的文艺关键词为"战争"。在具体篇什上我们还会发现，曹聚仁在每个时代之先都是介绍该时期的文艺概貌、文学、文化思潮，然后以通常的文体进行分类叙说，即分别介绍小说、诗歌、散文和戏剧，其间夹以重要的文学大家、报纸杂志与文艺社团，依此将五十年文坛情形书写完整。

所以，我们说曹聚仁的文学史看似凌乱，实际上却有自己的章法，他自己曾是记者，善于通讯报道和专栏写作，所以他的文学史体例更多类似于报纸专栏体例。他不是在大学讲堂上讲授文学史，所以也就不是大学教授们正统的文学史体例。也正是这种体例，使得他完成了适合他自己的文学史书写，从而也带来了他个人的文学史风格。

二　从晚清说起

1949 年之后，中国大陆学界在中国共产党的领导下，中国新文学史成为大学中文系的主干课程，按照《新民主主义论》的观点，其被认定为新民主主义文学，其后又被命名为中国现代文学。在这之前的近代文学被认定为旧民主主义文学，新中国之后的文学被认定为社会主义文学，这三种文学有着不同的分期和性质，并且在价值评判中呈现为步步升高的序列。所以在中国大陆学者编撰的中国现代文学史中，近代文学、现代文学、当代文学都不再编撰为一起，而是各自单独编撰。

但是，曹聚仁对此并不认可，其仍旧从中国近代文学说起，并将其与中国现代文学编撰在一起，而其书的名称就为《文坛五十年》，可见他并不认为这五十年可以划分为中国近代文学与中国现代文学两种不同的文学性质。曹聚仁不借鉴王瑶的文学史观点，不是说他没有见过王瑶的《中国新文学史稿》，恰恰相反，该文学史多次谈到王瑶的著作，有时并对其予以批评，甚至反其意而行之。曹聚仁从近代文学说起，实际上就是坚持了中国现代文学的渐进性，其详细阐明了中国文学从旧到新的过渡性，也即分别从语言、散文、诗歌、小说与戏曲等各方面来论说旧文学向新文学的转换。

因为强调语言的变革，于是吴稚晖的文学史意义得到了强调，曹聚仁将吴稚晖形容成《红楼梦》中的刘姥姥，将其放在首位论述。他认为"吴先生乃是阳湖派的异军，他兼有刑名家之长，而气势过之"①，但他作文的内容则开始质疑中国传统，其创作的《何典》"乃是一部敢于在孔老二的神位前翻筋斗的奇书；作者的见解，能否跳出儒者思想的掌心，又作别论"。但是"他的笔法，乃是糅合俗语与经典、村言与辞赋为一炉的创格"。② 曹聚仁对其在白话文运动中的贡献很为高看，他指出："吴老先生，从清末以来，一直是国语运动的领导者；1913 年，主持读音统一会，审订了注音符号，到后来提倡拼音文字；他说国语文学，那还是士大夫所穿的皮鞋，为了一般种田人着想，用国音符号拼方音，那才是走泥路的草鞋。他是一个最了解民间文学的新文学家，他叫我不要让别人牵着鼻子

---

① 曹聚仁：《文坛五十年》（正编 续编），生活·读书·新知三联书店 2010 年版，第12 页。
② 同上书，第 13 页。

走，他是东方的伏尔泰。"① "我们从吴先生的一生，看到了启蒙运动以来的时代趋向，也从他的言论中，体会到新文化运动的基本精神。"②

曹聚仁认为现代散文的起源要说到桐城派，新诗则要说到江西诗派（宋诗），这才"是从源流上顺着说来，可以把来龙去脉看得比较清楚一些了"。③ 其在"桐城派义法"中将桐城派的渊源进行了梳理，指出桐城派的"义法"就是"言之有序，言之有物"八个大字。"何谓'有序'？此中包括词语的选择和排列的功夫。"④ "所谓'言之有物'这个'物'字，本来应该包括'抒情'、'叙事'、'写景'、'说理'各方面来说的。"⑤ 接下来曹聚仁就从桐城派自身发展来看晚清严复和林纾的文学史贡献。他认为桐城派的古文拙于说理，但自从严复翻译《天演论》之后，桐城派文人有了贯乎天人的见解，于是"超韩欧，迈董贾，而和李耳去分庭抗礼了"。⑥ "桐城派祖师最讨厌吴越间遗老杂以小说的放肆文笔"，而林纾"这位桐城派后裔，居然能领会小说的佳境与意义，予以光大，也是桐城派古文的最大成就"。⑦ 曹聚仁以桐城派为例不仅说明古文自身开始了变革，而且说明这些古文家自身也认识到"古今词语的流变和古今文法的异同；因此，他们知道语文顺乎时代，乃是必然的趋势"，而康有为、谭嗣同、黄遵宪、梁启超、章太炎、章士钊等人的主张和实践尽管"几乎将桐城派的义法樊篱扫荡掉了"⑧，但从另一方面看，这些主张和实践都是对"言之有物"和"言之有序"的补充和实践。曹聚仁的这种认识比我们当下所认为的桐城派衰旧得一无可取要辩证一些，他自己作为作家、记者和学者能看清文学革命的根本目的就是桐城派所倡导的"言之有物"和"言之有序"，文学革命不是革的这个基本原则的命，而是"序"和"物"的具体所指，而这八个大字则始终是为文为学的根本。

梁启超的"新文体"在古文向现代白话文过渡中的重要意义，在当

---

① 曹聚仁：《文坛五十年》（正编 续编），生活·读书·新知三联书店 2010 年版，第 13—14 页。
② 同上书，第 17 页。
③ 同上书，第 18 页。
④ 同上。
⑤ 同上书，第 19 页。
⑥ 同上书，第 21 页。
⑦ 同上。
⑧ 同上书，第 23 页。

下诸多文学史中都会强调，并多引用梁启超在《清代学术概论》中自述写文章的方法："启超夙不喜桐城派古文，幼年学文，学晚汉魏晋，颇尚矜炼。至是自解放，务为平易畅达，时杂以俚语、韵语及外国语法，纵笔所至不检束。学者竞效之，号'新文体'。……然其文条理明畅，笔锋常带感情，对于读者别有一种魔力焉。"曹聚仁也不例外，但是其引用之后指明这种"新文体"并不全新，而是与中国传统文学有很深的渊源。他指出梁启超"早年文章，不受桐城派的拘束，而追寻晚汉魏晋的馥郁，已经带着骈俪辞赋的错综气息。他的新文体，放大了辞语的范围，轶出桐城义法；而其篇章，则采取辞赋家之骈偶，也超过了桐城派的散体。其实，他们那一群朋友，早已有了共同的新文体倾向；谭嗣同的文字，就有着同样的气息"。①"他们是以骈文的体例气息写成的散文，时时把事物的正面反面说得非常畅快，时常用叠辞复句增加语句的力量，时常用刺激性的感慨语调增加论断的语气；梁氏所谓笔锋常带情感，也就是这个意思。"② 接着曹聚仁还分析了谭嗣同的《仁学》，指出其"形式上和魏晋以来的赋体散文极相似；而其层进推究事理，和荀子、韩非、淮南的说理文极相近，有条有理，层次分明；他们的新文体，正是从旧文体中变化出来的"。③ 曹聚仁还通过胡适之口和李劼人的小说《暴风雨前》中的人物对话来分析梁启超的这种新文体流行之广，流弊也很深，甚至造成了"时务八股"这种恶劣文体。而只是"到了1912年间，章士钊的《独立周报》、《甲寅》杂志出来了，他们这一群人之中，有李大钊、陈独秀、黄远庸、李剑农、高一涵、张东荪这些政论家，撇开了古拙的学术文和放纵的梁体时务文，建立了谨严的政论文体，这才是报章文体的正轨"。④ 曹聚仁讲述新文体和逻辑文的目的都是为白话文体的诞生梳理其演进的线索，最终得出结论："从文体的演进说，适应这个时代环境的需要，所产生的新风格，都可说是对于桐城派古文的有力的修正。逻辑文体以政论为文章中之'物'，'行文主洁'，'用远西词令，隐为控纵'，乃是文章中之'序'，旧文体的局部改革，已经到了顶点了。"⑤

---

① 曹聚仁：《文坛五十年》（正编 续编），生活·读书·新知三联书店2010年版，第30页。
② 同上书，第30—31页。
③ 同上书，第31页。
④ 同上书，第34页。
⑤ 同上书，第35页。

在诗歌方面，曹聚仁也采取同样的思路，梳理近代旧诗的特征，并指出当时"新"、"旧"诗人都在变，"大体说来，现代的旧诗，以宗宋诗（即江西诗派）的同光体为权威"①，而且"这种宗尚宋诗的风气，也正是诗体本身变化所必至，也是时代环境使然的"②。"时事迁移，江西诗派所标榜的宋诗，从时代环境说，也是发挥着宋人以散文风格写诗的特长，来驾驭更复杂的现象。他们的'新'与'变'，也都是向着这一条路在走。"③ 而"那些参加维新新政运动的人，他们便自称为'新体诗'。照旧诗人的说法，所谓新体诗，乃是宋诗的变体；而新派诗人，则自以为熔铸新理想以入旧风格；瓶是旧的，酒却是新的"。④ 所以在曹聚仁的眼中，所谓的"新体诗"如"新文体"一样，仍然与"旧"诗文保持着紧密的联系，二者之间并不如那些历史当事人所自称的有着天壤之别。即使曹聚仁指出黄遵宪的诗歌主张中所谓的"我手写我口，古岂能拘牵"与后来胡适所倡导的白话诗暗合，推举"他是属于我们的世代的，他所写的，和杜甫一般，都是诗史，存一代之文献"⑤，并指出其文学史地位甚高，"旧诗人称之为宋诗的后起之秀，新体诗运动中，梁任公称之为诗界革命的霸主，胡适则推为新诗运动的前驱战士，因此每一种文学史中，都有了他的地位。"但最后，曹聚仁还是辩证地认为："清末维新人士，一边是接受旧的传统，一边是呼吸外来的空气；其结果，即如黄公度，也还是旧的成分多于新的成分的！"⑥

新小说在一般文学史中介绍比较详细，曹聚仁与大家一样，这里他创新不多，也是介绍了《老残游记》、《官场现形记》等小说，指明在 19 世纪后期，小说的文学地位得以提高，而且"清末士大夫，有一普遍的觉悟，即国家民族所以衰败，乃官僚主义有以致之。因此，描画官场的黑暗面，作正面的抨击的，成为启蒙期的共同题材"。⑦

相比新小说，曹聚仁在"新戏曲"的介绍中新意更多。他从两方面来介绍，一方面是中国话剧的兴起，另一方面是中国传统戏曲的渐变。前

---

① 曹聚仁：《文坛五十年》（正编 续编），生活·读书·新知三联书店 2010 年版，第 37 页。
② 同上。
③ 同上书，第 41 页。
④ 同上书，第 42 页。
⑤ 同上书，第 50 页。
⑥ 同上书，第 53 页。
⑦ 同上书，第 62 页。

者与大多文学史一样也从日本的春柳社开始说起，这是中国话剧运动的肇始；但是曹聚仁更多注重到后者，即传统戏曲的逐渐更新，这是我们当下文学史很少注重到的，他这里引用的主要是杨世骥的观点，指明清末的戏曲有这样一个趋向："（一）这时候的作者，知音解律的已经很少了，他们有意无意地使戏曲改变了传统的体式，戏与曲的分家，在这里也露出了显明的端倪。（二）旧的戏曲一向是搬演历史上的英雄儿女或仙佛妖魅之类的故事的，一般作者为了写剧而写剧，于他们所处的时代漠不相关，虽亦有抒发作者的思想的，也无非是一贯的文士，不得志的牢骚而已。这时候的戏曲，即使同样地搬演着历史上的故事，却另有其题外的旨趣，进焉者甚至把戏曲当作一种政治宣传的武器了。因此戏曲的社会意义，往往超过文学或音乐的意义。（三）在这样的情形之下，在这短期间的涵演之中，由于现实生活的繁复，新事新理的增进，诚有所谓'曲子缚不住者'。反之，曲的部分自然地成了一种赘瘤。不及等待戏曲的体式完全消灭，同时乃有新剧的名目产生出来，从杂剧传奇中脱颖而出的新戏，仍是散语文和韵文组合成的；不过其韵文的部分，已由固定的曲套变成自由的唱词了。那些唱词或为七言的，或为三、三言与四言的，也有不规则的三言、五言、七言相错杂的，这种唱词，很明显地掺入了二黄和各地新曲的血液，而粤曲的过场，弹词的开篇，乃至滩簧一类的东西，尤为当时作者所乐于利用。有的且注明唱词的板段和使用乐器的方法。至于剧中角色的活动，仍用陈腐的'离位作关门介''小生扮邬烈士学生服扶病介''陈天华各鬼扮发拱手迎接介'之类的字样表示着。大约这时期西洋戏剧的面貌，还不曾为一般作者所明了，因此受着自然的趋向而产生的新戏，实际上等于一种杂烩的东西。然而戏与曲的关系，从此被割断了，这不可不说是空前的一种创造。"[①] 这里曹聚仁注重到了中国传统戏曲自身也在逐渐脱离曲的束缚，而走向更加白话散文化的戏，这一趋势无形中与话剧的兴起有所暗合，注重到了二者之间的联系互动，这是大部分文学史书写没有注意到的。

在"晚清"中曹聚仁还介绍了晚清印刷技术的革新，导致新闻报纸的迅速发展，他认为近代文化史正是一部印刷机器发达史，而近代中国文学史又正是一部新闻事业发展史。他论及了晚清印刷机器的不断更新导致

---

① 曹聚仁：《文坛五十年》（正编 续编），生活·读书·新知三联书店 2010 年版，第 70 页。

每天能够出版的报纸数量越来越多，传播速度越来越快、越来越广，由此也造成作家在作文数字上不断增多，这倒是很少有文学史著论及。他说："我们知道中国旧文人，虽有下笔千言，倚马可待的奇才；但，桐城派总以修饰、整饬、精练为主，小小篇幅中，显出他们的晶莹功夫。到了梁启超出来，这才江河万里，浩浩荡荡，泥沙俱下。他能于一天之间，写七八千字，而且长日这么写着，滔滔不绝。古人以万言书为绝调，现代的王安石，却一写便是五六万字，有时下笔不能自休，十万言也是期月可成的。这一种作风，也正合乎报章文学的条件；望平街就造就了那么多的新文人，都是一笔写下去，文不加点的。"① 而且曹聚仁还分析了晚清文人在语言文字使用上的一种怪现象，那就是"他们的政论，提倡梁启超体的新闻文学；而翻译作品，却提倡严复、林纾式的古文，也是相映成趣的"。② 他以严复为例指出用文言翻译外国文学作品有两方面不得已的原因："一方面，如胡适所说的，在当时还不便用白话，若用白话，便没有人读了。严复用古文译书，正如前清官僚戴着红顶子演说，很能抬高译书的声价，故能使当日古文大家认为寖寖与晚周诸子相上下。在说服当时的士大夫的作用上，他们的工作，一半是成功的。另一方面，无论哲理论文或是文艺作品，都有可以意会不可言传的境界。一到用甲文字来翻译乙文字，恰到好处是很难的。文言文之于现代人，也几乎等于另外一种文字，于是用古文来翻译西洋名著，即等于用丙文字传达乙文字的情意给甲看，有着隔一层的坏处，也有着隔一层的好处的。"③ 但是同样是以古文译西文的周氏兄弟，翻译的《域外小说集》比林纾所翻译的高明得多，但销量并不广，可以说是失败的，为什么呢？原因很多，曹聚仁单从读者和文体的角度给出了令人信服的解释，"因为周氏兄弟所译的，虽是名家作品，却都是短篇小说；在那时期，中国人还没有养成看短篇小说的习惯，而悠闲的生活，也不适于读那些写实的短篇，也是主因之一"。④ 而只有到新文学运动之后，短篇小说才成为文艺界的宠儿。

可见，曹聚仁从晚清写起，正是注重到中国文学的语言以及各文体从旧到新的逐渐变化过程，这就强调了二者的联系与转化，而不是凸显其断

---

① 曹聚仁：《文坛五十年》（正编 续编），生活·读书·新知三联书店 2010 年版，第 81 页。
② 同上书，第 83 页。
③ 同上书，第 84 页。
④ 同上书，第 85 页。

裂与异质，这是不同于当时王瑶等人的。

三　客观立场

曹聚仁在国共两党之间都有朋友，而且对于抗战胜利之后政党之间的斗争也不感兴趣，所以才把新闻工作重心转移到中国香港《星岛日报》，这份报纸为其采写和发表通讯提供极大便利，使得他时刻警惕自己落入政治的立场视角，丧失了自己的独立性。也正因为这一身份经历，使得他的《文坛五十年》始终保持客观中立的立场予以叙事。这种态度正如厨川白村在《走向十字街头》序文中所说的，"东呢西呢？南呢北呢？进而即于新呢？退而安于古呢？往灵之所到的道路呢？赴肉之所求的地方么？左顾右盼，仿佛于十字街头，这正是现代的人心。我身也就是立在十字街头的罢，暂时出了象牙之塔，站在骚扰之巷里，来一说意所欲言的事吧"① 这种不东不西、不南不北、不进不退的左顾右盼，安然于十字街头的写史态度，正是曹聚仁当时执笔的情怀，也是他客观撰史立场的生动写照！

首先，这种独立客观姿态表现在他对已经出版的中国现代文学史著和文学史资料的评价上，借此他对自己的写作缘由与背景进行了解释。他说他本来期待陈子展能在新中国成立后写出新编现代中国文学史出来，但是始终不见其书稿出版。而他认为阿英（钱杏邨）、赵景深、郑振铎，这些比较懂得现代中国文学的人应该撰写这类著作，但也未见刊作。而"坊间所已出版的，虽有王瑶的《中国新文学史稿》和蔡仪的《中国新文学史》，但都带有宣传的倾向；他们只能转述官方几个主持文艺政策的人的话，缺少自己的意见。（在台北出版的《文艺月报》，连载了王平陵的《现代中国文艺史》，其人，文艺修养本来很差，加以替国民党宣传部做号筒，所写更不成）"正因如此，"笔者不能自已，才发奋执笔，把真实史事写了一点以待来哲。我相信政治斗争的空气，一定会慢慢澄清的；到了将来，也如北宋新旧党之争，化为陈迹，王荆公的道德文章以及他的政治主张，就为后人所认识，那些颠倒黑白评蔑荆公的话，犹如过眼烟云，不复存在了"。② 正因对政治斗争导致文学史书写不真实而不满，曹聚仁

---

① 曹聚仁：《文坛五十年》（正编 续编），生活·读书·新知三联书店 2010 年版，第 373 页。

② 同上书，第 374 页。

才竭力避免重蹈覆辙，保持自己个人的清醒客观的姿态，对此他是有着自觉追求的。

曹聚仁对当时已有的中国现代文学史资料及编撰者进行了点评。他说道："笔者以史人的地位，再在这儿介绍一些属于现代中国文坛的史料；即是说，公正平实的现代中国文学史虽不曾产生，但是以备写史之用的文坛史料，依然存在。我们为着后来史家的采集，应该多所保留的。"① 然后他对胡适的《近五十年之中国文学》、阿英的《中国新文学史料》、《中国新文学运动史资料》、王哲甫的《中国新文学运动史》、陈子展的《最近三十年中国文学史》、周作人的《中国新文学的源流》、郭沫若的《文学革命之回顾》、华汉的《中国新文艺运动》、高滔的《五四运动与中国文学》、郑振铎的《新文坛的昨日今日与明日》、隋洛文的《中国的新文学运动》、成仿吾的《从文学革命到革命文学》、胡适的《逼上梁山》、鲁迅的《上海文艺之一瞥》、阿英的《中国新文学的起来和它的时代的背景》、曹聚仁自己的《现代中国散文和语文运动史话》等进行了点名。其对 1936 年出版的《中国新文学大系》及其各编导言（或序例）评价很高，他认为假使将这些导言汇聚在一起刊印，"也可说是现代中国新文学的最好综合史。"② 他还评价"现代中国文人之中，最有识力的批评家，勤于收集史料，加以审慎考订，而编次成书的，首推杨世骥，他的《文苑谈往》（中华书局本），便是采铜于山，自己提炼出来的。"③ 他对张静庐所编的《中国近代现代出版史料》评介也很高，认为其"该算是新文化新文学运动文献中最完备的一种"。④

对于鲁迅研究现状，曹聚仁也进行了评价。他对鲁迅传记的书写还不是很满意，因为"许广平的写作能力并不很好，剪裁得也不十分恰当，所以她的回忆，反而显得十分噜苏"。⑤ 而适合写鲁迅传记并能写得好的人，他认为是许寿裳、孙伏园，但是他们都没有写。而周作人写的也都只是鲁迅传的史料而不是完整的鲁迅传。曹聚仁对冯雪峰写作回忆鲁迅的著

---

① 曹聚仁：《文坛五十年》（正编 续编），生活·读书·新知三联书店 2010 年版，第 374 页。

② 同上书，第 375 页。

③ 同上书，第 376 页。

④ 同上书，第 377 页。

⑤ 同上书，第 378 页。

作寄予厚望，因为"他和鲁迅的关系相当密切，也是致力文艺工作的人。一看他的书，就十分失望了，他的笔下，好似给什么缠住似的，简直不能说出什么来"。① 曹聚仁这些评论实际上表明真实的鲁迅已经被意识形态化，其政治含义远远超越了其真实文学史形象。正因如此，他客观地评价了鲁迅。他指出鲁迅并不比当时大陆不重视的梁启超、胡适、王国维更重要，与周作人、梁实秋、陈西滢的文艺成就也差不多②，这说明曹聚仁的确是力争发出自己的声音。因为曹聚仁认为："'人'，这种有血有肉的动物，总是有缺点的；一成为文人，便不足观，也可以说，他们的光明面太闪眼了，他们的黑暗面更是阴森；所以诗人住在历史上，几乎等于神仙，要是住在我们的楼上，便是一个疯子。谁若把文人当作完人看待，那只能怪我们自己的天真了。"③ 所以他能够将鲁迅视为凡人，指出："鲁迅，可以说是现代中国文坛的彗星，他的目光远大，头脑清晰，那是我们不可及的，但他决不是圣人。要把他想象为'十全十美'、'无所不知、无所不能'的神，那是错误的。"④ "鲁迅固然有着不妥协的精神，却也有着睚眦必报的偏激之情，谁也不必为讳的！"⑤

其次，客观立场还表现在曹聚仁批评了当时国内文学史对一些作家作品、文学事实的神话寓言式书写，他力求将大陆文学史抬高的作家作品予以适当的祛魅，而对被贬低的自由主义作家的文学史地位则予以恰当还原。如他指出："过去谈现代中国文化的，对于陈、胡两人的领导地位，可说是不争的；近几年，国内的文化史人，似乎有意那时的文化重心移到李大钊、鲁迅的身上去，且看百世后的史家，如何说法！"⑥ 而在他自己的这本书中，他仍旧还是以陈独秀和胡适为重心。他推崇胡适走在了时代的前沿，"当一般人只是醉心新文化而认识并不清楚之时，胡适已经有系统地介绍他的思想方法（实验主义），自然主义人生观（人本主义，一个健全的个人主义）"。⑦ 而"胡适自己的研究，却以'历史的方法'为

---

① 曹聚仁：《文坛五十年》（正编 续编），生活·读书·新知三联书店 2010 年版，第 379 页。
② 同上。
③ 同上书，第 381 页。
④ 同上书，第 196 页。
⑤ 同上。
⑥ 同上书，第 103 页。
⑦ 同上书，第 118 页。

最有显著的成就"①，他"在考证学方面，可说是他们的乡先辈戴震（东原）的嫡传；而在文史方面，恰正是他所标榜的《文史通义》作者章学诚（实斋）的后继者；他是五四运动以后，在散文上最有成就的一个人"②。该书还多次将胡适及其作品作为篇目来书写，并将《尝试集》作为一章来专门叙述，考虑到此时大陆学界正在对胡适思想进行批判，而曹聚仁却始终如一的强调其文学、文化以及创作成就，足以证明曹聚仁的文学史著还是很为客观中立的。

《新青年》杂志和"五四"新文化运动一直是较多文学史著高调赞扬的文学史实，曹聚仁也不否认这一点，但是他也指出《新青年》杂志在创刊之初，基本上还是《甲寅》的旧人，他们用《甲寅》体的逻辑文学，发为《甲寅》式的论调。曹聚仁也不夸大新文化运动的成就，而是公正地指出这其中既有英雄造时势，也有时势造英雄，"从一方面看去，这些潮浪都是那些前驱战士倡导出来的；从另一方面看去，因缘凑合，到达了'质的变化'的阶段。那些前驱的产婆，就把成熟的孩子接下来就是了"。③ 而对于"五四"运动，曹聚仁认为："领导五四运动的文化人，并没有一个是属于国民党的；而且，孙中山本人，就主张保持旧文体，不十分赞成白话文的；和《新青年》派的反封建观点是相反的。站在新文化运动的激进线上，研究系梁启超派所创办的北京《晨报》，和上海《时事新报》的《学灯》，其在文化上所尽的大力，远在国民党的上海《民国日报》的《觉悟》之上……"④ 而对于"五四"初期的作家作品，曹聚仁也并不高看，他说："初期那几位负盛名的小说家，如郁达夫、谢冰心、王统照、落花生（许地山）、黄庐隐，他们的作品，都是很幼稚的。"⑤ "我觉得'五四'时代的小说家，都是伪装的'先知'，因为他们自己并无一定的信念。"⑥

对于文学研究会和创造社，曹聚仁也只是如实书写，并不加以崇高化。他引用茅盾在编选《新文学大系·小说一集》中的话说："就他所知，

---

①　曹聚仁：《文坛五十年》（正编 续编），生活·读书·新知三联书店 2010 年版，第 119 页。

②　同上书，第 180 页。

③　同上书，第 107 页。

④　同上书，第 110 页。

⑤　同上书，第 152 页。

⑥　同上书，第 153 页。

'文学研究会'是一个非常散漫的文学集团。'文学研究会'发起诸人，什么'企图'，什么野心都没有的；对于文艺的意见，大家也不一致，并且未尝求其一致；如果有所谓'一致'的话，那亦无非是'将文艺当作高兴时的游戏，或失意时的消遣的时候，现在已经过去了'这一基本的态度。现在想起来，这一基本的态度，虽则好像平淡无奇，而在当时，却是'文学研究会'所以能成立的主要原因。"① "'创造社'也和'文学研究会'一样，自称没有划一的主义。他们是由几个朋友随意合拢来的。他们的主义，他们的思想，并不相同，也并不必强求相同。可是他们表明：'我们所同的，只是本着内心的要求，从事于文艺的活动罢了。'这内心的要求，透露了这一群作家对于创作的态度。他们主张尊重艺术；表现自我倾向于浪漫主义。"② 而且，该书还指明这两个文学集团之间并不和睦，"彼此之间，相攻击的次数也不少"③，"他们彼此的笔锋，都是很毒辣的。彼此攻击的结果，两集团之间，曾经有着一重隔膜，除了郁达夫和鲁迅相处得很好，郭沫若和鲁迅，这两位青年心目中的思想导师，彼此从来没见过面；而且为了罗曼·罗兰的一封信的事，彼此还闹得大不快意的。"④ 曹聚仁从作家个人之间的交往说明了作家也是俗人，对历史原生状态进行了描摹。该书对田汉性格的刻画也很生动："戏剧运动之中，田汉始终是戏剧性的剧作家。有许多热情少女献身给他，他也就'板着脸孔撒烂屙'，在热情漩涡中闹难解难分的悲喜剧，他始终把'人生'当作戏剧在扮演，而他自己就是一个主角。"⑤ 鲁迅、茅盾、郭沫若、田汉等人都是当时重要的文化偶像，但曹聚仁重在历史原貌予以描绘，反而更加栩栩如生。

对于大陆文学史一直评价很高的革命文学，曹聚仁说了自己的阅读感受，"那时的革命文学作品，都不是写实的；而写实主义的小说，都带点虚无主义的色彩，这可见那时的文艺作家，虽标榜无产阶级的文学，毕竟还是小资产阶级和知识分子的作品。笔者觉得那一时期的作家，受屠格涅夫的影响很大，《罗亭》和《烟》的气氛，弥漫于每一件

---

① 曹聚仁：《文坛五十年》（正编 续编），生活·读书·新知三联书店 2010 年版，第 172 页。

② 同上书，第 174 页。

③ 同上书，第 175 页。

④ 同上。

⑤ 同上书，第 293—294 页。

作品之中。"① 而这种虚无主义色彩，是因为"这一时期的文艺工作者，依旧是一群士大夫，所不同者，只是从旧的士大夫，蜕变而为新的士大夫而已。我们所擅长者，还是写士大夫这一圈子中的故事，以及中年人的哀愁"。② "当时所谓革命文学，都没有什么很好的成就，好一点的作品，都传达出这种无可奈何的寂寞之感的；鲁迅所最擅长的，也就是传达出这一落寞的气氛。"③ 这就对当时革命文学的"革命性"进行了稀释，指出了这种文学的名实相离。曹聚仁还指出这种虚无主义不被人提及是因为："虚无主义是个人主义，在政治上倾向于无政府主义；因此，不为今日……作家所喜欢。但，每一个知识分子都带着浓重的虚无主义，那是不必讳言的。鲁迅的作品，就有着这一分气息的。"④

　　客观立场也表现在曹聚仁对国内文学史很少提及的一些作家作品予以介绍上。例如曹聚仁对李劼人评价很高，指出："现代中国小说作家之中，李劼人的几种长篇小说，其成就还在茅盾、巴金之上。"⑤ 他的"五十万字的巨著《大波》，写辛亥革命时期的成都动态，这是扛鼎的大力作，无论取材、组织以及描写，都非茅盾的《子夜》所能企及；比之巴金的作品，那更高得多"。⑥ 接着他简要描绘了李劼人《大波》的内容及特色："他用最真实的辛亥革命故事，正如左拉之写法国大革命；其中对话，挪用了成都的方言，使人听了，十分真切。他并没有夸张革命的英雄成分；在他的大镜子里，那些革命英雄简直是很可笑的。他老老实实地写出蒲伯英、罗纶那些社会领袖张皇失措的神情；群众已经向前走了一步，他们却落后了，跟不上去了。"⑦ 他认为李劼人小说中的女性都是"热情、机警的，而且能够把握现实的；串在《暴风雨前》中，有那个上莲池的伍大嫂，而《大波》中的黄太太，乃是贯注了全局的角色。她是一个真正能够掌握动乱场面的角色"。⑧ 为什么在当时国内文学史中少见介绍李

---

①　曹聚仁：《文坛五十年》（正编 续编），生活·读书·新知三联书店 2010 年版，第 237—238 页。

②　同上书，第 238 页。

③　同上。

④　同上。

⑤　同上书，第 245 页。

⑥　同上。

⑦　同上书，第 245—246 页。

⑧　同上书，第 246 页。

劫人呢？因为："……他的写实手法，也正是为有着政治成见的人所不快意的，因之，他的小说，一直不为有着门户之见的文坛所称许。若干政见很深的文艺批评家，不独不曾读李氏的小说，几乎连李劫人的姓氏，也不甚了解呢。"① 曹聚仁还指出陈铨的《彷徨中的冷静》也是以辛亥革命为题材的长篇小说，他的"文艺修养，本来不错，却为……所嫉视；因此，他的小说，也排斥在文坛门户圈之外了。但是，我们写文学史的，自该替他们安排一个妥当的地位的。"②

最后，客观立场还体现在曹聚仁对抗战时期的文学史书写中。众所周知，抗战时期的文学因为政治局势的不同而分为国统区文学、解放区文学和沦陷文学。当时大陆文学史中多重在强调解放区文学，而国统区和沦陷区文学都有所忽略。但曹聚仁能够对三者予以公平兼顾，特别是重在国统区和解放区文学的同时书写。例如在抗战时期的诗歌中他介绍了艾青的《火把》和《向太阳》、臧克家的《东线归来》以及《淮上吟》、老舍的《剑北篇》，但是也介绍了马君玠的《北望集》、陆志韦（时任燕京大学校长）的白话诗，乃至胡先啸（时任中正大学校长）的古风新律，并且对后者的评价高于臧克家。

在抗战时期的小说方面，曹聚仁一方面介绍了茅盾、巴金、夏衍、张天翼、姚雪垠、严文井的创作，同时也凸显了李辉英的《人间》是"真正能够反映抗战时期的实际生活的小说"③，但他认为："抗战时期的小说，依旧和以往的新小说一般，都是知识分子所写的，写的是知识分子这圈子中的故事，也只是写给一般知识分子看的；因此，我们所看见的长短篇小说，都已公式化了。而今，在几个固定的文艺批判者（如冯雪峰、巴人、周扬）笔底所提及的作品，也就是一些公式化的作品。"④ 曹聚仁认为当时还是有一些作品能够突破这种公式化写作的，"比较值得提一提，而为那些文艺批评家所忽略的小说家和作品，倒还是张恨水的几个连载小说，如《大江东去》、《八十一梦》，钱锺书的《围城》和徐訏在《扫荡报》的连载小说《风萧萧》；他们的小说，比较脱开了公式

---

① 曹聚仁：《文坛五十年》（正编 续编），生活·读书·新知三联书店 2010 年版，第 246 页。
② 同上。
③ 同上书，第 334 页。
④ 同上书，第 337 页。

化的抗战八股。他们对于战争，未必懂得更多，但他们对于这变动着社会与人生，有着冷静的观察。有时，带着传奇意味，增加故事的戏剧性，而文字技术又足以表达出来。因此一般人一提到抗战时期的小说，倒很多拿他们的作品来代表的。"① 此时大陆文学史很少提及张恨水、钱锺书和徐訏，但曹聚仁还是能将其视为抗战时期的小说代表，态度就很为客观了。更难得的是，他也强调了解放区袁静和孔厥合著的《新儿女英雄传》是"真的值得举例的"，"这是新的小说"②，他借用郭沫若的话来说明其理由："这里面进步的人物，都是平凡的儿女，但也都是集体的英雄。是他们的平凡品质，使我们感觉亲热，是他们的英雄气概，使我们感觉崇敬。人物的刻画，事件的叙述，都写得踏实自然，而运用民间大众的语言也非常纯熟，这是一部写给一般群众看的小说。"③ 曹聚仁并不如我们当下的文学史家因为《新儿女英雄传》属于革命英雄传奇就否定它的文学性，而是从这部小说的人物、叙述和语言等方面来说明其"新"的品质，因为他认为之前的小说都是知识分子写给知识分子看的，只有《新儿女英雄传》这样的文学作品才是写给一般群众看的小说，他并不因为这样的小说受到同时代大陆文学史家的高看而故意反其道而行之，这还是具有文学史客观立场的。曹聚仁肯定看过王瑶的文学史，他为什么没有书写这本书中赞颂过的赵树理、周立波和丁玲等人在抗战时期的小说？或许是故意为之，或许是因为篇章的命名就是"离乱中的小说"而不是"抗战时期的小说"，这样就表明了他在该文中论述的小说侧重于反映抗战主题。

在抗战时期的戏剧文学书写上，曹聚仁也注重到国统区、解放区和沦陷区各区域的兼顾，这特别表现在对新歌剧的介绍上。迄今为止，大陆文学史书写中国现代文学史之时，很少书写新歌剧，即使有书写，也只是书写解放区的新歌剧，以《白毛女》为其代表。但是曹聚仁注意到国统区、沦陷区也有新歌剧的表现。他指出，"抗战时期戏剧的动态，除了话剧以外，还有一条很显著的伏流，便是新歌剧的兴起"，并且"无论在军队或是在农村，京剧之受欢迎，比话剧热烈得多。（话剧毕竟还是城

---

① 曹聚仁：《文坛五十年》（正编 续编），生活·读书·新知三联书店 2010 年版，第 338 页。

② 同上。

③ 同上。

市的艺术。）"① 接着他指出当时的"东南大小城市乡镇，忽然流行一种最简单朴素的嵊剧（俗称绍兴剧，一向以三人为单位的民间歌剧，歌词有同宣卷，以七字四拍为主）。这种歌剧，在上海那一孤岛，采用新题材，如《雷雨》、《日出》、《祥林嫂》，都已上演，显然有代平剧而起之势。"② 接着他指出田汉、欧阳予倩都做了不少这方面的工作，"他们走的是新歌剧的路，有时沿用旧题材，有的取历史上的题材来重写，角色、唱、做、道白，一概是旧的，只有意义是新的，原是'旧瓶装新酒'的方式。"③ 他评价田汉的所编新歌剧"以《岳飞》最富时代意义，而以《江汉渔歌》的效果为最好"。④ 对于《岳飞》为什么不能被文学史著所记载，曹聚仁认为是因为："当时在长沙指挥军事的最高长官系薛岳，他以薛仁贵、岳飞自居，因此最爱看《岳飞》；而今日若干文艺批评家，似乎有意避开说到这一剧本，也许这剧本会这么湮没掉了。"⑤ 但曹聚仁对国统区和沦陷区新歌剧的成就并不高估，而是指出："这些歌剧，也许并不能算是成功的作品，但替戏剧开了新路，是无疑的"⑥，而"真正的新歌剧，倒是从延安那一核心地区播种开花结果的"⑦。接着他赞扬了《兄妹开荒》"带来了新的风格"⑧，而"最流行最成功的，要算贺敬之、丁毅所作的《白毛女》，这是新歌剧的纪程碑"⑨，而《三打祝家庄》"那场面感动人之深，也是我们所不曾想到的!"⑩ 最终，曹聚仁指出国民党戏剧运动"虽曾下乡去，到部队中去，后来，依旧集中到城市来。倒是解放区的剧运，却以部队和农村为中心，实践了下乡的口号。这其间，氛围上自有些不同"⑪。这是曹聚仁对国民党戏剧运动失败，中国共产党戏剧运动成功的总结。

---

① 曹聚仁:《文坛五十年》（正编 续编），生活·读书·新知三联书店 2010 年版，第 351 页。
② 同上。
③ 同上。
④ 同上书，第 352 页。
⑤ 同上。
⑥ 同上书，第 353 页。
⑦ 同上。
⑧ 同上。
⑨ 同上。
⑩ 同上书，第 354 页。
⑪ 同上书，第 355 页。

　　曹聚仁对于抗战时期的小品、散文评价并不高，他认为这一支流"好似比其他文艺作品差得很远；我们已找不到一个散文的杰出作家，如周氏兄弟那样自成一种风格的"。① 近来的文学史著都认为此时的《鲁迅风》和《野草》是鲁迅式杂文在抗战时期的延续，但是曹聚仁读这两个刊物的文章"觉得索然无味，不像是鲁迅的作品，尤其如聂绀弩、秦似的杂文，一味叫嚣，一种粗犷的气息，内容实在贫乏得很，简直没有一点鲁迅的风韵"。② 曹聚仁这样说是因为他认为："鲁迅的杂文，精品很多，都是从容不迫的，挥洒自如，而文情恰如所欲达，这是他老人家火候到了的结晶品。那些提倡鲁迅风的，就没有一个懂得从容不迫的气度，尤其是《野草》半月刊那一群人，几乎可以说是非鲁迅风的。"③ 而抗战时期"真真有点成就的散文、小品，那就该说到《星期评论》、《生活导报》、《自由论坛》、《战国策》、《改进》这几种刊物上所刊载的小品文字。也该说到王了一的《龙虫并雕斋琐语》、梁实秋的《雅舍小品》、谢冰心的《关于女人》、储安平的《英人、法人、中国人》这几种散文小品集子"。④ 曹聚仁还对王昆仑（太愚）的《红楼梦人物论》，冯友兰的《新世训》和费孝通的《民主、宪法、人权》评价较高："从内容说，这都是传世之作，从形式说，也可说是有了蒙旦散文的风格。"⑤ 而对于沦陷时期的周作人，曹聚仁虽不屑其落水为奸，但也高度赞扬了其《药堂杂文》中的《怀废名》成就较高，指明："他的散文小品，还是可以传世的。"⑥ 时至当下，钱锺书《谈艺录》的文学成就早已成定论，曹聚仁当时也指出其是"随笔中的第一流作品，不独见解高人一等，他的文字，也是十分简洁的"。⑦ 但是曹聚仁还指出："钱氏自视甚高，独到处自非流俗所能解，其融化东西，出以新象，还未必在王了一之上呢！"⑧ 可见曹聚仁能从大学者的身上也能见出不为他人所察的细微之处。

---

　　①　曹聚仁：《文坛五十年》（正编 续编），生活·读书·新知三联书店 2010 年版，第 357 页。
　　②　同上。
　　③　同上书，第 358 页。
　　④　同上书，第 359 页。
　　⑤　同上书，第 362 页。
　　⑥　同上。
　　⑦　同上。
　　⑧　同上。

客观立场还表现在曹聚仁对抗战时期报告文学的分析上。他自己就是长篇通讯的大家，集记者、作家、学人于一身，自然知道这种文体创作的甘辛。他评价抗战时期国统区的报告文学成就要大于解放区，因为他认为报告文学"并不是纯文艺，乃是史笔。它的成分，要让'新闻'占得多；那艺术性的描写，只有加强对读者诱导的作用，并不能代替新闻的重要地位"。也正因如此，曹聚仁认为王瑶在《中国新文学史稿》中推荐的邱东平的《第七连》、亦门的《第一击》、刘白羽的《游击中间》和曹白的《呼吸集》等等，"这些作品也就和火花似的一下子便过去了，不待事过境迁，我们已经觉得索然无味了。我们且把萧乾的《人生采访》来对比一下，不仅有上下床之别呢！他们也一直不懂得爱伦堡的成功之处，爱氏不仅长于分析，而且善于综合，并不以一鳞一爪的刻画为能事呢"。[1] 所以曹聚仁认为："在延安那一角上，的确不曾产生一位比较有成就的新闻记者，还待范长江、恽逸群穿过封锁线去做新闻事业的领导呢！"[2] 曹聚仁并不因为政治原因，对于解放区的文艺成就予以压制，对国统区和沦陷区的文学史实也不予以遮蔽，他对这三个区域的文学史实进行了公平客观的书写，好处说好，坏处说坏，坚持了自己的独立性。

该书对其他方面的历史书写也常让人耳目一新。例如他对新文学运动的领导中心进行的分析就十分精到，他说："我们回看新文学运动的全段历史，陈独秀影响，不可说是不大，可时间很短。胡适的影响最切实，时间也不怎么长。最长久，而又影响大的乃是鲁迅。这和近三十年间社会不安的情绪有关：因为文艺毕竟是从社会人生的根苗上长出来的。胡适所领导的道路，那时的青年，总觉得太迂远了一些。"[3] 而对于抗战时期兴起的朗诵诗，我们一直都不是很重视，甚至到今天我们对"十七年"时期和新时期初的一些朗诵诗的文学史价值都予以忽略，但是曹聚仁借用朱自清的观点对其予以了重视，为以后的文学史编撰朗诵诗提供了理论依据："朗诵诗是群众的诗，是集体的诗。写作者虽然是个人，可是他的出发点是群众，是群众的代言人。他的作品得在群众当中朗诵出来，得在群众的紧张的集中氛围里成长。那诗稿以及朗诵者的声调和表情，固然都是重要

---

① 曹聚仁：《文坛五十年》（正编 续编），生活·读书·新知三联书店 2010 年版，第 312 页。

② 同上书，第 313 页。

③ 同上书，第 177 页。

的契机，但是更重要的是那氛围，脱离了那氛围，朗诵诗就不能成其为诗。朗诵诗要能够表达出来大众的憎恨、喜爱、需要和愿望；它表达这些情感，不是在平静的回忆中，而是在紧张的集中的现场；它给群众打气，强调那现场。它活在行动里，在行动里完整，在行动里完成。"①

在 20 世纪 50 年代，中国台湾的中国现代文学史的书写已经遭禁，大量左翼作家作品被禁止研究讲授，而中国香港的大学还没有这门课程安排，几乎也没有中国现代文学史编撰，而此时中国大陆的中国现代文学已经成为一门正式学科，文学史编撰较多，并且都是按照《新民主主义论》进行编写的，所以有形无形受到曹聚仁的批评更多。因为中国香港自身的地理、政治环境使得曹聚仁能超然物外，对政治观点进行了有意识回避，从而写出他所认为的历史真实来。这是他的文学史编撰的优势，但是我们也会发现，由于曹聚仁等曾参与历史，亲历历史，往往着眼于作家自身的经历和当时的历史情形，这种第一印象也造成其文学史在事实真相和文学史科学化研究上有所欠缺，这是因为每一种文学史观察视角在带给观察者优势的同时，就夹带着其与生俱来的盲点和错漏。所有的"客观立场"与其说是一种科学判断，还不如说是一种自我期待和价值追求，这一点曹聚仁也不例外！

第三节　林曼叔等人的《中国当代文学史稿》

各个国家、地区对近代、现代和当代的划分会因为自己国家、地区政治、经济、文化的发展予以不同的划分，从而体现出不同民族国家的宏大叙事及自我认同。中国大陆在时代划分上与其他国家、地区很不一样，再加上意识形态方面的原因，中国大陆之外很少有人编撰"中国当代文学史"。而林曼叔、海枫、程海主编的《中国当代文学史稿（1949—1965 大陆部分）》② 应是少见的他者编撰的中国当代文学史。该文学史是林曼叔1974 年在巴黎第七大学东亚研究中心进修时开始编撰，历时 4 年而成。林曼叔 1962 年才由大陆去中国香港，其对新中国文学风风雨雨的亲眼目

---

① 曹聚仁：《文坛五十年》（正编 续编），生活·读书·新知三联书店 2010 年版，第 319—320 页。

② 林曼叔、海枫、程海：《中国当代文学史稿（1949—1965 大陆部分）》，巴黎第七大学东亚出版中心 1978 年版（以下以林曼叔代指）。

睹以及当时中国大陆编撰的几部中国当代文学史对其应有一定影响。① 例
如，这本文学史与大陆几部中国当代文学史体例大致一样：单独介绍文艺
思想斗争；将儿童文学与少数民族文学单列章节加以介绍；按照农村、工
业、历史、军事几个主题分类介绍"十七年"小说，等等。该文学史重
在讨论 1949—1965 年间当代文学，该文学史的深刻性在于尊重现实主义
创作原则，重视艺术形式、强调作家的天赋才华，注重文学史情节的叙述
几个方面。

　　首先，林曼叔以现实主义原则为最高鹄的。同为大陆外文学史家，夏
志清、顾彬等人是奉西方文学价值观为评判之圭臬，并以此为制高点鸟瞰
扫描大陆文学，使其溃不成军、布不成阵。但林曼叔最为重视的却是现实
主义原则，这在大陆外文学史家中是独标异帜的，这并不表明他个人高擎
现实主义大旗而罢黜其他形态之文学，而是他认为这是"中国大陆多数
作家努力的方向"。② 他是以作家自身所认可的并能切近中国当代文学自
身特征的标尺来裁断彼时作家作品，力求回到历史的原初情境触摸感悟历
史。这使得林曼叔在文学史之中蕴藏着温情的理解与殷切的希望，他尊重
和珍惜大陆作家的劳动，希望从他们的痛苦经验里面得到深切的启发，求
得应有的发展道路。③ 这种对历史的敬畏精神正所谓陈寅恪之所说"了解
之同情"也，在中国现代文学编撰史上是不多见的。

　　"写出生活的真实可说是现实主义文学创作最基本的原则"④，这也是
林曼叔据此评判作品的重要依据。他认为只要作家注重真实认真写好生
活，形式自然会来到作家手里，很多艺术问题都会迎刃而解⑤，这正是现
实主义创作原则的最高标准。林曼叔对当代作家没有忠于现实生活的锥心
直言在该文学史中处处可见，仍能对读者醍醐灌顶。但他有时特别推崇某
些作家作品中的社会"阴暗面"描写为真实现实，这说明林曼叔对现实
本身是否因文学史家自身局限性而出现另样反光缺少足够的警惕之心。例

----

① 　山东大学中文系中国当代文学史编写组：《中国当代文学史》，山东人民出版社 1960 年
版；华中师范学院中国语言文学系：《中国当代文学史稿》，科学出版社 1962 年版；中国科学院
文学研究所《十年来的新中国文学》编写组：《十年来的新中国文学》，作家出版社 1963 年版。

② 　林曼叔、海枫、程海：《中国当代文学史稿（1949—1965 大陆部分）·后记》，巴黎第
七大学东亚出版中心 1978 年版。

③ 　同上书，第 455 页。

④ 　同上书，第 3—4 页。

⑤ 　同上书，第 166 页。

如其对陈登科的《风雷》的解读即是一例。

　　现实主义认为真实反映生活的艺术能"反转过来影响现实"①，所以林曼叔对干预生活的文学作品评价也很高。大陆 20 世纪 60 年代的文学史对干预生活的小说或者将其忽略或者对其进行批判，而该文学史著首次将其予以褒扬。林曼叔在第十一章专章介绍干预生活的小说，将刘宾雁的《本报内部消息》、王蒙的《组织部新来的青年人》、方纪的《来访者》和宗璞的《红豆》等作为三个专节加以重视。他拓展了干预生活小说的内涵与外延，20 世纪 50 年代初期肖也牧的《我们夫妇之间》、中期的"百花文学"、20 世纪 60 年代黄秋耘等人的历史小说都被囊括于干预生活的小说之列。这正表明林曼叔坚信"干预生活是作家应有的态度"，"一个作家失去干预生活的意志，也就失去了对艺术创造的追求的意志，其创作也就起不着应有的意义"。②

　　其次，林曼叔以艺术成就的高低对作家作品进行剔抉与阐释。林曼叔推崇艺术成就的高低在于艺术形式与所承载的主题思想是否和谐一致。他评价赵树理采用的创作方法不能发展成为气势磅礴的艺术形式，伟大的艺术作品是不能在这种偏狭的创作方法下产生的。③ 而周立波本来是欧化的，后来向民族形式学习，将外国古典文学与中国古典文学二者的优长融合起来，从而逐渐形成富有民族特色的艺术风格。但其希望通过描绘平凡的事物，来揭示出它深藏的社会意蕴，这是常常不容易弄好的笔法。④ 林曼叔往往三言两语抓住作家在艺术形式上的特色进行精到的评点。他认为王纹石在老主题上注重技巧翻新也颇为不易⑤；茹志鹃的小说重在抓住正在成长的普通人物，注重人物心理变化，而不是写人与人之间的矛盾⑥；《林海雪原》艺术上的失败在于注重故事而没有注重人物⑦，……这些评价言简意赅地切中了作家作品的肯綮之处。

　　注重文学的艺术成就也体现在林曼叔对某些文类与作品的重视。"十

---

　　① 　林曼叔、海枫、程海：《中国当代文学史稿（1949—1965 大陆部分）·后记》，巴黎第七大学东亚出版中心 1978 年版，第 3—4 页。

　　② 　同上书，第 198 页。

　　③ 　同上书，第 90 页。

　　④ 　同上书，第 100—106 页。

　　⑤ 　同上书，第 132 页。

　　⑥ 　同上书，第 135 页。

　　⑦ 　同上书，第 187—188 页。

七年"文学中大陆文学史非常强调革命历史斗争题材和社会主义建设题材，前者彰显了社会主义新中国的历史渊源，后者演绎了新中国的勃勃生机。而那些反映一般历史题材的作品尽管影响很大，但是没有受到详细赏评。例如田汉的《关汉卿》、《文成公主》，郭沫若的《蔡文姬》在此时的文学史中都受到冷遇。但该部文学史认为历史剧是当代文学中最可宝贵的，并将其在第十五章以整章的形式出现。《关汉卿》、《谢瑶环》、《蔡文姬》、《武则天》、《胆剑篇》、《海瑞罢官》、《李慧娘》都被重点分析。林曼叔认为"《关汉卿》和《谢瑶环》是我国当代文学中伟大的现实主义作品，而田汉正是我国当代文学中伟大现实主义剧作家"。① 这种反差也体现在对老舍的话剧《龙须沟》和《茶馆》的评价中。在此时大陆的文学史著中，重在对老舍的《龙须沟》进行详细分析，《茶馆》受到了忽略。这是因为前者集中"暴露了旧社会的腐败，歌颂了新社会的可爱"，而《茶馆》结尾"带给读者的却是灰暗与低沉"。② 但该文学史重点分析了《茶馆》，认为只有它才能代表老舍这一历史时期的创作收获。③ 对历史剧迥异不同的编排，正显示了林曼叔注重文学艺术成就的高低，而不是以政治趋向为作家作品排名列座。

再次，作家的天赋及才华受到了林曼叔的重视。大陆当代文学史家很少评说作家天赋与才能的缺陷，大多以肯定评价为主，这是因为当代文学中的作家大部分都还在人世，种种人情世故，利益牵扯使得文学史编撰者对臧否作家个人天资禀赋有所顾虑。而林曼叔将自己置放于平齐甚至是高于作家的位置对其指优点劣。其直言不讳地批评了一些工农兵作家因为自身学养、艺术素养不够而造成艺术成就不高。林曼叔指出田间"还缺乏写好一部史诗的能力"④；李英儒还"没有足够的艺术素养创造伟大的典型。他还缺乏独特的艺术风格，可使读者在艺术的享受上得到某些满足"；冯德英受能力的限制，又是新作家写长篇，创作的意图超过了他的创作能力。⑤ 林曼叔不留情面地剖析让读者感觉到他眼光之严，但其对刚

---

① 林曼叔、海枫、程海：《中国当代文学史稿（1949—1965 大陆部分）·后记》，巴黎第七大学东亚出版中心 1978 年版，第 290 页。

② 《从〈茶馆〉与〈红大院〉谈老舍创作中存在的问题》，《文艺红旗》1959 年 2 月号。

③ 林曼叔、海枫、程海：《中国当代文学史稿（1949—1965 大陆部分）》，巴黎第七大学东亚出版中心 1978 年版，第 269 页。

④ 同上书，第 220 页。

⑤ 同上书，第 189—190 页。

刚展露才华的年轻作家予以赏识，并提前预示了其未来的发展，又让我们钦佩他有先见之明。例如林斤澜在 20 世纪 60 年代大陆当代文学史中很少提到，但林曼叔将其与他人合并为一节讲述，类似还有陆文夫、李国文等等，这些作家在后来都曾不负所望而引领一时风骚。

林曼叔为那些拥有卓越才华而没有得到淋漓尽致发挥的作家痛心不已。这特别体现在他对一些走进当代的现代作家的评价上，大陆当代文学史只有在 20 世纪 90 年代才给这些老作家以一席之地。而该部文学史不仅在小说、散文、戏剧介绍了老作家，而且在诗歌的章节中分小节依次以"老诗人的新诗作"和"延安时期产生的几位诗人"为标目介绍了郭沫若、艾青、臧克家、田间、袁水拍、李季、阮章竞、张志民、戈壁舟、严辰、郭小川、贺敬之、蔡其矫等诗人。林曼叔以同情的笔调书写老作家走进新时代后的诸多不合时宜，从而感喟世事无常对作家才华的摧残。林曼叔对郭沫若的遭遇给予惋惜，"郭沫若不能说没有才华，可是在这时代又有谁能够自由地运用自己的才华以实现自己的艺术愿望。尤其他的才华杰出些，……也就更不能自主了"。[①] 林曼叔认为路翎是"善于在平凡的生活中去发掘现实生活的最高真实"的天才作家，并为他"并未能以其最高度的才能为我们写下更为辉煌的作品"而叹息。[②]

注重现实主义、艺术成就以及作家才能三者之间的交融贯通是林曼叔论述作家作品的一贯风格。例如林曼叔指出《红旗谱》的出色在于它写出了一系列近代中国的农民形象。朱老忠这个人物形象是英雄，他改变了现代文学中农民被侮辱被损害的形象，但这个形象没有严志和完美。因为作家在描写英雄之时，硬要把农民为生存而搏斗转向为政治理想而奋斗，导致作品失当。而人物性格的突出还需要更为生动性的、富有传奇性的、富有戏剧性的情节。[③] 林曼叔尊重文学创作规律，熟谙作家创作甘苦，强调作家要服从人物性格和故事情节发展的自身逻辑，而不要以自己的主体性干扰人物性格和故事情节的主体性，这种文学主张先在于大陆新时期初对文学主体性的讨论。林曼叔对《保卫延安》、《山乡巨变》、《创业史》等长篇经典的评说，都能将作品的现实主义、艺术成就与作家的思考局限

---

① 　林曼叔、海枫、程海：《中国当代文学史稿（1949—1965 大陆部分）》，巴黎第七大学东亚出版中心 1978 年版，第 211 页。

② 　同上书，第 159 页。

③ 　同上书，第 165—169 页。

三者融会一体，力透纸背地揭示作家作品的优长。

最后，林曼叔匠心独具地提出了与大陆文学史著不同的文学史分期和叙事情节。大陆 20 世纪 60 年代出版的三部文学史书写的是新中国十年文学。只有"华中师院的文学史"将这十年文学分成三个阶段：国民经济恢复时期的文学（1949—1952 年）；社会主义改造和社会主义建设初期的文学（1953—1956 年）；整风和"大跃进"以来的文学（1957 年以来）。而在大陆新时期的文学史中，"十七年"文学或者作为一个整体不再划分，或者以 1956 年为界分成前七年和后十年两个时期，这都借鉴的是政治、经济发展的历史阶段性。而林曼叔的文学史分期及叙事情节与大陆文学史大有不同。其主要是依据文学自身反对教条主义的斗争将"十七年"文学分成三个时期：第一阶段，毛泽东文艺思想的贯彻与胡风揭开反对教条主义文艺理论的序幕（1949—1955 年）；第二阶段，反对教条主义文艺理论的第一次高潮（1956—1957 年）；第三阶段，反对教条主义文艺理论的第二次高潮（1958—1965 年）。① 在林曼叔眼中，作家、理论家等人对教条主义斗争是贯穿"十七年"文学历史的一根红线。②

更具有创新性的是林曼叔在该著的第一部分围绕这根红线进行了文学史情节"结撰"。海登·怀特曾指出"历史叙述"必须处理的三个阶段：一是编年史；二是故事设定；还有一个是情节结撰，即以某种读者熟悉的叙述模式去组织故事情节。③ "十七年"文学中的大陆文学史著只是达到海登·怀特所说的"编年史"和"故事设定"的层面，即依照新中国十年文学的自然时序排列史实，并对其进行静态化描述与平面化分析，使得新中国文学类似生物体一样顺时生长发展。而该文学史首先是绪论，第一章是"文艺政策与作家组织"，林曼叔从第二章开始通过介绍文艺思想斗争进行"情节结撰"。

第二章是"文艺界的思想斗争"，共分四节，依次论及对电影《武训传》的批判、对俞平伯的《红楼梦》研究观点的批判、对胡适文艺思想的批判、对《文艺报》的检查和对主编冯雪峰的批判。这一章林曼叔的

---

① 林曼叔、海枫、程海：《中国当代文学史稿（1949—1965 大陆部分）》，巴黎第七大学东亚出版中心 1978 年版，第 13 页。

② 同上书，第 4 页。

③ ［美］海登·怀特：《前言：历史的诗学》，《元历史：19 世纪欧洲的历史想象》，陈新译，译林出版社 2004 年版，第 6—9 页。

意图是在论说为了毛泽东文艺思想的贯彻，开展了很多批判运动。

第三章是"对'胡风集团'的斗争"，共三节。依次论及胡风和"胡风集团"、胡风的《文艺意见书》、胡风的文艺思想。这和第二章一起构成反对教条主义的第一个阶段，即在毛泽东文艺思想的贯彻中，胡风第一个起来与教条主义文艺理论进行斗争，由此拉开了斗争的序幕。

第四章是"百花齐放，百家争鸣"与"反右斗争"，共分六节。依次论及"百花齐放"口号的提出与文艺界的鸣放运动、"丁陈反党集团"、冯雪峰的文艺思想、秦兆阳的"现实主义广阔道路论"、刘绍棠的文艺意见、陈涌对庸俗社会学论者的批判。这一章即反对教条主义斗争的第一个高潮。

第五章是"'革命现实主义与革命浪漫主义相结合'的创作原则与修正主义文艺理论"，共分七节。依次论及关于修正主义的文艺理论、关于"革命现实主义与革命浪漫主义相结合"的创作口号、邵荃麟的"写中间人物论"与"现实主义深化论"、巴人的"人性论"、李何林的"唯真实论"、周谷城的"时代精神汇合论"的美学思想、关于创作上几个问题的论争。这章主要是论述反教条主义的第二个高潮。

林曼叔在这四章中详细阐说了"十七年"文学中的主线就是反教条主义的斗争。林曼叔编撰的很多文学论争在大陆文学史著中很少予以详细论述，例如刘绍棠和陈涌的文艺观念，但该部文学史著却对它们青睐有加。这是因为林曼叔紧密围绕反教条主义的斗争这一文学史情节有所突出强调，其对自然时序的历史本身进行艺术加工和重构，把所涉及的各种相互关联的事实安排成一个清晰而晓畅的叙事系统，于是文学史情节得以获得圆满的解释与论证。而中国大陆同期的或新时期初的文学史只是陈说史实，欠缺这种情节提炼，只有到 20 世纪 90 年代中期之后大陆文学史著才出现这种情节"结撰"。① 遗憾的是该文学史著从第六章到第十七章都是介绍这"十七年"间的作家作品，没有将反教条主义斗争的红线贯穿到作家作品的选择与阐释中去，这使得文学史主体仍是作家作品论，从文学史编撰的角度来看，这是美中不足的。

---

① 封孝伦编著的广西师范大学出版社 1997 年出版的《中国当代文学》是中国大陆首部注重情节结撰的中国当代文学史。参见张军《中国当代文学史叙述研究》，中国社会科学出版社 2012 年版。

文学史情节的提炼与"结撰"暗寓着林曼叔对知识分子写史的自许与信守。该部文学史出版在 1978 年，此时大陆正"加快为受迫害的作家和作品平反的步伐"①，上述大多数作家、文艺理论家此时还没有平反或者刚刚平反，但林曼叔能慧眼卓识地对其进行正名书写，以每人一小节的篇幅展示他们在"十七年"中的抗争与倔强。足见林曼叔对这些逆流而上的知识分子的赞赏，并为之立传的雄心。特别是林曼叔在第三章对胡风这一悲剧人物进行专章介绍，这是以正面肯定的姿态塑造胡风的文学史形象，而其在十年之后的 1988 年才在大陆完全平反。这正表明林曼叔以知识分子为自身角色认同，不屈服于压力而唯独相信自己的知识、理性，做社会的良心，推崇知识分子气节贞操而秉笔直书。

林曼叔的种种批判中对毛泽东及其《讲话》，"十七年"的文艺政策以及中国社会主义制度有很多大不敬之处，这是冷战之时大陆之外学术研究共有的"时代病"，我们既不必苛求他超越时代书写出更符合当下价值理念的文学史，也不必就此而忽略该部文学史的意义，甚至对其加以选择性遗忘。因为该部文学史中的精华之处与其片面性一起纷呈迭出，细微的瑕疵不能掩盖它璀璨夺目的光芒，其丰富的营养仍将滋养惠泽当下的中国当代文学史编撰。

第四节　李辉英在中国香港传播左翼文学史观

李辉英（1911—1991 年），满族，吉林永吉人。1932 年 1 月，在丁玲主编的左联杂志《北斗》上发表第一篇抗日题材短篇小说《最后一课》，成为东北作家群代表人物。1950 年定居中国香港，以写作为生。1963 年执教于香港大学东方语言学院、中国香港中文大学联合书院。1957 年，李辉英应《南洋商报》副刊"商余"之约，以"方可"之名开始书写中国现代文学初期历史，后来这些文章集中成书命名为《中国新文学廿年》，由香港世界出版社印行，署名为林莽。② 1967 年秋季，香港中文大学联合书院中文系开了"中国新文学史"这门新课，这是中国香

---

① 本报评论员：《加快为受迫害的作家和作品平反的步伐》，《人民日报》1978 年 12 月 23 日。

② 林莽编著：《后记》，《中国新文学廿年》，香港世界出版社 1971 年版。

港第一次开设这门课程。李辉英就成为这门课程的老师，他边上课边补充，给学生油印的讲义即以《中国新文学廿年》为主。到 1969 年暑假时，他进一步修订和补充，增添了 1937—1949 年的部分①，后该书由东亚书局 1970 年出版，命名为《中国现代文学史》，1972 年 7 月再版②（笔者这里讨论的是再版本）。尽管《中国新文学廿年》与《中国现代文学史》这两部文学史有着明显的继承、改编的成分，但一个是副刊写稿、一个是大学授课，接受群体不一样，自然导致二者有明显不同。

一　框架体例

《中国新文学廿年》尽管只有 130 多页，但框架和结构仍然井然有序。该文学史时间起点为 1919 年，二十年就是 1919 年至 1939 年，分为两个层次。前一层次主要谈论新文学的出场、萌芽，包含第一章"从文学改革说起"，论述本时期文学思潮和新文学的出场，然后第二章为"新诗的出现"、第三章"小说的登场"、第四章"戏剧的萌芽一瞥"、第五章"散文在丰收中"，这是从四种文学体裁来论述本时段文学史的发展。后一个层次主要论述新文学的成长，包含第六章"鲁迅与新文学的成长"论述时代思潮及重大事件，然后第七章"诗歌的进展"、第八章"小说的成长"、第九章"戏剧的成长"、第十章"杂文、报告、游记、速写、散文、小品"，也是从四种文类体裁的发展变迁来论述。

该文学史在每个章节之中或者按照派别，或者按照文学内容，或者按照形式再进行细致分类。例如第二章"新诗的出现"分为三小节依次为"一　初期的反映人生的新诗"主要介绍了胡适、李大钊、刘半农、朱自清等早期的白话诗，冰心、宗白华等人的小诗以及湖畔诗人；"二　抗拒的号角"主要论述郭沫若、成仿吾、王独清等创造社诗人，以及蒋光慈的诗作；"三　追求形式的新诗"主要介绍了新月派的徐志摩、闻一多以及朱湘、李金发等人的诗歌。这三类中前两类大致是以内容上的不同，而后依据的是形式上的差异。该文学史第三章为"小说的登场"分为三节，依次为"一　从鲁迅的《呐喊》和《彷徨》说起"主要强调鲁迅的文学成就；"二　为人生而文学的实践"主要介绍了杨振声、叶绍钧、落花

---

① 李辉英：《后记》，《中国现代文学史》，东亚书局 1972 年版。
② 李辉英：《再版后记》，《中国现代文学史》，东亚书局 1972 年版。

生、冰心、庐隐、王统照；"三　以故乡为题材的乡土文学"介绍了蹇先艾、黎锦明、许钦文、鲁彦，还有冯文炳、彭家煌、许杰、王任叔；"四　青年、爱情、憧憬"介绍了郁达夫、郭沫若、郑伯奇、周全平、倪贻德、淦女士、蒋光慈。这都是按照内容加以分类的。

古远清曾指出李辉英的《中国新文学廿年》在框架体例上受王瑶的《中国新文学史稿》影响很大。这的确没有冤枉李辉英，如第二章至第四章与王瑶著作的标题都大同小异。如王著第四章的标题为《萌芽期的戏剧》，李著为《戏剧的萌芽一瞥》。王著该章每小节的标题分别为"社会剧"、"历史剧"、"爱美剧"，而李著为"从娜拉到社会剧"、"历史剧随之而来"、"爱美剧的追求和产生"。① 因为王瑶的《中国新文学史稿》是当时最成系统的中国新文学史著，影响巨大，李辉英在为杂志写专栏之时，更多带有"科普"性质，所以有所借鉴也难免。

而当李辉英自己在大学上课时，我们就看出他有意在框架体例上进行创新。首先，在文学史起始上从 1917 年开始叙述，而之前则从 1919 年叙述。其次王瑶的文学史分为四编，第一编为"伟大的开始及发展（1919—1927）"，第二编为"左联十年（1928—1937）"，第三编为"在民族解放的旗帜下（1937—1942）"，第四编为"沿着《讲话》指引的方向（1942—1949）"。而李辉英的《中国现代文学史》只分为三编，第一编为"文学革命的开始和进展"，第二编为"中国现代文学的演变"，第三编为"高举抗战文艺的大旗"，这样更注重文学自身的进展，而不是如王瑶那样重视每个时段文学的政治性内容。最后李辉英继续在每编之中按照诗歌、散文、小说与话剧的体裁分别加以介绍。但相对于之前的《中国新文学廿年》和王瑶的《中国新文学史稿》来说，不再单以文学主题予以条目分类，而是在主题、体裁分条目的基础上，增加了作家论，很多作家或单独、或两三人组成小节，使得条目具有混合性。如第二章是"打冲锋的新诗"，下属每节标题为"最初的几首新诗"、"自由诗、小诗"、"郭、蒋的诗"、"格律诗和象征诗派"，这就将体裁和作家论混合在一起。第五章介绍第一个十年的话剧，在小节上也与王瑶文学史不一样了。其标题是"新剧（话剧）的出现"，而小标题分别为"最先出现的剧

① 古远清：《李辉英："中国现代文学史"学科在香港的开拓者》，《贵州社会科学》1996年第 3 期。

作"、"终身从事剧运的欧阳予倩"、"其他的剧作家"、"初期的田汉和洪深",这就带有作家论的色彩;另外,王瑶在每编之前多是时代文学概貌,涉及面更广泛。而李辉英在《中国现代文学史》中都有章节介绍该时段"重要的文学主张",这就相当于文学理论简史,相比王瑶的要简略。又如在第一编第一章第四节"重要的文学主张"中其介绍了"人的文学"、"平民文学"、"为人生的艺术"、"为艺术的艺术"几种不同的文艺观。这些都表明,李辉英后来的《中国现代文学史》有意在王瑶的《中国新文学史稿》和《中国新文学廿年》的基础上有所变通、有所突破。

二　推崇鲁迅

由于李辉英受过鲁迅的亲炙,还曾加入过左联,所以在《中国新文学廿年》中我们可以看出他对鲁迅的推崇。

首先,这从章节编排上就可以看出,鲁迅的名字是唯一多次出现在章节的标目上。第三章"小说的登场"中第一节就为"从鲁迅的《呐喊》和《彷徨》说起",第五章"散文在丰收中"的第一节为"鲁迅的杂文";第六章直接将鲁迅出现在这章的标目上,即"鲁迅与新文学的成长",这里介绍了当时的文学思潮运动,而这些文学思潮运动鲁迅又曾参与其中,所以二者得以混合书写。这样的标目也渗透一种言下之意,即鲁迅推动了"新文学的成长"。其中第一节为"创作方法"介绍了鲁迅所力推的创作方法,将他的几篇谈创作的文章《关于小说题材的通信》、《答〈北平杂志〉社问》、《给初学写作者的一封信》等予以引用。第二节为"大众化"介绍鲁迅的文学大众化的观点,第三节为"团结的促成",第四节为"重大的损失——鲁迅逝世",可见鲁迅在李辉英心目中的位置是何等重要。

其次,李辉英对鲁迅的推崇还体现在对其文学成就的赞扬中。《中国新文学廿年》指出:"鲁迅的小说是从文学改革迄今为止,最为伟大的、最有成就的作家中的一个,无怪他在世界文坛上更享有隆盛的声誉。"①但是从李辉英对鲁迅作品的分析上来看,他多是根据鲁迅自己所说的"揭出病苦,引起疗救的注意"来阐释鲁迅小说,基本上没有新意出现。

---

① 林莽编著:《中国新文学廿年》,香港世界出版社1971年版,第39页。

例如李辉英强调《狂人日记》这个狂人的原型来自鲁迅的表兄弟，它的出现，"可说是小说界中的一大改革。不但体制一新，连它的内容，都新得一反前人。他在这篇作品里，提出了'人吃人'的控诉，实在是反对四千年的吃人社会的，也是吻合了反封建的要求的，他还在反了旧的之后，提出来'救救孩子'的实际愿望——新的主题。"① 所以，"我们可以说，《呐喊》中的鲁迅是在'呐喊'过了，但《彷徨》中的鲁迅，并未'彷徨'，他为彷徨的人指明了应循的道路。他的感伤的色彩和凄凉的心境，正是在为那些跌落在生活中的不幸者而提出他的控诉。"②

由于李辉英自己的文学观点在于启蒙，在于文学迫在眉睫的功用，所以他对鲁迅文学价值的评断也是着眼于此，其指出《阿Q正传》的意义仅在于："不但通过了一些人物，形象的批判了中国国民性的共同弱点，还给我们揭示了旧中国农村的暗无天日的实况，提出来一连串的急待解决的农村问题。"③ 他不是从鲁迅文学的深广性与人类的普遍性去分析其思想意义，剖析阿Q精神的诸多内涵，而精神胜利法在人类心理中的世界性，特别是鲁迅对辛亥革命甚至是整个革命运动的反思在李辉英的解读中都没有体现出来。也正因为对文学功用的强调，所以鲁迅的杂文受到了李辉英的盛赞，鲁迅自己对杂文功能的高扬自然成为李辉英的信念，即"生存的小品文必须是匕首，是投枪，能和读者一同杀出……"④ 这也说明李辉英眼中的鲁迅只是片面符合他的文学观的鲁迅，而鲁迅的多样性和复杂性恰恰被予以忽略。

对于鲁迅的《野草》，李辉英仅仅强调《野草》的象征手法及悲凉中有坚韧的战斗性。鲁迅在《野草》英译本的序言上揭示了自己的创作原由，并以此来阐释自己这些带有象征主义、浪漫主义和现实主义混杂的篇什。李辉英除了对鲁迅的这段自白予以完全摘用之外，对于《野草》再也不能说出什么，他这是以鲁迅自己对这些文章的解读而进行同样的分析，也正证明李辉英对鲁迅的推崇，使得他几乎提不出也不敢提出更多的个人意见。

最后，李辉英视鲁迅的批评为权威，凡是鲁迅推荐的作家作品基本上

---

① 林莽编著：《中国新文学廿年》，香港世界出版社1971年版，第33页。
② 同上书，第39页。
③ 同上书，第36页。
④ 同上书，第64页。

都是他所肯定的。例如鲁迅在《小小十年》中的《小引》中曾力推叶永蓁，而且在《三闲集》中将其收入名为《叶永蓁作〈小小十年〉小引》，于是李辉英长篇大论引用了鲁迅的这些评价，俨然叶永蓁的《小小十年》是非常重要的作品，而实际上，鲁迅对该部作品在艺术上的得失还是比较清醒的，他曾指出该部作品中主人公的思想转变非常突然："在这里，是屹然站着一个个人主义者，遥望着集团主义的大纛，但在'重上征途'之前，我没有发见其间的桥梁。"① 可见鲁迅对叶永蓁既有爱护，也有艺术上的严格要求，并不是放弃原则的支持提携。而李辉英没有意识到叶永蓁这样的作家在中国现代文学史中还不值得大书特书，但是他不仅写进了叶永蓁《小小十年》，而且他只引用鲁迅对叶永蓁称赞的话语，却没有显示出鲁迅对他的批评。这说明李辉英有时会因对鲁迅的崇拜而导致自己的文学鉴赏力的失却。

　　但李辉英有时候也能坚持自己的文学史意见。例如介绍"革命文学论争"，李辉英只是客观指出："鲁迅之外，茅盾、冯雪峰、胡风、郭沫若、周扬、徐懋庸等，都有意见发表。"② 他没有认为只有鲁迅一方是正确的，他的意思是这还不是文艺大团结的时候，只有到后来"《文艺界同人为团结御侮与言论宣言》发出之后，文艺界的大团结真正形成"。③ 这就间接表明他认为文学界当时的这场争论并不适当，文学界在外敌入侵之时更多应以团结为上。而鲁迅对年轻作家的帮助提携几乎是无微不至，同样是年轻作家的叶紫、萧军、萧红等人就多次受到鲁迅的熏陶，为他们出书写序等等。李辉英在论述这些作家之时也同样大量复述鲁迅的原话，不过他也委婉指出这些青年作家艺术追求上的瑕疵。例如他指出萧军的《八月的乡村》和萧红的《生死场》："由于是年青人的入世作，技巧方面，不够修炼，是共同之点。同样的在结构方面有嫌散漫，这也是实情。"④ 李辉英对端木蕻良的文学成就进行了夸奖，并认为其高出鲁迅所看好的二萧。他指出，"端木蕻良的长篇《大地的海》和《科尔沁旗草原》，全以内蒙草原为背景，写草原上的人们生活，美丽、粗犷而真实，取得了好评，他的收获是东北作家中最大的一个。短篇集《憎恨》，则是

---

① 鲁迅：《鲁迅全集》（第4卷），人民文学出版社2005年版，第150页。
② 林莽编著：《中国新文学廿年》，香港世界出版社1971年版，第77页。
③ 同上书，第77—78页。
④ 同上书，第115页。

描写在日军下东北农村的悲惨景象的。端木蕻良的文学才具，是驾乎其他的东北作家之上的。"① 对端木蕻良这位作家如此的高度评价应是少有的。

　　而在后来的《中国现代文学史》中，李辉英适当调低了自己对鲁迅的推崇态度，这自然与作为老师他希望自己在上课时获得更多学生的支持有关。大学课堂上和学生面对面进行教学互动，对某个作家的过度偏爱，易引起学生的反感和怀疑。因为知识传授讲求的是科学态度而不是主观情感的渗透。于是《中国现代文学史》的章节标题上再没有出现鲁迅的名字，而在节上也只出现了两节，一节是"鲁迅的杂文"、一节是"鲁迅的小说"，此前关于鲁迅的逝世所予以的高度评价就不再书写。而对于鲁迅作品的分析，李辉英已经开始扩展自己的思维，吸收更多研究的成果，而不只是站在自己原来的立场上进行分析。例如他指出《阿 Q 正传》："是以辛亥革命为背景，通过了对民族弱点的描绘，而表现了农村无产者的浮浪的性格的。也写到了辛亥革命不彻底的一面。至于阿 Q 这人的那些缺点，非仅一部分的农民如此，就是社会中其他阶级的人们的缺点也写了出来。家丑不可外扬的说法，至少叫鲁迅给了重重的鞭打。"② 这就将鲁迅作品中的主题思想和人物性格推向更广泛的视域去考察，而不只是停留在对社会生活的直接反映和推动上。而对于鲁迅的《野草》，李辉英这时只是一笔带过，指出其是"一个散文集，有抒情文，也有记叙文，有名的《秋夜》一文便是收在《野草》里面的"。③ 看来，李辉英对鲁迅的解读总的来说还是新意不多。而我们在上文提及的叶永蓁的《小小十年》这里就不再提及，他已经认识到该部作品不应在文学史中加以介绍。而鲁迅对其他作家的批评仍会被李辉英所借用，但相比原来的《中国新文学廿年》，他已经大大降低了自己的主观情感，采取更稳妥、更四平八稳的书写立场。

三　强调内容重于形式

　　正如前述，李辉英受到过鲁迅的热心帮助，再加上他自己也曾是左联成员，他还是东北作家群中的一员，特别是东北的沦陷对他造成巨大的心

---

①　林莽编著：《中国新文学廿年》，香港世界出版社 1971 年版，第 115 页。
②　李辉英：《中国现代文学史》，东亚书局 1972 年版，第 97 页。
③　同上书，第 88 页。

灵震撼，这些个人交往、家仇国恨等种种因素，直接决定了他的文学观点：重视文学的直接功用，强调内容重于形式，高举现实主义精神，即文学不仅要揭露黑暗，而且还要指出光明前景。凡是不符合这个标准的作家作品，在他的这两本文学史书写中都会一再受到批评，这尤以《中国新文学廿年》最为突出。

　　内容高于形式，这表现在李辉英对各个体裁文类的具体评价上。在诗歌方面，他主张现实主义，他认为："新诗岂仅是形式上的改动而已，它需要有反映民众疾苦的现实内容的。它应该是大众的喉舌。"① 所以他认为李大钊早期的白话诗比胡适的《尝试集》写得好，而"像康白情的《草儿在前集》，像俞平伯的《冬夜》、《西还》，像周作人的一些小诗，都无从达到这个要求。倒是前期诗人中的刘半农，对于困苦的人生，时常有所反映"。② 而徐玉诺的《将来之花园》被李辉英所关注，因为他"歌咏出农村中军阀混战的痛苦，他给不幸的人喊出不平的呼声。这位出身河南农村的诗人，他的本身，就在遭受到混战祸害"。③ 尽管他承认一些诗人文学成就的确较高，但他会在内容上加以批判。如他觉得冰心的小诗"独创一格"，"写得干净利落"，但是他批评冰心"躲在大自然的美和母爱中，内容多是逃避现实的，应该是她的缺点。你无法从她的小诗中看到奔放的热情和激昂的抗拒"。④ 李辉英在第七章第二节的标题就是"不良的倾向——新月派、现代派"，他认为他们在诗歌形式上的探索为"不良倾向"，"注重诗的形式的，内容反而居于次要的地位"。⑤ 而陈梦家的《梦家诗集》和《铁马集》则"完全是追求形式完美的作品，对于伟大的现实，仿佛看不进他们的眼内。就算有时放宽了题材的范围，也只是把自己做为一个旁观者来加以描绘的，缺乏真实的感情，特别是对于大众的同情"。⑥ 他评价卞之琳的诗集"始终是不满意现实的丑恶，而又找不到可以奔赴的道路，自沉于形式美的漩涡里的"。⑦ 所以李辉英认为新月派和

---

① 林莽编著：《中国新文学廿年》，香港世界出版社 1971 年版，第 24 页。

② 同上。

③ 同上书，第 25 页。

④ 同上书，第 26 页。

⑤ 同上书，第 84 页。

⑥ 同上。

⑦ 同上。

现代派这两个诗歌流派"实在起了某种程度的阻碍作用"。① 在批判新月派和现代派之后，李辉英高度赞扬了"中国诗歌会"，指出其是"正面反对新月派和现代派诗的团体，在诗国中发生了很大的影响，在推动新诗走向正确的方向上，尽了它的历史任务"。② 而臧克家和艾青的诗歌受到了高度赞扬，被李辉英视为诗坛"新的力量的出现"，"无论在内容和形式上，都无异为颓废的现代派，甚而是新月诗派敲起丧钟"。③

强调内容高于形式也表现在李辉英的小说分析中。在分析庐隐时，李辉英指出其早期的创作题材过于狭窄，多关注个人的人生，而其后来的《曼丽》"是想就此走出社会，重新估定人生的价值的，由于受了时代的震荡，因此取材较宽，感情也比较深挚。但她的作品证明她并未向前迈上一步，冰心缩在母爱之下，她则是陷入了半停顿的意识进境中了"。④ 在戏剧方面，李辉英也是强调内容比形式更重要。例如他高度肯定陈大悲的文学史地位，"在初期的戏剧发展史上，陈大悲自然是一位台柱，他留下的影响也很大"⑤，但他批评"陈大悲从文明戏开始，到爱美剧，偏重作品的形式，注重情节、穿插，强调趣味、噱头，结果降低了戏剧的严肃的社会意义"，"讲到爱美，任何戏剧都应具备这一条件的，单单把爱美加在形式的推求上，而忽略了剧本的内容，又怎能说到美的完整？这便是陈大悲的短处"。⑥ 他也肯定丁西林"用喜剧的情调，加以经济的手法和精粹的对话，趣味含蓄，效果颇佳"，但"他也只是以形式胜的爱美剧作者中的一个"。⑦ 在散文方面，李辉英也强调要敢于对现实发言。例如他认为俞平伯的散文"有如旧笔记的风格。题材方面，则又多属回避现实的一套玩意儿"。⑧ 而"徐志摩的散文，专门注意形式的美化。一如他的诗只知讲求格律一样，结果，他的散文只是写出来一些华而不实的作品罢了"。⑨ 周作人也在受批评之列，李辉英指出在他"初期的杂文集《自己

---

① 林莽编著：《中国新文学廿年》，香港世界出版社 1971 年版，第 85 页。
② 同上书，第 87 页。
③ 同上书，第 90 页。
④ 同上书，第 43—44 页。
⑤ 同上书，第 59 页。
⑥ 同上。
⑦ 同上书，第 60—61 页。
⑧ 同上书，第 68 页。
⑨ 同上书，第 69 页。

的园地》和《雨天的书》中，还可以发掘些不满意现实和反封建文化的文字，后期的杂文，便不免沉浸于苦茶古玩谈鬼论禅那一套了，他所为的'破坏者'，最后不免于朝着日本人投靠。便也就埋葬了自己的文学生命"。①

正因为强调内容重于形式，所以李辉英文学大家的选定存有自己的偏见。政治倾向激进，与左翼有关的文学家都受到他的称颂。除了鲁迅之外，还有郭沫若、茅盾、曹禺、郁达夫等得到了重视，而巴金、老舍、沈从文、施蛰存，新感觉派等就不被看好。但即使是受到重视的作家，李辉英也会对其作品的内容进行严苛批评。因为他认为文学光揭示黑暗还不够，还要展示进步的力量，预示未来的方向。

例如李辉英评价郭沫若的《女神》等早期的诗歌，"含有尊重个性，景仰自由的内容，那也正好是五四之后人性解脱运动中的一环。他不但对社会有所咒诅，更在正面的歌颂出强烈的抗拒之声。"② 但《前茅》的文学成就高于《女神》，因为前者"内容方面又向前跨了一步"，"他已经把局限于个人范围之内的自由和生活，扩大而为大众的了。由此，终使他最后唱出激昂慷慨的富有进步意识的诗篇，为创造社诗人中有着成就的一个"。③ 而郭沫若的初期历史剧，"虽然形式上未臻完美之境，但他的雄浑气魄和时代呼声，则是充满在作品之中，而成为了反封建反强力的有力的标志。"④

又如李辉英既对茅盾给予好评，称他的《子夜》是"当时文坛上最重要的收获——一部杰出的现实主义的巨著"⑤，"如果说，新文学革命二十年间，只出现了两部巨著，那就该是《阿Q正传》和《子夜》了"。⑥ 但他也谈到了《子夜》的缺点："是对于工作者群描写的不够真实、深刻，和对于某些个别人物描写的概念化，以及对女性的心理描写冲淡了作品的严肃的教育意义等全是。"⑦ 对女性心理的描写则被现在的文学史家认为是茅盾作品中的显著特色，李辉英对这方面的指责可能并不令人

---

①　林莽编著：《中国新文学廿年》，香港世界出版社 1971 年版，第 70 页。
②　同上书，第 27 页。
③　同上。
④　同上书，第 58 页。
⑤　同上书，第 99 页。
⑥　同上书，第 100 页。
⑦　同上。

信服。

李辉英对郁达夫也进行了批评。他指出《沉沦》中的三篇作品，"内容上尽管有着不大健康的一面，毕竟在反对旧礼教上有它一定程度上的意义。"为什么内容不健康呢？不是因为郁达夫写了性爱，而是因为"作者笔下的青年，于不满现实之外，又在无办法的给自己以麻醉。逃避现实，固然是懦夫的行为，麻醉也是表示了消极。不健康的道理就在此"。[1]

对于老舍前期的作品，李辉英认为老舍的作品，"写来痛快淋漓，富有讽刺力，但因为笑料太多，过于夸大，反使讽刺失去了力量。他虽然出身寒苦，和苦人多有往来，但由于他缺少一种作为观察和分析社会生活的正确思想的指导，所以被他所描写的人们，孤立的看起来，常常是显得生动而逼真，但从另一方面看，则又确乎看不出他们和整个社会的关联，这也就更说不到发展的前途了。因此即令作者对于某些人，赋予某种同情，也时常由于他的幽默一番，反而有了损害。像《猫城记》，像《牛天赐传》，都是这类的作品"。[2] 李辉英认为老舍的《骆驼祥子》是优秀之作，明快有力，作者思想表现了"个人的挣扎，应归于集体上去"。[3] 但缺点也是有的，即结尾"仍然不够真实，只是一个悲惨的结局，希望呢？却没有一点一滴的暗示"。[4] 所以总的来说，李辉英认为："老舍作品的思想性不强，这是致命伤，但他在试用北京话写作上的成功，却是独一无二的。"[5]

李辉英对巴金的评价也是有所保留，他认为巴金的小说，"在教育青年启发青年上，巴金的作品，因而是起了一定程度的作用的"。[6] 巴金作品的缺点在于："结构有时欠严紧，热情有余，冷静刻画不足，往往一泄无余，缺少适当的布置。最重要的一点，他的小说是不会给读者指出一条正确的道路，譬如《家》中的觉慧出走了，走出家庭又干些什么？书中不能求到答案。这，实在是他的安那其主义的思想把他限制住了。"[7]

对于沈从文，李辉英的评价不高，认为其初期写的军队生活题材的小

---

① 林莽编著：《中国新文学廿年》，香港世界出版社1971年版，第48页。
② 同上书，第105页。
③ 同上。
④ 同上。
⑤ 同上书，第105—106页。
⑥ 同上书，第107页。
⑦ 同上书，第108页。

说，"只不过是加以记录罢了，并不能指出旧的如何可憎，新的如何在诞生。他的作品多以湘西一带地方作背景，描写当地人的野蛮和落后的生活，用以引发读者的兴趣。他的文字优美，偏重技巧，而少有表现出社会的意义。他也知道不满于现实，但又不自觉的对于过去寄予一些怀恋"。①

对于曹禺的戏剧，李辉英是高度赞扬的。该著第九章"戏剧的成长"中第二节就为"《雷雨》的出现"，《中国新文学廿年》单独在节中出现一个作家作品的非常少，而曹禺占据了一节。他认为："曹禺的《雷雨》和《日出》，可以比做小说中的《子夜》和《倪焕之》，任谁都不能不给他以很高的评价。他的剧本的出现，也鼓励了和提高了一般剧作者的艺术水平，这更有大的贡献。"② 但是李辉英对于《雷雨》"宿命论的观点和某种神秘气息"则认为是其缺点，"因为这样一来，恰好限制了作品对于现实的反映的深度，也冲淡了它所具有的社会的意义"。③ 而对于《日出》中打夯工人具有感染力，李辉英是承认的，但是他认为："打夯工人的象征，只是象征罢了，全剧也并未指出不平人生的真正原因，这也就大大的减低了爱憎的强度，该是作品中一个缺点。"④

在后来的《中国现代文学史》中，李辉英仍然坚持内容重于形式的文学标准，但是标准宽泛一些，不再将其视为唯一标准，对一些作家作品的评价多委婉宽松一些，但批评的姿态仍然不变。如他批评冰心的"爱的哲学"是"虚飘的"，"她那种近乎天真的母爱的歌颂，初初还能引起五四期一般青年的憧憬，但只一转眼，过眼云烟，人们已然看得出来那是不切实际的主题了。而且由于中庸主义的影响，使她在作品的反映上，对于现实的勾划，常常都是保守的倾向浓厚，破旧而能立新的情况十不一见。"⑤ 这说明李辉英仍然坚持文学的功利性目的，以现实主义为文学最高标准，但相对来说还是比较平和的。又如他对新月派的评价就降低了批判的尺度，其标题成了中性的"新月派诗和诗人"，他也承认了他们在诗歌技艺上的成就，认为："他们的作品，特别注重追求形式格律的完美，极力雕琢，音节韵脚都提到高高的地位，形式上的成就较之五四期的自由

---

① 林莽编著：《中国新文学廿年》，香港世界出版社 1971 年版，第 109 页。
② 同上书，第 128 页。
③ 同上书，第 124 页。
④ 同上书，第 127 页。
⑤ 李辉英：《中国现代文学史》，东亚书局 1972 年版，第 102—103 页。

诗有了改进，但却因此而忽视了内容的完美，也是实在的情形。空虚、贫弱、少金石之声般的内容，等到 1931 年的'九一八'浪潮一来，重大的主题还不思有以反映的时候，其结果不免于因此而消沉，也是命运注定的了。"① 这样的评价比之前有所缓和，更加客观。

特别是他对老舍的评价要温和多了，尽管批评其早期的创作"使人只是觉得嬉皮笑脸的成份高，讽刺的性能差，所以成就还不能使人满意"，但他高度评价《骆驼祥子》"才是驾乎他以前所有的长篇之上"。② 李辉英对沈从文的评价只是指出，"他的文字，独自塑造了一种风格，仿佛极力避免使用虚字（助词）入句，要求句子更为简洁明朗，如果说这是好的一面，却也更是坏的一面，无形中等于制造了一种新文言，距离现实生活中流行的口语愈来愈远；那只是文人之文，而不是文人生动而活泼的口语化的作品。"③ 李辉英仍旧认为曹禺的《原野》较之《雷雨》和《日出》显然差了力道，"仇虎除了是原野的人以外，连一个真实农民的形象也还差得远呢"，但他是在"尽心尽力小小心心的写起来的，一个小节，一句对话，都是表现了他创作上一丝不苟的态度，是令人可敬的特点。曹禺的出现，实是我们戏剧界出现了的一颗彗星"。④

《中国现代文学史》比之前立场温和还表现在他还介绍了国民党和中间派的文艺运动。如第二编第八章第六节为"民族主义的小说"，就介绍了《陇海线上》、《国门之战》与《大上海的毁灭》等。而在第十章"重要的文学主张"中，第一节为"革命文学"，第二节为"普罗文学"，第三节为"民族主义文艺运动"介绍"右翼的文学组织"，第四节则为"第三种人的文艺自由的主张"，第五节为"文艺大众化、国防文学、民族革命战争的大众文学"。他将 20 世纪 30 年代各种政治立场之下的文学主张都标注出来，展现了历史的复杂性和多样性。第三编第十六章"重要的文学主张"中第一节为"民族形式的讨论"，他客观介绍了向林冰和葛一虹的主张，并不持批评态度；第二节为"延安文艺座谈会"，则重点介绍了"为工农兵的方向"、"普及与提高"、"暴露与歌颂"。这与之前李辉英总是站在左翼文学立场上赞颂左翼文学不一样，此时他还注意到右翼与

① 李辉英：《中国现代文学史》，东亚书局 1972 年版，第 127 页。
② 同上书，第 179 页。
③ 同上书，第 181 页。
④ 同上书，第 202 页。

中间路线的文艺活动。可见，李辉英现在的身份是大学教员，其在向学生讲授文学史之时必须注重到客观中立的立场，而不方便将自己的主观立场和艺术偏好完全无隐地向学生传授。

尽管《中国现代文学史》较之前的《中国新文学廿年》内容有所增多，但是其只是知识的累积，而欠缺令人愉悦的文本解读。例如他介绍五四时期的"文学社团、杂志和副刊"之时，介绍了"新潮社"及《新潮》杂志，还有"少年中国学会"及其"少年中国月刊"。还介绍了文学研究会及《小说月报》、创造社及《创造季刊》、现代评论社、语丝社及《语丝》、新月社、莽原社、未名社、狂飙社、浅草社与沉钟社、骆驼草社、弥洒社、太阳社等等。李辉英还介绍了自己曾参与其中，而一般文学史很少书写的抗战时期"作家上前线"、"笔部队上前线"、"慰劳团代表上前线"等文学史实，还书写了"演剧队下乡"，包含"救亡演剧队十三队"的具体情形，以及他们在培植演剧新人上的成绩。他在小说与话剧中对很多作家也都只是简介其出生履历以及作品出版情况。例如"反映农村题材的小说家"、"东北作家群的出现"、"国防戏剧作家群"等章节中都介绍了许多作家，这样看起来是人物众多，但是每个人物都用同样的篇幅，文学史重点就不能突出，经典作家作品没有被确认，文学史规律没有得到总结。特别是诗歌中摘引了很多，而少细致入微的赏析，李辉英自己的文学史评价就不能彰显。

其实作为作家的李辉英对作家作品的分析应该非常精彩，他偶尔为之就会让读者惊喜不已。例如他评价朱自清的《背影》："把一个做父亲的人对于长大的子女仍看成孩子而不放心的情致都写出来了，平淡中却含有深深的意味呢。还有，朱自清的散文是富有中国气味的，和徐志摩的富有外国气味的散文就全然不同。就另外一面说，朱自清的散文是把外国气味也糅进了中国气息之内的散文，因此我们也愿意说他的散文是有着中国的民族风格的。"[1] 又如他分析凌叔华，"因为社会的接触面不大，作品的题材便受到了限制"，"所以作者在自己生活的平静世界里，看到的悲剧，不过是人生琐碎的纠葛，不过是平凡现象中的动静罢了。因而她所写的多是绅士家庭中等人家姑娘的梦，小孩的淳真等"[2]。这样的作家作品分析

---

① 李辉英：《中国现代文学史》，东亚书局1972年版，第89页。
② 同上书，第182页。

熨帖细致，深入腠理，而且有作家之间的比较，给人以启示。但遗憾的是这类作家作品分析在该书中并不多见，更多的只是知识性介绍，少自己的主观性评价。

　　总的来说，李辉英的这两本文学史影响并不大，其受到王瑶的《中国新文学史稿》影响太大，很多具体作家作品的分析都是在王瑶的基础上加以变通而成。至于古远清所说，其在中国大陆"文革"之时编写而成，但是能将大陆那些没有平反的作家书写入史，显示了他的史识。① 这固然重要，但是这些作家在王瑶的《中国新文学史稿》中都曾经入史过，李辉英只不过是坚持了王瑶的文学史内容而已。而李辉英在文学观点上更重于内容，特别是要求文学暴露黑暗、展现光明，这在王瑶的基础上有所更进。可以说，他是在中国香港扛起了传播与宣传左翼文学史观的重任了。

第五节　司马长风纯文学视域下的文学史建构

　　司马长风的《中国新文学史》上、中、下卷由昭明出版社出版②之后，反响强烈，因为其坚持以纯文学的标准予以文学史编撰，在文学史的分期和作家作品的选取、评价方面都不同于之前的中国现代文学史，其还特意将文学批评作为文学史的重要组成部分，值得我们将其细细品味。

一　纯文学的文学史分期

　　王瑶的《中国新文学史稿》③ 将中国现代文学史分为四个时期，文学史由此分为四编。第一编是"伟大的开始及发展（1919—1927）"，第二编是"左联十年（1928—1937）"，第三编是"在民族解放的旗帜下（1937—1942）"，第四编是"文学的工农兵方向（1942—1949）"。这种文学史分期是按照左翼文学与工农兵文学为中国现代文学史主流所进行的文

---

　　① 古远清：《李辉英："中国现代文学史"学科在香港的开拓者》，《贵州社会科学》1996年第3期。

　　② 司马长风的《中国新文学史》上、中、下卷由昭明出版社出版，版本众多，上卷曾1975年初版、1976年再版、1980年第三版，笔者这里论述的是第三版。中卷曾1976年初版、1978年再版，这里论述的是再版。下卷则论述的是1978年的初版。

　　③ 王瑶：《中国新文学史稿》（上、下），新文艺出版社1951、1953年版。

学史划分。1998 年出版的《中国现代文学三十年》① 则将中国现代文学史分为三个时期。第一个十年（1917—1927 年），第二个十年（1928—1937 年 6 月），第三个十年（1937 年 7 月—1949 年 9 月）。这种文学史虽然在标题上有所改换，但是实际分期则与之前区别并不大，与政治史还是有很大的关系。这两种分期都将文学史发展与政治革命史的标志性事件予以联系，由此获得新文学史发展阶段的划分，而具体文学史的发展究竟是怎么样的，还很难看清。因为政治尽管对文学有直接的影响，但是这种影响还是有一定时间差的，而不是政治事件一出现，马上就出现了相应的文学作品。司马长风不同意王瑶的四个时段的分期②，他显然认识到了文学史与政治史之间存在着这种时间差，所以他的文学史在文学史分期上就不同一般。司马长风将中国新文学史分为："诞生期"（1918—1920 年）、"成长期"（1921—1928 年）、"收获期"（1929—1937 年）、"凋零期"（1938—1949 年），并按照这种分期依次编成四编，再加上之前第一编"文学革命"（1915—1918 年）就构成了该文学史的整体框架结构。这种文学史分期相对于前述类政治化的文学史分期具有以下几个特点。

首先，司马长风的文学史分期是按照新文学发展的自然时序进行介绍的。该文学史在第一编"文学革命"（1915—1918 年）中以四章论述了"文学革命的背景"、"文学革命的序幕"、"发难期的理论和主张"、"保守派的反对言论"。司马长风意在说明此段时间只是新文学运动的理论倡导期，而真正的新文学作品还没有出现，甚至陈独秀的《文学革命论》和胡适的《文学改良刍议》都是文言文写作，及至《新青年》1918 年一月号（四卷一期）中的九首新诗，才是新文学的诞生。所以新文学的起点不应该是 1915 年，也不是 1917 年或 1919 年，而应该是 1918 年。

新文学的"诞生期"是 1918—1920 年，由此构成了该文学史第二编。诞生期这么久是因为："这个时期文坛的特色是还没有专门刊载新文学的杂志，文学园地还很有限。作家的特色是只要有勇气违反世俗，敢用白话文写作，即算是参加文学革命，也就是作家了。很多人并不是专门研究文学的人，只因参加文学革命而提笔上阵，等文学革命一成功，便洗手不干了。这个时期，新文学还没有出现职业作家或半职业作家，（虽另有

---

① 钱理群、温儒敏、吴福辉：《中国现代文学三十年》，北京大学出版社 1998 年版。

② 司马长风：《中国新文学史》（上卷），昭明出版社 1980 年版，第 9 页。

职业，但继续长期写作）。作品的特色是南腔北调、生硬、生涩不堪，因为还没有共同的白话国语，不得不加入各地方言；语文既不纯熟，写作技巧也很幼稚；百分之九十以上的作品，都不堪卒读。"①

该文学史第三编是新文学的"成长期"为1921年至1928年，司马长风划分这个时间段有这几方面的原因：第一是1920年教育部颁布部令，要求国民学校的国文一律改用国语。到了1921年，全国小学教科书以及报纸和杂志都相继改用白话文。第二是中国新文学的四大团体都在1921年以后出现，这四大团体是中国文学研究会、创造社、新月社、语丝社。第三是新文学的主要杂志，《小说月报》、《创造季刊》、《语丝》都在1921年以后出现或革新，而一般的文学期刊则多不胜数。第四是1921年以后出现的新文学作品已经不再是粗制滥造，在量增长的同时有了质的提高。第五是1926年国民革命军北伐前后，许多作家和期刊开始南迁，文坛原有北京和上海两个中心，变成了上海一枝独秀，1928年北伐结束后，作家南迁完成后，新文学进入第三个时期。

该文学史第一、二、三编主要阐释文学革命运动及新文学的诞生和成长，这是上册的主要内容。而中册则主要介绍中国新文学的"收获期"1929—1937年，实际上他认为这是歉收期。这一方面是由于政治的涉及，在"文艺园圃里长满了'革命'的蒿草，遂使'文学'本身缺乏营养，而贫血失调"。② 另一方面是因为"革命文学"的风暴，导致很多作家陷入无谓的争论骂战之中，文坛变成了政治战场，消耗了作家们的精力和时光。

在"导言"中，司马长风还认为1938—1949年这段时期有抗日战争和国共双方的战争，导致文艺出版和文艺刊物的生存环境极端恶劣，文学很难生存，这时期的文学多为宣传文学，所以这段时期是"大动荡，大破坏"的风暴期。而且司马长风还认为1950—1965年是新文学的"沉滞期"。尽管这段时期海峡两岸政治承平，但是文学仍陷入沉闷局面。在实际的编撰中，我们看到司马长风将1938—1949年统一编撰为"凋零期"，而对1950—1965年的文学不再论及。

司马长风按照文学革命的发难，到真正的新文学作品诞生、成长、收

---

① 　司马长风：《中国新文学史》（上卷），昭明出版社1980年版，第11页。
② 　同上书，第12页。

获、凋零的顺序来编撰文学史，其实就是将中国新文学史视为有机体一般，注重到新文学线性发展的先后顺序，具有一定的合理性，这相对于之前的文学史划分，更多着眼文学自身的发展，而不是按照政治事件来划分文学史还是有很大积极意义的。

其次，司马长风是通过调查统计各个时期文学期刊和出版社出版的书目来进行上述文学史分期的。他尽量归纳统计了每一时期每一文体的出版发表情况。例如在第六章"诞生期文坛概观"中，他指出，"总括起来说，从 1917 年到 1919 年，是文学革命的时期；从 1919 年到 1921 年，是新文学拓垦的时期。在前一时期，以《新青年》和《新潮》两刊物为重心，后一时期则以北京《晨报》副刊、上海《时事新报》的《学灯》、《国民日报》的《觉悟》，《少年中国》杂志为重心。没有这几份报刊的支撑和奋斗，不但新文学运动的高潮不会到来，而且有中途夭折的危险；所以值得特别详加介绍。此外北京的《每周评论》，上海的《暑期评论》，《建设》，《解放与改造》（1920 年五月更名为《改造》）等刊物，虽也自 1919 年采用白话文，但是甚少刊载文学作品，地位和作用不及前述各报刊重要。"① 然后，司马长风按照"《新青年》的新文学作家"、"短命的《新潮》贡献甚大"、"生力军《少年中国》"来介绍诞生期的作家。接着在"1921 冬去春来"中就阐明了 1921 年新文学运动发生了变化，他引用沈雁冰在《中国新文学大系》小说一集中的导言来说明此时的文学期刊、杂志上发表文章出现了变化："……那年的一月到三月，发表了的创作短篇小说约七十篇；其中有不少恐怕只能算是'散文'。到了那年的七月，《小说月报》又有了一个不完全的统计（郎损，《评四五六月的创作》，《小说月报》十二卷八号），则四月到六月的期间，短篇小说的创作已有一百二十多篇，比春季增加了一倍光景。这一点不完全的统计，就证明了那时候的'创作'在一天一天热闹起来。"② 通过统计分析，司马长风就能比较每一时期作家作品数量的多少，然后再考察质量的优劣，从而就得出文学自身发展的时间序列。

司马长风基本上在每章每节都附录了相关作家作品附录，我们将其大致列举出来就可见其严谨科学的研究态度：成长期附录了"成长期小说

---

① 司马长风：《中国新文学史》（上卷），昭明出版社 1980 年版，第 77 页。
② 同上书，第 85—86 页。

作家录"，"成长期散文作家录"、"成长期诗人录"、"成长期戏剧作家录"；收获期附录了"文坛大事记（1928—1937）"、"'左翼作家联盟'盟员名单"、"收获期中长篇小说作家作品录"、"收获期短篇小说作家作品录"、"收获期散文作家作品录"、"收获期诗人诗集录"、"收获期主要诗刊目录"、"收获期文艺论著概览"、"中国文艺家协会宣言"、"中国文艺工作者宣言"、"收获期戏剧作家作品录"、"卅年代主要剧团备览"；凋零期附录了"战时战后文坛大事记（1937—1949）"、"中华全国文艺界抗敌协会发起旨趣"、"中华全国文艺界抗敌协会成立宣言"、"战时战后小说作家作品录"、"战时战后散文作家作品录"、"战时战后诗人诗集录"、"战时战后戏剧作家作品录"、"战时战后文艺论著概览"，还有陈铨撰写的"民族文学运动（节录）"。通过这些附录，每个时期的作家作品名单、出版社、出版日期，基本上都能清清楚楚，一目了然，如果将这些附录单列成书，大致就类似于文学编年史，读者在浏览这些著作目录之时自然就对该时期文学概貌有了直观印象，从而得出理性结论。

司马长风重视科学统计，然后从事实材料出发，进行文学史分期与评论，还体现在书写抗战时期文学时，其按地域进行编排，详细展示各地域的文学杂志、作家作品和作家来往行踪。我们来看第二十五章"战时战后的文坛"的小节编目就知道其旨趣了，这一章包含"战时作家分布概况"、"四川地区"、"滇黔地区"、"东、南地区"、"西北地区"、"沦陷地区"、"海外地区"、"武汉时期的文坛"、"抗日潮与大会合"、"主要文学期刊"、"军人拉拢作家"、"文艺界抗敌协会"、"战时重庆的文坛"、"战时桂林文坛"、"上海'孤岛'文坛"、"战时香港文坛"、"政治刀下文学花草"、"战后中国文坛"、"还乡复员失望"、"复兴悲愿如花"、"闻一多昆明被刺"、"萧军《文化报》事件"、"'文协'——夕阳残照"、"'文协'活动一瞥"等等。这个文坛概述在时间顺序上注重了战时、战后的先后，而在横向上则注重了各地域空间的并排，这就纵横交织地描画了抗战时期各个地域的文学概况，令人遗憾的是解放区的文艺活动没有受到重视。将作家作品的出版予以统计并加以排列，通过作品的出版予以统计就可以得出诞生期、成长期、收获期、凋零期的划分标准和时间界址，至少在方法思维上是相当科学的，是力争从文学自身的发展演变上去寻找文学历史规律的，这在当下的文学史编撰中都不失为一种可以借鉴的方法。

再次，该文学史分期并不单纯是以文学作品出版、发表为准，还考虑

到整个文坛的多方面状况，重视到文学场域的变化。例如第一章论述
1915—1918年"文学革命的背景"，他从几方面分析了"文学革命"爆
发并成功的原因，论及了文学革命的种种背景，涉及文学、语言、文化、
翻译、学术、教育、政治等等多方面因素，由此概览了文学革命爆发前的
全貌。其中"传统白话文与官话"这一条就是很少有人论及的，他指出：
"因为百分之七十五的人有共通的语言，因此，国语的文学——新文学才
有充分的基础；这是文学革命发生的一个主要条件，也是一个主要
因素。"①

　　该文学史每编首章大都是该时期文坛概览，这种概览多是从时代政
治、文化局势、作家生存状况、报纸杂志书籍的出版情况、读者的接受心
理等多方面来进行梳理。有的批评家认为"诞生期"、"成长期"、"收获
期"、"凋零期"这几个时期的分析并不准确，例如在"凋零期"现代作
家的成就仍然很大，但是如果考虑到时代政治、出版和读者几个方面，我
们会觉得司马长风的断定也有道理。

　　最后，该文学史的分期重视脉络清晰，不仅体现在整个文学史的划分
上，而且体现在各个文体发展历史线索的梳理上。因为这部文学史每编都
是先介绍文坛概貌，然后依次介绍小说、诗歌、散文、戏剧和文学批评，
所以我们将每一文体单独串联起来，就可以见出该文体的发展曲线。例如
小说在不同时期就用不同标题来表明本时期小说的发展态势：诞生期是
"鲁迅小说———一枝独秀"，成长期是"短篇小说欣欣向荣（上、下）"，
收获期是"中长篇小说七大家"和"短篇小说多姿多彩"，凋零期是"长
篇小说竞写潮"，这样我们就了解了不同时期小说类别的丰收，大致厘清
了中国现代小说史的发展历程。

　　又如在新诗发展方面，他指出"新诗起步最早，是新文学的前锋，
可是成就最差，成熟也最迟，因为起步时太匆忙没认准路"。②（这里他所
说的没有认准路，就是说胡适、陈独秀在倡导文学革命的时候，认为诗歌
不需要格律，诗歌如说话，这导致诗味越来越淡）正因如此，诗歌在
1923年走向"中衰"，司马长风论述了这个论断所建立的事实背景："第
一，以《新青年》和《新潮》为中心的一批诗人，到了1923年多已减少

---

① 　司马长风：《中国新文学史》（上卷），昭明出版社1980年版，第21页。
② 　同上书，第190页。

或停止新诗的创作。……第二，胡适所倡的自由诗，特色是'说理'，内容又拘泥于功利味很浓的'人道主义'，写来写去，诗味越来越淡。怀疑的论调越来越多。……第三，俞平伯，朱自清和刘延陵等从1923年一月办的《诗》（月刊），也在1923年五月结束。"① "新诗运动沉寂了近三年，1926年四月北京晨报的《诗镌》的创刊，才恢复了蓬勃的活力。"②同样，他认为"凋零期"的诗歌也具有三个阶段的特征："（一）初期的朗诵诗运动；（二）中期的叙述诗（长诗）浪潮；（三）后期的政治讽刺诗。"③ 同样处理在"零散期"的散文发展规律的提炼上也可看出。这样，每一时期各文体的发展经历得以描摹，由此读者得以了解文学进程。

有人批评司马长风以植物的生长现象，比喻复杂的文化现象，失之简单笼统，因为新文学的发展更加复杂，但是任何一种文学史分期都只能说是文学史家文学史观的追求和实践，几乎不可能找出大家公认的文学史分期。只要有文学史分期，就一定存在着简单化倾向，因为文学史分期的目的就在于化繁为简。司马长风的这种分期重视了新文学发展的轨迹，显示了新文学如何从诞生走向壮大，这是其他文学史没有注意到的。即使司马长风的文学史分期不正确，单就其这种文学史研究方法和解决问题的路径，也是比大部分文学史研究要科学严谨得多，这是我们以后应该借鉴的。当然，这种研究方法，要求文学史研究者掌握足够详细准确的文学作品的出版资料，否则出版数据的错误容易导致结论的谬误，可谓差之毫厘，谬以千里。

二 作家作品纯文学分析

司马长风在每编的编写中总是先进行文坛概貌的书写，然后按照小说、诗歌、散文、戏剧与文学批评这五类挑选经典的作家作品进行赏析，每种文体之下都是具体作家作品论，而这些赏析所挑选的作家作品无不显示出他独有的眼光，其大都从纯文学角度出发，不落流俗，自出新机。

首先，其挑选的作家作品不同一般，敢于在众多作家作品中作出价值排序，分别列出了短篇小说、长篇小说、新诗、散文、戏剧和文学批评中

---

① 司马长风：《中国新文学史》（上卷），昭明出版社1980年版，第190页。
② 同上书，第191页。
③ 司马长风：《中国新文学史》（下卷），昭明出版社1978年版，第183页。

最优秀者，而最优秀者都是在民族风格上有所成就者。

在短篇小说中，司马长风"成长期"里推举的是鲁迅和郁达夫两大家，但就已很重视沈从文，认为那时的他是"未熟的天才"，进入"收获期"之后，他认为沈从文的作品乃告圆熟，"不但尽除讲故事的习气、文字冗赘的毛病，并且在技巧上推陈出新，独创一格"。① 司马长风虽然对沈从文的长篇小说《边城》和《长河》有高度评价，并认为《长河》是"沈从文最后一部长篇小说，也是最好的一部小说，可惜是未完成的小说"。② 但相对来说他更认可沈从文的短篇小说，认为他在"中国有如 19 世纪法国的莫泊桑、或俄国的契诃夫，是短篇小说之王"。③

对于长篇小说，司马长风对巴金的《憩园》给予很高评价。他认为这部作品"不但是巴金作品中最好的一部，而且是中国现代小说的典范之作。论谨严可与鲁迅争衡，论优美则可与沈从文竞耀，论生动不让老舍，论缱绻不下郁达夫，但是论艺术的节制和纯粹，情节与角色，趣旨和技巧的均衡和谐，以及整个作品的晶莹浑圆，从各个角度看都恰到好处，则远超过诸人，可以说，卓然独立，出类拔萃"。④ 这样巴金的《憩园》拔得了长篇小说的头筹，而沈从文以短篇小说名列榜首。

诗歌方面，司马长风排在最高位置的应该是冯至的《十四行集》。他认为自 1918 年 1 月，新诗呱呱坠地以来，到 1949 年为止，"冯至的《十四行集》要算是最谨严精致的一部诗集了"。⑤ "全集三十一首诗，二十七首十四行体，附录四首杂诗，每一首、每一行都晶光四射。"⑥ "由于这些诗是在宁静的情怀、细致的思考、从容的孕育下写出来的，因此意境的青纯、技巧的洗练，都无与伦比；是新诗诞生以来最好的诗，只有闻一多的《死水》中的部分佳作，才可并比。"⑦ 司马长风将《十四行集》分为怀人的诗与咏物的诗，并引用李广田的评论分析其咏物诗都流露了若干的哲理："（一）'刹那即永恒'——古往今来是一条长河，都息息相通"；"（二）'天地与我并生，万物与我为一'、空间的一切存在都互相关联"；

---

① 司马长风：《中国新文学史》（中卷），昭明出版社 1978 年版，第 37 页。
② 司马长风：《中国新文学史》（下卷），昭明出版社 1978 年版，第 77 页。
③ 司马长风：《中国新文学史》（中卷），昭明出版社 1978 年版，第 37 页。
④ 司马长风：《中国新文学史》（下卷），昭明出版社 1978 年版，第 75 页。
⑤ 同上书，第 188—189 页。
⑥ 同上书，第 189 页。
⑦ 同上。

"（三）生命在时空交汇里与万物俱在生化不息中。"①

现代散文司马长风认为只有到李广田的《灌木集》才意味着圆熟，这表现在语言和内容上。② 在语言方面来说，他认为，"新文学自 1918 年诞生以来，散文的语言，为两大因素所左右，一是欧化语，二是方言土话。这两个因素本是两个极端，居然同棲于现代散文中，遂使现代散文生涩不堪。欧化语是狂热模仿欧美文学的结果；方言土话是力求白话口语的结果。这两个东西像两只脚镣一样，套在作家们的脚上，可是因为兴致太高，竟历时那么久，觉不出桎梏和沉重"。③ 但"在《灌木集》中，罕见欧化的超级长句，翻译口气的倒装句；也绝少冷僻的方言土话，所用语言切近口语，但做了细致的艺术加工。换言之，展示了新鲜圆熟的文学语言，也可以说，重建了中国风味的文学语言"。④ 在内容方面，他认为李广田的散文也达到了圆熟的境界。因为"《灌木集》也回归了中国风土……也没有日本式的虚无和颓废；所写的全是自然风物，乡土情怀，人伦关切，村野传说。而这些正是几千年来中国文人永不厌倦的题材，经过新文学运动的暴风骤雨，到了李广田笔下，获得了新生命，像百年陈酿一样，清醇醉人"。⑤ 就这样，司马长风在评论李广田的散文之时，对中国现代散文的语言情况和题材内容进行了史的梳理，由此李广田散文的文学史意义得以标注，从而确定了其《灌木集》在现代散文排名第一。

戏剧方面司马长风一方面认为李健吾有很多方面超过曹禺，他说："如果拿酒为例，来品评曹禺和李健吾的剧本，则前者有如茅台，酒质纵然不够醇，但是芳浓香烈，一口下肚，便回肠荡气；因此演出的效果之佳独一无二；而后者则像上品的花雕或桂花陈酒，乍饮平淡无奇，可是回味余香，直透肺腑，且久久不散。"⑥ "李健吾有一点更绝对超越曹禺，那便是前无古人，后无来者的独创性；而曹禺的每一部作品，几乎都可找出袭取的蛛丝马迹。"⑦ 尽管他对李健吾有如此高评，对曹禺的分析也颇多挑剔，但是司马长风最后还是认为，"无论从剧本的结构，还是从演出效果

---

① 司马长风：《中国新文学史》（下卷），昭明出版社 1978 年版，第 191—192 页。
② 同上书，第 144 页。
③ 同上书，第 144 页。
④ 同上。
⑤ 同上。
⑥ 司马长风：《中国新文学史》（中卷），昭明出版社 1978 年版，第 293 页。
⑦ 同上。

来看，我们都不能不承认，《雷雨》是卅年代剧本的杰作"，它的杰出在于："第一、从《雷雨》开始，话剧在广大的社会中，才成为引人入胜的戏剧，它为话剧树立了里程碑"；"第二、它使舶来的话剧，成为纯熟的本地风光的话剧，夸张一点说，为话剧建立了民族风格"；"第三、在穿插紧凑，对话生动，剧中人个性的突出各点上，都超越他的前辈，迄今仍无后来者"。①

就文学批评来看，司马长风推崇的是刘西渭。他说："三十年代的中国，有五大文艺批评家，他们是周作人、朱光潜、朱自清、李长之和刘西渭，其中以刘西渭的成就最高。他有周作人的渊博，但更为明通；他有朱自清的温柔敦厚，但更为圆融无碍；他有朱光潜的融会中西，但是更为圆熟；他有李长之的洒脱豁朗，但更有深度。"② 接着司马长风从中国现代文学批评史的角度对刘西渭的文学批评五方面的历史意义进行了概括，认为："（一）严格的说，到了刘西渭，中国才有从文学尺度出发的，认真鉴赏同代作家和作品的批评家。"③ 而之前的批评家或者只是偶尔为之，或者是以社会目标、政治尺度干预文学，或者借批评阐发自己的文艺观点，或者随意为之，褒多贬少，缺乏批评的意义。"（二）刘西渭的文学批评，的确做到了是是非非严正不苟的精神，而且'用不着谩骂，用不着誉扬'，就文学论文学，就作品论作品。"④ "（三）评鉴的作品，遍及各种文艺作品"⑤，小说、诗歌、散文、戏剧无所不及。"（四）常听到人说，文学批评也应是一种艺术的创作。读了刘西渭的批评文学，才相信确有其事。他写的每一篇批评，都是精致的美文。"⑥ "（五）严肃的衡量作品，不顾作者的地位高低、也不顾俗论的毁誉。因此他发掘了和彰显很多无名的后进。"⑦ 司马长风的评价是从文学批评的标准、态度、识见、涉猎广度与深度等等来肯定刘西渭的批评史位置，其他批评家应当也无异议、心服口服。

一般文学史著在经典作家选择方面总是鲁迅、郭沫若、茅盾、巴金、

---

① 司马长风：《中国新文学史》（中卷），昭明出版社 1978 年版，第 301 页。
② 同上书，第 248 页。
③ 同上书，第 249 页。
④ 同上书，第 250 页。
⑤ 同上书，第 251 页。
⑥ 同上。
⑦ 同上书，第 252 页。

老舍、曹禺，近来增加了沈从文、艾青和赵树理。而司马长风的经典作家与之相比，二者能够重合的就只有巴金、曹禺、沈从文了。这说明司马长风能够坚持自己的文学史标准，而不拘泥于其他文学史的认定标杆。

其次，司马长风发掘了很多不被其他文学史著注意的作家作品。例如其在"收获期"中介绍了七大家：沈从文的《边城》、巴金的《家》、老舍的《骆驼祥子》、茅盾的《子夜》、李劼人的"大河小说"、萧军的《第三代》和陈铨的《革命前的一幕》。这其中沈从文、李劼人、萧军和陈铨就是同时期文学史著少有专章介绍的。而"收获期"短篇小说中则介绍了沈从文的《八骏图》、老舍的《月牙儿》、端木蕻良的《遥远的风沙》、郁达夫的《迟桂花》、吴组缃的《一千八百担》、张天翼的《夏夜梦》、穆时英的《上海的狐步舞》、罗淑的《生人妻》、林徽因的《九十九度中》。我们可以看出司马长风主要是从纯文学的角度进行选择，而不是从政治立场出发，因为这其中包括了左翼作家，也包括了政治立场偏右的作家，特别是强调了陈铨的文学史地位就很不同于其他文学史。

司马长风在"凋零期"的长篇小说介绍中也注重了这一点，其包括了巴金的"人间三部曲"（这是司马长风对巴金的《憩园》、《第四病室》、《寒夜》三部小说的命名）、沈从文的《长河》、老舍的《四世同堂》、萧红的《呼兰河传》、萧乾的《梦之谷》、端木蕻良的《科尔沁旗草原》、徐訏的《风萧萧》、钱锺书的《围城》、无名氏的《无名书》、吴组缃的《山洪》、鹿桥的《未央歌》，还介绍了姚雪垠、张天翼、茅盾和丁玲等人。这里对沈从文、萧红、萧乾、徐訏、吴组缃、钱锺书、无名氏、鹿桥等人的文学成就可谓不吝笔墨，大加称赞。例如吴组缃的作品在大陆文学史中详加评介的是《一千八百担》，但除此之外，司马长风还认为他的《山洪》也不能轻心掠过。因为"很多以抗战为题材的小说，都留下失败的纪录，例如老舍的《火葬》，巴金的《火》（三册），李广田的《引力》等。失败的主要原因有二：一是感情过盛，冲散了艺术的节制，如巴金的《火》，老舍的《火葬》等是；二是政治意识过剩，破坏了艺术的风情，如李广田的《引力》，茅盾的《腐蚀》等是。能够以艺术节制抗敌热情和政治意识，从庞杂的现实中，抽取必需的素材，以纯青之火，细致熔炼，剪裁，使之成为彩鲜香浓的艺术品，那不但需要才华，并且需要耐心。吴组缃是有才华有耐心的作家，因此写出像《山洪》那样朴素精美的作品"。① 司马长风赞赏《山洪》的主角章三官是"自新文学运动以来，论小说主角之丑陋，熟为人知的有鲁迅笔下的阿Q，其次就要数到吴组缃笔下的章三官了"。② 再就是吴组缃的现实主义精神也被司马长风所欣赏。

而鹿桥的《未央歌》在大陆文学史中近来才有人予以重视，但是司马长风对其予以很高的文学史地位。他说："在战时战后时期，长篇小说有四大巨峰：一是巴金的'人间三部曲'，二是沈从文的《长河》，三是无名氏的《无名书》，四便是鹿桥的《未央歌》了。《未央歌》尤使人神往。中国的小说，自鲁迅的《狂人日记》以来，刻意学习外国，末流之弊，只剩下卑曲的模仿，全无民族的风格了。《人间三部曲》及《长河》，融会了外国小说技巧，重建了民族风格，《无名氏》则天马行空，表现了大突破、大飞腾，是对世界文坛的挑战；而《未央歌》则是民族风格的圆熟和焕发。从某种意味说，《未央歌》使中国小说的秧苗，重新植入《水浒传》、《红楼梦》和《儒林外史》的土壤，因此，根舒枝展、叶绿花红，读来几乎无一字不悦目、无一句不赏心。"③ "历经八年抗战那么严酷的考验，中国文坛久已渴盼一部史诗了，《未央歌》书如其名，正是一部可歌的散文诗，一部六十余万字的巨篇史诗。"④ 这就将鹿桥的《未央歌》抬上了相当高的地位。

再次，司马长风秉持纯文学标准，对一些众所周知的作家作品的解读也独出新机，持论与众不同。

在新诗"诞生期"里，他介绍了冰心开始并不在意写诗，而是《晨报》副刊编辑将其写的《可爱的》这篇散文予以分行刊登在诗歌栏目里，被认为是诗歌写作。司马长风评说道："晨报副刊的这位编辑，古今中外要算最大胆最霸道了，随便将作者的散文，分行变成诗！此事足以证明当时诗坛的幼稚。"⑤ 康白情、朱自清、胡适、郑振铎都称赞过周作人的《小河》，认为该诗的发表意味着中国新诗的成立，但是司马长风却指出其徒有虚名，"其实这是一首冗长而乏诗意，徒具诗的形式之散文。例如

---

① 司马长风：《中国新文学史》（下卷），昭明出版社1978年版，第109页。

② 同上。

③ 同上书，第112—113页。

④ 同上书，第113页。

⑤ 司马长风：《中国新文学史》（上卷），昭明出版社1980年版，第92页。

全诗五十八行，黑乎乎一片不分段落。每行之间，意思连贯，句子则明白如话，全无分行的必要，也没有叫做诗的必要"①，所以司马长风将该诗歌予以修改。郭沫若的《女神》在绝大部分文学史中都是诗歌经典，但是司马长风对其给予很少篇幅，认为他的诗歌特色是"富于想象，和反抗的热情，缺点是大喊大叫，许多诗酷似口号的集合体"。② 他推荐的是《天上的街市》，而"被很多人称赞的《地球，我的母亲》、《太阳的礼赞》，则属于'大喊大叫'的坏诗"。③ 所以郭沫若并没有单列为一小节，而是和一般文学史很少在诗歌中提及的田汉合为一节，他认为田汉早期发表的诗歌，"颇有独特的风格，远比成名最早、声名较大的俞平伯、康白情等的诗高明"。④ 另外，他还标举刘半农的《教我如何不想她》、沈玄庐"元气淋漓"的《十五娘》。在诗歌"成长期"中，司马长风依次介绍了自由诗派"冯至·朱自清·蒋光慈"，其中朱自清、蒋光慈的诗歌很少被其他文学史著论及；在"现代的诗圣与诗仙"中他高赞格律诗派中闻一多是现代的诗圣，而徐志摩是现代的诗仙，称赞这两人是"中国现代诗坛两个巨峰"⑤；在象征派诗人中他书写了李金发和戴望舒。

　　在小说方面，司马长风对鲁迅既有肯定也有批评。他评价鲁迅的《狂人日记》："用日记体写小说，在中国是首创；用白话文写没有故事的小说更是首创；但凭写一个疯子的胡言乱道，浑然成一完整的创作，这些都是了不得的成就。对于一篇初试啼声的小说，我们只有无条件的喝彩。"但是司马长风又结合鲁迅的文艺观点说鲁迅"把小说（也可以说是文学）看成了'改良社会'的工具，在他看来，小说并不是为了表现艺术的美，而是利用小说形式，艺术装饰来传达'改良社会'的思想，来激励人们去改良社会。只要能达这个目的，他便不再多做艺术加工，因此艺术之肉每每包不住'改良社会'之骨，作品未免太寒素，有时太简陋了。又因为'不太去写风月'，使作品缺乏彩色和情调。读来如置身在阴暗天幕下的冰原上。《狂人日记》以及其后大部分作品都表现了上述的缺点，而《狂人日记》的粗糙，又冠于其它诸作。因此对文学稍有修养的

---

①　司马长风:《中国新文学史》（上卷），昭明出版社 1980 年版，第 93 页。

②　同上书，第 100 页。

③　同上书，第 101 页。

④　同上书，第 102 页。

⑤　同上书，第 197 页。

读者，会感到它不过是作者急于藉狂人之口来咒骂传统文化'吃人'而已。"① 对于鲁迅"成长期"的创作，司马长风盛赞的是《在酒楼上》，认为其远比《离婚》和《肥皂》高明，主要原因在于："第一、它表现了卓越的写实主义技巧，可与莫泊桑和契诃夫互相竞耀，是鲁迅生平最成功的一篇短篇小说"；"第二、短短六千字的一篇东西，起伏着三条趣味线（两个还乡游子的叙旧、迁葬幼弟和顺姑之情），因此特别引人入胜，是一篇雅俗共赏的小说"；"第三、鲁迅的三篇杰作：《孔乙己》、《故乡》、和《在酒楼上》有相同的风格，那就是搁置了反传统、'揭出病苦'的时代使命，从文学出发来创作小说，因此所写的角色，都有灵有肉，有善有恶，写出来具体的人和人生"；"第四、《在酒楼上》所写的景物、角色以及主题都满溢着中国的土色土香。那酒楼、那堂倌、那楼下窗外的废园，园中的老梅和雪花，那酒和菜肴，和两人举杯对谈的风姿，都使人想到《水浒传》，想到《儒林外史》或《三言二拍》里的世界，再使人掩卷心醉。在这里没有翻译文学的鬼影，新文学与传统白话文学衔接在一起，感到每句每字都有根！"② 而《阿Q正传》在司马长风的眼里并不重要，他基本上没有提及，应该是怪其太过于表达国民性弱点吧。我们或许可以说，司马长风的纯文学标准多在于艺术形式，而在作品思想内容方面并不看重，这与一般文学史著正是反其道而行之。

在散文方面，司马长风称赞"周作人是现代散文的开山大师，到成长期为止，无论就作品数量和质量来说，他都是不争的领袖"。③ 他对其《初恋》和《喝辞》这两篇少有人注意的散文进行了赏析。一般人都评价周作人的散文含蓄有味，司马长风却指出："周作人自己也强调散文要'耐读'，要有'余香回味'。但是依笔者看来，其散文的光彩在见解的高明，学识的渊博以及情意的雍容，绝不在文字。他的文字既不够洗炼，也不够畅达。郁达夫所说'易一字也不可'显然是溢美之词。反之，其文章之大病端在可易之字相当多。例如这篇《喝辞》满篇挚情佳义，但是摘引起来非常困难，因为句子太冗长和噜苏。所以有这一大病，主要因为他是绍兴人，讲不好国语，其次拘泥于欧化语法，还有他故意求'涩'，

---

① 司马长风：《中国新文学史》（上卷），昭明出版社 1980 年版，第 69 页。

② 同上书，第 152 页。

③ 同上书，第 179 页。

求'耐读'所致。"① 司马长风从方言口语与国语写作的差异性来论及周
作人的散文风格，应该让我们想到很有意思的话题。对于鲁迅的散文
《野草》和《朝花夕拾》，司马长风评价甚高，他认为"在《呐喊》和
《彷徨》两本小说集中，鲁迅还没有挣脱文言文的束缚，时时出现艰涩费
解的古文，《野草》和《朝花夕拾》因为后出，已渐洗尽古文的铅华，所
以生动多了。"② 但他又指出鲁迅散文的缺点："绝不在文字，而在他的心
态。因为太凝练，便显出沉滞，不开展，既没有徐志摩的天马行空，周作
人的舒卷自如，也没有郁达夫的幽幽而说。"③ "大概说来，周氏兄弟的功
力都胜过徐、郁二人，而鲁迅的锻炼功夫又高过周作人。但是在才情方
面，徐志摩和郁达夫都高过周氏兄弟，可是拙于（或说根本不大注重）
剪裁和锻炼。"④

在戏剧方面，一般文学史对郭沫若的历史剧都会予以重点介绍，司马
长风只是评价郭沫若早期历史剧："虽然作品不多，质素不高，但有开风
气的作用。"⑤ 他对郭沫若抗战时期的《虎符》进行了不同一般的评价，
他认为《虎符》这部历史剧是郭沫若喜爱仰慕信陵君和如姬这两个人物
形象而进行的创作，"并非当时一般的历史讽刺剧，而是独立的创作。独
创是衡量文学作品的基本尺度，也是给予《虎符》特别评价的原因"。⑥
这部历史剧"场景陈设曲合史实古意，情节圆熟，一气呵成。而五幕段
落分明，又紧凑连结，转接自然，甚少斧凿痕迹。戏中加插六首歌谣，均
甚生动，而意趣不俗。第五章结尾，在如姬自尽的墓地，民众哀唱怀念
'信陵公子，如姬夫人……'的歌，尤沉痛悠长，加强了全剧的气氛，深
刻了剧力"。⑦ 司马长风也指出这部剧本美中不足在于对话"未能吻合古
代的气味，又未能切合中国的语法，有些对话且呈现欧化语法，煞风景之
至"。⑧

最后，司马长风注重作家作品的语言艺术，并在印象式的比较中看出

---

① 司马长风：《中国新文学史》（上卷），昭明出版社 1980 年版，第 181 页。

② 同上书，第 184 页。

③ 同上书，第 184—185 页。

④ 同上书，第 185 页。

⑤ 同上书，第 226 页。

⑥ 司马长风：《中国新文学史》（下卷），昭明出版社 1978 年版，第 276 页。

⑦ 同上书，第 277 页。

⑧ 同上。

作家作品的特点。他评价冯至散文的一个缺点就是对"文字还缺乏自觉的省察"①，"似未能善用自己的京白口语，许多句子受制于欧化语法，看起来虽也流畅，一读出来即感拗口了"。② 例如《一棵老树》中，"最长的分句达二十七个字，未免太冗长了，朗读到这里，就像走进没有草木没有水的沙漠。"③ 他批评端木蕻良的《科尔沁旗草原》："全书没有和谐统一的语言。换言之，分明的存在着两种完全不同的语言。一是自然流畅的口语，二是佶屈聱牙的欧化语。"④ "前者的口语，潇洒漂亮，生动传神，还带有泥土芬芳；后者的欧化语，'的'，'地'连篇，读出来人多半不懂，正是瞿秋白所痛骂的'新文言'。"⑤

他对钱锺书《围城》中的语言给予了高度评价，他说："综览五四以来的小说作品，若论文字的精炼、生动，《围城》恐怕要数第一。沈从文的文字够精炼，但多少残留文言气味；老舍的文字够生动，但稍嫌欧化语法作怪，他的名著《骆驼祥子》，最后一句话，长达九十一字，中间用了十二个'的'字，使人真难下咽。鲁迅的文字够炼，文言气味太浓，且缺乏彩色和情趣。钱锺书的文字做到纯白，又洗脱欧化语法，灵活多妙趣，如春风里的花草，清流里闪光的鱼，读起来最舒畅。"⑥ 但是对钱锺书的散文，他又认为其"散文的大毛病，是加杂英文字太多。例如《吃饭》一篇有七处加杂英文字，《谈教训》九处，《一个偏见》和《窗》都是十一处，《论文人》十二处，《论快乐》十四处，《说笑》竟达十八处之多，有不忍卒睹之感"。⑦ 他对此现象进行了分析说明："日本以敏于模仿，缺乏独创著称，但是他们的出版物中见不到外国文字，尤其是文学作品，绝不容许外国文字出现，以保持文字的纯净。这一点真卓然可风。不过，这也不是钱氏个人的错，那个时代风气使然，君不见鲁迅连小说都用英文为题吗？"⑧

司马长风在分析作家作品之时喜用比较手段，这些比较往往使得每一

---

① 司马长风：《中国新文学史》（下卷），昭明出版社 1978 年版，第 153 页。

② 同上书，第 154 页。

③ 同上。

④ 同上书，第 91 页。

⑤ 同上。

⑥ 同上书，第 100 页。

⑦ 同上书，第 166 页。

⑧ 同上。

个作家的独有特点更加清楚突出。他比较了南北地域文风的不一样。他说："新文学的散文家，绝大部分是南方人，南人的文风，细致、纤巧，即使像鲁迅那样的硬汉，作品也只凝练为'寸铁杀人'的匕首，很难锻成长矛、大刀。如果比拟人物，鲁迅好似短小、神勇的要离；不是长歌'风萧萧兮易水寒'的荆轲。"① 而"李广田虽是山东人，但是他的散文，只表现了北方人厚重淳朴的一面，没有表现亢爽豪放的一面；冯至虽是河北人，却有南人的致密，情思之精细直追鲁迅；仅有吴伯萧，这个山东籍的作家，才把北方悲歌慷慨，快马轻刀的豪情，淋漓尽致的吐放出来"。②

他还常比较同一风格类型作家的不同。在狂放的性格方面，他认为："现代作家中有两个狂人，一是无名氏，另一个就是钱锺书。无名氏狂在志趣，野心太大了，狂得严肃认真；钱锺书狂在才气，汪洋恣肆，酷似古代的庄生。"而就幽默文风方面他又将钱锺书和梁实秋对比，认为二人"同以幽默小品驰名，梁实秋的幽默不伤大雅，处处有谨厚之气，但钱锺书的幽默，口没遮拦，往往伤人"。③

他也比较作家对同一题材处理的不同。他将冯至与沈从文的人物塑造予以比较："偏爱无名的小人物，从无名的小人物点出生命的真相，揭出人的至性常情，在这一点上，冯至与沈从文极相似。但是风格迥异。沈从文喜欢温情的烘托，以富于彩色的文字，将那些小人物写得风趣活现；冯至则只是冷冷的静观，以质朴的笔触，道出那些小人物的生死祸福；前者如彩画，后者如石雕。"④

他还比较中西文化精神的不同。他说："漠视'胜'与'奇'，酖爱'平凡的原野'，这正是《山水》全书主要意趣。一往直前的寻胜探奇，不断做新的突破，这不止是西方的文化精神，人生的态度，也是文学的特色。在平野里，体会物我为一的情怀，人与自然的融合，生生不息的永恒之美，则是中国的文化精神，人生的情调与文学特色。"⑤

司马长风坚持纯文学标准在作家作品的选择和阐释方面能够与众不同，让人耳目一新。但是，我们也会发现司马长风在评价作家作品之时，

---

① 司马长风：《中国新文学史》（下卷），昭明出版社 1978 年版，第 166 页。
② 同上书，第 166—167 页。
③ 同上书，第 165 页。
④ 同上书，第 152 页。
⑤ 同上书，第 151 页。

对很多涉及政治的作家往往看低，就会让读者产生怀疑，是不是有涉政治的作家都那么差，是不是司马长风的偏见导致他有意为之，而陷入了另一种偏颇和陷阱，使得文学史没有注重到客观性、科学性和历史性。

三 重视文学理论、文学批评的编写

也许因为自己就是文学理论和文学史的研究者，司马长风感受到文学批评这门研究工作的不易。他说道："在特别重视礼貌的中国，文学批评本不容易发达。因为认真批评，难免违礼伤人，招致怨恨，引起风波，事实上也正是这样"①；"其次，由于社会凋敝，生活艰难，从事写作的人，宁可多写小说、剧本和散文，可多换些版税。文学批评出路最窄，从生活尺度计算，也最为人冷淡"②；"再就文学批评本身来说，那也是比较朴素和寂寞的工作，你要耐心的阅读和同时代作家的作品，经常注视文坛的动向，寻找可下笔的题材，不像文学创作有自动的意兴"③。这从世俗人情、生活报酬以及工作辛苦几方面总结了文学批评工作的困难和不易，正因为这种感同身受，也难怪他给文学批评与小说、诗歌、散文和戏剧同样的地位，在每一编之中都将该时期的文学理论、文学批评予以编撰。

首先，司马长风大致梳理了中国现代文学批评史的线索和重要批评家。例如第一编有"发难期的理论和主张"，第二编有"蓬勃的文学批评"，第三编有"文艺思想的嬗变"，第四编有"文学批评与论战"，第五编有"漩涡里的文学批评"。这样中国现代文学批评史的流脉得到了梳理。

在具体的章节书写中，司马长风不是如其他文学史著那样注重文学论争，而是将典型的文学批评家加以强调，并对具体文学批评家的文学观点予以分析。他在文艺思想方面最推崇的应该是周作人，认为其是"卓识孤愤"，他说："就纯粹的文学批评来说，在新文学的成长期（1922—1928），几乎只有周作人一个人认真在做，主要的文字都收录在《自己的园地》及《谈龙集》两部书中。其主旨在显发言志的原则，回归民族的风土。到了收获期，上述两项见解，都发展成熟，结晶在两篇著作中。一

---

① 司马长风：《中国新文学史》（下卷），昭明出版社 1978 年版，第 317 页。
② 同上。
③ 同上。

是《中国新文学大系》散文一集的导言，二是《中国新文学的源流》一书。"① 司马长风个人的文艺观念和评价标准，也正是建立在周作人所倡导的这两点上。而在文学批评实践上，司马长风推为第一的是刘西渭，前面已经述及。

在"收获期"中，司马长风选取了周作人、刘西渭、朱光潜、茅盾、朱自清、李长之、黎锦明、胡风等批评家，而在"凋零期"中他认为值得评介的批评家及理论家，仅李广田、李长之、李健吾（刘西渭）、朱自清、朱光潜、沈从文、艾青和胡风。司马长风在撰写该部文学史之时胡风在大陆文学界已经成为批判对象，而且正在关押，未被平反，但是司马长风却在"收获期"和"凋零期"都一再提及胡风的文艺观点，颇为难得。尽管对胡风的文艺观他并不苟同，但是对他的骨气还是颇为赞赏的。他在"凋零期"论述胡风的文艺批评时直接以"胡风——战斗的批评"为名，就表明了他对胡风的态度。司马长风说道："读过这个时期胡风的主要批评文集之后，不禁暗暗为逝去的鲁迅安慰，他得到一个绝顶忠实的传人，他的思想和主张不但得到贯彻发扬，连他的恩怨关系，笔锋和脾气，也得到了继承和发扬。"② 但是对于胡风的文艺思想，司马长风认为其"殊少创见，这又是忠实传人必具的性格之一。他在思想上大致继承了鲁迅逝世前的观点：而且一味跟前苏联走，教条性很重，实在乏善可陈"。③

司马长风也发掘了一般文学史很少提及的批评家及代表作。例如他并不因为茅盾是左翼文学的代表就否定其文学批评的价值，他评价茅盾："所评的都是较具影响力的大作家如徐志摩、冰心、鲁彦和落花生。尽管你已经知道他写这些批评文字之目的，以及所要达到的结论，可是由于态度诚恳（绝无今天我所熟悉的左派批评文章，那种丑诋恶骂的作风）、文思细致、分析深入，也足以引人入胜。这不能不说是值得注意的成就。"④ 然后司马长风就对其《徐志摩论》进行了评析，而且赞颂了茅盾"在政治立场上虽是左派作家，但是在许多场合颇能表现艺术家的良心。在奖掖后进上尤不遗余力"。⑤ 沈从文的批评文字很少有人关注到《昆明冬景》，

---

① 司马长风：《中国新文学史》（中卷），昭明出版社 1978 年版，第 246 页。

② 司马长风：《中国新文学史》（下卷），昭明出版社 1978 年版，第 348 页。

③ 同上书，第 350 页。

④ 司马长风：《中国新文学史》（中卷），昭明出版社 1978 年版，第 257 页。

⑤ 同上书，第 258 页。

因为这一般都会被认为是散文集，但司马长风指出该集共有五篇文章，只有《昆明冬景》为散文，其他都是批评文字，重在论述三个方面的内容："反对把文学当作宣传工具"、"省察五四以来的作家以及对社会的影响"、"痛斥作家不坚持文学本业"①，特别是"《谈朗诵诗》这篇文章，份量尤重。研究新诗流变的人，非认真研读不可"。② 他还评价黎锦明的《达夫的三个时期》"道出了郁达夫作品的真髓，而且极有胆识"③，"这是研究郁达夫文学最深刻、最公允的见解。"④

　　其次，司马长风对文学理论、批评能进行有条理的分类阐释，使得其井井有条，这主要表现在他选取不同类型的文学批评家。在第九章"蓬勃的文学批评"中，他首先以"'人的文学'影响深远"、"琳琅满目，错乱甚多"，"'人生的艺术'第一声"，"'人生'与'艺术'的困境"等小节阐述了当时作家们在为人生的文学和为艺术的文学之间纠缠，接着按照文体阐释了当时的理论观点，包含："新诗理论的修正"、"小说的模仿与创造"、"戏剧改革理论幼稚"，其间对这些理论进行了评析。而在第十六章"文艺思想的嬗变"中他先鸟瞰"成长期"的文艺思想概貌，然后以"人生派三篇经典文章"介绍周作人的《人的文学》、《平民的文学》、《新文学的要求》这三篇理论文章，后又以"标出'自己的表现'"为题介绍周作人的《自己的园地》，说明他文艺思想的转变；接着以"一切作品都是自叙传"介绍郁达夫的文艺观点，以"回归中国的土壤"介绍闻一多的文学观点和胡适的《白话文学史》，以"始于呐喊，终于彷徨"介绍鲁迅的文学观点。最后以"'人生派'、'艺术派'殊途同归"说明时代让这些文学家最终都加入左联，参与到政治中去，这里还详细论及了当时各个作家之间的骂战，他列举了文学研究会与创造社、创造社与语丝社、语丝社与新月社、文学研究会与新月社等等之间的对抗以及创造社与新月社的和与分。司马长风在清理了这些纷争之后"颇感怅惘，因为这些论争，主要原因不在思想见解的歧异，而多是意气之争，门户之见"。⑤

---

① 司马长风：《中国新文学史》（下卷），昭明出版社 1978 年版，第 347 页。
② 同上书，第 345 页。
③ 司马长风：《中国新文学史》（中卷），昭明出版社 1978 年版，第 260 页。
④ 同上书，第 261 页。
⑤ 司马长风：《中国新文学史》（上卷），昭明出版社 1980 年版，第 246 页。

　　最后，司马长风不是为写文学批评、文学理论而写文学批评、文学理论，而是通过这些文艺理论观点的书写，表达自己的文艺观点。司马长风自己是主张纯文学观点的，他提倡的是言志文学。他批评新文学以"反载道始，以载道终"。这是指在文学革命开始和新文学诞生初期，作家们都一致反对"文以载道"的古文传统。但是"在推翻传统的载道文学之后，开启新的载道文学，其始作俑者周作人，张大其军者则是沈雁冰和郑振铎。他们都主张'为人生的文学'"。① 他认为："文学不宜载孔孟之道，也不宜载任何之道。换言之，我们反对文以载道，是从文学立场出发，认为文学自己是一客观价值，有一独立天地，她本身即是一神圣目的，而不可以用任何东西束缚她，摧残她，迫她做仆婢做妾侍。……无论载什么道，都是把她贬成了手段，都是囚禁文学，摧残文学，坚持下去必然造成文学的畸形发展，终至于气息奄奄。"②

　　但是司马长风并不是将言志和载道绝对化，而是进行了宽泛处理。他在周作人的基础上进一步深化，提出了自己的观点。"现代散文的大宗师周作人，为散文树立了两项原则，一是言志的原则，二是即兴的原则。"③而与之相反的则是"载道"和"赋得"。但是司马长风认为周作人将载道和赋得，言志和即兴当作同一事物的别称是不对的，实际上它们是从不同角度来说的。即载道和言志是内容上的划分，而赋得和即兴是形式上的区别。他认为载道是内容的限制，赋得是形式的限制，有了这一区别，就可产生四组观点：赋得的载道；即兴的载道；赋得的言志；即兴的言志。

　　接着司马长风对这几种观点进行了详解，并将"收获期"的散文分成四派："一可称之为赋得的载道派，这包括……周扬、徐懋庸、夏衍、周立波等及国民党所领导的'民族主义文艺'作家，如王平陵、黄震遐等。他们所写的大部分'杂文'，实际上是政治炮弹，不在本书载述之列"④；"二称之为即兴的载道派，如鲁迅、茅盾、萧军等。他们也是'普罗文学'作家，抗日宣传的志愿军，所写的散文大部分是政治杂文，可选评者极少"⑤；"三可称之为赋得的言志派，如周作人、林语堂、俞平

①　司马长风：《中国新文学史》（上卷），昭明出版社 1980 年版，第 5—6 页。
②　同上书，第 5 页。
③　司马长风：《中国新文学史》（中卷），昭明出版社 1978 年版，第 109 页。
④　同上书，第 113 页。
⑤　同上。

伯、沈启无、徐祖正等"①；"四可称之为即兴的言志派，这包括冯至、丰子恺、沈从文、老舍、何其芳（1938 年以前）、李广田、萧乾、废名等。"② 这种分类看似更加细致科学，但是真正区分起来还是很难精确，所以司马长风指出，"这其中，第一第二两类作家区别甚微，如同第三第四两类作家区别甚微"。③

司马长风的这种分类，表面上是在说散文的分类，其实也可以说是对整个文学的划分，无论小说、诗歌、散文还是戏剧，甚至批评都可以在这四类包含之中。他对言志和载道予以细致分类，实际上就为自己的文学史编撰提供了较为灵活的尺度。因为严格来说，很多人的文学作品都应该是载道的文学，在纯文学的标准下，他们就不应该在司马长风的文学史中出现，而只能书写那些自由主义作家作品，这样一来，该文学史的客观性就大打折扣。而现在载道文学中还有即兴的载道这一类，那么一些作家就可以是即兴的载道文学了，司马长风就可以在他这部文学史中予以臧否了。

除了对散文进行理论上的探讨外，司马长风对诗歌也有自己的理论认识。闻一多等人提出的"三美"的主张，司马长风对其进行了评析，他指出"'音乐的美'是诗的第二生命"④，"要有'绘画的美'，这是多值得骄傲的事情"⑤，"要有'建筑的美'，这也是中国文字独特的能力，不过这一项'美'，代价太昂贵，笔者感到没有'音乐的美'和'绘画的美'那种绝对必要性。不可否认匀称、整齐也是一种美，但是为达成这一美，要做的努力太机械。……因此关于'音乐的美'和'绘画的美'之主张一直生存到今天，可是'建筑的美'之主张很快便夭折了。这并非偶然。"⑥ 很少有文学史著对这三美进行辨析，而司马长风这里不仅予以了辨析，而且对"建筑的美"提出了异议，从而展示了自己的文学观点。而在新诗赏鉴中，他基本上是按照这两个标准进行阐释的。他认为在"凋零期"阶段一部分诗人尝试诗歌不再强调格律而提倡"散文化"，这就忽视了诗歌的音乐美，是"诗歌的歧途和彷徨"。因为在司马长风的诗

---

①　司马长风:《中国新文学史》（中卷），昭明出版社 1978 年版，第 113 页。

②　同上书，第 114 页。

③　同上。

④　司马长风:《中国新文学史》（上卷），昭明出版社 1980 年版，第 192 页。

⑤　同上。

⑥　同上。

歌观点中，格律美和中国风是两大必备要素。也正因如此，他对抗战初期的朗诵诗评价较高，因为朗诵诗"必须注意节奏，听起来才悦耳。于是朗诵诗运动产生了改进新诗的副作用。削除了听不懂的欧化语法，恢复了传统诗歌的重叠复沓"。① 这也是为我们所不注意的。

司马长风还对一些文学观点加以了辨析。例如他评价胡适的八项主张中，"没有冷静、深澈的加以整理和剪裁。因此不免重复、粗糙的缺点"。② 而陈独秀的"三大主义"，"首先犯了胡适'不讲对仗'的主张。三推倒、三建设行行句句都是对仗得整齐。又因缺乏切实有系统的说明，差不多只是三句口号。……更重要的一个缺点，是在立论上前后自相矛盾"。③ 他还认为只有到 1918 年胡适发表的《建设的文学革命论》才提出了具体的办法来扫除新文学路上的障碍。即用"国语的文学。文学的国语"来解决新文学的语言问题，因为新文学"主要的障碍是白话写文章，在心理上有一顾忌，觉得必须先有标准的国语，没有标准的国语，则所写出来的文学必然是方言的文学。具体点说，只有广东话的文学、浙江话的文学、福建话的文学。这也是古文家反对白话文学的一个重大理由。因为文言便没有这种困难。胡适对这个困难的解决办法是下面十个大字：'国语的文学。文学的国语'"。④ 司马长风认为这包含两种意思：第一，"国语来自文学。用白话创造新文学自会产生标准的国语。……国语不过是文学作品所用语言的普遍化。"⑤ 第二，"借重既有的国语和白话文学去创作新文学。"⑥ 其实胡适的意思就是说国语和新文学只有在实践中才能互相创造出来，而不能在等待中让其单方面地成长然后带来另一方面的成熟。除此之外，胡适在这篇文章中还从"工具"、"方法"和"创造"三方面提出了如何建设新文学，司马长风也适当予以了介绍。胡适所提出的问题和解决之道在很多文学史中或者不被重视，或者没有解释清楚，司马长风则对其进行了透彻辨析，而且让我们认识到这八个大字仍有现实意义。

司马长风的文学史著存在种种上述优点，但也有缺点存在。例如司马

---

① 司马长风：《中国新文学史》（下卷），昭明出版社 1978 年版，第 184 页。
② 司马长风：《中国新文学史》（上卷），昭明出版社 1980 年版，第 43 页。
③ 同上书，第 44—45 页。
④ 同上书，第 48 页。
⑤ 同上。
⑥ 同上书，第 49 页。

长风认为："面对民族兴亡的战争，作家应该利用本身的声名和影响来尽抗日宣传的义务，但是在抗日宣传之外，仍有文学创作的本业；这是截然两码事。"① 他对抗战时期颠沛流离的作家提出了很高的要求，即在面对强敌入侵、国家民族生死存亡之际，一个作家既要做到唤醒民众觉醒，团结一致抵抗敌人，迎来新生，同时又要坚持纯文学写作。这两点在危机重重的现代中国往往相互牵扯，很难同时兼顾到。正因为这一时代的悖论导致司马长风在评价"凋零期"作家作品之时，陷于两难处境，既批评一些作家为政治呐喊，书写的是抗日文学，又为一些作家不能扩大自己的视野，导致自己的文学内容过于狭隘，而在民族苦难之前闭上了自己的眼睛。例如他评价林语堂 20 世纪 30 年代创办的一系列刊物："在政治风暴横扫文苑的岁月里，给卅年代的文学开拓了园地，使言志派的文学得到舒展。不过也有偏向，那就是蓄意逃避现实。尤其是周作人钻入草木虫鱼的闲情逸趣里去，捂住耳朵，闭上眼睛，不闻不问世事，这也是一弊，足以麻痹创作的感兴，瘫痪创作的心灵。"② 这两方面的纠缠处理得令司马长风比较满意的似乎只有臧克家和艾青，但其并不认为这二人是大家，可见他的文学史评价还有着不能圆融一体之处，其实这几乎是以纯文学为标准撰写文学史都要面临的困境。

　　总的来说，我们还是认可司马长风在中国新文学史编撰上的贡献，他在纯文学史的撰写方面的确为后来者开辟了新路，提供了诸多经验，尽管该文学史有很多地方可以被人挑刺，但不同时代的读者仍会喜欢它，这就够了！

---

① 司马长风：《中国新文学史》（下卷），昭明出版社 1978 年版，第 2 页。
② 司马长风：《中国新文学史》（中卷），昭明出版社 1978 年版，第 6 页。

第二章　中国台湾的中国现代
文学史编撰

第一节　概述

　　尽管中国台湾在政治体制上与祖国大陆有着不同差异，但其社会发展始终延续着中华文化的传统，始终与中国内地息息相连，休戚与共。而中国台湾对中国现代文学的研究及文学史编撰也一直是赓续绵延，呈现薪火不绝的态势，现在我们对其进行简单的概述①。

　　当祖国大陆的新文化运动诞生之后不久，中国台湾的新文学运动也开始发动。"台湾新文学运动不仅是在'五四'运动的影响下诞生的，也不仅在'五四'前后两岸青年就在日本共同结社，共同探求革命救国之道，有着相当一致和默契的思想理论共识，而且台湾的新文学运动，台湾的新文学理论批评，就是在'五四'运动和它的思想理论的直接指导和光照下诞生和成长的"。② 中国台湾最早的新文学理论批评中就包含着对祖国大陆新文学的推介，这可说是最早的中国台湾的中国新文学研究，其中还有一些新文学史著作。例如，1922 年 4 月《台湾》刊物发表的黄呈聪的《论普及白话文的新使命》和黄朝琴的《汉文改革论》就是通过介绍大陆的白话文运动来号召中国台湾的白话文改革刻不容缓。《台湾民报》第一卷第四期上发表的秀湖（徐乃昌）的文章《中国新文学运动的过去现在将来》，《台湾民报》第二卷第十期上发表的蓼雨的《二十年来的中国文

---

　　① 参见古继堂《台湾新文学理论批评史》，春风文艺出版社 1993 年版；古远清《台湾当代文学理论批评史》，武汉出版社 1994 年版；古远清《海峡两岸文学关系史》，福建人民出版社 2010 年版；古远清《当代台港文学概论》，高等教育出版社 2012 年版；宋如珊《台湾的大陆当代文学史述评》，《徐州师范大学学报》（哲学社会科学版）2008 年第 2 期。

　　② 古继堂：《台湾新文学理论批评史》，春风文艺出版社 1993 年版，第 3—4 页。

学及文学革命的略述》，《台湾民报》第三卷第十二至十七号上发表了蔡孝乾的《中国新文学概观》，而叶荣钟在日本出版的《中国新文学概观》（后文专节论述），都叙述了大陆"五四"运动，以及中国新文学的迅猛发展及辉煌成就，其目的是推动中国台湾的白话文运动和新文学创作。不仅如此，当时祖国大陆众多的新文学作品也在中国台湾的期刊杂志上予以转载。可以说20世纪二三十年代是中国台湾新文学运动发展的鼓动期，大陆的新文学运动和文学作品成为其学习的榜样及理论动力，这就导致该时期成为中国台湾研究、叙述中国新文学史的一个高潮。

中国台湾的新文学运动在20世纪20年代至30年代中期能够发起，并有着时间不长的左翼文艺运动，是因为日本殖民者当时的统治策略偏重于"文治"，主要企图从精神和灵魂上对中国台湾人民进行占领，这给上述活动留下了细微活动空间。但是1937年"七七事变"的发生，标志着中国人民全面抗战的爆发，而日本人为了侵略战争的胜利，也在中国台湾实行了"战时体制"。其"战时体制"的基本内容是：剥夺中国台湾人民集会、结社、言论、出版等自由；禁止使用中文，改学校的中文教育为日文教育；改中国风俗、习惯、节令为日本风俗、习惯和节令；改中国名为日本名；改中国服为日本服；烧毁祖先牌位、奉祀神宫大麻。"战时体制"的最终目的是变中国人为日本人，彻底实现民族奴化驯化战略。针对这种文化侵略体制，中国台湾新文学作家杨逵、吴浊流、李钦明等都开展了针锋相对的对抗，但中国台湾新文学运动还是进入到低潮期，而学者进行中国新文学研究也就无从谈起。

从1945年日本投降之后至1949年国民党去台湾，中国台湾迎来了政治、语言、文学、文化的光复期，这时期一批杰出的大陆文人来到中国台湾，再度开始了两岸文学的交流融会。如游弥坚、许乃昌、陈绍馨等人组成了"台湾文化促进会"，其目的是消除日本的殖民文化创建中国的新文化，还发行《台湾文化》杂志。以此杂志为中心，聚集了很多从大陆来台的知识分子，其中很多是鲁迅的朋友和学生，他们是许寿裳、台静农、袁珂、李何林、李霁野、黎烈文、黄荣灿等人，鲁迅的夫人许广平还为该杂志撰稿。此外鲁迅的《阿Q正传》、《狂人日记》、《故乡》、《药》、《孔乙己》、《头发的故事》等等都得到日文翻译而在中国台湾出版，这表明在中国台湾的光复期掀起了一阵鲁迅风，鲁迅精神开始在中国台湾生根发芽，并有望得到苗壮成长。而中国台湾本土作家杨逵此时也为中国台湾文化和文学发展持续努力，他创办了多种报纸杂志：《一阳周报》、《文化交流》、《力行报》、《台湾文学丛刊》等等。这些活动使得中国台湾与祖国大陆的新文学运动及中国现代文学研究开始了一个新的续接。

但是随着 1948 年许寿裳在中国台湾惨遭砍死，在中国台湾的大陆作家纷纷离开，而台湾当局在 1949 年颁布了长达四十年的戒严令，再加上 20 世纪五六十年代奉行三民主义的文艺政策，于是以鲁迅为代表的中国新文学在中国台湾开始遭到禁止，此时中国台湾对中国新文学的接受、研究是以攻击性的污蔑为主，很少有学术性的价值。例如赵友培 1951 年发表的《"五·四"新评价》、王平陵发表的《30 年文坛沧桑录》都是对中国新文学进行歪曲性的回忆，以形象丑化为目的。在 20 世纪 60 年代还掀起了否定鲁迅的风浪，陈西滢 1964 年在中国台湾重印的《西滢闲话》，苏雪林在 1966 年鲁迅逝世 30 周年之际，在《传记文学》九卷六期中发表的《鲁迅传论》，都对鲁迅进行了人格上的侮辱，体现了他们的反共心理。苏雪林后来还专门出版《我论鲁迅》① 一书继续其反鲁事业。"文革"爆发之后，大陆文艺界追查历史老账，认为"文艺黑线"的根源在 20 世纪 30 年代，于是很多这时期的老作家都受到批判。这引起中国台湾右派文人的幸灾乐祸，于是在《中央日报》文艺副刊上登载了大量鞑伐 20 世纪 30 年代作家的文章，后来结集为《30 年代文艺论丛》出版，而丁望也在中国香港呼应这股潮流，出版了《30 年代作家评介》。也有一些文章对中国新文学开始了很有价值的回忆、点评及赏析，例如苏雪林 1958 年、1959 年为《自由青年》连续写了一年多回忆新文学的文章，后来这些文章结集为《文坛话旧》② 在传记文学社出版；刘心皇此时有《郁达夫与王映霞》③《徐志摩与陆小曼》④ 等著作问世；痖弦从 1966 年元月开始在《创世纪》诗刊上开辟"中国新诗史料掇英"专栏，对废名、朱湘、王独清、孙大雨、辛笛等人进行新的评价和定位。此外还有王志健的《20 世纪中国诗歌》⑤，以及他与葛贤宁合著的《50 年来的中国诗歌》⑥，

---

①　苏雪林：《我论鲁迅》，传记文学社 1967 年版。

②　苏雪林：《文坛话旧》，传记文学社 1967 年版。

③　刘心皇：《郁达夫与王映霞》，畅流半月刊社 1962 年版。

④　刘心皇：《徐志摩与陆小曼》，畅流半月刊社 1965 年版。

⑤　王志健：《20 世纪中国诗歌》，正中书局 1966 年版。

⑥　葛贤宁、王志健：《50 年来的中国诗歌》，正中书局 1965 年版。

等等。此时《张爱玲短篇小说集》① 也得以出版。这说明中国台湾学者力求在当时政治允可的情况下，介绍一些中国新文学史实，让中国台湾的读者认识到现代人物的风流浪漫、学识与才情，也正预示着中国台湾的中国新文学研究逐渐从政治性的歪曲利用走向文学本体研究。

　　20 世纪 70 年代中国台湾处于一个思想激烈碰撞的时代，这是因为此时中国台湾的政治外交逐渐被边缘化，台湾当局被联合国除名，中华人民共和国取代了其位置，蒋介石也在 1975 年去世，其经济得到了迅猛发展但贫富不均现象越来越严重。人们对逃避现实的现代派文学开始不满，掀起了空前的乡土文学回归浪潮。此时中国台湾的中国新文学研究及文学史编撰有了新的起色：苏雪林将过去的讲义和发表的文章予以润饰，并增添了新写的篇章，出版了《二三十年代的作家与作品》。② 梁实秋出版了《关于鲁迅》③ 以继续否定鲁迅，但郑学稼增订出版了他在 1942 年重庆胜利出版社出版的《鲁迅正传》，该书尽量用可靠的资料叙述鲁迅的一生，删除了讽刺鲁迅的话，并详述了鲁迅的思想演变，增加了很多附录帮助读者了解鲁迅思想的来源，篇幅也由原来的 112 页增至 616 页。④ 这意味着中国台湾的鲁迅研究走出了谩骂侮辱的层次进入到学术探讨的层面。刘心皇出版了学术著作《现代中国文学史话》⑤，该书内容驳杂，但是当时中国台湾少有的系统性论述现代中国文学的著作。尹雪曼主编出版了代表当时意识形态的《中华民国文艺史》⑥。周锦出版了《朱自清研究》⑦、《朱自清作品评述》⑧、《中国新文学史》⑨。还有断代文学专题史：李牧的《30 年代文艺论》⑩、侯健的《从文学革命到革命文学》⑪。此时对 20 世纪 30 年代左翼文学的研究也有了新的发展，而不再是此前的一味讳莫如深，其中杰出者是施淑。她曾在中国香港的《抖擞》杂志 1977 年 1 月号、中

---

① 张爱玲：《张爱玲短篇小说集》，台湾皇冠出版社 1968 年版。
② 苏雪林：《二三十年代的作家与作品》，广东出版社 1979 年版。
③ 梁实秋：《关于鲁迅》，爱眉文艺出版社 1970 年版。
④ 郑学稼：《鲁迅正传·增订版序》，时报出版公司 1985 年版，第 4 页。
⑤ 刘心皇：《现代中国文学史话》，正中书局 1971 年版。
⑥ 尹雪曼：《中华民国文艺史》，正中书局 1975 年版。
⑦ 周锦：《朱自清研究》，智燕出版社 1976 年版。
⑧ 周锦：《朱自清作品评述》，智燕出版社 1976 年版。
⑨ 周锦：《中国新文学史》，长歌出版社 1976 年版。
⑩ 李牧：《30 年代文艺论》，黎明文化事业公司 1973 年版。
⑪ 侯健：《从文学革命到革命文学》，中外文学月刊社 1974 年版。

国香港《明报月刊》1975 年 6—8 月号、《抖擞》杂志 1976 年 5 月号连续
发表了评价左翼作家胡风、端木蕻良与路翎的文章，这些文章力求深入历
史现实中去审查作家的艺术追求及风格特色。罗青的《从徐志摩到余光
中——白话诗研究第一册》① 对俞平伯、戴望舒、余光中等人的诗歌进行
了精密解读。对张爱玲的研究也有了可喜的收获，水晶的《张爱玲的小
说艺术》② 和唐文标的《张爱玲研究》③ 得以出版，前者注重文学作品的
细读赏鉴，分析了张爱玲小说中的艺术结构、象征手法、人生感受，后者
则从张爱玲创作的历史背景切入，偏重于社会学分析方法与史料的收集补
遗。还有一些中国新文学研究专著和选集得以出版，如叶维廉主编的
《中国现代文学批评选集》④、《中国现代作家论》⑤，龙云灿的《30 年代
文坛人物史话》⑥、陈少廷的《"五四"新文化运动的评价》⑦、王志健的
《现代中国诗史》⑧ 等等。

　　中国台湾在 20 世纪 50—70 年代对大陆当代文学的研究，也是强调反
共思想教育。例如国民大会秘书处编的《共匪内哄与文艺整风》⑨、王章
陵的《中共的文艺整风》⑩、《郭沫若著〈李白与杜甫〉索隐》⑪、《论郭沫
若的诗及文学思想》⑫、《中国大陆反共文艺思潮》⑬，熊钰铮的《中国传
统文化与文化大革命》⑭ 等等，都是在污蔑大陆的文艺政策和文艺整风，
进而论述"文革"形成的内在缘由。又如马励的《王实味事件之研
究》⑮、沈荣锋《中共"鸣放运动"与"阳谋"之剖析》⑯、蔡丹冶的

①　罗青：《从徐志摩到余光中——白话诗研究第一册》，尔雅出版社 1978 年版。
②　水晶：《张爱玲的小说艺术》，大地出版社 1973 年版。
③　唐文标：《张爱玲研究》，联经出版事业公司 1976 年版。
④　叶维廉：《中国现代文学批评选集》，联经出版公司 1976 年版。
⑤　叶维廉：《中国现代作家论》，联经出版公司 1976 年版。
⑥　龙云灿：《30 年代文坛人物史话》，金兰文化出版社 1977 年版。
⑦　陈少廷：《"五四"新文化运动的评价》，环宇出版社 1974 年版。
⑧　王志健：《现代中国诗史》，台湾商务印书馆 1975 年版。
⑨　国民大会秘书处：《共匪内哄与文艺整风》，国民大会秘书处 1966 年版。
⑩　王章陵：《中共的文艺整风》，国际关系研究所 1967 年版。
⑪　王章陵：《郭沫若著〈李白与杜甫〉索隐》，台北中国大陆问题研究所 1973 年版。
⑫　王章陵：《论郭沫若的诗及文学思想》，台湾"教育部"社会教育司 1977 年版。
⑬　王章陵：《中国大陆反共文艺思潮》，黎明文化事业公司 1979 年版。
⑭　熊钰铮：《中国传统文化与文化大革命》，政大东亚所 1971 年版。
⑮　马励：《王实味事件之研究》，政大东亚所 1974 年版。
⑯　沈荣锋：《中共"鸣放运动"与"阳谋"之剖析》，政大东亚所 1975 年版。

《中共文艺问题论集》①与《中共文艺政策与文艺整风》②、王集丛的《中共破立文艺概论》③与《中共文艺析论》④等等。这些书籍编写在大陆"文革"爆发之际，是台湾当局为了让其内部人员了解大陆的政治、文艺动态而编写的，主要目的是加强政治教育，本就不追求其学术意义。

　　20世纪80年代之后，中国台湾走向了多元化时代，在意识形态上解除了"戒严法"、开放"党禁"及放宽了言论自由的尺度，主要反对党"民进党"得以组建，而大陆也开始了改革开放的进程，两岸的交流互动进一步扩大。进入20世纪90年代之后，冷战结束，世界逐渐向多极化发展，中国台湾的政治进一步走向边缘化时代，但中国台湾内部的思想状态随着经济的发展更加多元。这两个时期中国现代文学研究的一个成绩是，1980年成文出版社有限公司出版了一套《中国现代文学研究丛刊》（共三十种，下面介绍的一些著作就是这套丛书中的）。该丛刊有尹雪曼、周锦、姚朋、孙如陵、孙陵、夏志清、夏铁肩、陈纪滢、黄章明、葛浩文、赵友培、钱江潮等十二人组成的编辑委员，其中周锦为主编，这应该是当时中国台湾中国现代文学研究的集体亮相。从该丛刊的《中国现代文学研究丛刊编印缘起》可见其目的性是通过梳理中国新文学的历史，从而论证台湾当局及中国台湾文学的合法性，尽管该丛刊仍然具有浓厚的反共意识，对中国共产党的文艺政策、作家作品仍有着不遗余力的攻击，但这意味着中国台湾学者的中国新文学研究及文学史编撰已经从零敲碎打的个人化行为，走向了群体作战集体攻坚的团体行为。这套丛书包括刘心皇的《抗战时期沦陷区文学史》⑤；尹雪曼的《五四时代的小说作家与作品》⑥、《鼎盛时期的新小说》⑦、《抗战时期的现代小说》⑧；周锦的著作较多，包括《〈围城〉研究》⑨、《论〈呼兰河传〉》⑩、《中国新文学简史》⑪、《中

①　蔡丹冶：《中共文艺问题论集》，大陆观察杂志社1976年版。
②　蔡丹冶：《中共文艺政策与文艺整风》，剑潭出版社1977年版。
③　王集丛：《中共破立文艺概论》，黎明文化事业公司1978年版。
④　王集丛：《中共文艺析论》，黎明文化事业公司1979年版。
⑤　刘心皇：《抗战时期沦陷区文学史》，成文出版社1980年版。
⑥　尹雪曼：《五四时代的小说作家与作品》，成文出版社1980年版。
⑦　尹雪曼：《鼎盛时期的新小说》，成文出版社1980年版。
⑧　尹雪曼：《抗战时期的现代小说》，成文出版社1980年版。
⑨　周锦：《〈围城〉研究》，成文出版社1980年版。
⑩　周锦：《论〈呼兰河传〉》，成文出版社1980年版。
⑪　周锦：《中国新文学简史》，成文出版社1980年版。

国现代小说编目》①、《中国现代文学作家本名笔名索引》②《中国新文学大事记》③；陈敬之的著作也较多，大致有《三十年代文坛与左翼作家联盟》④、《中国文学的由旧到新》⑤、《中国新文学的诞生》⑥、《首创民族主义文艺的"南社"》⑦、《现代文学早期的女作家》⑧、《中国新文学运动的前驱》⑨、《新文学运动的阻力》⑩、《早期新散文的重要作家》⑪、《〈新月〉及其重要作家》⑫，这些著作将中国新文学 20 世纪二三十年代的历史进行了连续书写；舒兰的《五四时代的新诗作家和作品》⑬、《北伐前后的新诗作家和作品》⑭、《抗战时期的新诗作家和作品》⑮ 则对中国现代时期的新诗进行了概览；周丽丽的《中国现代散文集编目》⑯、《中国现代散文的发展》⑰ 重在对中国现代散文的历史发展进行梳理；此外还有周伯乃的《早期新诗的批评》⑱、陈纪滢的《三十年代作家记》⑲、孙陵的《我熟识的三十年代作家》⑳、林焕彰的《中国新诗集编目》㉑、周芬娜的《丁玲与中共文学》㉒。可见这套丛书参与者众多，涵盖几代中国台湾的新文学史研究者；内容广泛，不仅有文学史编写，还有诗歌、散文、小说、社团、史料、作家、文艺政策等研究；而刘心皇对抗战沦陷区文学史的研究，陈敬

---

① 周锦：《中国现代小说编目》，成文出版社 1980 年版。
② 周锦：《中国现代文学作家本名笔名索引》，成文出版社 1980 年版。
③ 周锦：《中国新文学大事记》，成文出版社 1980 年版。
④ 陈敬之：《三十年代文坛与左翼作家联盟》，成文出版社 1980 年版。
⑤ 陈敬之：《中国文学的由旧到新》，成文出版社 1980 年版。
⑥ 陈敬之：《中国新文学的诞生》，成文出版社 1980 年版。
⑦ 陈敬之：《首创民族主义文艺的"南社"》，成文出版社 1980 年版。
⑧ 陈敬之：《现代文学早期的女作家》，成文出版社 1980 年版。
⑨ 陈敬之：《中国新文学运动的前驱》，成文出版社 1980 年版。
⑩ 陈敬之：《新文学运动的阻力》，成文出版社 1980 年版。
⑪ 陈敬之：《早期新散文的重要作家》，成文出版社 1980 年版。
⑫ 陈敬之：《〈新月〉及其重要作家》，成文出版社 1980 年版。
⑬ 舒兰：《五四时代的新诗作家和作品》，成文出版社 1980 年版。
⑭ 舒兰：《北伐前后的新诗作家和作品》，成文出版社 1980 年版。
⑮ 舒兰：《抗战时期的新诗作家和作品》，成文出版社 1980 年版。
⑯ 周丽丽：《中国现代散文集编目》，成文出版社 1980 年版。
⑰ 周丽丽：《中国现代散文的发展》，成文出版社 1980 年版。
⑱ 周伯乃：《早期新诗的批评》，成文出版社 1980 年版。
⑲ 陈纪滢：《三十年代作家记》，成文出版社 1980 年版。
⑳ 孙陵：《我熟识的三十年代作家》，成文出版社 1980 年版。
㉑ 林焕彰：《中国新诗集编目》，成文出版社 1980 年版。
㉒ 周芬娜：《丁玲与中共文学》，成文出版社 1980 年版。

之对旧文学向新文学过渡的研究等等都是一般中国新文学研究所少见的。在这套丛书之外，这一时段还有一些研究中国新文学的著作：刘心皇的《当代中国新文学大系史料与索引》①、尹雪曼的《中国新文学史论》② 和《中国现代文学的桃花源》③、舒兰的《中国新诗史话》④、龚显宗的《廿卅年代新诗论集》⑤、杨昌年的《新诗赏析》⑥、张健的《中国现代诗》⑦、姜穆的《30 年代作家论》⑧ 和《30 年代作家论续集》⑨、王志健的《文学四论》⑩、张放的《大陆作家评传》⑪，等等。

　　20 世纪 80 年代鲁迅在中国台湾引起了广泛关注，周玉山用茶陵的笔名编了《鲁迅与阿 Q 正传》，内收夏济安、司马长风、李辉英、赵聪、王润华等学者研究鲁迅及代表作《阿 Q 正传》的文章。1982 年鲁迅之孙周令飞移居中国台湾，也引起中国台湾人的广泛兴趣，周玉山一人就发表了四篇文章。出版商也抓住商机，大肆盗印鲁迅著作。1981 年谷风出版社、1989 年唐山出版社、1989 年风云时代出版社都相继推出了鲁迅作品全集。与此同时，对鲁迅的研究也开始走上了客观评价的阶段。例如刘心皇的《鲁迅这个人》⑫ 得以出版，该书体系完备、纲目详细，影响巨大。1988 年 12 月《联合文学》第五卷第二期推出了《现代人看"丑陋的中国人"阿 Q》专辑。一些研究论著也开始出版：周质平的《胡适与鲁迅》⑬、王友琴的《鲁迅与中国现代文化震动》⑭、王宏志的《思想激流下的中国命运——鲁迅与"左联"》⑮、陈漱渝与林学忠合著的《青少

---

① 刘心皇：《当代中国新文学大系史料与索引》，天视出版事业公司 1981 年版。
② 尹雪曼：《中国新文学史论》，中央文物供应社 1983 年版。
③ 尹雪曼：《中国现代文学的桃花源》，台湾商务印书馆 1984 年版。
④ 舒兰：《中国新诗史话》，布谷出版社 1984 年版。
⑤ 龚显宗：《廿卅年代新诗论集》，凤凰城出版社 1982 年版。
⑥ 杨昌年：《新诗赏析》，文史哲出版社 1982 年版。
⑦ 张健：《中国现代诗》，五南图书出版公司 1984 年版。
⑧ 姜穆：《30 年代作家论》，东大图书公司 1986 年版。
⑨ 姜穆：《30 年代作家论续集》，东大图书公司 1986 年版。
⑩ 王志健：《文学四论》，文史哲出版社 1988 年版。
⑪ 张放：《大陆作家评传》，台湾商务印书馆 1989 年版。
⑫ 刘心皇：《鲁迅这个人》，东大图书公司 1986 年版。
⑬ 周质平：《胡适与鲁迅》，时报文化出版公司 1988 年版。
⑭ 王友琴：《鲁迅与中国现代文化震动》，水牛图书公司 1991 年版。
⑮ 王宏志：《思想激流下的中国命运——鲁迅与"左联"》，风云时代出版公司 1991 年版。

年鲁迅读本》①、王润华的《鲁迅小说新论》②、周行之的《鲁迅与"左联"》③ 等等。1991 年 9 月《国文天地》杂志社还制作了一个《鲁迅在台湾》专题，其中有一个《解严前后的鲁迅》座谈会，出席座谈会的主要是作家，他们分别谈及鲁迅对他们创作的影响。这个专题最后还刊登了方美芬整理的《台湾近年来鲁迅研究论文索引》，这为后来研究者提供了查询资料的门径，也标志着鲁迅研究已经是中国台湾学术研究中的重要阵地。

此外，张爱玲研究在中国台湾得到了进一步发展。张健主编的《张爱玲的小说世界》④ 就收集了他学生研究张爱玲的论文；陈炳良的《张爱玲短篇小说论集》⑤ 主要用新批评方法对张爱玲作品进行研读，并附有《有关张爱玲论著知见书目》；唐文标又编有《张爱玲卷》⑥，还编写了《张爱玲资料大全集》⑦，等等，可见张爱玲研究也进入到学术化研究的境界，中国台湾的"张学"研究已经初见端倪。

20 世纪 80 年代，大陆新时期文学开始勃兴，也引发了中国台湾研究者对大陆当代文学的介绍及研究。这些著作中有对"伤痕文学"进行关注的，如高上秦主编的《中国大陆抗议文学》⑧、吴丰兴的《中国大陆的伤痕文学》⑨、周玉山的《大陆文艺新探》⑩、张子樟的《人性与"抗议文学"》⑪ 等等，这类文学研究主要是从政治的角度来分析"伤痕文学"。也有对大陆新时期受到批判的作品进行无上拔高的著作，例如王章陵、叶洪生分别在他们的书中对白桦的《苦恋》予以褒奖，周玉山在《大陆文艺论衡》⑫ 中将遇罗锦受批判的《春天的童话》与裴多菲、徐志摩予以并列进行吹捧等等，都是带着敌视大陆的心态进行的文学评论。刘胜骥的

① 陈漱渝、林学忠：《青少年鲁迅读本》，业强出版社 1991 年版。
② 王润华：《鲁迅小说新论》，东大图书公司 1992 年版。
③ 周行之：《鲁迅与"左联"》，文史哲出版社 1991 年版。
④ 张健：《张爱玲的小说世界》，学生书局 1984 年版。
⑤ 陈炳良：《张爱玲短篇小说论集》，远景出版公司 1983 年版。
⑥ 唐文标：《张爱玲卷》，香港艺文图书公司 1982 年版。
⑦ 唐文标：《张爱玲资料大全集》，时报文化出版事业有限公司 1984 年版。
⑧ 高上秦：《中国大陆抗议文学》，时报文化出版事业有限公司 1979 年版。
⑨ 吴丰兴：《中国大陆的伤痕文学》，幼狮文化事业公司 1981 年版。
⑩ 周玉山：《大陆文艺新探》，东大图书公司 1984 年版。
⑪ 张子樟：《人性与"抗议文学"》，幼狮文化事业公司 1984 年版。
⑫ 周玉山：《大陆文艺论衡》，东大图书公司 1990 年版。

《北京之春（1978—1979）》①、　《大陆民办刊物的形式和内容分析：1978—1980》②、《中国大陆地下刊物研究：1978—1982》③，徐瑜的《中共文艺政策析论》④ 则注重史料，分析客观，开辟了新的研究领域和研究方向。随着大陆新时期寻根文学兴起，中国台湾的大陆当代文学研究也开始拥有了客观冷静的视角。例如蔡源煌的《海峡两岸小说的风貌》⑤、王德威的《阅读当代小说：台湾、大陆、香港、海外》⑥、张子樟的《走出伤痕——大陆新时期小说探讨》⑦ 都开始运用西方的现代文学批评理论对大陆当代小说予以创新性评价。1988 年、1991 年《文讯》杂志连同其他单位开了两次"当前大陆文学研讨会"，会议论文结集为《当前大陆文学》⑧、《苦难与超越》⑨ 予以出版，这两部文集收录了有关大陆新时期的文学思潮、各文体创作动向的有关情形，还有相关资料索引，这都表明大陆当代文学研究也开始进入到中国台湾学术研究的范畴。此外还有吕正惠的《小说与社会》⑩、高准的《中国大陆新诗评析》⑪、陈信元的《从台湾看大陆当代文学》⑫、张放的《大陆作家评传》⑬ 等，这些著作对大陆新时期文学进行了独到的论评、赏鉴和研究。

　　20 世纪 90 年代之后，中国台湾的中国现代文学研究成果笔者收集整理得还不多，有马森的《中国现代戏剧的两度西潮》⑭、杨昌年的《张爱玲小说评析　百年仅见一星明》⑮，等等。20 世纪 90 年代马森、邱燮友、皮述民、杨昌年合著了《二十世纪中国新文学史》⑯，这应该是中国台湾

①　刘胜骥：《北京之春（1978—1979）》，幼狮文化事业公司 1984 年版。
②　刘胜骥：《大陆民办刊物的形式和内容分析：1978—1980》，留学出版社 1984 年版。
③　刘胜骥：《中国大陆地下刊物研究：1978—1982》，台湾商务印书馆 1985 年版。
④　徐瑜：《中共文艺政策析论》，中国文化大学出版部 1986 年版。
⑤　蔡源煌：《海峡两岸小说的风貌》，雅典出版社 1989 年版。
⑥　[美] 王德威：《阅读当代小说：台湾、大陆、香港、海外》，远流出版公司 1989 年版。
⑦　张子樟：《走出伤痕——大陆新时期小说探讨》，东大图书公司 1991 年版。
⑧　《文讯》编：《当前大陆文学》，文讯杂志社 1988 年版。
⑨　《文讯》编：《苦难与超越》，文讯杂志社 1991 年版。
⑩　吕正惠：《小说与社会》，联经出版事业公司 1988 年版。
⑪　高准：《中国大陆新诗评析》，文史哲出版社 1988 年版。
⑫　陈信元：《从台湾看大陆当代文学》，业强出版社 1989 年版。
⑬　张放：《大陆作家评传》，台湾商务印书馆 1989 年版。
⑭　马森：《中国现代戏剧的两度西潮》，文化生活新知出版社 1991 年版。
⑮　杨昌年：《张爱玲小说评析　百年仅见一星明》，致知学术出版社 2013 年版。
⑯　马森、邱燮友、皮述民、杨昌年：《二十世纪中国新文学史》，骆驼出版社 1997 年版。

少有的 20 世纪中国新文学史著,该书尽管有多种问题,但是其不断修订出版,说明其在中国台湾影响颇大。此时中国台湾对大陆当代文学的研究完全回归到文学本位,随着两岸交流的加速,中国台湾学者对大陆最新文学动态都能随时跟进,他们的研究也就更加丰富。在 1992 年,中国台湾文化建设委员会委托中国台湾清华大学进行"大陆地区文学概况调查研究"计划,由吕正惠主持,搜集大陆地区新时期的文学概况。该计划在 1996 年出版丛书九册,包括施淑的《大陆新时期文学概观》、张子樟的《试论大陆新时期小说》、洛夫与张默的《当代大陆新诗发展的研究》、陈信元的《大陆新时期散文概述》、陈信元与文钰合著的《大陆新时期报告文学概述》、林焕彰与杜荣琛合著的《大陆新时期儿童文学》、唐翼明的《大陆新时期的文学理论与批评》、应凤凰的《当代大陆文学概况·史料卷》、吕正惠的《大陆的外国文学翻译》。至此,中国台湾的大陆新时期文学研究已经卓有成效。此外还有叶穉英的《大陆当代文学扫描》[1]、《四十年来中国文学》[2]、《从四〇年代到九〇年代——两岸三边华文小说研讨会论文集》[3],张放的《大陆新时期小说论》[4],唐翼明的《大陆新时期文学(1977—1989):理论与批评》[5] 与《大陆"新写实小说"》[6],等等。进入 21 世纪后,宋如珊的《从伤痕文学到寻根文学——文革后十年的大陆文学流派》[7] 与《隔海眺望——大陆当代文学论集》[8] 呈现了"文革"后十年大陆文学的流变过程。陈碧月的《大陆女性婚恋小说——五四时期与新时期的女性意识书写》[9]、杨若萍的《台湾与大陆文学关系简史(1652—1949)》[10]、陈信元的《出版与文学——见证二十年海峡两岸文化

---

① 叶穉英:《大陆当代文学扫描》,东大图书公司 1990 年版。

② 叶穉英:《四十年来中国文学》,联合文学出版社 1995 年版。

③ 叶穉英:《从四〇年代到九〇年代——两岸三边华文小说研讨会论文集》,时报文化出版公司 1994 年版。

④ 张放:《大陆新时期小说论》,东大图书公司 1992 年版。

⑤ 唐翼明:《大陆新时期文学(1977—1989):理论与批评》,东大图书公司 1995 年版。

⑥ 唐翼明:《大陆"新写实小说"》,东大图书公司 1996 年版。

⑦ 宋如珊:《从伤痕文学到寻根文学——文革后十年的大陆文学流派》,秀威资讯科技公司 2002 年版。

⑧ 宋如珊:《隔海眺望——大陆当代文学论集》,秀威资讯科技公司 2007 年版。

⑨ 陈碧月:《大陆女性婚恋小说——五四时期与新时期的女性意识书写》,秀威资讯科技公司 2002 年版。

⑩ 杨若萍:《台湾与大陆文学关系简史(1652—1949)》,上海文艺出版社 2004 年版。

交流》①、周玉山的《大陆文学与历史》②、唐翼明的《大陆当代小说散论》③ 等等，则将中国台湾的大陆当代文学研究推向了一个新的高度。

综上所述，我们可知中国台湾的中国新文学研究起步较早，中国新文学诞生不久在中国台湾就已经有相关文章、论著开始推介中国新文学作家作品，并进行文学史书写，其目的是在日本殖民者的统治下发展中国台湾的新文学运动。但是随着政治局势的变化，这一研究趋势被日本侵略者强行中断，在 1945 年日本战败投降后才有所复苏。但是国民党到达中国台湾后，在两岸政治对立的情况下，中国现代文学研究都处于妖魔化的状态，在 20 世纪 70 年代该状况有所松动，直至 20 世纪 80 年代后，中国台湾的中国现代文学研究开始向文学本位回归，在 20 世纪 90 年代乃至 21 世纪初开始出现研究两岸文学交流互动的著作。我们相信，只要两岸继续加强交流，秉持和平统一的理想不变，中国台湾的中国现代文学研究一定会走向繁荣。

第二节　叶荣钟最早出版的中国新文学史著

中国台湾人叶荣钟编写的《中国新文学概观》④（笔者依据的是《叶荣钟早年文集》中的《中国新文学概观》，而原著没有收集到）应该是最早公开出版的中国新文学史。该书 1929 年 11 月 7 日完成于日本高圆寺精舍，当时是他就读于东京中央大学经济科的最后一年。1930 年该书由东京印刷制本株式会社印刷，杨肇嘉为发行人，在东京新民会出版，被列为《新民会文存第三辑》。该书的出版比 1933 年大陆最早出版的王哲甫的《中国新文学运动史》⑤ 要早几年，其虽说只有三万多字，但大致具备了一部文学史著所应有的各种要件，包含有"一、序说"，"二、文学革命的演进"，"三、新文学作品"，"四、文坛的派别"，"五、结论"五个部分。下面我们对其予以简单介绍。

①　陈信元：《出版与文学——见证二十年海峡两岸文化交流》，扬智文化事业公司 2004 年版。
②　周玉山：《大陆文学与历史》，东大图书公司 2004 年版。
③　唐翼明：《大陆当代小说散论》，文史哲出版社 2006 年版。
④　叶荣钟：《叶荣钟早年文集》，晨星出版有限公司 2002 年版。
⑤　王哲甫：《中国新文学运动史》，北平杰成印书局 1933 年版。

　　"一、序说"是对中国新文学运动发起及成就等方面的评价概说。叶荣钟先论说中国新文学运动爆发的原因，第一是读者已经不喜欢"毫无生气"、"古奥难解不合于新世代的潮流"的桐城派古文，"一般民众于不知不觉之中已经离开了古文的支配，而在要求新形式、新内容的文学出现。所以梁任公先生的浅显的文章，林琴南先生所翻译的外国小说，会受当时的读书人欢迎则并不偶然的"。① 第二是因为政治宣传的需要，清朝末年的康梁的立宪派和孙黄的革命派其主张虽然相反，但是在"排击专制，尊重民意这一点，两派的思想却是共通的。这（种）民主主义倾向的思想又深得国内外的青年的共鸣，内外响应，风纵扬厉（，）遂成为思想界的本流。于是不能普及一般民众的难解的贵族的旧文学，势不得不没落，反之宣传的浅显的平民的新文学，也就不容它不勃兴起来了"。② 第三则是因为政治革命的失败，导致"识者对政治上的改革完全失望，从来主张先解决政治问题的人，到这时候渐觉有转换方向，别求出路的必要了"。③ 于是梁任公等人开始主张政治勿忘应从改良社会思想做起，根本的去革新民心，而《新青年》就在这样的风潮里出现了。"初期的《新青年》对于新文学运动虽然没有什么主张但它却能倾全力去排击孔家学说，输入海外的新思潮，助长国内新思想运动的势力，只要把电钮一点就会万机俱动的，莫怪胡适下了一把火种马上就漫山遍野地烧将起来。"④ 叶荣钟对新文学运动爆发的原因是从读者心理接受、社会风气形成以及时代政治转换的角度来论说，这在 1929 年非常具有现实感，特别是从中国新旧文学的转换命运来说，注重到了二者之间的连续性，非常自然。

　　接着，叶荣钟对中国新文学成绩进行了量多质差的总体评价。他指出："中国的新文学运动在表面上算是成功的了，而且是非常的成功。自从运动开始以来已经产生了近三百人的新文学作家（翻译的不算），由他们写出来的新文学作品也不下八百种，作品的种目又极繁多……在这短短的十年间，能够开拓了那么广泛的新地域，收获了那么多数的新作品，实在是大可以自豪的。"⑤ 叶荣钟这里对新文学的数量进行了列举，认为成

---

① 叶荣钟：《叶荣钟早年文集》，晨星出版有限公司 2002 年版，第 215 页。
② 同上。
③ 同上。
④ 同上书，第 216 页。
⑤ 同上书，第 216—217 页。

果取得了丰收，但是其马上对质量进行了评定。他说："量与质究竟是另一问题，量虽多质却未必一定全是好的。在那汗牛充栋的作品中，除起两三部的杰作而外，尽是粗制滥造的文学水平下的作品。结局新文学运动也是和新政体运动一样，名实不能相符。形式上虚具蔚然的大观，内容却依然是漆黑一团。文体果然革新了，'白话'居然被称作'国语'了。但是'新的文学'至今犹没有坚牢的位置，还是动摇不定，往往要受旧文学的惰性所支配。"① 叶荣钟对新文学运动成绩并不认可，认为这表现在内容与形式、新文学与旧文学之间的关系方面。他对新文学的这种评价应该是振聋发聩的了，大部分文学史著都认为中国现代文学取得了很高的成就，是否真正如此呢？新时期之前的大部分中国新文学史书写都受到了中国新文学参与者的影响，他们自己叙述他们自己的历史，是否带有夸大其词的色彩？而现在已经进入 21 世纪，我们能否客观地评价中国现代文学的成就？叶荣钟的判断有否道理？还值得我们深思。

新文学为什么会量多质差呢？叶荣钟认为，这是因为"'古文'已经有了很久的历史，而新文学却完全没有一个预备的期间可以训练作家的思想和技术所致的"。② 他引用胡适之《白话文学史》中的小引后说道，"白话因有那样的历史的背景，所以它的改革运动，正是顺水行舟容易达到目的。但是'新的文学'却就不然了。文学革命当然不是仅把那些'之乎也者哉'的字面换上'的么罢了吗'就够的。内容和技术也非有一番的变换不可，可惜在革命前殆没有人注意到，这一方面的工作全然付之缺如。文学革命前期的作家，如梁任公、林琴南诸先辈虽曾极力绍介西洋的新文学，但因不是有意义的运动所以没有多大的效果"。③ 这里叶荣钟认识到白话的推广和新文学的成功远不是同一回事，前者只是语言工具的更换，而后者新文学的形成还需要内容和技术的准备，但是文学革命之前的倡导者们都还没有意识到。接下来他对梁任公和林琴南的文学运动进行了评价，指出他们对新文学建设更多起到的是提倡作用，而在文学创作上所起作用还不够。他指出，梁任公是政论家而不是纯粹的文学者，"他虽然知道小说有伟大的感化力，却是把它当作转移道德、宗教、政治——所

---

① 叶荣钟：《叶荣钟早年文集》，晨星出版有限公司 2002 年版，第 217 页。

② 同上。

③ 同上书，第 218 页。

谓移风易俗或是鼓舞士气——的工具看待，而不曾用纯粹的文学眼光去观察。他创刊《新小说》的杂志，翻译《世界末日记》、《十五小豪杰》等书，又自著《新中国未来记》，对于文学上的努力不可谓不多，但是始终抱着利用的态度，对文学自身完全没有改革的意识。"① 而对于林琴南，叶荣钟认为，他是"很有文学的天才的人，他对于文学上的工作也非常的大"②，但是他是"一位古文的最后拥护者，根本的没有改革文学的意思——也许是对新文学没有充分的理解——他的文字又是用古文写的。古文究竟是已死的文字，无论你怎样做的好，也只够供给小数人的赏玩，不能行远，不能普及"。③ 而且他不懂外国文，不能选择原本，所以他"所译的小说，除起小数之外，大都是毫无价值的第二、三流的作品。他白费了许多宝贵的精力和光阴，结局对新文学运动殆没有所裨益。这是多么可惜的事呵！"④ 我们可以看出叶钟荣秉持的正是纯文学的观点，这与他两次在日本留学有关，日本学界培养他的关于文学的定义以及对于文学的态度导致他对梁启超的文学工具论有所贬斥，而对林琴南翻译作品的选择标准也有所遗憾。

正是因为在文学革命之前，没有做好新文学运动基础工事，"新时代的作家们因为不曾有过一个预备的时期可以把旧文学的观念彻底的清算，而把握文学上的确然的新见解"，于是就导致一种泥沙俱下的情况，"革命开幕后海外的文艺思潮澎湃而来，新的、旧的、半新不旧的，纷然杂然一拥而入，作家们自然要山阴道上应接不暇了，除起小数者之外，大都难免目眩神摇而手忙脚乱了。于是今日有人介绍自然主义的议论，明日就有人做自然主义倾向的文章。明日有人介绍新浪漫派的作品，后日就有人写新浪漫派的小说。这样追随模仿的风潮遂造成今日五花十色的文坛。什么共产主义的'红色文学'，什么无政府主义的'黑色文学'，什么人道主义的'白色文学'，什么世界语的'绿色文学'，什么三民主义的'青色文学'等等。文学界完全没有一种有力的主流，作家们左顾右盼不能抱定坚确的信仰去从事创作。一面又因旧文学的余毒犹未尽脱，作家往往于无形中要受古文的束缚，写出来的作品，好像改缠足一般，行来总不自

---

① 　叶荣钟：《叶荣钟早年文集》，晨星出版有限公司 2002 年版，第 219 页。
② 　同上。
③ 　同上。
④ 　同上。

如。在这样的环境，不能产生伟大杰作是不足怪的"。① 看来，叶荣钟对各种外国文学思潮纷纷涌入中国，而众多作家随意跟风是有所反对的，他认为文坛有一种主潮才能促进文学的大发展，这与很多研究者认为当时文学思潮多姿多彩有利于文学创作是相反的。比较而言，应该是叶荣钟的观点更正确一些。每一时代作家采取某种创作方法一定与时代有关，更重要的是与他们自身情感思想发展有关，由此同时代的作家大致有着类似的创作追求，方能产生有影响的作品，而随意随波逐流，只是在文学技巧上追逐新潮，而忽略了作家个人要表达的时代情绪和时代内容，自然伟大的杰作就无从产生。

在"二、文学革命的演进"中，叶荣钟因为自己所在地域资料查找不便，所以他将胡适之的《五十年来中国之文学》中的末一端抄录下来，以此来展示文学革命的爆发过程。然后他依次介绍了胡适的《文学改良刍议》、《历史的文学观念论》、《建设的文学革命论》，陈独秀的《文学革命论》等提倡文学革命的理论观点。他也提到了各种白话文杂志，陈独秀等办的《每周评论》，傅斯年、罗家伦、汪敬熙等人创办的《新潮》，以及反对文学革命的期刊《国故》、《国民》。他也介绍了林琴南创作的两部小说《荆生》和《妖梦》，还有其与北大校长蔡元培的往来通信。叶荣钟也强调了五四运动对文学革命的影响巨大，因为这一年出现了至少有四百种白话报。他指出，五四运动"与新文学运动虽是两件事，但学生运动的影响能使白话的传播遍于全国，这是一大关系；况且'五四'运动以后，国内明白的人渐渐觉悟'思想革命'的重要，所以他们对于新潮流，或采取欢迎的态度，或采取研究的态度，或采取容忍的态度，渐渐的把从前那种仇视的态度减少了，文学革命的运动因此得自由发展，这也是一大关系"。② 随后他书写了教育部颁令学校国文教材改用国语，并介绍了国语研究会和读音统一会，以及1922年出现的《学衡》杂志。围绕文学革命的兴起及发展，叶荣钟基本上参考的是胡适的意见，而后来大部分文学史都是借鉴他的意见，所以我们看到的是同样的评价和事实陈述。至于文学革命反对派意见中的可取之处，那要等到之后才会出现。

在"三、新文学作品"中，叶荣钟分成四个小节介绍了四种文体：

---

① 　叶荣钟：《叶荣钟早年文集》，晨星出版有限公司2002年版，第220页。
② 　同上书，第230—231页。

"1、新诗","2、小说","3、戏曲","4、小品散文"。我们先来看其在"1、新诗"中对新诗的评说。叶荣钟认为新诗"'量'虽多,'质'却不甚高明,在形式上看来,初期的作品还脱不尽旧诗词的束缚,处处都有带着旧诗词的余嗅。稍进一步的又犯着'太明白'的毛病"。① 他认为胡适自己的《尝试集》就是这两样毛病的代表。接着他指出:"真正伟大有力的表现,隽永深刻的情感的新诗,还要推郭沫若、徐志摩两家的作品,郭沫若的《女神》和徐志摩的《志摩的诗》可以说是新诗中的两部好作品。"② 在列举了这二人的诗歌之后,叶荣钟评点了这二人的诗风恰是相反的,"前者是优雅深刻,后者是伟大有力,一个是艺术至上主义者,一个是无产阶级派诗人,但是那奔放自由的表现伎俩却是一致的,这样的诗才可以说是击碎了旧诗词的传统,脱离了古人的奴隶的地位,破弃了那些陈朽的、病弱的、懦怯的旧套,建设了清新的、健康的、勇敢的新诗境。"③ 叶荣钟是从新诗与旧诗的决裂角度来谈徐志摩和郭沫若诗歌成就的,他认为新诗终于有了与旧诗不一样的面目,"在中国现时的诗坛里要找似他们能够于形式、内容两方面完全克服旧诗的传统和因袭的作家是很不容易的"。他又从世界文学的高度对这二人的诗歌成就进行了点评,他说:"新诗的形式正是五路八门变化无穷的,他们所开拓的境地也不过一小部分而已,何况他们的内容还未能突出世界的诗的水平线呢。"④ 但对中国新诗的未来他认为:"我们不必抱悲观,我相信曾经有过李、杜、元、白那样美丽庄严的作品,有过唐、宋两代那样光辉璨烂的文学史的现代中国必然也会有大放光明来照耀世界的一日,况且现在的作家中很可属望的也正不少,如闻一多、梁实秋、刘大白、杨骚、邵洵美、王独清、成仿吾、穆木天、冯乃超、谢冰心等皆是优秀的作家(周作人有一首《小河》的诗很有名,但他久已不做诗了),他们将来的活动定有多大的成绩可观的。"⑤ 这里叶荣钟既展望了未来,也对当时较有名气的诗人进行了点名,使得其提及的作家更为多样,但遗憾的是其没有对这些诗人予以评点,应是其所在的日本相关资料不好收集的原因吧。最后他专门提到了

---

① 叶荣钟:《叶荣钟早年文集》,晨星出版有限公司 2002 年版,第 233 页。

② 同上书,第 234 页。

③ 同上书,第 236 页。

④ 同上书,第 237 页。

⑤ 同上。

"歌谣"的收集和创作问题，他指出"自文学革命运动以来民间的歌谣大受文人的注目，歌谣是民间自然发达的纯粹白话文学，它会惹识者的关心是当然的道理"，而周作人、刘半农等都征集过"歌谣"，还出版过不少民歌集，一时非常流行，"于是这种倾向遂影响到新诗界去，有好些诗人用各地的方言仿作民歌"[①]，为新诗辟开了一个新境地，这方面他举了刘半农的《扬鞭集》中的《拟儿歌》为例。

在"2、小说"中叶荣钟认为小说也是量多，但是"能够代表'时代'的作品却是寥若晨星。短篇小说还有些好作品可以传世，长篇小说则可以说是完全没有"。[②] 对陈西滢在《新文学运动以来的十部著作》中推崇的杨振声的《玉君》，叶荣钟也并不看好。他认为："《玉君》的情节很简单，人物很小数，规模也不大，页数还不满两百，只好称作'中篇小说'，且内容极陈腐，文字虽然流丽，总脱不了旧词章、旧小说的气味，和十余年前的《玉梨魂》不相上下。同是中篇小说，实在远不及徐祖正的《兰生弟的日记》多矣。"[③] 对于老舍的《老张的哲学》和《赵子曰》叶荣钟进行了很有见解的评价。他认为它们"是属于通俗小说的作品，艺术的价值虽不甚高，但是作品中的人物很能代表过渡时代的中国社会的一面"，赵子曰这个人物因为有着阔气和侠气，"所以他的生活虽然是颓废不堪，却始终不叫读者生出轻蔑或憎恶的感情，反觉得他是一个和蔼可亲足以引人同情的人。这种伎俩实在是不可多得，而且它处处都能表现浓厚的'时代性'，描写人物也很生动，个性也很显明，还不失为一部好作品。只可惜作者的游戏的气氛太浓厚，太露骨，缺少严肃的态度，处处都有不必要的俏皮语，都有故意的嘲笑，这种毛病于《老张的哲学》尤为甚，被这种轻薄的做作减杀了篇中的深刻性不少，明明是一篇悲惨的小说，读来竟如看娼妇的假哭，没有深刻的铭感。这样的态度是小说的邪道，老实是不能共鸣的"。[④] 叶荣钟对老舍两部小说的评价非常深刻，既看清了其小说人物和时代性方面的优长，同时又觉得其态度上的不严肃，这也正是我们现在熟知的老舍早期创作中有意幽默而导致油滑的不良因素。

---

① 叶荣钟：《叶荣钟早年文集》，晨星出版有限公司 2002 年版，第 237 页。
② 同上书，第 238—239 页。
③ 同上。
④ 同上书，第 239 页。

当时一些人为中国新文学缺少长篇小说而辩护，理由无非现代人生活太忙，没有时间去读长篇小说，再说现代人也不喜欢去读枝叶茂密、组织散漫的作品，他们更喜欢的是中篇小说。叶荣钟认为："这个例却不能把它拿来做辩护中国缺少长篇小说的理由，因为现在的中国，机械文明的程度还是幼稚得很，社会生活并不怎样繁忙，读者的文体鉴赏意识也未经洗练，还不致以枝叶茂密、组织散漫的理由去厌弃长篇小说。"① 胡适曾说，中国作家因为生活的困难而不得不等着稿费买米下锅，为了生存计，他们不得不创作短平快的作品。而且新文学作家对没有结构、没有组织的小说体，如《儒林外史》或是"水浒式"的作品已不再满意，所以对长篇小说的创作非常慎重。但叶荣钟对胡适的这两个辩解也毫不留情地进行了回驳，他认为吴敬梓的《儒林外史》、曹雪芹的《红楼梦》都是在穷困之时的创作，长篇小说创作"并不是丰衣足食才够染指的，至于说是不能满意于旧式小说的'体'（原文无此字）裁所以作家格外慎重起来的话，又觉得太牵强了，眼看浅薄无聊的作品汗牛充栋，阿猫阿狗的作家充满了中国，识者正嫌其太欠慎重哩！再进一步来讲，假使作者真是持满不发的也是不对，自胡适发表那篇论文以来到现在已经将近十年了，十年的'慎重'也可以说是'格外'了又'格外'了，至今犹'慎重'不出一部长篇的杰作来，则中国作家的才能未免太觉有限了"。② 叶荣钟对上述中国新文学缺少长篇杰作的缘由进行一一回击的目的是说出他的判断，他认为"这是因为现代中国的社会思想混乱到于极点，作家失掉了精神生活的重心，彷徨于思想的歧路，没有坚确的信仰，没有一贯的精神，可以从事创作使然的，我们在这样的观点很明白地可以看出现代中国作家的'时代的苦闷'"。③ 也许叶荣钟的这番观点是正确的，茅盾于 1932 年 12 月 5 日完稿的《子夜》是现代中国最早的长篇小说杰作，而其能够获得成功，或许正在于茅盾有着"坚确的信仰"、"一贯的精神"，而且对于现代中国的性质和前途有着明确的方向感。《子夜》的出现与叶荣钟的上述言论相隔不到两三年，足见叶荣钟作为评论家和文学史家的眼光不同凡响。

对于短篇小说，叶荣钟认为鲁迅是其中的代表。他认为鲁迅的作品虽

---

① 叶荣钟：《叶荣钟早年文集》，晨星出版有限公司 2002 年版，第 240 页。
② 同上书，第 240—241 页。
③ 同上书，第 241 页。

然无多，但是没有一篇不好的，接着他对鲁迅的《阿Q正传》进行了细读。他指出："阿Q是一个愚昧不过的青年，因为是愚昧，所以他那欺弱怕强的卑怯的行为，其实是可恶可恨的，却令人转觉的（得）是可怜可悯的，这不是中国民族的好写照吗？中国民族的欺善怕恶，中国民族的事大主义可以说是万分露骨的了，但是在国际间的中国，与其说是可憎恶的表现，宁说是可怜悯的存在较为恰切，这是因为中国民族太愚昧、太庸碌的缘故呢。作者在表面是写一个阿Q里面却是写一个中国，这就是《阿Q正传》的伟大处。阿Q又是一个平凡庸碌的青年，他的环境也是和多数的中国的青年所处的环境一样，没有什么特别，阿Q的行状并不怎样离奇，那是多数的中国青年谁都走得到，并且是不得不走到的路径，这就是《阿Q正传》的'普遍性'，因为有这样的'普遍性'，所以《阿Q正传》所包含的'人间苦'终会那么深刻，所把握的'时代性'终会那么浓厚。阿Q守着贫富不均等的压迫，体验过生活的最深刻的苦痛，受着阶级的差别，尝到最高度的蔑辱，受着旧礼教的束缚，终于要抛掷了人生应享的性的悦乐，受着时代思潮的翻弄，终于要无理无由地断送了生命。"[1] 所以他对《阿Q正传》的文学史地位充满了信心，他认为"十数年的新文学运动能够产生一篇《阿Q正传》已经不是徒劳了"，而且"今后的文坛也许会产生比它更为完美的作品的吧，但《阿Q正传》应不因是而失掉它的光辉和价值"，其"总不失为中国文学界的一颗明星"。[2]

除了鲁迅之外，叶荣钟对郁达夫也给予很高的评价，他指出："郁达夫是一个潦倒的文人，他的作品所描写的主人公，大多是'世纪末'的'变质者'，性格的特征是自我的念极强而意志极薄弱，富于想象力而缺少实行力，善悲观，善怀疑，容易笑啼，容易感慨，所谓'工愁善病'的神经衰弱的倾向极其浓厚，有人说他的作品不离穷、偷、色三字，虽不中亦不远矣。他说'艺术品都是艺术家的自叙传'，所以他的作品大抵是写他自己的经验，规模很少，没有浑雄的'社会意识'。但是他那'世纪末'的气分（氛）却很能代表一部分的青年的生活，他的艺术的伎俩也很巧妙，文字又极优婉流丽，自成风格，终不失为好作品。"[3] 可见他对

---

[1]　叶荣钟：《叶荣钟早年文集》，晨星出版有限公司2002年版，第243页。

[2]　同上。

[3]　同上书，第244页。

郁达夫的个性气质和创作风格都是点评到位的，除此之外，他还提及了郭沫若的小说创作，还有叶绍钧、张资平、滕固、章衣萍、许钦文、汪静之、谢冰心、凌叔华、叶灵凤、徐蔚南、倪贻德等人的名字。

在"3、戏曲"中，叶荣钟对中国新文学中"戏曲"的成就评价最低，认为其成绩应是"最劣"的，"不但没有好戏曲，就是剧作家也几乎是没有的，现在除起田汉、欧阳予倩、洪深等几人是专门的作家，其余如丁西林、郭沫若、徐公美、陈大悲等皆是副业的"。① 而原因在乎"作家缺少实际的经验。戏曲不能离开排演而独立，它不是单靠'文学的要素'就可以成立的，'文学的要素'以外还须有丰富的'剧的要素'才够成立好的戏曲，'剧的要素'又是非从实际上的经验去摄取不可"。② 叶荣钟所谓"文学的要素"应该是指戏剧文学的成就，而"剧的要素"应是戏剧要符合演出的种种条件，二者相互结合，中国新剧才能有所突进，这是注意到话剧的综合性艺术特征，注重了二者之间的区别与联系，这是叶荣钟不同于其他文学史书写者之处。他还接着指出，中国的皮簧和昆曲，"向来和新剧运动是风马牛不相及的，文明戏又不足取范，作家几乎没有机会可以获得舞台上的实际智识，所以他们不能充分了解'剧本'表现在舞台上的效果，也不能洞察观众的心理，他们势（是）不得不要在外国人的著书上用工夫，这自然是纸上谈兵无补于事的。而且中国的新剧运动尚属幼稚，剧场、俳优两事并缺，一面又因民众的程度很低没有容纳新剧的能力，作家就有作品也没有上演的机会，那末作家的努力，精神上不能得到慰安，经济上不能得到报酬，他们的研究心应难保其不因此而销减也。"③ 叶荣钟从新剧作家的创作、舞台演出及民众的接受三者之间缺乏良好的互动配合来论说中国新剧的失败很有说服力，而这一点即使在今日很多中国现代文学史著中也没有将其予以明白清楚地说明。

叶荣钟对中国新剧的成就不满意，于是他重新审视了中国的旧剧改良运动，并对中国新剧运动的出发点进行了再探察。他认为"从来的议论似乎是要改旧剧来屈从新剧的内容和形式的，这样的议论其实是旧剧的废灭而不是改良，试问旧剧改掉了形式还有甚么留存着？然而旧剧改良的议

---

① 叶荣钟：《叶荣钟早年文集》，晨星出版有限公司 2002 年版，第 244—245 页。
② 同上书，第 244 页。
③ 同上书，第 245 页。

论已经呼喊了十余年，旧剧的势力反觉愈见炎盛，论者尽管去非难它的内容是怎样空虚，情节是怎样荒唐，做作是怎样可笑，武场是怎样令人目眩，锣鼓是怎样命人耳聋，但旧剧不但不见其改良，甚至有改恶之兆，尔看它居然可以演连台几十夜的什么《孔明招亲》，什么《包公出世》，剧本的荒唐无稽是不必说了，它竟会用那肉麻透顶的'机关活鬼'、'五色电光'使尔一见非流三斗的冷汗不可。似这样的'奇术化'和'曲艺化'实在是旧剧堕落到于极点的铁证，但是旧剧依然到处受欢迎，而新剧运动的团体反要四分五裂，弄得八面碰壁，比'丧家之犬'还要凄惨，这到底是什么原因呢？"[1] 叶荣钟对旧剧的"改恶"而不改良，新剧运动的命运多蹇进行了形象描绘，然后他指出这种现象的造成正是因为中国新剧运动出现了策略性失误，这表现在："第一是改良论者过于轻视旧剧的势力所致的"，旧剧的内容会因为其与现代人的生活意识相隔太远，而随着时间的推移自然被观众所抛弃，但是"旧剧的音乐和舞踏（蹈）的要素却就不是那么单纯的问题了，因为音乐和舞踏（蹈）是人类天性中不可缺少的东西，而且民族又各有不同的习惯，旧剧的音乐和舞踏（蹈）的要素，无论它的艺术价值是怎样低劣，终是民族永年的传统，所以旧剧中的这一部分是不容易消灭的，这就是旧剧在满身疮痍的今日犹能占据优胜的地位的理由。第二是因为新剧运动走错了路，新剧运动的指导者硬欲输入些西洋的作品来强制中国人的趣味，又是把那和中国人的生活无关痛痒的'社会问题剧'来平地起风波，强要中国人去理解、去思索"。[2] 叶荣钟强调我们要对旧剧的形式特别是音乐和舞蹈有所继承，而且新剧的内容要能和民众的生活紧密相关，这样的路子才是新剧运动的正路，这样的内容形式才能满足受众的需要，从而能推动新剧运动的发展。所以他强调："演剧是有了观众才够成立的，若没有能力可以扭住观众的趣味的演剧根本的完全是失败的，同样的理由，若不能纯化观众的情操，提高人间的精神生活的演剧也是堕落的。所以新剧最理想的形态，是在于能够使观众得到慰藉和共鸣，同时犹能提高观众的生活意识。"[3] 强调戏剧运动观众的重要性，有如强调文学作品中读者的重要性，没有读者的参与，文学作品不成

---

[1]　叶荣钟：《叶荣钟早年文集》，晨星出版有限公司2002年版，第245—246页。
[2]　同上书，第246页。
[3]　同上书，第247页。

其为文本，同理，没有观众，再好的剧本都是纸上谈兵，这就是叶荣钟的剧本观。

既然中国新剧运动出发点出现了错误，那么未来的希望之路在何方呢？叶荣钟为中国新剧运动指出了新路：新剧就是"在形式的方面能够达到娱乐的目的，在内容的方面又能收教化的效果。旧剧之病在乎内容空虚，新剧之病在于形式无味，今后的新剧运动，若不能把这两方面的长短得失善为取舍，善为调节，创造一种内容丰富，形式优美的真的新剧是不能成功的。要解决这个问题非彻底的下一番工夫去研究旧剧不可，旧剧已有很久的历史，经过几多的进化，它所含蓄的精粹足以补救新剧的缺陷者一定是很多的。新剧运动的指导者，若能抛却从来嫉恶的感情，虚心平气地用新的眼光去摄取旧剧的长处来补新剧的短处，则新剧运动的前途自然会现出一道光明来"。① 时间已经过去了近一个世纪，中国的新剧仍然是成就最差的，叶荣钟对其判断现在仍然有效，而其对中国新剧运动所开出的药方，似乎也能对症下药。看见中国话剧已经日渐衰落，而中国旧剧似乎也面临着传统中断的危机，叶荣钟的良苦用心让我们有着早知如此何必当初的多种感慨。

在"4、小品散文"中，叶荣钟介绍了中国新文学中小品散文的发达，并指出小品文的性质、特征："原来小品散文就是西洋的所谓 essay，日本的所谓'随笔'，中国从来的'笔记'、'随笔'、'劄记'等皆是同样的性质。它的特色是在乎轻描淡写而能包藏着深刻的意味，能够表现一件事实的精粹。"② "它和长篇议论文不同的地方，是在于不拘秩序，无视论理学的约束，不费气力，不拘体裁，而能自自然然如茶前酒后的谈话，对一个问题想说什么就写什么。若把战争来做譬喻，长篇议论文是正攻法，小品散文是奇袭法，长篇议论文是大刀阔斧，小品文是匕首冷箭。"③ 而对于小品散文为什么能如此发达，叶荣钟借鉴的是周作人等人的观点，认为这可以追溯至明代名士派的文章中去，但是他又指出："现代散文所受的直接的影响，还是国外的影响居多，像鲁迅、徐志摩的文章，内容自不必说，形式上外国文的气氛极浓厚，就是周作人自己的文章也是受外国

---

① 叶荣钟：《叶荣钟早年文集》，晨星出版有限公司 2002 年版，第 247 页。

② 同上书，第 248 页。

③ 同上。

文的影响的，不过'情趣'当然是不少相像的所在哩。"① 这是就中国散文的性质特点来说，但就中国的小品散文风行的理由，他认为："与其说是社会生活的要求，宁说是传统的支配使然的较为恰切——因为中国现时的社会生活还不至于怎样繁忙哩。"② 可见叶荣钟始终认为中国现代化程度不高，不会因为繁忙而时间稀少，造成不愿读大部头长篇，而愿意读短小闲适的散文的阅读现象。其实每个时代每个人都有愿意读长篇和闲适散文的读者和心情，因为这两种类别的体裁满足的是不同心情和不同的阅读期待，而书籍的畅销涉及的因素就更多了，这里不予赘述。对于小品散文他认为最好的要推周氏兄弟、徐志摩、陈西滢、钟敬文、朱自清等，其他如章衣萍、孙福熙、叶绍钧、林语堂、谢冰心诸人也均有很好的作品。他摘引了周作人的《诅咒》来示例，而这恰不是周作人的代表作，也许是其资料有限的原因吧。

在"四、文坛的派别"中叶荣钟将现代中国的作家分为创造社派、语丝派、文学研究会派和新月派四个派别，而将那些不能划入这四派的作家，他还专门用了"5、圈外作家"的名义对一些作家进行了点名，这说明他尽量能将这一时期的作家予以全部介绍，又考虑到自己分门别派的局限性。叶荣钟分别对这些文坛派别的成员、成立经过、期刊杂志等等进行了介绍，最具思想性的应该是其对这些文派特性进行的提炼，其中很多已成我们当下文学史著的经典构成，也有部分内容不被当下提及，现在看来仍具相当的启发性。例如他认为"创造社派"、"是奉马克思主义的所谓无产阶级派，是现代中国文坛最革命的前卫分子，他们之中受过日本的教育的很多，感受日本文坛的影响最锐敏，日本左翼文坛所讨论的问题不久就会做他们议论的中心题目，他们的文章采用日本译的外国成语最多，所以文体也就不免要带点日本嗅（不是纯粹的日本文学气味），他们所擅长的是'文学理论'，其次是新体诗，小说的创作较少"。③ 他认为语丝派的领袖自然是周氏兄弟，这一派作家们"小品散文最多，也写得最好，文体及其潇洒飘逸，最有中国情趣"，"总是他们好用刻毒俏皮的话去骂人，就中尤其是鲁迅，他的《华盖集》几乎全部是骂人的文章"。④ 接着叶荣

---

① 　叶荣钟：《叶荣钟早年文集》，晨星出版有限公司 2002 年版，第 249 页。
② 　同上书，第 250 页。
③ 　同上书，第 251 页。
④ 　同上书，第 252 页。

钟对鲁迅的骂人文章进行了评价，他指出鲁迅"他老人家虽然到处受那所谓绅士阶级的迫害，但他却很得青年人的崇拜，到处受青年人的欢迎，这是他那崇高廉洁的人格和那'不妥协'、'嫉恶如仇'的斗志使然的，他为着公理斗争而不为私仇骂人，所以他能秋霜烈日地，堂堂正正去骂人。不过他的笔锋太犀锐，骂得太刻毒，往往使人误解：以谓鲁迅的这文章是在骂他自己的。……鲁迅若是为着私仇私怨去骂人那就真是下流卑劣了"。① 文学研究会"他们的主义思想似乎是倾向于自由主义的，他们的作品虽然有人嫌它过于通俗，但是他们贡献于新文学界的却是很多，因为他们能通俗又能持久，在开拓读者这一点要推他们的功劳最大。就是在作品的'质'来讲也并不劣"。② 而新月派则是"艺术至上主义加一点东方文化的矜持，这大概就是新月派的思想的倾向了"。③

　　叶荣钟文坛派别的划分在中国新文学史书写中应是较早的，即使现在来看，这种划分也是比较科学的，现在很多文学史著还是以这种划分对20世纪20年代的文坛进行研究。只不过在排名上有所不同，我们现在一般是将文学研究会排在第一位、创造社排在第二位，而新月派排第三、语丝社排第四，这大致是按照成立时间的先后与文坛影响来进行的，而叶荣钟的排名更多是按照文学成就来进行的：创造社最前卫，所以第一；语丝社小品散文最成功，还有着鲁迅为代表，所以排第二；而文学研究会对于文学普及所做贡献大，其创办的《东方杂志》和《小说月报》发行最早、基础也最牢靠，于是排第三；新月派则是因为发行的刊物《新月》最迟，但"每号两百左右页的巨册能够持续发行一年多已经是中国杂志界不可多得的成绩了。何况它发行比预定的期日只迟一个月而已呢"④，所以其排第四位。这样的排位表明叶荣钟对文学的艺术价值和水平成就非常注重，即使是当时的文坛诸人料想也无异议。

　　在"五、结论"中，叶荣钟对中国新文学开创者的成绩进行了历史定位，认为："它是推倒贵族的旧文学而建设平民的新文学的运动。它是打破闭关自守、妄自尊大的牢笼，把文学的使命提高到人类文化的建设途上去——这点现在虽然还做不到——它的内容虽然还是幼稚但这却是时间

---

① 叶荣钟：《叶荣钟早年文集》，晨星出版有限公司2002年版，第253页。
② 同上书，第254页。
③ 同上。
④ 同上。

的关系而不是本质上的故障。现在至少可以说创定了基础工事了。它虽然还不曾产生伟大的杰作，但它这十余年的历史却是向着进步的一路跪来的。对于仅有短短十几年的历史——尤是充满着障害的历史的新文学运动，要求它产生伟大的杰作也许是要求者的期望太奢的吧。所以我们也不能深责现代的作家，因为他们的环境太不利，而负担也太重了。"① 看来到该文学史结尾，叶荣钟也觉得没有必要要求这些开拓者就一定要产生伟大的杰作，因为播种者并不一定会见到收获，每一代人有每一代人的使命，"人们若能尽他对于时代所应尽的使命就够了，后来的事自有后来的人去担当"，"何况你们还不过只是三十左右的青年呢！世界大文豪的杰作不是皆成于中年以后的吗？你们还有伟大的前程，还有可托重的后辈，向前去吧！我们的先驱者！文学的革命家！"②

　　叶荣钟 1900 年生于中国台湾，书写该文学史之时正是 29 岁，他与胡适、郭沫若这些作家相差不到十岁，与陈独秀、鲁迅等人相差也不过二十岁左右，而与徐志摩相差两三岁，所以他能以同辈人身份来看待这些作家作品；该著创作于 1929 年，他对这些作家所提倡的新文学运动时间距离与心理距离相隔都不太远，对他而言，新文学运动就是当下文学，他又不是大陆新文学运动的参与者，而是远离北京文化中心的中国台湾文化人，所以就少了诸多利害关系，这使得他能客观地进行评判；他两次在日本留学，在留学之前曾在中国台湾受到了良好的中国古典文学熏陶，他本人就是脚踏中西文化之人，使得他有较高的文学评价水平；更重要的是，此时他正关注、力图参与中国台湾此时的新旧文学之争，他对中国大陆新文学运动进行历史的清查和审判，是为了给中国台湾新文学发展提供镜鉴。这多重因素，使得他多以平视的文学批评的态度从事文学史书写，他的文学评价标准是以日本文学乃至世界文学和中国古典文学为参照标准的，他对中国新文学成就进行严格的勘察衡定，对中国新文学诸文体的成败得失进行中肯的分析，特别是对其失败的原因及突破口的重新选择等都是立意高远，着眼未来的，而读者阅读之后不仅会为其识见眼光所触动，而且其对中国新文学的情感关怀也会让我们感动不已。

---

① 叶荣钟：《叶荣钟早年文集》，晨星出版有限公司 2002 年版，第 255 页。
② 同上书，第 256 页。

第三节　葛贤宁、王志健、舒兰撰写的
中国现代诗歌史

葛贤宁和上官予曾共同编著《五十年来的中国诗歌》①，其中上官予是王志健的笔名，后来王志健又独著《现代中国诗史》②，两者在篇幅上有很多相似之处，也就不足为奇了。而尹雪曼所主编的《中华民国文艺史》中的诗歌章节也有很多文字借鉴了葛贤宁和上官予的这部诗歌史。舒兰则著写了三部诗歌史著：《五四时代的新诗作家和作品》③《北伐前后的新诗作家和作品》④《抗战时期的新诗作家和作品》⑤，这些著作涵盖了现代文学的三个时期，联合起来就成了完整的中国现代诗歌史了。

一　《五十年来的中国诗歌》

葛贤宁和上官予共同编著的《五十年来的中国诗歌》包含以下章节：第一章"中国诗歌空前的革新"、第二章"初期的新诗"、第三章"新的格律派"、第四章"象征派的兴起"、第五章"新诗的转变"、第六章"反共诗歌的兴起（上）"、第七章"反共诗歌的兴起（下）"、第八章"反共诗歌的极盛"、第九章"现代诗的兴起（上）"、第十章"现代诗的兴起（中）"、第十一章"现代诗的兴起（下）"、第十二章"近几年来的新诗坛"等等。

该著前五章论述的是 1949 年前的中国现代诗歌，这几章在《中华民国文艺史》和《现代中国诗史》中都曾被借鉴。例如该著认为中国传统诗歌的内容是人文主义精神，也并不认为中国新文学完全学习西方就是正确的。该著认为文学革命成功后，对中国诗歌有三个影响："第一、是完全打破传统的格律，采取着极为自由的形式"⑥；"第二、中国诗歌开始大量的接受世界各国诗歌的影响"⑦，如果说这两个影响该著认为是优点，

---

①　葛贤宁、上官予：《五十年来的中国诗歌》，正中书局 1965 年版。
②　王志健：《现代中国诗史》，台湾商务印书馆 1975 年版。
③　舒兰：《五四时代的新诗作家和作品》，成文出版社 1980 年版。
④　舒兰：《北伐前后的新诗作家和作品》，成文出版社 1980 年版。
⑤　舒兰：《抗战时期的新诗作家和作品》，成文出版社 1980 年版。
⑥　葛贤宁、上官予：《五十年来的中国诗歌》，正中书局 1965 年版，第 7 页。
⑦　同上书，第 8 页。

那么第三点"中国新诗歌内容受西洋诗歌影响最大者，为中国诗中传统的人文主义精神的逐渐消失，而代之以西洋近代的个人主义的精神"①，则被该著视为缺点。他强调"所谓人文主义，是发展人格、发扬人性、发挥人力，其中心思想是仁爱的'仁'"，"人文主义，虽非完全摒绝个人主义，但也绝非属于个人主义。人文主义思想在求人与人之间的和谐，使社会成为最大的和谐体。因而对于个人方面是注重有所节制的"，"由'仁爱'出发，扩展为'忠'、'孝'、'信'、'义'以及'和'、'平'等，都是人文主义的重要节目和内容。古代诗教的'温柔敦厚'四个字，不过是同一内容的别样名称而已"。②"自宋代儒、佛、道三教合流后，儒家的人文主义精神中，已综蹑了佛道两教的主要精神了。所以不论是纯粹的儒家诗人，或是信仰道教或佛教的诗人，他们的作品，都普遍地弥漫着人文主义的色彩和精神，成为中国诗歌的一大特质。"③"纯粹表现社会大众而忽略个人的诗人在中国是没有的。同样的，纯粹表现个人而忽视了社会大众的诗人，在中国也是极少，只是在这两种成分上有或多或少的分别而已。"④ 但是，"因为提倡民主，于是西方近世的个人主义遂大量传入中国，个人主义并不是一无足取，但由个人主义发展而为个人至上主义，无视了社会、民族和国家，作个性放纵恣肆的发展，对于现代的苦难中国，却是不利的"；"新诗人中不少是属于个人主义的，他们的作品完全表现一己狭小的情感，完全为着个人的种种遭遇而表现出喜、怒、哀、乐。一切出之夸大，在别人看来却丝毫不值得同情。他们远离了大众，而大众也远离了他们。他们感情的根须，和社会、民族和国家是绝缘的，因而他们的作品也很难引起共鸣"；他们"是新的士大夫阶级，他们把自己看成是超越群众的一种特殊人物。放纵的个人主义使他们把自己和群众对立起来"；"生硬的移植而不予以中国化，不能化一切陌生的东西使成为不陌生，这是新诗人在介绍西洋诗歌时努力的不够。而他们却固执成见，以致犯下不可避免的错误"。⑤ 该著从人文主义和个性主义之间的区别开始谈起，实质涉及文学的继承与借鉴、诗人的社会职能和诗歌的取材范围等等

① 葛贤宁、上官予：《五十年来的中国诗歌》，正中书局1965年版，第13页。
② 同上。
③ 同上书，第16页。
④ 同上书，第14页。
⑤ 同上书，第16—17页。

方面的问题，显示了该著民族主义的文学立场，不盲从西方传统，而是坚守中华民族自身的文学传统来汲取西方文学的营养，现在看来，有值得我们反思之处。

该著对黄遵宪的诗歌形式与内容的特点分析也被后来的《中华民国文艺史》和《现代中国诗史》借鉴。该著指出中国新诗运动在民国前即已经产生，19 世纪末叶，黄遵宪"即首倡中国诗歌的改革并予以实行了"[①]，而他的革新主要体现在两个方法，"一是用古文家抑扬变化之法作古诗"，"二是取'骚'、'选'、乐府，歌行之神理纳入近体诗"。[②] 对黄遵宪诗歌革新运动的意义在很多文学史中都曾得到强调，但多重视的是"我手写我口"的诗歌主张，侧重于文学内容和表达上，而这里更多强调以文为诗，别具一格。而对于他的诗歌内容，该著也强调了他的爱国精神、复杂的西方耶教思想和各种新的政治思想和社会思想，除此之外，该著还认为中国传统的诗人都不出儒、道、佛的三教范围，而黄遵宪的诗歌内容则跳出了这三教所能概括，他的取材"由群经、三史到诸子、百家"[③]，所以他的作品内容异常广泛，精神活动极端自由与恣肆。这样的评论在该文艺史中比较普遍，大都注意到中华文艺史受到外来影响和自身传统双重资源的滋养从而茁壮成长，始终坚持自身民族性，这自然是该著民族主义立场的体现。

该著后七章书写的是 1949 年中国台湾的诗歌活动，而没有书写同时大陆和中国香港的诗歌创作，这是因为当时大陆与中国台湾处于政治对立阶段，这两个区域的文学活动并不相互交流，而是处于敌对状态造成的。该著后七章最大的特色是书写了当时中国台湾最近发生的"反共诗歌"与"现代诗"两大运动。在介绍"反共诗歌"之时，该著介绍了"中华文艺奖金委员会"和"中国文艺协会"这两个文艺机构的成立经过及其它们对文艺的相关奖励办法，由此书写了历届受到这两个文艺协会奖励的"反共诗歌"的诗人诗歌，可见这两个"会"是"反共诗歌"的主要推动力。尽管该著对这些诗歌诗人进行了高度的赞扬，但时过境迁，这些诗歌的生命力已然消失，只剩下历史资料的意义了。该著第十二章"近几

---

① 葛贤宁、上官予：《五十年来的中国诗歌》，正中书局 1965 年版，第 1 页。
② 同上书，第 2 页。
③ 同上书，第 4 页。

年来的新诗坛"介绍了在"中华文艺奖金委员会"和"中国文艺协会"
这两"会"的"奖项"停止运作之后,中国台湾诗人们仍然会通过"诗
人节"这一形式来褒奖那些在诗歌创作上做出成就的诗人诗歌,该著对
他们的作品予以了鉴赏分析。

该著对"现代诗"的看法比较谨慎。一方面,他们认为中国台湾诗
人学习"现代诗"、"这种向诗的新领域探险的精神,是进步的是可贵的。
我们从表面上来看,现代诗的特质,亦颇能迎合当前被环境的苦闷,压抑
着的我们诗人们空洞的心灵"。但是"现实是残酷的,也是不容逃避的,
我们必须有面对现实与面对命运的勇气"。所以我们要弄清楚现代诗中何
者是我们必须要扬弃的,何者是我们要吸取的,而不能囫囵吞枣,消化不
良。另一方面,他们也看出对现代诗的学习,也体现出中国台湾诗人有
"急欲'赶上西方','超越时代'的意向,而欲为潮流之先导。因此,不
免脱出了我国所面对的民族的苦难,向虚无缥缈的幻境摸索,做个人的离
奇大梦?"① 看到这里,我们会联想到大陆在白洋淀诗群和朦胧诗兴起之
时也曾引起巨大的争论,这充分说明两岸文学发展会遇到相同的契机以及
类似困惑,海峡两岸文学史的发展有着隐性的同质性。

该著从现代文明和现代精神的实质来分析现代诗歌的弊病和救赎所
在。他们认为现代文明、现代精神起源于"工业机械既极发展,而物质
欲求亦恣意地高涨,现代文明几将成为精神空虚的代名词,这是西方思想
界落寞,而又可以令人瞻视到的隙缝。这种唯利是图的,偏狭的现代文
明,已难以填补世人内心的需要,它构成了蛛网般,使世人无法超脱的苦
闷,心灵寂寞,精神痛楚。而现代精神在科学不断的超越于发展之下,一
方面促成及提高了人类物欲的享受,与无厌的对物欲的贪求;另一方面是
增加了,人类对核子战争毁灭性的恐惧感。这些实在都无助于人类痛苦精
神的松弛,而恢复了人类日渐消失的自信与宁静的。我们简单说,现代诗
所表现者,无疑就是人类精神的窒息,与当前之'苦闷的象征'"。② 所
以,他们并不认为现代诗应该是中国诗歌的归宿,而只能提供给中国诗歌
部分借鉴,中国诗歌的前途应该是对中国传统诗歌的创造性继承升华。

也正如此,他们提出了现代诗应该坚持几项原则:"一、从虚无与糜

---

① 葛贤宁、上官予:《五十年来的中国诗歌》,正中书局1965年版,第85页。
② 同上书,第221—222页。

烂中振拔，面向人生，在现实的基础上写诗，表现充盈的生命，表现健美的男子气"；"二、在仁爱与理智的道德情操的观点上，写属于此一时代，我民族存亡呼吸的诗"；"三、植根于人生的土壤，脱出自我潜意识的羁绊，深切地体验社会人群的价值，写富于人生意义的诗"；"四、在自由诗体的形式中，写抒情的，说理的，叙事的诗，以表现此一时代，错综复杂的事物，感触万端的人心"；"五、传统不容鄙弃与破坏，应保存与发扬我文化的精粹，让诗人们学习它光辉存在的因素；并融合西洋诗在技巧方面特长之处，以创造圆满充实的作品"。①

总的来说，该著对现代诗还是持欢迎态度。他们认为应该尽量消除读者对现代诗的误解，化除那些对现代诗不平的议论与攻讦，使得大众逐渐了解接受"现代诗是支配今日一切艺术的主流"，并带领大众去"自动追从着这一吸引人的思潮奔跃，并且因为现代诗人沉潜于创造完美作品的精神，而使它们了解到诗作品的纯洁高贵"②，赏识现代诗在外形和实质内容上的意义和价值。当然他们最终的旨归并不是希望中国诗歌完全被欧化，而是在传统、西方、时代等各方面能够融会贯通，从而迎来中国新诗的新生命。

二 《现代中国诗史》

王志健独著的《现代中国诗史》③ 是 1975 年在中国台湾出版的专门论述中国现代而没有述及 1949 年之后的诗歌专史。尹雪曼主编的《中华民国文艺史》中部分的诗歌章节，与这部《现代中国诗史》中某些部分有相同之处，这里不予赘述。

该著共分十二章。第一章"中国诗的形式和内容"梳理了中国诗歌的形式变化，然后论及中国诗歌的内容是："一则表现了中国人的文化精神，一则表现了中国人的生活态度；前者是其内涵的实质，后者是其实践的标准。统而言之，这就是中国诗中传统的人文主义精神。……出乎于中国儒家的人文主义，是以整个社会为着眼点的。因此中国诗中凡表现个人的思想与情感，亦于无形中涉及到人群的思想与情感。"④ 这种对中国传

---

① 葛贤宁、上官予：《五十年来的中国诗歌》，正中书局 1965 年版，第 224—225 页。
② 同上书，第 186 页。
③ 王志健：《现代中国诗史》，台湾商务印书馆 1975 年版。
④ 同上书，第 8 页。

统诗歌精神的总结归纳与《五十年来的中国诗歌》、《中华民国文艺史》中所论差不多，这里不再多引。也正因为该著秉持这样的诗歌观念，其对徐志摩等作纯诗的诗人评价并不高："徐志摩沉迷的生活，却只是个人的自由、恋爱和梦想，他既不曾以诗的理论去领导别人，更不曾在二十和三十年代的那个大时代中，留下一首半首与大时代有关的诗篇，可见他理想的自由，与抱负的爱和美，只是不着边际，无深刻内容的热情，只顾了自己，不曾分给他苦难中力求复兴的国家；他只算是个爱自己的诗人，却不能算得上是位爱国的诗人。"①

　　不仅第一章如此，以后几章的主体内容都与《五十年来的中国诗歌》、《中华民国文艺史》有类似之处。这几章依次为第二章"黄遵宪的诗学革新及其他"、第三章"五四文学运动与新诗革命"、第四章"启蒙期的中国新诗（上）"、第五章"启蒙期的中国新诗（下）"、第六章"新诗中小诗、长诗，及其转变"、第七章"新诗中的格律派"、第八章"从格律诗到象征派"、第九章"现代派的崛兴与新诗的踪迹"、第十章"抗战期间的中国新诗（上）"、第十一章"抗战期间的中国新诗（下）"、第十二章"抗战后的中国新诗"。这些章节的叙述大致与以前的叙述相同。但是篇幅的增加，使得该著涉及的作家作品更多，而且对于作品的赏析更加到位。

　　该著对抗战时期的诗歌介绍比一般文学史更为详尽。例如对覃子豪以《永安劫后》四十四首短诗配画家赵一佛的《永安劫后》的画集，这件事很少有文学史叙述，这里予以了书写。该著还指出："抗战中，诗和绘画进一步的相契合作，给观众以新的感受，新的召示，在现实的意义上，扩大了艺术走向群众的另一种创作方法。"② 又如该著评价赏析了杜运燮的《滇缅公路》"充沛着的是爱国心和全民汗血结晶而成的勇敢的气魄，以及狂烈的跃动着吼声的雄健的乐章"。③

　　该著最大的不同是第十二章"抗战后的中国新诗"，这章叙述的是中国现代诗歌在抗战后的变化，所列举的诗人诗歌是很少有文学史注意的。这个章节中论述的诗人诗歌有：诗人绛燕及其作品《忍耐》，李白凤的

---

① 王志健：《现代中国诗史》，台湾商务印书馆 1975 年版，第 142 页。
② 同上书，第 270 页。
③ 同上书，第 272 页。

《灯》、《小楼》，钱君匋的《路上》，罗汀尼的《日特露德底眼睛》、《葬曲》，丽砂的《蚯蚓》、《蝶》，田野的《植物园抒情》，江有氾的《复员船》，覃子豪的《海葬》，郑思的《乡土恋》，葛珍的《一个人》，臧克家的《枪筒子还在发烧》，金军的《乡村》、《泥土》，舒林的《饥饿》、《远方行》、《那时》，辛笛的《二月》、《狂想曲》、《熊山一日游》等等。由于一般文学史是将整个 20 世纪 40 年代文学作为一个整体来研究，而该著则是以抗战时期和抗战后这两个时期来编写，于是在抗战后期的诗歌就出现上述很多我们不曾注意到的诗人及诗歌，这无疑是该著给我们启发最大的文学史撰写思路。

还有，该著是带着问题意识来写作的，中国新诗歌从古代诗词曲中转化过来，应该如何在原有基础上进行创造性转化，始终困扰着王志健与葛贤宁。所以无论在该著，还是在《五十年来的中国诗歌》和《中华民国文艺史》中，他们对每一个新诗的流派和思潮进行评价分析的过程中，都探究着一系列新诗的理论问题，新诗如何才能富有民族特色而又具有现代化色彩，始终是他们念兹在兹的问题意识。关于新诗的语言、节奏、韵律、意境等方面他们都提出了自己的问题，他们重点论及了"新诗有韵和无韵的问题"、"新诗不能用歌唱吟咏的问题"、"关于新诗的普遍化问题"、"关于新诗内容问题"，等等。围绕这些问题他们阐释了新诗发展的路线脉络，从而彰显了新诗的发展是一个不断在形式和内容上探索前进，而又时刻处于迷惘不前的历史悖谬之中，让人感觉新诗发展还不尽如人意，有待进一步探索方能寻求到新诗伟大的形式和伟大的内容。

如果将葛贤宁、王志健的这两部著作和《中华民国文艺史》中的诗歌章节比较起来看的话，我们就会发现它们之间有着类似之处，这是因为他们先后是这些书籍的撰写者。但是三著之间还是各自有着自己的偏重，并且仍然有值得我们关注的地方。

三　舒兰的诗人论

舒兰，本名戴书训，1931 年出生于江苏邳县，曾用笔名林青发表作品，出版过诗集《抒情集》。这里介绍的是其关于中国现代诗歌史的三部著作《五四时代的新诗作家和作品》、《北伐前后的新诗作家和作品》、《抗战时期的新诗作家和作品》。

首先，舒兰的诗歌史与葛贤宁和王志健的不同在于其是以诗人论的形式进行编写的。《五四时代的新诗作家和作品》中的诗人分类不同一般，其共含五辑，其中第一辑是"尝试的新诗"，介绍了胡适、沈尹默、刘半农、陈独秀；第二辑是"学者的新诗"，介绍了朱执信、戴传贤、傅斯年、沈玄庐、周太玄、郑振铎；第三辑是"小说家的新诗"，介绍了周树人、陈衡哲、许地山、叶绍钧、王统照；第四辑是"散文家的新诗"，介绍了周作人、朱自清；第五辑是"诗人的新诗"，介绍了俞平伯、康白情、罗家伦、刘大白、陆志韦、徐玉诺、刘延陵、谢冰心、郭沫若。可见该著的思路，首先是介绍最先尝试新诗创作的几名诗人，然后按照创作新诗的诗人的擅长及身份进行分类，大致为学者、小说家、散文家和诗人，这是与众不同之处，显示了当时诗歌创作的广泛性和多样性。遗憾的是没有收录剧作家的新诗，使得这种分类没有贯彻到底。

舒兰在《北伐前后的新诗作家和作品》中没有继续采用这种按照诗人的擅长和身份来进行分类，而是直接以诗人姓名为小节。其依次介绍了徐志摩、闻一多、朱湘、饶孟侃、于庚虞、陈梦家、方玮德、林徽因、邵洵美、臧克家、何其芳、李广田、卞之琳、刘梦苇、梁实秋、李金发、王独清、穆木天、戴望舒、路易士、蒋光慈、蒲风、杨骚等。由于舒兰认为北伐前后，纵横诗坛的大部分属于新月派人物，所以介绍这一派的诗人就较多，也适当介绍了其他诗人。

舒兰在《抗战时期的新诗作家和作品》中依次介绍了覃子豪、葛贤宁、陈纪滢、孙陵、徐訏、钟鼎文、墨人、刘心皇、吴若、张秀亚、公孙嬿、冯至、苏金伞、艾青、臧克家、穆木天、胡风、老向、老舍、光未然、金军、高兰。舒兰选择抗战时期的诗人代表所持的标准如他在该著题记中所说有两个，一是能够反映那个伟大时代的诗人，二是"现在仍继续写作、而那时就已经写下了不少诗歌的作家和作品"。[①] 所以，我们看见该著中去台湾之后在中国台湾影响较大的诗人占据了该著的主要篇幅。

其次，舒兰这三部著作介绍诗人比较全面。舒兰的诗歌史以诗人论为主，他介绍了很多诗歌史中少见的诗人及诗歌作品，例如陈独秀、周树人、朱执信、戴传贤、周太玄、郑振铎、陈衡哲、许地山、叶绍钧、王统照、周作人、罗家伦、刘大白、陆志韦、徐玉诺、刘延陵、饶孟侃、于庚虞、方玮德、林徽因、邵洵美、何其芳、李广田、卞之琳、刘梦苇、梁实

---

① 舒兰：《抗战时期的新诗作家和作品》，成文出版社 1980 年版，第 5 页。

秋、王独清、穆木天、路易士、蒋光慈、杨骚、覃子豪、葛贤宁、陈纪
滢、孙陵、徐訏、钟鼎文、墨人、刘心皇、吴若、张秀亚、公孙嬿、苏金
伞、穆木天、老向、老舍、光未然、金军等人的诗歌都是很少有人介绍
的，或者被介绍也不是因为诗歌，而是因为其他文体的成果，或者被介绍
不是在现代文学时期而是在 1949 年之后的文学史中，例如覃子豪、葛贤
宁等人，而这里舒兰却将他们以专门的诗人论加以介绍，这是不同寻
常的。

除了介绍那些不被注意的诗人之外，该著还破除了意识形态的拘囿，
对那些与中共关系密切的诗人予以了应有的尊重。例如陈独秀、郑振铎、
郭沫若、蒋光慈、蒲风、杨骚、胡风、光未然等人都得到了介绍，这使得
其论述的诗歌比较全面。特别是对郭沫若的评价在同时代的港台所写的文
学史中很少见，舒兰将其与英国的拜伦和俄国的大文豪陀思妥耶夫斯基相
提并论，并发出"艺术虽偶有瑕疵，并不足妨碍作品的伟大"①的感叹。
而对于蒋光慈的诗歌，很少有文学史注意到，所以留给大家的印象多是其
小说的激进革命，但是舒兰认为其"思想虽然是激烈的，如一颗炸弹，
但是在他的作品中，却充满了矛盾和失望，不知归往何处的茫然心情"②，
这特别表现在他的《哀中国》的诗集中。舒兰也并不否认蒋光慈在"二
十年代里，便以普罗文学的观念来写工、农阶级斗争的题材，恰是当时一
般创作所没有的"③，从中可看出舒兰的客观中立态度。

最后，舒兰对其所书写的诗人及诗歌的特色分析比较到位，并注重
介绍诗人的诗歌主张，对他们的诗论予以解释。例如，他认为胡适的诗
歌主张从纵的方面来看，"在骨子里仍旧是接着晚清的新体诗创作的。他
是在尝试黄遵宪的'我手写我口'的方法。从横的方面来看，最大的影
响还是外国，例如美国的印象主义六戒条里也有不用典、去陈套等。而
新式标点和分段，也是模仿外国的。"④ 接下来，他对下列诗人的诗歌进
行了精辟评价：陈独秀的诗歌则是"国民的、写实的、社会的"。⑤ 戴传

---

① 舒兰：《五四时代的新诗作家和作品》，成文出版社 1980 年版，第 265 页。
② 舒兰：《北伐前后的新诗作家和作品》，成文出版社 1980 年版，第 312 页。
③ 同上书，第 314 页。
④ 舒兰：《五四时代的新诗作家和作品》，成文出版社 1980 年版，第 7 页。
⑤ 同上书，第 36 页。

贤的作品，"大部为写实之作，且多记民间的疾苦"。① 傅斯年的作品
"文字的表现是清新美妙的；而他所塑造的形相，更是动态的，实感
的"。② 许地山的诗文是"融合中国传统文化、基督教的爱欲及明慧深邃
的佛语三者为一炉的"。③ 王统照的新诗则反映了他"强烈而奔放的感
情，丰富而缜密的想象，及其所具有的一股足以撼人心弦和醒人迷梦的
力量"。④ 朱自清则"以真诚的感情，质朴的文字，运用着自然的音律，
写出了极具水准的作品"。⑤ 俞平伯则"淡泊自持，其诗如其人，旧诗词
功力很深，所以在新诗上能有精炼的词句和音律，不论抒情写景，均极
清新婉曲"。⑥ 康白情善于"描写自然的景物，对'色'和'声'似有特
别灵敏感觉"⑦，其又擅长于纪游诗，舒兰推举他的《庐山纪游》，这是
后来人往往忽略的。徐志摩的诗歌特色是"韵致的妩媚"和"词藻的华
丽"。⑧ 至于邵洵美的诗歌，舒兰认为："他底诗的特色，就正如他的名
字一样，'洵美'而不诬的。亦正如他这个人，瘦瘦高高的公子哥儿，追
寻着真美，追寻着他底爱，即使是路途上只有着一点儿崎岖，他也要高
喊着'荆棘铺满了整个道路'的。"⑨ 李广田散文中的"那种山野牧歌般
的淳朴、民间故事般的单纯，依然浓烈和鲜明地存在他的诗中"。⑩ 李金
发的诗，"具有丰富的想象，深挚的情感，和异国的情调。他利用文言中
状事拟物的辞汇，补足了新诗的幻想，而摹画出美丽的篇章来。但是，
由于文白的夹杂、语法的生硬，以及喜用比喻，因此他的诗给人的感觉
是不自然、晦涩、难懂"。⑪ 王独清的诗歌充满了颓废的情调、诗句冗长
而且喜用钩句，所以其诗歌数量丰富，但是流传下来的并不多。⑫ 钟鼎文

---

① 舒兰：《五四时代的新诗作家和作品》，成文出版社 1980 年版，第 56 页。
② 同上书，第 58 页。
③ 同上书，第 117 页。
④ 同上书，第 137 页。
⑤ 同上书，第 171 页。
⑥ 同上书，第 188 页。
⑦ 同上书，第 199 页。
⑧ 舒兰：《北伐前后的新诗作家和作品》，成文出版社 1980 年版，第 4 页。
⑨ 同上书，第 182 页。
⑩ 同上书，第 207 页。
⑪ 同上书，第 253 页。
⑫ 同上书，第 269 页。

诗歌的最大特色是"诗中有画，而且永远不离生活，不离现实"。[①] 张秀亚的诗歌"初看似乎很平凡，可是当我们仔细咀嚼品味之后，慢慢地感到一股暖流悄悄地潜动着，她从现实生活中触发，在写意的构想中，追求着韵味的自然流畅，探求意象的透明晶莹，使她的诗，在平凡中显出一种灵性的知识，一种智慧的感悟"。[②] 公孙嬿少有文学史提及，舒兰却指出在 20 世纪 30 年代前后，文坛上还有北查（公孙嬿）南徐（徐訏）的说法，"早期的公孙嬿，是位唯美派的诗人、作家，在他的作品里，处处闪耀着智慧的光芒和浪漫的深情；后期作品，多自军中取材，另创新格，积极平实，战斗气息甚浓"。[③] 艾青的诗歌最大特色"是用散文的形式写的自由体，不拘于文字排列和押韵的形式主义，诗中充满了对祖国大地的挚爱和浓厚的泥土气息"。[④] 舒兰的诗人论在诗歌的赏鉴上有着自己的审美标准，对诗人及诗歌特色的描摹也很见功底，常常会让读者在其引导之下有所斩获。

舒兰注重不同文体之间的交通互融，例如其对鲁迅将散文与诗歌杂糅为散文诗评价甚高，而且其认为陈衡哲的《小雨点》具有小说和诗歌的特点，不妨称之为"小说诗"也是一种奇想逸致。其认为许地山《空山灵雨》就形式而言，"或有纯粹是散文的，或有似诗文又似散文的作品，早期的新诗与散文，可以一而二，二而一的形式写出"。[⑤] 这说明舒兰注意到在新文学诞生之际，诸位作家对各种文体的概念与形式还不是区分得那么沟壑分明，很多时候似乎更多朦胧含混，类似于开天辟地之时的混沌一片，而后来的分类明确更多的或是以"现在"之标准来限制过去的幼稚形态。这里舒兰就以朱自清曾将《匆匆》列入自己的诗文集中，而我们后来人却将其列入散文集中来证明他的观点。这种文学史书写为我们在体裁辨别上增加了自我反省并需回到历史现场的启示。

对于诗人的诗论，我们一般注重到的是闻一多和几个著名诗人的诗歌理论，但舒兰除此之外还注意到其他我们不注意的诗人诗论。例如，

---

① 舒兰：《抗战时期的新诗作家和作品》，成文出版社 1980 年版，第 79 页。
② 同上书，第 131 页。
③ 同上书，第 146 页。
④ 同上书，第 181 页。
⑤ 舒兰：《五四时代的新诗作家和作品》，成文出版社 1980 年版，第 116 页。

他介绍刘半农主张"新诗的精神应该以'真'为主"，"诗的体裁应尽量增多，创作与输入双管齐下"。[①]周太玄在现代文学中很少被我们注意，舒兰这里不仅加以介绍，而且对其在《诗的将来》中所提出的诗歌主张予以了赞赏："（一）诗与时间有不可分的关系，有时代性，是进化的"；"（二）说明了诗和小说戏剧的关系，揭示了诗的领域，指出诗的变迁方向"；"（三）诗歌的将来，虽然变动很大，但是进步也将很大。而且诗的进步，便是学艺、思想、情感、恋爱等等种种进步的结晶。"[②]俞平伯的《诗的进化的还原论》少有人注意，但舒兰认为其是继胡适《谈新诗》一文之后的重要理论之一。在这篇文章中，俞平伯认为"诗是人生的表现；诗的效用在传达人间的真挚、自然而普遍的情感，进而结合人和人底正当关系。平民性是诗的主要质素，所以要'还淳返朴'，使其恢复自然，因此他坚持诗的平民化，要建立'诗的共和国'"。[③]而康白情的诗论《新诗的我见》也被舒兰所引用：他主张"诗要写，不要做，因为做足以伤害到自然的美。不要打扮，要整理，因为整理足以助自然的美。做的是失之太过，不整理的是失之不及"。"对新诗音节的整理，他认为说来爽口，听来爽耳为标准，若到真妙处，更可以比官能更进一层……要到只有心能听，四围都无处不是韵了。"、"他很强调具体写法，写声就要如听其声，写色就要如见其色，写香若味、若触、若漫、若冷，就要如感受其若香、若味、若触、若漫、若冷。"[④]舒兰点出郭沫若"认为诗的本质在抒情、在自我表现，只要全凭直觉去自由创作就行了。他以为诗人的利器只有纯粹的直观；他最厌恶形式，而以自我流露为上乘"。[⑤]于庚虞对于诗歌的定义也为舒兰所注意，他认为诗是"一股情思的奔流"，"既为艺术，多少就含有人工的意思"，"其组成亦犹血在人体的循环，是天衣无缝的"。[⑥]陈梦家的新诗理论也为舒兰所重视，并且认为其非常固执："我们欢喜'醇正'与'纯粹'。我们以为写诗在各样艺术中不是件最可轻易制作的，他有

---

① 舒兰：《五四时代的新诗作家和作品》，成文出版社1980年版，第24页。
② 同上书，第79页。
③ 同上书，第188页。
④ 同上书，第198页。
⑤ 同上书，第263页。
⑥ 舒兰：《北伐前后的新诗作家和作品》，成文出版社1980年版，第117—118页。

规范，像一匹马用得着缰绳和鞍辔，尽管也有灵感在一瞬间挑拨诗人的心，如像风不经意在一支芦管里透出谐和的乐音，那不是常常想望得到的。"、"'醇正'与'纯粹'，是作品最低限的要求，那精神的反映，有赖匠人神工的创造，那是他灵魂的移传。在他的工程中，得要安详的思索，想象的完全，是思想或情感清滤的过程。"、"诗，要把最妥帖，最调适，最不可少的字句，安放在所应安放的地位；它的声调，甚或它的空气，也要与诗的情绪相默契。"、"主张本质的醇正，技巧的周密，和格律的谨严，差不多是我们一致的方向……态度的严正又是我们共同的信心。"① 戴望舒《论诗零札》中的观点也为舒兰所重视："诗是由真实经过想象而出的，不单是真实，也不单是想象"，"诗是一种吞吞吐吐的东西，动机在表现自己和隐藏自己之间"，"诗不能借重音乐，诗的韵律不在字的抑扬顿挫，韵和整齐的字句常会妨碍诗情，或使诗情成为畸形的"。② 徐訏则"主张用简洁、明朗、显豁的手法表达，对于那些在文字上好似谜语的玩意极度厌恶"。③ 钟鼎文对于新诗则有他的一种理想和看法："具有半透明的意境和半音乐性韵味的，在本质上，可介入浪漫主义和象征主义之间；在形式上可介入韵文与散文之间。"④ 此外，舒兰还分析了朱自清的文章《长诗与短诗》，梁实秋的诗歌观点及其爱情诗，穆木天在东北沦陷后的现实主义诗歌理论，等等。舒兰注重诗人的诗论并与其创作实践相互印证，由此探究出诗人的诗歌特色，为后来人学习诗歌创作指点了路径，同时还丰富了诗歌史的书写维度，这是一举几得的好事。

　　葛贤宁、王志健、舒兰自己都曾是诗人，所以他们的诗歌史写作有着自己的选择标准和诗歌准则，并且他们非常重视诗歌细读品味，引用原诗，寥寥数笔予以点评是他们诗歌史的常见书写，注重诗歌对现实的关注大致是他们的共识，而对于诗歌前途究竟如何发展也是始终萦绕在他们心头的重要问题，所以注重诗歌理论的阐发也是他们的共同之点，这都是我们后来书写诗歌史所应借鉴之处。

---

① 舒兰：《北伐前后的新诗作家和作品》，成文出版社1980年版，第129—130页。
② 同上书，第281—282页。
③ 舒兰：《抗战时期的新诗作家和作品》，成文出版社1980年版，第70页。
④ 同上书，第77页。

第四节　刘心皇未完成的现代中国文学史书写

刘心皇（1915—1996 年），河南叶县人。著有新诗、散文、小说、杂文、研究专著等多种。其在大陆期间，文名并不显著，去中国台湾之后，主编过《幼狮文艺》、《阳明》等杂志。20 世纪 70 年代始，从事文学史料和传记研究。作品传记有《徐志摩与陆小曼》、《郁达夫与王映霞》，杂文集有《人间随笔》，论著有《现代中国文学史话》、《抗战时期沦陷区文学史》、《二十世纪的中国散文》等。笔者这里主要论述其《现代中国文学史话》①，而将《抗战时期沦陷区文学史》予以附录介绍。

一　文学史体例

刘心皇于 1971 年出版的《现代中国文学史话》不是严格意义上的文学史，这从其标题上就可以看出。因为"史话"在《现代汉语词典》中的释义是："叙述史事或某种事物发展过程的以故事的形式写成的作品（多用做书名），如《太平天国史话》，《辞书史话》。"② 这就说明这类形式的文学史写作重在故事性，多以人物、事件的发展经历作为叙述框架，重在历史资料和历史人物的生平事迹上，中心不在于历史规律的总结和提炼。刘心皇的这本文学史话也正具备这样的特点，这从其文学史体例上的不均衡就可以见出。

文学史体例上的不均衡主要原因在于该著是具体论文的汇集。从《现代中国文学史话》的"后记"③ 中我们知道，刘心皇原计划用五卷的宏大规模来撰写"现代中国文学史话"，其中第一卷为"新文学运动的前夕"，论述清末民初的文坛，时间是 1900—1918 年；第二卷是"新文学运动面面观"，时间是 1919—1929 年；第三卷为"卅年代文学对我国的影响"，时间是 1930—1940 年；第四卷为"抗战时期文艺述评"，时间是 1937—1945 年，还论及"抗战胜利后的三年多"，1946—1949 年；第五卷为"自由中国时代的文艺"，时间是 1949—1971 年。刘心皇确定如此

---

① 刘心皇：《现代中国文学史话》，正中书局 1971 年版。
② 《现代汉语词典》，商务印书馆 2002 年增补本，第 1149 页。
③ 刘心皇：《现代中国文学史话·后记》，正中书局 1971 年版，第 829 页。

庞大计划之后，开始收集资料，同时按照这五个时代开始写作，随着研究写作的进行，既有成果得到发表，最后在朋友们的催促下，他将已经发表和还未发表的研究成果归集在一起就成了我们现在所看到的《现代中国文学史话》。由于该文学史话主要是这些论文的集中，所以逻辑性、严密性有所欠缺，但总的框架和时间编排还是按照上述五卷的意图进行。最不同的应是第五卷，其没有书写到 1949—1971 年，大致只是书写了国民党去中国台湾之后一年之内的情形，所以这一卷书写最为简略，这使得该文学史时间体例上还不完整。

文学史体例上的不均衡还体现在该文学史话汇集了大量原始资料。由于 1971 年的中国台湾很多资料都难以收集到，所以刘心皇将自己所见的资料都汇集在该著之中，好为读者查找提供方便，但也使得文学史篇幅过于庞大。以第二卷"新文学运动面面观"为例，刘心皇在论述完"一、新文学运动面面观"之后，依次附录了叶青的《新文化运动底真相》、杜果人的《孙中山先生对新文化运动的评论和贡献》、任卓宣的《文学革命底形式与内容》、蒋梦麟的《谈中国新文艺运动（一）》、林语堂的《五四以来的中国文学》、罗家伦的《话"五四"当年》、王平陵的《五四文运的回顾》。在一百五十多页的附录之后，刘心皇又依次论述"二、论新文学运动初期的新诗"、"三、论新文学运动初期的散文"、"四、论新文学运动初期的小说"、"五、论新文学运动初期的戏剧"、"六、新文学运动后的四个报纸副刊"、"七、从新文艺的出版看出版界"、"八、刘半农之一生"、"九、郁达夫论"。围绕"郁达夫论"，刘心皇又附录了六篇文章，依次是"郁达夫与左派文人的一段恩怨"、"郁达夫与自由文人的关系"、"郁达夫的台湾之行及其它"、"郁达夫二三事"、"关于《郁达夫与王映霞》的十个问题"、"关于《郁达夫与王映霞》的问题"。这几篇附录文字又占去了 50 页篇幅，然后才论及该卷的"一〇、从张资平的三角恋爱小说谈到黄色文艺"、"一一、许钦文与'刘陶情杀案'"、"一二、朱自清小传"、"一三、关于革命文学"。第二卷总共十三小节，其中附录文字与正文旗鼓相当，自然就显得芜杂繁多了。

如果不看这些附录文字，我们来看这一卷的章节安排，还是能看出刘心皇在文学史话的编排上有着自己的考虑。即先从整体上叙述新文学运动，然后从诗歌、散文、小说、戏剧的角度来梳理此时的文学创作，从报纸副刊和出版情况来看待新文学运动，接着就是作家论，最后以革命文学的角度衔接 20 世纪 30 年代文学，这样的文学史框架有纵向时间贯通，有横向多角度透视，还有具体作家的焦点考察，就和我们当下的文学史编排几乎类似，颇为严谨。特别是在"六、新文学运动后的四个报纸副刊"中详细介绍了《觉悟》、《学灯》、《北晨》、《京报》四个报纸副刊，强调它们"无论从形式或内容上看来，都可以说是替中国新闻史开了新的一页了。就是按推进新文学运动的力量说，它们也是最主要的力量！"[①] 而在"七、从新文艺的出版看出版界"中，刘心皇主要借用张静庐的《在出版界二十年》一书来论述新文学初期的出版社，涉及商务、中华、亚东、北新书局、泰东书局、光华书局、开明书店、第一线书店、水沫书店、新月书店、现代书局、上海联合书店、上海杂志公司等等，文中对这些出版机构的成立、缘由、组织机构以及编辑人员、嬗变过程等等都介绍得比较详尽。例如孙伏园从《晨报副镌》中辞职，一般都认为是因为代总理编辑抽取了他编排好的鲁迅的一首诗，导致其不满而发生矛盾愤然出走，但刘心皇指出："其实这件事并不这么简单，而是徐志摩愿做该刊主编，徐志摩与胡适和梁启超的关系特别好，而《北京晨报》正是梁系的报纸，当然允许孙伏园辞职了。接着作主编的就是徐志摩。"这样的人情世故的编入让我们看清了当时形象具体的新文学文坛。就报纸副刊和出版社等外部因素来描摹现代中国文学的轮廓，刘心皇无疑是走在中国新文学史编撰史的前列。

　　但在其他卷中，刘心皇的这种编排体例没有坚持下来。例如第三卷是"卅年代文学对我国的影响"，其首先介绍了"一、卅年代文学对我国的影响"，附录了"谢冰莹先生的意见"、"玄默先生的意见"、"梁实秋先生的意见"、"殷作桢先生的意见"、蒋梦麟的《谈中国新文艺运动（二）》、胡秋原的《卅年代以来中国知识分子之追求、失败与教训》。然后是"二、关于'左翼作家联盟'"、"三、反抗'左翼作家联盟'的运动"、"四、民国二十一年文艺自由论辩的真相"。这里又附录了胡秋原的《关于一九三二年文艺自由论辩》和殷作桢的《第三者的话》。接着是"五、关于'幽默、风趣、讽刺、轻松'之类"、"六、再谈林语堂系的刊物"、"七、三谈林语堂系的刊物"、"八、关于周作人"，这里附录了"从杂文作家的抄书说起"、"不以人废言"、"从周作人的自寿诗谈起"。然后是"九、徐志

---

① 刘心皇：《现代中国文学史话》，正中书局 1971 年版，第 288 页。

摩与新月派"，附录了梁实秋的《忆〈新月〉》。然后是"十、从李金发到戴望舒"、"十一、戴望舒与现代派"、"十二、靠枪手起家的何家槐"、"十三、《三十年代文艺论丛》读后"。可见在这一卷里，附录仍然很多，但是少了从小说、诗歌、散文与戏剧的角度来论及具体的创作，而就林语堂的刊物就写了三个小节，实在太过浪费了。

文学史体例上的不均衡还表现在五卷之中侧重于第二、三卷，而第一、四、五卷都比较简略。前面我们看出，第二、三卷论述得比较详尽，有思潮、作家、文体创作等多方面，还有数量庞大的资料附录，但是在第一卷"新文学运动前夕"中，只有两小节："一、清末民初的文坛述论"和"二、鸳鸯蝴蝶派之盛衰"；而第四卷"抗战时期文艺述评"之中也只有两小节："一、抗战时期文艺述评"和"二、抗战胜利后的文艺界"；第五卷"自由中国时代的文艺"如前述只有一小节"一、自由中国初期的文坛"。这样明显看出该著在体例上的不均衡，特别是抗战时期的文学介绍过少，而从他的注释中，我们可以看出其应该阅读过蓝海的《中国抗战文艺史》、曹聚仁的《文坛五十年》，但刘心皇没有人云亦云，这说明刘心皇或者自己掌握的资料不多，或者是还没有来得及书写，其后来所编撰的《抗战时期沦陷区文学史》可以补正这一缺憾。

二　国民党立场上的左右失措

由于刘心皇的文学史话撰写在 1971 年，这导致他的文学史书写只能采取当时国民党的立场加以书写，这是时局使然。其实坚持自己的文学政治性，也是刘心皇自己主动的选择。他对中国香港曹聚仁《文坛五十年》那种自认为的中间立场并不满意。他认为这都是"假惺惺的说法，自从新文艺运动开始后不久，就反映了'政治斗争的空气'，那是当前的时代有了'政治斗争'。在现代撇开政治而空谈，文艺又自以为可以享不朽的价值者，决没有可能。就因为现代文艺脱离不了政治"。[1] 所以刘心皇才始终坚持国民党的立场，这具体表现在其对左翼作品的漠视和对政治立场不鲜明的作家予以彰显，对国民党在大陆时期的文艺政策的反思以及一些具体行为的辩护和掩盖上。而对一些文学史叙事逻辑的处理也可以看出刘心皇的政治立场。

---

① 刘心皇：《现代中国文学史话》，正中书局 1971 年版，第 762 页。

首先，我们来看刘心皇对左翼文学的书写。其对曾经倾向左翼文学的大家基本上都予以忽视，例如鲁迅、郭沫若、茅盾、巴金、老舍、曹禺等人都没有重点介绍，而只是介绍林语堂、徐志摩、李金发、戴望舒等人，这就不够全面。其对周作人这样曾经事伪的文人都能坚持"不以人废言"的原则予以很大的篇幅加以介绍，并认为："这个人要是生在太平时代，没有遭逢到陷身在沦陷区中的事变，还不是在'闲适'的态度中过一生，受后世人无上的崇敬。怎奈他遭逢了事变，又不能坚持他最初的信念，总算经不起'试探'，以致身败名裂。"① 这其中包含着无限的惋惜和喟叹，相比之下，其对左翼文学大家予以忽视实在不应该。而他对左翼作家何家槐的介绍基本上以其在"文革"之中受批判的文章为准，就更不符合历史真实，因为那本身就是一个黑白颠倒的时代。

刘心皇的国民党立场也体现在其对左翼文学运动的分析上。他在"卅年代文学对我国的影响"中指出20世纪30年代文学就是左翼文学，然后他介绍了"左翼作家联盟"的背后组织者，并详细列举、批评了"左翼作家联盟"的活动、观点以及解散。他借用蒋梦麟的话来说明20世纪30年代文艺活动对国民党的影响："文学革命运动，增强了人民对北洋军阀政府的不满，帮助了国民革命军的北伐成功"②，但"在成功之后，仍然不知特别重视文艺，便是将失败的种子种在政权的土壤中了"。③而对于中国共产党重视了文艺宣传，刘心皇无疑是高度赞赏的。所以，他总结20世纪30年代的文艺总的影响，则是中国共产党拥有了大陆，而为国民党换来了两项经验：一是使国民党知道文艺的重要性，二是向世界供给了一整套运用文艺去渗透、宣传、组织等等的范例。④ 这里刘心皇将文艺的重要性提到非常高的地步，但其不是从政治经济的角度去分析国民党失败的缘由，这只是看见了皮相，而没有深入到实质。

其次，刘心皇的国民党立场还体现在他对中国新文学运动采取两条路线斗争的叙事模式。他在"新文学运动的正路和歧路"中将整个中国新文学分为两种路径，一种新文学运动的路子，"正是胡适、钱玄同、周作人，以及后来的许许多多的自由的作家们所走的路子，是一种正确的，人

---

① 刘心皇：《现代中国文学史话》，正中书局1971年版，第629页。
② 同上书，第58页。
③ 同上书，第467页。
④ 同上。

的，自由的道路。"① 而另一条路"便是由陈独秀的'朦胧的社会文学'起，到'创造社'所高喊的'革命文学'，一直到民国十九年的'左翼作家联盟'，又到抗战前夕的'国防文学'"。② 他认为后一条路除了"朦胧的社会文学思想"的一个时期之外，都是由中国共产党组织的，于是中国现代文学运动成了两个政党之间关系的体现了。

这种思维模式也体现在刘心皇将 20 世纪 30 年代文学书写成一个二元对立的时代，即构建了一个左翼与反左翼两种文学运动的文学史叙事。他在书写完左翼文学运动之后，专门用一个小节书写"反抗'左翼作家联盟'的运动"，这包含三个文学运动：第一个是民族主义文学运动，第二个是文艺自由论辩，第三个是周作人、林语堂等人的另一种反抗运动。其实在这三个运动之中，真的带有对抗"左联"文学主观意图的，似乎只有民族主义文学运动。而胡秋原与苏汶等引起的文艺自由论辩以及周作人、林语堂等人的言志派文艺主张都是力图在政治之外寻找到文学的独立性、自主性，他们不仅仅是对"左联"有所异议，对国民党的文学主张其实也不是很感冒，而刘心皇这样的编排，似乎有拉大旗作虎皮之嫌。

再次，刘心皇的国民党立场，还体现在他为国民党的文艺工作措施不得当而痛惜。例如他批评"政府对文艺，可以说根本没有什么政策，也没有什么计划，平常对文艺采取不闻不问的态度，乃至发生什么事情，只有仓卒应付，往往不得其当"。③ 可见，刘心皇反对左翼文学参与政治，并不是站在纯文学的立场上倡导自由主义文学观，而是为国民党没有很好利用文艺感到悲哀。也正是刘心皇的国民党立场决定了他的情感态度，他为国民党在大陆江河日下的形势而悲哀，他将 20 世纪 40 年代的文艺运动分为抗战时期和国内战争时期。而其特别注重抗战之后的文坛形势，大致按照胜利后第一、二、三、四年依次详细介绍每一年的文坛局势。因为刘心皇认为"此一抗战胜利后的四年，关系国运至巨"。④ 他具体描写了国民党逐渐呈现步步衰退、不可挽回的政治末途，也看出刘心皇内心何等纠结的痛感。他书写四年里通俗文学的盛兴为一般文学史少有提及，他书写了抗战胜利后，"正是由于这种时代的动乱，引出文坛的混乱，在这种混

---

① 刘心皇：《现代中国文学史话》，正中书局 1971 年版，第 57 页。
② 同上书，第 57—58 页。
③ 同上书，第 784 页。
④ 同上书，第 809 页。

乱里，除了创办黄色和内幕刊物外，还创造了一种'豆腐'体的文章。至于黄色小说和一些极淫秽的'情史'之类的小册子更是'到处有售'。……凡是黄色书刊盛行之时，它一定携带武侠书刊以俱来。因为'海淫'与'海盗'是同时产生的玩意儿。"① 这种对通俗文学"海淫海盗"的鞭笞让我们感受到他心中的酸楚，也为我们展现了旧的时代将要毁灭，新的时代将要诞生之时的另类现象。

最后，刘心皇的国民党立场导致其文学史书写左右失措。这表现在两方面：一是他不得不承认中国共产党在文艺方面组织有方，但他又对这种组织进行批评，他不能解释为什么那么多作家、学生、青年、民众甘心情愿被中国共产党所组织，这中间巨大的政治经济原因刘心皇也许看见了，但是他不敢揭破，所以他只好从他自己的道德立场上一厢情愿为国民党在文艺工作上的失当寻找原因。二是他为国民党的种种举措辩解，如左联五烈士被杀害，他指出与他们自己受骗或投身于反政府运动有关，国民党政府不得已而为之。特别他批评闻一多"便是受了这种极动人的煽动，抛弃了文学史的研究，而要做'战士'，以致后来丧失了生命，是多么可惋惜的事！"② 这很明显是为国民党的过失加以掩盖。但是刘心皇不能解释的历史事实是，为什么在抗战胜利之后的几年内，国民党的局势一天比一天糟糕，文坛状态渐渐趋于沉寂落寞？所谓"得道多助、失道寡助"的古言应该让刘心皇有所感思，但其只能在情感上为国民党叹息抱憾，作为文学史家他又不得不如实写出国民党在抗战之后江河日下的那种途穷末路。正是这两方面原因，导致刘心皇的文学史书写左右失措，实际上这种矛盾状态也是 20 世纪 70 年代初中国台湾政治局势的一种反照。

三　独到的揭示

刘心皇收集资料比较繁多，时有我们当下文学史所不注意的地方，这才是该文学史著最有价值的地方。

我们现在的文学史书写新文学至诞生之时起，似乎就将"礼拜六派"等通俗文学完全击败，从此占领文坛主角。刘心皇引用鲁迅的观点，指明从鸳鸯蝴蝶派的内容看来，"它当然是不能保持长时期的兴盛，因为它对

---

① 刘心皇：《现代中国文学史话》，正中书局 1971 年版，第 768 页。
② 同上书，第 761 页。

国家的被压迫和社会的演变情形不能描写，难以满足读者的需要。更由于
'五四'的来临，他们这一派的声势便逐渐消沉下去了"。① 但刘心皇又通
过书商张静庐之口告诉我们，在 1923 年、1924 年 "新书的销行，才渐渐
抬起头来了；同时'礼拜六派'的势力，也到达'回光返照'时期，全
国的读者很显明地分成两个壁垒"。② 这说明新文学在此之前并不畅销，
文坛仍旧是旧势力把握，只有 1923 年、1924 年左右，新文学才真正在文
坛上站稳脚跟，和"礼拜六派"平分秋色，而后者是"回光返照"并从
此让出文坛主角地位。为了说明这一点文坛变化，刘心皇又引用了王平陵
的《三十年文坛沧桑录》中的书写进一步证实这种情形的存在："北伐前
后，便是新文艺的'黄金时代'，'鸳鸯蝴蝶派便很快的和必然的被消灭
下去了'。"③ 看来新文学的诞生如一切新生物诞生一样，都必须经历萌
生、破土、发芽、生长、结果的过程，不是一蹴而就、马到成功的。

又如在论述"新文学运动的远因和近因"之时，如其他文学史一样，
刘心皇也强调了旧文学的流弊已达到极致，不能适应新时代的需要，还有
悠久的白话文传统、官话区域的扩大、满清帝国的推翻、受西方文学的影
响等等。除此之外，他还指出言文一致早在章太炎和刘师培的主张中就体
现了。如他举例章太炎在 1911 年的浙江教育会讲演中就主张了："语言统
一后小学教科书，不妨用白话来编。"④ 然后他又引用刘师培在《论文杂
记》中的观点："……盖文言合一，则识字者日多。以通俗之文推行书
报，凡世之稍识字者，皆可家置一编，以助觉民之用，此诚近今中国之急
务也。然古代之词，亦不宜骤废，故今日文词，宜区二派：一修俗语，以
启沦济民。一用古文，以保存国学。庶前贤矩范，赖以仅存……"⑤ 而在
"重视方言"中，刘心皇还指出章太炎在逊清末年，著有《新方言》一
书，该书"畅论中国方言多于古语相合，方言既然与古语相合，就是说
古代的话和现在的话是一致，现代的古文，并不是真正古人的话了"。⑥
而钱玄同受到这本书的影响，后来便成为新文学运动中的骁将。

---

① 刘心皇：《现代中国文学史话》，正中书局 1971 年版，第 29 页。
② 同上书，第 30 页。
③ 同上书，第 31 页。
④ 同上书，第 44 页。
⑤ 同上。
⑥ 同上书，第 45 页。

对于林语堂，刘心皇有着自己的判断。他一方面认为林语堂创办的系列刊物《论语》、《人间世》、《宇宙风》倡导幽默、小品、散文、杂文，引发了系列类似刊物的创办，形成了小品文杂志年，其在表现自我、表彰个人尊严方面的确为中国散文开辟了新的道路。另一方面刘心皇还评价其刊物的政治立场是中间偏右派，因为"左派要谈政治，而他反对谈政治，因之，左派便把他视为眼中钉，并且认为他是右派之一支。他当然也对左派加以挖苦，作为回敬。但他对右派如何呢？那右派正是他讽刺、幽默、甚至开玩笑的对象。……右派为什么能容他呢？也是由于他的种种表现而来的，他虽然露出一种狂妄的样子，而在实际表现上，是仅止于幽默和讽刺，并不想进一步如何如何！至于他的反左派呢，正为右派所喜，认为他站在民间立场反左派，还比较有力量些。此之谓'中间派'，此之谓'中间偏右派'"。① 而对于林语堂的系列刊物以及他自己的文章，刘心皇认为它们都是一种捣蛋态度，"表现了狂放不羁的态度，对旧的道德规范，予以蔑视；对新的建树，予以嘲笑；对现状，予以讽刺；对未来，予以幽默。以林语堂本人为例，他是提倡幽默文章的，但他的文章并不幽默，只是做到捣蛋的程度，不管什么，到他的笔下，他都想表现幽默，结果则是捣蛋"。② 而对于这种捣蛋的态度立场，刘心皇是不满的，他说："随着这一系刊物捣蛋的人，有一部分认为天地万物，无不可捣之蛋，养成随随便便的态度：在小事方面糊涂，尚有可说；在大事方面，也糊涂，实在不可原谅。什么是大事呢？民族大义是也。在抗战期间，全国军民浴血奋战，文艺战线，也都表现了英勇的精神。但这一部分所谓林系刊物的作家，以周作人、陶亢德为首，附逆作汉奸的，实在太多。他们怎么会有这种现象？我认为与无真知灼见，只知随便捣蛋的人，所造成的风气有关。我这话，或许说得太重了，这大概是不懂得幽默之故吧！"③

刘心皇会根据作家的特点，选择其最具有故事性、传奇性的特点予以描画。例如在《刘半农之一生》中，他书写的不只是关于文学，更是兼顾到该作家一生的行迹。他介绍了刘半农先前本是鸳鸯蝴蝶派作家，后来由于别人的嘲笑而知耻远渡西洋求学，获得博士学位。然后他依次介绍了

---

① 刘心皇：《现代中国文学史话》，正中书局1971年版，第612页。
② 同上。
③ 同上书，第612—613页。

"半农之品格"、"半农之风趣"、"半农与《中国大字典》"、"关于语音学的研究"、"半农与民俗文学"、"半农与中国之下等小说"、"半农的文学主张"、"半农的诗歌"、"半农的杂文"、"半农轶事"、"半农之死"等等，就将刘半农的一生事迹加以描绘，包含其学问道德、生平轶事、生卒时间、文学创作及主张，从而使得这位作家的形象栩栩如生。这样详尽地介绍作家，其在朱自清的传记书写中也有突出表现。

而在《郁达夫论》中，刘心皇更多聚焦在他的个性和作品技巧方面，他从郁达夫脱离创造社说起，然后论及他的文学素养、他的作品内容、描写技巧、自我暴露以及他的惨死，然后附录更多人的回忆录，来增强、丰富郁达夫这个人物形象。对于周作人，刘心皇则抓住其文坛地位和最后事伪之事详加叙说，并对其最终"下海"以及之后的命运进行了书写。至于李金发、戴望舒、徐志摩、林语堂等作家，刘心皇都注重其人物逸事，凸显出作家的命运及艺术特征，这是该文学史比较亮色的部分。

总的来说，刘心皇的这部《现代中国文学史话》更多重在资料性，保存资料，引用资料，而欠缺对这些资料进行详细考订之后，得出自己的研究成果。这就使得其成了资料的汇集和事实性的叙述，有时候甚至重复累赘、叠床架屋。我们不得不说这是"未完成的现代中国文学史"书写。

附录　首部抗战时期沦陷区文学史编写

刘心皇除了编撰《现代中国文学史话》之外，还著有一本《抗战时期沦陷区文学史》。[①] 刘心皇为该书进行了"题记"："在这一伟大的抗战时期，竟有少数的民族败类和渣滓，出而组设以投降敌人出卖民族利益为能事的汉奸伪政权。投敌附伪的落水作家，对沦陷区的人民和青年，颇有麻痹的影响。抗战胜利，已有三十五年之久这一部分落水作家，海内外尚没有记录的专书。这里特别将这一部分落水作家令人警惕而引以为戒的事迹收集资料撰写本书，并本着《宋史》、《叛臣传》、《清史》、《贰臣传》之意来立旨，把抗战时期沦陷区的文学做了简要的述论。"[②] 刘心皇秉持

---

① 刘心皇：《抗战时期沦陷区文学史》，成文出版社有限公司1980年版。
② 刘心皇：《抗战时期沦陷区文学史·本书题记》，成文出版社有限公司1980年版，第5页。

民族大义，书写沦陷区文学史，自带有孔子作《春秋》而乱臣贼子惧的志向和情怀，无形中则编撰成了较早一部研究抗战沦陷区的文学史著，这为其后这方面的文学史撰写奠定了基础，其历史意义远远大于他的《现代中国文学史话》，所以笔者不吝笔墨对这部沦陷区文学史予以介绍。

首先，该书的体例较为明了。从周锦为该书所写的《编后记》中，我们得知，该著"原稿本来分落水作家、抗日作家、动向不明的作家三个部分，我觉得第二项尽可列入抗战文学，第三项既不明确，也就不便讨论，所以建议作者于本书中删去了"①，如此该书主要书写的是"落水作家"。现在看来，周锦的这个建议笔者认为并不妥当，因为既然是沦陷区文学史，必然包含落水作家、抗日作家和动向不明的作家，还是刘心皇自己的分类更为全面，而现在只有所谓的"落水作家"，这包含面就大大缩小，使得沦陷区文学史成了抗战时期沦陷区"落水作家"文学史了。

该著按照沦陷区的不同分为三卷，第一卷是"南方伪组织的文学"、第二卷是"华北伪组织的文学"、第三卷是"东北伪组织的文学"，这样在地域上将所有沦陷区包含在内，唯一不足的是没有包含中国台湾等早已落入敌人的地域。该著每卷都先介绍时代背景，即介绍各个区域逐渐沦为沦陷区的经过，敌伪政权建立过程；接着是各个区域伪组织的文艺活动概况，重在介绍敌伪政权掌控下的文艺期刊、出版机构、文艺活动等等；然后是刘心皇对各个沦陷区不同的文艺特征予以归纳总结；最后是将具体的作家予以点录，共计为115个作家进行了简介，其中有个别重复介绍现象，因为有的作家曾在不同区域从事过写作。但总的来说，该著涉及的作家还是较多，资料较为丰富，体例也较为明确，能让读者一目了然知道沦陷区的文艺概况。

其次，该部文学史对每个沦陷区的文艺特征总结比较科学、精到。由于这方面的文学史资料一般文学史很少涉及，遑论对各个不同沦陷区的文艺特征进行总结，这里笔者将其抄录如下：

南方伪组织的文艺特征："（一）关于所谓的'和平文艺'，在理论方面，不能自圆其说，理不直而气亦不壮。明知在日本军阀枪刺之下，只有投降，只有被宰割，那有'和平'可言。敌人所说的'和平'，就是'招

---

① 周锦：《抗战时期沦陷区文学史·编后记》，刘心皇著《抗战时期沦陷区文学史》，成文出版社有限公司1980年版，第369页。

降'。汪伪组织所说的'和平'，就是'投降'后过着被奴役的生活，汪精卫也不过是一名'奴隶总管'而已。所以，在这种残酷的事实真相之下，有什么好说的呢。"、"（二）利用色情来蛊惑青年，所以说敌伪的文艺是色情文艺，在沦陷区里到处是色情刊物，就是他们所说的文艺刊物，也不能脱离色情。"①　"（三）掌故、轶事、传记、密史之类的文字特别多，特别走运：原因是现实的问题，在敌人枪刺之下，敌人的'特务机关'监视之下，不敢谈，不敢写，只有逃避现实，玩弄掌故轶事了。"、"（四）用个人过去的历史，来掩盖丑恶的现实。例如梁鸿志的回忆录之类的文字，周佛海的《往矣集》的文字，朱朴的《四十自述》、陈公博的《我与共产党》等等，这种企图用过去的经历，取得读者的同情，以减轻作汉奸活动的阻力。"、"（五）'报销文化'盛行：那些向敌伪领了津贴，出几百本杂志或书籍，内容八股，文词不通者，比比皆是。"②

华北伪组织的文艺特征："（一）事变后的初期，文人作家纷离北平……残留的一些前辈们，也多半闭门读书，不再写什么东西，所以不但连文艺的前进光大谈不到，就连维持事变前那种气象都不可得，……就全仗着一般新写作者来支持，……这些人的作品，也大抵是幼稚的居多。"③"（二）伪文艺界的活动由敌人推动，并常与敌人在一起活动"。"（三）以文艺活动加强日、'满'、'支'之勾结。"④　"（四）报刊的文艺消息，竟然包括大后方……这是日人故意麻醉沦陷区民众的办法，表示他们是正在进行和平运动的，所以视抗战的大后方为一体。这一点，在南方部分，亦有强烈的表现。诸如《古今》、《风雨谈》、《杂志》等等刊物，都有抗战的大后方的文艺家的消息。"⑤　"（五）敌伪的色情文艺，在北方引起论战……由于北方深受京派的影响，敌伪以色情文艺来麻醉青年麻醉民众，稍稍遇到一点抵制作用，没有使色情文艺泛滥起来。"⑥"（六）在七七事变初期，平津沦陷之后，所谓掌故、轶事、传记、密史之类的文字，特别多，以其不会触犯什么忌讳之故，致不常执笔的人，亦

① 刘心皇：《抗战时期沦陷区文学史》，成文出版社有限公司1980年版，第37页。
② 同上书，第38页。
③ 同上书，第231—232页。
④ 同上书，第232页。
⑤ 同上书，第235—236页。
⑥ 同上书，第236—239页。

来写这一类的东西。"①"（七）风花雪月与身边琐事的随笔小品之类的作品，极一时之盛。看此一类的东西，似乎是置身于太平盛世，使人一点也感觉不到是处在被侵略的时代，也使人一点也感觉不到是处在被敌伪所窃据的地方。"②"（八）漫画被重视：敌伪以漫画效果比较大，除了大量译印日本的漫画之外，还大量的制作，并筹设有这个专门从事漫画的组织，有计划的推广这个老少咸宜、富有宣传价值的艺术。"③

东北伪组织的文艺特征："（一）'九一八'事变之后，文艺作家有的次第入关，有的封笔转业。报章杂志上，除了敌伪的宣传文字外，所谓'文艺'，内容则多是炒冷饭、卖古董、日文翻译品及无聊的闲情杂趣稿件。"、"（二）在日军严密控制下，只有歌颂敌伪和逃避现实——谈茶经、花道、鬼狐神仙等一类文字，充斥文坛。"、"（三）抗战开始时，举国欢腾，东北同胞更形雀跃，当时东北青年基于国家观念民族意识而自动觉醒，曾开辟了地下文艺活动。"、"（四）同时，敌伪亦加强控制，将对日本的关系，由'友邦'改称为'亲邦'，视'日语'为'国语'，称'中文'为'满文'——更退而为'外文'，并鼓励作家用日文写作。在这种情形之下，有的多自保而暂停写作；有的则撰写日文气息很重的作品。"、"（五）最后，日本在各战场上已显露败象时，报刊上虽仍有歌颂敌伪的滥调，亦引不起人们的注意，青年们则多由'地下文艺工作'转入实际的抗敌反伪工作——他们是在用生命写历史，用鲜血写新诗，他们的面前映着四个大字'还我河山'。"④

刘心皇对各个沦陷区敌伪组织的文艺活动的特征总结照顾到了各个地域沦陷的先后特征、固有的文化传统、特有的艺术形式，既归纳了它们共有的文学史特点，也凸显了各自的独异之处。原来被认为是一致化的沦陷区文学还会因为地域的不同而呈现丰富多样的另样色彩，这在无形中改变了我们对沦陷区文学的认识，对其研究价值也需要重新认识，亟须改正我们原来大而化之不做具体分析的研究态度。

最后，该文学史涉及作家众多，发掘了一些被淹没的作家作品。刘心皇对"落水作家"的定义比较宽泛，他在"前言"中指出："所谓落水作

---

① 刘心皇：《抗战时期沦陷区文学史》，成文出版社有限公司1980年版，第239页。
② 同上书，第239—240页。
③ 同上书，第240页。
④ 同上书，第339—340页。

家者，就是投降敌人依附汉奸政权的作家。这种作家，可以分作数类：

（1）曾经担任敌人的职务者；

（2）曾经担任汉奸政权的职务者；

（3）曾经担任敌人的报章、杂志、书店经理、编辑等职务者；

（4）曾经担任汉奸政权的报章、杂志、书店经理、编辑等职务者；

（5）曾经在敌伪的报章、杂志、书店等处发表文章及出版书籍者；

（6）曾经在敌伪保障之下出版报章、杂志、书籍者；

（7）曾参与敌伪文艺活动者。"①

按照这七类来划分的话，我们就会发现有很多作家可以被划在"落水作家"之列，所以其总数达到了百多位。特别是第五条能涵盖很多作家，无形中会伤及无辜，这也使得该文学史存在众多争议。但刘心皇可贵的一面是即使他对那些真正的汉奸予以了道德上的不屑和气节上的否定，但仍然会对他们的作品予以肯定，真正做到了他自己所说的"不因人废言"。例如汪精卫是公认的大汉奸，但是刘心皇还是评价他"颇有文学的素养，而其性情尤近文人，如其不作政治活动，对文学艺术当有所贡献。而他不幸选择了政治，遂演了一幕政治的悲剧，真所谓'精卫填海，终成冤禽'，何其命名之竟而成谶耶？"② 而且刘心皇还选取几首汪精卫的诗歌以证明其所言不虚。对于周佛海的《往矣集》竟在沦陷区行销十二版，刘心皇也不否认其文学价值。③ 对于陈公博、梁鸿志、朱朴等人的文学作品，刘心皇都客观地进行了点评。而在其摘引的诗句文笔之中，刘心皇还往往彰显了这些汉奸人物并不是冷血无情，内心萎缩，在某种程度上他们另有怀抱，他们也渴望建功立业，对日本殖民者抱有痴心幻想都能看出他们的天真和真诚。刘心皇也在篇幅短小的笔墨中注意到那些落水作家有着内心犹豫彷徨后悔的时候。例如他书写徐祖正"落水之后，良心发现，认为有愧'读圣贤书，所学何事？'以致自责到发疯。这就证明民族主义的力量伟大，同时，也证明他的良心未泯"。④ 这种笔墨的存在，使得刘心皇的这部文学史，一方面站在民族大义的道德高地上指斥落水汉奸作家，另一方面也可看出他对于这些作家个人在历史车轮滚滚大潮之下被碾压而失足成千古恨

---

① 刘心皇：《抗战时期沦陷区文学史》，成文出版社有限公司 1980 年版，第 1—2 页。

② 同上书，第 44 页。

③ 同上书，第 49 页。

④ 同上书，第 206 页。

的惋惜和痛楚，这两方面的拉扯，使得该部文学史具有了人情味。

当然，该部文学史重在作家生平介绍、重在历史事实的考证，而少具体作品分析也是不足之处。如果不耿耿于怀刘心皇对落水作家的限定，只是在沦陷区文学史这一名义上来看这些作家，我们还是会觉得这本文学史发掘了较多在 1980 年前不被我们注意的作家作品。例如胡兰成、张资平、刘呐鸥、穆时英、苏青、张爱玲、关露、周瘦鹃、秦瘦鸥、周作人、俞平伯、梅娘、袁犀、张我军、文载道、路易士等等都是后来文学史才被提及的人物，而在刘心皇的这本沦陷区文学史都将他们予以介绍，无疑起到了历史钩沉的作用。他对一些文人的行为予以了批判，使得他们的劣迹无从隐形。刘心皇还书写了当时的一些期刊编辑、书店经理，对此我们都比较陌生，这为考察这一时期的文艺媒体予以了充分线索。而该著所论及的一些文艺活动，例如东北敌伪组织的"伪华北作家协会成立"、"作家翼赞治运工作"、"中满文艺作品交欢"、"向《华文每日》推荐文艺作品"、"'色情文学'论战"、"华北文艺座谈会"等等，都是一般文学史很少涉及的，这为后来的文学史研究和编撰提供了较翔实的资料和查找线索。

第五节　李牧、侯健、周丽丽的文学史书写

20 世纪七八十年代中国台湾还有一些专题性质的文学史著影响较大，如李牧的《三十年代文艺论》、侯健的《从文学革命到革命文学》、周丽丽的《中国现代散文的发展》等等，这里我们将予以介绍。

一　李牧专注于"三十年代文艺论"

大陆在"文化大革命"发起之时在《红旗》杂志上重刊毛泽东的《讲话》，并在《按语》中写道："毛泽东同志的这篇讲话，针对以周扬同志为代表的三十年代资产阶级文艺路线作了系统的批判。以周扬为代表的三十年代资产阶级的文艺路线，在政治上，是王明的右倾投降主义和'左'倾机会主义的产物；在思想上，是资产阶级小资产阶级世界观的表现；在组织上，是为了个人或小集团利益的宗派主义。"[1] 而后《人民日

---

① 《无产阶级文化大革命的指南针——重新发表〈在延安文艺座谈会上的讲话〉按语》，《红旗》1966 年第 9 期。

报》、《解放军报》又发表了《驳周扬的修正主义文艺纲领》，于是 20 世纪 30 年代的作家作品成为批判的对象，而在中国台湾地区也引起了对 20 世纪 30 年代文艺研究的兴趣。而李牧所著的《三十年代文艺论》① 正是鉴于这种研究热潮而对其进行讨论，其目的一方面在于说明 20 世纪 30 年代文艺为什么会在大陆 "文革" 时期成为被批判的对象，同时也是在为其 "正名"，"在三十年代的所有文艺作品中，有足够的证据证明三十年代文艺并没有僵持和局限在某一个党派之下，也不拘执在阶级斗争之中"。② 可见该著在 1973 年著写，尽管仍对中国共产党文艺存有意识形态的偏见，但是其中交织着历史学家的客观立场，能够秉笔直书也是很为难得的。

该著的框架结构比较严谨、涵盖比较全面。其第一章 "三十年代文艺的形成与演变" 是一个概括性的介绍，介绍了 20 世纪 30 年代的历史背景、时代思潮、文艺的内容与特质及其发展与演变。第二章 "中共在三十年代中的文艺统战" 则介绍了 20 世纪 30 年代中国共产党进行的文艺统战的含义、方式与成效。第三章为 "三十年代的文艺社团及其活动"，介绍了 "左翼作家联盟" 及其与 "新月" 派、"民族主义文学"、"自由人"、"论语" 派等文艺社团进行的各种文学争论，并叙述了 "左联" 的解体和抗战兴起之后 "全国文艺界抗敌协会" 的成立。该章附录了《"左联" 文艺理论纲领》、《"新月" 的态度》、《中国著作者为日军进攻上海屠杀民众宣言》。第四章重在叙述 "三十年代文艺论争的主题与概况"，介绍了 "自由创作"、"语文改革"、"国防文学"、"民族形式" 等几个问题，这一章实际上与第三章有所交集，只不过着眼点一在社团组织，一在文艺论争。该章附录了《三十年代文艺论争主要论文篇目表》。第五章至第八章分别对 20 世纪 30 年代的散文、诗歌、小说、戏剧进行分析，大致都按照发展历程、创作概况以及抽样分析几部分进行，其中抽样分析相当于经典作家作品解读。第九章梳理了中国共产党对 20 世纪 30 年代文艺所进行的批判，首先介绍了毛泽东的《讲话》，其认为这是批判的武器，然后介绍了七次整风运动对 20 世纪 30 年代的文艺批判。这七次分别是新中

----

① 李牧：《三十年代文艺论》，黎明文化事业公司 1973 年版。
② 李甲孚：《排除在现社会中涌出的失落和迷失——三十年代文艺论序》，黎明文化事业公司 1973 年版，第 4 页。

国成立前两次，延安时期整风对王实味的批判、东北文艺整风对萧军的批判；然后是新中国成立后的五次，分别是对《武训传》，对俞平伯《红楼梦》，对胡风文艺集团，对丁玲、陈企霞以及"文革"时期的种种批判，该著还以表格的形式将历次整风运动中受批判的作家予以了展示。这样将新中国成立前和新中国成立后的文艺批判都联系在一起进行分析，这个思路是比较早的。该章附录了《毛泽东文艺思想表解》。第十章是"三十年代文艺的客观评价"，这相当于"结论"，表达了李牧对 20 世纪 30 年代文人以文艺从事政治最终又被政治所批判的同情，他对这种文人之悲予以痛彻心扉的惋惜，从而表达了文学所追求的自由和人性是任何运动都不能摧毁的坚定情怀。篇末附录了《三十年代重要文艺作家简历表》、《三十年代重要大事（含"文艺活动"与"文艺创作"）记》以及《参考书目》。可见，该著涵盖了 20 世纪 30 年代文艺大致全貌，包含文艺思潮、时代背景、文艺派别、各文艺类型以及总体特征，并对其后来的悲剧命运进行了接受史的梳理，这类似于 20 世纪 30 年代断代文学史，为读者全面了解 20 世纪 30 年代文艺提供了参考资料。

该著有些论述还是很为精辟的，值得我们思考辨识。其在论述 20 世纪 30 年代散文之时认为该时期的散文特质"重在与时代相结合；重在用以作为宣传与战斗的工器，故其采用的散文体裁，特重杂文、小品和报告文学三者。至于游记、日记，或则寄生于报告文学之林，或则侧身于小品展示之列，其他的抒情小品，传记书札，也不过偶尔点缀，更不幸的是，它们还时遭抨击之灾"。[①] 而在评论 20 世纪 30 年代的诗歌之时，李牧认为当时最主要的有"新月派"、"现代派"和"中国诗歌会"。将强调政治斗争性，并与中国共产党有关的"中国诗歌会"列入 20 世纪 30 年代的主要派别，这是中国台港学者中很少如此介绍的。而且该著还批评了"新月的作者，太偏于消极与悲戚，与当时那个轰轰烈烈的时代不相陪衬，因而遭到许多的诟病"。[②] 可见该著还是注重历史的真实性、全面性，并不全以意识形态为自己的文学评价标准。

该著只是论述了 20 世纪 30 年代文艺的表象，而对其实质内涵并没有科学归纳。其论述时代思潮时认为："三十年代的思潮，是二十年代的继

---

① 李牧：《三十年代文艺论》，黎明文化事业公司 1973 年版，第 129 页。
② 同上书，第 184 页。

续，同具有三种不同的流派，此即：国父的'三民主义'、马列的'共产主义'、欧美的'自由主义'。而此三者，自然以三民主义为主流，此尤以抗日战争爆发之后，整个的思潮已熔铸于以民族主义为首的三民主义之中。"[1] 也正因为这三种时代思潮，导致 20 世纪 30 年代的文艺特质可以归纳为三种："其一、是由于滥用'自由主义'所迸发出来的偏激思想与反抗心理"，"其二、是以马列主义者为核心所强调出来的暴力革命与阶级斗争"，"其三、是以民族主义者为枢纽所激发出来的反侵略的抗日战争"。[2] 该著重视将 20 世纪 30 年代的作家作品予以表格的形式呈现，附录了"三十年代主要散文作品概况表"、"三十年代主要新诗作品概况表"、"三十年代主要小说作品概况表"、"三十年代主要话剧剧作概况"、"三十年代主要电影剧作概况"等等。该著从题材内容上将 20 世纪 30 年代文艺分为几种类型并列举它们的代表，这几种类型分别是"呈现知识分子的思想及其苦闷"、"展示当代女性生活及其思想"、"表现农民生活与农村实况"、"刻画农工生活及其境况遭遇"、"描述军旅生活与军人意志"、"评论历史人物与历史事件"、"揭露军阀官僚与政客之丑态"、"表现反侵略与抗日民族圣战"等等。这样的分类实际上并不能概括出 20 世纪 30 年代文艺的特殊性，因为不仅是 20 世纪 30 年代的文艺大致是这些内容类别，其他时代其实也不离这几种类型。而且该著对 20 世纪 30 年代文艺特质的归纳也过于空泛，所以就不能完成前面的意图，即解释为什么 20 世纪 30 年代文艺被多次整风，受到批判。但该著以如此之多的表格将这些作家作品以及其他文艺大事等等都予以列举，这有利于当时大陆外的读者了解当时大陆正在受批斗的作家作品曾有的辉煌，这不仅坚守了文学史研究的客观科学精神，而且对那些受难的作家无形中也是一种慰藉和支持。

二　侯健新解"从文学革命到革命文学"

侯健，出生于 1926 年，山东菏泽人。20 世纪 50 年代初毕业于台湾大学，后获美国宾夕法尼亚大学文学硕士、纽约州立大学石溪分部哲学博士。回台湾后，执教台湾大学，累升教授、外国文学系主任、研究所所

---

① 李牧：《三十年代文艺论》，黎明文化事业公司 1973 年版，第 9 页。
② 同上书，第 14—15 页。

长、文学院院长等职。著有《从文学革命到革命文学》①、《二十世纪文学》、《中国小说比较研究》，散文《文学·思想·书》、《文学与人生》及译著柏拉图《理想国》等。这里分析《从文学革命到革命文学》。

　　侯健的《从文学革命到革命文学》在名称上套用了成仿吾倡导革命文学之时的评论文章《从文学革命到革命文学》，实际上重在论述"文学革命"和"革命文学"两个文学运动的历程及相关理论问题。包含以下几个章节："绪论"、"文学革命的经过"、"梅光迪、吴宓与学衡派的思想与主张"、"革命文学的前因与实际"、"梁实秋与新月及其思想与主张"、"结论"。其后附录了几篇文章，作为论者的参考资料，分别是成仿吾的《从文学革命到革命文学》、侯健的《白璧德与当代文学批评》和《白璧德与其新人文主义》、白璧德的《中国与西方的人文教育》、《后记》。尽管该著不是严格的文学史著，而是文学史论性质，但是其中有较多值得我们注意的地方。

　　首先，侯健认为，自 1911 年以来，文学的思想上有"五四"前后的文学革命和其后的革命文学两大运动，两者具有同质性。"这两大运动，虽然倡导者和参与者颇有不同，其正反双方，除少数情形外，在精神上却都是一脉相承，并无二致。以文学本身来说，不论倡导者的讲法如何，这两大运动其实都不是以文学本身所具的价值或功能为标准，而是把文学偏颇地定为社会改革或政治变更的工具，也便是转变了的文以载道的观念。这种情形，已使这些运动的动机，并非为文学本身着想。"② 侯健认为文学革命和革命文学并没有区别，二者都是文以载道，只不过载道的内容不同，这在当初直至到现在来看，都是不同一般的，因为原来都只是认为革命文学运动才是文学为政治服务，而文学革命还接近更多的文学本质，一般学者很难将二者视为一脉相承的。所以他强调："因为有了载道的观念，所以便有了以文学达到文学以外的目的的想法；因为有了文学以外的目的，才顺理成章地要以文学为手段。"③

　　其次，侯健总结出文学革命和革命文学这两种运动有着共同的反对者。这些反对者中，"最具力量的，是一批留美的学者和与他们志同道合

----

① 侯健：《从文学革命到革命文学》，中外文学月刊社 1974 年版。
② 同上书，第 2 页。
③ 同上书，第 3 页。

的人士。他们有一个共同之点，就是或为哈佛大学名教授白璧德的中国弟子，或为在思想上接近白氏的人。"① 这些人中的代表就是梅光迪、吴宓、梁实秋等人，"他们都曾从白璧德受业，也都分别在中国两次文学运动里，担任了重要的反对角色。他们的对手，又恰与白璧德在美国遭遇的对手，都有直接或间接的关系：文学革命的倡始者是胡适，其思想来自达尔文与杜威，而杜威正是白璧德曾与之激辩过的；革命文学的倡始者是郭沫若等创造社、太阳社的成员，而当他们高唱革命文学，亦即普罗或无产阶级文学的时候，所高揭的理论权威，不是苏俄的共党文艺理论家，如鲁迅其后翻译过的普列汗诺夫或卢那卡尔斯基等人，而是美国的辛克莱。辛克莱的《拜金艺术》曾由郁达夫和冯乃超两人在革命文学论争期间分别翻译出版。这本书对白璧德的恶毒攻讦，决不逊于鲁迅等对梁实秋的谩骂"。② 正因为侯健认为文学革命和革命文学是国外文学思潮的对垒在中国的再次演绎，所以其在该著的章节中，主体就是四个小节，先论述文学革命的经过，然后论述它的反对者们"梅光迪、吴宓与学衡派的思想与主张"，然后再叙述下一个革命文学运动，再论述其反对者"梁实秋与新月及其思想与主张"。侯健也意识到学衡派和梁实秋对白璧德的继承发扬有不同着力点，"反对文学革命的梅光迪等先生，系以文化立言，兼及文学；反对革命文学的梁实秋先生，系以文学立言，而以文化为其表里"。③于是，文学革命和革命文学与其反对者的斗争构成了两个运动之间的主线，而其背后的主人公是白璧德和他们的反对者在相互搏斗，这样中国现代文学运动在侯健眼里成了西方文学运动的翻版。这样论述的好处，自然是简单明了，的确也能洞察文学革命和革命文学两个文学思潮的某些本质，但无形中也过于简化，"西方中心主义"的内在思维模式更是不待细说。

最后，该著宣扬了白璧德的人文主义思想。很明显，侯健相比同时代的中国现代文学研究者，较早注意到了文学革命和革命文学反对者学衡派、新月派和梁实秋等人的文学史意义，并予以正面形象的塑造，这很不简单。因为此前的中国现代文学史著述者或者是文学革命的支持者或者是

---

① 侯健：《从文学革命到革命文学》，中外文学月刊社1974年版，第7页。
② 同上书，第7—8页。
③ 同上书，第9页。

革命文学的倡导者、追随者，他们多将这两种文学运动的对立面书写为反动腐朽的形象，很少客观公正地对其予以学术探讨，而侯健的文学史书写无疑带有"平反"的意味。侯健不仅从文学史方面对学衡派予以正面论说，而且还梳理了学衡派的学术史意义，例如他指出"学衡的信史态度，与北方史学界疑史态度对立，也吸引了不少学者"，"更具潜在重要性的是，学衡派维护中国文化遗产的努力，与孙中山先生的文化思想，很多相通之处。这种情形，不仅表现于民国二十年的新生活运动，更与近年在中国台湾的中国文化复兴的运动有关。……因之，我们可以说，学衡虽在文学思想的建立上失败，而在文化的复兴或至少是维护上，其影响到现在仍然是存在的"。① 侯健对新月派和梁实秋的历史贡献也予以精到剖析，他说新月派与时代特别有关的贡献是，"（一）新诗体的建立与巩固；（二）自由主义的政论；（三）文学批评理论的建立"。② 而"最后一种，是梁实秋的特殊贡献，也是白璧德的人文主义与古典主义在中国的表现，其余波到现在仍在荡漾之中"。③

　　侯健对白璧德等弟子的尊崇固然因为他自己是梁实秋的学生，是白璧德人文主义的忠实信徒。也因为侯健坚信白璧德的人文主义才是中国文学、文化所应追随的道路。侯健认为无论是文学革命还是革命文学它们所努力的方向都是错误的，"它们所共同的，是以无标准为标准。文学革命以西方打倒了东方，革命文学是在破坏的基础上从事更多的破坏，虽然在他们的心理，他们都是在救国救民的"。④ 而"白璧德的文学观，在于不仅重视文学的社会与道德的功能——虽然有许多人以为是如此的——，也同时顾及文学本身的美学特质。仅有道德而没有美的成分，便成了说教的宣传品，失去文学的意义。仅重美感而忽视其道德或伦理内涵，变成了杨雄所说的'雕虫篆刻，壮夫不为'的一艺而已。因之，白璧德所提倡的人文主义，要求伦理与美学互为结合，不得畸轻畸重"。⑤ 所以侯健认为只有接受了白璧德的新人文主义的学衡派和新月派等人才能使得中国的文学、文化走向正道，他们"相信自'克己复礼为仁'出发的个人主义，

---

① 侯健：《从文学革命到革命文学》，中外文学月刊社 1974 年版，第 87 页。
② 同上书，第 140 页。
③ 同上书，第 141 页。
④ 同上书，第 195 页。
⑤ 同上书，第 8 页。

才是健全的个人主义，克己便是无私，不得以个人为取决判断的标准。复礼便是尊重权威——不是奴隶式或乡愿式的不加批判的接受，但至少不能先在胸里梗着一个'凡是新的必是好的'的思想。他们尊重权威，只是尊重过去人类的文化经验的留存。因之，他们从不肯随意信古，却决也不肯任情疑古。他们为文化各方面的问题，提出稳健切实的主张。不幸的是，在反对文学革命与反对革命文学上，他们都失败了。我们可以想象如果他们当时成功了的话，今天可能是甚么样的局面"。侯健这里借前人之酒杯抒发自己的心中块垒，为前人的失败道出无限怅惘之情，而对于未来的文学文化的道路则彰显了他自己的追求和信守，这种情怀和价值评判一直贯穿在该著的始终，可见侯健还是别有怀抱的。

三　周丽丽的散文专史

中国台湾地区专门书写中国现代散文史的文学史家并不多，除了陈敬之的《早期新散文的重要作家》① 之外，周丽丽所著的《中国现代散文的发展》② 应是其中少有的专门叙述现代散文的著作，该著总共五章。

其第一章为绪论，共分四节："现代散文应具备的条件"论述胡适、陈独秀、周作人等人关于散文写作的相关理论，阐明这是现代散文创作的基础。"现代散文创作的回顾" 是对现代散文发展历程的一个简要回顾。"纠正对散文的错误观念"解释了为什么散文发展的最终成就不能同诗歌、小说并驾齐驱的两个原因：其一是 "杂文的兴起，使得散文的质地粗疏了，而且影响很大，尤其把杂文列入散文的重要部分，散文就根本失去了与小说、诗歌争平等地位的能力"③；其二是 "在观念上，一般人不重视散文，认为是最容易写的一类，只要文笔通顺，就可以像小学生作文似的写出散文来"④。针对这两个错误观点，周丽丽认为杂文究竟算不算文学作品还是要看作品本身，其有时评的性质，或许与报告文学一起列为新闻文学或许是一个好办法，对于真正的散文倒是一个帮助；从写作难度上，她认为散文写作在文字的表现上，更难于诗歌和小说。因为它不能像小说那样畅所欲言，必须力求精练，但又不能像诗歌一样含蓄，一定要清

①　陈敬之：《早期新散文的重要作家》，成文出版社 1980 年版。
②　周丽丽：《中国现代散文的发展》，成文出版社 1980 年版。
③　同上书，第 6 页。
④　同上书，第 7—8 页。

新明白。在"现代散文发展的分期"中，该著考虑到政治因素的影响，结合散文发展的实际，将现代散文分成三个时期：第一时期是现代散文的萌芽时期，从北伐完成到 1927 年，前后约十年时间，文学活动的中心在北平，政治上是北洋政府。第二个时期是现代散文的成长期，从 1927 年到抗战开始，此时文学活动的中心在上海，政治上全国统一。第三个时期是现代散文的锻炼期，包括整个抗战八年和胜利后的几年，这几年里国家民族在受难，全国人民处于动荡之中，此时的散文写作处于锻炼之中。周丽丽按照萌芽、成长和锻炼这三个关键词来为现代散文的三个不同时期命名，还是有所创新的。其后第二、三、四章的主题内容，大致就按照这三个时期来书写，第五章则是结论。

第二章是"现代散文的萌芽"，时间是 1917—1927 年。周丽丽在第一节"新散文的源流"中并不认同周作人的散文观点，即"现代散文在晚明小品的基础上，多了时代意义与思想因素"①，其更偏向于朱自清的观点，即初期的新散文，固然有着纵向的继承，但是相比而言，横的移植更多一些，这表现在周作人的散文方面要缓和一些，在鲁迅、徐志摩等人的散文中，受外国的影响就更大了。第二节是论述"初期新散文的分类"，该著并不认可朱自清和苏雪林的分类，认为他们都是将新散文的内容与形式混合在一起论述，所以她的分类不同一般。其在第三节就是"由说理到美文"，她认为真正具有现代新散文独立品质的是 1919 年周作人发表的说理文字《祖先崇拜》。但这篇文章文学意味还不是很浓厚，因为"新散文不只是要白话，不只是要说理，更要抒情；可惜这方面的发展慢了，成为新文学各类作品的殿后"。② 只有到了朱自清的《桨声灯影里的秦淮河》之时，真正的美文才出现，而周作人的"美文"观念才逐渐引起注意。第四节"反抗性的现代散文"介绍了新文学第一个十年里，除美文之外还有一类散文的主题主要在于反军阀、反帝国主义、反封建思想，这就是"反抗性的现代散文"。该著介绍了朱自清反帝国主义的《白种人——上帝的骄子》、反封建思想的《航船中的文明》和反军阀的《执政府大屠杀记》等，她特别指出在"五卅惨案"和"三一八事件"之后，反军阀的内容在当时有许多作家书写。相比于反军阀和反帝国主义火辣辣

---

① 周丽丽：《中国现代散文的发展》，成文出版社 1980 年版，第 14 页。

② 同上书，第 19 页。

的文章风格，反封建思想的散文此时多写得幽默讽刺，这是其与前两类散文的区别所在，因为当时封建思想的势力还是比较强大的。反封建思想的散文该著还分析了鲁迅的《打拳》。在新散文的第一个十年里，该著将散文的类别分为美文和反抗性散文，我们现在的文学史很少有人这样做，也少论及后者。

　　第二章第五节是"这一时期的重要作家和作品"，重在介绍第一个十年新散文的作家作品。该著对鲁迅的文学成就还是认可的，首先就介绍了鲁迅，认为其随感杂录中有不少非常好的作品，而其《野草》则是"诗化的散文"。① 接下来介绍的是周作人，评价"他以平和冲淡的文笔，层次分明，四平八稳地写下了自成一格的散文作品"。② 然后评价了"朱自清的散文成功处，在于感情真挚，如《背影》；另外，就是描写细腻精致，如《荷塘月色》。他不论对人、对物、对事的摹描，以其灵活细巧，流利自然的笔调，都能使人耳目一新"。③ 而冰心的"文字是那么的清新隽丽，笔调是那么的轻灵俊巧，以这样的情致和技巧，发展在散文上，是最易成功的，更何况是抒写着甜蜜的回忆和童年的琐事，纵然是带些女孩儿家的多愁善感，亦是诗质的美丽的散文"。④ 然后她依次评价了林语堂、落花生、川岛。

　　第三章是"现代散文的成长"，时间是 1928—1937 年。在该章第一节"现代散文的创作情况"中，周丽丽认为此一时段的散文成就不仅比不上诗歌、小说，而且在自身基础上应有的发展也没有达到，造成这种不景气的原因重在几个方面："小说的特别兴盛，尤其小说所创下的成就，使得大部分作家都集中力量于小说创作"；"左派把斗争武器的杂文运用到了极致，也发展到了极致，真正的散文因相形见绌，当然也就得不到正常发展"；"文坛的斗争尖锐，作家于左右之间很难适应，因此顾左右而言他的幽默小品大行其道，在劣币驱逐良币的情形下，优秀的散文反而少了。"⑤ 第二节"杂文的泛滥"中周丽丽批评了鲁迅的杂文观，认为其将杂文视为"感应的神经"、"攻守的手足"是将文学看成一种武器、一种

① 周丽丽：《中国现代散文的发展》，成文出版社 1980 年版，第 51 页。
② 同上书，第 53 页。
③ 同上书，第 55—56 页。
④ 同上书，第 58 页。
⑤ 同上书，第 70—71 页。

工具了，"似乎忘记了自己是文学作家，恐怕更忘记了文学作品的'美善'"。① 在批判鲁迅的杂文之后，周丽丽对杂文做了一个小结性评价："杂文，是属于那个杂文时代的，在那个时代里，有它存在的意义和价值，如今那个时代已经失去，所以用不着怀念，更何况它当年的存在，也不是文学的。"② 第三节"幽默小品的鼎盛"肯定了林语堂对小品文的贡献，并指出其提倡小品文的文学史意义，"实在是有所为而为，既不是'寄沉痛于幽闲'，更不是单纯的'幽闲'。他的小品文，乃是'现代散文之技巧'，可以使'议论文及报端社论之类'得到'笔调上之一种解放'。因此，他更认为要使得各种文体小品文化，就如同当年由文言而白话一样，具有文学上相同的意义"。③ 不仅如此，该著还对林语堂提倡幽默的缘由进行了分析，"实在是因为他所处的那个文学环境，遭受到重大压力，如果作正面的反抗，既缺少勇气又没有足够的实力；就此低头逃避，却又于心有所不甘；以笔代刀而作讽刺文章，怕太露骨了会引起更大的围剿；只说一些无意义的笑话，自己也会觉得无聊；结果，只有走上了'幽默'这一条路。"④ 尽管为林语堂的幽默叫好，但是周丽丽不得不指出，"挂起招牌出售幽默"，"幽默更是不值钱了"。⑤ 第四节"报告文学的兴起"中她认为报告文学既是散文，又是小说，更是新闻通讯，并且有及时报道的特点。其在新文学第二个十年兴起迅速，但是衰亡也很快，周丽丽认为这是因为其很快就成为政治斗争的工具，另外体裁决定了其只是小件头，很难具有大气魄，所以很难成大气候。

第三章第五节也是"这一时期的重要作家和作品"。其首先介绍了朱自清的两部游记《欧游杂记》和《伦敦杂记》，分析了他的游记做法，"第一，极少说到自己；第二，不写身边琐事；第三，避免静态的沉闷"。⑥ 而"徐志摩的散文，是浪漫的，绚烂的，热情的，浓得化不开的，就像那黄昏时将落太阳照射的云彩，是那么的缤纷华丽，却又瞬息变幻"。⑦ 此时林语堂的小品文也是具有可读性的，既没有前期的刺，也没

---

① 周丽丽：《中国现代散文的发展》，成文出版社1980年版，第72页。
② 同上书，第78页。
③ 同上书，第81页。
④ 同上书，第84页。
⑤ 同上书，第85页。
⑥ 同上书，第93页。
⑦ 同上书，第95—96页。

有后期专门出中国人洋相的"薄"。接下来周丽丽对下列作家进行了饶有意味的点评：丰子恺的作品"是感人的、亲切的、平凡的、是艺术家的境界，也有着大人不失其赤子之心的胸襟"。① 梁遇春的思想"很奇特，默默地惆怅，但不感伤；凄然地冷漠，却不悲哀。他的人生观和创作的态度，也显得有些与别人不同"。② 何其芳"以浓丽精致的文字，写出像诗一样美妙的文字，组织成富于诗意的散文。精心剔透的堆砌每一字每一句，赋予新意的譬喻或典故，来暗示他的美丽而飘渺的想象。追求的是形式、字句、意象的美，表现的是一些叹息青春易逝，多情而带颓废气息的幽思"。③ 李广田的作品"充满了乡土气息，写着童年的回忆，故乡的风物，给了读者自然和亲切的感觉"。④ 陆蠡的散文，"在娓娓叙谈之中说着那些褪了色的故事，有着完美的缺憾，是那么的含蓄，那么的平实；再加上那景物动人的描绘，穿插着童年的足迹，使人不禁遐思起来"。⑤ 缪崇群"生长在一个艰贫困苦的家庭，生活的担子鞭逼着他，构成了他忧郁早熟的心智，自然而然的表现在作品中，成就了一股郁郁寡欢，不开朗的风格"。⑥ 巴金的散文"热情、坦率、爱憎分明，表现着真挚的感情。他的散文特色，是真实地叙说自己，热烈地怀念友人"。⑦ 谢冰莹的散文是"热情的、大胆的，处处流露出'巾帼不让须眉'的气概，在这一时期的散文中非常少见"。⑧ 沈从文的散文"有如行云流水般，文字顺畅轻快，用语通俗却又典丽，有着浓厚的地方色彩"。⑨ 郁达夫的散文"本来就是很优美的，再藉着自然景物的发挥，更是清新脱俗。不过书中也时时流露着一些苦闷和愤懑的情怀，老练的笔调出现的是'以写我忧'的自然景色，表现着一种'借山水以化郁结'的心境"。⑩

　　第四章是"现代散文的锻炼"，时间是 1938—1948 年。该著按照

① 周丽丽：《中国现代散文的发展》，成文出版社 1980 年版，第 103 页。
② 同上书，第 106 页。
③ 同上书，第 108—109 页。
④ 同上书，第 111 页。
⑤ 同上书，第 115 页。
⑥ 同上书，第 117—118 页。
⑦ 同上书，第 119 页。
⑧ 同上书，第 122 页。
⑨ 同上书，第 123 页。
⑩ 同上书，第 127 页。

"抗战爆发"、"抗战期间"、"抗战胜利"三个阶段来讨论本时期的散文创作，而这三个时期又分别对应着相关的散文特色。第一节"怒吼的散文"无疑是抗战爆发初期的散文创作，此时"由于情势的需要，'报告'和'速写'的数量比较多。这一类作品，一般说来，篇章短，节奏迫促，感情丰富，有诗歌的韵致，并常具备小说的动人情节。但是，缺少余味，过于直截了当，所以那个时期的散文，虽然有着很多的特色，更有着特别的风格，却不能长远的流传，仍旧是本身的缺点，而不是时代的因素"。①第二节是"受难的散文"，介绍抗战期间书写国家民族在困难面前坚强意志的作品，她指出此时书写空袭的散文作品较多，这是因为亲自上前线的散文家相对较少的缘故。第三节是"闲适的小品"，介绍了当时闲适小品也比较多，针对梁实秋等人引起的关于"与抗战无关"论，周丽丽一方面认为："在国难当头的那个时代，以艺术的爱好者和追求者的身份，可以写些与抗战无关的文学作品，但不必加以提倡和鼓吹。无论如何，那时候大声疾呼地要求写出与抗战无关的作品，是反潮流而又犯众怒的。"②但是，周丽丽又认为从文学长远价值来看，抗战时期的闲适小品不应该加以忽略。这体现了她既从当时的情境中理解国人的艰难，又从文学自身历史意义予以裁断的圆通。第四节"多样性的散文"是书写抗战胜利后的散文，此时的散文多样性是因为抗战胜利后，人们的处境多种多样，"有的衣锦荣归，八年的煎熬总算出人头地，创下了一点什么的；有的好歹总算回到了阔别多年的故乡，开始重振家园，在温馨的生活中平复过去的创伤；有的回到了离家不远的城市中，虽然老家去不得，却也可以听到乡音，见到家人，就在这离家不远的地方一家团聚；有的却只能送走一个个的熟人，使自己一天天的孤单，有关家乡的消息，比抗战时候还要坏、阻断得更彻底。最能表现这些不同程度的心境的，当然是那个时期的现代散文"。③

第四章第五节也是"这一时期的重要作家和作品"。此时段最先评价的是巴金，周丽丽认为，"巴金是善良的，有着悲天悯人的胸怀，正因为他的悲天悯人，表现在文章的，就时时流露出一股存在于人类心灵深处的

---

① 周丽丽：《中国现代散文的发展》，成文出版社1980年版，第145页。
② 同上书，第162—163页。
③ 同上书，第180—181页。

真正感情。这些，都是自然天成，没有任何做作"。① 接下来周丽丽对下列作家进行了点评：茅盾此时的"生活是如此的动荡不安，因此，所写的散文，写实的成分多，而且多是见闻性的作品"。② 萧红的散文集则"写的多是她流浪在都市的旅馆或街头的经历，那种饿的发慌和穷得想作贼的境遇。不过，她虽然遭遇到困境，却勇于面对现实，接受现实给予的挑战。一份少女的天真，使得作品呈现出多彩多姿的画面，和不少浪漫气息"。③ 而孙陵的散文"是民族的、社会的、时代的，是个人生活经验的累积，也是那个时代全体军民所经历，所共有的心声"。④ 何其芳此时出版了《星火集》，作品所表现的不再是浓丽精致，"也不是雕琢着美丽的辞藻，更不是诉说着颓废纤弱的感情，而与过去的作品完全两样。他这时候不但使用着平淡朴素的语言来描写日常所见的事物，内容也显然地有了一种清朗刚健的气息，作风更是趋向于单纯明快了。"⑤ 李广田这一时期几本散文集的"内容和风格与前期的并没有显著的不同，都是抒写着自己的感触和心绪，只是由于抗战带来的流亡和奔波，使他在旧有的内容和风格上，增添了一些关于人生跋涉的体认和感慨"。⑥ 郭沫若此时的散文集"'只见热情，只见愤懑，只见反抗的呼喊'；更以强而有力的语句，激励着全国人民的抗敌意志"。⑦ 此时梁实秋的《雅舍小品》："写的是社会众生相，包括日常所见，诸如《鸟》、《狗》、《猪》等，无不清快流畅，恣意横生。而写《男人》、《女人》、《诗人》的种种意态，其观察之敏锐，文笔之犀利，更是令人拍案叫绝。"⑧

　　第五章是"结论——建设我们的现代散文"，这里周丽丽提出自己的散文理论和对未来散文创作的希望。她首先从语言形式上认为未来的散文创作"只要写出来的作品，让使用国语的人都能看得懂就够了，这也可以作为现代文学的一个标准"。因此"（一）不必故意迁就北平口语，而写成'天桥相声'式的滑溜"；"（二）不必避忌方言土语，但是在程度

---

① 周丽丽：《中国现代散文的发展》，成文出版社 1980 年版，第 190 页。
② 同上书，第 191 页。
③ 同上书，第 194—195 页。
④ 同上书，第 195—196 页。
⑤ 同上书，第 198 页。
⑥ 同上书，第 199 页。
⑦ 同上书，第 201—202 页。
⑧ 同上书，第 204 页。

上，要使得只懂国语的人也能够了解和领会"；"（三）不要表面使用着国语，实际上却制造一些古怪的词句和新的文言"；"（四）注意国语常用字"；"（五）要使得受完国民基本教育的人能读、能懂"。① 而对于未来散文的内涵，其提出要是"战斗的"、"民族的"、"社会的"、"思想的"、"时代的"、"美善的"、"生活的"、"艺术的"、"真实的"、"感人的"、"忠恕的"、"博爱的"等，这十二个要求如此之多，反而空泛不能让我们有所感触有所裨益。

　　总的来看，周丽丽的这部散文专史对散文历史发展的历程梳理得线索分明，抓住了每个时段的散文特征，对于现代散文发展中典型作家作品的挑选能够跳出意识形态的束缚，鲁迅、巴金、郭沫若、郁达夫、何其芳等人的散文在该著中获得了应得的文学史地位，对于每位散文家的艺术特色点评精到，注意到他们各自艺术风格的发展演变，其对散文的品读也能见其欣赏水准和蕙质兰心。

第六节　尹雪曼总编纂的具有民族主义特色的《中华民国文艺史》

　　尹雪曼（1918—2008 年），原名尹光荣，河南汲县（今卫辉市）人。1949 年到中国台湾，先任职于航空公司，不久任《香港时报》驻中国台湾特派员，1950 年任中国台湾《新生报》南部版记者、采访主任。20 世纪 70 年代以后多从事理论与文学史著作，曾总编纂《中华民国文艺史》②，还有《五四时代的小说作家与作品》、《鼎盛时期的新小说》、《抗战时期的现代小说》等文学评论著作，这里我们主要论述《中华民国文艺史》，并对其他作品予以附录介绍。

　　从谷凤翔为该文艺史所作"序言"我们可以得知该文学史编撰的目的在于"表示对中华民国花甲大庆的祝贺之意"。③ 1971 年 2 月 9 日，在中国台湾国民党的"中央文艺工作研讨会"上通过《如何配合建国六十年大庆开展文艺活动案》的第三项"实施意见"第一款"共同策办事项"

---

① 周丽丽：《中国现代散文的发展》，成文出版社 1980 年版，第 212 页。
② 尹雪曼：《中华民国文艺史》，正中书局 1975 年版。
③ 尹雪曼：《中华民国文艺史·序言》，正中书局 1975 年版，第 3 页。

第一目后，有关人员便依照其内容于 4 月份拟订出《中华民国六十年文艺史》编写计划。其后由编撰委员会副主任陈裕清代表主任委员谷凤翔主持召开了三次会议，确定了各章要目及撰写人。1972 年各个章节的书稿完成之后，由尹雪曼负责审阅，由于较多文稿书写了辛亥革命之前的文艺史，时间不仅仅"六十年"，将其称为《中华民国六十年文艺史》并不合适，尹雪曼于是将其改为《中华民国文艺史》。该著属于献礼性质的集体创作，我们来看它的体例编排、民族主义文学理想、文艺思潮的选择和阐释。

一　体例编排

该著并不只是文学史，还包含了音乐、舞蹈、美术，所以名为"文艺史"。全书共分十二章，两篇附录：第一章"导论"由陈裕清执笔。第二章"文艺思潮与文艺批评"由刘心皇、赵滋蕃、玄默、周伯乃执笔，"前言"及"结论"由王集丛撰写。第三章"诗歌"由钟鼎文、钟雷、痖弦、成惕轩执笔。第四章"散文"由冯放民、林适存、孙如陵、洪炎秋、陆庆执笔。第五章是"小说"（不清楚执笔情形）。第六章至第八章"音乐"、"舞蹈"、"美术"由戴粹伦等十六人执笔。第九章"戏剧"由李曼瑰、俞大纲、邓绥宁、王鼎钧、丁衣执笔。第十章"电影"由唐学廉、唐绍华、黄宣威、钟雷执笔。第十一章"海外华侨文艺与国际文艺交流"由邢光祖、苏子、亚薇、黄思骋执笔。第十二章"文艺运动"及附录"台湾光复前的文艺概况"由陈纪滢、宋膺、刘枋、朱啸秋执笔。附录二大致书写的是中国大陆 1949 年之后的文学史，由蔡丹冶、玄默、王章陵、吴若执笔。①

整体来看，该书体例宏大，包含面广。有文艺思潮、运动，有各个文体论，还有文艺批评，例如第二章第十二节就专门论述中国台湾地区 1956 年之后"文艺批评的蓬勃发展"，它简介了张道藩、虞君质、葛贤宁、王平陵、王集丛、王梦鸥、赵友培、李辰冬、孙陵、程大城、刘心皇、孙旗、司徒卫、夏济安、谢康、覃子豪、魏子云、罗门、王尚义等人在这期间的文艺批评和文学研究。第二章第十四节就论述了"文艺批评

---

① 古远清：《几度飘零：大陆赴台文人沉浮录》，广西师范大学出版社 2010 年版，第 283 页。

工作的增进"，介绍了 1965 年、1966 年中国台湾地区的"文艺批评已进入一个更为蓬勃的年代；不但年轻一代的批评家人才辈出，而各出版社亦大量的推出有关文艺论评的书籍；加上政府的极力倡导和奖励文艺批评，一时蔚成蓬勃的风气"。[①] 该著将文学批评分为几类加以介绍，从事诗歌批评的有余光中、纪弦、周伯乃、张默、李英豪、叶维廉等人；从事散文批评的有季薇、梅逊；从事小品批评的有魏子云、蔡丹冶、王鼎钧、王孙草、沙仲夷、叶石涛、隐地等；而王梦鸥、姚一苇是着重于综合性的文艺理论的建立；后希铠、吴泳九等则对诗歌、散文、小说理论方面有独到见解。夏济安、夏志清兄弟及陈世骧、章江等都是从事英文写作或古典文学的评介，颜元叔、侯健、刘绍铭则是着重西洋文艺思潮的评介……在其他中国台湾学者编撰的中国现代文学史著作中，少有人介绍中国台湾的文学批评和文学研究，而该部文艺史如此详尽全面的介绍是一个例外。

　　该文艺史地域包含广泛，有中国大陆、中国台湾还有中国香港等地区。特别值得一提的是其在第十一章介绍了"海外华侨文艺与国际文艺交流"，重在以编年史的形式介绍了菲律宾华文文学 1934—1971 年的发展态势，资料详尽。对新加坡和马来西亚的华文文学也予以提及，而美国张爱玲、熊式一、陈香梅、聂华苓、於梨华等人的华文文学也予以列举，这注意到华文文学在海外的传播、发生与发展。其还以专门的小节书写"国际文艺交流"，介绍了和外国文艺人士的文艺交流，这样的章节设置和编年安排在中国现代文学史编撰史中应该是较早的了。但这样的文学史内容显然是该著书名所不能包含的，因为这些文学不在中华民国这一地域空间之内，而在当下朱寿桐等人编撰的《汉语新文学史》[②]，其是从汉语写作的角度出发来编撰海外华人文学，这就突破了空间地域的限制。

　　该著在附录（一）介绍"台省光复前的文艺概况"也是其他中国现代文学史少有介绍的。一般中国现代文学史介绍中国台湾文学史多从"五四"文学运动对中国台湾文学的影响谈起，该文艺史则依次分五节介绍了"民国初年新文学的萌芽"、"新文学作品的蓬勃发展"、"新文艺阵营的壮大"、"抗战时期文艺工作的挫折"、"台省文艺与全国文艺的合流"等，这就有了"民国文学史"的意味了。更难能可贵的是其书写了一般

　　① 尹雪曼：《中华民国文艺史》，正中书局 1975 年版，第 110 页。
　　② 朱寿桐：《汉语新文学通史》，广东人民出版社 2010 年版。

文学史很少书写的日据时期用日文写作的作家作品，注重到了中国台湾文学在文字转变时期的艰难过渡。

该著在附录（二）中介绍了大陆地区的当代文学史也是其他文学史没有做到的。例如周锦等人的文学史在介绍 1949 年之后的文学史之时，多只书写中国台湾文学史，而将大陆文学史予以遗忘，而该文艺史则以附录的形式书写出来。再加上其曾经书写过中国香港地区的文艺活动，可见他们并不因为处于中国台湾一隅就忘记了中国大陆、中国香港等广阔地域。而且其对大陆当时文艺斗争的书写，现在看来还很富有眼光。

当然其不足之处在体例中也有体现，例如第二章"文艺思潮与文艺批评"和第十二章"文艺运动"就有很多地方重复，不如将两章合为一章予以介绍，这样可以更加简洁。

二　民族主义文学标准

该文艺史非常强调中华民族的独立性和自主性。谷凤翔在序言中明显将民族主义放在非常重要的地位，认为这是整个现代中国文艺史的主线。[①] 这种民族主义立场还体现在该著以下几个方面。

首先，该著认为整个中国现代文学需要有中华民族自身的民族特色。谷凤翔认为："新文学运动虽然兴起了，到半个世纪后的今天，却仍然没有成功。新文学运动所以历数十年而没有成功，原因不在我国的作家不努力；而在于我们始终没有建立起一个以民族为本位的文艺理论体系。……因此，六十年来，在我国的文艺发展史上，民族主义思想只能在国家创建时，和国家民族遭遇危难时，风行一时；为作家们所服膺。当国家创立，危难过去，自由主义思想又重复抬头，各种各样的文艺思潮，再度蜂拥而至；争奇斗艳，各霸一时；不仅搞得我国文坛上乌烟瘴气，甚至由于少数帝国主义国家，别有用心，用文艺作幌子、作糖衣，输入一种危害我们民族国家的思想，来有计划的削弱我国的实力，颠覆我们的政府。说起来，往事历历，真叫人有不堪回首的寒栗！"[②]　"今天我国的文艺思想其所以'空虚迷乱'，自然是因为'中心无主'。其所以'中心无主'，是因为大家忽视了文艺的民族性与地域性；误以为文艺是没有国界的。其实，没有

---

① 尹雪曼：《中华民国文艺史·序言》，正中书局 1975 年版，第 3 页。
② 尹雪曼：《中华民国文艺史》，正中书局 1975 年版，第 4—5 页。

民族性和地域性的文艺作品，绝对无法成为伟大的、憾人心弦的文艺作品，是千古不变的真理。"① 正因为坚持民族主义的文艺观点，所以该著并不认为中国新文学完全学习西方就是正确的。这其中很多观点在葛贤宁和上官予撰写的《五十年来的中国诗歌》中就已经叙及。

其次，该著的民族主义立场体现在其并不认为中国传统文艺就不是现代文艺。很多中国现代文学史都不重视中国旧体诗词和传统戏曲，或者因为其不是白话文创作，或者认为其不是现代性文学，但是该文艺史著并不这样认为。在第三章诗歌中其上编是"新诗"，下编则是"旧诗"，并且下编分为三小节，依次是"开国时期"介绍了秋瑾、吴禄贞、于右任、黄节、叶楚伧、苏曼殊、张默君等人的旧诗；"抗战时期"介绍了汪辟疆、杨庶堪、曹纕蘅、曾克斋、王调甫、杨云史等人的旧诗；"复兴时期"介绍了林痴仙、林幼春、丘逢甲、庄太岳、林景仁、贾景德、陈含光、张昭芹、张维翰、梁寒操、李渔叔、成惕轩、周弃子、吴万谷等人的旧诗。可见除了第一个时期的旧诗在大部分文学史中都有记载之外，另外两个时期的旧诗和诗人我们都是很少见的。

同样的将新旧文学并立书写，也表现在第九章戏剧中，其上编就是"国剧"，下编则是"话剧"，俨然更重视国剧。该著在介绍国剧随时代而演变的线索时也分外清晰。上编第一节是"源流与革新"，依次是"国剧的源流"论说京剧的起源；"民国开元菊坛革新"叙述田纪云为提高伶人的地位、废除私寓制度东奔西走，成立"正乐育化会"，后改名"梨园公会"，这可说是最早的菊坛革新；"茶园、茶楼、新型舞台"则叙述了国剧演出场所及演出时间、男女观众的变化；"扮相及穿戴的变革"介绍了随时代变迁，国剧的扮相和穿戴都向着重视做派和表情发生变化，例如上海冯子和最早开始注重旦角的化装，梅兰芳开始将其带到北方，而老生的穿戴革新则以马连良为首；"时装戏、古装戏、连台本戏"中指出"平剧的服装是传统的。戏服除正反面之分，依故事情节、身份有所不同外，不论戏中情节属何时代，总穿同样的服装"。② 但梅兰芳开始注重变革，他试穿现代人的服装演"时装戏"，也穿古代人的衣服演"古装戏"，而"连台本戏"则是指连续剧集的演出；"由男女分演到男女合演"则说明

---

① 尹雪曼：《中华民国文艺史》，正中书局1975年版，第10—11页。
② 同上书，第679—680页。

由黄金荣倡导男女合演改变了男女演出不同台而一直分开演出的惯例；"唱片与广播"则叙述京剧初次通过唱片及广播的形式进行传播，使得其能够超越时空距离被更广大的受众所接受。可见，这一节非常详细论说了京剧演出从场地、剧本、扮相、演员、传播等等各个方面的变革，昭显了这是一个变革的时代，也是中国传统戏剧面临新的时代、西洋文艺形式传入之时的一种自我革新、自我拯救，之前文学史很少这样讲述。

除了第一节详细介绍了国剧源流和创新之外，第二节还从戏剧教育、旦行从配角走向兴起甚至压倒生行、"饮场与案目的废除"等方面予以详细介绍，还介绍了众多名伶。例如王瑶卿、余叔岩、周信芳、马连良、盖叫天、梅兰芳、程砚秋、荀慧生、尚小云等名角儿都得以入史。第二节"承先启后代有传人"还显示当时有影响的老生、武生、小生、乾旦、坤旦、老旦、净角、丑角，这就对国剧的重要演员予了清点，而之前的文学史书写国剧很少如此详细。第三节"多难时期的发展"则介绍了抗战时期的国剧，以及沦陷区的国剧，特别是第二、三、四节之后分别有"大事小记"之一、之二、之三，这就相当具体了。但其第五节认为大陆"十七年"国剧走向衰落，则没有论述"革命现代戏"在传统戏剧中的革新意义，这自然是其政治立场限制了他们的视域。

"戏剧"的下编"话剧"书写得也很有特色。其对剧作家作品都是以列举的方式介绍，这与大部分文学史差不多，但是其重视各个不同地区的剧运及剧社则很少有文学史著这样编排。该著介绍"五四"至 1930 年间的剧本有一共同特色，"即文辞优美，有长篇或诗化的对白；而内容大多深刻隽永，即使故事并不动人，对白仍能引起观众兴趣。此等剧本，除了可以供上演外，亦可供作阅读。在主题方面，大多侧重于社会问题，与灌输民主意识。很受西方文学的影响，但仍不失我国文学的传承"。[①] 而在"前期的话剧活动"中，"是以上海为主要地区；次要地区为杭州、北平、武汉、广州等地。"[②] 接着该著介绍了上海地区的上海戏剧协社、少年宣讲团、南国社、复旦剧社、太阳剧社、辛酉剧社、大道剧社、大夏剧社、光明剧社、摩登剧社、曙星剧社等；杭州地区则介绍了之江剧社、五月花剧社；平津地区介绍了北京大学、清华大学的专业性演出，北平艺专的实

---

① 尹雪曼：《中华民国文艺史》，正中书局 1975 年版，第 716 页。

② 同上。

验剧团；广东地区介绍了血花剧社、广东戏剧研究所，以及北伐中的话剧团等；介绍了武汉地区随着北伐的推进而迎来话剧发展；还介绍了中国台湾地区在日人窃据下的剧运，有台湾艺术研究会、星光演剧研究会、台北博爱协会、丽明演剧协会、鼎新社话剧团体、草屯炎峰青年会演剧团、彰成新剧社、新竹新光社、台湾演剧研究会、安平剧团、文化演艺会、台南文化剧团及台南共励会等等。可见分地区和以剧社剧团、代表性的作家作品来进行介绍，可展示特定时段话剧活动的整体面貌，再现历史真实图景，这样的体例在后面各节大都如是处理，但这样处理使得经典的剧本及演出没有凸显出来也是其缺失。

最后，民族主义立场表现在其并不以纯文学观念作为评判标准，而是依照中国实际情况秉持更宽泛的文学观念，注重中国现代文学的自身演进。该著重视中国现代文学中兴起的中国特色的杂文和报告文学，而不认为这两种文体不符合西方文学标准。该著认为"杂文是把诗与评论结合在一起。具有坚韧的面向现实的战斗性"[1]，而报告文学则不仅具有新闻报道的特质还有短篇小说的特征。所以该著认为1927—1936年间的散文创作就有两种态度："一是'远承晚明性灵小品'的作家，提倡'闲适'与'幽默'，抒发个人情感。一是用'杂文'和'报告文学'的方式，反映现实与批评现实，发生战斗作用的作品。当时，这两种作品，相映成趣，都有大量的读者。"[2] 正因为这样的散文主张，所以其在散文这种文体中介绍作家很多。

该文艺史对"礼拜六派"作家作品评价较为中肯，认为他们并不是全无可取，而是有着重要的历史意义："一是在当时的作家群里，像王钝根、包天笑、严独鹤、周瘦鹃、徐枕亚、李涵秋、毕倚虹、张丹斧、李定夷、吴双热、黄摩西、向恺然、程小青、和张恨水等人；在旧文学方面，均有相当的根基。他们在新文艺运动的前夕，竟能群起从事于一般士大夫所视为'小道'的'小说'；这一基本观念的转变，在我国小说发展史上，不能不算是一件难能可贵的事。二是其中如包笑天（包氏和林琴南一样，是一位不懂外文而译作颇多的作家，当时与他合作翻译的为毅汉）、周瘦鹃、黄摩西等人，为挽救当时林琴南辈以古文翻译外国小说的

---

① 尹雪曼：《中华民国文艺史》，正中书局1975年版，第343页。
② 同上书，第344页。

艰涩难懂，除了改以欧化式的白话文来从事于外国小说的大量译介外，对于外国小说的结构、对话、心理分析、和环境衬托诸端，亦于译介时特加注意。此在小说体式和写作技巧的改进上，不仅为旧小说增加了不少新气氛，且亦为新小说开拓了一条新道路。"① 这就较早重视了通俗文学在中国小说发展史上不可磨灭的贡献。

该文艺史的民族主义立场还体现在其并不以五四运动或辛亥革命为起点叙述，而是注重到中国文学自身的缓慢发展，从而导致既有传统继承又有外来影响的现代文学产生。该文学史尽管命名为《中华民国文艺史》，但在论述之时往往从中华民国建立之前予以论述。例如该著指出中国新诗运动在民国前即已经产生，19 世纪末叶，黄遵宪"即首倡我国诗歌的革新并予以实行"②，这样的评论在该文艺史中比较普遍，始终坚持自身民族性，这自然是其民族主义立场的体现。

三　国民党立场

该文艺史不论是编撰的发起还是经费的资助都与国民党有关，所以其自然带有国民党的立场，这表现在以下几方面。

首先，该著凸显了国民党文艺活动的线索。其对 1942 年张道藩在《文化先锋》创刊号上发表的《我们所需要的文艺政策》进行了详尽介绍，并指出当时有梁实秋、陈铨、易君左、王平陵、罗敦伟、赵友培、太虚法师、王梦鸥、常任侠、翁大草、王集丛、丁伯骝、夏贯中等人参与了这个文艺思潮的讨论。正是鉴于张道藩的这种文学主张，该部文艺史的作者们认为完全西方的写实主义也就是批判现实主义并不适合当时的中国，因为："写实主义者过分夸大社会的黑暗面，而抹杀了光明面，这是他们对社会的认识不够；且流于偏激的表现。文学除了表现社会的层面现象外，更重要的是要能深入整个社会的内部；了解它、表现它、批判它；然后使它改进、发展，使整个社会能靠文艺的力量而推进到富强康乐的境界。"③ 看到张道藩的文艺主张和该文艺史中对写实主义的分析，从字面上我们会觉得非常眼熟，要求文艺多揭发"敌对"势力的黑暗，提倡文

---

① 尹雪曼：《中华民国文艺史》，正中书局 1975 年版，第 429—430 页。
② 同上书，第 128 页。
③ 同上书，第 73 页。

学的理想性，为最终取得抗战的胜利，是所有政治力量的共同愿望。

该著书写了国民党在中国台湾的文艺政策。书写了 1950 年在中国台湾成立的"中国文艺协会"的经过、宗旨、宣言。介绍了自此之后成立的各个文艺协会，以及举办的文艺奖及作品奖助的公私机构：中华文艺奖金委员会、中山学术文化基金董事会、嘉新水泥公司文化基金董事会、教育部学术文艺奖、中国青年反共救国团青年文艺奖金、行政院新闻局国语影片金马奖、教育部文化局及改造出版社歌曲创作奖、中国文艺协会奖章、中国语文奖章、中国语文学术纪念章、金爵奖、金鼎奖等等。这些奖项的设立、宗旨，历年获奖人和作品名单都在该著中予以记载。其还专门用一小节记叙了国民党去台湾之后的"文艺政策与文艺机构"，国民党此时一系列的文艺政策得以记录，包含《民生主义社会文艺政策》、《展开反共文艺战斗工作实施方案》、《加强新闻文艺工作合作，以扩大文艺战斗功能，促进反攻大业案》、《当前文艺政策》等等。还介绍了 1965 年国民党在中国台湾的"国军第一届文艺大会"[1]、1967 年的《当前文艺政策》[2] 等等。这些文艺政策和文艺机构在一般中国现代文学史中很少予以介绍，这里予以详述，可补足这一缺失。

其次，该著重视为国民党树立正面形象的作家作品。一些国民党作家受到重视，特别是后来去中国台湾的作家在大陆文学史著中较少见到，这里多予以书写，例如王蓝、墨人、覃子豪等等。还有的曾经就是国民党军人，例如抗战时期的金军本名刘鼎汉，曾参加抗日，后来去中国台湾，历任国民党的高官，在大陆文学史中少有论及。但该著指出他"抗战时期曾率军转战于粤汉线，曾参加衡阳保卫战，长沙大会战等战役；不仅战功彪炳，勋绩彰著；且出版有诗集《碑》及《歌北方》。《碑》集写战争中战场上的各种生死铁血经历，悲歌慷慨，气势豪壮；虽大都是短篇，但是均富于史诗的内容。这是以诗人的心魄与笔力，写军人的精神与生活，最是珍贵的诗篇"。[3]

对于一些左翼文学家以及新中国成立后留在大陆的作家，由于政治立场的缘由，该著很少单独介绍，但会将一定时代中这些作家有利于抗战的

---

① 尹雪曼：《中华民国文艺史》，正中书局 1975 年版，第 104 页。
② 同上书，第 106 页。
③ 同上书，第 216 页。

作为和作品予以介绍。例如高兰、臧云远的朗诵诗，特别是臧云远，很少有文学史论及，该著指出他们二人："朗诵诗集的销路甚广。因为恢复了新诗的音乐性，而可朗朗上口的歌颂，于是新诗遂由平面进入立体；由视觉艺术进而为'听觉艺术'。新诗走出了书斋学店，走进了群众中间；使新诗披上了武装，成为抗敌的枪炮，服役于抗战。"① 老舍的《骆驼祥子》一向被视为其代表作，该著却很少提及，而是在诗歌中的"第五节　抗战期中的诗人"提到他的《剑北篇》，指出"诗句的明白晓畅，口语的通俗亲切，受大鼓词的影响和接近群众的表现法，是民间所熟悉的。其间描写国军可敬的士气，刻画民众强厚的力量，便是我们抗战必胜信心的泉源。尤其是对于山川风貌的颂赞，更能增强对国家民族的爱心"。② 又如卞之琳的《慰劳信集》是抗战初期所写的诗篇，该著认为该诗集中描写抗战，"大都是表现群众力量的团结与强大，固守岗位，埋头于争取胜利的工作情形"。③

　　最后，该著诬蔑中国共产党在解放前的文艺活动、对国民党曾经优待过作家的行为进行补充，以显示其对作家的宽容厚爱。例如1940年，国民党成立了"中央文化运动委员会"，简称"文运会"，张道藩任主任委员。这个委员会一方面为了照顾重庆部分杰出作家的生活，曾为他们预付稿费，支助他们以渡过生活难关。大部分作家如茅盾、胡风、冯雪峰、田汉、洪深、许广平、张友渔、韩幽桐、老舍、老向等二十多人，由张道藩"致送相当数目的固定稿费。其中只有茅盾一人规规矩矩地写了好几篇稿子，其余的人一个字也没有写过，只是每月拿钱"。④ 张道藩固然有不满情绪在其中，但这些人在1949年之后都留在了大陆，究竟是什么原因，他肯定有所思，只不过不愿提及罢了。该著还详细介绍了"文运会"的其他工作，很少见到其他文学史曾经书写过："一、协调教育部学术审议委员会，增设文学、音乐、美术等部门奖金"；"二、促成设置文艺奖助金管理委员会"；"三、创办'文艺先锋'月刊"；"四、筹办第三届全国美术展览会"；"五、建议教育部成立艺术文物考察团，赴西北地区作长时期深入的考察"；"六、成立青年写作指导委员会"。该著对那些在新中

---

① 尹雪曼：《中华民国文艺史》，正中书局1975年版，第201页。
② 同上。
③ 同上书，第203页。
④ 同上书，第947页。

国"十七年"曾受到批判的作家进行了同情，但也有着这些作家罪有应
得的心态。例如对于陈独秀的书写，该文学史重点不在于陈独秀"五四"
时期的文学主张，而大写特写其后的思想转变，以及在重庆的晚年生活；
又如对徐懋庸、冯雪峰、丁玲等人在新中国"十七年"中所受到的批判
予以详尽报道，其用意自然是明显的。

　　另外，该文学史没有统一的文学史分期，而是按照不同的文体按照各
自的发展予以文学史分期，但是种种不同之中大致有一个整体思路，那就
是"五四"前后，国民党统一全国时期，抗战时期和国民党去中国台湾
时期。这四个时期之中，重点强调国民党去中国台湾之后，也就意味着该
文学史撰写者认为国民党在中国台湾期间的文学、经济、政治都取得了新
的发展，这自然是国民党当时政治意图的贯彻实施。

　　该文学史带有政治色彩是它不必讳言的特点，其在较多文学史实上也
存有不少错误，例如将"洪深"书写为"洪琛"等等。但总的来说，笔
者认为其在体例上宏阔博大，反映了文艺史编撰者身处中国台湾而能放眼
华文世界的开阔视野；其在民族主义的基础上强调中华民族自身的文学、
文化传统现在看来仍不过时；其对国民党文艺政策机构、奖项、运动思潮
等方面的书写也仍有资料性价值。其在当时影响巨大，自有它独到原因，
特别是上述三个方面仍能弥久而闪光。

附录　尹雪曼的中国现代小说史

　　尹雪曼的《五四时代的小说作家与作品》①、《鼎盛时期的新小说》、
《抗战时期的现代小说》和《中国新文学史论》四部著作中前三部是小说
作家作品论，后一部是文学史论，这四部书联合起来看，大致可以看出尹
雪曼个人的小说史观念，这比其总编撰的《中华民国文艺史》更具有个
人特色，值得我们在这里来探究。

一　《五四时代的小说作家与作品》
　　尹雪曼的《五四时代的小说作家与作品》主要评论五四时期的小说
作家和作品，其论述框架大致有着小说史的规模。该著先介绍"五四"

---

① 尹雪曼：《五四时代的小说作家与作品》，成文出版社 1980 年版。

时期的小说理论，然后用"几篇特出的新小说"介绍了最早出现的白话小说："（一）陈衡哲《一日》"、"（二）鲁迅《狂人日记》"、"（三）朱执信《超儿》"。然后将鲁迅列为一个专章，标题是"由《呐喊》到《彷徨》"。接着按照"早期的乡土小说"评论鲁彦、许钦文、黎锦明、冯文炳四个作家的作品。以"长篇小说的试作"介绍了王统照的《一叶》和张闻天的《旅途》。"以人生为艺术的小说"介绍了叶圣陶、许地山、冰心、庐隐四个作家及作品。"为艺术而艺术的小说"则介绍了郭沫若、郁达夫、张资平、冯沅君四个作家及作品。最后在"其他的小说作家和作品"中介绍了汪敬熙、孙俍工、杨振声、陈衡哲、刘大杰等人及作品。这样的框架结构有理论、鲁迅大家、三个小说派别中代表作家，还有长篇小说和其他作家等几个板块结构，大致能将"五四"时期的小说概貌予以完整呈现，显示了尹雪曼对"五四"时期小说的宏观把握能力。尹雪曼的《五四时代的小说作家与作品》对作家作品的评价大多没有新意，因为在其之前已有较多文学史著得以出版，所以该书的评价似曾相识之处较多。但其对作家的选择还是能超越政党局限的，这与其任总编撰的《中华民国文艺史》大有不同。

首先，他对鲁迅予以高度重视。他认为《狂人日记》"所表现的不论题材、风格、思想，却都是崭新的面目。特别是在形式上，每节字数不等，长的有六七百字，短的却只有十多字；分行也很自由，几个字就可以独立成一行；而且标点符号的使用，已经非常灵活，这些，在以前的旧小说中，是不曾见到过的"。① 该书对于阿Q的卑怯性、精神胜利法、投机性、夸大性进行了分析，并对鲁迅作品的艺术特点进行了总结，认为"他的作品有根，有乡土特色"；"他的笔锋犀利、文字深刻"；"他的文字峭拔有力，但又简洁"；"他能创新，能在中国旧文学的基础上创新"。②

其次，尹雪曼高度评价了郭沫若、张闻天等人的文学成就。郭沫若、张闻天的政治选择导致很多中国台湾学者不予介绍，例如《中华民国文艺史》中，郭沫若的诗歌都没有提及，遑论张闻天，但是尹雪曼这里予以了重视。他指出郭沫若的《叶罗提之墓》"不论从思想方面或是艺术方面着眼，不要说它是写在五十多年之前，就是放在现在若干颇为新潮的青

---

①　尹雪曼：《五四时代的小说作家与作品》，成文出版社 1980 年版，第 42—43 页。

②　同上书，第 70—73 页。

年作家的作品中，也还是颇不示弱的"①，"郭沫若的小说，因为是'写自己'、'写历史的东西'，在平板的叙述中，时时流溢着一种热情的自白和空漠的幻想，因此，他的小说成就追不上他的新诗"。② 郭沫若本是诗人，而尹雪曼在这部评论"五四"时期的小说的著作中将其列在"为艺术而艺术的小说"这一派别中的首位，说明他正视了郭沫若的文学成就，而且对其诗歌也间接予以了肯定，补正了《中华民国文艺史》中的不足。

张闻天的长篇小说《旅途》很少有文学史论及，尹雪曼进行了辩证评价，指出这是长篇小说的尝试，必然有着缺点，"作者以正叙兼倒叙的方式夹杂着写，结构方面并不紧凑，时空的差距，使人有衔接不起来的感觉。又因为是初试创作，自我叙述的报道成分就多了，尤以中半部更甚。而情节上与三位小姐的相遇，安排着一连串的'巧合'，仍逃不出旧小说的传奇性，是以文学成就不高"。③ 但是认为也有优点："藉大自然洗濯心灵，启发心志；藉爱情故事，引发出对国家命运的扭转，对后代'长篇小说'创作而言，此作仍有抛砖引玉的功劳。"④

最后，该著的一些观点也让我们有所启发。例如其对朱执信的评价就不同一般，因为一般文学史中都会记载孙中山对新文学运动并不是特别支持，尹雪曼在这里替孙中山翻案，指出其不直接支持是因为当时处于革命低潮时期，孙中山为了联合各方面力量，所以不能排拒旧势力。朱执信是跟随孙中山从事政治理论建设的人员，其以实际行动在 1919 年发表新小说《超儿》支持了新文学运动。所以朱执信的这篇小说有几项重大意义："第一，表示了南方革命力量对新文学运动的支持"；"第二，是中国新文学运动的第一篇哲理小说"；"第三，是《建设》杂志所发表的惟一小说。（《建设》是孙中山先生当时的机关刊物，负责政治理论建设，由朱执信主编）"。⑤ 可见，尹雪曼的国民党立场还是很显明的，当然，这篇小说的确是很少有文学史注意。又如他对中国新文学借鉴外国的小说理论进行了正反评价，一方面认为这种借鉴有不可抹杀的作用，另一方面也对过分的欧化提出了批评，认为这"致使我们的小说缺少中国风味，缺少泥土气

---

① 尹雪曼：《五四时代的小说作家与作品》，成文出版社 1980 年版，第 173—174 页。

② 同上书，第 186 页。

③ 同上书，第 119—120 页。

④ 同上书，第 120 页。

⑤ 同上书，第 44 页。

息，甚至失了根"①，这都是不错的。

尹雪曼写作该书的时候是 1980 年，他并不认为"五四"时期的小说价值多高，他倒多处提到，当时的作品比较幼稚，例如他对陈衡哲的《一日》评价就不高。他还指出："无疑地，我们实在不需要迷恋过去，两项比较，很容易就可以看出，当代小说确是有着惊人的进步"②，"我们应该相信，五十年后的现代小说，确是有着惊人的进步"③，这一种文学进步观是后来很多文学史家没有的。

二　《鼎盛时期的新小说》

尹雪曼认为从北伐完成到抗战前夕，即 1928—1937 年，这个十年间可以说是"小说的时代"，也就是小说的鼎盛时期，所以他将这一时期的小说编写为《鼎盛时期的新小说》④，实际上就是我们现在所认为的现代文学的第二个十年。

该书以作家作品论为主，大致包含以下章节："老舍的幽默小说"、"叶绍钧与《倪焕之》"、"茅盾的《蚀》与《子夜》"、"巴金和他的《家》"、"张天翼的短篇小说"、"凌叔华的纯文学"、"施蛰存的心理描写"、"胡也频的才华"、"靳以的编和写"、"丁玲的反叛文学"、"女兵作家谢冰莹"、"沈从文的边远地区文学"、"蹇先艾的贵州地方文学"、"吴组缃的皖南农村文学"等。从上述章节可以看出，该书的作家选择还是颇具代表性的，首先是经典作家都予以选择，老舍、茅盾、巴金、沈从文都予以收录；其次重视到了地域文学中沈从文的湘西、艾芜的西南边地、蹇先艾的贵州、吴组缃的皖南；最后重视了女性文学，凌叔华、丁玲、谢冰莹等受到了褒奖。

由于该书借鉴他人的观点较多，又没有注明，很难确切知道哪些见解属于尹雪曼独创的。就笔者所知，其书写老舍有着"鼓吹国家民族的思想"、"主张人格教育"、"保守的婚姻观念"等特点，在苏雪林的文学史中就论及过。像这样的地方比较多，这里不一一列举。笔者只能根据自己对文学史研究有限的了解来列举该书有意味的部分。该书对叶绍钧《倪

---

① 尹雪曼：《五四时代的小说作家与作品》，成文出版社 1980 年版，第 4 页。
② 同上书，第 97 页。
③ 同上书，第 88 页。
④ 尹雪曼：《鼎盛时期的新小说》，成文出版社 1980 年版。

焕之》缺点的批评，颇有功力："在结构方面，《倪焕之》的前半部全是描写乡镇教育，后半部多是些情节松散的革命事件，在整体上发生了头重脚轻的毛病"①，"就故事的发展，就人物性格发展来论，《倪焕之》的前半部比后半部写得精密。在前半部我们看见的倪焕之是在定形的环境中活动；到了后半部，我们便觉得倪焕之只在一张彩色的布景前移动，常常要产生空浮的不很实在的印象。又在人物描写上，前半部的倪焕之，蒋冰如，金佩璋都是立体的人物，可是到了后半部，便连主人公倪焕之也成为平面的纸片一样的人物，只是匆匆地在布景前移动而已。因此，后半部故事的发展虽然紧凑，但反不及前半部那样能够给我们以深厚的印象"②。而其对《倪焕之》的文学史意义总结得也很有说服力：《倪焕之》"是在民国十七年一年间完成的，但故事情节的发展却是从'五四'前后到北伐，这种把一篇小说的时代安放在近十年的历史过程中，倪焕之算是第一部。而且有意识地要表示一个人———一个富有革命性的社会知识分子；怎样地受这十来年时代潮流的激荡，怎样地从乡村到都市，从埋头教育工作到从事社会运动，从自由主义到集团主义；这种有意识地表现一种时代现象、社会生活，《倪焕之》也不能不说是第一部"③。

该书对茅盾小说缺失的讨论也足以拓展我们的视野："第一，人物典型和个性不能平均发展"；"第二，他惯于制造一些漂亮有趣的词汇、术语、含有政治的色彩，却抹杀了文学作品本身的价值，致使他以后难有更好的文学成就"；"第三，对于男女的描写，有时候近于'色情'，这该是茅盾作品虽多，却写不出极高水准的最大原因"④。

该书也批评了巴金的写作技巧及行文的得失："在感情方面——任何人都会同情巴金在这部小说中所表现的沸腾的感情，以及不平的愤慨。但是却不同意他在作品中多言的倾吐；他几乎到处在找寻、在等候说话的机会，他为小说中的人物说了些他们不会说的话，想了些想不到的事。"⑤在语句言辞方面，"巴金的文字运用，没有一般过于欧化的毛病，他清楚、流畅、不别扭。故事中人物所说的话，大体也能适合他们那个时代。

① 尹雪曼：《鼎盛时期的新小说》，成文出版社 1980 年版，第 27 页。
② 同上书，第 28 页。
③ 同上书，第 30 页。
④ 同上书，第 45 页。
⑤ 同上书，第 62 页。

唯一的缺点是对话方面，大多数人物的说话都嫌缺少性格，说话大多用同样高低的声音，同样长短的语调，这大概是巴金长于叙述而短于描写的关系！又有些地方，人物的身份与说话的口气不大切合。"① "巴金的文章写得不够简洁生动，叙述一件平常事情，他也会唯恐读者不明白他的意思，一次两次以至无数次地抢着指明自己的意思，反覆地加以叙述或补足。这样的做法，常常是出力不讨好，很容易阻碍故事的进行，分散读者的注意力。其实，他所说的，读者大部分早已经知道了，何况把一切的话都说尽了，没有多留点空白给读者们去思索，去填写，去获得想象的快乐，造成一览无余，实在是很乏味的事。"②

该书对张天翼的短篇小说研究得比较透彻，占据的篇幅竟是该书的近四分之一，少有其他文学史家如此重视张天翼。而他对张天翼的批评也很是到位："张天翼在当时的青年作家里天才比较高，气魄比较大，对于社会的观察也较精细而深入，并且是多方面的。然而，我们读他作品的时候，常常会浮起一个感想，似乎他和他底人物之间隔着一个很远的距离，他指给读者看那个怎样这个怎样或者笑骂几句，或者赞美几句，但他自己却'超然物外'，无动于衷，好像那些人物和他毫无关系。在他看来，一切简单明了，各走着'必然'的路，他无须而且也不愿被拖在里面。他为自己找出了一个可以安坐的高台，由那儿坦然地眺望，他底工作只是说出'公平'的观感。"、"这是典型的小市民底天地。多难的社会动态不断地使他的观感不致落空，总是想着进步的方向前进，但他本身底特殊生活方式却经常地保持住他底心绪底宁静。这个距离使他不能够向他所要表现的人生作更深的突进。"③ 如果说这是批评了张天翼的创作心态和立场的话，尹雪曼还对张天翼的艺术技巧进行了批评，他认为张天翼作品中"第一，是人物个性的单纯"；"第二，是远离真实的夸大"；"第三，人物心理描写的直线化"。④

尹雪曼对上述作家的批评文字多一针见血，可见其文学功底深厚，而其揭示谢冰莹的成名也是一般文学史没有书写的。他说"《从军日记》是谢冰莹的成名作，然而她的著名并不全是由于作品的文学价值，而大半是

---

① 尹雪曼：《鼎盛时期的新小说》，成文出版社 1980 年版，第 63 页。
② 同上书，第 64 页。
③ 同上书，第 91 页。
④ 同上书，第 99—107 页。

由于政治机缘。当时的武汉政府为了要表示得到全民拥护——有女子，有作家都上来前线，因此藉题扩大宣传，以争取国际上的同情和支持。这一作品当时确实引起很大的注意，先后有英、法、俄、日的译文相继出版，而且上海文坛的左派作家更认为是'革命文学'的具体表现。"① 这就从时代背景来阐述了谢冰莹小说的文学史价值。

《鼎盛时期的新小说》以作家作品论为主，在大量转述别人的论述之时而没有标注，如果我们细心检测，仍能发现尹雪曼独到的批评文字，为我们评价某些作家作品提供了新的思考方式。

三　《抗战时期的现代小说》

尹雪曼的《抗战时期的现代小说》② 以抗战时期的作家作品论为主，包含"抗战时期的小说创作"、"靳以与《前夕》"、"巴金的《抗战三部曲》及其他"、"老舍的抗战小说"、"茅盾《腐蚀》抗战的小说"、"张天翼《速写三篇》"、"姚雪垠《差半车麦秸》"、"陈白尘的乡俚小说"、"师陀与他的《果园城记》"、"丰村的公式化小说"、"碧野充满了抗战热忱的小说"、"王西彦的梦境剖析"、"艾芜的乡土抗战小说"、"田涛的农家《沃土》"、"张秀亚的纤巧文字"等小节。这些作家作品的选择相对来说不具备代表性，没有照顾到国统区、沦陷区和解放区不同地域的代表作家，钱锺书、张爱玲等抗战时期有代表性的作家没有论及，而在巴金、老舍、茅盾等抗战时期的代表作没有论述，例如巴金的《寒夜》就没有重点分析。如果说要有亮点的话，那就是将一些很少入史的作家作品囊括入史了，例如陈白尘、丰村、碧野、王西彦、艾芜、田涛、张秀亚等，都是一般文学史很少详细介绍的，这里予以专门的章节来书写。特别是陈白尘，一般文学史只介绍其话剧创作，很少有文学史叙述其小说，这里予以"乡俚小说"的名义加以论述，也算是一种文学史的补遗。该书的主要内容在于作家作品论，而论述也只是对作品主要内容予以介绍，很少有规律性的总结，这使得该文学史的价值又再一次打了折扣。

尹雪曼的《五四时代的小说作家与作品》、《鼎盛时期的新小说》、《抗战时期的现代小说》三部文学评论集，水准渐次降低，前两部较为可

---

① 尹雪曼：《鼎盛时期的新小说》，成文出版社1980年版，第170页。
② 尹雪曼：《抗战时期的现代小说》，成文出版社1980年版。

观或许是因为这两个时期的文学史书写和评论写作相对成熟，其书写之时可资借鉴的研究成果较多，所以其在前人的基础上更进一步相对容易一些，而抗战时期的小说在中国台湾当时研究还不全面，资料还不丰厚，所以尹雪曼也只好以内容简介和文本细读为主了。

第七节　周锦自相矛盾的文学史编撰

周锦在 1976 年编撰了《中国新文学史》①，他在"自序"中说自己的长远计划是写出《中国新文学史》、《中国新文学重要作家》、《中国新文学重要作品》、《中国新文学重要资料》、《中国新文学作家作品索引》，另外还准备编写《当代作家剪影》与《当代文学作品评鉴》做辅助。这里的《中国新文学史》实际上只是他庞大计划的第一部。

在这部文学史著中，周锦一方面反对文学与政治挂钩，他认为："中国新文学虽然自文学革命后正式产生，而且经过很多人的理论建设，和努力创作，可是却没有能够顺利发展。阻碍中国新文学发展的原因，首先是国家多难，再就是社会不宁，尤其是知识分子对文学没有建立起正确观念，而政治野心家又常以文学作为斗争工具。在这样的环境中，如何能够使新文学迅速成长，乃至于健壮？"② 另一方面周锦的文学史写作恰恰体现了一种政治性立场，这使得其文学史编撰处于自相矛盾状况。这具体体现在其文学史分期与体例编排、历史资料的考证、经典作家作品的选择与阐释，以及自己的文学观点等方面。

一　文学史分期及体例的事与愿违

周锦文学史编撰的板块体系如下：

首先，在第一章"绪论"中，周锦对中国新文学的形貌、内涵、发展、遭受到的厄运以及文学史分期进行了全面概括，这个绪论基本上就奠定了该文学史的总体面貌。

他认为中国新文学的形貌是口语化，是国语的文学。因为"中国新文学，是要从实质上建设……并促成中国的现代化。因此摒弃了典雅艰深

① 周锦：《中国新文学史》，长歌出版社 1976 年版。
② 同上书，第 13—14 页。

的文语，力求接近大众的口语，俾使广大群众容易接受。国语的文学，成为中国新文学一致的形貌。"① 他认为中国新文学的内涵是战斗的、民族的、思想的、社会的、时代的、美善的、生活性、艺术性、感染性和真实性。说了这么多，实际上他还是没有点出中国新文学的特质，因为这实际上是大部分文学的共有特征，而不是中国新文学的独有特点。而在"中国新文学的厄运"中，他认为中国新文学受到一再打击而不能很好发展就在于四大原因，即"革命文学"、"左联把持"、"政治侵入"、"社会畸形"。这就明显将左翼色彩的文学视为对立面，将其作为中国新文学不能获取更大成就的罪魁祸首。正因为对中国新文学中左翼文学的否定，使得其对中国新文学的总体成就评价并不高，而认为其一再遭受厄运，受到打击。

周锦将中国新文学史分为四个时期，这四个时期分别对应不同的政治时期：第一个时期是 1917 年至 1928 年底，被称为新文学的"初创期"，在政治上则被称为"北洋政府时期"；第二个时期是 1928 年至 1937 年淞沪战争发生，这一时期被称为新文学的"成长期"，在政治上为"国民政府时期"或"全国统一时期"；第三个时期是 1938 年至 1949 年，在文学上被称为新文学的"混乱期"，在政治上称为"抗战及复员时期"；第四个时期是 1949 年至周锦完成此文学史时期，他认为这时期是新文学的"净化和复兴时期"，在政治上被称为"反共复国"时期。这样的文学史分期明显是以政治史为轴心进行划分的，每一个文学时期都与相应的政治主题相呼应，而不是从文学自身发展的角度进行文学史分期。这种文学史编撰的意图自然是政治化的，也使得其对 1949 年之前的文学评价不高。

其次，该文学史按照自然时序进行文学史分期，并将每一个时期予以章节安排，这是该文学史的主体部分。第二章就是"中国新文学运动史"，这个标题给人感觉应该是描述整个中国新文学的运动历程，但实际上他只是依次以小节的形式介绍 1917 年之前爆发的文学革命的成因、环境、号角、宣言、响应、方案、逆流、影响、花朵。从第三章到第六章则分别介绍中国新文学的四个时期。每个时期大致是按照政治、社团、杂志期刊、小说、诗歌、散文、戏剧的顺序进行介绍。例如初创期依次的小节是"新文学初期的政治情况"、"新文学初期的文学社团"、"新文学初期

---

① 周锦：《中国新文学史》，长歌出版社 1976 年版，第 4 页。

的文学刊物"、"新文学初期的文学主张"、"新文学初期的诗歌讨论"、
"新文学初期的诗歌创作"、"新文学初期的小说讨论"、"新文学初期的小
说创作"、"新文学初期的戏剧"、"新文学初期的散文"十个小节。具体
来说,有的章节里面也有细微不同,例如第四期书写的是 1949 年之后的
中国台湾文学,其每个小节是"新文学第四期的政治情况"、"新文学第
四期的台北文坛"、"新文学第四期的文学社团"、"新文学第四期的文学
杂志"、"新文学第四期的报纸副刊"、"新文学第四期的文学教育"、"新
文学第四期的文学思潮"、"新文学第四期的特出作家"、"新文学第四期
的特出作品"、"新文学第四期的未来展望"等十一个小节。

从章节安排来看,该文学史每个章节之先都是介绍该时期的政治情
况,有时直接编写每年每月发生的重要政治事件,这就书写了中国现代史
的发展历程。这样编写在大陆文学史中也曾有过,其最大弊病在于,没有
书写这些政治事件如何影响了作家心态,从而在作品中呈现何种特点。也
就是说将政治情况的介绍与作家作品没有有机结合起来,而是各说各话,
互不干涉的两条独立线索,那么这样的政治史编写自然是多余的,也是可
憎的。

最后,该文学史还有两个章节是第七章"中国新文学大事记"和第
八章"中国新文学重要论文",这是以资料编写的方式将整个中国新文学
的历史客观标注出来,可以使得读者查找资料,显示了其力图做到资料翔
实、真实的主观意图。除了最后这两章历史资料之外,该文学史在每个章
节论述之时,为了让读者关注到相关历史资料,也会附录相应的论文材
料。例如在介绍第二个时期的文学社团之时就附录了《〈新月〉的态度》。
而在同一时期的文艺论争这一节中,围绕"革命文学"问题则附录了成
仿吾的《从文学革命到革命文学》和梁实秋的《文学与革命》;围绕"文
艺自由"问题则附录了胡秋原的《艺术非至下》、苏汶的《"第三种人"
的出路》、鲁迅的《论"第三种人"》;围绕"两个口号"问题则附录了
《中国文艺家协会组织缘起》、《中国文艺家协会成立宣言》、《中国文艺工
作者宣言》、《文艺界同人为团结御侮与言论自由宣言》,还有周扬的《关
于国防文学》和胡风的《人民大众向文学要求甚么》。这些文章固然可以
使得读者能够读取相关资料,但整个文学史由此也变得臃肿累赘也是必
然的。

周锦一面在文学史编撰之时批评政治对文学的利用,另一面自己在文

学史分期和文学史体例编排上仍然是以政治史作为主要依据，并使文学史分期与政治史相对应，这说明周锦反对的不是文学干预政治，而是反对文学宣传左翼政治，而他自己恰恰是站在国民党的立场书写文学史，这也体现在他对作家作品的选择和阐释上。

二　为国民党服务

周锦并不是认为文学不应反映政治，恰恰其认为文学应该反映政治，只不过应该宣传国民党的政治，而且他常常为其宣传得不到位，执行得不彻底而痛心疾首，一种哀其不幸、怒其不争的情感始终萦绕在该文学史之中。周锦这种为国民党服务的政治立场对于文学史撰写有利也有弊，利在将一般文学史很少写入的现代文学时期的国民党文学予以了介绍，而弊在过于突出国民党的文学，无形中贬低了左翼文学的文学史地位。

周锦的这种立场将曾忽视的历史予以了还原。例如在书写"新文学运动的成因"之时，其举出了多方面原因，包含"文学本身的演进"、"宗教的传入"、"维新的变法"、"科举的废除"、"西洋文化的输入"、"留洋学生的派遣"、"报章杂志的盛兴"、"民国的成立"、"国语统一运动给予依附"、"五四运动给予冲击"等等。这其中的多方面原因，熟悉中国现代文学史的读者大多很熟悉，但有几条一般的中国现代文学史都没有提及。例如在"宗教的传入"中周锦指出，中国是很多热心宗教的传教士的热土，由于"传教对象是广大的社会群众，所以经典的翻译多是明白浅显，而成了白话文的先驱。至于佛经里的偈语，对中国旧诗来说，近于打油体，但对于白话诗来说，确是极其精炼的表现。而基督教的唱诗，更直接引导了白话诗的创作路线。各种宗教的传入，对于中国文化和社会人心，究竟有过多大的影响，虽然见仁见智，但是对于新文学运动所提供的帮助，是应该可以确定的"。[①] 这种从宗教语言的引入来阐释白话诗的变革，一般文学史中的确少见。又如其认为民国的建立对于新文学运动的影响，在一般中国现代文学史中也很少涉及。[②] 其从国民党的立场上考虑到国家国体的改变对文学运动的巨大影响，在当下许多文学史家倡导的"民国文学史"概念中，有同样的考虑。所以说周锦的文学史立场，

---

① 周锦：《中国新文学史》，长歌出版社 1976 年版，第 32 页。
② 同上书，第 35 页。

也让我们看见了历史的另一侧面。

　　周锦的政治立场使得其凸显了部分国民党作家。例如在第二个时期的小说创作中，其介绍了绿漪，也就是苏雪林。尽管苏雪林早在 20 世纪二三十年代，就与冰心、丁玲、冯沅君、凌叔华并称"中国五大女作家"，但她一方面以反鲁迅为名，另一方面在 1949 年之后就去了中国台湾，而对大陆政治有很多攻击。所以在大陆的现代文学史中很少给其以篇幅。直至 21 世纪之后，其以百岁高龄逝世，引起两岸三地的剧烈反响，大陆学界才掀起了一个不大不小的苏雪林热。另一个作家就是孙陵。这个作家一直是国民党文学的代表，1949 年之后在中国台湾倡导"反共文学"，所以在周锦的这部文学史中，对其给予了相当大的篇幅。而在第三期的诗歌创作中，除了介绍孙陵之外，还包含王亚平、覃子豪、葛贤宁、陈纪滢、韩北屏、刘心皇、墨人等；而在同期的小说创作中除了陈纪滢、孙陵之外，还介绍了田涛、王蓝、尹雪曼、程造之等人物。这些作家或者因为政治立场不被大陆现代文学史所记载，或者因为其 1949 年之后成为中国台湾文坛的健将，所以周锦在他的文学史中就将他们予以收录。但当时紧跟国民党的作家大家很少，出成果的作家并不是很多，这不免让周锦遗憾，也枉费了他这一番心血。

　　周锦的政治立场也体现其对国民党文艺政策予以了检讨。国民党在大陆政治军事上的失败，导致其远遁中国台湾一隅，使得无数国民党人士"痛心不已"，他们自然会检讨梳理国民党在大陆时期文艺政策的缺失。一般文学史会用少量篇幅介绍 1930 年国民党宣传部门出于对抗"左联"的成立，组织王平陵、黄震遐等发动的"民族主义文艺运动"，并简介作品《黄人之血》、《国门之路》等。但周锦的这部文学史不仅在"新文学第二期的文学社团"中附录了《民族主义文艺运动宣言》，而且在"新文学第三期的文学思潮"中书写了张道藩的《我们所需要的文艺政策》，并高度评价"这一文献在中国新文学史上具有极重要的地位"①，而在"新文学第四期的文学思潮"中则对国民党的文艺政策介绍附录得更多。这样一来，国民党的文艺政策在该部文学史中有了一个历史的线索，这有利于补正曾被一般文学史被忽视的一面。

　　周锦还对国民党所组织的文艺活动予以了书写。例如在抗战时期，国

---

① 　周锦：《中国新文学史》，长歌出版社 1976 年版，第 553 页。

民党组织了很多戏剧队到处进行宣传活动，该文学史就书写得比较详细。不仅书写了"救亡演剧队"，还介绍了"抗敌演剧队"、"巡回教育演剧队"，不仅介绍了这些演剧队的人员组成，而且将他们大致的活动路线和后来结局都进行了简单说明，而在剧团上还介绍了"教导剧团"和"中央青年剧社"。

周锦极力想扩大国民党文学贡献其弊端也很明显。因为历史事实是左翼文学成就是整个中国新文学史的主体，其成就和影响远比国民党文学大得多，即使在周锦的这部文学史中，我们也会发现还是中国共产党领导的文艺运动的成就大于国民党的成就，只不过周锦没有格外说明。但由于自己的政治立场，周锦又不得不对左翼文学的文学史地位予以否定，甚至给以极大的污蔑，这正是其自相矛盾之处。① 这是其政治上的趋向决定了其价值判断，影响了其文学史书写的客观立场。

政治立场和历史真实之间的平衡术很难掌握到位，更多时候周锦会偏向自己的政治立场而歪曲历史真实。例如孙陵这个作家，本是名不见经传的作家。但是周锦将他的文学史地位提得相当之高，其首先在"新文学第二期的小说创作"中对其进行重点介绍，之后还在"新文学第三期的诗歌创作"、"新文学第三期的小说创作"、"新文学第三期的散文创作"中介绍他的诗歌、小说、散文，后又在"新文学第四期的文学思潮"中介绍他的文艺思想，附录了他的《文艺工作者底当前任务》，还在"新文学第四期的特出作家"中介绍了他，最后在"新文学第四期的特出作品"中重点分析了他的长篇小说《觉醒的人》。这样一来，孙陵成了该部文学史出现频率最高的作家，远远高出鲁迅、郭沫若、茅盾、巴金、老舍、曹禺、沈从文等人，这与他真实的文学史地位是不相称的。孙陵能够获得如此之高的文学史地位，自然与他得到国民党的赏识有很大关系，周锦这样做就是从政治角度出发违背了历史真实。

周锦还会因为政治立场对一些作家进行歪曲污蔑、为执政者的野蛮辩护，那就不简单是历史立场问题，而是关联到史家良心、人格操守了。例如周锦评价国民党对左联五烈士的处置，他认为："关于柔石等五名作家的被捕事件，国民政府的做法是很正确的，这些人的被捕，不因为是作家，也不因为写了甚么样反政府的文章，而是由于他们是真正的共产党，

---

① 周锦：《中国新文学史》，长歌出版社 1976 年版，第 17 页。

而且是发展组织的干部。"① 不管柔石等人是以什么样的罪名被杀害，但是就杀害这一行动本身，什么样的名义都是苍白的。不仅如此，周锦还对鲁迅进行了攻击。他认为日本对新文学第二期时的上海文坛处心积虑，是下了一番大功夫的，"最恶劣的一件事，莫过于操纵鲁迅，而鲁迅到死也不知道被那个日本人利用了将近十年"。② 接下来，他"推理"了鲁迅是怎么被日本人"利用"的。③ 周锦还站在蒋氏家族的立场上对李宗仁也不放过，认为"台儿庄大捷，是孙连仲、汤恩伯两个军团浴血苦战的成果。但在一些文人的曲意描绘之后，李宗仁却成了这一仗的大英雄"。④ 如此一看，周锦因为政治立场而丧失了一个文学史家求真求证的客观立场，甚为可惜。

三　经典作家作品的文学史价值和意义欠缺定位

周锦的文学史不仅在体例编排、文学史分期以及作家选择方面存在政治性的歧视和有意的混淆视听，而且在经典作品的选择和阐释方面也不能让后来的读者满意。真正的文学史家总能坚持自己的文学标准，选取真正的文学史经典文本，并对其卓越之处以读者文学性的引导，周锦在这方面实在是贡献菲薄，令人遗憾。

首先，我们看其在作家选择上，并没有突出重点，只是一一列举，类似有人讽刺的"录鬼簿"。在初期的诗歌创作中他依次介绍了胡适、沈尹默、刘半农、刘大白、沈玄庐、傅斯年、周作人、朱自清、康白情、俞平伯、汪静之、谢冰心、宗白华、徐玉诺、梁宗岱、王统照、郭沫若、蒋光慈、徐志摩、闻一多、朱湘、李金发、穆木天、于庚虞、焦菊隐等人，然后在"其他"中书写了陆志韦、徐雉、滕固、鲁迅、章衣萍、冯乃超等出版过诗集这些事实，但根本就不评价。而在初期的小说创作中，他也是同样编排，依次简略地介绍了鲁迅、汪敬熙、杨振声、叶绍钧、冰心、落花生、王统照、庐隐、孙俍工、张闻天、郭沫若、郁达夫、张资平、周全平、倪贻德、冯沅君、蒋光慈、许钦文、王鲁彦、冯文炳、黎锦明、刘大杰之外，然后再在"其他"中将骞先艾、卢冀野、沈从文、赵景深、李

---

① 周锦：《中国新文学史》，长歌出版社 1976 年版，第 314 页。
② 同上书，第 315 页。
③ 同上。
④ 同上书，第 546 页。

健吾、向培良、罗黑芷、叶灵凤、许杰、金满城、沈松泉、台静农、彭家煌、敬隐渔、楼敬南、滕固、顾一樵、沈雁冰、洪灵菲、老舍、谢冰莹、孙席珍、叶鼎洛等等予以点名。可见在作家选择方面周锦的编排重在列举，而欠缺在流派、题材、社团上寻找作家们的共同性，他只是将此时段的作家列举了就完事，这无疑是一种偷懒的做法。而且各个作家篇幅上都比较简略，没有区分大家和一般作家之间的区别，导致重点不突出，这样该部文学史中经典大家的重要性没有凸显。

其次，周锦也意识到要总结一个时段的文学规律，于是他在每个小节之后对该节内容总结规律，其中也不乏创新。例如在"新文学初期的文学社团"中，他介绍了系列文学社团之后，就进行了如下总结：

（一）最初的团体，只是和旧文学对垒的结合。

（二）创造社独树一帜。

（三）以现代评论社为起点，教授们的京派文人，渐成为强有力的文学集团。

（四）以鲁迅为首的文学宗派渐次形成。

（五）文学研究会虽然组织庞大，人员众多，但是缺少战斗性，在当时的中国新文坛影响不大。

（六）北洋政府的政治纷乱，助长了新文学团体的活动，和新文学的发展。

（七）因为奉军控制北平，以及国民革命军准备北伐，中国新文学的重心开始由北平南移。其中激进分子多往广州直接参加国民革命，一般文人则前往上海，藉租界的保护取观望态度。

（八）这一时期，国民党全力准备北伐，因此疏忽了文学活动；共产党则大力发展，于文学团体加以渗透。不过，具有影响力的真正文人，这一时期绝没有参加共产党的。①

可见，周锦对初期文学社团的大致情形有了个勾勒，特别是在介绍完重要的文学社团之后，进行这样的总结，也不失为一种颇为有效的文学史规律的总结。又如在"新文学初期的文学刊物"中，他也是先介绍完重

---

① 周锦：《中国新文学史》，长歌出版社1976年版，第137—138页。

要文学期刊后，然后对此一时期的文学期刊进行了如下总结：

（一）大作家总得自己办刊物。

（二）刊物的创办都是为了"人"的原因，很少是为了某种作品。即使有，也办不长久。

（三）刊物都没有培养作家的功能。

（四）这个时期的作家，都是自生自灭，刊物顶多提供了发表作品的园地，对作家别无贡献，且多半没有稿费。

（五）刊物的壁垒分明，门户之见很深，阻碍了新文学的进步和发展。

（六）文人自己办刊物，愈办愈穷，而且过度消耗精力。相对的，脾气也越来越不好。

（七）报纸副刊不如定期刊物的作用大，因为报老板多有自己的政治背景，顾虑多。

（八）真正的文学刊物受到社会重视，销路多是很好。①

周锦对新文学初期的文学社团、文学刊物进行上述规律性的总结是很少有文学史著这样做的。在小说、诗歌、散文和戏剧的编写中，他也有类似的总结。例如其对初期的诗歌创作就进行了总结：

（一）这一时期的新诗成就，比较其他方面要大些。

（二）勉强加以分类，可以区别为：甲、自由创作的小诗；乙、格律诗；丙、象征诗；丁、郭沫若的口号诗。

（三）自由创作的小诗，将永远绵延着为诗人所喜爱。

（四）格律诗不是多数人的能力所可以写得好的，而且所要遵循的规律，也没有旧诗那么样地规定得清楚，所以后来的发展不大。

（五）象征诗因为容易流于浮浅，人们不很重视，但是可以掩饰自己的不通而唬别人以不懂，后来仍旧有人继续这样地写。

（六）口号诗除了表示狂热的情感外，别无长处，应该不会怎样发展；但是中国一直处于战乱中，民生疾苦，这样的诗反而在后来大

_____

① 周锦：《中国新文学史》，长歌出版社 1976 年版，第 160 页。

行其道，这绝不是正常情形。

（七）这一时期的新诗作品，有很多字句生硬，声调不和谐，组织紊乱的现象。有的失之肤浅，有的失之隐晦，也有的失之生硬，我们应该谅解，那是在新诗试验期的现象，绝不能以前人是这样做的，而作为一种模式。

（八）这个时期的新诗内容，以抒情诗为最多，叙事诗很少，社会诗更少。①

周锦对初期诗歌创作的总结，有着自己独到的认识，特别是将诗歌分为四类，这是朱自清在《中国新文学大系》中所说的格律诗、自由诗、象征诗外特别区分出以郭沫若的诗歌为代表的口号诗来，这与对郭沫若的政治立场和诗歌创作的不认同有很大关系。而对于初创期的小说和戏剧，周锦都进行了总结。因为这样的总结的确在其他文学史中很少见，这算是周锦这部文学史中最大的一个优点，不妨在此详细转引出来，让大家对其有个真切的认识。他认为初期的小说具有以下这些特征：

（一）这一时期的小说，以短篇为主，长篇还在摸索阶段。

（二）这时期的小说，以作者自叙式的最多。

（三）这一时期的小说，除蒋光慈外，绝无共产党的思想意识。

（四）这时期的小说作品，间有反抗的和讽刺的表现，那完全是针对着当时北洋政府的腐败政治和军阀的割据，以及对旧社会的不满。

（五）……

（六）由于当时执政的北洋政府和军阀们，根本不顾国家前途和民生疾苦，思想敏锐的作家们，总以站在反对立场为荣。如果被认为对当政者有所同情，将是奇耻大辱，这种情况一直支配着后来的中国文坛，造成了很不正常的现象。

（七）这一时期的小说技巧还很幼稚，短篇仍有旧小说——传奇的影子，长篇根本还不具形态，如张闻天的《旅途》，很可以不算它是小说。

---

① 周锦：《中国新文学史》，长歌出版社 1976 年版，第 242 页。

（八）这一时期的小说内涵，多表现了传统的人道主义，文学研究会"为人生而艺术"的作品，固然是这样的；创造社"为艺术而艺术"的作品，也还是像汉赋一样地，留着一条说教的尾巴，只是技术高明了些。

（九）由于新文学作品不多，而好些大中学校新派的国文教师极须教材，因此只要稍微像样些的作品均为选用，这是一股很大的鼓励力量。①

这里对初期小说规律的总结，的确有其闪光之处，其对新文学初期的小说成就并没有高估。特别是第九条应该给我们的启示更大，因为很多文学史在编写"五四"文学作品之时，对于前人多夸赞的作品继续保持无保留的称颂，而忘记了这些文学作品当时成为经典还有时势的需要。而在当下来看，有的文学作品可能价值并没有我们所书写的那样巨大。这里再来看其对初期戏剧创作的规律性总结：

（一）由旧剧转入新戏剧的人材，有丰富的舞台经验，但缺少新的意境，写成的剧本文学成就不大。

（二）由具有文学修养的人所写成的剧本，舞台效果不好。

（三）历史剧有似故事新编，固然开辟了创作途径，但必须有思想、有见解，而又有创作天才的人才能从事，因为这比单纯的创作更难。

（四）多为话剧，常为了演出效果，容易流于浅俗。

（五）诗剧的创作很少，很难表现中国的特有风格和民族精神。

（六）戏剧的趣味性和浪漫主义较浓，似不宜与小说作同一标准的要求。

（七）这一时期的戏剧，虽属萌芽，但也已经算得上有成就了。

（八）这一时期的旧式人物仍迷恋着平剧，对新戏剧的发展颇有妨碍。

（九）历史剧的创作给新戏剧带来了厄运，人们总认为是现成题材，好歹都可以编得出来，因此缺少创意的，炒冷饭的作品也就充

①　周锦：《中国新文学史》，长歌出版社 1976 年版，第 265—266 页。

斥了。

（十）从量的方面观察，真正文人的作品多出了剧人的作品。①

又如其对第二期的戏剧创作的总结，也不同一般：

（一）渐渐受到电影的影响，在写作技巧上更上一层。

（二）由于小说的兴盛，在内容方面给予戏剧的启示很大。

（三）戏剧不如小说容易看到成就，剧作家多有改向小说创作的。

（四）多重视"戏"的效果和观众的群众性与平民化，结果作品的文学成分反而少了。

（五）"九一八"和"一二八"之后，民族觉醒的，反帝国主义的作品渐渐多了起来。②

这里细细抄录周锦对杂志、社团、小说、诗歌、戏剧等规律性的总结性文字，无非说明周锦也在寻找文学史规律力求避免自己只是简略介绍。但这些规律瑕瑜互见，有的时候甚至较为啰唆、毫无必要，有的时候并没有将这一特点贯彻始终，而在篇幅上也太过简略，不是结合作家作品进行论述。所以导致其文学史总体上还是处于简单列举资料的境界。列举一个时期的作家作品乃是文学史编撰最基础的东西，但重要的是在列举中寻找到共性和个性，由此才能标明一个时代的文学主题与时代风尚，也才能在这个时代文学潮流中显现出特定作家作品的特定文学史意义和文学史地位。单单在最终列举几条规律性的认识，就与前述的列举呈现为相互脱节的处境，这样具体个案在整个宏观历史中的地位和意义却不甚明了，而规律性的总结也就显得说服力不强，逻辑性不够。

最后，周锦的文学赏鉴还比较中庸，看不出他独到的文学品位，更多来自综合权衡后的妥协，其基本上是论述为主，少文本细读分析，给人感觉太过笼统，骨多于肉。如他高度评价了鲁迅"初期的创作小说不只是

---

① 周锦：《中国新文学史》，长歌出版社 1976 年版，第 295—296 页。

② 同上书，第 472 页。

空前，直到现在也还没有人能在水准上加以突破"①，《狂人日记》"这篇
小说无情地批判了旧社会——一个吃人的社会。作者以讽刺的犀利笔触，
刻画出那个社会的现象，但不只是讽刺或是揭过去的恶疮，最后乃以
'救救孩子'结束，是他确认了教育的功能，并表现了改造社会的伟大抱
负"②。接着他评价："《阿Q正传》是一篇非常成功的作品，把辛亥革命
前后那个时代破旧社会的没落相刻画了出来，至于假洋鬼子，伪装革命的
投机分子，以及自我陶醉的精神胜利法，也都是活生生的现实写照，感人
深远，影响很大。有人把这篇小说誉为'唐吉诃德'，那是不够深入的看
法，因为《阿Q正传》所代表的是当时那个社会的普遍现象，是那个古
老民族的通病，其社会性、民族性不是其他小说所能相比的。"③　周锦认
识到了《狂人日记》，特别是《阿Q正传》的文学史意义，对于《野
草》、《朝花夕拾》周锦也给予了较高评价，但只是提到而已。

　　对于郁达夫，周锦的评论比较保守。他说："郁达夫，被看成颓废的
作家，作品中表现了青年的病态心理，对于青年读者有很大的影响。……
由于作品中一些不健康的倾向，曾引起文坛极大的纷争。的确，还没有一
个作家那么大胆地自我暴露，把些见不得人的事，一般认为失面子的事，
赤裸裸地写了出来。"④　周锦也指出郁达夫"他的伤感和颓废，是种悲愤
激越情绪的摧抑，他有个人的苦闷，有国家不如人的苦闷"。⑤　他对于郁
达夫后来的作品就很少介绍了，包括其《迟桂花》。

　　在诗歌方面，对于郭沫若、蒋光慈等政治意识强烈的诗歌，周锦并不
赞同。他说："郭沫若，深受歌德和雪莱作品的影响，在他的诗里，含着
沸腾的热血，炸弹样的情绪。他处于反抗之中，对现实世界，对社会大
众，常表示不满，也总是一副悲愤填膺的样子。他大声疾呼地写下了无数
沉痛的诗句，仿佛是希望使很多人的迷梦能够觉醒，可是把做诗变成了喊
口号，总是缺少了诗的情调和诗的味道。"⑥　他总的评价郭沫若："实在没
有什么好，只是运用了一些新名词，但显得不伦不类；再就是创造了新的

---

　　①　周锦：《中国新文学史》，长歌出版社1976年版，第250页。
　　②　同上书，第249页。
　　③　同上书，第250页。
　　④　同上书，第257页。
　　⑤　同上书，第258页。
　　⑥　同上书，第229页。

语法和句法，但是冗长得有些累赘。不过，他的求变，对那个时代的青年确是发生了不少影响。"① 相比而言，周锦更认可徐志摩的诗歌，评价他"是要用欧化的白话语法，加上中国文字特有的声韵美来写诗，实在是新诗创作中一种大胆的尝试。他的诗，有高亢的浪漫情调，有轻烟似的感伤，更有完整的形式和铿锵的音节。他那横溢的天才，那丰富的想象和诗人的纯真，作品中随处都可以见到。"② "但是，经不起触摸，如果向深一层探视，则显得空洞洞；对于社会疾苦，人间悲欢，乃至国计民生，在他的作品里都很难找到影像。写新诗的徐志摩，正如填词的周美成，从唯美的角度来看，确是有着不朽的成就。"③ 冯至的诗歌，在很多文学史著中都被评为艺术价值很高的作品，但是周锦认为他的诗"给人的印象是模糊不清楚，而且也缺少中国风味"。④

周锦对于左翼作家作品常持贬斥态度，但有时又不得不承认这些作家作品的艺术性，这使得他的作品鉴赏往往呈现矛盾状态。例如，他认为在"中国新文学第二期，茅盾的小说创作，当以三部曲的评价为最高。这不只是引发了够水平的长篇创作，而是这一作品所具有的时代性，也是不容抹杀的"。⑤ 这里周锦称赞的是茅盾的《蚀》，而《子夜》他并不看好，认为："这样的一部政治小说，对当时的社会确是发生过很大影响，但文坛的反应并不好，一是文人不该有太浓厚的政治色彩，二是这部作品的创作过程为识者所不齿。"⑥ 周锦这里一方面说《子夜》的影响大，另一方面又说文坛反响不好，并攻击《子夜》是集体创作，这就污蔑了茅盾的人格，周锦的政治立场压倒了文学史家的良心。

这种左右摇摆不定，典型地反映了周锦的不平衡心态。他批评左翼人士利用文学实施政治，实际上是对国民党在现代文学三十年期间不能很好利用、发展文艺很失望，而对于左翼文学的成就不甘心罢了。又如他认为："臧克家，是一个纯粹的中国诗人，他的作品表现着中国传统的风格，也散发着中国泥土的芳香。他在诗歌上的成就是惊人的，如果安于作

---

① 周锦：《中国新文学史》，长歌出版社 1976 年版，第 230 页。
② 同上书，第 232 页。
③ 同上。
④ 同上书，第 630—631 页。
⑤ 同上书，第 439 页。
⑥ 同上。

个诗人，一定可以为中国新文学放出异彩。可惜，诗人却牵连上政治，终于被无情的政治所利用，乃至于被政治气氛窒息了。"① 这里就是一方面称赞其文学水平，另一方面又批评其政治立场。

对于那些远离政治的自由作家，他在分析他们的艺术成就之后，会指出这种成就与他们不参与政治有关。例如其对沈从文的艺术特色的分析，也是概括性的，"沈从文的小说中，多是军队中的士兵，近于原始生活的苗民，湘西山谷中来的农人，他对于这些小人物都有着极深厚的感情。他的文字表现一种特有的风格，少助词而显得生硬，有人认为是新文言，不是生动活泼的口语化作品，甚至认为是作者教育程度的关系。其实，这些正是边远地区，文化水准较低的人们的语言特色，作者在文字的驱使上能够确到好处，正是作品的成功处。"② 这里是对沈从文整体的文学风格的概论，而对于具体作品，例如《边城》、《长河》等，周锦只是提到，但不进行具体解析。而且他认为沈从文这种成就的获得在于他不是左翼作家③，这种解释实际上是非常牵强的。

有时，周锦也会忘记作家的政治立场，而单从作品中去进行分析。例如他认为《雷雨》："这虽是四幕剧，但布景并不复杂，一、二、四幕，都是在同一个大客厅里，那么只要依不同时间把小摆设更换一下就可以了，使得演出者不觉得麻烦。剧中人物，有足够的文字形容，而台词的洗练和对话的自然流畅，给予演员很大方便。至于故事的现实性和剧情的紧凑，并且没有冗长的说教宣传，对于观众当然能够得到好感。这样的剧本，是应该得到空前的成功，后来从事戏剧创作的人，也是应该多加借鉴的。"④ 接着周锦就从戏剧中的人物性格来说明《雷雨》的成功，可见，周锦还是有自己的鉴赏水准，但这样的篇幅在这部文学史中较少，更多的时候，对作家政治性的考虑影响了他的艺术判断。

我们可以得出一个结论，那就是在这部文学史中，周锦自己的政治立场坚定，但是他反对中国现代文学史上具有同样坚定政治立场的作家作品，他批评文学与政治挂钩，而又鼓励文学为政治服务，这样就导致其书写立场含混不清，立场摇摆，最终在文学史书写上呈现自我矛盾之处颇

---

① 周锦：《中国新文学史》，长歌出版社1976年版，第430页。
② 同上书，第442页。
③ 同上书，第441页。
④ 同上书，第446页。

多。当然其也有一些成就所在，例如我们论述的"总结"和还没有论述的其对大学中文系文学教育的反省，对当下大陆文学史教学也不无裨益。但总的来说，该部文学史只能说是时代的产物，是冷战时代周锦思想矛盾的纪念品。

第八节　苏雪林的《中国二三十年代作家》

苏雪林本是"五四"时代崛起于新文学界的女作家，曾以"绿漪女士"署名出版自己的自传体小说《棘心》，还出版了散文集《绿天》。1931年，苏雪林离开安徽大学，受聘于国立武汉大学，在教授"中国文学史"和"基本国文"之外，受武汉大学文学院院长陈源先生的坚请，讲授"新文学研究"这一课程。当时新文学还只是"当下文学"，几乎无"史"可讲，尽管有许多不便，苏雪林仍然编成了教学讲义。自1932年至1936年，她又将讲义中部分专题深化，形成文学研究性论文，刊发在当时颇具影响力的文学刊物中。这些文章是较早对新文学进行专题讨论的理论文章，笔锋犀利，精当严谨，引起较大反响。1979年，这些讲义及作家作品研究的文章得以集结成书由广东出版社出版，书名为《二三十年代作家与作品》，1983年纯文学出版社重排修订版始改为《中国二三十年代作家》[1]，笔者这里要讨论的正是纯文学出版社的版本。

一　作家众多　视野宽泛

苏雪林在《中国二三十年代作家》的"自序"中指出，新文艺"自五四到我教书的时候，不过短短的十二、三年，资料贫乏，而且也不成系统"[2]，但她仍然尽最大的力气将20世纪二三十年代的作家作品全部收录，其不仅没有遗漏大家、名家，而且网罗了许多并不知名的作家作品；其不只关注作家作品，而且还兼及了思潮流派，这显示了她宏阔的文学史视野。

（一）不遗漏大家、名家

苏雪林并不以自己的政治立场来选择性遗忘，而是将当时的重要作家

---

① 苏雪林：《中国二三十年代作家》，纯文学出版社有限公司1983年版。

② 同上书，第4页。

都予以重视，鲁迅、郭沫若、茅盾、巴金、老舍、曹禺等都得以专章出现，且评价并不低。

在这几位作家中苏雪林最反对的是鲁迅，其公然承认自己反鲁，但该著还是将其置于明显的位置加以介绍。第十五章"鲁迅的性格及其讽刺文学"先攻击了鲁迅的性格，后对其《野草》赞赏有加，指出："《野草》里面有许多富于诗情画意的自然描写，不但为旧文学所无，也为新文学所罕有。徐志摩写景颇浓丽，但论笔调之变化，似乎还输作者一筹。"① 苏雪林对其杂文价值予以否定，认为除了几篇有价值外，其余可如陈西滢所说："看过了就该放进应该去的地方！"② 在第三编"长、短篇小说"中，鲁迅还是被排在前面加以介绍。苏雪林对《阿Q正传》予以盛赞，指出阿Q的典型性在于：（1）卑怯性；（2）精神胜利法；（3）善于投机；（4）夸大狂与自尊癖。并分析鲁迅的艺术在于："一是用笔的辛辣与深刻，二是句法的简洁峭拔，三是体裁的新颖独创。"③ 她还比较了鲁迅文章技法与徐志摩、茅盾都不一样："徐志摩于西洋文法之外，更乞灵于活泼生动的国语。茅盾取欧化文字，加以一己天才之熔铸，别成一种他特有的漂亮文体；鲁迅则十分之五仍利用旧小说笔法，但安排组织之法不同，便能给读者一种新鲜的感觉。化腐朽为神奇，用旧瓶装新酒，这是他独到之点。"④ 难得的是，虽然苏雪林尊崇胡适，但对胡适惋惜《阿Q正传》没有用绍兴土白，苏雪林反而替鲁迅加以辩解，"若《呐喊》、《彷徨》用南部乡村土白，则不但我们绍兴以外的人感觉无味，连翻译也不可能了。可见《阿Q正传》之不用绍兴土白，正是鲁迅特识。"⑤ 当然，以反鲁为己任的苏雪林仍然会批评鲁迅，"连睡在梦里的人，还要拖起来鞭笞炮烙，逼他写罪恶的供状（如《兄弟》里主角张沛君），比韩非不是更加'惨激'，更加'刻薄'吗？"⑥

苏雪林对郭沫若的评价也很低，但还是将其在"新诗"中予以一章，她具体分析了郭沫若的《女神》广受欢迎的原因在于"一则他的诗直抒

---

① 苏雪林：《中国二三十年代作家》，纯文学出版社有限公司1983年版，第221页。
② 同上书，第220页。
③ 同上书，第294页。
④ 同上书，第296页。
⑤ 同上书，第298页。
⑥ 同上。

情感，握住了文艺的真生命，而且表示原始的粗野精神，合乎青年人的脾胃"；"次则他的诗歌颇包含哲理"；"三则他的诗带着浓厚的西洋色彩，使人获着一种新鲜的感觉。形式方面则打破旧诗起转承合的章法，也不学新诗之分段，纵横排尝，不主故常"。① 但也批评了其在"布局"和"造字用句"方面的缺点。②

此外还有同时期一般文学史不被注意的作家作品也享有专章的地位。例如第一编"新诗"中的胡适、徐志摩、闻一多、朱湘、沈从文、白采、邵洵美、李金发、戴望舒；第二编"小品文及散文"中的周作人、林语堂、俞平伯、朱自清、孙福熙；第三编"长、短篇小说"中的郁达夫、张资平、废名、陈衡哲、凌叔华、曾孟朴、施蛰存、沈从文、郑振铎、穆时英；第四编中的熊佛西、袁昌英、丁西林等等。这些作家或者因为作品内容上遭到色情淫秽、颓废消极的指责，例如郁达夫、张资平；或者因为是现代派风格而不被人理解，例如邵洵美、李金发；或者因为曾是旧文学的代表，例如曾孟朴；或者因为政治趋向上的原因，例如胡适、沈从文、林语堂、施蛰存、废名；或者因为其学者身份而不以作家显名，例如郑振铎等。但苏雪林都能一视同仁将其列举出来，并予以专章的篇幅加以介绍。

苏雪林对那些在抗战之时失节的作家也能予以专章的篇幅，这对于始终坚持民族大义的她来说更为难得。她自己在淞沪之战时，受到上海军民浴血抗战之壮烈场面的感染，激发出一腔爱国之情，将自己的"嫁奁三千元，加上十余年省吃俭用的教书薪俸所购买的两根金条，捐献给政府作为抗战经费的小助。这两根金条重 50 两数钱，原存银行，作为将来养老费的，至是献出"。③ 她在抗战之初，仅用 5 个月时间，撰写了一部 20 多万字的《南明忠烈传》，借晚明抗清复明的仁人志士来激扬国民在民族危难之时的抗争热情。其还将自己在战时的随感录取名为《屠龙集》，寓意在于中华民族的英雄儿女一定能以正义之剑屠杀日本军国主义这头吃人的"毒龙"。但是作为研究文学的学者，苏雪林还是给周作人、穆时英这些因事伪而在民族大义上有所亏欠的作家以专章的篇幅。这里单看其对穆时

---

① 苏雪林：《中国二三十年代作家》，纯文学出版社有限公司 1983 年版，第 86—89 页。

② 同上书，第 90—91 页。

③ 沈晖：《苏雪林传略》，《江淮文史》2001 年第 4 期。

英的文学史地位的评价就可见一斑，她指出："以前住在上海一样的大都市，而能作其生活之描写者，仅有茅盾一人，他的《子夜》写上海的一切，算带着现代都市味。及穆时英等出来，而都市文学才正式成立。"①针对一些批评家的误读苏雪林还为他进行了辩护："穆时英的文笔大家公认为'明快而且魅人'，在一群青年作家中才华最为卓绝。妒忌者归之于'海派'之列，又有人因他所写多为都市奢华堕落的生活，呼之为'颓废作家'。这皆属吹毛求疵，隔靴搔痒之批评，不足为穆氏病。"② 当然，她对穆时英事伪也很为惋惜："抗战初起时，穆时英竟在伪组织莫一文化机构工作，被爱国志士刺死。他虽有才华却不知民族大义，这样死太对不住他自己。"③

（二）兼及不知名作家

苏雪林还介绍了大量非知名作家作品，其中很多在当下的文学史著中也很少提及。

例如在第一编"新诗"中她介绍了康白情、俞平伯、胡适的侄子胡思永、沈兼士、李大钊、周氏兄弟、白采、邵洵美、刘半农、冰心、王独清、蒋光慈、成仿吾、钱杏邨、林海音、方令孺、陈梦家、孙大雨、臧克家、刘梦华、蹇先艾、孙毓棠、沈从文等人的诗歌。

在第二编"小品文及散文"讽刺类中，她介绍了受到鲁迅影响的前期的林语堂、高长虹、章克标、彭芳草、徒然。在游记类中介绍了孙福熙、孙伏园两兄弟，还有曾仲鸣、徐蔚南、王世颖、徐祖正、钟敬文。在第十九章"落花生与王统照的散文"中介绍了落花生、川岛（章廷谦）、王统照等人。在第二十章"几位女作家的作品"中除冰心外，冯沅君、陈学昭、庐隐、绿漪、石评梅、陆晶清、谢冰莹、陆小曼等人的散文也得以介绍。在第二十二章"几位英才早逝的作家"中介绍了梁遇春、罗黑芷、彭家煌、谢冰季、朱大枬等人。在第二十三章"几位研究广博的作家"中介绍了郑振铎、谢六逸、赵景深、刘大杰、胡云翼、傅东华、罗皑岚、王礼锡等。第二十四章"自传文学与胡适的'四十自述'"，介绍了胡适的"四十自述"。

---

① 苏雪林：《中国二三十年代作家》，纯文学出版社有限公司1983年版，第442页。

② 同上书，第446页。

③ 同上。

　　第三编"长、短篇小说"中第二十八章"郁达夫及其作品",除了郁达夫之外,还介绍了郁达夫的信徒王以仁和叶鼎洛二人。在第三十一章"王鲁彦、许钦文、黎锦明"中介绍了黎锦明。第三十四章除介绍了"陈衡哲与凌叔华"之外,还介绍了不为人知的李祁、林徽因。第四十三章"描写农村生活的青年作家"介绍了徐转蓬、沙汀、姚篷子、魏金枝、吴组缃。第四十四章"新感觉派穆时英的作风"介绍了张若谷。第四十六章"几位早期写小说的作家"介绍了孙俍工、孙席珍、李劫人、李青崖、王任叔、汪敬熙、何家槐、杨振声、陈铨、许杰、马国亮、祝秀侠、周全平、滕固、罗西(欧阳山)。第四十七章"东北的作家"除了介绍萧军、萧红、端木蕻良,还介绍了白朗、罗烽、舒群、杨朔、金人、高兰、李辉英、孙陵、袁犀。

　　第四编"戏剧"中第四十八章"爱美剧提倡者与熊佛西"介绍了陈大悲、蒲伯英、欧阳予倩、熊佛西。第四十九章"以古事为题材的剧作家"除郭沫若的作品外还有王独清的《杨贵妃之死》、《貂蝉》,林卜琳的《X光线里的西施》,顾一樵的《岳飞及其他》,杨晦的《楚灵王》,还有陈白尘、夏衍、陈大悲等人的作品。第五十二章"唯美剧的试作者"介绍了白薇、绿漪。第五十三章"丁西林等几位剧作家"除丁西林外,还介绍了余上沅、徐志摩。

　　第五编"文评及文派"中第六十三章"几个超越派别的文评家"中介绍了韩侍桁,苏雪林指出"韩侍桁是一个不为那所谓时代潮流所左右,而一心要说自己的话的人物,在现代是很难得,是一个为批评而批评的作家"。[①] 她还介绍了王任叔、朱光潜、李健吾、梁宗岱、沈从文等。

　　这些非著名的作家在当下通行的文学史著中少见踪迹,苏雪林却寥寥几笔对他们予以简笔勾勒,这样有利于浮现当时的文坛概貌,也有助于呈现一些作家的多面性、丰富性。

　　(三) 注重思潮流派

　　该文学史尽管以作家作品为主,但注重多方面考察文学,重视了思潮社团、流派的形成与变迁,不只是单纯的文本解读。这典型体现在第五编"文评及文派"中。这编主要介绍文学理论、文学思潮等变迁,还有不同文学派别的理论主张、期刊发刊词,还兼及各个文评及文派之间的斗争。

---

　　① 苏雪林:《中国二三十年代作家》,纯文学出版社有限公司1983年版,第578页。

这从章节标题上就一目了然:

第五十六章是"人生文学与写实主义的文学研究会",第五十七章是"浪漫主义与艺术至上的创造社",第五十八章"现代评论与《西滢闲话》",第五十九章"《新月月刊》的理想主义",第六十章"讲究音节格律的诗刊",第六十一章"真善美杂志与曾氏父子的文化事业",第六十二章是"力反文言文的老文评家",第六十三章"几个超越派别的文评家",第六十四章"《语丝》与《论语》",第六十五章"'创造社'的转变与革命文学的兴起",第六十六章"梁实秋对革命文学的意见",第六十七章"普罗文人围攻鲁迅并招降",第六十八章"鲁迅加盟左联前后的作为",第六十九章"民族主义文学运动",第七十章"文坛上的第三种人",第七十一章"大众语与拉丁化",第七十二章"国防文学与民族革命战争文学"。总的来说,这编将思潮史、流派史以及文艺斗争史都混合在一起。尽管其总是站在左翼的对立面来叙说,凡是左翼的倡导她都认为是错误的,但她还是将两派主张都摘引出来,在形式上尽量做到了客观。

除了第五编专门论及思潮流派之外,苏雪林在论述作家作品之时会书写文坛典故、逸事,使得该著注重了作家之间的交往、关系、私交以及报纸杂志的变迁。例如她书写了高长虹与鲁迅吵架、郭沫若和宗白华的关系。也指出现代评论派本欲和创造社合作办《创造周报》,但郭沫若不愿在其中退居附属地位,更不愿以创造之名假人,这样现代评论派才另办刊物《现代评论》。她介绍庐隐自己的身世,将其与《海滨故人》中的露沙比较,并指出庐隐写的《海滨故人》中的梓青就是"影射北大高材生郭梦良,他后来和庐隐结为爱侣"。① 而在第三十四章"陈衡哲与凌叔华"中指出陈衡哲的小说《洛绮思的问题》有所影射,这暗示了陈衡哲与胡适之间的感情纠葛,但苏雪林并不明白指出,而是激发读者去想象。还如在第十九章"落花生与王统照的散文"中介绍了川岛(章廷谦),指出他的《月夜》是他追求女高师一位孙姓女生的恋曲,后来两人最终结婚,但也就不再写作了。这种作家人物微妙心态的揭示,显示了苏雪林平视作家并不神话作家,只是将其视为自己的朋友、亲人、同辈那样去观察,这样的文学史自然就趣意盎然。

---

① 苏雪林:《中国二三十年代作家》,纯文学出版社有限公司1983年版,第355页。

二 主观性强，个性鲜明

苏雪林在作家作品的选择上能保持客观心态，尽最大可能囊括当时的作家作品，这并不意味着其对作家作品的评价分析是冷冰冰的态度，反之，其文学史主观性很强，具有强烈的女性意识，对作家作品的艺术成就进行了高妙的裁断，并由此彰显了自己的文学观。

（一）强烈的女性意识

该著具有很强的女性意识，对女性作家予以专章较多。五编之中有四编都给女性作家以专门的章节。"新诗"中第四章为"冰心女士的小诗"；"小品文及散文"中第二十章是"几位女作家的作品"，介绍了冰心，还有冯沅君、陈学昭、庐隐、绿漪、石评梅、陆晶清、谢冰莹、陆小曼；"长、短篇小说"中第三十二章为"冰心及其《超人》等小说"，第三十三章为"庐隐与淦女士"，第三十四章为"陈衡哲与凌叔华"，第四十一章为"丁玲作品"，第五十一章是"袁昌英的《孔雀东南飞》"。这样的章节安排肯定是有意为之，这意味着同为女性的苏雪林高度重视女性作家在 20 世纪二三十年代中的独有地位。

苏雪林不仅在章节篇幅上重视女性，她还对女性作家的艺术特色有高度评价，并宣扬她们的声名。例如有些人评价冰心的诗歌犹如"水晶球"，存在"冰冷"、"魄力不足"等缺点，苏雪林予以一一辩驳，她特意褒扬冰心的诗歌就是"清丽润秀，表现女性作家特色"。[①] 针对凌叔华在文坛名气不大，被人忽略，苏雪林借徐志摩批评曼殊菲尔的话来安慰凌叔华："一般小说只是小说，她的小说是纯粹的文学，真的艺术；平常的作者只求暂时的流行，博群众的欢迎，她却只想留下几小块'时灰'掩不暗的真晶，只要得少数知音的赞赏。"[②] 即使是与左翼文学有关的女性作家，苏雪林也能大力称赞，例如她评价丁玲的优点"第一是气魄的磅礴。凡题材之关于自然界急剧的变化，人事复杂的错综，他人望而生畏者，她每能措置裕如，显出扛鼎的神力。这不仅在女作家中不容易得到，男作家也戛戛乎难哉的"；"第二是笔致热练精致"；"第三是琢字造句之特出新

---

① 苏雪林：《中国二三十年代作家》，纯文学出版社有限公司 1983 年版，第 85 页。
② 同上书，第 367 页。

裁"。① 作为女作家，苏雪林对自己的创作并不自卑，而是有分寸地予以赞美。其评价自己创作的《鸠那罗的眼睛》是"水准相当高的唯美剧"②，"全局情节都抱着'眼睛'二字，层层开展，曲曲阐发，到了全剧高潮，又藉王后的口，淋漓尽致地大大发挥一番。使得'眼睛'二字的意义更加透彻与深刻"③。

苏雪林对女性作家并不一味袒护，她对女作家的缺点仍会不留情地批评。她认为庐隐的《海滨故人》"这篇长达二万言的小说，结构非常散漫，不能称为佳作。小说不是写实，而是作者所写都是她自己和同学们的真实故事，一为事实所牵掣，文笔便不能自如了；写真实故事也不妨，作者却把十几个人的故事硬挤在一篇内，头绪太多，令人眩惑，若能分作几篇来写，便比较好些"。接着苏雪林也为之圆场，"不过此篇所写多为学校生活，一般中学生，尤其中学女生读起来颇有亲切之感，所以此书当时颇为中学生所欢迎"。④

苏雪林的女性色彩，还表现为对一些不尊重女性的作家作品予以批判。例如她批判邵洵美崇拜女人，"不过将她们当做一个刺激品，一种工具。当他耽溺着美色弄到自己的地位、名誉、身体、金钱，交受损失时，便来诅咒女人了。什么'你是毒蟒，你是杀人的妖异'、'你这似狼似狐的可爱的妇人'、'你口齿里的芬芳、便毒尽了众生'、'处女的舌尖，壁虎的尾巴'等句子就出现了。而《恐怖》这首诗对于女人尤加诅咒，认为如同非洲野鹿对于毒蛇，明明知道于自己生命有危险，却被它的色彩和音乐所催眠，而不忍去，结果是哀鸣就死，你说这不是好笑么?"⑤ 又如她批评张资平的小说："关于性的问题，总是女子性欲冲动比男子强，性的饥渴比男子甚，她们向男子追逐，其热烈竟似一团野火，似乎太不自然，太不真实。"⑥ 她对张资平小说中男人的残暴也不以为然，批评"他小说中的男主角大都是一位家庭的暴君，无疑是作家自己的影子。这是韩侍桁所说的。我们读张氏自叙式的几个短篇，对于妻子的喜怒无常，横恣

---

① 苏雪林：《中国二三十年代作家》，纯文学出版社有限公司 1983 年版，第 422—424 页。

② 同上书，第 515 页。

③ 同上书，第 516 页。

④ 同上书，第 356 页。

⑤ 同上书，第 155 页。

⑥ 同上书，第 328 页。

暴戾的举动，很觉不快。他的《冰河时代》动辄骂妻子'贱东西'、'泼妇'、'该杀'、'没有小孩子，我早和你离婚了！'殴打妻子的举动也常见于其他小说中。又《天孙之女》中的男性不管是栗原、荒川、安藤或者池田竹三，无一不是善于蹂躏女子的残酷男性，更可证韩氏所言之不谬"。[1]

苏雪林的女性色彩也表现为对女性作家的个人生活、命运等予以同情、声援。例如她对陆小曼与徐志摩的爱情进行了介绍，指出他们受到舆论的压力，以致梁启超证婚时还予以严厉教训，他们回到徐志摩的家里，其舅翁避而不见，并断绝了经济支持，其后徐志摩不得不南北奔波，在各校兼课，由此不幸在飞机失事中丧生。然后她说道："一时论者均归罪小曼，视为'祸水'。其实传统的礼教观念和顽固社会风习应该负大部责任，小曼仅是个牺牲者而已。但小曼之挥霍无度，带累丈夫，也应负点责。"[2] 字里行间都渗透着苏雪林的理解，她为女性在自由爱情、婚姻中所受到的社会舆论压力进行了辩护，对陆小曼应担负的责任也不推脱。

苏雪林还围绕袁昌英的剧本发表了较长一段议论来探讨中国20世纪二三十年代的婚姻问题。"袁氏之作《活诗人》实是对当时潮流下一大针砭。《究竟谁是扫帚星》、《人之道》，则属于现代婚姻问题的讨论。中国从前男女的结合，完全由于父母之命、媒妁之言，所以真正的美满婚姻不多。尤其男女教育不平等，丈夫学富五车，妻子一丁不识，闺房以内情趣毫无，以前大家都说如此，还不感知如何的痛苦，今日欧美自由恋爱的新潮灌输进来，有知识的人，对于婚姻发生一种自觉心理，而有婚姻革命的要求，这原是极合理，极可赞许的。不过渡时代，一切制度常呈混乱的状况，有一部分人感受痛苦（觉悟分子之痛苦），便有一部分人趁混乱而占便宜；有一部分人自甘牺牲，便有一部分人牺牲他人而图他私人之利益。从前离婚，无论男女，均须受相当的社会裁制，现在则可以绝对自由。于是婚姻本不痛苦，只为见异思迁、喜新厌故的心理作用，而离婚者有之；不能忍耐小小挫磨，不肯牺牲细微意见，而离婚者有之；本由恋爱结合，现在为了别的卑劣动机，而离婚者有之。要知天下男女，美貌之上还有美貌的，温柔之上还有温柔的，富贵之上还有富贵的，如其任感情之

---

① 苏雪林：《中国二三十年代作家》，纯文学出版社有限公司1983年版，第331页。

② 同上书，第252页。

冲动，视婚姻为儿戏，则色衰见弃，金尽而离，夫妇之道苦矣。作者于其所作戏曲中给予这些以强调的讽刺，于世道人心，不能说毫无裨益。"① 这段话表面上是在论说袁昌英的戏曲，转述袁昌英对于恋爱、婚姻的观点，也体现了饱受包办婚姻之苦，经历过离婚而又长期独身的苏雪林自身的生活体验，其对女性在恋爱、婚姻生活中的种种感悟都蕴藏在这些呕心之语中！

（二）提一家之言

正如苏雪林自己所说，当时关于这些作家作品的批评也不多，"每个作家的特色都要自己去揣摩，时代与作品相互间错综复杂的影响，又须从每个角度去窥探"。② 所以，该著对作家作品的赏鉴能不为流俗所动，忠于她自己的创作感受和阅读印象，提出了自己对于作家作品的一家之言。

首先，苏雪林不畏权威，越是文坛公认的大家，她越是从中挑刺。前述她对鲁迅和郭沫若的评价就能坚持客观评价，但又毫不掩饰自己对他们的批判。在对郁达夫、沈从文、茅盾、巴金等人的态度上也足见苏雪林的个性色彩。

苏雪林对郁达夫的思想几乎全盘否定，指斥其是"卖淫文学"③，其不足在于"第一，他的作品不知注重结构"；"第二，句法单调是郁达夫作品最大毛病"；"第三，小说人物的行动没有心理学上的根据，也是郁氏作品的大缺点。"④ 她认为"郁氏的笔每每偃塞纸上，站立不起。即遇着感情激动时，读者以为他必有一篇沉痛热烈，气充词沛的议论要发表了，谁知他只'哟！哟！'发几声感叹词了事。说来说去，他的文字只是缺乏'气'和'力'"。⑤ 她还批评："郁氏的颓废文学胜于十万磅的吗啡和海洛英，不知腐蚀了多少善良的人心，陷溺了多少有为的青年，像这种颓废文学，怎可容它存在？"⑥

苏雪林对沈从文的一些评价现在几乎成了公论，她指出沈从文的理想"就是想藉文字的力量，把野蛮人血液，注入老迈龙钟颓废腐败的中华民

---

① 苏雪林：《中国二三十年代作家》，纯文学出版社有限公司1983年版，第512页。
② 同上书，第4页。
③ 同上书，第321页。
④ 同上书，第321—322页。
⑤ 同上书，第326页。
⑥ 同上书，第471页。

族身体里去，使他兴奋起来，年轻起来，好在 20 世纪舞台上与别个民族竞争生存权利"。① 但她也指出："沈从文创作的缺点也不能说完全没有，首为过于随笔化，他好像是专门拿 Essay 的笔法来写小说的。"② "次则用字造句，虽然力求短峭简练，描写却依然繁冗拖沓，有时累累数百言还不能达出'中心思想'，有似老妪谈家常，叨叨絮絮，说了半天，停着尚茫然不知其命意之所在；又好像用软绵绵的拳头去打胖子，打不到他的痛处。他用一千字写的一段文章，我们将它缩成百字，原意仍可不失。因此他的文字不能像利剑一般刺进读者的心灵，他的故事即写的如何悲惨可怕，也不能在读者脑筋里留下永久不能磨灭的印象。"③ 但苏雪林整体评价沈从文的"天才究竟是可赞美的，他的永不疲乏的创作力尤其值得人惊异"。④

苏雪林并没有因为茅盾是左翼作家就对其作品的重要性置之不理，其指出茅盾作品在于"一、能够充分表现时代性"，"二、实现历史的必然之企图"，"三、有计划的作为社会现象的解剖"，"四、科学调查法之应用"。⑤ 我们现在将茅盾所代表的文学视为"社会剖析派"，而苏雪林对其的分析简直就是对社会剖析派的特征予以总结。苏雪林还令人信服地指出："我们如其勉强找茅盾作品的弱点，那就可说人物典型与个性不能平均发展了。我们认识胡国光为投降分子的典型；方罗兰为无主见者的典型；吴荪甫为民族资本主义者的典型；章秋柳、孙舞阳、梅女士、娴娴等，为革命女性的典型；静女士、方太太等为小资产阶级懦弱女性的典型，而我们却不能认识他们本来面目。只有一个'老通宝'写得活灵活现，与鲁迅的阿 Q 异曲同工，茅盾小说人物如其个个都像'老通宝'，则他作品价值还要增加几倍。"⑥ 在苏雪林的眼中茅盾的文学史地位是不可取代的，认为其"可算现代中国'文学界的巨人'，就不说是'巨人'，却可说是左翼文坛的巨头了"。⑦

苏雪林分析巴金作品的特色时指出："巴金在外国留学有年，写外国

---

① 苏雪林：《中国二三十年代作家》，纯文学出版社有限公司 1983 年版，第 394 页。
② 同上书，第 397—398 页。
③ 同上书，第 398 页。
④ 同上书，第 399 页。
⑤ 同上书，第 401—406 页。
⑥ 同上书，第 407—408 页。
⑦ 同上书，第 408 页。

事情当然不至于闹什么笑话，但小小疵病，亦不能免。"① 接着她就分析其作品中对外国事物的隔膜造成的弊端。但她还是说："'巴金究竟是一个很可爱的作家'。在冷酷成为天性的中国人群里，也许非用这样过度的热情不能将他们温转，非用这样如奔泉狂流一样的言语，不能将他们唤醒。他与茅盾作风虽不相同，而作品宣传之广，似乎还胜过茅盾。为什么我这样说呢？这不凭文笔的优劣，而在感受力之间接与直接。茅盾喜用象征的笔法，像他小说题目《蚀》、《虹》、《子夜》、《三人行》、《路》即是。《子夜》里吴荪甫的老太爷被儿子自宁静的乡村迎养到五光十色，纸醉金迷的大上海，倏忽间便死去，系象征中国农业社会被工业社会的吞没。这些意义都相当深曲，不是一下子便能了解的，而巴金小说则显豁呈露，极其易懂，又加之以沸腾的热情，喷薄的愤怒，影响力当然比茅盾大得多了。"②

不畏权威，敢于提一家之言，还表现在苏雪林并不跟风权威批评家。例如前述她对胡适评鲁迅没有用绍兴土白就不认可。又如周作人对废名的小说很是高看，但苏雪林指出："我个人对于废名小说素不喜读，《桥》和《莫须有先生传》尤其不爱。……周作人称赞这群小儿女身上仿佛带有神光，我只觉得他们好像泥团纸剪，毫无生气。比之早年发表《竹林的故事》中的人物，相去真不可以道里计。他是上了周氏的当，走进死胡同，不容易转出来了。"③"不过我可惜他小部分文字虽有风致，而大部分则像河底石子似的齿齿可数，却缺乏玲珑剔透之观。有些地方沾滞笨拙，简直是满篇废话。废名写文章用心不能说不苦，用功不能说不勤——那部《桥》据说写了六年——而天分究竟太低，所以只有这一点可怜的成就。"④

其次，该著对别人不太重视的作家特色予以了挖掘，将很多不知名作家单列一章，使他们与鲁迅、郭沫若等人并列，对一些众所周知的作家苏雪林则发现他们有一些被忽略的艺术特色和文学史地位。这典型体现在她对施蛰存和穆时英、张天翼、白采等人的评价上。

苏雪林分析施蛰存小说心理描写体现在："一、二重人格的冲突"；

① 苏雪林：《中国二三十年代作家》，纯文学出版社有限公司1983年版，第413页。
② 同上书，第416页。
③ 同上书，第335—336页。
④ 同上书，第338页。

"二、变态性欲的描写"；"三、近代梦学的应用"。① 她指出施蛰存的《鸠摩罗什》"更可赞的是以这个恋爱故事为经，将鸠摩罗什一生行迹都编织进去，即小小的穿插，和琐碎的情节，也取之史册，不假捏造，而全幅故事浑如无缝天衣，不露针线痕迹。不但在心理小说中获得很高的地位，古事小说能写得这样的也不可多得。"② 苏雪林还称赞施蛰存除了写古事小说之外，在《追》、《雄鸡》、《宵行》、《四喜子的生意》等篇中，"对于下等社会的简单的心理，粗野的态度，鄙俚的口吻，模拟尽致，于鲁迅等地方文艺之外另树一帜，不能不说难能了。"③ 这就注重到施蛰存的多面性，正因为她对施蛰存的艺术成就高看一眼，所以她将施蛰存与沈从文并称为"文体家"，她还牵挂"这位多才多艺的作家，尚在人间否？"④

苏雪林对穆时英的高度评价前面已经叙说，这里看其对张天翼的褒赞："天翼在青年作家里才华比较高，气魄比较大，他对于社会的观察也能精细而深入，并且是多方面的。但他表现时仅仅以几根单纯刚劲的线条，粗枝大叶地组成故事的轮廓，一切细碎琐屑的描写，全都略去。这很像书家的劈窠体，画家的大斧劈，元气淋漓，挥洒自如，腕力薄弱者，便有无能为役之叹了。"⑤

苏雪林很能从大家都熟知的作家作品中发现我们观察不到的艺术特色和文学史地位。例如她论徐志摩的诗歌具有"雄厚"的特色，并认为他在现代诗中如唐后主在词中的地位，她还从文学语言的角度指出徐志摩是国语的文学。又如她论闻一多诗歌的"本色"，并指出："写新诗态度的谨严自闻一多始，写散文态度的庄重则自徐志摩始。"⑥ 她评价丁玲的语言有"温柔"特色，叶绍钧作品有"雕刻美"，而"爱美的戏剧提倡者，第一个当然要谈到陈大悲……他使那时的青年认识新剧的意义，将新剧从'文明戏'里救出，使那时风行的杂乱无章的'幕表制'变为正式的脚本"。⑦ 她还指出中国新式话剧"运动了十几年，成绩依然非常寒伧，若

---

① 苏雪林：《中国二三十年代作家》，纯文学出版社有限公司1983年版，第381—383页。
② 同上书，第382页。
③ 同上书，第386页。
④ 同上书，第478页。
⑤ 同上书，第450页。
⑥ 同上书，第255页。
⑦ 同上书，第482页。

没有田汉这一个人从中撑拄着，恐怕早塌了台了！"① 而洪深的《香稻米》
"在新文坛千篇一律的农村描写中，可算很优秀的作品，与茅盾《春蚕》
实有异曲同工之妙"。② 而 "剧本结构之慎重，是洪深第一长处。第二，
便是善于布置复杂的场面了"。③ 她还认为曹禺 "以他天才之荦卓，学养
之深厚，创作力之盛旺，才一露脸剧坛，便闪射出眩目的光华，使得田汉
失色，洪深却步，大家都认这位青年剧作家是一颗彗星"。④ ……这些评
语与论断都振聋发聩，不同凡响。

　　最后，苏雪林敢于考镜源流，道出作家作品的艺术渊源。她非常善于
从作家作品的艺术特色指出他们的师承流脉，她认为："所谓讽刺与幽默
本来都是语丝派里出来的，后来分途发展，但两者间的关系还很密切。讽
刺派可推鲁迅为代表，幽默派则推林语堂为代表。"⑤ 她还指出受到鲁迅
讽刺艺术影响的有高长虹、章克标、彭芳草、徒然以及前期的林语堂。其
中 "长虹得其暧昧，芳草得其犷暴，徒然则得其冷峭"。⑥ 她又指出朱自
清与俞平伯："同为北京大学哲学系毕业，且为好友，文体亦颇相类，盖
同出周作人之门，而加以变化者。"⑦ 她认为张天翼："流利自然的北方方
言，和轻松滑稽富于幽默味的笔调，正可以说直承老舍的衣钵了。"⑧ "张
天翼的作风虽说自成一体，但却不似穆时英之变化无穷，令人难学邯郸之
步，所以当时一般青年作家，争以张天翼为模仿，像万迪鹤几可乱真。但
天翼虽才气纵横，也常有油腔滑调之弊，万氏作品有其油滑而无其才气，
可谓舍其长而取其短。"⑨ 她介绍了王以仁和叶鼎洛二人是郁达夫的信徒，
叶鼎洛甚至超越了郁达夫。苏雪林还能从外国文学与中国古代文学中寻找
作家作品的艺术源流，并加以比较，这在后面详述。

　　（三）凸显自己的文学观

　　文学史家也有自己的文学观，理想的文学史家在撰写文学史之时力求

---

① 苏雪林:《中国二三十年代作家》，纯文学出版社有限公司 1983 年版，第 496—497 页。
② 同上书，第 529 页。
③ 同上书，第 532 页。
④ 同上书，第 535 页。
⑤ 同上书，第 206 页。
⑥ 同上书，第 214 页。
⑦ 同上书，第 225 页。
⑧ 同上书，第 447 页。
⑨ 同上书，第 452 页。

不以自己的文学观作为唯一标准来裁断作家，多重视回到历史场景，去研究作家作品的历史合理性。而苏雪林作为一位"五四"时期的女作家，自然有自己的文学观，并以此指导自己的文学创作，她在进行作家论研究之时，这种文学观就会成为她裁决作家作品的艺术尺度，文学史著就成了她自己文学观的阐发场所。

首先，苏雪林在该著中通过作家作品的分析，凸显了她写实主义的文学观。苏雪林指出，"新文学诞生以来横断面凡几西洋所有者，我们也都有模仿，是以派别很多，竖断面则不过三大派，就是写实主义、浪漫主义、新写实主义"①，所以苏雪林在第五编"文评及文派"中就以这三大派为主进行论述，而其他派别则为宾从。写实主义、浪漫主义我们都懂，新写实主义则很少为人提及。在苏雪林看来，"新写实主义（neo-realism）是本世纪初的作家们感染社会主义的思想，觉得旧写实主义，重视遗传与环境给人的影响的写法，范围未免太仄，应该更在社会表面上探求，进而注重事务对于当代社会人生的意义，于是凡以宣传某种政治信仰的作品，便被唤作'新写实主义'。近代各国从事政治宣传的作家，都以新写实主义者自称"。② 而结合该著来看，苏雪林自己的文学观正是写实主义。所以，在她的作家作品的评析中，写实主义成了她的评价标准，而浪漫主义和新写实主义的作家作品多受到批评。

她最强调的就是要近人情、自然，很多作家作品在这方面失分。她评价郭沫若的"三个叛逆的女性"、"许多地方是太超过实际情形的。毛延寿的女儿出首其父贪贿，因而被元帝所斩，这种教训未免太超越时代，太矫揉造作不近人情了。至于王昭君痛骂元帝……但问在帝皇威权高于一切，帝皇神圣几欲宗教化的中国，一个宫女是否能有这样思想？是否能说出同样的话？"③

她批评废名的《桥》中的小林"在塾中读书读到左传，听讲听到纲鉴，并且会做史论，总算是个知识已开的小孩子。而当其顽皮淘气时，作者描写他的心理却似一个四、五岁的人，使人觉得十分不自然，对他不能发生亲切之趣。这尚可恕，十年之后小林已长大成人，作者写他同琴子、

---

① 苏雪林：《中国二三十年代作家》，纯文学出版社有限公司 1983 年版，第 453 页。

② 同上书，第 544 页。

③ 同上书，第 488 页。

细竹一处玩耍时，还是用那一副青梅竹马的笔墨，便更无谓了。虽说世间原不乏至老尚具'童心'的人物，但也看作家如何表现。表现得巧妙，白发老人亦自天真可爱，否则小孩子也虚伪可憎"。①

她批评老舍的"《离婚》中的丁二爷原是个傻瓜，但他后来居然能暗杀小赵救了张大哥一家，这很像英国狄更司小说中人物。狄氏的《块肉余生记》、《双城记》、《孝女耐儿转》等书都曾有一个不足齿数的蠢人，机巧地做出一种义侠行为。但狄更司小说究竟是 19 世纪的英国小说，老舍的小说则为 20 世纪的中国小说，现代的中国有没有丁二爷这样人是一个问题，如其没有，则老舍不该这样写"。②

她指责余上沅的《塑像》虽"写得很曲折而又很细致，但也有许多不自然之点：第一、卜秋帆与素华原是相爱的夫妇，相别仅十一年，何至于就观面不识？甚至于聚谈数次，也还没有觉悟？第二、外国战争小说和军事小说，有侦探假充大理石像，耶稣圣像，以便刺探军机者（但这也是不大可能的事），中国则尚无所闻。季青坐神龛而充观音像的动机，来得似乎太突兀。第三、外国古代深恶巫女，可以放火将她活活烧杀。中国群众打妖道，打捉魂人，以及义和团之杀大毛子、二毛子，也差不多一样。不过他们的所打所杀的对象还是一个人，如其真认为是一个妖精，恐怕反不敢轻易动手了。白云山乡民与其真信季青是个女妖怪，则掷之于海，又有什么用处？如其不信，则人命关天，虽说他们是一群受着群众心理所支配的乡下人，也未必如此轻率。第四、海畔风筒作声唔唔，青岛果有这个现象。初到青岛者以为怪，听久了，也习惯了。即说找不出是风筒的原因，这种长年累月，无昼无夜唔唔下去，人们也会把它看作日升日落，潮涨潮退的自然现象一般，何致会将它当作妖怪？又何致将病人呻吟声当作妖怪，以致闹出人命案件？余氏写法不自然，比丁西林娶男伶为妻，同居两月，尚不知鸟之雌雄更甚了"。③

她批评徐志摩在《卡昆冈》中"有时候将诗放在粗人口里说，就不自然了"。④而洪深的《赵阎王》中"中国的赵阎王，他与鼓声有什么关系呢？他为什么听了鼓声也会神经错乱呢？而且军队追赶逃兵，不悄悄地

---

① 苏雪林：《中国二三十年代作家》，纯文学出版社有限公司 1983 年版，第 335—336 页。
② 同上书，第 372—373 页。
③ 同上书，第 523 页。
④ 同上书，第 524 页。

走，反而故意敲鼓鸣笛，使他便于闻声躲藏，也决无此理。抄袭西洋名剧，原也不算什么罪大恶极的事，不过抄袭得这样笨拙，便令人不能宽恕了"。①

　　苏雪林评价沈从文的《龙珠》和《神巫之爱》："故事是浪漫的，而描写则是幻想的。特别对话欧化气味很重，完全不像脑筋简单的苗人所能说得出"②，"作者原想写一个态度娴雅，辞令优美的苗族美男，然而却不知不觉把他写成路易十四宫庭中人物了"③，而苗族男女恋爱时作歌词互相唱和，"不意在沈从文笔下写来，却带着西洋情歌风味"④。"沈从文虽然略略明白一些'花帕族'、'白面族'的分别，能够描写神巫做法事的礼仪，能够知道他们男女恋爱时特殊的情形，而他究竟没有到苗族中间去生活过，许多地方似乎从希腊神话、古代英雄传说，以及澳洲艳情电影而来，初读尚觉新奇，再读便无甚滋味了。"⑤ 苏雪林评价《月下小景》："写得都很动人，不过作者存心模仿十日谈体裁，把每个美丽如诗的故事，放在骡马贩子、珠宝商人、市侩、农夫、猎人口中说出，我觉得很有些勉强。尤其是故事中间往往插进作家自己的议论或加上毫无意义的头尾，将好好一篇文章弄成'美中不足'。"⑥

　　她评价田汉的"《苏州夜话》的情节，我以为不近情理。刘叔康既系一位画家，他的妻子亦不是目不识丁的村妇，被乱兵冲散，事后难道不可登报互寻？刘家和其妻两家必皆有些亲属，至少也该有几个常相往来的熟人，可以投奔，也可请他们寻访，何致一被冲散，妻即嫁人？这事发生于数百年千余年前古代则可以说，在交通便利，报纸邮递非常便利的现代，则不可能会有。田汉把这个剧本当做自己思想转变的关键，我觉得未免太勉强了"。⑦

　　写实主义要求文字能精准地反映客观事物，表现作家思想感情，所以苏雪林对晦涩一派加以反对。她就中国古代文学史上唐代的樊宗师、宋遗民谢翱、唐钰、郑思肖等人的例子说明："文字过于生僻艰奥的，将来不

---

① 苏雪林：《中国二三十年代作家》，纯文学出版社有限公司1983年版，第526页。
② 同上书，第390页。
③ 同上书，第391页。
④ 同上。
⑤ 同上书，第392页。
⑥ 同上书，第394页。
⑦ 同上书，第500—501页。

免要受时间淘汰。"① 她指出古人的晦涩是因为政治的隐晦之故，而"废名的'晦僻'则由思想混乱与表现手腕太不高明而来，艺术价值实有限得很。但周作人为之护持，读者心虽不满，口则不甘有所疵议而已。"② 因此，苏雪林格外强调文章的清晰简洁。她批评王统照的文章肉多于骨，而许钦文的缺点"一则重复语太多"，"二则他的措词拖沓"，"三则尚有主观口气。……又布局空气不紧张；说话不甚合自然语气；拙于写景，文字缺乏鲜明美丽色彩，均是他不及王鲁彦处"。③

其次，苏雪林强调文学性，认为文学不能太靠近政治。她认为文学表现"永久不变的人性"和表现"时代精神"，"两方面理由都可成立，而且还可以并行而不悖，我们著作时对永久人性固应注意，时代精神也不能忽略的。"④ 但她并不主张文学与政治靠得太近，而主张文学的超越性。她认为："冰心的哲学像大米饭，在举世欢迎大黄硝朴的时代，大米饭只好冷搁一边，但是等到病人的元气略微恢复，又非用它不可了。文却斯德（C. T. Winchester）说文学须含有'永久的兴味'，我说冰心的作品就是具有这样'永久'性的。"⑤ 她批评郭沫若的戏剧太多政治口号，指出："不过文学艺术究竟不是主义宣传品，他这些剧本与标语口号的文学有什么分别？就退一万步说文艺是宣传品，至少也要使它具体化。像这样浮泛空洞，放在谁的口里都可以说的抽象话，我觉得实不能叫做文艺。"⑥ 她批评王独清"也像郭沫若一样是抱着'观念论'写文章的。自己脑筋里先抱好一个固定的观念，然后硬叫剧中人物表现出来，情节切不切，环境合不合，人物个性宜不宜，则一概不管的了"。⑦ 她认为东三省及上海事件发生后，赞扬东北义勇军及十九路军的文字"其描写日兵之怕死无用及我军之神勇壮烈，虽能令读者快意一时，但究竟不尽真实。当时民气颓唐萎靡，自信心完全失去，文艺故应以唤醒'民族自信力'为要务，但这样屠门大嚼的办法，无非助长国民虚矫心理，殊非所宜"。⑧ 可见苏雪

① 苏雪林：《中国二三十年代作家》，纯文学出版社有限公司1983年版，第336页。
② 同上书，第337页。
③ 同上书，第347页。
④ 同上书，第401页。
⑤ 同上书，第354页。
⑥ 同上书，第489页。
⑦ 同上书，第493页。
⑧ 同上书，第32页。

林对"抗日神剧"也是持批判态度的。

最后，苏雪林认为中国新文学对西洋文学、中国古典文学、民间文学要学习，但不能僵化照搬，而是要注意转化。在西洋文学借鉴方面，苏雪林赞扬的是闻一多，她指出："闻一多有个东方的灵魂，自然憎恶欧美的物质文明，所以对于他们的文艺，也不像别人那样盲目的崇拜，不管好坏只管往自己屋里拉。"、"照我个人的意见，运用外来文字应当慎重考虑，至于外来典故术语等等，可救固有文字之窘乏，只有欢迎，决无反对之理。好像印度文化入中国后，文化也起变化，现在有许多言语便是从佛典上来的。"① 可见苏雪林并不是反对学习西方文化、文学，而是主张要辨明好坏，加以创造性转化之后灵活运用，"所以偷呀，剽窃呀，都不要紧，只看他能否融化；能否把我们旧识的珍宝装上新的座盘"。② 而对那些食洋不化的写作苏雪林加以了严厉批评，例如她对郭沫若戏剧创作的批评就是明显例子。③

而在中国古代文学的继承转化方面苏雪林认为朱湘做得比较好，她称赞朱湘"善于融化旧诗词的文词、格调、意思，使为我用。这一点很像北宋词人中之周邦彦"。④ 在对民间文学转化方面苏雪林赞扬的是刘半农。她认为他"用江阴方言所拟的山歌、儿歌，用北京方言作人力车夫的对话，无一不生动佳妙"⑤。但是苏雪林并不主张这种风格的诗歌可以称为典范广而推之，因为这种拟歌"只是刘氏的一种文艺游戏，是'不可无一，不能有二'的刘氏专利品，他人万不可学他。因为民歌和儿歌都是极粗俗幼稚，不够文学资格。我们从它扩充发展，如杜甫、白居易采取古乐府格调，另创新作，才是真正途径（胡适所希望于我们者正是如此）。若一味以模仿为能事，则此等民歌现存者何止千万首，何用文学家再来辛苦创作呢？"⑥

苏雪林写实主义的文学观非常重视贴近人情、自然熨帖，而不能矫揉造作，这是其注重反映现实生活中真人真事的表现，其内在核心是人道主

---

① 苏雪林：《中国二三十年代作家》，纯文学出版社有限公司1983年版，第118页。

② 同上书，第128页。

③ 同上书，第490页。

④ 同上书，第128页。

⑤ 同上书，第69页。

⑥ 同上书，第71页。

义文学观；她主张至高的文学性，反对口号标语式文学，则标注了纯文学观的价值模式，其对西洋文学、古典文学以及民间文学的态度，正显示了她主张以我为主、多方学习，然后再加以创造性融化才是中国新文学的正途，而单一的学习路径以及顽固不化的模拟都是她反对的创作模式，这显示了她开阔的视野，以及对新文学创作的自信和期盼。

三　方法得当，主客观交融

苏雪林的该部著作能够取得较大成就，与她的文学史研究方法是分不开的，而这可能是我们同时期文学史家有所欠缺之处，也是我们以后文学史书写应该继承发扬的。这表现在其审美语言、科学分析、纵横比较等方面。

（一）语言有特色

由于苏雪林既是作家又是大学教授，所以该著撰写不同于一般专职文学研究的学者，其语言多幽默风趣，而且言简意赅，能够一针见血，可读性十分强，这使得该部著作在众多文学史中颇受好评。

她对作家作品的分析也有理论基础，例如其分析施蛰存的心理描写就介绍过弗洛伊德的心理学理论，但这还不是该著引人注目之处。该文学史独树一帜的乃是其多用比喻、拟人的形象化语言对作家作品进行分析，这在前引部分已是昭然若揭，这里不妨再举几例以飨读者：

她评析沈从文作为"文体家"的特色就很有意思："我常说沈从文是一个新文学界的魔术家：他能从一个空盘里倒出数不清的苹果鸡蛋；能从一方手帕里扯出许多红红绿绿的缎带纸条；能从一把空壶里喷出洒洒不穷的清泉；能从一方包袱下变出一盆烈焰飞腾的大火，不过观众在点头微笑和热烈鼓掌之中，心里总有'这不过玩手法'的感想。沈从文之所以难以叫有文学修养的人感到十分满意者，便是被这'玩手法'三字所累。"①

她将沈从文和王统照初期的文章予以比较，建议"王统照的文字应该割去二三十斤的脂肪，沈从文的文字应该抽出十几条使它全身松懈的懒筋"。②

她将俞平伯和朱自清的笔法予以比较："俞朱笔法都是细腻一路。但

① 苏雪林：《中国二三十年代作家》，纯文学出版社有限公司1983年版，第399页。
② 同上书，第398—399页。

俞较绵密，而有时不免重滞；朱较流畅，有时亦病轻浮。俞似旧家子弟，虽有些讨厌的架子，而言谈举止，总是落落大方；朱似贫家女郎，资质聪明，丰神秀丽，固有她的可爱处，惜阅历不深，见闻不广，终与大家闺秀有点不同。"①

她赞美徐志摩写的"《新月月刊》创刊辞，写得笔酣墨饱；字字闪射琥珀色的光芒，好像一双云雀高飞云际，嘹亮的歌声，洒下一天花雨，真够叫人沉醉！"②

苏雪林这些语言多生动形象，多因为她是从自己的阅读感受提炼而来，再加上她作为作家深知创作甘辛，其对每个作家的特色往往寥寥几笔就抓握住其主要特色，犹如中国传统批评中的《诗品》，严谨形象，而又意蕴丰富，这是印象式点评的余韵，现在的文学史书写多不善此道了。

（二）科学分析

该部著作作为文学史讲义在课堂使用，这意味着其是文学史教学。文学史理论上是反映文学历史的全貌，实际上这是不可能做到的，因为文学历史的现实原貌繁芜混乱，这需要文学史家予以选择剔除，并加以科学研究，进行知识化处理，使其变成井然有序的知识体系与框架，这就需要运用科学分析的手段。这一点是所有文学史研究及编撰都要具备的一种共性，苏雪林的该部著作也不例外。

首先，这种科学分析表现在其总体框架上。该书在体例上比较讲究，先是"总论"提纲挈领，总揽全局：介绍"新文学运动前文学界之大势"，对新文学的合法性进行辩解；在"新文学的精神"中强调新文学的精神一是科学，二是民治的精神。在"新文学引起的反动"指出对新文学的反对可分为三个时期。而"文坛的派别"中，介绍了文学研究会、创造社以及分裂出的各个小派别。最后，在"对今后新文学之希望"中，苏雪林提出对新文学的四种希望。总论之后是全书主体，依次是"新诗"、"小品文及散文"、"长、短篇小说"、"戏剧"、"文评及文派"五编。这五编的分类也体现了苏雪林的匠心，文学四分法是小说、诗歌、散文与戏剧，但苏雪林予以了灵活处理。因为诗歌中包含的是新诗和旧诗词，她明确限定为新诗；而小品文本就包含在散文之中，但20世纪二三

---

① 苏雪林：《中国二三十年代作家》，纯文学出版社有限公司1983年版，第226页。
② 同上书，第561页。

十年代小品文成就很大，所以将其突出；小说中本来包含长、中、短篇小说，但20世纪二三十年代中篇小说成就不明显，就只论述长、短篇小说；其不以话剧为名就在于还论述了戏曲，所以直接以戏剧为名；但如果只论述这四种体裁，则当时的思潮流派、期刊媒体等文学整体氛围有所缺失，于是该著又在后面加上"文评及文派"这一编。该著每一编都有"前言"和"后语"，"前言"勾勒每编主要论及的作家作品，"后语"在于对前面的论述进行再度强化。这样每编有头有尾，秩序井然。总的来说，这个体例实现了苏雪林的编撰意图、宏观规划、严谨有序。

其次，科学分析还体现在苏雪林对作家作品研究坚持分类列举的办法。例如其将小品文及散文分为九类：思想表现类、讽刺类、幽默类、美文类、游记类、哲学幽默混合类、日记类、书翰类、传记类。具体作家作品分析也是先简要介绍作家作品概况，然后先从内容入手，分别从几方面论述。例如其将沈从文的作品就分为四类："一、军队生活。二、湘西民族和苗族的生活。三、普通社会事件，四、童话及旧传说的改作。"[1] 接着再从艺术特色上进行分类评析，指出沈从文的艺术特色："第一，能创造一种特殊的风格，在鲁迅、茅盾、叶绍钧等系统之外另成一派"；"第二、结构多变化"；"第三、句法短峭简练，富有单纯的美"；"第四、造语新奇，有时想入非非，令人发笑"。[2] 分析巴金作品的特色也是"第一，富于虚无主义的色彩，或者也可说安那其主义的色彩"；"第二，提倡憎恨的哲学"；"第三，作品题材富有世界性"。[3] 而田汉的艺术特色在于"第一、描写极有力量，富于感染性"；"第二、情节安排之妥当对话之紧凑"；"第三、善于利用演员之特长与场面之变化莫测"。[4] 这种分类列举的方式看似稀松平常，但分类意味着其对原生态的文学现象进行了考察，然后按照某一标准来解剖研究，分类后的不同特色的总结，就意味着苏雪林从不同方面来梭巡了研究对象，这种思维模式本身就是科学态度、科学逻辑。

最后，科学分析还体现在该著评论作家作品之时能站在持衡立场上，一分为二地看待问题。例如在"总论"先介绍"新文学运动前文学界之

---

① 苏雪林：《中国二三十年代作家》，纯文学出版社有限公司1983年版，第387页。
② 同上书，第396—397页。
③ 同上书，第410—412页。
④ 同上书，第504—507页。

大势",指明当时大致有四派文学:第一种是梁启超、谭嗣同议论的文章;第二种是严复、林纾的翻译文字;第三、四种是章炳麟的述学文章和章士钊的政论文章。苏雪林评说这四种古文是当时文界、政界精英人士的主流,但这些文章写的人费劲,而看的人很难看懂,这就间接论证了白话文替代古文的必要性。但她借用胡适的话评价章士钊的政论文章,其在语言上"是倾向欧化,把古文变精密了,变繁复了,使古文能勉强直接译西洋书,而不消用原意来重做古文,使古文能曲折达繁复的思想,而不必用生吞活剥的外国文法"。①这也说明了当时古文本身还是存在革新,甚至还很有成就,只不过时代已经提出古文不能满足的更高要求,这就没有将古文的努力视而不见。

又如在总论的"新文学引起的反动"中苏雪林指出当时对新文学存有反对,并将其分为三个时期,这三个时期的代表分别为林琴南、学衡派、甲寅派。难能可贵的是,苏雪林对这三种反对意见的可取之处都能指点出来,而不因为他们反对新文学就一无是处,例如她指出学衡派的观点是"很有力量的反对论"②,早期的甲寅派"本是一个极有力量的政论机关"③。能对反对者以积极的评价,足见出她的开阔胸襟与持衡立场。

而在具体作家作品的分析上,她一分为二的做法更为常见,即使她不屑地称呼张资平为"通俗文学家",并对其进行了严厉的批判,但还是承认他的"文笔清畅,命意显豁,各书合观,结构虽多单调,分观则尚费匠心。他是以'为故事而写故事'为目标的,所以每部小说都有叫人不得不读完的魔力"。④她对鲁迅、郭沫若、茅盾、巴金、老舍、曹禺、沈从文等人的分析也是这种持衡客观立场的绝佳体现。

坚持框架体例的精密与分类列举,并在研究过程中保持一分为二的立场,在学者型文学史家中似乎是稀松平常,但是对于作为作家的苏雪林来说,就难能可贵。因为作家大多以形象思维为主,多重视自己的阅读感触,而少理性思维的牵绊,往往会使得自己的文学研究过于感性。

(三)纵横比较

由于苏雪林家学渊厚,有很强的旧学根底,又曾负笈法国三年,可谓

---

①　苏雪林:《中国二三十年代作家》,纯文学出版社有限公司 1983 年版,第 8 页。
②　同上书,第 23 页。
③　同上书,第 24 页。
④　同上书,第 332 页。

古今中外文化典籍都有所涉猎；其又经历过"五四"风雨的洗礼，并在"五四"文坛有所建树，这使得该著在评定作家作品、思潮流派之时引经据典取材广博，古今中外都能随手拈来。

首先，注重将中国现代作家的创作与中国古代作家进行比较。例如其介绍茅盾的创作具有"有计划的作为社会现象的解剖"的特点，就指出在中国古代也有这种现象，但是分为有计划和无计划两种，例如《今古奇观》中表现明代社会实况，以讲故事为主，这属于无计划的。而《水浒传》介绍宋代强盗生活，《金瓶梅》介绍明代中下各阶级生活，《红楼梦》介绍满族贵族生活等等才算有计划的社会现象解剖。这样就将茅盾的创作与中国传统文学的联系予以了紧密结合。

其次，注重将中国现代作家的创作与西洋作家作品进行比较。其分析了茅盾的创作具有解剖社会的特点，指出中国有计划解剖社会现象的著作不过寥寥几部，"若其将整个时代和社会、收拾而入书斋、置之写字台上以文学家心灵的显微镜，研究、分析、观察，而后分门别类作为详细的报告，则当推西洋。"① 接着其以巴尔扎克、左拉、屠格涅夫、辛克莱等人的创作加以比较，最后指明："茅盾也抱有这样伟大的野心，其所暴露各方面已见上文介绍，而关于农村破产的一端表现尤为有力。"② 又如她将曼殊菲尔的《一个理想的家庭》与凌叔华的《有福气的人》进行比较。还论述施蛰存的《鸠摩罗什》在描写技巧上虽受了弗朗士《黛丝》一类书的影响，成为中国人写的佛教徒灵肉冲突的记录，但与《黛丝》之基督教徒灵肉冲突有别。

注重古今中外的文学现象比较，在第二十四章"自传文学与胡适的'四十自述'"中也体现充分，其分别论述了外国与中国古代自传文学的发展，阐释了中国自传文学不发达的原因，并由此介绍了胡适的《四十自述》的文学史意义。

最后，该部著作注重将中国作家相互之间进行比较。例如其将老舍和鲁迅进行比较，指出："老舍是一个讽刺小说家，对国家对社会对人生的态度都以讽刺出之。然而决不如鲁迅那么刻薄，反而令人觉得他是一个可亲可爱的长者，这或者要感谢他那北方人的忠厚气质。鲁迅小说里没有一

---

① 苏雪林：《中国二三十年代作家》，纯文学出版社有限公司 1983 年版，第 405 页。

② 同上书，第 406 页。

个好人，老舍小说里则李子荣、张大哥、丁二爷，都十分可爱。他口角边虽常常挂着讥嘲的笑意，眼里却蕴着两眶热泪。"①

她将俞平伯与朱自清进行比较，"俞平伯虽无周作人学问之广博，与思想之深湛，但因曾研哲学，又耽佛典，虽以善表现而有深入深出之讥，但说话时自然含有一种深度。至于朱自清则学殖比俞平伯为逊，其文字表面虽华赡，而内容殊嫌空洞。俞似橄榄入口，虽涩而有回甘；朱则如水蜜桃，香甜可喜，而无余味。"②

她将孙福熙和孙伏园相比较，认为孙伏园"其文字风格沉着，用笔精炼，措词雅饬，不愧'醇正'、'纯粹'二语的批评，一见即知为身经百战老将的出手。他的文字也与孙福熙一派，用笔至为细致，但还有胜于乃弟之处。因为福熙少年时作品疏宕散漫，艺术不甚完美，后来渐趋凝重，但有时又显雕琢的痕迹，像他那篇《安纳西湖游记》已经大不自然，小说集《春城》更显矫揉造作了。伏园则稳重之中仍含流利；修饰之中尚有自然，像一个饱经世故的中年人不肯胡乱说话，不肯轻举妄动，但有时他那天真坦白的谈笑，比浮薄少年的更为可爱"③。她还将徐志摩与闻一多、王独清与郭沫若等等都进行了不错的横向式比较。

苏雪林分析作家作品之时注重古今中外的比较例子颇多，几乎每个章节都有，而前述诸多特点分析中也多有涉及，这正说明苏雪林的文笔是混合型的。即其在撰写作家作品论之时，往往是形象化语言中有比较，而且又容身于科学研究的逻辑框架之中，导致整个文本主观性与客观性水乳交融在一起，阅读起来有理趣、有智慧、有学理、有俏皮、有幽默、有讽刺，一卷在手，不忍舍弃。

这部文学史著作也并不是说完美十足无懈可击，其缺点往往伴随着优点随影随行。例如苏雪林坚持写实主义的文学价值观，自然对浪漫主义郭沫若、郁达夫等创造社人物评价不高，对"新写实主义"评价也不是很高，例如左翼文学。她总是揪住机会对鲁迅和左翼文艺进行责骂，骂来骂去似乎也了无新意，就是那么几种意思。而且很多地方还可见出她自己的矛盾之处，例如她一面宣称"批评文艺本以作品的优劣为低昂之标准，

<hr/>

① 苏雪林：《中国二三十年代作家》，纯文学出版社有限公司1983年版，第371—372页。
② 同上书，第226页。
③ 同上书，第235—236页。

始合乎客观，也是公平之道"，但又辩称自己"对鲁迅颇多赞词，也是应该的"，而且高调表明自己"自研究新文艺以来，即抱反鲁的宗旨，其次则反郁"①，这就很难自圆其说。又如她认为"茅盾个人的所抱主义固不适合于中国，有甚大的谬误，但他所写现代中国的危机，和整个民族的痛苦，则已绘声绘色，形容尽致，比郑侠《流民图》还要悲惨几倍"。②"中国人民那时代的痛苦已经超过人类所能忍受的程度了。又有谁能代为申诉与呼吁？尤其是农村破产，农民痛苦已陷入水深火热的境地，关心民瘼者实不能坐视，像叶绍钧的《多收了三五斗》，丁玲的《水》、《法网》和茅盾的《春蚕》、《林家铺子》都写得深刻动人。倘使政界各阶层的办事人员读了，都能够获得一个惊心动魄的印象。则他们替老百姓办事的时候也许可以多拿出几分良心，也许肯多流几滴血汗，你想我们老百姓叨光还浅吗？可惜这些左派文人用心在于挑拨政府与人民的仇恨，一边进行颠覆现政制，建立他们理想政权的阴险企图，用心便不可恕了。"③ 可见苏雪林还是认为当时是民不聊生，老百姓生活在水深火热之中，而政府机构又不能施以有效的措施来缓解民族、民众的苦痛，这道出了左翼文学乃至中国革命勃发的客观原因。但是具体到左翼文学和具体作家上来，苏雪林就认为他们不该参与到反抗国民党反动统治上来，而对那些共产党员作家横加指责。这种矛盾态度也体现在她为丁玲④、郑振铎⑤等人的政治倾向加以辩驳上。还如对左翼文坛参与种种文艺斗争，她也处于左右为难的境地。如她一方面赞扬林语堂的文学成就，认为其幽默文学的主张具有积极意义，并反对左翼文人对林语堂的批评，另一方面她又承认左翼文学批评得很有道理，因为"那时正当长江流域的大水灾之后，日本趁火打劫，侵占我们的东北四省，上海又当淞沪大战之后，内忧外患非常严重，人心正在忧虑不安之时，林语堂来倡导什么幽默文学和讲什么情趣主义，实也不合时宜"。⑥ 当然，苏雪林处于这种左右支绌、进退失据还是由她自己所站立的政治立场决定的，历史人物总带着历史情境所投射的暗影斑点，

① 苏雪林：《中国二三十年代作家》，纯文学出版社有限公司 1983 年版，第 470—471 页。
② 同上书，第 403 页。
③ 同上书，第 404 页。
④ 同上书，第 417 页。
⑤ 同上书，第 476 页。
⑥ 同上书，第 590 页。

我们似乎也不必非议、苛评。

第九节　陈敬之对作家专论的执着

陈敬之（1910—1982 年），湖南衡山人。1949 年去中国台湾，任国民党中央改造委员会第六组干事、总干事、专门委员。1974 年任国民党党史委员会委员、副主任委员。他是中国新文学运动研究权威。1980 年，台湾成文出版有限公司出版了他的系列专著：《首创民族主义文艺的"南社"》、《中国新文学运动的前驱》、《中国新文学的诞生》、《新文学运动的阻力》、《中国文学的由旧到新》、《现代早期的女作家》、《文学研究会与创造社》、《"新月"及其重要作家》、《早期新散文的重要作家》、《文坛风云五十年》等。仔细分析陈敬之这些著作的名称，我们就会发现其是按照中国现代文学史的时间流变予以撰写，大致勾勒出了中国现代文学史发展演变的路线图，而其专著中的每个小节都是以作家论为主，这种编写模式在中国台港的中国现代文学史编撰中鲜见此例，这里将这些专著合在一起论述很有必要。

一　作家的立体像

陈敬之这些文学史文字是先发表在期刊杂志上，后来将其集合在一起，予以有意识编排，无形中就具有作家论文学史的意味。每本著作都是先概述，然后进行作家分论，作家数量较多，代表性强，这可以从下面所列目录内容中看出。

《首创民族主义文艺的"南社"》① 首先书写的是"首创民族主义文艺的'南社'"，对南社的得名由来以及发展衰落进行了细致梳理，然后依次介绍的是"首创'南社'的陈去病"、"刘三与'南社'"、"柳弃疾与'南社'"、"省长诗人马君武"、"曲学巨擘吴梅"、"诗学大师黄晦闻"、"革命僧人苏曼殊"、"弘一法师李叔同"等"南社"代表作家。

《中国新文学运动的前驱》② 首先书写的是"荷戈振甲作前驱"，对戊戌变法时期的文化运动对中国新文学运动的影响进行了阐释，然后依次

---

① 陈敬之：《首创民族主义文艺的"南社"》，成文出版社 1980 年版。
② 陈敬之：《中国新文学运动的前驱》，成文出版社 1980 年版。

介绍了"梁启超"、"谭嗣同"、"黄遵宪"、"严复"、"王国维"等代表作家。

《中国新文学的诞生》① 首先书写的"文学革命高潮掀起",对文学革命的发起、进展、高潮和演变进行了述说,然后依次介绍了"吴敬恒"、"蔡元培"、"胡适"、"陈独秀"、"钱玄同"、"刘复"等代表作家。

《新文学运动的阻力》② 首先书写的是"'文''白'论争",概述了新文学运动以来的关于文言文与白话文的三次论争经过,然后依次为"一味复古的林纾"、"学衡人物之一——吴宓"、"学衡人物之二——梅光迪"、"学衡人物之三——胡先骕"、"穷斯滥矣的章士钊"。

《中国文学的由旧到新》③ 则主要是从四大体裁诗歌、小说、散文、戏剧几方面来论述中国文学的由旧到新,四种体裁四个章节:"从旧诗的演变谈到新诗的发展"、"从旧小说的演变谈到新小说的发展"、"从旧散文的演变谈到新散文的发展"、"从旧戏剧的演进谈到新戏剧的发展"。这四个章节各自从诗歌、小说、散文、戏剧的起源、发展一直谈到新文学运动之后新诗歌、新小说、新散文、新戏剧的产生和发展。

《文学研究会与创造社》④ 分为两辑。第一辑首先是"为人生而艺术的文学研究会",介绍文学研究会的性质、机关刊物、文学主张和文学成就,然后依次介绍了"沈雁冰"、"郑振铎"、"叶绍钧"、"王统照"、"许地山"等作家;第二辑首先是"为艺术而艺术的创造社",介绍了创造社的成立、文学主张和文学史意义,然后依次介绍了"郭沫若"、"郁达夫"、"张资平"、"成仿吾"等作家。

在《现代文学早期的女作家》⑤ 中首先是"关于女性文艺",对女性文艺进行介绍,展望未来女性文艺的前景,然后是"早期的几位女作家",对要分节介绍的几位女作家的艺术成就进行总的描绘,随后将"陈衡哲"、"谢冰心"、"庐隐"、"凌叔华"、"淦女士"、"苏雪林"、"丁玲"、"谢冰莹"等女作家进行专门介绍。

---

① 陈敬之:《中国新文学的诞生》,成文出版社1980年版。
② 陈敬之:《新文学运动的阻力》,成文出版社1980年版。
③ 陈敬之:《中国文学的由旧到新》,成文出版社1980年版。
④ 陈敬之:《文学研究会与创造社》,成文出版社1980年版。
⑤ 陈敬之:《现代文学早期的女作家》,成文出版社1980年版。

　　《三十年代文坛与左翼作家联盟》① 首先是"新文艺的转变",论述20世纪30年代文艺的转变,然后以一节的形式介绍"左联"之后共产党文艺的发展,接着是对"鲁迅"、"瞿秋白"、"周扬"、"徐懋庸"、"胡风"、"巴金"等依次进行专门介绍。

　　在《"新月"及其重要作家》② 中首先是"健康与尊严并重的新月社",介绍新月社的形成、态度、论战及成就,然后介绍"徐志摩"、"闻一多"、"梁实秋"、"沈从文"、"朱湘"、"臧克家"等代表性作家。

　　上述各专著所涉及的作家总计在50位左右,基本上将中国现代文学史上的重要作家予以论及,令人遗憾的是没有论及抗战时期的作家作品,使得陈敬之的中国现代文学史研究缺少了更完整的体系。

　　除了介绍作家众多之外,陈敬之的作家论最大特色是每位作家的立体像得以描摹。

　　作家论的文学史是中国现代文学史编撰中的重要一翼,但是大部分作家论文学史所关注的都只是作家文学方面的成就,而对他们多方面的才能,则限于文学史篇幅多予以忽略。陈敬之的这些文学史专著,则将这些作家的多方面才能予以较详细书写,呈现了一个立体的作家全身像,而不是如其他文学史著只展示作家一个平面的文学面孔。如《首创民族主义文艺的"南社"》中对"革命僧人苏曼殊"的介绍就包含十一个小节。依次为"身世复杂有难言之痛",介绍了其血统是否混血儿的多种观点;"出家为僧还俗革命"叙说其一生在为僧和革命之间的转换及其身后的墓葬之事;"其行虽狂其志实狷"叙说其基本思想和精神,认为其能将"狂"与"狷"两种性情融为一独特个体;而"任情率性具见天真"则体现在他的服饰"僧俗不分"、饮食则"荤素并进"、用钱则"挥霍无度"、行事则"谐趣横生"等方面;"色即是空空即是色"叙及苏曼殊与女人特别是与雪鸿和静子之间的情爱关系;从"毕生精力寄之于诗"、"小说书札随笔剧谈"、"中外译著皆有可观"、"艺术天才咸为称异"、"品画书跋堪称双绝"到"佛学佛事辨析精确"等小节都在论说苏曼殊在文学、文化、艺术上的成就,其多才多艺足见一斑。其中评说他诗歌中重

---

　　① 陈敬之:《三十年代文坛与左翼作家联盟》,成文出版社1980年版。
　　② 陈敬之:《"新月"及其重要作家》,成文出版社1980年版。

在抒情的七绝成就最高，"几乎没有一首而不极尽其哀感顽艳之致"①；而其小说重在书写个人身世，其小说的文言文笔"兼有中国旧式小说的'简洁'与'绮丽'这两者之长"，"清新又晓畅"。② 陈敬之还认为苏曼殊的书札是其重要的文学成就之一，"不仅文词隽逸而婉约，且真情流溢，妙绪纷披，随处可以看出他的聪慧、明敏，天才绝俗"。③ 陈敬之对其书札以及随笔和剧谈的重视及高度评价在一般文学史叙述中少有。苏曼殊的译著现代人很少在文学史中叙说，陈敬之对其多以五言翻译拜伦、师梨（即雪莱）的诗歌，有褒有贬："其音调的高古，辞藻的典则，虽至于魏晋南朝间，亦不相上下，此固为其优长之所长；然以其好用奇字僻句，致有时使人深感奥衍难读，而于原诗词调风神，似亦并无胜处；反而赶不上他所自作的绝句，思维浅而纯从真性情中流出，所以不但益饶妩媚，且亦感人至深。"④ 至于苏曼殊在绘画、品画、书跋、佛学佛事辨析等方面的成就，陈敬之也不吝笔墨详加叙述。

《中国新文学运动的前驱》中对严复的介绍也是立体全面的，包含十二个方面。依次为"为期十年的海军学生生活"、"从出国留学到回国服务"、"关于变法维新的言论主张"、"是'戊戌'流血惨剧里的一个幸运儿"、"列名'筹安会'的始末"、"对新文化和旧文学的贡献"、"论中西文化"、"论翻译事业"、"论教育为本"、"论俄帝必亡"、"论文艺书法"、"论当代人物"。这些方面主要论列了严复一生行为活动，以及其一系列思想观点，使得该章节几类似于思想史撰写，当然对严复的文艺观点及其古文、旧体诗词的成就也多有涉及，但留给读者更多印象则在于其思想和一生行事，评价了其思想引领潮流之功不可磨灭。

《"新月"及其重要作家》对徐志摩的介绍包含九个方面，依次为"从身世和个性说起"、"出国留学到学成返国"、"致力于文艺和教育"、"成为杰出的作家"、"在新诗创作上的成就"、"在散文创作上的成就"、"在小说戏剧创作上的成就"、"'群而不党'与'和而不同'"、"'浪漫的爱'与'现实的生活'"。从这九个方面，我们不仅知道徐志摩的家世，他自小被视为"神童"，他与张幼仪订婚及离婚的缘由；了解他在美国、

---

① 陈敬之：《首创民族主义文艺的"南社"》，成文出版社 1980 年版，第 148 页。
② 同上书，第 152 页。
③ 同上。
④ 同上书，第 167 页。

英国留学的大致经历，其初学商而改习文学；知道徐志摩学成归国之后在
国内著名大学任教以至"桃李满天下"，而其上课谈笑风生、娓娓动听，
吸引力之强，仅次于胡适；其诗歌上的艺术成就也被陈敬之重视，强调他
诗歌重在"体制的优美"、"韵致的妩媚"和"词藻的华瞻"。除此之外，
陈敬之还推崇徐志摩的散文，认为他的散文和诗歌之间有着共通性。他认
为徐志摩的散文不仅具有其诗歌的三个特点，还有两个特点值得重视，即
"想象的丰富"和"情感的真挚"。而徐志摩的小说和戏剧创作尽管成就
不大，但陈敬之强调了他对戏剧运动的独特作用，这样徐志摩的文艺创作
就不只是诗歌，而是散文、小说和戏剧都有涉及，重在诗歌和散文。为了
使得徐志摩的文学史形象更为丰富，陈敬之还详述了徐志摩的为人，其
"对任何人任何事没有绝对的怨恨"的处世态度使其获得文坛一致赞誉，
而其喜欢提携他人，帮助他人诱掖奖进的风范为文坛留下处处佳话，而其
在爱情方面的取舍则昭显了"浪漫的爱"与"现实的生活"永远得不到
调谐的人生无奈。

　　由上述例子可以看出陈敬之书写作家专论的全面立体，他所撰述的作
家几乎都有如此表现，不同的只是在于篇幅的多少而已。这样的作家论书
写一方面使得作家的多方面才艺得到展示，为读者了解其文学的成就奠定
了扎实丰沛的背景知识；另一方面由于涉及作家的个人身世、人生际遇、
情感历程和为人处世，使得作家论更加人性化，充满故事性，从而整个作
家论文学史人情味十足，而文学史撰写者的个人情感也得以渗透凸显。但
是无形中关于文学本身的篇幅所占比例过少，使得自己论及的作家在这方
面的成就论述不深也就在所难免。

二　重视新旧文学的转换

　　从上述我们引述的专著目录中，我们会发现，陈敬之的文学史著作对
中国文学由古代文学向现代文学转换予以了较多聚焦，这是因为他"于
旧文学有深厚基础，兴趣也偏重于这一方面"[①]，而他的《首创民族主义
文艺的"南社"》、《中国新文学运动的前驱》、《中国新文学的诞生》、
《新文学运动的阻力》、《中国文学的由旧到新》五本著作都是论述新旧文
学转换之际的文坛态势和发展演变，这说明了他并不认为中国新文学是古

---

① 　陈敬之：《首创民族主义文艺的"南社"·编后记》，成文出版社1980年版，第183页。

代文学的断裂式前进，而是一个顺势顺时的发展，二者之间存在许多必然的联系。

在《首创民族主义文艺的"南社"》中他不仅介绍了大家熟知的南社人物陈去病、苏曼殊、李叔同，还介绍了很少有人在文学史予以书写的柳弃疾、马君武、吴梅、黄晦闻等。现在的文学史书写一般会认为"南社"的创作多是以文言为主，很少强调其对现代文学的意义。而陈敬之则从"南社"的刊物《南社》所登载的文章出发，认为这一份刊物"实以提倡民族气节和激励革命精神为其发刊的主要旨趣所在。而它有裨于辛亥革命的成功与民初倒袁的胜利，也正在此"①，《南社》"它不仅在推动革命文艺上尽了最大的努力；而后来的新文艺团体之相继而起，也是肇始于此"②。所以陈敬之认为《南社》所选刊的作品都是"一种所谓革命文学的正宗"③，"无一不是当时的革命文学中的杰作"④。陈敬之出于政党意识的局限，再三强调《南社》的革命文学与后来郭沫若等人在 20 世纪 20年代所倡导的革命文学有天壤之别，但他将革命文学的源头追溯到《南社》却为我们现在撰写文学史提供了新的思路，这种治学思路"以现代文学为基础研究'南社'"⑤，直接疏浚了近代文学与现代文学之间对话交流的渠道，值得我们借鉴。

在《中国新文学运动的前驱》中陈敬之认为"中国新文艺运动，是中国新文化运动的主流；同时也是推动中国新文化运动的急先锋。自它的酝酿、形成、发展和演变来说：它和中国新文化运动一直有着血肉相依、因果相续、成败相因和影响相成的一种密切关系。"⑥ 这样论说文艺运动和文化运动的关系现在来看几乎是老生常谈，但是陈敬之不一样之处在于他赞同有人将"中国新文化运动划分为三个时代（或三个阶段）的说法。即所谓'戊戌时代的新文化运动'、'革命初期的新文化运动'和'五四时代的新文化运动'"。⑦ 于是"戊戌'维新运动'，是中国新文化运动之

---

① 陈敬之：《首创民族主义文艺的"南社"·编后记》，成文出版社 1980 年版，第 5 页。
② 同上书，第 1—2 页。
③ 同上书，第 5 页。
④ 同上书，第 9 页。
⑤ 同上书，第 184 页。
⑥ 陈敬之：《中国新文学运动的前驱》，成文出版社 1980 年版，第 1 页。
⑦ 同上书，第 5 页。

正式开端"①，时间即是从 1898 年戊戌变法开始的，与此相应中国新文艺运动大致也可以从此开始。陈敬之还具体论述了戊戌变法这一中国新文化运动为中国新文艺运动所尽的"前驱"作用：废除八股和科举制度为"新文艺的发展扫除了障碍"②，西洋思想的译介传入为"新文艺的思想开拓了源泉"③，梁启超、谭嗣同、黄遵宪所创造的"新文体"和"诗界革命"为"新文艺的园地播下了种子"④，当时在"语文合一"运动上所做的努力为"新文艺的语文塑造了模型"⑤。这种时间起源和具体论述与我们当前某些"20 世纪文学史"或"现代中国文学史"的编撰有英雄所见略同之处，它们都打破了中国现当代之间的天堑隔阂，为整体化的文学史叙述奠定了扎实基础。

在《中国新文学的诞生》中陈敬之认为："'戊戌'时代的新文化运动，以'戊戌维新'为其最高潮；'革命初期'的新文化运动，以'辛亥革命'为其最高潮；'五四'时代的新文化运动，以'五四运动'为其最高潮。"⑥ "领导'戊戌'一幕的是康（有为）、梁（启超）；领导'辛亥'一幕的是国父孙中山先生；领导'五四'一幕的是蔡元培。"⑦ 陈敬之还认为三个阶段分别由三个刊物为代表：《新民丛报》、《民报》、《新青年》。正因为坚持新文化运动的三个阶段，所以《中国新文学的诞生》并不是一开始就以胡适和陈独秀为先，而是最先论述了吴稚晖和蔡元培。其评价吴稚晖不仅毕生致力于推广国语运动，而且其为文内容充实、风格独特、文体别创，其"不特是提倡白话文的急先锋，而且还认为文字便应该与白话一样通俗"。⑧ 而蔡元培对于文学革命的最大功劳在于其"以教育领袖和旧学耆宿来间接加以翼赞和维护"⑨，从而使得该运动迅速发展得以成功。重视吴稚晖和蔡元培等过渡人物为中国新文学的诞生付出的汗马功劳，而不是将其完全之功安放在陈独秀和胡适身上，正体现了陈敬之

---

① 陈敬之：《中国新文学运动的前驱》，成文出版社 1980 年版，第 5 页。
② 同上书，第 11 页。
③ 同上书，第 12 页。
④ 同上。
⑤ 同上书，第 13 页。
⑥ 陈敬之：《中国新文学的诞生》，成文出版社 1980 年版，第 2 页。
⑦ 同上。
⑧ 同上书，第 56 页。
⑨ 同上书，第 84 页。

对历史合力的重视，他对新旧之间并不会黑白分明而更多的可能是你中有我、我中有你的复杂性有着独到的心领神会。

《新文学运动的阻力》虽名曰"阻力"，但这并不是贬义，陈敬之并不是站在新文学的立场上批判那些反对者都是"心怀叵测"、"居心不良"，而是以实事求是的态度分析了这些反对者们在文化、文学、思想上的建树。这从其对每位反对者的书写标题可一窥底细。对于"一味复古的林纾"他书写了下列小节："艰苦力学卓然有成"、"迻译小说群推首屈"、"享名之盛一时无匹"、"融汇中西厥功至伟"、"笔记小说自成一家"、"基本志业仍在古文"、"古文正宗白话死敌"、"怆怀世乱诗作悲凉"、"设色山水戛然独造"、"卖文鬻画恬然自适"。对"学衡人物之———吴宓"他的书写包含下面几个小节："礼貌性行学养生活"、"创办学衡崇旧拒新"、"文学著作诗歌最佳"、"戏曲小说并称能手"、"酷嗜红楼自比宝玉"、"痴恋海伦誓不再娶"、"自忏自解唯诗是赖"。对"学衡人物之二——梅光迪"他的书写包含以下几个小节："留学生活为期九年"、"矢志教育忠爱国家"、"文白论战从头细说"、"矫然独立卓尔不群"、"中西文化洞见底蕴"。对于"学衡人物之三——胡先骕"他则书写了两节："专攻生物雅嗜文学"、"文白论战融贯中西"。还有对章士钊六个小节的书写，此处不引。从这些标题我们看出，陈敬之并不因为他们曾经反对过白话文就将他们贬抑得一无是处，反而是处处呈现出他对这些"不合时宜"人物的欣赏羡慕之情，周锦在本著的《编后记》中对陈敬之这种书写很不以为然。①而现在来看，陈敬之的这种书写反映了一个文学史家应该秉持的立场，因为他没有站立在胜利者的视角写史。

除了以上几本文学史论述了中国文学新旧转换之际的作家作品、运动思潮之外，陈敬之还有一本《中国文学的由旧到新》。正如该著的《本书题记》中所说："研究中国现代文学，绝不能完全丢开具有两千多年历史的古典文学。但是，一般的文学史，不涉及现代文学，而新文学史，又没有古典文学的讨论。两者截然分开，对于研究工作是有妨碍的"；而"本书依着各类文体，分别从古典到现代加以连串，并作顺序的讨论，可以藉此看出发展的全貌"；"因此本书也就是一部综合了新旧文学的分类文学

---

① 周锦：《编后记》，陈敬之著《新文学运动的阻力》，成文出版社1980年版，第191页。

简史"。① 就具体编撰来说，该著还是对现代文学讨论过于简单，"尤其从
'旧'到'新'的演进叙说得不清楚"，"至于为什么变和怎样变，更是
没有交待。"② 由此引出我们以后编撰文学史应该注意"综合古典的和现
代的，也就是要包括新和旧"③，意义重大。

　　可见，陈敬之作为一个旧式文人，其研究中国现代文学史之时并不是
以新文学捍卫者姿态来书写其成功史，而是更多注重到中国文学史发展由
旧到新过程中的种种复杂态势，以历史自然发展的时序来呈现各位作家的
本来面目，这在 1980 年还是颇为不易的，而现在的诸多研究方向，在陈
敬之的思路中已有端倪，这正显示了其文学史书写的"超前性"。

三　国民党立场

　　20 世纪 80 年代的中国台湾政治接管虽然已经松动，但是很多文学史
书写中对共产党员的作家往往不能客观评价，或者予以忽视不理，或者予
以攻击，陈敬之的作家论则有所不同，他对比较重要的共产党员作家多予
以介绍，但对他们的评价仍然保持着敌意和污蔑，这显示了其国民党
立场。

　　如《中国新文学的诞生》他对陈独秀的书写，依次为"由考秀才到
办《新青年》"、"从事政治活动"、"值得重视的'最后见解'"、"绝无仅
有的新文学创作"等四小节。前两节介绍其人生历程和政治活动，第三
节介绍陈独秀在生命最后阶段的政治见解，陈敬之将其此时的思想视为其
从共产主义思想的"反叛"，而最后才评论其文学活动，及仅有的两首新
诗：《除夕歌》和《答半农的〈D－〉诗》。

　　在《文学研究会与创造社》中书写的共产党员作家有沈雁冰、郑振
铎、郭沫若、成仿吾等，从其用词和语气上多见人身攻击，只有谩骂而没
有学理性的分析。同样由于左翼文学中很多作家都是共产党员，所以陈敬
之在《三十年代文坛与左翼作家联盟》中对他们批判更多，其文艺批评多
偏激蛮横之风，带有冷战时代的意识形态烙印。难能可贵的是，陈敬之对
胡风的评价比较正面，尽管在 1980 年胡风还没有完全彻底地得到平反，但

---

①　陈敬之：《中国文学的由旧到新·本书题记》，成文出版社 1980 年版，第 5 页。

②　陈敬之：《中国文学的由旧到新·编后记》，成文出版社 1980 年版，第 217 页。

③　同上。

是他对其文学史地位予以了正面肯定："从三十年代左翼文艺理论的播种工作上来说，胡风不能不算是其中领先耕耘且又用功最勤和致力最多的一个。"① 陈敬之揭示了胡风文艺观点的理论渊源，指出胡风在留日时期"于研读俄国高尔基的著作而特具偏嗜，因而在文艺思想方面，遂深受了高尔基的影响。故追究胡风文艺理论的来源，高尔基应该是个总的根株"。② 而胡风的文艺观点，陈敬之也归纳出三条："以'现实主义'为文艺表现的方法"，"文艺创作应从人性的观点出发，或者说文艺是属于'新人文主义'的"，"文艺首先应该从属于作者的良心，然后是从属于人民大众。"③ 最后陈敬之还将胡风与周扬等人在左联时期、抗战时期和新中国成立初期的文艺争论予以了清理，总结了其人及其文艺理论必然会遭到清算的缘由。从文学史撰写的角度来看，陈敬之对胡风的关注还是公正客观的。

陈敬之在论述这些共产党员作家之时，大多不是心平气和地进行文学规律的探讨，这使得他自己的言论偏于感性欠缺说服力，但是他将共产党员作家予以收录而不是故意选择性遗忘，也显示了其作为文学史研究者的基本立场还是有所保持。其在书写这些共产党员作家之时，联系他们在新中国之后所受到的种种批判，乃至书写了他们在"文革"时期所遭受到的种种非人待遇，包含着浓厚的幸灾乐祸的情绪，这不是一个真正文学史家所应有的治史态度，而是其政治立场的无意识流露。

第十节　唐翼明对中国现代小说史与理论批评的钟情

唐翼明，湖南衡阳人，作家唐浩明之兄。1981 年 3 月获武汉大学古典文学专业硕士学位。同年赴美，次年进入纽约哥伦比亚大学东亚语言文化系，1991 年获博士学位，为著名学者夏志清的高徒。从哥伦比亚大学毕业后赴中国台湾侍亲，先后任中国文化大学中文系副教授、台湾政治大学中文系教授。2008 年退休后，回中国大陆武汉定居。其主攻魏晋思想与文学，兼做中国现、当代文学研究，后者主要有《大陆新时期文学

---

① 陈敬之：《三十年代文坛与左翼作家联盟》，成文出版社 1980 年版，第 154 页。
② 同上书，第 155 页。
③ 同上书，第 156—160 页。

（1977—1989）：理论与批评》① 《大陆新写实小说》② 《大陆现代小说小史》③《大陆当代小说散论》④，这里只介绍前三部著作。这三部著作包含了从"五四"文学到当代新写实小说的内容，但在出版时间上却是现代部分最后出版，为了体现出唐翼明文学思想的变化，我们还是按照出版时间依次介绍。

一　《大陆新时期文学（1977—1989）：理论与批评》

该书主要书写大陆 1977 年至 1989 年期间的文学理论与文学批评，这在中国台湾应该是较早的新时期文学论争史的书写。该书注重逻辑性、典型性和斗争性。

首先，该著共有十章，注重逻辑性。第一章为"导言"，其将新中国成立之后的时间分为两个时期，即毛泽东时期（1949—1976 年）和邓小平时期（1977 年至今）。他认为毛泽东时期也分为两个时期，即"十七年"和"文革"十年。这样的文学史分期与大陆基本一致，稍有不同在于名称而已。然后该书对毛泽东时期的文学理论与批评进行了回顾：在"十七年"时期文学理论与批评的特点在于"一是这个阶段的文艺理论与批评受原苏联文艺理论与批评的影响极大"⑤；"二是毛泽东本人以其领袖兼导师的身分，对文艺理论与批评，施展了绝大的权威"⑥，其理论主张变成了不可触犯的规范和指挥文艺运动的号令；第三是"十七年"时期大陆处于不断的文艺运动之中，而"文学理论与批评也就越来越左"⑦，而在"文革"十年中的文学理论与批评和各种创作一起，"进入了封建文化专制主义的全面黑暗之中"⑧。该著对毛泽东时期的文艺理论与批评进行回顾的目的在于让读者明白大陆新时期的文学理论与批评是在"怎样

---

① 唐翼明：《大陆新时期文学（1977—1989）：理论与批评》，东大图书有限公司 1995 年版。

② 唐翼明：《大陆新写实小说》，东大图书有限公司 1996 年版。

③ 唐翼明：《大陆现代小说小史》，文史哲出版社 2007 年版。

④ 唐翼明：《大陆当代小说散论》，文史哲出版社 2006 年版。

⑤ 唐翼明：《大陆新时期文学（1977—1989）：理论与批评》，东大图书有限公司 1995 年版，第 3 页。

⑥ 同上书，第 4 页。

⑦ 同上书，第 5 页。

⑧ 同上书，第 6 页。

一种基础上起步的"①，这个"导言"就是介绍背景材料，将新时期之前的文学理论与批评情形予以简略叙述，由此为介绍新时期文学理论与批评打下基础。

然后，第二章为"艰难的起步——挣脱枷锁的努力"，第三章为"乍暖还寒时候"，就是论述新时期文学理论与批评的"艰难起步"和"左右徘徊"、"乍暖还寒"，这是新生事物诞生之时所遭遇到的种种挑战。而第四章为"人性和人道主义的呼号"，第五章为"围绕现代派的争论"，第六章为"现实主义面临挑战"，第七章为"文学主体性的旗帜"，第八章为"文学批评新方法的浪潮"。这几章是从文学思想、文学思潮、文学主体与文学批评几方面书写新时期文学理论与批评的新发展，最后落脚为第九章"新的美学原则的真正崛起"，概指新时期种种的文学论争意味着一种"新的美学原则"重新确立，而这之后，就导致在文学史撰写方面发生新论争，这就是第十章"重写文学史（并后记）"中的内容。

可见，该著在安排各个章节之际有背景介绍，然后书写了新的事物的诞生及钻出土层之后所遭遇到的各类非难，最后在各方面掀起浪潮，从而奠定一种新的美学原则，直至在文学史思想上开始了"离经叛道"。于是整个新时期的文学理论与批评就有了发生发展、高潮迭起的过程，该著的书写就充满了逻辑性。

其次，该著注重典型性。新时期大陆文学论争繁多，究竟选择哪些文学论争，这体现了文学史家的眼光和文学史观的高下。该书将重要的文学论争分为十个类别以十个章节予以叙述，每个章节选择很有代表性的文学论争事件进行书写，从而达到了以简驭繁，以点概面的效果。例如在第二章"艰难的起步——挣脱枷锁的努力"中，该著用四个小节论述了四个文艺事件来阐述新时期文学理论与批评的"艰难起步"："一、从批判'文艺黑线专政'论到批判'文艺黑线'论"是对"文革"文艺路线的批判与清理；"二、《上海文学》评论员文章：《为文艺正名》"重在对文艺是阶级斗争的工具的批判，提倡"文艺为人民服务，为社会主义服务"；"三、'管得太具体，文艺没有希望'"是就文艺管理提出建议；"四、重估马、列、毛的文艺理论"是对文艺理论进行反思。可见这四个

---

① 唐翼明：《大陆新时期文学（1977—1989）：理论与批评》，东大图书有限公司 1995 年版，第 7 页。

方面的起步，是对文艺宏观理论问题进行思考，正是这四个方面的思考导致了后面在文艺微观问题上的讨论和争鸣。而在第二章"乍暖还寒时候"则书写在具体的文学批评方面新旧左右的冲突辩论，这包含"一、小说《伤痕》所引发的争论"，这种讨论有"向前看"与"向后看"、"歌德"与"缺德"、"社会主义社会有没有悲剧"三方面问题。"二、'剧本座谈会'前后的风风雨雨"则介绍围绕《在社会的档案里》、《假如我是真的》、《飞天》、《女贼》等剧本和小说等开展的争论。"三、对《苦恋》的批判"则书写了围绕电影《苦恋》所进行的争论，并介绍了关于"十六年"的争论。这些小节都说明了新的事物诞生之际并不是一帆风顺，总是在称颂与批评之中蹒跚前进。又如第五章"围绕现代派的争论"书写了"一、'朦胧诗'与'看不懂'"是叙述诗歌对现代派的借鉴；"二、三个'崛起'与新的美学原则"是从美学原则来阐释对现代派的学习；"三、《现代小说技巧初探》"是从高行健的著作来叙及新时期小说对现代派小说技巧的吸收；"四、戏剧观念的变革"是指新时期戏剧界对现代戏剧观念的引进。通过这几章的编排我们就可看出唐翼明在选取文艺论争事件之时还是注重典型性原则的。

这种典型性也体现在其将大陆学界不重视的事件予以重点介绍，以达到他所要书写的意图。上文叙及的"《现代小说技巧初探》"和"管得太具体，文艺没有希望"等小节就是如此。又如"关于'异化'的讨论"，一般文学史多是点到为止，但是唐翼明这里将其书写为第四章中的一节，来说明新时期对"人性和人道主义的呼号"。而"文体意识的觉醒与文体批评"也受到他的重视以此来阐明第九章"新的美学原则的真正崛起"。可见，该著的典型性是与其逻辑性交叉混合的，二者你中有我，我中有你。

最后，该著注重斗争性，在书写各种文艺辩论之时，喜用双方斗争的形式讲述新时期的文学理论与批评的发展。很显然，作者是站在新的文艺理论的一方讲述其如何受到旧的左的文艺思潮和文艺政策的钳制和打压，最终一步步走向胜利。这种叙事模式在中国当代文学史叙述应该算是较早的。大陆当代文学史著中将新时期的文艺思潮也叙述成逐步挣脱旧的革命现实主义的拘囿，应该是在 21 世纪之后程光炜等人编撰的文学史中。①

---

① 孟繁华、程光炜：《中国当代文学发展史》，人民文学出版社 2004 年版。参见张军《中国当代文学史叙述研究》，中国社会科学出版社 2012 年版。

但唐翼明将新旧的文艺思想斗争都理解为政治斗争则有失偏颇。这样一来就出现几个不利因素，一是对"错误"的文艺思潮没有发现其"合理"的一面，二是新旧之间的斗争并不是敌我斗争，更多应该是人民内部矛盾，是同志之间的辩论，这在唐翼明的叙事立场中似乎没有体现。他更多着眼的是文艺对政治权力的抗争，实际上没有这么简单，将其回归到文艺思想本身似乎更为妥当。

总之，该著属于中国台湾较早的介绍大陆新时期的文学理论与批评的著作，其在编撰之时注重了文学理论及批评的逻辑性、典型性和斗争性。作者一方面为大陆新时期文学理论与批评的新变欢欣鼓舞，另一方面他有着新旧之间斗争的叙述情节，这表现其文学史思想中还遗留着冷战时代二元对立的价值模式，这也是毋庸讳言的。

二　《大陆新写实小说》

这部著作与上部著作《大陆新时期文学（1977—1989）：理论与批评》不仅在出版时间是相连的，而且在著作内容上也是前后衔接的，前部著作叙述至 1989 年，这部著作从 1988 年开始书写。该著分为三个部分：一"代导论"和"总论"是从整体角度来论述新写实小说的缘起和具体特征，二"分论"具体关注"'新写实小说'各家及其作品"，三"余论"展望"'新写实小说'的前景"。

首先，著者在"代导论"和"总论"中对"新写实小说"兴起的缘由、意义、特征、渊源进行了总括性介绍。在"代导论　从反叛异化到回归本体——论大陆文学从'新时期'到'后新时期'的演变"中，作者先阐释了他对"后新时期"这一文学史分期及概念的理解。他认为文学史分期还是要兼顾到政治历史状况，所以新中国的文学史分为两个时期，1949—1977 年为毛泽东时期，1977 年至今为邓小平时期，邓小平时期又以 1989 年为界分为"新时期"和"后新时期"。唐翼明抓住"反叛"这一主线来考察大陆"新时期"文学的发展，发现它先后经历了三次重要思潮的洗礼，它们分别是（一）政治反思思潮、（二）文化寻根思潮、（三）仿西方的现代主义思潮。唐翼明认为"1987 年到 1989 年间，大陆新时期文学正在酝酿一个重要的转变，这个转变是从浪漫的开花季节走向平静而成熟的结果季节，从躁动不安、左冲右突的反叛斗争走向赢得自我、回归本体之后的胜利与喜悦"①，这意味着大陆由"新时期文学"走向了"后新时期文学"，而这一文学的代表就是"新写实小说"，它正是之前"新时期文学"的胜利果实。

在阐述完"新写实小说"的语境和历史源流之后，著者对"新写实小说"的作品内容、精神追求和表现形式上的共有特点进行了归纳，并将其与"革命现实主义"相比较，显豁出其独有的特点在于"1. '还原生活本相'，表现'生活的原生态'"；"2. '不谈理论'"；"3. 感情零度介入"；"4. 避免做理性评价"；"5. 表现'现象的真实'"。② 正是在"新写实小说"的冲击下，文学回归到了本体，成为了真正的纯文学，所以唐翼明认为大陆后新时期文坛的状况将是"一个去意识形态化之后、由异化回归本体的文学，必然是没有权威、没有主义，八仙过海、各显神通的"③。

在"总论　文学低谷中涌出的新潮"中，该著介绍了"'新写实小说'的缘起"、"'新写实小说'与现实主义"、"'新写实小说'与现代派文学"。在"'新写实小说'与现实主义"中，他比较了"新写实小说"与"革命现实主义小说"在现实观、本质观与人物塑造和人物处理上的不同，这基本上是前述那5点的重复。在"'新写实小说'与现代派文学"中，唐翼明归纳了"新写实小说"与之前现代派文学的亲缘关系："首先，'新写实小说'注重写人的生存状态，就是以当代西方哲学意识为背景的"；"其次，'新写实小说'也秉承'文化寻根小说'的遗绪，在广阔的历史背景和文化氛围中对人的生存境况进行观照和思考，渗透着较为浓厚的文化批判意识"；最后，"'新写实小说'不回避表现'恶'与'丑'，也着意揭示人的非理性和潜意识层面，表现生活中的非理性因素，特别是生活原生态中包含的荒谬，使作品往往具有较强的现代感"④。

其次，在"分论"中该著具体关注了"'新写实小说'各家及其作品"，详细分析了十多位"新写实小说"作家作品。他善于提炼出每位作家的特异之处，唐翼明指出，"刘恒对人性的不同层面，特别是非理性层面的剖示，对性与死、杀与恶的不避讳的描写以及追究，使得'新写实'

---

① 唐翼明：《大陆新写实小说》，东大图书有限公司1996年版，第15页。
② 同上书，第21—23页。
③ 同上书，第27页。
④ 同上书，第45页。

的交响乐大大增加了厚度和力度，这是我们不能忘记的"。① 而在刘震云的《单位》、《官人》、《官场》、《一地鸡毛》等作品中，人们可以获取当代中国大陆非常实际的世情、世故，尤其是无所不在的"权力场"笼罩下的世情、世故。方方的作品中则显示出生活环境的恶劣与人性自身的缺陷使得她作品中的人物走向困境，而她小说语言的"机智、幽默、俏皮，常常带有反讽的意味，这在青年女性作品中是较少有的"。② 池莉的作品中常常出现"神情逼肖的武汉人的形象，因而也自然被感觉出有浓郁的'汉味'。池莉似乎颇为刻意为此，其用心当然不是一般地使作品带有地方色彩，而是因为此类武汉人的那种粗俗、琐碎的生命形态对于她研究和展示普通人的生存本相，探讨生存的价值和意义的目的是非常适当的"。③苏童与其他新写实小说家的区别在于，他不像其他作家们"那样在描述大量物资的细节中求真实，他是从想象的整体氛围中去体现他所意识到的生活真实"，这往往带有"寓言性质"。④ 叶兆言在小说技巧上进行一种实验，"一种将现代小说技巧与传统小说写法相揉合的'实验'，一种小说现代化中对'度'的把握的'实验'"。⑤ 范小青的小说写得最精彩迷人的是苏州小巷中生活的女性人物，这些"女人各自都有一本难念的经，都有一个难解的结"⑥，这些形象"侵染着苏州文化的某种情调，聪慧、美丽、柔顺，带些'糯性'，又不免有点'小家子气'"，"她们平淡、琐屑、重复的日常生活是小巷市民生活的典型状态"。⑦ 李晓"对生活的调侃戏弄，他批判社会时的冷眼旁观态度以及他对于生存命运中偶然因素的兴趣"⑧，使得他和革命现实主义保持着距离。此外，唐翼明还介绍了刘庆邦、陈源斌、阿成等各自独到的新写实特色。这里他以具有代表性的新写实作家作品为样本，分析了他们代表性的著作，显示了他们有着共同的"新写实小说"特色，同时又精练出他们各自与众不同的新写实特色，使得他们同中有异，异中有同。

---

① 唐翼明：《大陆新写实小说》，东大图书有限公司 1996 年版，第 62 页。
② 同上书，第 86 页。
③ 同上书，第 95 页。
④ 同上书，第 107 页。
⑤ 同上书，第 117 页。
⑥ 同上书，第 126 页。
⑦ 同上书，第 127 页。
⑧ 同上书，第 132 页。

该著在分析这些具体作家作品之时，让人印象深刻的是文本细读精彩绝伦，常让读者不禁拍案叫好。例如，一般批评家多强调刘恒的《狗日的粮食》中生存状态的意义阐释，但唐翼明指出，这还显示了刘恒对极左社会的控诉，"为什么人的物质生活水准如此低下，以致造成人的严重退化，使人不能成其为人"①，当然要归咎于这些不幸者所生存于其中的极"左"环境。《伏羲伏羲》也在提醒着读者，"严酷的摧残，必定导致萎缩和畸变，杨天青的悲剧在更深广的意义上，也是一种民族命运的悲剧，这是我们掩卷之后不能不深长思之的"。②而刘震云的官场系列小说中揭示的官人与革命现实主义中的革命干部大不一样，"充满争权夺利、尔虞我诈，充满人情冷暖、世态炎凉"。③方方的《风景》则向读者揭示了与革命现实主义不一样的无产阶级形象。池莉的《太阳出世》与其他新写实小说是两种不同境界，她"虽然也以人生的烦恼、窘困和无奈为主题，却也很注重在展示生活本相时，让生活自身显示生存的价值和意义，表现出一种对现实人生的执著和亲和的倾向"。④所以在《热也好冷也好活着就好》中的武汉人"非文雅的生活方式，漫无边际的闲聊、粗俗的笑骂，更无高深的学问和思想，但是这些平民百姓显然活得很有滋味，并且情态万千，尤为难得的是，对他们所居住的这一块地方还充满了自豪感!"⑤中国传统文学中红颜薄命的主题往往体现在男女之间的对立斗争中，但苏童的《妻妾成群》似乎有意消解这一传统的冲突形式，"而以女人同女人的对立来结构小说。在江南古城这个美丽而腐朽、浓艳而阴森的角落里，女人们都在一种被压抑、被控制、被奴役、被改造的状态下施展那些天生而又有限的手腕与伎俩。她们的争斗方式并不一致，却几乎无不首先将锋芒与阴谋施展到自己姐妹身上，而对男人基本上采取一种妥协、迁就、取媚的依附方式。这种为了生存的竞争对抗是盲目的、危险的，因而也注定是没有真正出路的"。⑥叶兆言《追月楼》中的丁老先生"是个过时的人物，问题不在于他坚守民族气节值得不值得肯定和尊敬，

---

① 唐翼明：《大陆新写实小说》，东大图书有限公司 1996 年版，第 54 页。
② 同上书，第 59 页。
③ 同上书，第 76 页。
④ 同上书，第 94 页。
⑤ 同上。
⑥ 同上书，第 100 页。

而在于他自己的思想与行为方式，已与周围人脱节，这使他陷入极大的内心孤独与绝望之中"。① 范小青《顾氏传人》中的"二小姐因为无法消除对顾家下一代血统的怀疑，而怀抱多年的秘密期待也一朝破灭，死也不能闭眼。这个结局的意味，并不在于让二小姐回到她的家族遗命承担着的位置上，而是传达了世俗中人不可能获得完满生活、不可能把握自己命运的缺憾"。② 李晓的《小镇上的罗曼史》和《屋顶上的青草》这些书写知识青年下乡的小说，既不是感伤主义的幽怨，也不是梁晓声那样的英雄主义，而是"侧重于揭示知识青年自身的性格弱点，在不公平的命运中，他的小说中的人物几乎都缺少一种刚强与独立的人格理想和自我意识，没有独立的价值判断能力和认同真理积极参与斗争的勇气"。③ 通过以上介绍，可以看出唐翼明的文本细读注重文本闪光亮色的卓越之处，从中发掘出让人忽视略过的思想意义，从而使得作品整体思想内涵和艺术特色突然熠熠闪光地伫立在读者眼前。

最后，在"余论"中唐翼明展望了"'新写实小说'的前景"。他指出"新写实小说"在大陆也遭到了种种批评，并险遭干预和限制，但最终还是获得了更广泛的支持。"'新写实'今后还将是大陆小说界在很长一段时间内的主要趋势（当然不排斥在这总的趋势下出现的各种小差异与小流派），而不会是一个转瞬即逝的潮流"。④

总的来看，唐翼明这部著作中对"新写实小说"的特征、意义与渊源进行了规律性概括，对其代表性作家作品的分析也颇为精彩，同时仍然还有将文艺方面的争论牵扯到政治斗争上予以分析的倾向，这与前面介绍的《大陆新时期文学（1977—1989）：理论与批评》存在同样的瑕疵，这正反映了他在 20 世纪 90 年代的思想状态。

三　《大陆现代小说小史》

《大陆当代小说散论》与《大陆现代小说小史》是唐翼明在 2006 年和 2007 年出版的关于中国现当代小说的论著，前者是关于当代小说的论文集，这里不予介绍，而后者书写的是中国现代小说史，值得我们来关注。

---

① 唐翼明：《大陆新写实小说》，东大图书有限公司 1996 年版，第 115 页。
② 同上书，第 124 页。
③ 同上书，第 132 页。
④ 同上书，第 158 页。

　　首先，我们来看这部著作在现代文学时期起讫上的选择。这部小说史的开端是从1917年开始书写，但也在第一章"现代小说导论"中提到了之前的"新小说"和"林译小说"，强调了这种由旧转新的过渡。该部小说史没有将"现代"只局限于三十年，而是叙述到1976年，这说明他是将现代文学的时间长度延长到"文革"之后，为什么这样划分，唐翼明并没有说明。这让我们想起唐翼明的老师夏志清所编写的《中国现代小说史》，也是将现代延续至当代部分（他编写小说史之时），这是因为在西方的"现代"概念之中就包含了"现当代"的内涵，当下大陆学界也用中国现代文学史包含现当代文学史就是与"国际接轨"。但是唐翼明不是将这个"现代"延至他编写该小说史的2007年，而只延至1977年，这与皮述民、邱燮友等人编撰的《二十世纪中国新文学史》① 一样，该文学史中"当代文学"就只有"当下文学"的含义，所以中国台湾的"当代文学"从20世纪80年代开始，而大陆的"当代文学"从1977年开始。大陆学者黄万华也有类似主张，在他出版的文学史中他认为"'五四'前后、战时八年、战后二十年、20世纪后三十年大致构成了中国现代文学诞生后的四个时期。'五四'前后开始的中国文学的现代转型从根本上说至今尚未完成，但文学转型、分合态势在这四个时期表现出非常明显的传承和历史转换。同时考虑到近三十年文学一般不宜作'史的撰写'，而作为'当代文学'作历史淘洗性的考察较为适宜，所以，中国现代文学史大致可以指从'五四'前后到20世纪60年代中后期的中国文学历史。"② 可见，唐翼明、皮述民、邱燮友等人与黄万华在文学史分期上"英雄所见略同"，重在将"当代"视为"当下"，而现代是1917年至1977年了。

　　其次，我们来看唐翼明的经典作家选择。该著第一章为导论，然后接下来第二、三章书写小说家鲁迅（上、下），第四章为"郁达夫的《沉沦》与丁玲的《莎菲女士的日记》"，第五章为"茅盾及其《子夜》"，第六章为"沈从文与《边城》"，第七章为"老舍和《骆驼祥子》"，第八章为"巴金与《家》"，第九章为"钱锺书的《围城》与张爱玲的《金锁记》"，第十章为"中共小说：1942—1976"。后面是两篇"附录"，论述

---

① 皮述民、邱燮友、马森、杨昌年：《二十世纪中国新文学史》，骆驼出版社2003年第3版。

② 黄万华：《前言》，黄万华《中国现当代文学》（第①卷五四—1960年代），山东文艺出版社2006年版。

无名氏后期短篇小说和叶圣陶的短篇小说。从章节编排上可以看出,唐翼明认为中国现代小说大家只有九位,分别在上面各章的标题上就已经显示。

该著对"中共小说"评价不高,没有推举经典作家。他在第十章里认为 20 世纪 40 年代前期中国的代表作家是赵树理和孙犁,后期的代表是丁玲和周立波。他认为赵树理的小说特色一言以蔽之,即政治 + 农民趣味。① 唐翼明对孙犁的评价较高,"他有完全不同于赵树理的风格,语言清新、自然、淡雅、富于诗意,善于在战争风云及边区现实中捕捉人情美和人性美,尤善写含蓄、深沉的中国冀北农村女性。他的小说的政治色彩并不如文字表面展现的那样强烈,人性和人情才是他真正留心的"。② 对丁玲的《太阳照在桑干河上》和周立波的《暴风骤雨》,唐翼明并不看好,认为这是为土地改革的合理性和进步性辩护的小说。对"十七年"的小说,著者将其分为四类:战争小说、革命传奇、乡村小说和城市小说。并将《保卫延安》、《红日》、《林海雪原》、《青春之歌》、《红旗谱》、《红岩》、《不能走那条路》、《创业史》、《山乡巨变》、《艳阳天》、《百炼成钢》、《上海的早晨》等分别置放在这四类中进行阐释,总的来说,他对这些作品评价并不高,但是他承认"柳青、周立波、浩然,其实都是相当有才华的作家,驾驭语言的能力不低,如果撇开这些小说中的意识形态不论,其描写乡村情事、人情世故仍不乏可读之处"。③ 可见,这时的唐翼明坚持纯文学观点,对文学服务于政治还是极力反对的,这一点他继承了他的老师夏志清的衣钵,也是他始终一致的文学情怀。

最后,我们来看唐翼明的作品解读,这也是其小说史最有特色之处,其善于在古今小说对比中展示作品的创造性。该著在导论中就专用一个小节来叙述"现代小说与传统小说的区别":首先是"表现技巧,尤其是作为表现技巧之核心的叙事模式:叙事者、叙事时间、叙事角度、叙事结构等等"④;其次是小说题旨上,"传统的中国小说不论表现何种题材,其所宣扬的旨趣大抵离不开封建礼教与封建迷信,也就是仁义道德、忠孝节义、因果报应、神仙鬼怪那一套东西。而现代中国小说却是以强烈的反封

① 唐翼明:《大陆现代小说小史》,文史哲出版社 2007 年版,第 104 页。
② 同上书,第 105 页。
③ 同上书,第 111 页。
④ 同上书,第 6 页。

建精神为其标志的"①；最后的不同是小说的人物，"中国传统小说的主角大抵是帝王将相、才子佳人，而现代小说的主角则大多是平民百姓或普通的知识分子"②。正是抓住了现代小说和传统小说的不同，所以唐翼明在分析现代小说之时，常常会将其与传统小说进行比较，以阐明其在小说史链条中所占据的位置及意义。例如他认为"纯就写作技巧而论，《肥皂》是鲁迅小说中最成功的作品。《肥皂》在叙事角度上，既不采取传统常见的叙述者无所不在，无所不知的全知叙事，也不采取五四小说家喜欢采用的第一人称或第三人称限制叙事，而是采用一种纯客观叙事的方式，即叙述者只描写人物所看到的和听到的，不作主观评价，也不分析人物心理。这种叙事角度很不容易掌握得好，若运用得成功，作品就会显得客观、超然，特别耐人寻味。《肥皂》是纯客观叙事的典范，它真正做到了'无一贬词，而情伪毕露'"。③ 这里唐翼明就是从叙事技巧的角度来说明《肥皂》重要的文学史意义，而不是一般文学史重在强调鲁迅的《阿 Q 正传》、《狂人日记》。

　　该著第四章为"郁达夫的《沉沦》与丁玲的《莎菲女士的日记》"，为什么将他们安放在一个章节？相信很多人见了多会奇怪。原来唐翼明将郁达夫作品中的"沉沦者"和丁玲小说中的"莎菲女士"进行了形象系列解读。他指出：《沉沦》复杂的主题内涵基本上是以性的苦闷为中心，"沉沦者"、"是一个多愁善感的神经质的青年，极其敏感，又极其脆弱；自视甚高而又意志薄弱；他渴望异性之爱而不可得；他抵挡不住异性的诱惑、性欲的袭击，而又将此视为犯罪，视为沉沦，并不甘心于这样的沉沦"④。而丁玲的《莎菲女士的日记》"与《沉沦》相当神似，而其艺术成就则或许更高"。⑤ "同《沉沦》一样，《莎菲女士的日记》的主题也是表现一个青年的苦闷与挣扎，也以性爱为切入点，而这种苦闷与挣扎在本质上有着强烈的时代内涵。它是新旧交替时代，由旧传统教育出来而又感染到新时代的气息的青年，在精神上苦闷挣扎、不知所归，以性爱为触媒

---

① 唐翼明：《大陆现代小说小史》，文史哲出版社 2007 年版，第 7—8 页。
② 同上书，第 8 页。
③ 同上书，第 26—27 页。
④ 同上书，第 34 页。
⑤ 同上书，第 37 页。

而爆发出来的痛苦呻吟"。① 但与《沉沦》的男主角不同的是，"莎菲的
苦闷主要不是来源于性欲的不能满足，也不是得不到异性的爱，莎菲的苦
闷来源于她不知道她到底爱什么，能够给她爱的男人却并不能满足她对于
爱的渴望与理想，而她渴望与理想的爱人究竟是怎样的，其实她自己也不
甚了解"。② "与其说她要的是一个外表漂亮而又志趣高尚的异性，不如说
她渴望的是一个思想上强而有力的人引导她走出精神的困境，奔向那个她
已经感到却还看不清楚的未来"。③ 所以说，莎菲女士是"一个介入'狂
人'与'沉沦者'之间的精灵。而这，正是《莎菲女士的日记》的时代
意义与审美价值之所在"。④ 通过上述人物形象的解读，我们就明白了唐
翼明将郁达夫和丁玲安放在同一章叙述的用心了，我们也看见了鲁迅、郁
达夫和丁玲在人物形象塑造和精神气质上前后相继的联系。这不仅有利于
我们了解现代文学的规律性，同时丁玲及她的《莎菲女士的日记》的文
学史地位则达到了前所未有的高度，或许这是该著最让我们震撼之处。

　　对于茅盾的《子夜》，著者并没有否定其价值，尽管他批评"《子夜》
是一部有强烈意识形态倾向的作品，是一部'主题先行'的作品，它不
可避免地要以马克思主义观点（或说当时中共左派的观点）来分析、图
解当时的中国社会与活动于其中的人物，而不可能保持真正客观的写实主
义态度"。⑤ 但是他也承认"《子夜》无疑是中国现代小说中结构最宏伟，
呈现的社会面最广阔，描写的人物也最多（近百人）的少数几部小说之
一，在当时则是第一部"。⑥ 同时他也称赞小说中民族资本家以及屠维岳
等人物形象的塑造最为成功。唐翼明对《子夜》的缺点批评也很有启发
性。例如他指出"赵伯韬的形象就只有一面，而没有立体感"⑦，"《子
夜》的叙事风格是客观而不冷峻，细腻而稍嫌啰嗦，流利有余而韵味不
足。作者喜写人物对话，但话语与人物个性的契合做得并不算很好"，除
了吴荪甫、屠维岳、周仲伟几个人物的语言个性鲜明外，"其他人的语言
的差别就不大明显了，尤其是作者理应最熟悉的知识青年的语言反而写得

①　唐翼明：《大陆现代小说小史》，文史哲出版社 2007 年版，第 38 页。
②　同上。
③　同上书，第 41 页。
④　同上。
⑤　同上书，第 47 页。
⑥　同上。
⑦　同上书，第 50 页。

最不好，疯疯癫癫，过分戏剧化，不像是对话而像是背台词"①。茅盾本来善于写女性心理描写，但是唐翼明指出"令人奇怪的是，《子夜》一书中的几段女性心理描写却并不见精彩"。② 对于很多大陆学者评价《子夜》中的农民、工人运动写得很精彩，唐翼明倒是持不同意见，他认为茅盾没有按照"阶级分析把工人和农民写得如何高大，把工运和农运写得如何正义，倒是很诚实地写出了他们的混乱与盲目，以及其中一些活动分子的本来面目（例如十五章写罢工领导者的会议，页 371—381），这是值得称道的"。③ 也许正是这一点提醒了我们该著的作者来自海峡对岸，他所关注点常常会在我们大陆学者习以为常之处发现迥异不同。

唐翼明最推崇的作家不是茅盾，也不是巴金、沈从文，而是老舍；不是老舍的《四世同堂》而是他的《骆驼祥子》。他认为"从艺术上来看，《骆驼祥子》可说是中国现代小说中结构最严谨、叙事最流畅、最有深度，语言也最有韵味的一部长篇小说。《骆驼祥子》的结构非常紧凑，所有的情节都紧紧围绕祥子的命运而自然展开，没有一点杂芜枝蔓的地方。而祥子的命运又紧紧扣住内外二线及其纠缠来展开，始终不离开作者意图表达的主题"。④ 唐翼明认为最值得注意的是《骆驼祥子》的叙事技巧，表面上看这是传统技巧的回归，但这是非常现代的，"这里最重要的标志之一，就是大量的人物内心叙事"，《骆驼祥子》中绝大部分叙事都是"以祥子的内心为视点，就是说，沿着祥子的心理脉络来叙述故事，而不是像传统小说那样，从人物的外部，沿着故事本身的脉络来叙述故事"。⑤唐翼明认为在老舍这种心理叙事中"又常常采用一种很特殊的、可以称之为'自由转述体'的文体，这种文体故意模糊直接引语与间接转述之间的界限，因而也就模糊了叙事人语言与人物语言之间的界限，我们往往弄不清楚：这究竟是人物内心的活动呢，还是叙事者的叙述呢？"⑥

对于巴金，唐翼明认为"在了解中国传统社会中大家族制度从衰落走向崩溃的历史这一点上，《激流》三部曲是继《红楼梦》之后最有阅

---

① 唐翼明：《大陆现代小说小史》，文史哲出版社 2007 年版，第 52 页。

② 同上。

③ 同上书，第 51 页。

④ 同上书，第 73 页。

⑤ 同上书，第 74 页。

⑥ 同上书，第 75 页。

读价值的小说"。① 同时他对巴金的艺术特色进行了一分为二的辩证分析。他指出巴金小说《家》叙事风格带有明显的浪漫激情，"这激情来自一个年轻热情、涉世未深的隐含作者（implied auther）及一个主观强烈、不懂也不想节制感情的叙事者（narrator）。这个隐含作者与叙事者与真实的作者巴金（巴金写作《家》时 27 岁）及小说主角高觉慧非常接近，常常令我们难以区分。这一特色造成了《家》在艺术上的魅力，也导致了《家》在艺术上的缺陷。真诚、热情、酣畅，容易感动年轻的读者，是它的长处，其短处则在易流于主观、浅薄、滥情，常使成熟的读者不耐"。② 而巴金的语言"受到西方语言的明显影响，而且有浓厚的知识分子腔。长处是细腻、流畅、明快，意到笔随，毫不费力，短处则在一泻无余，不含蓄、不耐读、也缺乏韵味，还时时露出矫揉造作的幼稚"。③ 巴金语言上的另一个缺点是"一腔到底，没有变化，作者既没有注意区分叙述语言（叙述者的话）与人物语言（小说中人物的话），也没有注意区分此一人物与彼一人物的语言，其结果是语言单调，失去魅力，读者的注意力只能集中在情节的变化上。同时，人物的个性全靠他的故事来区分，而不能在语言上鲜活起来，'戏多'的人物尚可，'戏少'的人物简直就头脸不清了"。④ 唐翼明对巴金的语言和叙事风格的评论显示了他尊重自己的阅读感受，敢于对名家的缺陷不留情地解剖，这是对批评持有严肃庄重态度的批评家才具备的风范。这种风范也体现在他对钱锺书的评价之中，对于钱锺书的讽刺他多半是赞扬的，但是他也指出钱锺书的讽刺专"靠修辞手段来达成，则终嫌浅露而难臻最上乘，试将《围城》的讽刺与鲁迅《肥皂》的讽刺相比，其境界之高下便较然可知了。《围城》中多得令人目不暇给的俏皮话，也不免减削了作品的严肃性，分散了作者向纵深探求人性和人生的努力，遂令《围城》最终无法跻身于第一流的小说"。⑤ 可见保持批评的严谨和一语中的是唐翼明的为文风格。

综上所述，我们就会发现唐翼明治文学史的几个特点：其一是坚持纯

---

① 唐翼明：《大陆现代小说小史》，文史哲出版社 2007 年版，第 82 页。
② 同上书，第 85 页。
③ 同上。
④ 同上书，第 86 页。
⑤ 同上书，第 95 页。

文学性观念，反感政治对文学的干预；其二是重视文本细读，继承发扬他的老师夏志清的文学史研究路数，重在文学经典的阐释中勾勒出文学史的流变；其三是重视今昔对比，在比照中投射出研究对象的文学史地位及意义，如《大陆新时期文学（1977—1989）：理论与批评》中将"新时期"与"文革"和"十七年"时期的文学理论与批评相比，在《大陆新写实小说》中将"新写实小说"与革命现实主义小说进行比较，在《大陆现代小说小史》中将现代小说与传统小说进行比较。在比较中探询异同，从而明了对象的性质和特点，这是唐翼明的拿手功夫。正是这三方面特点使得其文学史研究在中国台湾具有显著意义，即使在整个中国现代文学史研究界其意义也不容忽视。

第十一节　皮述民、马森等将两岸文学史汇流

1985 年前后大陆学界为了消除政治对文学的干预，受到年鉴学派历史学的巨大影响，提出从更长时段、更宏观的角度来研究中国现当代文学。其中陈平原、钱理群、黄子平三人倡议的"20 世纪中国文学"[1] 深入人心，应者云集。在此影响之下不仅中国大陆学者，而且海峡对岸的中国台湾学者等都曾撰写过《二十世纪中国文学史》。这里要论及的中国台湾学者皮述民等撰写的《二十世纪中国新文学史》[2] 在文学史命名与整体流变的勾勒，台湾与大陆文学的并行书写，历史性与文学性的融会方面颇有新意，值得我们来关注。

一　文学史命名与整体流变的勾勒

文学史编撰是一种具有逻辑性的叙述行为，在文学史命名与编排上都应体现文学史编撰者的宏观规划性。皮述民等人的文学史著在文学史命名与整体流变的勾勒中就体现了他们对 20 世纪中国文学史的宏观构建和逻辑追求。

首先，该著力求文学史命名的科学性。文学史命名为"20 世纪中国

---

① 陈平原、钱理群、黄子平：《论"二十世纪中国文学"》，《文学评论》1985 年第 5 期，第 3—13 页。

② 皮述民、邱燮友、马森、杨昌年：《二十世纪中国新文学史》，骆驼出版社 2003 年版。

文学史"，照理应包含全部新旧文学，但大部分文学史实际上只书写新文学。而皮述民等将"20 世纪中国文学史"与"中国新文学史"两个名称联合使用，命名为"20 世纪中国新文学史"，清楚规定了其书写的文学种类仅限于新文学，而不包括旧体诗词和传统戏曲，这应是学界首创。

其次，大部分文学史虽命名为"20 世纪中国文学史"，但或者坚持"1898"年戊戌变法的"现代性"起源说，或者探寻更早的新文学诞生时期，例如严家炎就将 20 世纪中国文学史的起点前伸至"19 世纪八十年代末、九十年代初"[①]，这种前伸自然与"20 世纪中国文学史"之名不大吻合。而皮述民等人的文学史将文学史起点界定在 1901 年，一直叙述到世纪末 1997 年，这意味着其严格遵照"20 世纪"的时间限制，书写"真正"的 20 世纪中国文学史。但这并不妨碍文学史以"导论"和"结论"的形式逸出 20 世纪这一时间长度的限制：其在第一编"导论：危机四伏（1901 年以前）"中就通过"第一章　西方势力的扩张与中国门户的开放"、"第二章　西风东渐对中国社会和文化所带来的冲击"、"第三章　中国古典文学面临的西方文学挑战"来论述 20 世纪之前的政治、文化、文学局势，为 20 世纪中国新文学不得不改变提供了一个大背景和合法性解释。在最后一编"第九编　结论：天际曙光"中又以"第四十章　检讨与展望"对 20 世纪中国新文学予以总结并对 21 世纪文学加以展望，这就与第一编形成首尾呼应的态势，使得整个文学史成为一个系统整体。

再次，皮述民等人的文学史概念也并不是无懈可击。例如在地域空间上，该文学史只书写了中国台湾和中国大陆文学，而没有中国香港、中国澳门文学，也没有提及海外华人文学；还有少数民族文学如何体现在 20 世纪中国文学之中也欠缺考虑。但我们评价一部文学史编撰成功与否，应多看其解决了什么问题，而不是还存在什么问题，所以皮述民等人力图在文学史的名实相副方面所作出的探索还是有意义的。

最后，该文学史勾勒了 20 世纪中国新文学史的整体流变，"把 20 世纪中国文学作为一个不可分割的有机整体来把握"。[②] 文学史共分九编，除第一编"导论"外，第二编就是"山雨欲来（1901—18）"，这编论述

---

① 严家炎：《二十世纪中国文学史》（上），高等教育出版社 2010 年版，第 7 页。
② 陈平原、钱理群、黄子平：《论"二十世纪中国文学"》，《文学评论》1985 年第 5 期，第 3 页。

了在西方文学的影响下，新的文学语言以及新的戏剧、诗歌、小说与散文已经诞生。第三编"除旧布新（1919—1936）"论述了在"五四"运动与文学革命的影响下，文学社团蜂起，各种文学体裁"除旧布新"，新文学得以正式确立取得巨大成就。第四编"救亡图存（1937—48）"论述在抗战救亡的旗帜下，各种文学体裁取得的成就。第五编"分道扬镳（上）——台湾：从战斗文艺到现代文学（1949—79）"，第六编"分道扬镳（下）——大陆：《在延安文艺座谈会上的讲话》持续主导文学（1949—1976）"，分别论述中国台湾文学与大陆文学分道扬镳，彼此在政治掌控之下的文学渐变。第七编"当代文学（上）——台湾当代文学（1980—1997）"，第八编"当代文学（下）——大陆当代文学（1977—1997）"，这两编论述20世纪70年代末期之后，中国台湾与大陆在政治松绑后的文学成绩。第九编就是"结论"。

可见，20世纪中国新文学史的曲线图主要呈现五个波峰五个时代主题："山雨欲来"、"除旧布新"、"救亡图存"、"分道扬镳"、"当代文学"。正是这五个关键词标注了20世纪中国新文学史的路线图和发展趋向，显示了其如有机体一样发生、发展、分裂的全过程，从全局宏观上提炼了时代中心话语，串联了20世纪中国新文学史的脉络，这体现了该文学史编撰者的整体意识，在大陆文学史中就较为少见。

二　中国台湾文学与大陆文学的同时性

中国台港澳文学应该编撰进20世纪中国文学史中已经成为学界共识，但在具体文学史编撰中，"目前的台港澳文学在诸多中国现当代文学史著作中往往只是占据了一个附录的地位。"[①] 这种编撰强调了中国大陆文学的中心正统地位，而中国台港澳地区文学与大陆文学的同时性、对等性却没有予以注意，整个20世纪中国文学的整体性也没有予以体现。而皮述民等人的文学史在第五、六、七、八编之中就作出了新的探索。

首先，该著重视了中国台湾文学与大陆文学的同时性。尽管该文学史将1949年之后的中国台湾文学始终排列在中国大陆文学之前书写，不吻合中国台湾文学在作家作品数量及读者受众方面劣于大陆文学的实际情况，显示了文学史撰写者不能逃避的地域政治思维的束缚。但具体比

---

① 　方忠：《台港澳文学如何入史》，《文学评论》2010年第3期，第203页。

较就会发现其创新在于注重到了两岸文学的同时性。其第五编是"分道扬镳"上，第六编是"分道扬镳"下，这样两者具有共有的文学史标题，而且两者的时间划分起止相近，一个是 1949 年至 1979 年，一个是 1949 年至 1976 年。不仅如此，二者内容上还具有相关性，前者的副标题是"台湾：从战斗文艺到现代文学（1949—79）"，后者的副标题是"大陆：《在延安文艺座谈会上的讲话》持续主导文学（1949—1976）"，这表明了两个文学地域不同的发展道路，但都受到了政治干预的共性。这样，该文学史将台湾与大陆文学平行并列予以相同的时间起讫加以编排，展示了二者的共生性和互动性，从而整个 20 世纪中国新文学史的整体性得以描画。

在第七、八编皮述民等人作出了相同努力。第七编"当代文学（上）——台湾当代文学（1980—1997）"、第八编"当代文学（下）——大陆当代文学（1977—1997）"，这种文学史编排更新了中国"当代文学"的所指与能指，使得中国大陆文学与中国台湾文学再次拥有大致相同的文学史分期和文学史主题。洪子诚曾指出在 20 世纪 50 年代大陆学界最初以"当代文学"命名新中国成立后的文学，是因为"中国新文学"这个概念不能区分出新中国成立前和新中国成立后文学的不同及等级关系，于是，文学史家将"中国新文学"分为"现代文学"和"当代文学"来叙述，凸显了新中国成立后的"当代文学"是社会主义文学，其是新中国成立前"现代文学"的进化、是更高等级的发展。[1] 所以，在后来的大陆学界中"当代文学"就成为一个固定的文学史概念，意指 1949 年之后的新中国社会主义文学。而在皮述民等人的文学史中，我们看到，"当代文学"的原有意识形态被淡化，"当代文学"就只有"当下文学"的含义，所以台湾的"当代文学"从 1980 年开始，而大陆的"当代文学"从 1977 年开始，这样两岸文学继续以大致相同的文学史起讫和文学思潮来叙述，两岸文学的共时性与相异性又得到了兼顾，二者之间的文学本质更加趋同。

其次，该著在具体文学史容量上注重中国台湾文学与大陆文学的均等。文学史在第五、七编中各有五章叙述台湾文学，第六、八编中同样各有五章叙述大陆文学，二者在形式、内容上就成为对等的文学板块，而不

---

① 洪子诚：《"当代文学"的概念》，《文学评论》1998 年第 1 期，第 42 页。

再有中心与边缘之分。由于文学史撰述者是中国台湾学者，其对中国台湾文学的发展演变比大陆学者书写得更为复杂，线索更为明晰。如"第二十一章　战斗诗与现代诗"依次论述了"一、三十八年台湾新诗的再出发"，"二、战斗诗的发展"，"三、个人书写情怀的小诗"，"四、蓝星诗社和它的诗人们"，"五、其他重要诗社的崛起"，"六、现代诗的流行"等几个方面，这样的分类介绍，将此时中国台湾诗歌的发展态势予以明晰。而在"第三十一章　小剧场兴起以来的当代戏剧"中依次介绍了"一、八〇年代的小剧场运动"，"二、前卫小剧场"，"三、传统的遗绪及社区剧团"，"四、商业剧场的尝试"，"五、政治剧场的出现"，"六、儿童剧场"，"七、戏剧与文学"，"八、戏剧的交流"。在"第三十二章　现代诗与乡土诗（1980—1997）"中介绍了"一、七、八〇年代的台湾现代诗坛"，其中又介绍了几个诗社与诗人：（一）龙族诗社、（二）大地诗社、（三）主流诗社、（四）草根诗社、（五）乡土诗人吴晟；"二、八、九〇年代的台湾诗坛"中介绍了诗刊"（一）阳光小集"，"（二）四度空间"以及"（三）其他重要诗人"等等。在大陆的 20 世纪中国文学史中，少见对中国台湾文学如此详尽的书写。

更重要的是，该文学史对大陆文学的叙述也有着同等篇幅，显示其与中国台湾文学双峰并峙的特征，而且很多方面比大陆文学史书写得还详细，也与众不同。例如其将伤痕文学的发展分为："知青伤痕"、"大墙文学"、"人民伤痕"三类；反思文学分为"农村反思"、"历史反思"、"知青反思"、"军事文学"、"历史小说中的现实主义的反思深化"、"深入文化层面的反思小说"六类；改革文学分为"城市工业体制改革"、"农村改革"、"知青的改革题材"、"军旅小说的新拓展"、"历史小说的新象"五类；寻根文学分为"文化寻根"、"诗化象征小说"、"新写实小说"、"集束小说"、"记实小说"、"新笔记小说"六类；现代基调小说分为"意识流与心态小说"、"超现实荒诞小说"、"魔幻现实主义小说"、"前先锋派"四类；实验文学分为"解构小说"、"后现代派"、"超验小说"等等。虽然皮述民等人对大陆文学史的一些命名还有待商榷，但他们并不因为自己是中国台湾学者，就在 20 世纪中国文学史编撰中将大陆文学视为附录，单以中国台湾文学为中心，而是以宽旷襟怀注重到两岸文学是奠定在共同文化基础之上的文学，又是处于不同社会背景下的各自发展，坚持了"民族文化的同一性,是分流的前提,也是整合的基础"。① 这就完满解决了中国台湾文学与大陆文学的共时性和均等性,而且将二者都统一在"一个中国"之下,值得我们大陆的文学史家借鉴。

三 历史性与文学性的融会

文学史编撰必须注意到其是文学的"历史",这需要文学史书写保持客观公正的叙事立场,完整地叙述文学历史发展的变迁轨辙。但是文学史又是文学经典的历史,因为真实发生过的文学历史庞杂繁芜,有限的文学史文本不可能将全部文学历史予以涵括,所以文学历史只能书写有限的文学经典,这就要选择与赏析文学经典。二者同时兼备,方能达到文学史书写的历史性与文学性的融会,皮述民等人的文学史在这方面也作出了成绩。

首先,文学发展与政治局势密切相关,这本是 20 世纪中国文学的原生态,该文学史对此并不回避,其在每一编的第一章都概述本时期政治局势的演化及其对新文学的影响,这就注重到文学的历史性。例如第二十章"国府迁台后的局势与文艺发展"中就详细叙述了"一、台湾光复后的局势","二、大陆作家陆续来台与台湾文学的融合","三、国府迁台后文艺的开拓与建设","四、从战斗文艺到现代文学"。这就细致演示了台湾文坛在 1949 年后政治情势与文学运动纠缠交错的关系,还原了历史现场。

重视历史性还表现在该文学史论从史出,重在历史资料、证据的排列展示上。例如其依次介绍胡适的白话文主张在《新青年》、《新潮》、《少年中国》、《北京晨报副刊》、《时事新报学灯副刊》、《民国日报觉悟副刊》等"五四"时期不同刊物上的变化。又如其将抗战时期的作家分为四川地区、云贵地区、陕西地区、东南地区、沦陷地区、海外地区进行书写,并列举重要报刊,还附录了两份表格"1937—1948 大事年表"与"抗战期间重要报刊一览表"。对历史性的强调还体现在该文学史介绍作家很多,单列提及的作家应在四五百人,作家的生平与创作经历书写比较详细。也体现在其重视每种文体,思潮如"文明戏"、"伤痕文学"、"反思文学"等等的萌芽、发生、发展、成熟以及另样演化等方面。

其次,该文学史对文学经典的确认与赏析不遗余力。其对文学大家的

① 刘登翰:《分流与整合:二十世纪中国文学的整体视野》,《文学评论》2001 年第 4 期。

选择是严格的，他们并不认为 20 世纪文学大家云集，所以，他们很少重点分析某个作家，尽管这样，也有一些作家作品获得了这样的殊荣。如小说中鲁迅的《狂人日记》、《阿 Q 正传》、《伤逝》，老舍的《骆驼祥子》、《月牙儿》，徐訏的《笔名》、《鸟语》、《风萧萧》，沈从文的《边城》，张爱玲的《金锁记》，戏剧有曹禺的《日出》、《原野》，诗歌中评析了穆旦、绿原的作品。而其他如大陆现代文学史著中奉为经典的郭沫若、茅盾、巴金则不被看好。文学史指出"许多'载道'的作品，由于时代的改变，都递减了它曾经风光一时的价值，《子夜》又岂能例外"。① 这表明了他们与大陆文学史不同的文学经典观。

　　也正如此，该文学史在价值评判上强调了中国台湾 1949—1979 年的文学比同时期大陆文学成就高。例如"第二十三章　从反共小说到现代小说"就较详细介绍了姜贵、陈纪滢、林适存、钱理和、郭嗣汾、墨人、王蓝、赵滋蕃、钟肇政、高阳、彭歌、蔡文甫、朱西宁、林海音、繁露、孟瑶、潘人木、郭良蕙、华严、聂华苓、马森、司马中原、李乔、冯冯、陈映真、白先勇、黄春明、七等生、王文兴、张淑菡、於梨华、徐薏蓝、陈若曦、琼瑶、欧阳子等。这个章节应该是全书介绍作家最多的。而同时大陆文学中的"三红一创、青山保林"被提及的只有《创业史》，但其也批评"柳青配合政策的去写作，评论者配合政策的来评论，两相结合，使文学成为彻底的宣传工具"。② 浩然也被指责"在长期接受退稿的洗礼中，显然摸清了作品被接受的窍门：宁可夸张的歌颂，也不可轻微的批判。但悲哀的是，作品按照尺寸交货，又有什么文学价值可言呢？"③ 这种文学价值的比较与评判显示了文学史撰述者认为该时段是中国台湾新文学史的繁荣鼎盛阶段，其远远超越了当时大陆文学成就，这固然与他们的地域立场有关，但也不无道理。

　　该文学史对文学性的追求，还体现在从每种文体自身的角度来发掘文学经典。该文学史分为九编，除了第一、九编之外，大致都有五章，分别是概述、小说、诗歌、散文、话剧各一章，这样就揭示了不同文类自身的演变轨迹，兼顾了同一作家不同文类创作，作家创作的丰富性得到呈现。

---

　　① 皮述民、邱燮友、马森、杨昌年：《二十世纪中国新文学史》，骆驼出版社 2003 年版，第 208 页。

　　② 同上书，第 467 页。

　　③ 同上书，第 468 页。

例如"第十二章　新散文运动蓬勃开展"较详细介绍了二十家，包含：鲁迅、周作人、夏丏尊、许地山、林语堂、徐志摩、茅盾、郁达夫、朱自清、丰子恺、老舍、冰心、夏衍、废名、沈从文、冯至、吴伯萧、李广田、丽尼、萧乾，还对其他散文家进行了点名。其中许地山、老舍、废名、沈从文、冯至等人的散文就很少在其他文学史著中提及。

除了对重要作家的原文原稿予以直录鉴赏之外，该文学史对一些次要作家的作品也能予以大篇幅、大段落的原文摘抄，并稍加点拨细读赏析。例如其对张秀亚的诗歌《花与歌》就予以摘录，加以印象式审美批评，指出"小诗首段：花即是凝眸过的云霞，因人的眷爱而装饰了花的笑与形象。二段提醒及时凝视美好，一如老歌之勾起回忆。主题显示：花与云霞存有之短暂，徒悬的'空空'琴匣象征空观或人琴已杳。诗作传达的是时不我与的人生无常之想"。① 这种短小精悍的细读犹如中国古代文人的点评，寥寥几笔就能让读者感受到诗歌的美，其点评本身与诗歌之美相映生辉，余音绕梁。

当然，该文学史作品摘引太多，导致文学史精练不足，琐碎有余的毛病也是存在的，还有较多的史实性错误也遭人诟病。但总的来说，该文学史既注重了中国新文学从诞生、壮大、分道扬镳，一直到当下的整体流变，又注重到了 20 世纪后期两岸文学的同时共生和各自独特性发展，还有在历史性与文学性融会方面也取得不小成绩，这都值得我们学习。

---

① 皮述民、邱燮友、马森、杨昌年：《二十世纪中国新文学史》，骆驼出版社 2003 年版，第 363 页。

第三章　日本、韩国的中国现代
文学史编撰

第一节　概述

　　中国与亚洲邻国之间的关系一向是联系亲密、关系和睦。中国新文学诞生后不久，这些国家的学者对其也开始进行译介、研究。特别是日本的中国新文学研究更是走在了世界前列，影响深远绵长，而韩国的中国现代文学研究起步也较早，近来也取得了很大成就，现在我们主要来介绍这两个国家的中国现代文学研究。在泰国、越南、新加坡、马来西亚等亚洲国家中，也有中国现代文学研究，但成就还不能和这两个国家相比，我们就此略过不提。

一　日本的中国现代文学史编撰

　　日本学者对中国现代文学的研究和了解是全方位的，在作家作品翻译、文学史资料的收集整理、中国现代文学学术研究等方面，日本学者所做努力都是持久而见成效的。这使得日本成为与美国和欧洲海外中国现代文学研究并驾齐驱的三大重镇。相比美国和欧洲这两个地区的地域面积、人口资源，日本以一面积受限的岛国，能做到这一点非常不易。就笔者的资料收集而言，可将日本的中国现代文学史编撰分为前学科化时期、学科化时期和跨学科化时期。现在我们就这三个时期对日本的中国现代文学研究做一个简单的梳理与检阅。①

---

　　①　参见［日］阿部幸夫、松井博光《中国现代文学研究的深化与现状》，日本东方书店1988年版；王顺洪、孙立川：《略论日本研究中国现当代文学的历史与现状》，《北京大学学报》（哲学社会科学版）1990年第5期；［日］松井博光：《中国现代文学在日本——译介综述》，卢铁澎译，《新文学史料》1991年第2期；王顺洪、孙立川：《日本研究中国现当代文学论著索引（1919—1989）》，北京大学出版社1991年版；［日］饭田吉郎：《现代中国文学研究文献目录》（增补版），汲古书院1991年版；刘伟：《中国现代文学的日本传播》，《社会科学家》2011年第2期。

　　前学科化时期包含的时间段是 20 世纪初至 40 年代中期（1945 年日本战败投降），此中又分为三个时间段：一是 20 世纪初至 1934 年，这是日本中国现代文学研究的酝酿期；二是 1934 年至 1937 年日本中国现代文学研究的发起期；三是 1937 年至 1945 年的停滞期。

　　我们先看酝酿期。中国的新文学家们很多都曾在日本留学，他们在留学时期就尝试着将所学到的新文学理论付诸实践。也正是基于这种关系，日本学者早在五四新文学运动前就开始注意到中国新文化的胎动及诞生情形。早在 1909 年 5 月，记者 "△" 在日本东京出版的《日本与日本人》上就刊载了鲁迅、周作人兄弟着手翻译外国文学作品的消息，这比国内最早发表鲁迅的文言小说《怀旧》还要早三四年（《怀旧》作于 1911 年冬，最初发表于 1913 年 4 月《小说月报》第 4 卷第 1 号）。五四新文学运动发生不久，日本学者青木正儿就在 1920 年 1 月的日本《支那学》杂志第一卷第 1—3 号上发表了《以胡适为中心汹涌澎湃的文学革命》一文，这应该是国外第一篇介绍 "五四" 新文学运动的评论。青木正儿在这篇文章中详细介绍了胡适的《文学改良刍议》、陈独秀的《文学革命论》以及钱玄同、刘半农等人的革新主张，还述及欧阳予倩的戏剧改良运动和俞平伯、沈尹默的新诗等等，内容十分详尽。他高度评价了鲁迅作为新小说作家的开山地位，并对《狂人日记》予以了精妙点评，而国内最早对鲁迅进行评论的则是茅盾在 1921 年 8 月号的《小说月报》中以郎损的笔名刊载的《评四五六月的创作》。当时也有对中国新文学运动持否定态度的日本人，如西本白川①，这说明日本人对于中国新文学这一新生事物也并不是普遍看好。在 20 世纪 20 年代，散见于日本各种刊物、杂志上的中国现代文学日文译作及简介也较多，例如波多野乾一②、宇治田直义③对中国新文学运动的介绍，大西斋、共田浩对胡适、蔡元培、郭沫若、康白情等人的论说及新诗的翻译④，鹤见辅对胡适、陈启修、吴虞、周作人等人的印象记⑤，林源一的社会主义思潮介绍⑥，等等。在北京出版发行的日本

①　［日］西本白川：《支那的文化运动》，《上海周报》第 356 期，1919 年 12 月 8 日。
②　［日］波多野乾一：《现代支那》，支那问题社大阪屋号书店 1921 年版。
③　［日］宇治田直义：《共和以后》，日本评论社 1921 年版。
④　［日］大西斋、共田浩：《文学革命与白话新诗》，东亚公司 1922 年版。
⑤　［日］鹤见辅：《偶像破坏的支那》，铁道时报局 1923 年 4 月。
⑥　［日］林源一：《在年轻支那流动的社会主义思潮》，《东洋》26 - 8，1923 年 8 月。

极东新信社的日文刊物《北京周报》自 1912 年以后载有许多中国新文学作品及有关评论，鲁迅、郭沫若、周作人、叶圣陶、冰心、废名、成仿吾等人的作品及评述就在其中多有刊载。在中国新文学发展到十年左右之时，青柳笃恒在早稻田大学已经开始讲授现代中国文学，并印刷讲义。[①] 1927 年中国革命文学兴起之时日本的无产阶级文学运动与中国现代文坛，有着很密切的联系。在他们的刊物上，也很热心地登载中国新作家的作品及有关报道、简评，如柏八里[②]对革命文学的介绍。20 世纪 30 年代初已经有人开始中国现代文学的历史梳理，如 1930 年 8 月万里阁书房发行了濑沼三郎的《支那的现代文艺》、1930 年 9 月新潮社发行柳田泉的《现代支那文学的鸟瞰图》、中央公论社 1934 年 3 月发表了藤支丈夫的《新世界文学之展望》（"支那"）。其中，濑沼三郎的《支那的现代文艺》从最初倡导文学革命的《新青年》说起，一直叙述到 1930 年"中国左翼作家联盟"成立，详尽地叙述了中国新文学的发展过程。[③] 但总的来说，此一时期到 20 世纪 30 年代前期，日本对中国新文学的介绍多属于翻译简介性质，是文学界、新闻界人士的注意，而日本中国文学研究界还是以中国古典文学为主，很少有权威学者关心中国当时正在发生的文学革命。所以此时日本的中国现代文学研究还只是处于酝酿时期，这为后来的学术研究渲染了氛围，培养了受众，准备了队伍。

日本的中国现代文学研究的发起期应是 1934 年至 1937 年抗日战争的爆发。1934 年，竹内好（1910—1977 年）、武田泰淳（1912—1976 年）、冈崎俊夫（1909—1959 年）几位从日本东京大学毕业或肄业的年轻人，出于对日本中国文学研究界不关注中国新文学的不满，开始酝酿成立"中国文学研究会"，他们在 1934 年 8 月 4 日在东京举行的欢迎自中国来访的周作人和徐祖正的晚宴上，宣布该研究会的成立，从此日本的中国现代文学研究成了日本学界不可忽视的领域。日本中国文学研究会的活动和成果主要表现在如下几个方面：第一，举行研究例会、恳话会、讲读会等活动，就某一主题讨论介绍研究会内外人员的相关研究心得和学术信息等；第二，这一研究会于 1935 年 3 月出版了他的机关报《中国文学》月

---

① ［日］青柳笃恒：《现代支那文学评论》，《早稻田大学文学讲义》，早稻田大学出版部 1927—1928 年版。

② ［日］柏八里：《支那革命与文艺、女性》，《文艺战线》1928 年第 5—12 期。

③ 刘伟：《中国现代文学的日本传播》，《社会科学家》2011 年第 2 期。

报，从而使得日本的中国现代文学研究有了学术交流的平台；第三，对中国文学作品的翻译介绍。研究会的主要成员几乎都是翻译家，竹内好和增田涉则是日本最知名的鲁迅翻译家。另外，该研究会成员与中国新文学代表人物郭沫若、郁达夫、周作人、谢冰莹、俞平伯等都有着良好的友情交往。① 就这样以竹内好为首的这一批年青研究者开始对中国新文学进行研究，由此而对日本传统的中国文学研究进行了挑战，他们以研究会为大本营凝聚了一批志同道合者，进而构成了第一代日本研究中国现代文学的阵营，这时期日本的中国现代文学史大致有增田涉的《支那文学史（现代）》②、上田永一的《支那现代文学》③，此时可算是日本中国现代文学研究及文学史编撰的发足。

20 世纪 30 年代后期，日本军国主义政府发动侵华战争，刚兴起的中国现代文学研究活动也受到钳制和压迫，日本的中国现代文学研究进入了停滞时期。值得我们注意的是，以竹内好为代表的第一代日本的中国现代文学研究会成员对于日本的侵华战争并不积极参与附和，他们保持了知识分子的理性批判精神，从而维护着学术研究的尊严。例如竹内好对于自己1942 年被迫加入的报国会内的"外国文学部会"，感到非常矛盾。同年文学报国会操持了在东京举行的第一届"大东亚文学者大会"，在大会的筹备阶段，当局数次派人动员中国文学研究会正式出面欢迎接待来自中国（汪伪政府）方面的代表，竹内对此表示了拒绝。他还在《中国文学》上发表《关于大东亚文学者大会》一文，含蓄而又坚定地表示自己与研究会不愿意为官吏帮腔的内心主张，他对已经投降日本的周作人也不以为然。迫于形势的严峻，《中国文学》决定停刊，1943 年 3 月出版的第 92号为其终刊号，竹内好在这一期杂志上刊登了《〈中国文学〉的停刊与我》，举出两点重要的停刊理由：其一是今天我们的组织和杂志已经丧失了党派性（也就是独特性、独立性）；其二是中国文学研究的态度对于大东亚文化的建设已经失去了它的存在意义。④ 岁寒然后知松柏之后凋也，

---

① 徐静波：《日本中国文学研究会始末及与中国文坛的关联》，《新文学史史料》2011 年第 3 期。

② ［日］增田涉：《支那文学史（现代）》，《世界文艺大辞典》第 7 卷，中央公论社 1936 年版。

③ ［日］上田永一：《支那现代文学》，文艺春秋社 1938 年版。

④ 徐静波：《日本中国文学研究会始末及与中国文坛的关联》，《新文学史史料》2011 年第 3 期。

在中日交恶之际，竹内好保持着知识分子的良心，足见其被誉为日本中国现代文学研究界的灵魂人物乃不是虚名。

从 1945 年至 20 世纪 90 年代可算日本中国现代文学研究的学科化时期，20 世纪 70 年代中期之前可算初步学科化时期，20 世纪 70 年代中期至 90 年代可算学科化繁盛时期。初步学科化时期是指 1945 年日本军国主义者战败投降，日本的中国现代文学研究始获复兴，鲁迅、郭沫若、茅盾、郁达夫、丁玲、老舍、林语堂、曹禺、沈从文、巴金、胡适等现代作家的作品，又重新或首次被译成日文在日本出版。鲁迅的《故乡》、《藤野先生》等作品还被编入日本的中学《国语教科书》中。一些著名的学府和研究重镇还开设中国现代文学作品选读等课程和研究科目，因为教学的需要这时期日本的中国现代文学史撰写也获得较大成就，例如增田涉的《文学革命》① 和《中国文学研究——“文学革命”及其前夜的人们》②，近藤春雄的《现代支那の文学》③《现代中國の作家と作品》④，鱼返善雄的《民国の文艺》⑤，辛岛骁的《中国的新剧》⑥，岛田镇雄的《中国新文学入门》⑦，菊地三郎的《中国现代文学史：革命と文学运动》⑧，实藤惠秀与实藤远的《中国新文学发展略史》⑨，实藤远的《中国近代文学史》（上、下）⑩，井上满、竹内好的《现代世界文学讲座——苏维埃中国篇》⑪，仓石武四郎的《中国文学史》⑫（概述包括辛亥革命到新中国成立后的内容），小野忍的《现代中国文学》⑬《中国的现代文学》⑭，尾坂德

① ［日］增田涉：《文学革命》，中央公论社 1957 年版。
② ［日］增田涉：《中国文学研究——“文学革命”及其前夜的人们》，岩波书店 1967 年版。
③ ［日］近藤春雄：《现代支那の文学》，京都印书馆 1945 年版。
④ ［日］近藤春雄：《现代中國の作家と作品》，新泉书房 1949 年版。
⑤ ［日］鱼返善雄：《民国の文艺》，预生社 1948 年版。
⑥ ［日］辛岛骁：《中国的新剧》，昌平堂 1948 年版。
⑦ ［日］岛田镇雄：《中国新文学入门》，鸽书房 1952 年版。
⑧ ［日］菊地三郎：《中国现代文学史：革命と文学运动》，青木书店 1953 年版；菊地三郎：《中国革命文学运动史》，风间出版社 1973 年版。
⑨ ［日］实藤惠秀、实藤远：《中国新文学发展略史》，三一书房 1955 年版。
⑩ ［日］实藤远：《中国近代文学史》（上、下），淡路书房新社 1960 年版。
⑪ ［日］井上满、竹内好：《现代世界文学讲座——苏维埃中国篇》，讲谈社 1956 年版。
⑫ ［日］仓石武四郎：《中国文学史》，中央公论社 1956 年版。
⑬ ［日］小野忍：《现代中国文学》，每日新闻社 1958 年版。
⑭ ［日］小野忍：《中国的现代文学》，东京大学出版会 1972 年版。

司的《中国新文学运动史》（正、续）①，大内隆雄的《满洲文学 20 年》②
等等。文学史的教学将诱导更为年轻的青年进入中国现代文学研究队伍
中，他们中不少人以中国现代文学论文获得文学硕士学位，小野忍在
1958 年还以《中国现代文学的研究》获文学博士学位。这些都标志着中
国现代文学研究已作为一门新兴学科出现在日本汉学界，第二代中国现代
文学研究队伍正在形成。

　　在初步学科化时期及之前，日本的中国现代文学研究主要是以竹内好
为代表的第一代中国现代文学研究者为中心，他们披荆斩棘为日本的中国
现代文学研究打开了局面，在当时的海外中国现代文学研究界中，都没有
日本拥有那么多的研究者和译介那么多的中国作品。中国本土的中国现代
文学研究学科化应该以王瑶的《中国新文学史稿》（该著上册 1951 年开明
书店出版，下册 1953 年上海新文艺出版社出版）的出版为一重要标志，而
日本的中国现代文学研究的学科化与其几乎同步，由此可见日本的中国现
代文学研究的雄厚实力与傲人历史。更重要的是第一代日本学人研究中国
现代文学的深度在整个中国现代文学研究史中都不可轻视，他们大都以鲁
迅研究为其发端并作为核心，然后以此为焦点辐射到其他中国现代作家及
作品解读和文学史撰写上去。特别是竹内好的鲁迅研究至今在日本学界影
响深远，其以鲁迅为"镜子"，系统分析鲁迅所代表的中国现代文学，高扬
鲁迅以文学启蒙国民精神的思想价值，弘扬鲁迅接受西方先进的思想与文
化所采取的"拿来主义"的精神及手段，转而他批判日本的现代化是一个
虚假的现代化，因为在这一过程中始终弥漫着崇拜西方的奴隶主义的腐朽，
缺乏独立思考与拒斥鉴别的精神。这种自我批判精神的欠缺，正导致日本
人民盲目地卷入侵略战争。可见竹内好的中国现代文学研究不是枯燥的书
斋学问，而是有着峻急的问题意识和现实意义，其对战争的反思和对日本
现代化这一事实本质的思考实际上是所有后发现代性民族国家所面临着的
共有命题，也正是在这一意义上，他与鲁迅产生了共鸣，从而赢得了"竹
内鲁迅"的桂冠。扣紧日本现实社会来从事鲁迅研究和中国现代文学研究，
竹内的这种研究立场对日本的中国现代文学研究者有着深刻的影响。

----

　　① ［日］尾坂德司：《中国新文学运动史》（正、续），法政大学出版局 1957 年、1965 年
版。

　　② ［日］大内隆雄：《满洲文学 20 年》，国民画报社 1944 年版。

正是因为以竹内为代表的第一代学人所铺下的强大地基，第二代学人在 20 世纪 70 年代中期以后将日本的中国现代文学研究推向了繁荣。这表现在几个方面：

第一，学科交流平台得以搭建，众多文学研究团体和研究杂志得以创立。例如在关东地区除了 1953 年东京大学中文科组织的鲁迅研究会及《鲁迅研究》杂志外，还有 1969 年创立的中国 30 年代文学研究会。在东京都立大学学生出版有《北斗》杂志，在北海道大学则出版有现代文学研究会的会志《热风》杂志。在关西地区则创立了中国文艺研究会，于 1970 年出版了日本研究界很有影响的《野草》杂志，并有《中国文艺研究会会报》。大阪市立大学中文学会于 1982 年创刊《未名》杂志；天理大学家本照和与中岛利郎等合作，于 1982 年创办台湾文学研究会，于同年 6 月出版《台湾文学研究会会报》，并定期举行中国台湾文学讨论会。1984 年太田进等人结成茅盾研究会，出版有《茅盾研究会会报》；同年 3 月伊藤敬一、柴垣芳太郎、日下恒夫等发起组织 "老舍研究会"，出版有《老舍研究会会报》。尚有尾上兼英领头的东大东洋文化研究所的 "三十年代左翼文艺运动研究班"，竹内实在京都大学人文科学研究所倡办的 "现代中国研究班"，都以 "共同研究" 的方式开展活动。此种以学术活动为宗旨的文学团体、组织及学术期刊的设置、构成，为中国现代文学的研究活动走进繁荣期提供了不可替代的营地。

第二，中国现代文学研究正式成为日本大学教育的一门学科，而且学位建设已经体系化。日本第二代中国现代文学研究者的履历表明他们都出身于东京大学、京都大学或其他有此研究传统的大学。他们学生时代以中国现代文学为主修课程，毕业后又在各大学任教中国现代文学的专业。日本国立大学和著名私立大学（如庆应大学、早稻田大学等）都开设有中国现、当代文学课程，以中国现代文学研究的论文获得硕士、博士学位已经非常普遍，这意味着日本的中国现代文学研究已经在日本的高校体制之中日渐成熟。

此时日本中国现代文学的学科化不仅进入到高校体制之中，而且其学科内部的布局比较合理，中国现代文学各个方面都有学者进行研究。在教学过程中 "中国现代文学史"、"小说史"、作家专题研究、文学断代史研究（如 "抗战文学"）、作品选读等课程的开设就意味着多个学科方向的引导。这时中国现代文学史书写有了较多成果：竹内实的《现代中国的文学》① 以政治与文学的关系为主线，分析了新中国成立后的文学状况。涉及的内容包括"武训传"批判、"《红楼梦》研究批判"、"胡风批判"、"双百方针"、"丁玲批判"、"反右派斗争"、"人民公社史"等；相浦杲的《现代的中国文学》② 从清末叙述到"文革"，是日本最早论述中国当代文学的；丸山升的《现代中国文学的理论与思想——文化大革命和中国文学》③，包含现当代广阔领域；秋吉久纪夫的《近代中国文学运动之研究》④，从海陆丰文学运动论述到 20 世纪 60 年代初诗歌运动，他的《华北根据地的文学运动——抗日战争时期的成长和发展》⑤ 对延安地区的文学运动都有详细叙述；新村彻在《野草》杂志上连载《中国儿童文学小史》⑥；前叶直彬⑦、佐藤一郎⑧、庄司格一⑨的文学史著从中国古代文学史一直叙述到现当代，等等。而中国当代文学研究也开始有所斩获，竹内实的《中国文学最新事情》⑩，丸山升的《现代中国文学的理论和思想——对中国文化大革命和中国文学的思考》⑪，高岛俊男的《于无声处听惊雷》⑫《争取文学的自立》⑬《中国新时期文学的 108 人》⑭ 都是研究中国当代文学的文学专著。中国台湾文学研究方面则有松永正义的《台湾的文学》⑮，等等。这都说明此时日本的中国现代文学研究已经将其学科内部框架予以修筑，学科基础已经完全夯实。

---

① 〔日〕竹内实：《现代中国的文学——发展与规律》，研究社 1972 年版。
② 〔日〕相浦杲：《现代的中国文学》，日本放送出版协会 1972 年版。
③ 〔日〕丸山升：《现代中国文学的理论与思想——文化大革命和中国文学》，日中出版社 1974 年版。
④ 〔日〕秋吉久纪夫：《近代中国文学运动之研究》，九州大学出版会 1979 年版。
⑤ 〔日〕秋吉久纪夫：《华北根据地的文学运动——抗日战争时期的成长和发展》，评论社 1976 年版。
⑥ 〔日〕新村彻：《中国儿童文学小史》（1—7），《野草》1981 年第 4 期；第 9 期；1982 年第 5 期；第 8 期；1983 年第 6 期；第 12 期；1984 年第 9 期。
⑦ 〔日〕前叶直彬：《中国文学史》，东大出版会 1975 年版。
⑧ 〔日〕佐藤一郎：《中国文学史》，高文堂出版社 1983 年版。
⑨ 〔日〕庄司格一：《中国文学概说》，高文堂出版社 1983 年版。
⑩ 〔日〕竹内实：《中国文学最新事情》，沙依马鲁出版会 1987 年版。
⑪ 〔日〕丸山升：《现代中国文学的理论和思想——对中国文化大革命和中国文学的思考》，日中出版社 1983 年版。
⑫ 〔日〕高岛俊男：《于无声处听惊雷》，日中出版社 1981 年版。
⑬ 〔日〕高岛俊男：《争取文学的自立》，日中出版社 1983 年版。
⑭ 〔日〕高岛俊男等：《中国新时期文学的 108 人》，中国文艺研究会 1986 年版。
⑮ 〔日〕松永正义：《台湾的文学》，角川书店 1983 年版。

　　第三，日本学人摆脱国内和中国意识形态的影响，建立起学科研究的学术品质，即讲求实证的研究风格。至 20 世纪 70 年代，日中外交还未正常化，而新中国的文学也因为意识形态性受到日本当局的反感，尽管第二代学者大都不可能在 20 世纪 50 年代来到中国，但却仍然高度关注新中国提倡的作家作品。20 世纪 50 年代后期中国"左"的思潮将中国文艺界推入到不断斗争与运动的旋涡中，原来被称颂的左翼文学和"十七年"文学都被不断打倒，终至在"文革"中几乎无人幸免。但是日本学者却在独立思考中以"旁观者"的眼光冷静地剖析、判断中国现代文学中的各种作家作品、事件及论争，力图摒弃中国大陆意识形态的影响。于是在 20 世纪 60 年代上半期以后，中国本土的现代文学研究已经停顿，但是日本的中国现代文学研究界却异军突起，在"文革"后期获得巨大丰收。这从鲁迅研究就可见此时成果之多：丸山升的《鲁迅——文学和革命》[①]、《鲁迅和革命文学》[②]，新村彻的《鲁迅的心》[③]，高田淳的《鲁迅的诗话》[④]，横松宗的《鲁迅的思想——民族的怨恨》[⑤]，高比良光司的《鲁迅——战斗的一生》[⑥]，伊藤虎丸的《鲁迅和终末论》[⑦]、《鲁迅与日本人》[⑧]，竹内好的《新编鲁迅杂记》[⑨]、《续鲁迅杂记》[⑩]，竹内实的《鲁迅远景》[⑪]，新岛淳良的《读鲁迅》[⑫]，桧山久雄的《鲁迅——以革命为生的思想》[⑬] 和《鲁迅和漱石》[⑭]，上野惠司的《鲁迅小说语汇索引》[⑮]，在仙台的鲁迅记录调查会编的《在仙台的鲁迅记录》[⑯]，高田昭二的《鲁迅的

---

① 　［日］丸山升：《鲁迅——文学和革命》，平凡社 1965 年版。
② 　［日］丸山升：《鲁迅和革命文学》，纪伊国屋书店 1972 年版。
③ 　［日］新村彻：《鲁迅的心》，理论社 1970 年版。
④ 　［日］高田淳：《鲁迅的诗话》，中央公论社 1971 年版。
⑤ 　［日］横松宗：《鲁迅的思想——民族的怨恨》，河出书房新社 1973 年版。
⑥ 　［日］高比良光司：《鲁迅——战斗的一生》，人民之星出版社 1975 年版。
⑦ 　［日］伊藤虎丸：《鲁迅和终末论》，龙溪书舍 1975 年版。
⑧ 　［日］伊藤虎丸：《鲁迅与日本人》，朝日新闻社 1983 年版。
⑨ 　［日］竹内好：《新编鲁迅杂记》，劲草书房 1976 年版。
⑩ 　［日］竹内好：《续鲁迅杂记》，劲草书房 1976 年版。
⑪ 　［日］竹内实：《鲁迅远景》，田畑书房 1978 年版。
⑫ 　［日］新岛淳良：《读鲁迅》，晶文社 1979 年版。
⑬ 　［日］桧山久雄：《鲁迅——以革命为生的思想》，三省堂新书 1970 年版。
⑭ 　［日］桧山久雄：《鲁迅和漱石》，第三文明社 1979 年版。
⑮ 　［日］上野惠司：《鲁迅小说语汇索引》，龙溪书舍 1979 年版。
⑯ 　在仙台的鲁迅记录调查会：《在仙台的鲁迅记录》，平凡社 1978 年版。

生涯及文学》①，今村与志雄的《鲁迅与传统》② 和《鲁迅与 30 年代》③，丸尾常喜的《为了花而成为腐草》④，尾上兼英的《鲁迅我论》⑤，三宝政美的《烦恼的家长——鲁迅》⑥，尾崎秀树的《与鲁迅对话》⑦，川上久寿在苏联研究的《鲁迅研究》⑧，佐佐木基一、竹内实编的《鲁迅与现代》⑨，上野昂志的《鲁迅——对沉默与饶舌的抗议》⑩ 等等。而对其他作家的研究也有了显著的成果，例如松井博光的茅盾研究⑪，木山英雄的周作人研究⑫，小田岳夫⑬、稻叶昭二⑭的郁达夫研究，釜屋修的赵树理研究⑮，等等。看到日本学人此时的研究成果，我们就会发现学科化的"求真"、"实证"的品质一方面使得日本的中国现代文学研究硕果累累，另一方面这些硕果又反哺了其学科化根基，使其得到进一步的滋润，从而能获得更大的进步，二者如此反复，学科研究的良性生态得以构建。

　　第四，中国现代文学作品不断得到翻译，相关资料得以系统地收集、整理、出版。20 世纪 50 年代至 90 年代，是日本译介中国现代文学最为频繁的时期。大约每隔 10 年就有一套大型的中国现代文学全集或者选集问世：《现代中国文学全集》⑯，共 15 卷；《中国现代文学选集》⑰，共 20卷；《现代中国文学》⑱，共 12 卷；《现代中国文学选集》⑲，共 13 卷。通过这些"全集"和"选集"，中国具有代表性的作家和作品都被翻译介绍

① ［日］高田昭二：《鲁迅的生涯及文学》，大明堂 1982 年版。
② ［日］今村与志雄：《鲁迅与传统》，劲草书房 1976 年版。
③ ［日］今村与志雄：《鲁迅与 30 年代》，研文出版社 1982 年版。
④ ［日］丸尾常喜：《为了花而成为腐草》，集英社 1985 年版。
⑤ ［日］尾上兼英：《鲁迅我论》，汲古书院 1988 年版。
⑥ ［日］三宝政美：《烦恼的家长——鲁迅》，日中出版社 1988 年版。
⑦ ［日］尾崎秀树：《与鲁迅对话》，南北社 1962 年版。
⑧ ［日］川上久寿：《鲁迅研究》，库罗斯欧出版社 1962 年版。
⑨ ［日］佐佐木基一、竹内实：《鲁迅与现代》，劲草书房 1968 年版。
⑩ ［日］上野昂志：《鲁迅——对沉默与饶舌的抗议》，三一新书 1974 年版。
⑪ ［日］松井博光：《黎明的文学——中国现实主义作家茅盾》，东方书店 1979 年版。
⑫ ［日］木山英雄：《北京苦住庵记——日中战争时代的周作人》，筑摩书房 1978 年版。
⑬ ［日］小田岳夫：《郁达夫传——他的诗与爱和日本》，中央公论社 1975 年版。
⑭ ［日］稻叶昭二：《郁达夫——他的青春和诗》，东方书店 1982 年版。
⑮ ［日］釜屋修：《中国的光荣和悲哀——赵树理评传》，玉川大学出版社 1979 年版。
⑯ 《现代中国文学全集》，河出书房 1954—1958 年版。
⑰ 《中国现代文学选集》，平凡社 1962—1963 年版。
⑱ 《现代中国文学》，河出书房新社 1970—1971 年版。
⑲ 《现代中国文学选集》，德间书店 1987—1990 年版。

到日本，它们培养了一大批关注和喜爱中国文学的日本读者。这段时期，日本学者也编撰了各类辞典、资料索引，有《中国现代文学年表》、《中国现、当代文学研究目录年刊》、《人民文学目录》、《现代评论目录》、《日据时代台湾文学年表》等资料。而《鲁迅年谱》、《巴金年谱》、《老舍年谱》等更是有多种版本。铃木正夫、伊藤虎丸、稻叶昭二新编的《郁达夫资料》（上、下、补），伊藤虎丸等编的《创造社资料汇编》，秋吉久纪夫的《江西苏区文学资料集》、《鲁迅著作文言文索引》、《茅盾评论资料集》等，都是需要细心搜罗方有成效的工作，但是他们都做得非常细致彻底。

20 世纪 90 年代应该是日本中国现代文学研究的跨学科时期，此时的学界主力是日本"第三代"中国现代文学研究者，他们一般是 20 世纪 60 年代末或 70 年代中毕业的大学生或研究生，现在大部分都是大学中国现代文学专业的教授。因为日中交流的增多，这些年轻的学者都有机会到中国留学、工作或作短期访问、研究。在中国现代文学研究方面，他们喜欢找寻前辈们所遗忘或不注意的作家及作品来加以探讨，周作人、沈从文、肖军、胡风、张爱玲、丁玲、伪满洲国文学成为了他们的关注重心。当代文学方面莫言、残雪、王蒙、铁凝、史铁生、阿城、金庸、张系国、乌热尔图、刘心武、苏童、王安忆、王晓声、扎西达娃、拓拔斯·塔玛匹玛、汪曾祺、高缨、冯骥才、朱天文、迟子建、陈忠实、郑义、彭见明、高行健、贾平凹、格非、陆文夫、余华、陈若曦、赵本夫、李冯等"后新时期"的作家作品都相继翻译到日本成为研究的热点。以东京驹泽大学为据点的中国当代文学研究会每年会结集出版《会报》报告一年一度的研究成果。2008 年日本大学还设立了以近藤直子为中心的残雪研究会，该研究会每个月召开一次例会，每年发行一次《残雪研究》小册子。而《火锅子》杂志也不断向日本介绍中国当代文学新况，截至《火锅子》76号，包括莫言在内就总共介绍了 52 位中国作家、15 位中国诗人和 7 位中国评论家。① 饭塚容再次出版了一套大型的、具有系统性的、多方位多角度介绍中国当代文学的 10 卷《Collection 中国同时代小说》②，各卷的组成分别为：阿来《空山》、王小波《黄金时代》、韩东《扎根》、苏童《离

---

① ［日］谷川毅：《中国当代文学在日本》，《中国图书评论》2011 年第 5 期。
② ［日］饭塚容：《Collection 中国同时代小说》，勉诚出版社 2012 年版。

婚指南》、刘庆邦《神木》、王安忆《富萍》、迟子建《第三地晚餐》、方方《落日》、李锐《旧址》、林白《一个人的战争》。①

在研究方法上，此时的日本学人注重用纯文学的研究方法来考察中国现代文学，特别是西方 20 世纪文学批评和社会学知识成为他们的研究利器。这可以按照三个区域来介绍：在关东地区，藤井省三对鲁迅的研究②，尾崎文昭对周作人、章廷谦的研究③，釜屋修的赵树理研究，下出铁男的萧军研究，近藤龙哉的胡风研究，刘间文俊的当代文学研究，白水纪子的茅盾研究，江上幸子的丁玲研究等，都成绩显著。他们所主持的文学研究组织也出版有各种会志，如《猫头鹰》、《未来》、《中国当代文学研究》等都生机勃勃。在关西地区，冈田英树对萧红及"满州"文学的研究，中岛利郎对鲁迅的研究，蹲本照雄的晚清小说研究，中岛长文的鲁迅、周作人、钱锺书研究，其夫人中岛碧的郭沫若研究，下村作次郎的中国台湾文学研究，是永俊对茅盾的研究，青野繁治对"红卫兵"作品的研究，阪口直树对欧阳山的研究，谷行博对鲁迅与外国文学关系的考证等，非常卓有成效。关西地区在期刊杂志上仍有不俗表现，如《唯哑》、《唯哑汇报》、《台湾文学研究会报》、《飘风》、《野草》、《探索》等杂志都在持续发表有关中国现当代文学研究的学术论文。

20 世纪 90 年代之后日本的中国现代文学专题史编撰增多，特别是对中国台湾文学的研究成为众多研究者关注的焦点，取得的成就也非常丰富，这里予以简单列举就可见其大致面目：松原刚的《现代中国戏剧考》④，吉田富夫、萩野脩二的《原典中国现代史》（第 5 卷）⑤，伊藤虎丸的《近代の精神と中国现代文学》⑥，小山三郎的《现代中国の政治と文学：批判と肃清の文学史》⑦《台湾现代文学的考察　现代作家与政

---

①　［日］饭塚容：《中国当代文学翻译在日本》，《光明日报》2015 年 1 月 12 日第 13 版。

②　［日］藤井省三：《俄罗斯之影——漱石与鲁迅》，平凡社 1985 年版；藤井省三：《鲁迅〈故乡〉的风景》，平凡社 1986 年版。

③　［日］尾崎文昭：《章廷谦其人及其与周氏兄弟的关系》，《明治大学教养论集》1986 年版。

④　［日］松原刚：《现代中国戏剧考》，《新评论》1991 年版。

⑤　［日］吉田富夫、萩野脩二：《原典中国现代史》（第 5 卷），岩波书店 1994 年版。

⑥　［日］伊藤虎丸：《近代の精神と中国现代文学》，汲古书院 2007 年版。

⑦　［日］小山三郎：《现代中国の政治と文学：批判と肃清の文学史》，东方书店 1993 年版。

治》①《中国现代文学　台湾からみる中国大陆の文学现象》②《文学现象から见た现代中国》③，中国文艺研究会成员 1995 年合编的《阅读原典·图说中国 20 世纪文学》，吉田富夫的《中国现代文学史》④，萩野脩二的《中国文学の改革开放：现代小说スケッチ》⑤，濑户宏的《中国演剧的二十世纪——中国话剧史概况》⑥，阪口直树的《十五年战争期の中国文学》⑦《中国现代文学の系谱》⑧，藤井省三的《中国语圈文学史》⑨《新的中国文学史》⑩《20 世纪的中国文学》⑪，冈田英树的《伪满洲国文学》⑫《文学にみる「满洲国」の位相 续》⑬，中由美子的《中国の儿童文学》⑭，宇野木洋的《克服·拮抗·模索　文革后中国の文学理论领域》⑮，佐藤一郎的《中国文学の伝统と再生　清朝初期から文学革命まで》⑯，铃木将久的《上海モダニズム》⑰，河野贵美子的《东アジア世界と中国文化文学·思想にみる伝播と再创》⑱，小谷一郎的《一九三〇年代后期中国人日本留学生文学·芸术活动史》⑲，岸阳子的《中国知识人

---

① ［日］小山三郎：《台湾现代文学的考察　现代作家与政治》，知泉书馆 2008 年版。
② ［日］小山三郎：《中国现代文学　台湾からみる中国大陆の文学现象》，晃洋书房 2010 年版。
③ ［日］小山三郎：《文学现象から见た现代中国》，晃洋书房 2013 年版。
④ ［日］吉田富夫：《中国现代文学史》，朋友书店 1996 年版。
⑤ ［日］萩野脩二：《中国文学の改革开放：现代小说スケッチ》，朋友书店 1997 年版。
⑥ ［日］濑户宏：《中国演剧的二十世纪——中国话剧史概况》，东方书店 1999 年版。
⑦ ［日］阪口直树：《十五年战争期の中国文学》，研文出版社 1996 年版。
⑧ ［日］阪口直树：《中国现代文学の系谱：革命と通俗をめぐって》，东方书店 2004 年版。
⑨ ［日］藤井省三：《中国语圈文学史》，东京大学出版会 2011 年版。
⑩ ［日］藤井省三、大木康：《新的中国文学史》，ミネルヴァ书房 1997 年版。
⑪ ［日］藤井省三：《20 世纪的中国文学》日本放送出版协会 2005 年版。
⑫ ［日］冈田英树：《伪满洲国文学》，靳丛林译，吉林大学出版社 2001 年版。
⑬ ［日］冈田英树：《文学にみる「满洲国」の位相 续》，研文出版社 2013 年版。
⑭ ［日］中由美子：《中国の儿童文学》，久山社 2006 年版。
⑮ ［日］宇野木洋：《克服·拮抗·模索　文革后中国の文学理论领域》，世界思想社 2006 年版。
⑯ ［日］佐藤一郎：《中国文学の伝统と再生　清朝初期から文学革命まで》，研文出版社 2003 年版。
⑰ ［日］铃木将久：《上海モダニズム》，中国文库 2012 年版。
⑱ ［日］河野贵美子：《东アジア世界と中国文化文学·思想にみる伝播と再创》，勉诚出版社 2012 年版。
⑲ ［日］小谷一郎：《一九三〇年代后期中国人日本留学生文学·芸术活动史》，汲古书院 2011 年版。

の百年文学の視座から》①，小松谦的《「現実」の浮上「せりふ」と
「描写」の中国文学史》②，阿部幸夫的《幻の重慶二流堂日中戦争下の
芸术家群像》③，尹东灿的《「満洲」文学の研究》④，南云智的《中国現
代女性作家群像人間であることを求めて》⑤ 等等。

　　本时期中国台湾文学引起了日本学者的注意，而且成果也异常丰硕：
有下村作次郎的《文学で読む台湾支配者・言语・作家たち》⑥《从文学
解读台湾》⑦，冈崎郁子的《台湾文学异端の系谱》⑧，河原功的《台湾新
文学运动的展开——与日本文学的连结点》⑨，藤井省三的《台湾文学百
年》⑩，垂水千惠的《台湾の日本语文学日本统治时代の作家たち》⑪《台
湾的日本语文学》⑫，黄英哲的《台湾文化的重构：1945—1947 的光与
影》⑬，河原功的《翻弄された台湾文学検閲と抵抗の系谱》⑭《台湾新文
学运动的发展》⑮，许菁娟的《台湾现代文学の研究统战工作と文学：
1970 年代后半を中心として》⑯，丸川哲史的《台湾における脱植民地化
と祖国化二・二八事件前后の文学运动から》⑰，赤松美和子的《台湾文

　　① ［日］岸阳子：《中国知识人の百年文学の視座から》，早稲田大学出版部 2007 年版。
　　② ［日］小松谦：《「現実」の浮上「せりふ」と「描写」の中国文学史》，汲古书院 2007
年版。
　　③ ［日］阿部幸夫：《幻の重慶二流堂日中戦争下の芸术家群像》，东方书店 2012 年版。
　　④ ［日］尹东灿：《「満洲」文学の研究》，明石书店 2010 年版。
　　⑤ ［日］南云智：《中国現代女性作家群像人間であることを求めて》，论创社 2008 年版。
　　⑥ ［日］下村作次郎：《文学で読む台湾支配者・言语・作家たち》，田畑书店 1994 年版。
　　⑦ ［日］下村作次郎：《从文学解读台湾》，田畑书店 1994 年版。
　　⑧ ［日］冈崎郁子：《台湾文学异端の系谱》，田畑书店 1996 年版。
　　⑨ ［日］河原功：《台湾新文学运动的展开——与日本文学的连结点》，研文出版社 1997 年
版。
　　⑩ ［日］藤井省三：《台湾文学百年》，东方书店 1998 年版。
　　⑪ ［日］垂水千惠：《台湾の日本语文学日本统治时代の作家たち》，五柳书院 1995 年版。
　　⑫ ［日］垂水千惠：《台湾的日本语文学》，前卫出版社 1998 年版。
　　⑬ ［日］黄英哲：《台湾文化的重构：1945—1947 的光与影》，创工社 1999 年版。
　　⑭ ［日］河原功：《翻弄された台湾文学検閲と抵抗の系谱》，研文出版社 2009 年版。
　　⑮ ［日］河原功：《台湾新文学运动的发展》，研文出版社 1997 年版。
　　⑯ ［日］许菁娟：《台湾现代文学の研究统战工作と文学：1970 年代后半を中心として》，
晃洋书房 2008 年版。
　　⑰ ［日］丸川哲史：《台湾における脱植民地化と祖国化二・二八事件前后の文学运动か
ら》，明石书店 2007 年版。

学と文学キャンプ読者と作家のインタラクティブな創造空間》①，中岛
利郎的《台湾近现代文学史》②，等等。从以上成果就可看出，这时期日
本的中国现代文学研究在专题、团体及性别研究等方面有了新的开拓，而
在研究方法上则注重跨学科研究，这是因为 20 世纪西方的文学理论和社
会学知识开始渗透进文学研究领域，大势所趋，几乎无一幸免。

综上所述，我们可见日本的中国现代文学研究成果丰富，资料扎实，
其学科化经历路途坎坷但又机遇并存，其可分为三个不同时期三代不同学
者：学科化创始时期以竹内好为领袖人物，其率领第一代学者开山架桥奠
定日本中国现代文学研究的基石；学科化成长时期以丸山升、竹内实为代
表人物，他们继承第一代学者衣钵，勤奋耕耘，迎来日本中国现代文学研
究的黄金时代；而跨学科时期则以藤井省三为代表，其与第三代学者加强
国际交流，吸纳国际学术，开拓视野，力争破旧出新，凤凰涅槃。总之，
日本不同时代的学者面临着不同任务，他们对中国现代文学研究的坚韧与
执著一定会换来更辉煌的前景，而其作为中国现代文学研究的重镇作用将
更加凸显。

二　韩国的中国现代文学史编撰

韩国的中国现代文学研究可以说是起步早，发展慢，但是未来前景值
得期待。③ 我们大致可以将其中国现代文学研究及文学史编撰分为三个时
期：黎明期（20 世纪 20 年代至 50 年代）；开拓期（20 世纪 50 年代至 80
年代）；发展期（20 世纪 90 年代至今）。

20 世纪 20 年代至 50 年代是韩国中国现代文学研究的黎明期，此时
韩国人开始对中国现代文学进行介绍。最先把中国现代文学发展的动向介

① ［日］赤松美和子：《台湾文学と文学キャンプ読者と作家のインタラクティブな創造空
間》，东方书店 2012 年版。
② ［日］中岛利郎：《台湾近现代文学史》，研文出版社 2014 年版。
③ 参见［韩］金时俊、金泰万《中国现代文学研究在南朝鲜的历史与现状》，尹成奎译，
《中国现代文学研究丛刊》1991 年第 4 期；［韩］朴宰雨：《韩国的中国新文学研究近十七年的情
况简析（1980.1—1997.2），《中国现代文学研究丛刊》1997 年第 2 期；［韩］金惠俊：《中国现
代文学在韩国的译介——以 20 世纪 80、90 年代为主》，《广东社会科学》2001 年第 5 期；郑成
宏：《当代韩的中国文学研究》，《当代韩国》2004 年第 3 期；［韩］郑英姬：《试论韩国的中
国现代文学史研究》，硕士学位论文，青岛大学，2006 年；陈广宏：《1946—1979：韩国中国文
学研究格局的形成及其早期发展》，《韩国研究论丛》2007 年第 2 期；［韩］文大一：《新世纪韩
国的中国文学译介与研究——文情报告 2001—2005》，《焦作大学学报》2011 年第 3 期。

绍到韩国来的人是梁白华，他将日本人青木正儿介绍中国文学革命的文章予以翻译，并以《以胡适为中心的中国文学革命》为题在 1920 年 11 月的《开辟》上发表。《朝鲜日报》自 1923 年 8 月 26 日起至 9 月 30 日，分前后五期翻译介绍了胡适写的《五十年来之中国文学》一文。因为胡适的文章中前九节介绍的都是我们今日所谓的"近代文学"，而最后一节第十节介绍的是文学革命运动，所以这也应是向韩国民众介绍中国现代文学的文章。之后，有很多作家、翻译家开始从事这项工作，例如丁来东在 1949 年之前大致就发表了 38 篇此类文章。[①] 此时对中国新文学的介绍主要是新闻报纸，主要关注者为梁白华、金光洲、尹永春、丁来东等人。他们或是作家或是翻译家，大都在中国工作学习过，所以对中国新文学有很好了解，能及时将中国新文学发展近况介绍到韩国。此时韩国还没有专门的研究团体或学会，也没有专门的学术性杂志。因此，这些文章都只是一些短篇论文或介绍性的文章，比较分散，学术性不太强。

但此时也有了文学史编撰的尝试，那就是 1949 年 12 月 16 日尹永春出版了韩国第一部文库本中国现代文学史著。[②] 该著除"序文"外，正文则分为十二个小节，依次为"1. 新文学的概观"；"2. 新文学的时代的背景"先后介绍了"A. 思想革命"、"B. 科学发达"、"C. 女权扩张运动"、"D. 国语统一运动"；"3. 文学革命的胜利的斗争"；"4. 新诗的发足"包含"A. 草创期的启蒙诗人：胡适、康白情、刘复、沈尹默"，"B. 无韵诗时期的诗人：周作人、汪静之、俞平伯、刘大白、傅斯年"，"C. 浪漫派诗与短诗：郭沫若、谢冰心、郑振铎、王统照、朱自清"，"D. 西洋律体诗的全盛期：徐志摩、朱湘、王独清、闻一多、李金发、戴望舒、冯乃超、穆木天"；"5. 小说文学"包含"A. 鲁迅与阿 Q 正传"，"B. 自然主义作家群：叶绍钧、谢冰心"，"C. 浪漫主义的作家群：张资平、郁达夫、郭沫若、许钦文、庐隐、王鲁彦"，"D. 写实主义文学的鸟瞰图：写实主义作家群——茅盾、巴金、老舍、沈丛文、张天翼"；"6. 大众文学的混乱期"；"7. 革命文学的阶级性的论难"包含"A. 新写实主义文学"，"B. 革命文学的作家群：蒋光慈、丁玲、胡也频、钱杏邨"；"8. 随

---

① 金哲、徐静静：《中国现代文学的传信者丁来东——以 50 年代之前为中心》，《当代韩国》2009 年第 4 期。

② ［韩］尹永春：《现代中国文学史》，鸡林社 1949 年版。

笔文学"；"9. 戏艺术：戏界的作家群——田汉、洪深、丁西林、白薇"；
"10. 中国的文学传统"；"11. 五四以来的中国文学"；"12. 自由中国文
学的概观"。从目录上可见，尹永春这部文学史著尽管只有二百多页，但
是文学史整体框架还是稳健而又精当的，按照文艺运动、思潮、诗歌、小
说、散文、戏剧各个门类予以叙述，每个文类之下再分述不同类型不同风
格的作家，而且经典作家的选择上不因政治立场而有所偏废，大致都能予
以网罗。20 世纪 40 年代的作家作品如钱锺书、张爱玲等人没有介绍，这
也许是因为时间太近，当时又处于战乱时候，相关信息还不齐全的缘故造
成的。总之，作为韩国第一部中国现代文学史编撰，该文学史还是比较全
面的，为韩国中国现代文学史的编撰起了一个好头。

　　20 世纪 50 年代至 80 年代是韩国中国现代文学研究的开拓期。这一
时期主要成就表现在几个方面：首先是很多韩国的大学开始开设中文系，
可以由此获得中文专业的学士、硕士学位。1954 年前，韩国只有汉城大
学设有中国语文学专业，但是直到韩国光复前不过只有 9 名毕业生，光复
后，每年也不过只有一到三名毕业生。1954 年与 1955 年，韩国外国语大
学与成钧馆大学也先后设立了中文系，毕业生还是不多。1972 年之后，
韩国高丽大学、檀国大学、淑明大学三所大学都先后设立中文系，此后设
立中文系的大学不断增多，截止到 20 世纪 80 年代末，汉城大学、高丽大
学、成均馆大学、延世大学、檀国大学、淑明女子大学、外国语大学、启
明大学等大学共开设了 60 多个有关中国学的专业。1980 年以前在韩国发
表的与中国现代文学有关的硕士论文不足十篇，但是 1980—1989 年此类
硕士论文就有 78 篇，博士论文 3 篇。[①] 这说明在韩国的高等教育体系中
中国现代文学研究已经成为一门学科，韩国的中国现代文学开始进入国家
学术体制中，形成了从学士、硕士到博士的系列学位制度。另外，有关中
国现代文学研究的研究机构韩国中国现代文学学会 1985 年 7 月 5 日在汉
城创立，许世旭、金时俊等曾担任会长。该会出版学术杂志《中国现代
文学》、《中国现代文学学会资料与消息》，组织召开国内性、国际性的学
术大会多次，直接推动了韩国中国现代文学研究的进步。

　　其次，较多中国现代文学作品得以在韩国翻译出版。从 20 世纪 50 年
代至 80 年代末，翻译出版的中国现代文学作品已经达到 225 部（篇），

---

① 　郑成宏：《当代韩国的中国文学研究》，《当代韩国》2004 年第 3 期。

中央日报社还编辑出版了《中国当代文学全集（20卷）》①，包括16本小说集，1本散文集，1本诗集，1本剧本集和1本评论集。鲁迅的《阿Q正传》、巴金的《家》与《爱情三部曲》、叶圣陶的《倪焕之》、《古代英雄的石像》、老舍的《骆驼祥子》、王安忆的《雨，沙沙沙》、古华的《贞女》、方之的《在泉边》、茅盾的《腐蚀》等等作品都被翻译成韩文出版。朱德发的《中国现代文学史教程》也被翻译成韩文出版。

最后，在中国现代文学研究方面取得成就，一些研究著作也得以出版。在1980年以前，韩国研究中国现代文学的理论著作不超过10本，但在1980年以后，每年都有几本理论著作出版发行。如《当代中国大陆作家评介（外）》（黄南翔　外，1985），《当代中国作家风貌（外）》（彦火　外，1986）等等。此时的中国现代文学史著应以1982年许世旭的《中国现代文学论》、1987年出版的金时俊和李充阳合著的《中国现代文学论》、1988年实践文学社出版的成民华的《中国文艺论争史（1980年~）》、权吉的《中国现代文学史》为代表。此外还有金时俊编注的《中国现代文学作品选读》、柳晟俊编的《中国现代代表诗集》等。

20世纪90年代至今是韩国中国现代文学研究的发展期。苏联解体标志着冷战结束，国际政治秩序发生了翻天覆地的变化，中韩两国也于1992年建交，由此两国政治、经济、文化交流达到了一个新的高潮。在前一个时期良好的铺垫下，韩国国内中国学氛围更加浓厚。韩国高中毕业生选择中国语中文学科、中国语中国学学科以及中国通商学科的人数逐年增加。到了2002年，韩国各大学开设的中国学专业已达160多个。韩国各大学还培养了许多研究中国文学的硕士和博士等专业人才，其中研究中国现代文学的毕业论文，在1990年至2002年的12年间博士论文就达74篇，硕士论文233篇，② 而在2004年一年硕博士论文就达120篇，2005年达100篇。③

更多的研究著作也得以出版，例如金时俊的《中国现代文学史》④，

---

① 《中国当代文学全集（20卷）》，中央日报社1989年版。

② ［韩］金惠俊：《中国现代文学在韩国的译介——以20世纪80、90年代为主》，《广东社会科学》2001年第5期。

③ ［韩］文大一：《新世纪韩国的中国文学译介与研究——文情报告2001—2005》，《焦作大学学报》2011年第3期。

④ ［韩］金时俊：《中国现代文学史》，知识产业社1992年版。

朴运锡的《茅盾的文学思想》①，全炯俊的《对中国现代文学的理解》②，朴钟淑的《中国现实主义文学论》③、《中国现代文学的世界》④、《对中国文学史韩国的考察》⑤，丁奎福的《韩国文学与中国文学》⑥，李钟振的《韩中日近代文学史的反省与摸索》⑦，柳昌娇的《美国的中国文学研究》⑧，全炯俊的《东亚视角下的中国文学》⑨，赵大浩的《郭沫若诗与中国革命精神》⑩，许世旭的《中国现代诗研究》⑪，林春城的《从小说看现代中国》⑫，刘丽雅的《韩国与中国的现代小说比较研究》⑬ 等等相继问世。其他国家研究中国现代文学的学术著作也得以在韩国翻译出版，例如中国本土黄修己的《中国现代文学发展史》、严家炎的《中国现代小说流派史》、钱光培与向远的《现代诗人及流派琐谈》、李晓虹的《中国当代散文审美建构》、吴中杰的《中国现代文艺思潮史》、陈平原的《小说史：理论与实践》、温儒敏的《中国新文学现实主义流变》与《中国现代文学批评史》、邱岚的《中国当代文学史》、陈思和的《中国新文学整体观》、金汉的《中国当代文学史》等；日本学者藤井省三的《中国文学この百年》、釜屋修的《中国の荣光と悲惨：评传赵树理》，美国学者毕克伟（Paul G. Pickowicz）的 *Marxist Literary Thought in China* 等等也都被译成韩文在韩国出版。这意味着韩国的中国现代文学研究已经有了国际化视野，意欲跟上全球中国现代文学研究的前沿，并力图发出自己的声音。此时在文学史编撰上也取得了显著成就，金时俊的《中国现代文学史》⑭（后文详述）、许世旭的《中国现代文学史》⑮、朴钟淑的《韩国人读的中国现

---

① ［韩］朴运锡：《茅盾的文学思想》，岭南大学出版部 1991 年版。
② ［韩］全炯俊：《对中国现代文学的理解》，文学知性社 1996 年版。
③ ［韩］朴钟淑：《中国现实主义文学论》，法文社 1996 年版。
④ ［韩］朴钟淑：《中国现代文学的世界》，现岸社 1997 年版。
⑤ ［韩］朴钟淑：《对中国文学史韩国的考察》，志文社 2003 年版。
⑥ ［韩］丁奎福：《韩国文学与中国文学》，国学资料院 2001 年版。
⑦ ［韩］李钟振：《韩中日近代文学史的反省与摸索》，PRUN 思想社 2003 年版。
⑧ ［韩］柳昌娇：《美国的中国文学研究》，玄岩社 2003 年版。
⑨ ［韩］全炯俊：《东亚视角下的中国文学》，首尔大学出版部 2004 年版。
⑩ ［韩］赵大浩：《郭沫若诗与中国革命精神》，清州大学出版部 1992 年版。
⑪ ［韩］许世旭：《中国现代诗研究》，明文堂 1992 年版。
⑫ ［韩］林春城：《从小说看现代中国》，钟路书籍 1995 年版。
⑬ ［韩］刘丽雅：《韩国与中国的现代小说比较研究》，国学资料院 1995 年版。
⑭ ［韩］金时俊：《中国现代文学史》，知识产业社 1992 年版。
⑮ ［韩］许世旭：《中国现代文学史》，法文社 1999 年版。

代文学史》① 成就突出。

许世旭的《中国现代文学史》把中国现代文学分为三个时期：1917
年至 1927 年为生长期，1929 年至 1937 年为发展期，1937 年至 1949 年为
停滞期。他也认为 1949 年之后为中国当代文学，但该著对其没有书写。
这说明许世旭的中国现当代的划分，以及中国现代文学三个十年的划分都
与中国本土学者一致。但是他视 20 世纪 40 年代中国现代文学为"停滞
期"可能会受到大家的质疑，因为在彼时中国的文学也取得了很大的成
就。该著的目录大致为：第一章"中国现代文学史绪论"包含第一节
"中国古典文学与现代文学"；第二节"中国现代文学的性质与范围"；第
三节"中国现代文学的研究与著作"；第四节"中国现代文学的分期"。
第二章"中国现代文学的背景"包含第一节"文学改良与文学革命"；第
二节"新文学的来源——文学进化说"；第三节"新文学的根源——时代
环境说"；第四节"新文学的直接的原因"。第三章"中国现代文学的生
长期"包含第一节"20 年代的文学概观"；第二节"20 年代的诗歌"；第
三节"20 年代的小说（现实主义、浪漫主义、革命主义）"；第四节"20
年代的散文"分为"一、概说"，"二、随笔批评"，"三、小品"；第五
节"20 年代的戏剧"分为"一、概说"，"二、社会剧"，"三、历史剧"；
第六节"20 年代的文学批评"分为"一、概说"，"二、对人生文学的批
评"，"三、对政治文学的批评"。第四章"中国现代文学的发展期"包含
第一节"30 年代文学概观"，第二节"诗"，第三节"小说"，第四节
"散文"，第五节"戏剧"，第六节"文学批评"。第五章"中国现代文学
的停滞期"包含第一节"40 年代文学概论"，第二节"诗"，第三节"小
说"，第四节"散文"，第五节"戏剧"，第六节"文学批评"。该著后面
附录有"一、中国现代文学史年表（1917—1949）"，"二、中国现代文学
史重要研究书的目录"。

20 世纪 90 年代之后，韩国的中国现代文学研究学科发展和学术追求
更加自觉，这表现在韩国学者开始有意识地注重其学术史和文献史的整
理，这是一门学科走向成熟后的表现，也表明韩国的中国现代文学研究正
在积蓄能量，以待更大的突破。例如金惠俊曾撰写《韩文版中国现代文

学作品目录》①，柳晟俊 1999 年的《韩国国内中国诗歌研究之概况》，朴
宰雨 1997 年的《韩国的中国新文学研究近十七年的情况简析》、1998 年
的《韩国的中国文学研究历史与动向》、1998 年的《韩国巴金研究的历史
与动向》、1999 年的《茅盾研究与其作品译介在韩国》，2002 年金惠俊的
《中国现代文学与韩文翻译》等等，这些文章既能报道韩国最新中国文学
研究成果，同时又能发现学术研究存在的问题与新的路径，使得韩国的中
国现代文学研究在集团化前进之时能攻坚克难获取更大的胜利。

　　总之，韩国的中国现代文学研究已经从 20 世纪二三十年代的受人冷
落，发展到现在无论其研究的总人数、高职称比例、出版物数量、学术机
构、期刊杂志，以及研究者总数与全国人口之比，都领先于世界。尽管，
韩国学者中国现代文学研究还没有引起中国乃至世界中国现代文学研究者
的青睐，但是从它的学科发展态势来看，假以时日其必将成为中国现代文
学研究的另一重镇。

第二节　伊藤虎丸与丸山升的中国现代文学史

　　前野直彬 1975 年主编的《中国文学史》"在日本是非常通行的专科
教材和自学课本"。② 该文学史著已经由骆玉明、贺圣遂等人翻译成中文
在中国出版两次：一次由上海古籍出版社 1995 年出版；另一次由复旦大
学出版社 2012 年出版。该文学史第九章为"近现代"，共分为五个小节，
伊藤虎丸撰写前两个小节，丸山升撰写后三个小节。但中文版只翻译了伊
藤虎丸的第一小节，后面的四个小节都没有翻译。这一方面是因为在中国
文学研究界中，"中国文学史"一般是指中国古代文学史，而中国现代文
学是不包含在内的；另一方面是因为中国现代文学涉及政治性的东西较
多，有诸多不便，所以也就不予翻译。现在我们依照中文 2012 年版和日
文原版对其进行介绍分析。

一　框架体例
　　文学史框架体例不仅仅只是一种形式建构，更是一种文学史观念的体

---

① ［韩］金惠俊：《韩文版中国现代文学作品目录》，《中国学论丛》2010 年第 27 期。
② 骆玉明、贺圣遂：《译者序》，前野直彬编《中国文学史》，复旦大学出版社 2012 年版，
第 1 页。

现，只有在一定的文学史观念的指导下，文学史框架体例才能与文学史家所要叙述的内容相互搭配，从而更好地完成文学史整体叙述的任务，所以说文学史框架体例既是形式也是内容。而就该文学史体例来说涉及两方面的框架体例，一是整个文学史的体例，二是第九章"近现代"的体例。

首先，我们来看整个文学史的体例。在中国本土中国文学有两个二级学科，一个是中国文学史（即中国古代、近代文学史），另一个是中国现代文学史（包含当代文学史）。所以文学史编撰多是分开各自编撰。但该文学史则是编撰在一起，它所谓的"中国文学史"就是全部的中国的文学史。其中国古代文学史大致是按照朝代编撰的，这与我们中国古代文学史的编撰类似。前八章依次为"先秦"、"秦汉"、"魏晋南北朝"、"隋唐"、"五代、宋、金"、"元"、"明"、"清"，最后是第九章"近现代"。这种文学史编撰在海外文学史编撰中至今还存在，例如《剑桥中国文学史》、《哥伦比亚中国文学史》都是如此，这是与中国本土不一样之处。

该文学史将"近现代"置于中国古代文学史之后有着自己的文学史观念包含其中。伊藤虎丸在文学史中就指出，中国的文学史在近代面临着"反帝反封建的二重战斗"，"这种对侵入进来的欧洲近代的抵抗和对国内不承认欧洲近代优越性的抵抗，在某种意义上，也可以说是矛盾的'二重抵抗'"。[①] 在这种"二重战斗"中，也是"紧紧伴随着中国古典文学的苦斗的过程，它通过对西欧近代的顽强抵抗，自觉从自己的内部产生出成为世界文学一部分的中国近现代文学，这一文学不是单纯的西欧近代文学的输入，而是其自身的自我更新（反过来说，通过彻底的否定传统来再生传统）"。[②] 也就是说，伊藤虎丸并不认为中国近现代文学与中国古代文学是一种断裂性的关系，二者更多的是一种连续性的关系，近现代是在中国古代文学基础上的一种"自我更新"，否定传统的目的是再生传统。而这一点在 1975 年看来，与国内中国现代文学研究界更多侧重于断裂性是显著不同的，这更与当下学界更多重视二者之间的连续性有合拍之处。

其次，我们来看伊藤虎丸对"近现代"这个概念的理解。他认为中国古典文学自我更新的历史，不仅仅只是停留在"文学"的层面，更多

---

① ［日］前野直彬编：《中国文学史》，复旦大学出版社 2012 年版，第 232 页。
② 同上书，第 233 页。

是在"文明"或"文化"的层面。所以文学的历史实际上是"文化革命"的过程。而且他认为从近代以来的中国文学的历史是一个"百年的文化革命"的历史。这一历史具体地说，"它虽然经常地以这个儒教为坐标轴，可是通过太平天国时期的基督教、中日战争后的进化论、第一次世界大战后的马克思主义，这些欧洲思想的相继输入且与儒教的彻底的针锋相对的斗争，由传统的人生观、价值观（基于此的体制、文化），经过所谓的'个人主义'时期，朝着接受马克思主义的个体的共产主义人生观、世界观方向来改变自身。它可以说是从传统的人生观转向共产主义的人生观，按字面来说，是中国'文化'本身大大地舒畅转换的历史"。① 这意味着伊藤虎丸是从一个宏观整体的角度将中国近代、现代、当代联系起来考察，带有"新文学整体观"和"百年文学史"的意思了。但是其起始更加往前追溯，一直到 1840 年前后，而其又没有单独强调"新文学"，这又不同于上述两种文学史概念。

伊藤虎丸不仅从时间长度上将"近现代"予以完全连接不予分割，而且以主题内容将二者浇筑为一体。他指出正如"反帝反封建"这二重课题已经展示的那样，"从传统的各种约束中摆脱出来的所谓社会解放的'近代'课题及克服近代遗留下来的或新产生的种种被忽略的'现代'课题，从一开始就以重合的形式始终存在着。本书不把'近代文学'和'现代文学'时期性地加以区别而总括起来处理，其原因也正在于此"。② 看来伊藤虎丸认为中国文学在进行近代性任务之时同时也是在进行现代性任务，反之亦然，二者并不是截然分离、前后相继的，实际上则是你中有我、我中有你的共同推进，同时还有后者对前者的纠偏正错。这种文学史分期理由在当下国内学界也还没有意识到，大家还是以进化论的思维在进行文学史划分，认为后一阶段一定是对前一阶段的超越。这不仅体现在近代和现代的区分上，在现代和后现代的划分上也是一刀两断，或许伊藤虎丸的这种思维让我们能认识到问题的复杂性。

最后，我们来看第九章是如何将"现代"合并在一起叙述的。该章讲述的文学史实包含中国近代文学、中国现、当代文学，具体的文学史框架是：先有总体概述，分别叙述了"亚洲历史"、"传统文化的重荷"、

① ［日］前野直彬编：《中国文学史》，复旦大学出版社 2012 年版，第 234 页。
② 同上书，第 236 页。

"百年的文化革命"、"政治和文学"、"近代文学和现代文学"、"中国文学和日本文学"六个方面的内容，这分别是从政治、思想、文化、文学比较等多种角度对中国近现代文学的背景和总体特征进行了勾勒。然后具体论述"一、近代文学的萌动期"、"二、文学革命和五四运动"、"三、左翼文艺运动"、"四、抗日战争时代"、"五、人民文学的诞生和开展"五个小节。

在第四和第五个小节中，我们可以看出该文学史并没有将中国现代文学和当代文学分开，而是予以连续性串联。第四节是"抗日战争时代"包含"抗日初期的文学"、"国民党地区的文学"、"解放区的文学和'文艺讲话'"三个小标题。第五节"人民文学的诞生和开展"包含"赵树理的文学和《白毛女》"、"反复的思想斗争"、"新中国的作家及其作品"三个小标题。可见从抗战直至"文艺讲话"都是在抗战文学之列，但是赵树理的文学和《白毛女》都已经是"人民文学"之类，这就说明他认为人民文学的起源应该在毛泽东"延安文艺座谈会上的讲话"之后。这种文学史分期在陈晓明的《中国当代文学主潮》①中就有类似表述，他"把当代文学史的上限追溯到 1942 年，即，1942—1956 年是社会主义现实主义的起源与基础建构阶段，突破了传统的当代文学史的起点，这样就把现代文学和当代文学联系得更加紧密。同时，这种叙事是以社会主义现实主义的起源、建构、激化、修复、重建，并最终转向多元化的历史过程为叙事主题的"。②而在王嘉良与颜敏共同主编的《中国现当代文学史》③中更是直接将解放区文学与新中国成立后的文学安放在一起，命名为"中国现当代文学的历史转换时期"，以此填补了中国现代文学和当代文学的空隙。但是王嘉良与颜敏的这种文学史编撰也有弊端，"弊在明显给人感觉 20 世纪 40 年代时期的文学不再按照国统区、解放区、沦陷区去讲述，这样会使得 20 世纪 40 年代文学丧失了完整性"。④但是，我们看见本著不再有这种弊端出现，其将抗战时期的中共文学分为两类，第一类是毛泽东"讲话"之前的解放区文学，这与国统区文学、沦陷区文学并列，

---

① 陈晓明：《中国当代文学主潮》，北京大学出版社 2009 年版。

② 张军：《中国当代文学史叙述研究》，中国社会科学出版社 2012 年版，第 182 页。

③ 王嘉良、颜敏：《中国现当代文学史》，上海教育出版社 2004 年版。

④ 张军：《现代中国文学整体化历史编撰研究》，中国社会科学出版社 2015 年版，第 116 页。

第二类是人民文学，这类文学在毛泽东"讲话"之后出现，以赵树理为代表，这种文学一直延伸到新中国成立之后。现在来看，丸山升的这种处理似乎更好，更具有历史的逻辑性，解决了后来王嘉良和颜敏可能意识到但还没有解决的问题。

二　左翼文学史观

从框架体例上可以看出前野直彬这本文学史著在中国近现代文学与中国古代文学之间、近现代之间和现当代之间都讲求区别中有联系，而不是将不同时段视为彼此差异很大的异质性存在。从其对"近现代"文学史的具体书写中，我们发现其带有左翼文学史观的色彩，这表现在以下几个方面。

首先，中国近现代文学史主线是中国左翼文艺的成长成熟。伊藤虎丸提出"百年的文化革命"这一概念之后，还将这一百年进行了具体的文学史分期。他认为：

（一）首先可以认为，中国近代文学的萌芽，起始于鸦片战争之后，在相继的失败中，中国人逐步地承认了西欧近代的优越性，终于认识到了这种优越不单是技术和制度，而是在于它的基础上有一个与中国文明不同的另一种精神文明（思想和文艺）。这一认识，大概产生于日清战争（1895）后的时期（萌芽期）。

（二）其后的中国近代文学的步伐，在思想内容和基于它的作者对事物的认识方法（创作方法）这两个方面，大体上都用进化论——个人主义的人生观将传统的旧社会批判性地对象化了。可以说是消极的"批判现实主义"和"反抗的浪漫主义"成为主流的时期（"五四"文学时期）。

（三）这一时期从进化论到阶级论思潮进展的同时，在创作方法上，出现了以主性情的优秀短篇，向着用结构和发展来抓住事物的长篇发展的趋势。同时，所谓由欧洲直接输入的知识分子文学的脱胎换骨即"大众化"和"民族形式"的问题的提出（革命文学时期）。

（四）这些课题，在席卷中国全境的抗日战争（1937—1945）的漩涡中，通过那些决心与广大民众和士兵联系起来的作家们，经过了无可辩驳的深化时期。

（五）这些苦斗的成果，在解放区，可以说最终以毛泽东的《在延安文艺座谈会上的讲话》（1942）为代表形式，得出了一个理论的结论；而在实践的创作方面，在某种意义上创作出了基于马克思主义的原则的积极的"新的（共产主义的）人物形象"，确立了用人民的语言来表达的新表现手法和个体的创作方法。至此方才看到了中国现代文学命题的确立。

（六）中华人民共和国成立以后，致力于新中国建设过程中出现的种种思想课题，随着社会主义建设的迅速发展，题材多样化和新的意识问题也产生了，但是超出20世纪40年代所确立的人物形象和创作方法的新方向，基本上到现在还没有产生。①

伊藤虎丸这里不仅讲述了具体的文学史分期，而且阐释了每一文学时期的主要内容，如果我们将其简化就成为一条文学史叙述主线：日清战争（1895年）后的萌芽期；进化论——个人主义的人生观的"五四"文学时期；阶级论及"大众化"和"民族形式"问题提出的革命文学时期；抗战时期是将革命文学时期的主题进行深化的时期；这些苦斗的成果，在解放区，最终形成以毛泽东的《在延安文艺座谈会上的讲话》（1942年）为代表形式的理论结论，而在实践方面，创作出了基于马克思主义的原则的积极的"新的（共产主义的）人物形象"，确立了用人民的语言来表达新表现手法和个体的创作方法，至此是中国现代文学命题的确立；而在中华人民共和国成立以后，继续延续20世纪40年代所确立的人物形象和创作方法的新方向。可见，这一文学史叙述主线是将毛泽东的"讲话"视为中国现代文学的最高理论成果，而将其指导下的中国现代文学创作视为具中国特色的现代文学成就。整个中国现代文学的发展就是向着这一最高峰前进的，而新中国的文学则是继续延续这一路线。所以说整个中国近现代文学史就是左翼文学酝酿、发生、发展，乃至最终成熟的过程。而"五四"文学则是"消极的'批判现实主义'和'反抗的浪漫主义'成为主流的时期"，这并不代表中国现代文学的最高成就，而且其也不是中国现代文学发展的主线。

其次，该著注重中国近现代文学史所受到的政治经济等多方面文学外

---

① ［日］前野直彬编：《中国文学史》，复旦大学出版社2012年版，第236页。

部因素的影响。这种书写方式是因为伊藤虎丸认为"中国近现代的历史，总体上强烈地具有文化革命、即关系到人们自身的'社会革命'的这个侧面，所以文艺在其间占据了重要的位置，恐怕超过了其他任何国家"。①而从中国近现代历史上来看，很多政治思想运动和斗争，不少都是采用先从文艺问题入手，而后发展为政治问题的。伊藤虎丸在这里是从历史事实上来说明中国近现代文学史的书写必须介绍政治运动，除此之外，他还从文学和政治的共性来否认了那种认为政治往往干涉和统治文学的观点。他指出，中国近现代文学"从一开始，政治和文学就不是像我们国家那样分离开来的各自的东西。正如前面所述的那样，文学几乎作为人文本身，一直占据着文明的中心地位。既然政治——革命目的在于文明全体的变革，那么，思想——文学的问题至少一开始就是它的中心课题之一。反过来说，既然文学旨在争取人类解放，政治本来就不是处于其外的东西。这一点，也就是对政治中的'人的因素'——思想的重视和对文学中的政治——思想的重视乃至置于优越的地位，也就是对两者不可分离形式的社会革命——文化革命这一侧面的重视，可以说是中国革命和中国近、现代史的最大特征之一"。② 在伊藤虎丸看来，中国近现代文学史的最大特征就是政治和文学之间彼此推动、彼此促进，这也是它与日本近现代文学史的根本不同之处。所以中国近现代文学史必须紧扣政治与文学的关系来书写，这不仅是中国近现代文学的客观事实，也是其显著特征。

正是该文学史注重到中国近现代文学与政治的关系，所以其在每个小节的下面都书写了较多的政治事件，并在其中夹杂着作家作品的介绍。第一小节"近代文学的萌动期"中就包含了七个小标题，依次为："近代的起点"、"太平天国"、"洋务运动"、"中日甲午战争的打击和进化论"、"诗界革命、小说革命和新民体"、"小说的隆盛（翻译小说、政治小说、谴责小说）"、"梁启超—王国维—鲁迅"。第二小节是"文学革命和五四运动"，包含"《新青年》和文学革命"、"狂人日记"、"五四文化革命"、"文学研究会和创造社"、"阿Q正传"、"从五四退潮期到大革命"六个小标题。第三小节是"左翼文艺运动"，包含"四一二政变和文学论战"、"左联的成立和其运动"、"左联的作家们"、"作品的深化和多面化"、

---

① ［日］前野直彬编：《中国文学史》，复旦大学出版社 2012 年版，第 234 页。
② 同上书，第 234—235 页。

"东北的作家们"、"抗日统一战线的形成"六个小标题。第四小节是"抗
日战争时代",包含"抗日初期的文学"、"国民党地区的文学"、"解放
区的文学和'文艺讲话'"三个小标题。第五小节是"人民文学的诞生和
开展",包含"赵树理的文学和《白毛女》"、"反复的思想斗争"、"新中
国的作家及其作品"三个小标题。从这些标题上就可知道,该文学史在
书写中国近现代文学的时候强调了每一文学时代的政治情况,但是它又不
是在单单书写政治历史,而是阐释这些政治活动对文学发展的影响。例如
其在书写近代历史运动的时候就注意到这一点。该文学史书写"近代史
的起点"谈到了几次鸦片战争和中法战争,指出,"近年来发掘和再发现
的鸦片战争时期的民谣中,可以看到民众用朴素的语言,双重地描写了他
们对外国侵略者和那些在外国人面前屈膝而对民众施以强权的专制统治者
的愤怒和嘲笑(阿英编《鸦片战争文学集》)"。[①] 而在书写"太平天国"
这一运动的时候,伊藤虎丸也强调其代表着民族意识、传统农民平等意识
及男女平等思想的觉醒,而这些思想又体现在太平天国的"文学革命"
上,其颁布《戒浮文巧言谕》倡导内容与形式的大众化。为了证明"洋
务运动"只是一种维护强化旧思想的"自上"发动的模拟近代化,伊藤
虎丸指出,"文学反映了上述洋务运动的思想意识,诗文一般倾向于复
古、反动(文章是'桐城派'为中心,诗歌是同光体的兴起等),小说也
强化了单纯堕入娱乐读物的倾向"。[②] 这在书写"《新青年》和文学革
命"、"五四文化革命"、"从五四退潮期到大革命"、"四一二政变和文学
论战"、"抗日统一战线的形成"等政治事件之时都有类似表现。

最后,左翼文艺史观也体现在对中国近现代作家作品的选择和阐释,
以及对文学社团、文学论争的介绍上。鲁迅是该文学史在中国近现代文学
方面最为重视的作家,其直接将《狂人日记》和《阿Q正传》作为文学
史的小标题,基本上将鲁迅的一生重要行为都予以介绍。例如其参与的左
联运动以及几次论战行动都得到了文学史著的正面书写。甚至书写了
《鲁迅全集》在抗战期间首次出版,鲁迅是中国现代作家中最早出全集的
作家,而以后围绕《鲁迅全集》修订编撰的"论争"也被其揭示。在第
一节中的小标题"梁启超—王国维—鲁迅"中,该文学史更是从文学观

---

① ［日］前野直彬编:《中国文学史》,复旦大学出版社2012年版,第238页。
② 同上书,第239页。

念上高度评价了鲁迅。其认为梁启超的文学观念着眼于文学的教育功能和
政治作用，这是一种启蒙主义文学观；而王国维的文学观念是在人的真实
表现这一点上承认文学自身价值；但鲁迅是在这二人的基础上予以更生，
他同王国维一样，在人的真实表现这一点上承认文学自身价值，但不像王
国维那样，在伤感的自我感情中抓住这一价值。他是用扬弃梁启超启蒙主
义的形式，在意志的"精神自由"中，把握住处于西方近代文艺根底下
的近代的人。[①] 这就将鲁迅的文艺观与梁启超、王国维进行了比较，从而
发掘了三人之间的层进关系。

　　该文学史中郭沫若、茅盾、巴金、老舍、曹禺等作家都成为重要的经
典作家，他们的重要作品都被简略分析，丁玲、沙汀、艾芜等等作家也得
以点录。而沈从文只是一笔带过，张爱玲、穆旦与那些通俗文学家和旧体
诗词之类的文学类型则不被提及。在第五节"人民文学的诞生和开展"
中，"赵树理的文学和《白毛女》"作为重点介绍，还介绍了《王贵与李
香香》、《太阳照在桑干河上》、《暴风骤雨》；而在"反复的思想斗争"
中介绍了中国"十七年"时期的几大批判运动，丸山升并不因为他身在
日本就认为中国的这些批判运动是错误的，而是持一种赞成的描述态度；
在"新中国的作家及其作品"中，"三红一创"、"青山保林"仍然被视
为经典，峻青、茹志鹃、王汶石、李英儒、周而复等人都被书写，工农兵
诗人胡万春、费礼文、高玉宝等人都被提及，而评论家周扬、李希凡和姚
文元等人也被予以介绍。从这些作家作品的选择与阐释上，我们可以看出
其基本上与中国"十七年"时期的文学史著作一致，而文学社团和文学
论争的书写也呈现同样的特色，这里就不予列举了。

三　客观历史中的主观态度

　　伊藤虎丸、丸山升的中国近现代文学史的书写，不仅在体例上强调了
中国近代、现代、当代文学的整体化，在文学史观体现出左翼文学史观之
外，还具有一个特点，那就是在客观历史中持有一种主观态度，这表现在
其始终保持着一种对历史的尊重、对亚洲各国共有命运的关切以及对中国
友好同情之理解去进行文学史书写。

　　对历史的尊重表现在该文学史对日本与中国之间发生的甲午战争和抗

---

① 　[日] 前野直彬编：《中国文学史》，复旦大学出版社 2012 年版，第 244 页。

日战争并不避讳。例如在书写第三小节"左翼文艺运动"之时，其中的两个小标题是"东北的作家群"和"抗日统一战线的形成"。众所周知，"东北作家群"的出现是在日本侵略东北三省后出现的，该文学史并不讳言，对此进行了直接书写，还介绍了萧军的《八月的乡村》、萧红的《生死场》，端木蕻良、骆宾基、白朗、杨朔等人。而在第四小节的标题直接就是"抗日战争时代"，并以此介绍了国统区、解放区的文学状态。而其对那些投降日本的作家并不持赞美态度，例如该文学史写了周作人在中国新文学方面的贡献，但是也说他在日本侵略中国之时，做了汉奸，被捕入狱。而出狱之后被安排书写回忆鲁迅的文章，并进行日本文学的翻译，而这一切都是在周扬的帮助下获得的，但是周扬本人的这一行为又为他在"文革"中受批判添加了一条"罪状"。这都表明伊藤虎丸和丸山升是承认日本侵略中国的事实，并在文学史中不予回避。这也告诉我们，中国现代文学史的编写和传播在日本所能起到的重要功效，可以让其国民更多地了解历史，而文学的历史更加形象生动，能起到更意想不到的作用。

　　该文学史在书写中国近现代文学史之时，不仅仅局限于中国文学的历史，而更是从关注文学到思考整个亚洲的命运、前途。该文学史第九章的概述中，就有"亚洲的近代"这一小标题书写了整个亚洲的共同命运。该文学史指出："中国的近现代史，通常是以1840年的鸦片战争为始点写起的。用'近代'一词表述的这段历史时期，换用鲜明响亮的语言是社会解放时代，具体地说，首先意味着仰仗'海盗船和大炮'即军事科学优势的欧洲资本主义对中国及亚洲各国的入侵。亚洲的近代，可谓是在硝烟和血腥味中，强行揭开其序幕的。它在欧洲眼中，意味着作为历史之必然的世界'西欧化'，即文明化。但就亚洲民众而言，首先意味着被近代化，即经济的、政治的及文化的隶属化（殖民地及半殖民地）。换言之，亚洲的近代是以这种'西欧的冲击'为直接的及主要的契机开始的。"[1]这是整个亚洲的政治历史的被近代化的痛苦历程，接下来伊藤虎丸又指出，正是这种"被近代化"的政治经济格局导致"亚洲各国近代文学的课题——换言之，即接受欧洲带来的新的人生观（价值观）及由此形成的近代科学技术和社会各种制度，与阻碍它的传统社会的各种规范、思想、体制进行战斗，恢复人自身的权威，形成自己能够成为自身主人翁的

---

[1]　［日］前野直彬编：《中国文学史》，复旦大学出版社2012年版，第232页。

社会，建设自由的、独立的民族国家的课题——它一开始就与如何抵抗欧洲列强、后来加上日本的帝国主义侵略，维护本国经济、政治和文化的独立的课题，以不可分离的形式连成一体"。① 可见伊藤虎丸这里是将中国、日本视为一个共同的亚洲共同体来思考这一"被近代化"历程的，其中包含着痛苦和被迫的情感基调，其与中国乃至整个亚洲同呼吸共命运的心态让读者也不觉感同身受。

伊藤虎丸和丸山升并不以日本是先开始"近代化"的国家，就以一种优越感来审视中国文学，恰恰相反的是，他们是以一种理解支持、学习反省的姿态来书写中国近现代文学史的，这与欧美国家的中国现代文学史撰写者在立场上大不一样。例如伊藤虎丸在第九章概述中的"传统文化的重荷"之中就写道，中国文学所具有的特征，"在于它在世界文学中具有最古老的历史和颇为丰富的文学遗产。而且在'近代'这一时代，与初始萌芽于遥远的欧洲一隅，同样有着辉煌的古代历史，但已死亡了的埃及和希腊文明不同，中国文明作为世界的罕见之例，在于它从遥远的古代起，就保持着同一语言即文明的同一性。这一点，譬如与那些不具备这种积蓄的亚、非新兴国相比，它便成了中国近现代文学史的显著特色。中国近现代文学的历史，首先就由阻挡西欧冲击的丰厚的语言层的存在及不接受西欧近代的自我尊大的传统文化——同时它也使近代文学的承担者们感到是一种绝望般地沉重的负担——的顽强抵抗为特征"。② 这里伊藤虎丸对古老中国灿烂文化的敬仰及对近代文学承担者沉重痛苦的体悟都溢于言表，他在切入历史的肌理中去理解他们，同情他们。

更重要的是，伊藤虎丸认为中国近代文学者们的这种抵抗不仅值得同情、尊敬，更值得日本人学习。他在第九章概述中的"中国文学和日本文学"这一小标题中说道，相比日本近代文学的起点二叶亭四迷的《浮云》来说，以鲁迅的《狂人日记》为始点的中国近代文学的成立，差不多落后了三十多年。中国近现代文学的作品在许多日本读者看来或许是一些土里土气幼稚的东西，这也是事实。"其原因，我们一向认为是由于中国的后进性。不仅文学，在对西欧各国有劣等感的思想翻版上，我们一直认为日本是亚洲的'先进国'，而以中国为代表的亚洲各国是'后进国'。

① ［日］前野直彬编：《中国文学史》，复旦大学出版社 2012 年版，第 232 页。
② 同上书，第 233 页。

战后，以日本战败和中国革命成功为契机，才产生了对形成上述看法的我国‘近代’方式自身的反省。今天的中国近现代文学的研究，就是以这种反省为出发点的。"① 可见伊藤虎丸认为日本所持的骄傲自大是狂妄的，而现在日本需要从中国的成功中汲取日本的经验教训。所以他接着指出："也有不少人把最早就不抵抗地接受欧洲近代的‘进步性’和适应的巧妙性（‘转向’型文化）视为日本近代的特征，把不易接受欧洲近代的传统文化的保守性和抵抗的强烈性（‘回心’型文化）视为中国的特征，因此，他们认为‘中国陷入了悲惨但没有堕落，而日本虽然避免陷于悲惨但堕落了’（竹内好《现代中国论》），究竟哪个国家更本质地接受了欧洲近代这一近代质的问题，对于‘先进—后进’的模式来说，已经是另外一个问题了"。② 可见日本学人编撰中国近现代文学史虽然研究对象与中国学者相同，但是二者研究的归宿和动力源上还是存有明显不同。

日本学人在 1975 年撰写的中国现代文学史在坚持客观文学史立场之时带有如此强烈的主观情感，笔者认为有几方面原因：

一是伊藤虎丸和丸山升受到了新中国成立后国内中国现代文学史编撰的影响。王瑶的《中国新文学史稿》1951 年、1953 年出版之后，相浦杲在 1954 年 10 月《中国文学报》第 1 期就撰文加以书评介绍，而在 1955—1956 年期间，该著就由实藤惠秀、千田九一、中岛晋、佐野龙马翻译，在河出书房出版。译本书名为《现代中国文学讲义》，分为五分册，依次为"从文学革命到革命文学"、"左翼作家联盟的十年"、"在民族解放的旗帜下"、"为人民大众的文学"、"新中国的文艺运动"。文学史分期时间与原著一样，只不过命名有了改动，而"新中国的文艺运动"是对于原著附录的"新中国成立以来的文艺运动"的命名。王瑶的文学史分期很明显影响了伊藤虎丸等人，这表现在以 1942 年作为一个分界点，将延安文艺座谈会之后作为一个历史时期。但是伊藤虎丸不是将 1942 年划到 1949 年，而是直接划到 20 世纪 70 年代，这就是他的创新了。而蔡仪的《中国新文学史讲话》1952 年出版之后，1955 年也由金子二郎翻译在法律出版社出版。王瑶和蔡仪的中国新文学史在当时国内影响巨大，是典型的左翼文学史观的代表之作，这两部著作多是以毛泽东的《新民主

---

① ［日］前野直彬编：《中国文学史》，复旦大学出版社 2012 年版，第 236 页。
② 同上书，第 236—237 页。

主义论》作为自己解释文学历史的指针。这些文学史著被日本学人翻译成日文，伊藤虎丸和丸山升受到影响就不足为怪了。

二是伊藤虎丸和丸山升对新中国的态度是赞扬和钦佩的，他们想通过对中国近现代文学史的研究找出一条日本复兴之路，所以对于中国的一些错误事件也认为是对的，没有怀有批判的眼光去审视，例如对中国"文革"的评价就没有旁观者清，这与夏志清书写《中国现代小说史》是两种不同的心态和视角。

三是这也与当时日本的中国现代文学研究有关，当时日本学人重视的都是这种左翼文学、"人民文学"，赵树理、鲁迅、丁玲、茅盾、郭沫若在日本此时的中国现代文学研究中始终是关注的重心，这与当时国内的情形几乎一致。

该文学史在中国近现代文学史书写最有特点的应该是其框架体例及客观叙述中的主观情感，而在作家作品、社团、论争等方面的书写则借鉴国内文学史著处较多。总的来说，其还是很有特色的，值得我们当下的文学史著借鉴。

第三节　冈田英树多种视域下的伪满洲国文学

1931 年"九一八"事变后，日本侵略者利用前清废帝溥仪在东北建立了一个傀儡政权。1932 年 3 月 9 日，日本以此政权为基础正式建立了伪满洲国傀儡政权，以溥仪为"执政"，以郑孝胥为"国务总理"，年号"大同"。中国政府及国际上大多数国家从未承认这一意图分裂中国领土恶劣行径的傀儡政权。但该傀儡政权在中国东北实行了 14 年之久的殖民统治，在此期间东北作家们创作了一系列反映他们心声和呐喊的作品，但这些作品长时间并不为中国现代文学史研究者所注意，直到新时期后这段时期的文学才以"东北沦陷区文学"的名义进入了中国现代文学史著之中。2001 年日本学者冈田英树的《伪满洲国文学》由靳丛林翻译，在吉林大学出版社出版，这是一位日本学者所研究的在日本侵略者统治下的"伪满洲国文学"，其在研究视野上呈现了与众不同的特色，值得我们予以详细的考察。

该文学史分为三编，第一编为"伪满洲国的文学"，这一编主要叙述伪满洲国文学政策、文学运动；第二编为"伪满洲国的中国文学诸相"，重点介绍伪满洲国统治下的三位中国作家代表：古丁、梁山丁、王秋萤，以及当时哈尔滨文坛；第三编为"外部看到的伪满洲国文学"主要叙述伪满洲国之外人士对其文学的审视。这三编实际上是冈田英树采用三种不同的视角进行叙述，即伪满洲的日本作家的视角、伪满洲的中国作家的视角及伪满洲之外人士的视角，通过这三种视角让读者把握"包括人的精神世界在内的伪满洲国的真相"。①

一   再现日本在伪满洲国时文学政策的渐变性

由于伪满洲国是日本侵略中国所设置的一个傀儡政权，所以中国学界对日本此时期的文艺政策都会视为一种侵略手段来进行评价，对于这一点，冈田英树不以为然。例如在 1989 年出版的《东北现代文学史》中有论者论述文话会、满日文化协会、文艺家协会等组织，"积极贯彻执行伪弘报处的旨意和《艺文指导要纲》的精神，束缚、限制新文学的发展，用反动腐朽的文艺毒害人民"②，他认为这样的论断是粗暴武断的，所以他以"实事求是"的态度对当时伪满洲国统治下的文艺运动的复杂性进行了映现。这就是该文学史第一编"伪满洲国的文学"所要达到的目的。

第一编分为三章。第一章为"大连意识与新京意识的相克"。冈田英树指出否定伪满洲文学独立性的意见大多来自日本国内，而在伪满洲的日本作家的发言却都是以"满洲文学的独立性"为前提的，他们"否认满洲的文学只是日本文学的延长，仅为一地方文学，认为必须创造一种独立于日本的新的独自的文学"。③ 但是在伪满洲的日本作家又有着两种不同的意识："大连意识"与"新京意识"。二者之间的区别在于对当时刚刚建立的伪满洲国的态度情感不一样，前者"已经失去了与建国同步的对满洲工作的热情。一部分有识人士甚至开始说，大连居民对满洲国冷淡。这普遍的氛围无形中感染了作家，使他们未必肯为满洲工作而开展文学活动"。④ 接下来在第一章的"1. 从属于政治的文学还是自立的文学"中，冈田英树叙述了当时在"大连意识"支配下的日本作家与"新京意识"

---

① ［日］冈田英树：《伪满洲国文学·序》，靳丛林译，吉林大学出版社 2001 年版。
② 《东北现代文学史》编写组：《东北现代文学史》，沈阳出版社 1989 年版，第 147 页。
③ ［日］冈田英树：《伪满洲国文学》，靳丛林译，吉林大学出版社 2001 年版，第 5 页。
④ ［日］西村真一郎：《在满必然发生的问题——最近的满洲文学界》，《满日》1937 年 4 月 10 日。转引自冈田英树《伪满洲国文学》，靳丛林译，吉林大学出版社 2001 年版，第 4 页。

的作家存有不同的文学观："在社会否定个人主义、自由主义而流于全体
主义的倾向中，不为建国理念幻想所蛊惑，追求紧贴现实生活或忠实于自
身感受的文学姿态，是作为一个抵抗体而发挥机能的现实形态。暂且把它
命名为文学中与'政治主义'相对抗的'文学主义'，我认为这是大连意
识的一根支柱"。① 在第一章的"2. 新京意识和'转向'作家"中，冈田
英树指出当时倡导"新京意识"的日本作家都在"欢迎国家的'政治与
文学的结合统一'，期望拿出反映'满洲国多方面的建设方向'的作
品"②，甚至原属"左翼"的日本作家横山敏男、大内隆雄、山田清三郎
等人都"成了推进国策的冲锋号，形成了新京意识中有力的一翼"。③ 在
第一章的"3. 民族文化的共生还是日本主导的同化政策"中，冈田英树
指出在当时日本侵略者所倡导的"民族文化共生"中，"认为日本文化的
优秀性是不言而喻的，应以其来进行指导教化的意见占大多数"。④ 但是
"能听到被看作低人一等，保持着'黯然的沉默'的中国人'未被扭曲的
声音'，试图从中创造'民族协和'的满洲文化的真挚姿态，这也是大连
意识的一个重要方面吧。"⑤

第一编第二章为"伪满洲国文艺政策的实施"。这一章主要叙述在伪
满洲国政府主导下的文艺政策、文艺运动。在第二章的"1. '文话会'
活动的兴衰"中，冈田英树指出"文话会"1937 年成立于大连，"是以
文艺为中心，在电影、戏剧、美术、音乐等多领域活动，是个不仅包括创
作者也包括享受者在内的广泛的组织。它聚集了一些无主义、无主张的文
学爱好者，是以和睦为目标的团体"。⑥ 1939 年 7 月，文话会本部迁移到
新京，日益受到政治的干预，不得不"开始投身于国策一线，更加强了
与政府的联系"⑦，但仍然"未能反映出顺应时势的一面"⑧，终于在 1941
年，被政治力量所挤垮。在第二章的"2.《艺文指导要纲》的发表"中，
冈田英树指出从 1941 年开始，国务院总务厅弘报处开始了文化行政的一

---

① ［日］冈田英树：《伪满洲国文学》，靳丛林译，吉林大学出版社 2001 年版，第 12 页。
② 同上。
③ 同上书，第 14 页。
④ 同上书，第 15 页。
⑤ 同上书，第 20 页。
⑥ 同上书，第 22 页。
⑦ 同上书，第 26 页。
⑧ 同上书，第 28 页。

元化领导，颁布了《艺文指导要纲》，由此开始了伪满洲国对文化统治的浪潮。在第二章"3. 从艺文联盟成立到战时体制"中，冈田英树指出，当时成立了新的文艺活动组织，最典型的是1941年8月成立的"满洲艺文联盟"，在这一联盟之下还"网罗了能够想到的所有艺文部门，可以说整个机构被整理成了符合总动员体制的机构"。①

第一编第三章为"伪满洲国文学和中国籍作家"。在第三章"1. '艺文志派'的文学活动"中，冈田英树叙述了古丁等人在1937年创办了《明明》杂志，该刊于1938年停刊后，古丁等人又组织了艺文志事务会，于1939年刊行大型文艺杂志《艺文志》、读书人连丛月刊（1940年创刊）。"这些开拓了新文艺的舞台，在满洲文坛筑起了中国年轻作家稳固的地位，这可以说是功不可没"②，同时这些"艺文志派"的"相当数量的中国籍作家参加文话会并加深了与日本人的交往"。③在第三章"2. 对'艺文志派'的批评"中，冈田英树叙述了"艺文志派"与"文选派"围绕"乡土文学论"所展开的争论，他认为这只是文学理论方面的争辩，双方都没有多大的龃龉。但是双方后来却逐步升级，"隐藏在这些批评背后的，是只顾追求伙伴利益的同人意识，是对宗派主义的批评，是怕被'友邦文士'拉下水的恐惧"。④但是这二者的争论相互刺激、相互竞争，也带来了当时文坛前所未有的繁荣，"从双方对立激化的1939年到1941年，是伪满洲国的中国新文艺的鼎盛时期，但这一鼎盛时期未能长久延续下去，原因就在于'艺文指导要纲'的文艺统制"。⑤在这一章里，冈田英树也叙述了《文选》团体同日本的同人组织《作文》在奉天进行了小规模的交流活动。在第三章的"3.《艺文指导纲要》的公布及其后"中，冈田英树指出，1941年3月23日，弘报处公布了《艺文指导纲要》，这带来了满洲的日本作家和中国作家的双重反感。"日本人的反感，是对自发性的文艺组织'文话会'被挤垮并被政府公认的文艺组织统合的反感，也是对文艺被迫从属于国策的恐惧。另一方面，对在日本人没怎么注意到的地方暗中继续进行活动的中国籍作家来讲，由政府来判断其是专业或非

---

① ［日］冈田英树：《伪满洲国文学》，靳丛林译，吉林大学出版社2001年版，第37页。
② 同上书，第50页。
③ 同上书，第53页。
④ 同上书，第55页。
⑤ 同上书，第57页。

专业作家的身份，无视本人意志而被登记于某一组织，无疑是最大的恐怖"。① 随着后来文艺家被强迫转入战时动员体制之中，作家的自由逐渐丧失，大量作家纷纷逃离到关内，于是"中国人的满洲文坛开始走向凋落"②。

可见，该著第一编"伪满洲国文学"是一篇总论，先论及伪满洲国文学存在着两种分歧较大的文学观，一种是"大连意识"，一种是"新京意识"。并且随着时间的发展"大连意识"逐渐向"新京意识"靠拢，因为无论是人口数量还是从"各自城市的历史和传统来看，伪满洲国的文化都只能先以关东州的大连为据点来出发。然而一国文化的中心却把握在'首都之外'的城市手中的状况，无论如何也是很不自然的。随着伪满洲国的发展，这一中心从大连移向新京也就成了必然。并且这一中心轴的移动，不仅只限于空间，而是从多样化到规划化，从个人主义、自由主义到整体主义，从文学主义到政治主义，亦即从大连意识到新京意识的转变"③。随着文艺观的变化，于是文艺政策、文学团体、文学杂志以及作家创作都在逐渐地发生变化，而以1941年的《艺文指导纲要》的颁布为界点，满洲文艺运动从之前的活跃、繁荣逐渐走向了凋落。可见，冈田英树这里不是将伪满洲国文学作为一种不变的固态板块进行阐释的，而是注重到了伪满洲国文学经历了一种渐变性，从而其文学史呈现的是一种动态变迁的液体状态，这体现了冈田英树沉潜到历史的底层，发掘了更为复杂变化的历史多层面貌。

在这一编中，该文学史采取的是从伪满洲国日本籍作家的角度对伪满洲国文学进行探讨，这种方式使得冈田英树发现了日本作家心目中的伪满洲国文学。通过这种方式，我们发现了当时日本籍作家的复杂性。这种复杂性表现为不同日本作家呈现不同的文学主张，即使是同一作家也会随着战争局势的变化而发生变化，这显示出了日本作家内部的矛盾性和随时间而演化的渐变性。这种视角最大的功能应该是消除了日本作家完全的负面形象，其暗示了在最严酷的环境下，日本作家中也存有中日友好信念的人。冈田英树就总结过，"始发于大连的文化爱好者总聚集的号召，历经

---

① ［日］冈田英树：《伪满洲国文学》，靳丛林译，吉林大学出版社2001年版，第61页。
② 同上书，第64页。
③ 同上书，第21页。

了直到完成'圣战'总动员体制的全过程。对在国家权力之下确立的政策的实施，人们不可能公然挥舞反叛的旗帜。作为大连意识而显示了日本的有良知的一部分人，尚且不得不在这一力量面前保持缄默，更何况中国的文学者了"。① 这样一来，日本的军国主义和对东北三省的侵略就成了这种中日友好的最大障碍，从而彰显了冈田英树反对侵略、爱好和平的述史原则。

但是细心的读者会对冈田英树的这种述史模式产生怀疑，因为按照这种述史基调来讲述伪满洲国文学史的话，那么"大连意识"应该是一种值得称道的文学史观，持有这种意识的作家与在伪满洲国的中国作家一起受到了日本军国主义的伤害。但是"大连意识"实际上是侵占了旅顺和大连的日本作家所持有的文学观，这种"大连意识"与"新京意识"都是主张"伪满洲文学"是一种独立性的文学，实际上是拥护日本侵略的，这无疑带有"美化"侵略历史的因素在其中。尽管冈田英树在阐说"大连意识"的时候，也一再在强调，"无论怎样讴歌所谓'五族协和'的建国理念，伪满洲国客观上也还是侵略与被侵略、统治与被统治的产物"。② 他也提出："在被战时动员体制所强制、国家主义意识横行的情况下，加纳的观念论、青木的人道主义能够坚持到何时？能产生怎样的作用？这还是个疑问。"但这是从日本学者眼中所见的伪满洲国的当时历史，而真正生活在当时情景下的中国作家是否也这样认为呢？而且他们能否理解这种"大连意识"的善意呢？另外，如果"大连意识"在伪满洲国文学史中得以彻底贯彻执行，那么伪满洲国文学是不是就一定会取得丰硕成果？而这种成果的取得对于中华民族来说又意味着什么？实际上这是一个古老的话题，当文学与政治牵连在一起之时，幻想通过割离掉二者之间的联系，单方面来论述文学自身的独立性之时，往往会得出看似合理但是又失之千里的结论，因为具体历史情境所造成的那种情绪上的屈辱和神经上的惊悸是永远也不能在文字中体现出来的，这也是文学研究始终在文字证据上下工夫必然带来的缺憾，冈田英树也不例外。

二 对伪满洲国时期的中国作家予以同情性理解

该文学史第二编是"伪满洲国的中国文学诸相"，重在介绍当时生活

---

① ［日］冈田英树：《伪满洲国文学》，靳丛林译，吉林大学出版社 2001 年版，第 44 页。
② 同上书，第 15 页。

在伪满洲国统治下的古丁、梁山丁、王秋萤等作家的创作，并进而对他们的作品内容进行分析，探讨了哈尔滨文坛的情况，以及当时作家为了逃避检查而在语言文字上所采用的技巧。总的来说，冈田英树更多的是从这些作家的作品中去分析他们的文学思想，而不是从政治立场上去批判他们曾经附和伪满洲国的种种政治行为，从而实现了他对伪满洲国时期中国作家的同情性理解。

　　第二编第一章是"启蒙主义者古丁"。在该章的"1. 满洲时代的足迹"中，冈田英树"梳理了古丁利用日本人的资金援助扩大新文学阵地的过程，以及这期间发生的与日本文化人的交流，还有对伪满洲国文化行政的合作的一面"，从而在政治上判定了"古丁已经走上了一条一心一意与日本人合作的道路"。① 在"2. 文学家古丁的再生和作品世界"中，冈田英树强调了古丁在 1933 年秋回到伪满洲国，看到伪满洲国文坛上被"五四"新文学驱逐了的旧文学正在肆意妄为，于是提倡"写印主义"和"无方向的方向"，从而在 1939 年使得旧文学势衰力退，新文学掌握了市民。而从古丁的小说世界里，冈田英树则看出，"古丁这一时期的创作，是以描写被虐待被贫困所迫的人们和主张对以大家族为象征的旧世界诀别和批判的作品为中心的"②，他力图"使新首都接连不断建成的'土和沙的建造'中充满'灵魂和智慧'，必须让生活在'卑俗和低贱'中的住民觉醒"，这就是古丁"给予自己的贯穿满洲时代的使命"。③ 在"3. 作为启蒙主义者的再出发"中，冈田英树指出，1941 年之后，古丁抛弃了稳定的官员生活，而开始经营书店从事出版业，"他最大限度地利用与文艺家协会的密切关系，活跃地开展了文艺出版活动"④，可见，他"为了解脱中国人文化的落伍性而努力地工作着"⑤。在这一章，冈田英树为我们揭示了一个复杂的古丁形象，他指出古丁显在的一面"的确是站在了伪满洲国文艺政策的制定与实施的前头，他的言论中追随国策与日本人合作的痕迹也俯拾皆是"⑥，但是他从古丁的创作主题及孜孜不倦于出版事业

---

① ［日］冈田英树：《伪满洲国文学》，靳丛林译，吉林大学出版社 2001 年版，第 71 页。
② 同上书，第 82 页。
③ 同上书，第 81 页。
④ 同上书，第 85 页。
⑤ 同上书，第 88 页。
⑥ 同上书，第 85 页。

这些实践活动中，又读出了古丁实际上是启蒙主义者这一潜在的内质。

　　第二编第二章是"热爱乡土的作家梁山丁"。冈田英树在该章的"1.'描写真实·暴露真实'"中认为梁山丁所主张的新文学前进的方向应该是"描写真实"、"暴露真实"，"这个'真实'，就是伪满洲国的内部矛盾，伪满洲国的阴暗面"。① 在"2. 长篇小说《绿色的谷》"中，冈田英树通过对梁山丁长篇小说《绿色的谷》的解读，捕捉出梁山丁的艺术特色在于"尖锐批判日本对伪满洲国的经营的同时，作家还主张热爱东北的大自然和广袤的土地并回归到那里"。② 在"3. 关于《绿色的谷》的翻译"中，冈田英树指出大内隆雄并无恶意的翻译为梁山丁解放后的命运投下了阴影。

　　第二编第三章是"异色的哈尔滨文坛"。这一章"1. 东北作家群的摇篮——哈尔滨"中，冈田英树叙述了从 1932 年开始，以哈尔滨为中心据点，形成了以金剑啸、舒群、罗烽等共产党员作家为中心，萧军、萧红、白朗、金人、塞克、小古等人为代表的抗日文艺运动热潮。"揭露阶级矛盾，呼吁抗日的意图是很明确的，表现也是相当直率"，在他们的作品中很少有"伪满洲国中国籍作家用暗示和比喻来传达自己心声的那种曲折的表现"。③ 这是因为"在伪满洲国初期阶段的北满地区，尚存在管制未能充分生效的环境。后来，在治安体制加以完善，监视得以强化的时候，活动场所缩小，有的人被捕，有的人觉察到危险而逃亡"。④ "就这样，以 1934、1935 年为界，在哈尔滨，曾经最为果敢开展的初期抗日文化活动迎来了尾声。于是，伪满洲国文学活动的中心，开始从哈尔滨转移到新京。这同在满洲日本人的文学由大连移往新京恰恰相反"。⑤ 在该章"2. 传唱黑色挽歌的人"中，冈田英树叙述了萧军等人离开后哈尔滨继续其事业的关沫南、王光逖等人的左翼文艺活动遭到了镇压，以及他们与日本文人曾有过的文化交流活动。在"3. 哈尔滨文学的世界"中，冈田英树分析了关沫南的《船上的故事》、《某城某夜》和陈隄的《棉袍》，指出"这些小说与其说是反满抗日莫如说是以阶级斗争为主题的作品。他

---

① ［日］冈田英树：《伪满洲国文学》，靳丛林译，吉林大学出版社 2001 年版，第 95 页。

② 同上书，第 110 页。

③ 同上书，第 119 页。

④ 同上书，第 119—120 页。

⑤ 同上书，第 121 页。

们在哈尔滨，利用马克思、列宁主义文献，秘密开展了读书会活动。他们从具有丰富活动经验的党员身上，学到了很多知识，并把传播新的世界观、价值观视为己任进行了创作活动。然而只要看看其表达方式，就不能不说他们还有欠慎重。再者政权当局最警惕最具恐惧感的就是马克思、列宁主义。于是就出现了其他地方看不到的大量的而且有组织的被捕者。这又是伪满洲国中国文学的一个态势"。①

第二编第四章为"王秋萤的作品世界和表现技巧"。冈田英树先介绍了王秋萤作为新文艺组织者和文艺评论家的活动，然后在"1. 王秋萤的作品世界"中介绍了其文学观是意图"通过继承'文学遗产'来试图与中国文学融为一体"。在他的作品中主要是塑造了"罗亭式的青年群像"②和"在经济压迫、生活苦痛中挣扎的百姓形象"③。在"2. 作品的表现技巧"中，冈田英树指出王秋萤非常注重"推敲的技巧"——"即在逃脱检查的同时传达自己真意的技巧"。这些技巧包括不直接写日本人，但"却采用各种手段，创造出暗示日本人存在的表现方法来"④；出现"被强暴的女人和复仇剧"⑤；写到人物陷入绝境时，都一"走"了之，以此暗示走向光明——革命⑥；还包括在出作品单行本的时候予以推敲修改，删除危险的语言⑦，等等。

第二编第五章是"伪满洲国的语言环境和作家们"，冈田英树在这章重在探索伪满洲国在日语和汉语混合存在的情景下，二者之间如何相互渗透，而作家们又是如何处理这一现象的。在"1. 伪满洲国语言交流的实态"中，冈田英树指出，伪满洲国日本人和中国人的日常语言交流，大致呈现这种奇怪的现象："在都市是'只学一点点日常用语来临时应付一下'的日本人的中国语和'满系商人'所操蹩脚的日语，在地方则是通过'自然入耳'的，虽'成不了标准语'却在现地'很有用'的中国语进行的交流。这既不是中国语也不是日语的媒介语，在当时是被称作

---

① ［日］冈田英树：《伪满洲国文学》，靳丛林译，吉林大学出版社 2001 年版，第 135 页。
② 同上书，第 139 页。
③ 同上书，第 147 页。
④ 同上书，第 159 页。
⑤ 同上书，第 161 页。
⑥ 同上书，第 163 页。
⑦ 同上书，第 167 页。

‘协和语’或‘日满语’的。"① "‘协和语’绝不是有体系的语言，可以说是语言迥异的日本人和中国人迫于日常意识沟通的必要而诞生的一种洋泾浜语"。② 在 "2. 日语作品所表现的语言特色" 中，冈田英树指出，在伪满洲国的日本作家立志创造与日本本土性质不同的伪满洲国独特的文学，他们 "在描写满洲特有的风物和与中国人的日常交流时，都是使用中国语原话或是用嵌入‘协和语’的对话，来努力创造满洲文学的独特性"。③ 在 "3. 中文作品所表现的语言特色" 中，冈田英树指出，"在满洲的日本作家积极采用中国人形象以描绘‘民族协和’的理想。与此相反，中国作家方面则固执地拘泥于自己的民族问题，对作品中出现日本人持消极态度。这是个令人瞩目的事实。由此可以领略到与‘五族协和’、‘王道乐土’相背的无言的抵抗，同时也可以看到他们不想明确表明自己对日本人态度的消极抵抗的姿态。在这种情况下，让笨拙的中国语即所谓‘协和语’来说话，创造出暗示日本人的表现手法，并将其用于暗中对日本人的批判"。④ 在 "4. 日语的渗透和作家的对应" 中，冈田英树指出，日本人在战败后由于丧失了使用 "协和语" 的环境，马上就抛弃了和制汉语。⑤ 尽管 "要从东北人的语汇中抹掉‘输入的日语’是很困难的"⑥，但 "协和语" 被看成是接受日本统治的耻辱的象征，而受到轻视，被政治力量所排斥⑦。

　　在第二编，该文学史采取的是从伪满洲国中国籍作家的角度去观察他们的文学活动和精神律动，对他们进行的是一种设身处地的同情性理解，并从他们的文学作品和日常生活中寻找到他们对伪满洲国日本人统治的隐形抵抗。这种角度实际上是为这些作家进行了 "平反"，因为很多研究者更多的是根据他们公开的言论来判断他们的思想，而这些公开的言论恰恰是他们生活在异族统治下不得不采取的保全性命的策略，更多带有演戏的成分，而在他们的作品中实际上跳动的是不屈的灵魂和渴望民族新生的愿望。

---

① ［日］冈田英树：《伪满洲国文学》，靳丛林译，吉林大学出版社 2001 年版，第 176 页。
② 同上书，第 177 页。
③ 同上书，第 181 页。
④ 同上书，第 184 页。
⑤ 同上书，第 186 页。
⑥ 同上书，第 187 页。
⑦ 同上书，第 190 页。

三　跳出伪满洲国看"伪满洲国文学"

该著第三编"外部看到的伪满洲国文学"主要以他者的角度来叙述他们眼中的伪满洲国文学。前两者角度可说是一种内视性视角，而这一种视角可谓是外视性视角。后一种视角可以让冈田英树将伪满洲国文学作为一种相对化的研究对象进行探讨。

第三编第一章是"大东亚文学者大会和伪满洲国代表"。在该章"1. 伪满洲国代表'千篇一律'的发言"中，冈田英树引用了日本人高见顺和武田泰淳所见到的伪满洲国代表古丁等在第三次"大东亚文学者大会"中"千篇一律"的发言，并分析了伪满洲国代表在前两次同类大会上的发言，指出几乎所有的伪满洲国代表在"大东亚文学者大会"中的发言都"毫无个性、内容划一、同义重复"，"最大的问题是，大东亚文学者大会本身就是作伪"。① 在"2. 大东亚共荣圈和伪满洲国所处的地位"中，冈田英树从政治上分析了这些代表的发言为什么如此"千篇一律"，那是因为"他们的发言和行动不是出于本意，而是被强制地勉强表演出来的"②，他们是作为日本的政治奴隶被随意加以利用成为伪满洲国的代表，在他们的身后是将他们当成傀儡随意操纵的伪满洲国的文艺组织。

第三编第二章是"王度的日本留学时代"。该章借用王度在日本的文学活动来比较伪满洲和日本不同的文学环境。"1.《日本留学时期文学活动风云录》"介绍王度在日本的文学活动及被拘押的经历。"2. 诗集《新鲜的情感》"重在分析王度的诗集《新鲜的情感》。"3. 归国后的王度"，写王度回国后在伪满洲工作期间再次遭遇逮捕的危险，于是他又逃离到华北。王度，"一个充满了反抗之心、爱好文艺的留学生从伪满洲国来到了日本。他感到比起自己的国家来，这里'言论相当自由'。他还断定，比起'无视法而疯狂镇压'的本国司法权力来，日本还保护着'法治'。所以他用在'故国'不被允许的表达方式，来揭露阶级社会的矛盾，呼吁故乡的人民进行不屈服于镇压的抵抗。虽然他被日本的宪兵逮捕了，但作

---

① ［日］冈田英树：《伪满洲国文学》，靳丛林译，吉林大学出版社 2001 年版，第 201 页。
② 同上书，第 203 页。

为伪满洲国抵抗文学，他却留下了一本用日语写成的诗集"。①

第三编第三章是"中国文学翻译家大内隆雄"。在"1. 上海·大连时代的大内"中，冈田英树介绍了大内隆雄在上海一直"保持着对中国左翼文学的关心和对共产党领导的革命运动的同情"。② 来到大连后，大内主张"为了建立伪满洲国内诸民族真正的平等，就必须从日本帝国主义那里取得完全的独立，同中国民族资产阶级的代言人——国民党相对抗，（虽然以后他没有明确提出过）争取与代表中国民众的共产党联合、合作。这里应注意，苏联的民族政策被他当作了这一构想的画稿"。③ 在"2. 新京时代的大内"中，冈田英树指出在此时的伪满洲国，他"翻译作品数量之多，选择目光之正确，以及对东北文学的广博深厚的造诣和对处于闭塞状态中的中国籍作家的理解与同情"，都使得"大内是最优秀的翻译家"。④ 但在 1941 年太平洋战争之后，大内的活动"却是在配合战争的进行，他越是期待时局文学、爱国文学的出现，与中国籍作家之间的鸿沟就变得越深"。⑤ 在"3. 中国人眼中的大内"中，冈田英树介绍了曾和大内同事过的王度，以及王秋萤都不相信大内，并怀疑他是特务、间谍，梁山丁的作品《绿色的谷》被大内翻译成日文，但是梁山丁也并不相信他。所以冈田英树感慨不已，"在文学的世界里要实践'民族协和'，依靠翻译的相互理解是不可欠缺的。作为这一翻译的忠实实行者大内，却因翻译而招致警戒心和恐怖感的这一事实，可以说正雄辩地讲述了伪满洲国的真实面貌"。⑥ 对翻译者的不信任，甚至播下了强烈怨恨的种子，这说明"即使是表现出善良的有良心的行为，但加上权力的镇压，就起到了一种给中国人带上镣铐的作用，这是事实的存在"。⑦

在前面两编，冈田英树展示了在伪满洲国统治下日本作家和中国作家各自精神上的文学历史，他尽量找出历史人物的闪光点，读者或许会感受不到当时情景的残酷桎梏。例如前面所说的"大连意识"就带有一种"美化"、"粉饰"的意味。但是在第三编，该文学史通过旁观者对伪满洲

---

① ［日］冈田英树：《伪满洲国文学》，靳丛林译，吉林大学出版社 2001 年版，第 224 页。
② 同上书，第 233 页。
③ 同上书，第 235 页。
④ 同上书，第 241 页。
⑤ 同上书，第 244 页。
⑥ 同上书，第 247—248 页。
⑦ 同上书，第 128 页。

国文学境况的观察、想象及回忆，向读者展示了伪满洲国在他人的视野中还是一个被侵略的地域，在这个地域生活的人们承受着巨大的心理压力，他们的文学只是曲折地反映出他们屈辱的心灵。这样一来第三编修正了我们对"伪满洲国"过于"乐观"的感受，从而使得所谓的"伪满洲国文学"在这三种不同视角的交叉扫描中"原形毕露"。所以在最后的"结束语"中，冈田英树认为"满洲文学"或"满洲国文学"这两个概念所表达的所指和能指实际上并不存在。"这并非由于不存在单一的共同语言的表面上的原因"，而是因为"想用单一的概念说明当时截然分成左右两块的向量是不可能的，也是毫无意义的工作。其中能够找到的，只有在满洲的日本文学和在满洲的中国文学"。前者是"在肯定国家存在的基础上力图创造'满洲的独自文学'的日本人的文学"，后者是"拒绝承认国家存在，描写异民族统治'黑暗'的中国人的文学"。[①] 而且冈田英树还对日本人中仍有人大谈建设"伪满洲国"的"梦和理想"进行了批判，痛斥"以日本人的主观愿望代替伪满洲国历史的总结而降下帷幕，可谓一种极不负责任的态度"。[②]

总的来说，冈田英树对伪满洲国文学的研究还是走在了该研究的前沿，其注重了三类不同人士眼中的伪满洲国文学，呈现了丰富复杂的伪满洲国文学的多样态存在，为我们以后的相关研究开阔了视野，指引了方向，值得我们学习。

第四节　藤井省三的中国现代文学史编撰

藤井省三是日本第三代中国现代文学研究的代表人物，是东京大学文学部、日本学术会议会员。其书写了多种中国现代文学史著、对中国台湾文学研究也很有成就，其中以《台湾文学这一百年》、《20世纪的中国文学》、《鲁迅〈故乡〉阅读史》、《华语圈文学史》为代表，这里我们将介绍后两种文学史著。

一　以小见大的《鲁迅〈故乡〉阅读史》
藤井省三的《鲁迅〈故乡〉阅读史——近代中国的文学空间》由董

---

① ［日］冈田英树：《伪满洲国文学》，靳丛林译，吉林大学出版社2001年版，第249页。
② 同上书，第252页。

炳月翻译，在 2002 年由新世界出版社出版，这里要讨论的是 2013 年由南京大学出版社出版的版本，全名为《鲁迅〈故乡〉阅读史——现代中国的文学空间》。书名略有变化，一个"近代"一个"现代"，实质上是两个不同国度对同一社会进程的不同命名，现在的改动是为了照顾中国学界的概念定义。

该文学史主体为四个章节，以鲁迅的小说《故乡》的创作及阅读历程来描画整个现代中国的文学空间在不同时代的变迁，正如译者所说这是一种"小题大做，旁敲侧击"① 的文学史写作方式。这种"小"表现在其梳理了不同时代的读者对《故乡》解读的侧重点及变迁，而"大"则体现为该文学史分析了不同时代为什么会有上述不同解读重点，这样就还原了不同时代的文学空间，所以该文学史的副标题为"现代中国的文学空间"。可以说，该文学史以鲁迅《故乡》的阅读史这一小小聚焦点，为我们透射了不同时代文学空间的演变嬗替，这就是"以小见大"。这一点藤井省三自己有着自觉的追求，他在该著的"引言：文学与'想象的共同体'"中就已经指出，"本书的写作是为了考察人们阅读《故乡》这一在 20 世纪的中国被不断重构的文本的历史，同时也是一种描述七十年间以《故乡》为坐标的国家意识形态框架的尝试。换言之，这里讲述的是一个映现在《故乡》这一文本生成过程中的现代中国文学的生产、流通、消费、再生产的故事"②，很明显，该著完美地实现了著者的写作意图。

（一）《故乡》阅读史何其"小"

鲁迅的短篇小说《故乡》创作于 1921 年，已经快要流传了一个世纪，藤井省三紧紧围绕这部小说的创作和解读来梳理其被读者接受的历史，这是一种文学接受史的做法，其选择这么一个短篇小说可谓非常之"小"。下面我们具体来看看不同时期对《故乡》是如何接受的。

在第一章"一　文本的诞生——1921 年对契里珂夫作品的翻译"中，藤井省三对鲁迅《故乡》的诞生进行了介绍。他指出 1921 年里鲁迅曾经转译过日文版的契里珂夫的《省会》和《连翘》。他认为，"《故乡》中

① 董炳月：《文本与文学史（代译后记）》，藤井省三著《鲁迅〈故乡〉阅读史——现代中国的文学空间》，南京大学出版社 2013 年版，第 197 页。

② ［日］藤井省三：《鲁迅〈故乡〉阅读史——现代中国的文学空间》，董炳月译，南京大学出版社 2013 年版，第 2 页。

归乡、再会、失望这一意义结构是从契里珂夫的《省会》中学来的，对故乡风景的曲折、多层次构筑才是鲁迅自己的创造"①；"契里珂夫描写的是第一次革命受挫后置身黑暗的政治状况中易于逃避到乡愁——这乡愁包含着甜美的青春与充满希望的过去——中去的俄国知识分子的心理；与此不同，鲁迅对《省会》的框架进行了重构，因而由对五四时期中国知识分子精神世界的考察而达到哲学境界"②。

　　在第一章第四节中，藤井省三指出最早评价鲁迅《故乡》的是沈雁冰，其当时的笔名是郎损，这篇文章刊于 1921 年 8 月号《小说月报》，名为《评四五六月的创作》。藤井省三认为民国时期围绕《故乡》的评论大都是以"茅盾的观点为'原型'，以'我'='鲁迅'这一认识为基点"③，并形成了民国时期两种评论《故乡》的批评传统，即"事实的文学"与"情感的文学"。茅盾既注重了《故乡》反映的情感，指出"《故乡》的中心思想是悲哀那人与人中间的不了解，隔膜"，这就是"情感的文学"；但茅盾又指出造成这种隔膜的原因是"历史遗传的阶级观念"，这是"事实的文学"批评；最后茅盾提醒人们注意结尾中作者所说的"走的人多了，也便成了路"这一"希望"的逻辑，这就将"事实的文学"批评和"情感的文学"批评两者统一起来。④

　　为什么《故乡》"既可以被作为'事实的文学'来阅读，又可以被作为'情感的文学'来阅读"，这是因为鲁迅的作品中"巧妙地将象征、印象、写实三种主义融合起来的安德烈式手法"，"在描绘'故乡'衰败的现实与少年闰土站在大海边月光下这一梦幻般风景的同时表达'隔膜'、'阶级'以及'绝望'的《故乡》，可以说是安德烈夫文学乐章的变奏"。⑤

　　"从'事实的文学'这一观点出发进而努力对作品'情感的文学'要素作出评判的"，是诗人朱湘。他"继续坚持成仿吾的'鲁迅=自然主义'这一观点，提出了'闰土=小偷'的看法。但从那以后，左翼文学

---

　　① ［日］藤井省三：《鲁迅〈故乡〉阅读史——现代中国的文学空间》，董炳月译，南京大学出版社 2013 年版，第 9 页。

　　② 同上书，第 8 页。

　　③ 同上书，第 65 页。

　　④ 同上。

　　⑤ 同上书，第 67 页。

独占了'事实的文学'的主流，因此这种观点成为禁忌。不过'闰土＝小偷'作为异端派'事实的文学'的叙述是一条延续到现在的暗流"。①同时朱湘还认为《故乡》结尾中"希望本是无所谓有无所谓无的"应该删除，这是画蛇添足，而持这种观点者还不止一人。

总的来说，藤井省三认为在中华民国时期，"事实的文学"这一批评系统得以发扬光大，并压抑了"情感的文学"这一阐释思路。他指出，"在'事实的文学'的批评体系中，二十年代沈雁冰等五四新文学派批评家作出了实写阶级压迫造成的'隔膜'的评价，三十年代的无产阶级文学派又将这种评价解释为对经济破产状况的描写，到了不久之后的国共内战时期，曾经被看作'蛇足'的结尾处'希望的路'一节也被左翼文学派的思路重新解释为政治性期待。这样，对《故乡》作为'事实的文学'的解释体系得以完成"。②

藤井省三认为"随着中华人民共和国的成立与毛泽东时代的到来，对《故乡》的阅读受到了阶级论视角的控制"③，《故乡》成为了思想政治教育的重要工具，而"事实的文学"派的解释更一步地"注目于杨二嫂的小市民阶级性的观点"④，"杨二嫂＝被压迫者"以及杨二嫂和闰土谁是小偷的问题受到了大家的关注，对此语文教材采取了模棱两可的做法，一方面反对"闰土＝小偷"的观点，但也不主张"杨二嫂＝小偷"。时间发展到"文化大革命"之时，《故乡》则被语文教材放逐，因为"在'文化大革命'中由于毛泽东的阶级斗争理论被奉为至高无上的真理，因此，展示没落地主阶级家庭出身的知识阶级的'我'与农民阶级出身的闰土以及常常被归入小市民阶级的杨二嫂之间复杂的阶级关系的《故乡》，是一篇解释稍有不慎就有可能被视为反革命的危险教材。尤其是面对寂寞的'故乡'，'我'那种动摇于希望与绝望之间的心理，在要求信仰'革命'、绝对忠诚于毛泽东的'文化大革命'时期是不被允许的"。⑤

不过进入邓小平时代之后，"相对于'道'而言，'文'的位置重新

---

① ［日］藤井省三：《鲁迅〈故乡〉阅读史——现代中国的文学空间》，董炳月译，南京大学出版社2013年版，第69页。

② 同上书，第77页。

③ 同上书，第167页。

④ 同上书，第108页。

⑤ 同上书，第127—128页。

得到肯定，'豆腐西施'的名誉得以恢复，在语文课堂上越来越多的学生持'闰土＝小偷'的观点，'我'＝鲁迅的认识被否定，将《故乡》作为'虚构'作品的阅读方法被确立"。① 于是，"《故乡》又开始被阅读为知识分子（而非知识阶级）以及'母亲'、杨二嫂等小市民的故事。可以认为，在这一时期，民国时期的知识阶级所无法比拟的庞大的知识分子阶层和小市民阶层正在形成"。②

可见，藤井省三首先梳理的是鲁迅《故乡》创作的背景，以及其在中华民国时期被茅盾最先进行评论的观点，而这一观点本身就是从"事实的文学"与"情感的文学"两方面的结合来讨论《故乡》的意蕴，到后来随着左翼文学运动和国内政治局势的变化，"事实的文学"这一评价体系越来越强势，最终占据了《故乡》阐释的主体。到了中华人民共和国时期的毛泽东时代，《故乡》变成了思想政治教育的主要工具，人物的阶级性受到了强调。而在"文化大革命"时期，《故乡》直接就被驱逐出中小学语文教材。直至邓小平时期，对《故乡》的评价又回到了中华民国时期的原点，其被作为虚拟的作品解读已成为常识。就这样，该著清查了《故乡》这么一篇短篇小说在现代中国文学史上的接受史，这条线索的清理是简明扼要的，所以我们可谓之其"小"。

（二）"现代中国的文学空间"何其"大"

正如董炳月所说，文学作品在其生产、流通的过程中所具有的被动性"不仅体现在作者与作品方面，甚至体现在读者方面，已经超出了一般接受美学研究的范围。现代中国的文学空间是一个文学呈现出多重被动性的空间，政治性构成了中国文学现代性的主要内容。惟其如此，《故乡》被阅读的历史才成为八十年间中国社会、政治与文学的一面镜子"。③ 而藤井省三的这部文学史正是通过《故乡》被阅读的历史来展现八十多年来现代中国的文学空间是如何制约、启发了对《故乡》的释义及阐发，而这种文学空间的描画通过一篇短篇小说的阅读史来进行又是何等的"小"中见"大"。

---

① ［日］藤井省三：《鲁迅〈故乡〉阅读史——现代中国的文学空间》，董炳月译，南京大学出版社 2013 年版，第 159 页。

② 同上书，第 167 页。

③ 董炳月：《新版校订说明》，藤井省三著《鲁迅〈故乡〉阅读史——现代中国的文学空间》，南京大学出版社 2013 年版。

在第一章"知识阶级的《故乡》——中华民国时期（上）"中，藤井省三通过介绍"一 文本的诞生——1921 年对契里珂夫作品的翻译"说明了鲁迅的《故乡》是如何诞生的。而在"二 五四新文化运动与新兴读者层"中就阐释《故乡》是通过什么形式被同时代的读者所接受的，并且这种接受更多的是处于同一情感氛围中的共鸣。藤井省三指出，"《故乡》所叙述的为了告别故乡而重回故乡的故事，最初就是在这种四合院共同体的读者空间中作为文化消费品而出现的。大多数以《新青年》为媒介阅读了《故乡》的读者，都是在异乡读书、后来又和故乡中的'我'一样回乡的学生，或者是离开故乡很久的教师、官吏等。他们大概是抱着与新兴知识阶级的强烈共鸣阅读《故乡》的"。① 在"三 爱罗先珂的知识阶级批判"中，该文学史介绍了爱罗先珂当时责难"中国的知识阶级连爱与人生的理想都没有"，但藤井省三认为，这是爱罗先珂的误解，当时的现实并非如此，"由于过度的窘迫生活而正在失去爱或理想，才是北京知识阶级的现实"。② 在"四 报纸文艺副刊与文学杂志的功能"中，藤井省三介绍了"在处于欧化—现代化过程中、大众文化社会尚未形成的二十年代中国，报纸副刊成为宣传工具、大众媒体的实验室与试管"③，此时还没有出现职业作家，职业批评家也没有出现，所以"业余作家鲁迅创作的《故乡》被业余批评家茅盾在商业性文艺刊物上做了介绍"。④ 在"五 书店网的扩大与《呐喊》的流通"中，该文学史介绍了《呐喊》收入了《故乡》印为单行本，到鲁迅逝世之时至少出了 24 版，印数远超过 10 万册，成了当时空前的畅销书。而当时的书店已经在全国蓬勃增加，邮政制度的发展也促进了图书的流通。可见这一章通过鲁迅的《故乡》的创作及流通与消费，为我们挡清了当时的文学空间：业余作家、会馆里的生活窘迫的读者、作品的内容及情感的共性，副刊的热销、书店的发展及邮政的进步等等都一一展现在我们眼前，这就是 20 世纪 20 年代的文学空间。

第二章为"教科书中的《故乡》——中华民国时期（下）"。其中

---

① ［日］藤井省三：《鲁迅〈故乡〉阅读史——现代中国的文学空间》，董炳月译，南京大学出版社 2013 年版，第 19 页。

② 同上书，第 25 页。

③ 同上书，第 28 页。

④ 同上书，第 32 页。

"一　'国文科'制度"、"二　国语教科书的历史"、"三　国语教学中的《故乡》"这三小节都是在叙述从晚清一直到北洋军阀时期的语文学科制度以及教科书的变迁情形。而"文言文的小学教科书 1920 年之后相继改为白话文。1922 年，各学科的文言文教科书均被废止"①，而"五四"新文学作品自然成为新的国语教学中的重点选择。"特别是《故乡》，作为具有超稳定性的教材，经过中日战争至民国末期的 1948 年为止，自始至终都被各社的中学国文教科书收录。"② 甚至在"民国后期的国语教科书设计了比较系统的问题，创造了诱导学生对问题做更深入思考的教学方法。但与此形成对比的是，有关现代文学的试题始终是被作为单纯的常识性问题。这似乎暗示着从作为'文本'的《故乡》产生的'读法'的多样性与以根据分数排序列为目的的考试试题的冲突"。③ 在"四　'事实的文学'与'情感的文学'——作为再生产的批评"中，藤井省三叙述了中华民国时期对《故乡》的两种主要阐释路径。可见这一个章节，重在强调鲁迅的《故乡》应和了时代国语教学教材编写的需要，从而使得他的读者面迅速扩大，而教科书的编写也正是整个中国新文学作家作品被经典化的重要途径，国语教科书的编写是当时文学空间中的重要推动力。

第三章为"作为思想政治教育教材的《故乡》——中华人民共和国时期·毛泽东时代"。藤井省三在"一　新圣人与'唯人民独尊'"中叙述了毛泽东时期对鲁迅的评价，以及鲁迅在解放前的昆明曾受到的刘文典的评论。在"二　'语文科'的诞生与思想政治教育"中叙述了新中国成立后，"语文"教学开始承担着思想政治教育的功能。与此同时就有了"三　'豆腐西施'的阶级性"和"四　谁是小偷？"的讨论，以及后来《故乡》被文化大革命所放逐，这是第二章第五小节的讨论内容。这一章叙述新中国成立后的文学空间被政治化目的及模式所控制，而《故乡》文本的阐释也带有政治性的色彩。

第四章为"改革开放时期的《故乡》——中华人民共和国时期·邓小平时期"。藤井省三在"一　语文教学效率的提高与'文道论争'"中介绍了新的政治经济形势，以及在这种形势下语文的教学目的发生了根本

---

① ［日］藤井省三：《鲁迅〈故乡〉阅读史——现代中国的文学空间》，董炳月译，南京大学出版社 2013 年版，第 44 页。

② 同上书，第 45 页。

③ 同上书，第 64 页。

性变化。于是对《故乡》的阐释就出现了新的变化，其中"二　为'豆腐西施'平反"、"三　'闰土＝小偷'观点的复活"、"四　关于'我'的插图"、"五　主题思想的复古与革新"、"六　在上海市某中学的语文课堂上"等小节就是对这些变化的细致阐释。

　　总的来看，该文学史从政治、经济等多方面说明了现代中国的文学空间，这方面的描绘想来中国现代文学史家并不陌生，但是该著还贯穿着20世纪的中国教育史，特别是语文教材的编写和《故乡》课文的教学实践，这无疑是独出机杼，使得文学文本的接受史研究中有着更丰富深刻的内容，其不仅仅是文学文本的解读，还是政治、经济、教育、文学等各方面力量角逐情态的刻画。所以说，该著是"以小见大"的文学史，的确当之无愧！

二　藤井省三的"华语圈文学史"

　　2011年藤井省三出版了《中国语圈文学史》①，这部书是在《20世纪的中国文学》② 的基础上增补、修订而成的，2014年贺昌盛将此书加以翻译命名为《华语圈文学史》。根据译者的介绍，"译作中删除了有关话语电影部分的论述文字（这部分内容可参考新近在中国出版的藤井先生的另一部译著）与《作家名索引》，而将原属《20世纪的中国文学》一书的《日本人对现代中国的解读》及《村上春树与华语圈》两章增补为现在的第九、十章，并附录了《华语圈文学史年表》及藤井先生的单篇论文《村上春树的汉语翻译》（原文'尾注'均改为'脚注'）"。③ 可见该著主体内容是《20世纪的中国文学》、《中国语圈文学史》与论文的混合，我们这里来予以介绍。

　　（一）总体框架与宏观认识

　　该文学史的总体框架是依照时间推延来进行编排的，先有"前言"与"绪论　关于华语圈现代文学的研习"。在"前言"中，藤井省三对华语圈文学史的命名、特征及涵盖内容及边际进行了界定。他指出"20世

---

　　①　［日］藤井省三：《中国语圈文学史》，东京大学出版会2011年版。
　　②　［日］藤井省三：《20世纪的中国文学》，放送大学教育振兴会2005年版。
　　③　［日］贺昌盛：《华语圈文学史·译后记》，藤井省三《华语圈文学史》，南京大学出版社2014年版。

纪以来的华语圈文学史堪称越境的历史"①，而"所谓越境，就华语圈的情形而言，并不仅限于跨越国界到国外去。拥有比整个欧洲还要广大的人口和面积的中国，现代文化一直是以新旧对照的北京和上海南北这两个都市为中心而发展起来的。所以越境同样有着围绕双城故事来展开的意味"。② 所以，"所谓华语圈的现代文学，就是讲述中国海峡两岸暨中国香港，以及日本之间在现代文化交流中相互越境的故事。在这里，北京、上海、中国香港、台北及东京等东亚都市是主要的舞台，作家作品及其读者则是故事的主角。本书所谓'华语圈文学'这一术语，即用于通观 20 世纪以来整个东亚社会与文化的一个概念。"③

在"绪论　关于华语圈现代文学的研习"中，藤井省三从"文学、市场经济及其与国家的关系"与"东亚民众的共同经验"两方面进行了探讨，这两方面也是该著考察文学史的两个着力点，也可以说是该文学史的方法论。他指出，"就国家与文学的关系而言，华语圈与西欧或日本所显示的情形略有些异样。在华语圈范围内，旧式的中华体制一直延续到 20 世纪初期，民族国家建设极为迟缓，社会的工业化与国语的诞生也处于停顿状态。与此相对，从欧美，特别是日本借鉴过来的'文学'却先行一步，开始构思起了'想象的共同体'，以创造'国语'和'国民'来完成民族国家的建构"。④ "但在日本和欧美，伴随着工业化社会的成熟，有关文学是与政治经济无关的神圣领域的说法已经开始盛行起来，比如'政治与文学的对抗'、'纯文学'等'文学即净土'之类的表述。但是，如果对华语圈的现代文学细加品味的话，反倒很容易看出国家与文学之间所发生的关系，在欧美及日本已经被近代史的阴影所遮蔽起来的那种文学体制形态会赤裸裸地呈现出来。"⑤ 可见，该文学史正是重在通过文学的生产和消费机制来考察华语圈民众对民族国家和个人身份的认同历程。而且藤井省三认为这种认同不仅仅是现代中国民众，而是可以扩散到整个华语圈，因为读者在"阅读作品而受到感动之际，与作品和作者间的距离会被那种感动所消弭，以此来验证从过去到现在日本与中国、港台

---

① [日] 藤井省三：《华语圈文学史·前言》，南京大学出版社 2014 年版，第 1 页。
② 同上书，第 2 页。
③ 同上书，第 3 页。
④ 同上。
⑤ 同上。

地区的读者们的感想和评判的异同——当自身的这种感动从东亚整体的时空中释放出来的时候，现代华语圈文学史也就被生成出来了"。① 他以鲁迅的创作为例说道，"从鲁迅受到俄罗斯小说《田舍町》的启发而执笔创作《故乡》的 1921 年开始，到我们比如在中学国语教科书中读到《故乡》乃至后来的反复阅读，当我们围绕着日本和华语圈来考量有关《故乡》的阅读史的时候，所谓'阅读'行为就已经从个人独自的体验扩展成为东亚民众共享东亚现代经典的公共行为了。因此，研习现代华语圈文学史，可说是共同感受所谓'东亚'的第一步"。②

接下来该著将 20 世纪大陆文学史分为六个不同的时期分别作为一章进行阐述，第七章和第八章分别是中国香港、中国台湾文学史概说，第九章是叙述《日本人对现代中国的解读——20 世纪中国文学阅读史》，第十章是叙述《村上春树与华语圈——日本文学跨越国界之时》。随后附录的是《村上春树的汉语翻译——日本文化本土化与中国本土文化的变革》与《华语圈文学史年表》。可见，藤井省三这部文学史的整体框架是经过精心设计的，注重了时空交织、纵横交错。一方面在空间上注重到中国大陆、中国香港、中国台湾，这就涉及两岸三地的整体化的现代中国文学史的编撰，在实际的编撰中又考虑到中国香港、中国台湾地域性的发展历史，又兼顾到其与内地血肉相连不可分割的联系。最后还加上"日本人对现代中国的解读——20 世纪中国文学阅读史"这一章叙述中国文学在日本的接受，用"村上春树与华语圈——日本文学跨越国界之时"这一章叙述日本文学在中国的传播。于是整个文学史空间就成为华语圈文学史，始终关注的是这些不同区域之间的交流互动，又考虑到各自地域的发展历史。如果从该文学史对内地中国现代文学史的叙述来看，重在上海、北京、重庆、桂林、昆明等城市的现代中国文学的活动。从内地中国文学现代化的历程来看，这几个城市也恰恰是中国现代文学发展中的几个关键节点，这些城市正是不同时期内地中国现代文化、文学中心，这部文学史以这几个关键城市为叙述重点就能达到以点带面的效果。

该文学史在时间上将中国大陆的文学史划分为六个不同时期，分别为"清末民初（19 世纪末期—1910 年代中期）——租界城市上海的诞生与

① ［日］藤井省三：《华语圈文学史·前言》，南京大学出版社 2014 年版，第 6—7 页。
② 同上书，第 7 页。

'帝都'东京的体验"、 "五四时期（1910 年代后期—1920 年代后期）——'文化之城'北京与文学革命"、"狂热的 1930 年代（1928—1937）——国民革命后的老上海"、"成熟与革新的 1940 年代（1937—1949）——抗日战争与国共内战"、"毛泽东时代（1949—1979）"、"邓小平时代及以后（1980 年代至今）——'北京风波'与经济高速发展"。从时间起讫来看，该文学史与大部分 20 世纪中国文学史没有什么两样，主要还是依照政治、经济的转换划分文学史的分期，这就有条理地将整个现代中国的文学史进行了线索分明的标注。而在叙述中国香港、中国台湾文学史以及中日两国文学互相流通传播的同时，也注重到时代变迁的历史特征。例如"香港文学史概说"就从鸦片战争一直叙述到 1997 年中国香港回归中国前后，而"台湾文学史概说"则从荷兰统治时期一直叙述到当下的中国台湾文学。

该文学史以这样的时空框架，将整个东亚华语圈文学史在一个文学史板块中予以体现，从而讲述了一个"中国海峡两岸暨香港，以及日本之间在现代文化交流中相互越境的故事"①，这是一个与众不同的文学史框架。藤井省三这样的文学史框架一方面显示了他以一种流动的宏观的视野来考察现代中国文学，特别是考虑到中日文学及现代中国两岸三地文学的互动交通情形，这是吻合文学史实际发展原貌的；另一方面也与该文学史主要面向的读者有关，因为该文学史是日本学者面向日本读者的文学史著作，考虑到读者接受的难易程度，该文学史强调远在他乡的中国大陆、中国台湾和中国香港与日本的联系，可以更好地吸引日本读者的注意，引起他们的兴趣，而且在阅读中也可以拉近他们的心理距离，增进他们对现代中国文学的了解。

（二）理性分析与感性认知相结合

藤井省三的这部文学史不是注重作品研讨，而是重在回到历史现场，让读者能够感知历史真实中毛茸茸的历史细节，从而对历史有一种活生生的体验和设身处地的理解。为了达到这种效果，藤井省三一方面采用社会学知识来分析当时的社会情境，特别是注重用数据说话，这是一种理性科学的思维；另一方面则是借助当时访问中国的日本人的眼光，来叙述这些访问者眼中的中国形态，同时又将当时的中日之间的差异进行比较，再现

---

① ［日］藤井省三：《华语圈文学史·前言》，南京大学出版社 2014 年版，第 3 页。

了历史的原貌，这是一种感性认知的思维。这样理性分析与感性认知二者就能相互配合，共同让读者回到历史现场。

首先，该文学史采用多种社会学知识来分析中国现代文学的场域，特别是对文学体制中生产与消费的关系非常关注。例如第一章是"清末民初（19 世纪末期—1910 年代中期）——租界城市上海的诞生与'帝都'东京的体验"，这个章节包括五个小节。其中"1. 从上海县到租界城市、高杉晋作眼中的上海"叙述了"上海县的历史"、"鸦片战争与上海开埠"、"阔步新兴上海的年轻武士"、"民族资本的急起直追"；"2. 报刊业的出现与近代学校体制"叙述了"访问传教士慕维廉"、"报刊业的诞生"、"洋学堂的出现"、"上海的欧化与近代文学"；"3. 从洋务运动到变法运动、夏目漱石所看到的上海"叙述了"从洋务运动到变法运动"、"革命派的登场"；"4. '新小说'的出现与日本留学热"叙述了"'觉世之文'的启蒙话语"、"明治日本的政治小说"、"小说杂志的创刊热"、"上海的歇洛克·福尔摩斯"、"日本留学热"、"嘉纳治五郎的弘文学院"、"年轻'帝都'生发出来的文学新体制"、"职业作家的诞生"；"5. 革命派的抬头与留学生鲁迅的内心审视"叙述了"革命派的杂志"、"鲁迅的浪漫派文学论"、"苏曼殊的幻想小说"。从第一章每小节的标题上可见该章重在叙述"清末民初"中国现代文学诞生期的社会文化态势和文学体制的创建，并适当分析了梁启超、鲁迅、苏曼殊等作家作品。该文学史没有忽视政治事件对文学历史的影响，但更多强调了经济、教育、文化、报纸杂志、宗教等多方面影响。这些因素的强调，使得该文学史抓住了现代中国在不同时代的文学场域，从而也就显现了文坛态势的演化趋势。

藤井省三指出，20 世纪 20 年代的文坛主要是沙龙形态，"文坛名流借助强势媒体而集结起来的有着沙龙特色的团体当属新月社、语丝社和创造社"。① 其中新月社成员"多出身于上流社会且都曾留学欧美，在自由主义政治倾向上与梁启超的渊源颇深，与政界商界多有关联可说是他们的一大特征"。② "与新月社的成员相比，语丝社的成员年长一两个世代，他们都曾亲历过辛亥革命时期的动荡。周氏兄弟留学前和在日本期间，家庭

---

① ［日］藤井省三：《华语圈文学史》，南京大学出版社 2014 年版，第 36 页。
② 同上书，第 37 页。

只是没落的地主，在北京时期，靠着时常拖欠的薪水和少量的稿费支撑生活，只抵得中等家庭的水平"。① 这两个团体的沙龙，"在现代化的进程中，立足于尚未构建出大众文化社会的 1920 年代的北京，可说是服务于小范围知识阶层的一种文学体制"。② 而创造社是以日本留学生为主，"他们是以清末以来中国欧化的核心城市上海和东京作为基地的"，"他们能敏感地觉察到东京和上海文化界的潮流所向，并以之高扬自己的主张，却动辄与中国的实际境况相左，没过多久即开始每况愈下了"。③

与 20 世纪 20 年代的小型沙龙不同，20 世纪 30 年代的上海文化人置身于一个庞大的文化市场之中，文学文化乃至作家都要为消费者的欲望所摆弄。"政论、文学、电影，连同其派生出来的小道消息，在文化市场中都是作为同一性质的资讯而被消费的，上海文化人直接面对的就是所谓大众文化的现实"。④ 鲁迅就因为自己的婚姻问题成为"被媒体所嗅逐的诱饵"，他更是刊行了其与恋人许广平的往来信件《两地书》（1933 年），"在其著作相继被查禁的当口，这本'情书'的版税为他们困顿时期的生活提供了保障"⑤，但是著名演员阮玲玉却不得不选择了死亡，也许她"正是基于对这种全新的大众文化逻辑的困惑，太过执着于所谓进步女性之梦"⑥。

而从 20 世纪 40 年代起，藤井省三认为"与清末以后上海、北京这两类所谓文化城市的传统全然异样，出现在共产党所领导的解放区的不是都市，"而是农村。在"延安，仅有《解放日报》等共产党管辖的一两种报纸和所谓解放社一家出版社，没有任何杂志。奔赴延安的数千城市青年们，即使想表达知识阶层的使命和诉求也没有借以表达的媒体，说到底，是因为这里不存在清末以后知识阶层赖以生存的根基——都市"。⑦ 在农村，知识阶层一无所用，要想得到工作以确保衣食，除了从延安到广大的解放区去从事宣传工作以外别无他途。藤井省三认为这种农村心态在 1949—1979 年期间也一直存在，城市已经"丧失了文学的生产、流通、

---

① ［日］藤井省三：《华语圈文学史》，南京大学出版社 2014 年版，第 37—38 页。
② 同上书，第 39 页。
③ 同上书，第 41 页。
④ 同上书，第 62 页。
⑤ 同上。
⑥ 同上书，第 63 页。
⑦ 同上书，第 73 页。

消费和再生产的机能"，不再具有城市的功能，而"变成了在广大的农村，在荒无人烟的旷野上建筑起来的庞大的"① 居住地。

在 20 世纪 90 年代初，"以邓小平视察南方讲话为基础的改革开放再次加速以来，中国的市场化经济有了迅猛的发展"，"在另一方面，与作为'党的喉舌'的报刊、电视等媒体一样必须接受国家的统一领导和严密保护的文艺界遭遇到了来自市场经济的剧烈冲击"，特别是一直由官方主办的文艺杂志是"无法抗拒市场经济大波的冲击的"，"譬如由巴金任名誉主编的上海作协的机关刊物《收获》，发行量即从 1980 年代鼎盛时期的 120 万份下降到了 1996 年的 10 万份"，另外，"在北京和上海，与爱家、爱车、旅游、健康等热点话题相关的图书和杂志反而备受青睐，大为畅销。"②

藤井省三在"后邓小平时代的社会和文学"中指出，"虽然伴随着'单位'式社会的瓦解发生了各式各样的社会变革，但其中，对学生和市民阶层带来巨大影响的恐怕是住房和大学的市场经济化"，"北京、上海等地一直延续到邓小平时代的那种'超级村庄'式的景况，由于'单位'的瓦解最终被消除了，城市算是开始复活了。"③ "市场经济化也波及了文艺界，文学的商业性已经达到了与日本和欧美相齐平的程度，文学的自由化也有了切实的推进——尽管'北京风波'及少数民族等问题依旧还是禁忌（taboo），但与之相伴的现代中国文学已经越发地显示出其多样化的姿态了"④。

可见，该文学史基本上将整个内地文坛态势的变迁进行了勾描，其中注重了多方面社会因素的影响，从而还原了不同时代的文坛概貌。但遗憾的是其纯文学观点遮蔽了他的眼光，他对毛泽东时代的文学机制叙述得不吻合历史事实，不能解释当时的文学生产和文学消费带有的新中国认同的意味。特别是当时的新华书店和杂志期刊遍布全国，有助于文学生产和消费，而当时的入学率和认字率的提高有利于文学普及化。作家的生存既受到体制内的管理，又享受到了市场机制的巨大实惠。正是这一文学机制使得当时民众的民族国家想象达到了顶峰，也正是这种对新中国的认同使得

① ［日］藤井省三：《华语圈文学史》，南京大学出版社 2014 年版，第 87 页。
② 同上书，第 103 页。
③ 同上书，第 108 页。
④ 同上书，第 110 页。

中国后来出现"文革"也不至于走向国家民族的崩溃，而后来的改革开放才能获得举国一致的拥护。

其次，该文学史注重以数据说话。很多文学史的书写都只是以论代史，让读者只见到结论，而没有见到论据，常让人感觉论证不足。但是该文学史非常注重论据的展示，特别是这种论据通过精准的数据来呈现，读者通过数据的陈列比较自然得出与文学史撰写者类似的结论，这样会让读者心悦诚服。

藤井省三引用了大量资料，让我们感知了时代氛围。他指出上海从鸦片战争之后被确定为开埠港口之后，仅仅数十年里，"就从中国的中心城市迅速成长为世界化的大都市"①，租界面积在 1914 年底达到 32 平方公里。"租界初建之后（1852 年）上海县的总人口是 54 万，20 世纪之初的旧城人口只有 20 万"，但是到了 1930 年，上海人口就达到 314 万（其中欧美人 3 万，日本人 2 万），到 1949 年新中国成立时就达到 550 万（其中租界人口 250 万，与之面积大体相当的东京杉并区 2011 年的现有人口约为 53 万）。② 1908 年"上海全市已经拥有了 7381 户各式商铺"③，到 1911 年，"民族资本在上海设立的海运公司已达十多家，且已拥有了 517 艘船舶"④。梁启超 1898 年在上海创办的《时务报》创刊时期"发行量有 4000 份，一年后即达 17000 份，创造了国内报刊发行量的最高纪录而被称为'杂志之王'"。⑤

该文学史引用数据表明晚清在历经戊戌政变的政治倒退以后，自 1901 年以降，清政府比以往更加积极地开始推行留学日本的政策，这导致"留日学生在 1902 年有 400—500 人，1904 年有 1300 多人，日俄战争及中国废除科举（1905 年）之后则猛增到 8000 人。虽然在辛亥革命之际留学生人数锐减至 1400 名，但此后每年都在 2000—3000 人的层次上浮动。即使在九一八事变（1931 年）及上海事变（1932 年）后再次减少到 1400 人，却仍在 1935 年（昭和十年）迎来了 8000 人的第二次高峰"。⑥

---

① ［日］藤井省三：《华语圈文学史》，南京大学出版社 2014 年版，第 9 页。
② 同上。
③ 同上书，第 11 页。
④ 同上。
⑤ 同上书，第 15 页。
⑥ 同上书，第 18 页。

这样的数据会让我们感受到中国现代文学的兴起与日本的关系，其不仅为中国现代文学提供了作家和作品类型，而且为中国现代文学提供了最早的受过现代文学影响的读者。

该文学史通过数据说明了北京学生及北京大学在当时的影响力："上海自 1870 年代以降所设立的洋学堂，每学年只有数十名学生，私塾氛围很浓厚。相对而言，北京在 1919 年之时已经汇集了 19 所国立高等教育机构及六所私立学校，学生逾万人，称得上是当时中国最大的学生市区了。这其间，北京大学的学生已经从 1913 年的 781 人增加到了 1922 年的约2300 名。1919 年全国的教会大学有 14 所，在籍总人数为 2017 名，北京大学一校即凌驾于全中国教会系统的大学之上。"① 正是这种学生数量的优势让我们明白北京为什么是五四运动的发源地，而北京大学为什么又是其中的领导者。

对于 1921 年的文学研究会，藤井省三分析了他们的职业和身份："全部 12 名发起人中，相对于两位编辑及大学教授、研究员和教师各 1 名，学生即占了 7 名，职业作家一个也没有。在当时的中国，鲁迅任职教育部及北京大学讲师，也只是兼职的业余作家，职业作家仅限于上海的《新小说》一派。五四新文学纯粹靠职业作家是无法赢得市场的，而且，这其中除了两位是来自上海及其周边以外，其余 10 人都长住在北京，这一点很值得深究。"②

藤井省三还引用了 1923 年 4 月 16 日的《北京大学日刊》的"［民国］11 年度在校全体学生分省分系表"的数据，指出"北京大学的学生，出身于直隶省（相当于今之河北省）本地的有 321 名（占 14%），相对而言，长江下游三省的江苏有 184 名，浙江有 197 名，安徽有 102 名，也即出身于上海周边省份的学生有 483 人（占 21%）。此外还有广东的231 名（含华侨），四川的 139 名等来自全国各地的学生"。③ 他还分析同样的刊物 1918 年 4 月 24 日"本校教职员学生机关一览"，指出当时的教授群体都是从全国汇集起来的，"日本和欧美留学归来的少壮精锐文人，平均年龄也只有 30 岁左右。全部 220 名教员中，来自直隶和北京的不过

①　［日］藤井省三：《华语圈文学史》，南京大学出版社 2014 年版，第 25 页。
②　同上书，第 35 页。
③　同上书，第 26 页。

12 人，出身南方的，江苏的有 40 名，浙江有 39 名，安徽有 17 名，占压倒性的多数"。① 在分析了这两组数据后，他得出了一个启发性结论："延至清末的帝都北京，在民国时期作为文化之城得以复兴之际，变法派的政治遗产之一的京师大学堂变成了这个城市的心脏。而流入这一心脏的血液则是来自上海周边省份的学生和留学归来的年轻教授群。是该说以上海为发端的欧化势力压制住了北京呢，还是该说古都北京在接纳了上海的新兴力量的同时渐次发生了变化呢？对于现代中国文学来说，北京和上海两个都市之间所延续的就是这样的一种意味深远的对抗与交流。"②

藤井省三还引用数据分析了现代中国市场的形成，以及地方文学的出现。他指出美国文坛地方色彩文学的形成与中国地方文学的兴起有很多雷同地方，同样的现象也出现在 20 世纪 30 年代的中国。"自国民革命以来，铁路、公路建设的发展有目共睹。即以铁路为例，1927 年的总长 13147 公里，到 1937 年已达 21761 公里，旅客运输量从 1927 年的 2663（百万人/公里）上升到了 1936 年的 4349（百万人/公里），若以 1912 年民国初年的 100 计，这个数字在 1927 年为 164.1，1936 年为 267.9，统一后的年平均增长率甚至达到了统一前的 3 倍。其中尤以粤汉铁路（北京至广州即京广铁路的南段）的开通（1936 年 6 月）为标志，该铁路将位于中国中部的交通、军事枢纽城市武汉与南洋的门户广州连接在了一起，并且与 1906 年开通的京汉铁路（北京至武汉）合并，彻底贯通了北京至广州间全长 2300 公里的京广铁路。如此庞大的南北线路，与东西向沟通上海、南京、重庆的长江线路在武汉交汇，内陆最大的基础交通体系应该说已经完全建成了。"③ 正因为这样，来自于湖南西部的沈从文、来自四川的沙汀、艾芜、周文、李劼人，都"用于京沪文坛所共通的洞察力着力描画西南地区粗犷自信的民众及其顽强的生命力。1920 年代的乡土小说及 1930 年代的左翼农村题材的作品，在同情疾苦、揭露剥削等方面，都是站在进步一面的高位来俯视民众。相比之下，这些显示出地域色彩的作家们却能与民众保持着平等的身姿，他们以其惊异和共鸣所描绘出来的那种民众的强悍与优秀品质，展示的是一种高等教育机构所无可教授的不可思

---

① ［日］藤井省三：《华语圈文学史》，南京大学出版社 2014 年版，第 26 页。
② 同上。
③ 同上书，第 55 页。

议的现实"。① 藤井省三从铁路的广泛交通来说明全国性的文艺市场的形成，这很好解释了地方文学的兴起，而之前的文学史对于这一文学现象的解释基本上都是乏力的。地方文学与民众平视的视角也让我们重新认识了20世纪40年代延安文学与20世纪30年代文学的关系，因为大部分文学史研究者都认为只有到延安文艺座谈会之后的解放区文学才采取这种平视的姿态，现在经过该文学史的启发，我们会发现解放区文学多带有地方文学的色彩。其实这种平视的视角在20世纪30年代地域文学中就已经开始出现，解放区文学延续的正是这一文学资源。

类似于这样的数据在该文学史中处处可见，显示了藤井省三的文学史科学思维模式，通过数据的列举、推算和比较，事实就会从中浮现，而文学史的科学性就油然而生，这种文学史编撰风格自然就能让人信服，这种风格及趣味在大陆文学史撰写中何其少也。

再次，该著注重中日诸多因素的比较。考虑到日本读者对中国具体情况并不是十分了解，该文学史在叙述中国文学、文化以及经济等发展概貌之时，注重将中日之间予以比较，正是在这种比较中可见二者之间的差距，也显现出中国发展的特殊性和艰巨性，这样有助于读者对中国文学、文化发展的理解。

藤井省三曾将日本的东京大学和中国的北京大学二者的创建和担负的使命进行了比较，他指出："北京大学自清末到民国初期所走过的路，总让人想起东京大学的历史。只是东京大学历经明治、大正及战前的昭和时期，已成为培养日本的官僚、企业精英、学者、技术人员和教师的专门机构，相比之下，从1910年代到1920年代的北京大学，却连能够为之输送培养人才的共和国都还没有。甚至相反，在军阀混战的情形下，教育预算屡屡被挪用为军费甚或被军阀中饱私囊，连支付教员的薪水都无法满足。将实现共和体制的要务寄望于大学，则大学在实践活动中就不得不承担起革命运动之中坚力量的重任了。如此情形，对文化之城北京来说，既然文化志在革命，革命也只能以文化的姿态呈现出来了。"②

藤井省三还指出梁启超所受到的明治时代的日本及其报刊出版界的影响："日本在1880年代，随自由民权运动的高涨一同出现的，是政治小说

---

① ［日］藤井省三：《华语圈文学史》，南京大学出版社2014年版，第56页。
② 同上书，第25页。

的繁荣，在梁启超眼里，两者的关系无疑是最好的摹本。"① 于是他不仅自己创作政治小说，而且还于 1902 年在横滨创办了中国最早的文学杂志《新小说》，并开始连载其创作的小说《新中国未来记》。"他所办杂志的命名直接移用了日本在 1889 年和 1896 年两次创刊的同名杂志的名称，他的小说的题名也是《新日本》和《二十三年未来记》等明治政治小说书名的合称。"②

藤井省三还指出中日两国统一市场的形成有着差距。"1909 年，东京的《报知》和《万朝报》两种报纸一天的发行量就分别达到了 30 万份和 20 万份，全国小学的入学率已达 98%"，"而在另一边的中国，据 1914 年的调查，北京的报纸发行量仅有数千，即使上海的《新闻报》也不过 2 万，其入学率在 1919 年更是低迷到 11%"。③ 二者差距如此之大，是因为"随媒体和教育制度的发展一同兴起的新的读者群促进了书籍店面代销业务的完备，全国规模的读书市场业已形成。明治时期的日本，基于交通、电信、教育制度及铅字媒体的革命性发展，时间和空间上已明显趋于一体化的信息在短时间内即可往复于全国的读书市场"④，而中国则远远还没有这样全国性统一的读书市场的形成。

难得的是藤井省三并不认为日本的一切都比现代中国要先进。他在第二章专门写了"女子教育与女性进入社会"，指出中国传统社会中女性无论在身体上还是在精神上都受到了男性的剥削，但是"自清末以后，随着欧化浪潮下女子教育活动的展开，大城市里都设立了公立的女子小学、女子师范学校及教会系统的中等或高等女校。1908 年创立的京师女子师范学堂在 1919 年被改建为国立女子高等师范学校，1924 年更名为北京女子师范大学。也有女性前往日本和欧美留学，1920 年，北京大学开始实行男女同校。顺带说明的是，在日本，认可女性入学的只有 1910 年代的东北帝国大学和 1920 年代的少数几个私立大学，真正的男女同校正式化是战后的事情了"。⑤ 他还指出《时务报》1896 年就译载了两年前刚在伦敦刊行的《歇洛克·福尔摩斯的回忆》，这比日本要早七年，"作为现代

---

① ［日］藤井省三：《华语圈文学史》，南京大学出版社 2014 年版，第 16 页。
② 同上。
③ 同上书，第 20 页。
④ 同上。
⑤ 同上书，第 32 页。

化的都市，那时的上海比东京、大阪成熟得要早得多。鲁迅在南京游学及东京留学期间也非常爱读福尔摩斯"。①

最后，该文学史注意叙述同时代的日本学者、记者、作家等对中国的观光、访问，呈现当时他们眼中的中国，以引起读者的认同感。他主要考察的是"曾经造访过华语圈各地的高杉晋作和夏目漱石、大宅壮一与大江健三郎等日本人的所见所感"。② 通过高杉晋作我们见识了旧上海曾经的港口繁华，夏目漱石从此对中国近代史起伏跌宕的关注，金子光晴所见在革命文学论争中的鲁迅面影，大江健三郎与郑义、莫言的共鸣等等都让我们眼前一亮。特别是芥川龙之介、室伏克拉拉、大宅壮一等人对当时中国的观感会让我们感慨良多。

1921 年 6 月，芥川龙之介曾以大阪每日新闻社特派记者的身份来到北京，并和胡适进行了多次会面，胡适在 1921 年 6 月 27 日的《胡适日记》中记录了芥川龙之介羡慕当时中国知识分子所享受到的远比日本知识分子更多的言论自由。对于这一点，一般中国现代文学史很少予以承认，而当下很多学人则以此为参照系来批评现在的学术氛围。但是藤井省三引述芥川龙之介的这一观感的高明在于，他通过对当时日本和中国的国家体制进行比较，对于这一现象给予了很好的解释，无形中让我们理解到自身思维方式的单一。他指出："由明治维新而形成统一国家的日本，在日俄战争前后已经大体上有了牢固民族国家基础。从芥川的师尊夏目漱石的身上就可以明显地看出，所谓优秀的文学总是会对国家体制所造成的形形色色的偏差给予评价和批判，国家因此才设置了审查制度予以应对。可以说，文学与政治的这种关系，已经由国家体制的先天性存在而被规定下来了。"③ 但"相对而言，1920 年代之初的中国，持续的军阀割据所造成的政治混乱还没有形成真正意义上的现代政治实体，所谓国家体制也并不存在。面对羡慕着'自由'中国的芥川，胡适以中国的官僚不能理解也无从干涉他们的言论活动作答，胡适所说的就是这样的一种中国的'实情'。而中国文学所努力追求的恰正是民族国家体制的实现"。④

室伏克拉拉原是南京汪精卫政府下宣传部工作人员，实际工作是教中

---

① ［日］藤井省三：《华语圈文学史》，南京大学出版社 2014 年版，第 17 页。
② ［日］藤井省三：《华语圈文学史·前言》，南京大学出版社 2014 年版，第 3 页。
③ ［日］藤井省三：《华语圈文学史》，南京大学出版社 2014 年版，第 30—31 页。
④ 同上书，第 31 页。

国高官的妻子和子女们日语。不久之后她就辞去了这个职位，到日文杂志社就职，她翻译了张爱玲等众多同时代的中国文学，从她给胡适的书信中可见她对中国的热爱，她"痛恨日本对中国的侵略将她梦想中的中国弄成面目全非的被占领地，所以能将日本的战败当作可喜的事情来接受"。① 可见，真正的中国人民的朋友一定是反对中日之间战争的，两国人民友好的基石需要两国国民共同来奠定。

大宅壮一曾经在 1966 年 9 月就"文化大革命"在中国访问了 17 天，他对"文化大革命"的看法受到了藤井省三的重视，我们现在来看也觉得非常精辟。他曾经以旁观者的冷静指出，"红卫兵运动是一场幼稚的革命或者娱乐的革命。在外国，革命一般都是以大学生为先导，而在中国却是以初中高中学生为主体的，所以理智水平较低，普通民众不予理睬……至今，访问中共的日本人整天看到一两百万的群众汹涌激荡，单纯地觉得很伟大，这种想法是危险的，日本如果被这种伟大的思想再掌控一回，恐怕又会回到明治的老路上去"。② 对于大宅壮一的这种观点藤井省三无疑是赞同的，但是对于大宅壮一认为"文革"、"作为一种将农民从亚细亚式的贫困中解放出来的有意义的实验，应当得到广泛的肯定"，藤井省三和我们都会认为这是"存在严重的误解的"。③

通过这些当时曾经访问过中国的日本人的讲述，我们一方面通过他们的眼睛再现了昔日的中国，也看见了中日之间剪不断理还乱的千丝万缕，同时我们也看出藤井省三对中日友好的企盼和维护，两个国度比邻而居，只有相互来往、相互交流友谊才能长期兴盛不衰。而从文学史风格来看，在一系列的理性分析和数据列举及相互比较之后，整个文学史就会给人"坚冷"的感受，但是这里以日本学人的观感印象进行书写，则柔化了这种理性的棱角，使得文学史有了更多的人情味道。就这样理性分析和感性观察水乳交融地融会在一起，文学史的现场感就得以凸显、清晰。

（三）史家良知与远见卓识

该文学史还有一个最大特色，那就是坚持一个文学史家的良知，能直面并批评日本侵略中国的事件，其对中国香港、中国台湾主体身份认同问

---

① ［日］藤井省三：《华语圈文学史》，南京大学出版社 2014 年版，第 76 页。
② 同上书，第 88 页。
③ 同上。

题的探讨也让我们有所感悟，其对一些作家作品的解读也颇为不俗。

首先，藤井省三尊重历史真实，批评了日本的侵华战争，希望中日永远友好。他指出在侵华战争中，日本对重庆、桂林和昆明的轰炸情形。"处于'摧毁其士气'的目的，日军的飞机对这三座城市进行了不计目标的狂轰滥炸。以重庆为例，在 1938 年 2 月至 1943 年 8 月的 5 年间，轰炸即超过 200 次，由于空袭而直接死难者就有 11885 人。对于中国的这种战略性轰炸，不久在美军手上变本加厉，几年后，就在空袭本岛的战略中降临到了日本人自己身上。日军所进行的战略轰炸的残酷罪行，陆续都有现场目击者的记录和报道，从上海、北京迁移上为文学史留下了一页记录。"① 他也戳破了日本发动侵略战争意在"建立大东亚共荣圈"的谎言，他指出："所谓'大东亚共荣圈'，实际上意味着，入侵中国并且将欧美的东亚殖民地转变成日本的殖民地，并不是为了给东亚各民族带来解放。"②

藤井省三还书写了抗日战争期间华语圈文学的一个重要特点即是"大后方与沦陷区的相互交流、沦陷区与日本的互动，以及大后方、解放区与欧美之间的交流一直都未曾间断。伴随着长期的战争，艰难之际文学似乎越发繁荣"③。他介绍了欧美社会在斯诺、史沫特莱、白修德等人的推动下，掀起了"华语圈文学的热潮"，而林语堂也在美国创作了《京华烟云》，老舍的《骆驼祥子》、《离婚》也被翻译在美国出版，萧乾作为《大公报》的特派员在英国也获取了很多"二战"的信息。④ 同时，他也书写了在抗日战争期间，"中日两国的文学交流，还组织过所谓大东亚文学家大会这样的国家事务"⑤，但是他没有指出这一文化交流活动带有文化侵略和殖民的背景，这是不足为训的。

其次，该文学史对于中国香港文学史和中国台湾文学史的叙述也很有创见，他强调了中国香港、中国台湾人民自我意识的萌芽和发展（这里不予赘述）。这种叙述有助于我们当下两岸三地的统一大业，我们应该大力加强中华民族的认同感，从而塑造出共同的民族国家的想象。

---

① ［日］藤井省三：《华语圈文学史》，南京大学出版社 2014 年版，第 69 页。
② 同上书，第 145 页。
③ 同上书，第 74 页。
④ 同上书，第 75 页。
⑤ 同上书，第 74—75 页。

最后，该文学史不是将作品视为独立自主的文本进行分析，而是注重联系时代进行文学作品解读，所以其对于一些作家作品的解读有独到之处。

该文学史指出，正是"对中国与近代欧洲之间差距的认识和鲁迅自身的认同危机合成出一个'寂寞中国'的影像，这种'寂寞'已经转化成为鲁迅自身的内在心境"。[①] 而对于当时的中国"士大夫留学生而言，身份认同的危机和疏离大众的孤寂已逐步转向了对内心的审视，鲁迅的《摩罗诗力说》（1907）所表示的即是如此。该文以日本及欧美的文艺评论为底本，用散文的方式描画出了从拜伦到俄罗斯及东欧等欧洲浪漫派诗人的谱系。文章认为，在以孔子以降的儒教意识形态为先导的中国，诗不过是讨得专制君主欢心的工具，而近代欧洲追求自由呼吁反抗的浪漫派诗人竞相出现，正预示着民族国家建设运动的肇端"。[②]

藤井省三分析胡适 1919 年的剧作《终身大事》的时候指出，"两位年轻人的通信是用铅笔书写的，两人断然离家出走所乘坐的是汽车。在当时的中国，铅笔尚属舶来的高级文具，铅笔实现国产化还是 20 年以后的事情，至于汽车，北京当时（1921 年）的总数量也不过 1308 台，古老的都城还被淹没在旧都数万辆人力车的大海里。最尖端的工业制品铅笔和汽车能同时出现，可说是胡适所试图描绘的西式教育体制及产业体制的象征了"。[③] "易卜生戏剧的上演需要能为观众所接受的男女演员和现代话剧的空间，包括作为场地的现代剧场。当时的中国，连男女演员同登舞台都尚且不易，艰难地达成这三个条件则已经是 1920 年代中期的事情了。在社会欧化未臻成熟，还无法上演《玩偶之家》的时代，结果只能以作为娜拉的简化形式的《终身大事》来代替了。"[④] 藤井省三抓住铅笔和汽车这两种我们熟视无睹的道具进行分析，不仅展现了胡适的民族国家想象，也表明了他"不谙世事"脱离民众的处境，而这或许正是新文学诞生之初的稚嫩之处。

藤井省三评价赵树理和阎连科等人的作品都让我们有所触动。例如他认为《小二黑结婚》"采用古典白话小说的叙事形式，以有着农民风格的

① ［日］藤井省三：《华语圈文学史》，南京大学出版社 2014 年版，第 22 页。
② 同上书，第 21—22 页。
③ 同上书，第 33 页。
④ 同上。

幽默语汇描述了在共产党政府支持下的解放区，年轻人抗拒迷信风俗习惯最终取得了恋爱婚姻胜利的故事"，"作品的叙述模式是古典的和通俗的，与此同时，它继承的又是以城市知识阶层为基础的五四新文学的主题，即所谓恋爱、革命及民族国家建构，所以，归根结底都可说是被延展开来的如何（How）恋爱、如何（How）革命的小说"。① 他评价了阎连科的《为人民服务》是一部描写"文化大革命"期间部队师长年轻的妻子与勤务兵发生婚外恋情，结果将官邸内的领袖塑像尽数毁坏的有着情色意味的政治小说。②

总的来说，藤井省三对于 20 世纪 90 年代之后的作家作品的评价更多，也更为丰富，时时可见其文学的素养及批评的力量，但新时期的中国当代文学的批评已经非常成熟，所以藤井省三的这些文本解读，并不会让我们看出奇异之处。反而是笔者前述的那几方面的特点，让我们看见了藤井省三的与众不同，也更值得我们借鉴。

第五节　濑户宏的《二十世纪的中国戏剧》

濑户宏的《二十世纪的中国戏剧——中国话剧史概况》③ 1999 年由株式会社东方书店出版。这是濑户宏个人独著的 20 世纪中国戏剧史，同类型的个人著作在中国现代文学史编撰史中还没有见到，而濑户宏对这部文学史著的编撰有着非常自觉的意识。他在"前言"中就对"话剧"、"中国话剧史"、"20 世纪戏剧史"和"中国现代戏剧史"这几个不同的文学史概念进行了区分，并道明了它们之间存在的联系。在"后记"中他继续对"中国戏剧"这一概念进行了辨析，指出这不是中国语言的戏剧，因为新加坡地区的话剧也是中国语言但是不在"中国戏剧"这一概念之中，而中国少数民族语言的戏剧则在"中国戏剧"之中。这些概念的辨析正显示了濑户宏不同一般的文学史叙述自觉，正是在这些文学史概念的区分中，他表明了自己文学史叙述的边界和内涵，由此使得该文学史展现出不同一般的特色。

---

① ［日］藤井省三：《华语圈文学史》，南京大学出版社 2014 年版，第 72 页。
② 同上书，第 111 页。
③ ［日］濑户宏：《二十世纪的中国戏剧——中国话剧史概况》，株式会社东方书店 1999 年版。

一　文学史时间顺序条缕分明

瀬户宏这部话剧史的显著特征是从历时性线索上全面清理了中国话剧诞生、发展、变质、再生以及衰落的历程，并且重要的剧团、剧作家、剧作品得以串联其中，较完美地还原了 20 世纪中国话剧的历史发展。

首先，整个 20 世纪中国话剧史的历史发展得以历时性梳理。该文学史命名为 "20 世纪的中国戏剧" 是将整个 20 世纪中国戏剧作为一个整体来把握，它的时段划分仍是按照中国社会发展历史进行分期的，在国内文学史中早有类似文学史分期。其第一章是 "话剧以前" 介绍正式的话剧确立之前的中国戏剧情况；第二章是 "新文化运动和话剧的成立" 介绍五四新文化运动和话剧的正式确立；第三章是 "无产阶级戏剧的盛衰" 介绍 20 世纪 30 年代的无产阶级戏剧，还兼及 "非左翼体系的戏剧运动"；第四章介绍 "抗日战争期间国统区的话剧"；第五章书写 "孤岛及沦陷区的话剧"；第六章介绍 "解放区的话剧"；第七章介绍 "人民戏剧的光和影——建国十七年的话剧（上）"；第八章介绍 "两个路线的斗争——建国十七年的话剧（下）"；第九章是 "话剧的实质上的空白期——文化大革命时期的话剧"；第十章书写 "是话剧破坏、还是话剧再生——新时期的话剧"；最后一章是 "终章　从九十年代到 21 世纪"。这样的章节安排表明该文学史由中国近代文学后半部分，加上中国现代文学和中国当代文学三大部分组成。中国现代文学仍旧是分为三十年，中国当代文学则被分为五个时期。"十七年" 戏剧文学分为两个阶段，前十年为一个阶段命名为 "人民戏剧的光和影——建国十七年的话剧（上）"，这意味着前十年的戏剧运动被界定为 "人民戏剧"；而后七年为一个阶段命名为 "两个路线的斗争——建国十七年的话剧（下）"，这意味着后七年的戏剧运动主要是 "两个路线的斗争"。"文革" 单独一个阶段，新时期文学是从 "文革后" 到 1989 年，之后的文学为另外一个阶段。这种文学史分类与国内学者提出的 "后新时期" 文学史观念有相似之处。文学史分期如此仔细，给人有琐碎之感，但是这种琐碎也正好可以将整个 20 世纪中国戏剧史的每一个浪花、每一处转折都予以描摹，从而整个文学史的发展变迁就清晰明了。

其次，该著能将每一具体时段戏剧的发生发展予以清晰介绍。例如第一章 "话剧以前" 就分为六个小节，每个小节之下还有小标题：第一小节是"话剧以前的中国戏剧"介绍了"中国戏剧的发展"、"中国传统戏剧的基本特征"、"上海开始的传统戏剧的质变"。第二小节是"晚清的戏剧改良运动",介绍了"晚清的戏剧界革命"、"传统戏剧改革的进行"、"上海的学生戏剧"。第三小节是"日本留学生的戏剧活动",介绍了"中国留学生和日本新派"、"春柳社的成立和《黑奴呼天录》上演"、"陆镜若再建春柳社"。第四小节是"早期话剧的成立",介绍了"上海春阳社的《黑奴呼天录》"、"通鉴学校和文明戏的成长"、"进化团的诞生和发展"、"进化团戏剧的特征"、"进化团的后来"。第五小节是"早期话剧的全盛期——文明戏",介绍了"早期话剧的全盛期"、"新民社、民鸣社"、"春柳剧场"。第六小节是"早期话剧的衰退",介绍了"衰弱期的早期话剧"、"早期话剧演员们的后来"。可见在第一章中,濑户宏逐渐将中国传统戏剧的变化、外来戏剧的引进以及变化发展进行了阐释,从而为读者清楚地描画了中国早期话剧"文明戏"逐渐发生、走向全盛、最终没落的过程,而这一阶段在一般话剧史并不重视。很显然,濑户宏对"文明戏"的重视不同于国内戏剧史著。

又如濑户宏在书写第六章"解放区的话剧"时,先在第一节回顾"苏区的戏剧活动",书写了"解放区戏剧的基本特征"、"红色戏剧的成立"、"中央根据地的戏剧活动"、"中央根据地的崩溃"等小节,这就将解放区话剧的前身苏维埃边区活动的红色戏剧的发生、发展以及衰退进行了介绍。然后才开始书写第二节"抗日战争时期解放区戏剧",包含了"初期陕北地区的戏剧状况"、"鲁迅艺术学院的成立"、"延安戏剧名作的上演及其反响",这是对解放区 1942 年延安文艺座谈会之前的情况介绍。第三节"延安文艺座谈会和《文艺讲话》"得到重点强调,依次书写了"延安文艺座谈会的召开"、"毛泽东《文艺讲话》的内容"。第四节是"文艺座谈会以后",这是解放区后期的话剧活动,一直书写到第一次"文代会"的召开。包含"整风运动的激化"、"秧歌剧的登场"、"秧歌剧的特点"、"文工团的活动"、"第一次文代大会"等小节。可见在第六章中濑户宏将解放区话剧的缘起、发生、发展及高潮、结局都进行了详尽说明,整个解放区话剧的来龙去脉读者都能得以了解。

同样的情形在第七章"人民戏剧的光和影——建国十七年的话剧(上)"中也是如此,其依次介绍了"人民共和国建国后的戏剧状况"、"在'专业化'的动向中"、"批判运动的展开"、"从百家齐放、百家争鸣到反右派斗争"。而在第八章"两个路线的斗争——建国十七年的话剧（下）"中则依次介绍了"戏剧界的大跃进"、"调整期的话剧"、"艺术紧缩的强化"。

最后，该著兼顾到了重要剧团变迁、剧作家生平经历。该文学史在"后记"中认为该书不仅仅是戏剧文学史，而且也是剧团史，剧团史是该文学史的主要内容，因为剧团是舞台创作的主体。很显然这是该文学史的最大创新，其将重要剧团的成立、发展以及高潮乃至消失都一一阐释清楚。该文学史介绍的剧团大致有一百多个，而从小节标题上可以见到的现代文学时期的剧团就有春柳社、春阳社、进化团、新民社、民鸣社、民众戏剧社、上海戏剧协社、南开新剧团、南国社、鱼龙会、摩登社、艺术剧社、左翼剧团联盟、左翼戏剧家联盟、大道剧社、工人剧团和学生剧团、中国旅行剧团、上海业余剧人协会、业余剧人协会、上海业余话剧实验剧团、救亡戏剧队、抗敌戏剧队、中华剧艺社、中国艺术剧社、中国万岁剧团、新中国剧社、青鸟剧社、上海艺术剧院、上海剧艺社、上海职业剧团、天风剧团、中国旅行剧团、苦干剧团，等等。濑户宏最后在"国统区剧团解散的影响"这一小节中还详细地说明了在新中国成立前重要的剧团都因为经济困难而纷纷解体消散的情形。新中国成立后的各种剧团的成立及变迁，如北京人艺、上海人艺、中国青年艺术剧院等等也被介绍，只不过没有在标目中出现，此外还有中国台湾的兰陵剧坊、表演工作坊、屏风表演班等等，以及中国香港、中国澳门的剧团都得以介绍。

不仅是介绍重要剧团的发生发展以及消失，濑户宏还介绍了重要剧作家从事戏剧活动的历程。例如王钟声、陆镜若、任天知、胡适、田汉、洪深、欧阳予倩、曹禺、于伶、阿英、陈白尘、应云卫、吴祖光、夏衍、郭沫若等人的生平简历以及重要戏剧活动等等都得以描述。而中国话剧中的经典作品也在这些历时性的介绍中得以书写，特别是曹禺的剧作品在不同时代的演出及接受更是在该文学史中隐约可见。

该文学史将话剧的发展与社会历史的发展进行勾连，使得二者之间相互影响的关系得以阐明。其在每一章都会描述此一时段中国社会政治的重大事件，以及这些重大事件对中国戏剧界的影响。但是濑户宏并不是将政治事件与作家创作文本之间予以直线性关系的搭接，而是紧紧抓住剧团、剧作家和剧作品的演变嬗更来阐述整个戏剧史的发展变迁。这样整个戏剧史的整体框架井然有序，这种戏剧史的写法与国内戏剧史重视剧作家和剧作品的解读是两种不同的叙事风格，但这种撰写风格"史"的韵味更加浓厚。

二　共时性因素的交叉关系得以描摹

该文学史著不仅在历时性线索上梳理了 20 世纪整个戏剧发展的历史线索，展现了每一时段中国话剧的起承转合，以剧团史串联起剧作家作品，而且还在共时性层面上显示了中国现代戏剧史上更为丰富驳杂的存在，这就使得在戏剧历史发展的主线上孳生蔓延着众多的枝叶根须。

首先，该著呈现了中国话剧在广袤地域发展中同一时代不同地区的特色。在戏剧发生之时，濑户宏指出，与日本、欧洲的现代戏剧都是在首都产生的不同，中国现代戏剧则是在首都之外的上海最先开始发生变化的。这是由于上海特有的环境造成的：其一是上海的经济活跃，观众多，商业性的戏剧演出多，戏剧喜欢追求新奇。其二是上海成为反体制斗争的中心，立宪派和改良派都以戏剧作为斗争的工具，戏剧成为思想宣传的工具。其三是上海有海外贸易和租界的存在，西洋文明得以较早传入。其四是上海不是首都，管制没有北京严厉，而清朝警察在租界更是不能执法，所以在这里上演反对清朝的戏剧就比较容易。其五是上海是新兴都市，传统文化对人们的束缚没有北京那么强。例如在北京观众是听戏，而在上海观众是看戏，看戏更重在视觉性效果，所以上海最先兴起时装戏。通过对上海的环境书写，濑户宏就将传统戏剧质变与话剧的兴起为什么最先在上海进行了说明。在该文学史随后的书写中，我们还看见整个话剧中心在地域上的偏移，那就是抗战前戏剧中心在上海，抗战时戏剧中心在重庆，新中国成立后戏剧中心在北京。这说明濑户宏非常注重戏剧史撰写中的地域变迁。

濑户宏将抗战时期的中国现代文学分为国统区、解放区和沦陷区三个地域来阐释。他在国统区的话剧中依次阐述了"（一）抗日战争初期的状况"、"（二）重庆的话剧"、"（三）西南地区的戏剧活动"。而解放区的戏剧活动也不仅叙述了延安地区，还有晋察冀等根据地的演剧活动也得以展示。在"孤岛及沦陷区的话剧"中濑户宏不仅叙述了"孤岛期上海的戏剧活动"还有"抗日战争前期的香港"；"沦陷区的戏剧活动"中不仅包含"日本占领下的上海"，还有"北京以及其他沦陷区的戏剧活动"；还用一小节叙述了"抗日战争结束后的国统区的戏剧活动"，濑户宏通过一小节的书写，分析了国统区的戏剧团怎样逐渐走向了衰落，以致解散，从而说明了现代文学的剧团从此消散，而新中国的剧团大多是从解放区剧团发展而来的，这就将 1949 年前后中国剧团的命运转换进行了阐释，这种文学史叙述思路是很少有的。

注重同时期不同地域戏剧发展不同也体现在该文学史专门用一个附录章节来叙述"台湾、香港、澳门的话剧"，其中前三节都是叙述中国台湾的戏剧活动。其中第一节是"五十年代末之前的台湾戏剧"，包含"日本战败后的状况"、"从二·二八事件到国民党迁都台湾"、"五十年代的反共抗俄剧"、"台湾艺术专科学校的创立"。第二节是"六、七十年代"，包含"李曼瑰的活动"、"欧美戏剧思潮的流入"、"新剧作家的登场"、"七十年代后半期的台湾戏剧"。第三节是"八十年代以后"，包含"兰陵剧坊《荷珠新配》的成功"、"赖声川和表演工作坊"、"屏风表演班及其他"、"国立艺术学院的成立"、"第二代小剧场戏剧"、"八十年代的传统话剧"、"九十年代的台湾戏剧"。第四节是"香港、澳门的戏剧"，包含"五十年代的香港戏剧"、"六十年代的香港戏剧"、"七十年代的香港戏剧"、"八十年代的香港戏剧"、"九十年代的香港戏剧"、"澳门的话剧"。在书写中国台港澳等地区的戏剧活动之时，濑户宏既叙述了这些地区本土地方性的戏剧状况，还阐说了这些地区话剧运动的发生、发展，并书写了这些区域的戏剧活动与中国大陆戏剧活动的联系与交流，这就将其地域性和全中国的共性得以联合。

其次，该著注重共时性层面的书写，还表现在濑户宏在书写剧团发展和剧作家活动之时，还叙述了同一时期的戏剧教育、戏剧比赛、戏剧理论、角色扮演、戏剧杂志、舞台设置等等情况。他在戏剧教育方面主要介绍了不同时代对戏剧人才的培养，这主要介绍了许多戏剧学校的成立、发展："通鉴学校"、"人艺剧专"、"北京艺专"、"上海艺大"、"南国艺术学院"、"广东戏剧研究所"、"南京国立剧专"、"鲁迅艺术学院的成立"、"中央戏剧学院"、"上海戏剧学院"，还包括中国台湾的"台湾艺术专科学校的创立"、"国立艺术学院的成立"，通过这些学校的设立来说明中国戏剧的发展，这是很多戏剧史书写没有做到的。濑户宏说道，中国戏剧在很早就开始设立国立戏剧学校，而在日本却至今也没有国立的高等教育的戏剧学院，可见他对中国戏剧教育的发展是很为赞赏的。

濑户宏还书写了中国话剧史上每一时代的戏剧展演。他介绍了"抗日战争中期、后期"的"重庆的戏剧节"以及桂林的"西南剧展"、新中国成立后的"第一次全国话剧比赛"、"华东地区话剧比赛"以及"京剧现代剧比赛"。特别是国统区的"重庆的戏剧节"以及桂林的"西南剧展"很多戏剧史著都没有提到,这里将其书写出来,就与当代戏剧比赛形成一种新的历史线索。

该文学史还书写了每一时段的戏剧理论。这在每一小节的标目中就有所体现。例如在第一、二章就介绍了晚清戏剧界革命和《新青年》戏剧理论,并比较了二者的异同,他指出,《新青年》的戏剧革命论看似与晚清戏剧革命论是一样的,但是两者在根本的地方是不同的。康有为等人倡导戏剧改良,不过是把戏剧作为一种富国强兵宣传的手段,他们虽然也强烈地批判传统戏剧中的封建要素,但他们却赞同与富国强兵的主张不矛盾的要素。而《新青年》提倡戏剧改革,是因为不打倒传统戏剧的话,就不会使中国社会真正的革新,对于他们来说,戏剧不仅仅是一种手段,而且也是一种目的。因为传统戏剧中有封建性的要素,所以被全盘否定。晚清戏剧革命只是在旧的戏剧观上的一种革命,而《新青年》的戏剧革命中旧的戏剧观是他们要打倒的对象。但是两种革命论的提倡者都只是纸上谈兵,因为他们不懂得真正的戏剧艺术,也没有舞台实践。濑户宏这里就将两种戏剧改革进行了比较,并阐明了他的评价。在后来的书写中,我们可以见到该文学史对左翼戏剧观、熊佛西戏剧理论、大后方的戏剧理论、国防戏剧理论、延安时期戏剧理论以及新中国成立后的戏剧理论进行介绍。

除了介绍同一时段的剧团、作家作品以及戏剧教育、戏剧理论、戏剧比赛之外,该文学史还介绍了同一时期的角色扮演、戏剧杂志、舞台制度。例如中国传统戏剧中都是男扮女,很少有女性与男性同台演出,但是现代戏中则是男女合演,该文学史将这一发展演变的过程书写了出来。中国戏剧的舞台制度即幕表制、导演制度、首席演员制以及制片人制度的发展也被介绍。关于戏剧研究杂志的创办和传播也在该文学史中得以体现,例如《戏剧报》、《剧本》等杂志就得以介绍。还有舞台设置及经营模式的变化等等,也在该文学史中得以书写。

最后,该著在共时性层面上还介绍了每一时段的中外戏剧交流、翻译以及传统戏剧与话剧的相互影响。在介绍中国在日本的留学生受到日本新派剧的影响时,濑户宏就指出日本的新派剧在现在的日本人看来是古典剧，但是当时中国留学生则认为是现代的，非常喜爱。这是因为新派剧是在歌舞剧与话剧之间的一种过渡，这正符合中国留学生欣赏，而当时西洋正在流行的易卜生的完全的话剧，则不被中国留学生所理解。濑户宏的这番解释正吻合当时中国戏剧接受外来影响的主体特征，所以他接着阐释中国当时的话剧受到日本新派剧的影响就很容易理解了。濑户宏还指出1918年《新青年》发布"易卜生特辑"是第一次系统地介绍西洋的戏剧，而易卜生在中国是作为思想家被接受的。胡适等人的《终身大事》等很多早期的话剧文学都是在模仿易卜生。他还强调了抗战时期"朱生豪对莎士比亚作品的翻译"，并叙述了莎士比亚作品在中国的演出情形。该文学史还介绍了苏联戏剧家斯坦尼斯拉夫斯基的戏剧理论在抗战时期的翻译，在新中国初期被国内戏剧界所认可，但在"文革"时期又被否定，在新时期又被确立的曲折情形。同时现代派戏剧特别是荒诞派戏剧在中国的翻译接受，以及布莱希特戏剧理论在中国的翻译及认可情形也得以介绍。该文学史不仅剖析了中国戏剧受到外国戏剧的影响，还书写了中国戏剧被传播到国外去的情形，例如曹禺的《雷雨》等在日本的翻译及传播，还有老舍《茶馆》的翻译情形，等等。

一般文学史著在书写中国现代戏剧史很少叙及中国传统戏剧，但是该文学史却不一般。他在"前言"中说道，中国现代戏剧史的主体就是中国话剧史，但是他没有忘记这只是主体，所以他还留有余笔书写了中国传统戏剧的发展情形，特别是他书写了中国传统戏剧和话剧之间相互影响的关系。濑户宏让我们更多看到了话剧对传统戏剧的影响。例如他分析早期的话剧衰落之后，其从业人员有几种途径：其一是成为电影演员，职业演员，这是有实力的演员的道路。其二是投身于传统戏剧之中，这也是有实力的演员的道路。这种人员对传统戏剧产生了很大影响，在上海的沪剧和京剧中就可以见到早期话剧的影响，甚至早期话剧的剧目在这些传统戏剧中都有体现。其三是在地方性剧场演出滑稽戏，这些人使得早期话剧的名誉受损。滑稽戏后来作为上海地方戏剧种，从它现在的样貌中可以看到早期话剧的影子。其四是一边从事电影与传统戏剧演出，一边从事戏剧创作，这种人最少。濑户宏通过早期话剧从业人员的变动来论述早期话剧对传统戏剧的影响是很能说明问题的，也反映了他独到的文学史眼光。因传统戏剧的从业人员增添了话剧人员，导致传统戏剧的变化，不只在早期话剧时期，在抗战之时也有，濑户宏指出，太平洋战争之后，沦陷区的职业话剧团受到日本的严苛管制，一些成员就到传统剧团去谋生，这又导致传统戏剧发生新变。比如上海的越剧是由绍兴剧发展过来的，沪剧是由申曲发展过来的，20世纪40年代之后，这些都成为上海的地方剧。话剧对传统戏剧的影响还表现在新中国成立后对传统戏剧的革新。由于当时主持革新的人都是以话剧界人士为主，这样就有意识有目的地将话剧的理念及艺术主题导入到传统戏剧之中，这导致传统戏剧中特有的"恶"的魅力被消除。

瀬户宏还指出传统戏剧对话剧也有着巨大的影响，正如前面提到的早期话剧"文明戏"中，我们就可以见到传统戏剧对话剧的影响。而在新中国成立后，话剧向传统戏剧学习成为更加有意识的举动。瀬户宏指出在《十五贯》演出成功之后，周恩来提倡话剧向传统剧学习。1957年焦菊隐等上演了郭沫若的《虎符》，其中演员的动作和美术效果等都具有话剧民族化的特征。他认为《虎符》采用传统戏剧的技法，从人物的外在反映人物细腻的内心，比如剧中人物高涨的情感达到顶点的时候鸣响了锣鼓等。这类剧目还有郭沫若的《蔡文姬》与《武则天》、田汉的《关汉卿》、曹禺的《胆剑篇》等等。日本的观剧人员在观看这类话剧之时，会感到一种日本"新派剧"的风格，其原因就在于这种话剧是在向传统戏剧学习。

可见，瀬户宏的这部戏剧史不仅仅着眼于剧作家剧作品，而是兼及同时段所有戏剧活动进行概述，因为话剧是一种综合性的艺术活动，不是剧作家一人的活动可以阐明的，以剧团为主体即可将剧本创作、作家主体进行完整阐释，可将观众接受、舞台设置等因素串联起来，并将艺术理论和艺术教育等连接在一起，其中还可穿插着同一戏剧文本在不同时代的接受情况分析。而所有的这一切都是在剧团变迁中得以展示，而避免了很多文学史家喜欢在政治与剧本之间进行生硬的解读，还原了戏剧本身丰富驳杂的原生态面貌。另外，这些同一时段的共时性因素在不同时段中有着不同的表现，这些戏剧因素又有了历时性的意义。于是该剧就有了多重的戏剧史韵味，即其不仅是剧团史、剧作家史、剧作品史，还是戏剧理论史、中外戏剧交流史、戏剧教育史、戏剧作品接受史等等。而这一切都是该文学史在时空架构上注重主线与支线勾连，历时性和共时性交织这一特点带来的。

三　立场中正评价客观

瀬户宏的这部戏剧史不仅在时空框架上设计合理，使得整个 20 世纪中国戏剧史的全貌得以描画，而且在评价文学史现象时能够秉持中正立场，评价客观。这表现为其在政治话语之间保持着中立，对一些已经成为定论的文学史评价进行辩证分析上。

20 世纪中国有着不同的政治力量活动，如何评价这些政治力量的所作所为，体现了一个文学史家的政治立场。但瀬户宏却站在中立的姿态上叙说文学史，保持一个学者的立场，不因为政治而歪曲自己的文学史判断。瀬户宏特意指出中国话剧在抗战时期的国统区重庆出现了黄金时代。这个黄金时代的出现有三方面原因：其一是抗战进入相持阶段后，剧作家开始埋头于问题意识，他们深入地研究社会问题出现了一系列的优秀作品。其二是剧团为了适应新形势，不是上演翻译剧，而是上演新的作品。这与日本话剧史不同，日本上演的都是翻译剧，而中国话剧史上演的都是原创剧。这就和第一个原因一起催生了很多新作品。其三是因为在战争中，电影的制作变得困难起来，这使得一些电影演员登上了话剧的舞台，而电影的缺失也使得话剧的观众多起来。瀬户宏对国统区话剧出现黄金时代的分析有理有据，这是很少为其他文学史著强调的。但是瀬户宏接下来书写了抗战后期国民党的腐败加剧，导致内战期间人心背离，经济崩溃，几乎所有剧团都一一解体。说明他并不是为国民党唱赞歌。

该文学史对新中国成立之后的戏剧发展进行了公正评价，指出新中国成立之后戏剧运动得到了党和政府的高度重视，戏剧团体、戏剧杂志、戏剧教育以及演出机构等等都获得了突飞猛进的进步。瀬户宏对"文革"进行了批评，认为这时的话剧成绩就是一片空白。而对于 20 世纪 90 年代初的戏剧状况进行介绍时，他也指出当时并没有如"文革"那样将批评批判运动予以扩大化，很多剧作家都得以自由地发言、发表作品，甚至对批评进行反批评。可见他对中国政府并不抱有敌意，而是实事求是地论说其不断进步开明的一面。

对于日本人的侵略，瀬户宏并不乔装粉饰，而是对中国人民的抗战戏剧进行了公正评价，对《保卫卢沟桥》、《怒吼吧！中国》、《好一计鞭子》这类戏剧的创作、演出等等他都进行了详尽的介绍。该戏剧史还经常将日本戏剧发展与中国戏剧发展进行比较，而瀬户宏得出的比较结果很让我们感到意外，那就是他认为 20 世纪中国戏剧有很多方面超出了日本戏剧成就，这一点在外国人撰写的文学史中很难见到。

由此可见，濑户宏始终是以一个戏剧史家的身份在进行戏剧史书写，他书写了很多政治事件，但并不苛求地批判这些政治运动，而是实事求是地写出这些政治力量所作出的巨大功劳，而对其有害于戏剧发展的举措也并不避讳，这就使得该文学史的意识形态色彩较为单薄，而学术气息就更加浓厚，其在很多方面的见解都极富启发性。

例如，一般戏剧史书写都会强调"五四"之后的戏剧活动，而对之前的戏剧活动"文明戏"并不是很重视，因为欧阳予倩曾经批评过"文明戏"既没有宣传性，也没有艺术性。但是濑户宏却对其进行了细致的描绘，特别是对任天知的进化团进行了重点介绍，他还特别强调了进化团的四点特征：其一是没有明确的戏曲，但有关键台词的幕表，从这些幕表中可以见出这些剧是靠台词推动表演的，所以这是话剧的先驱。其二是进化团同革命运动有密切关系，不少就是同盟会成员，其中不少人在后来的革命活动中牺牲。在戏剧表演中演员常常宣传革命理念，可说是革命运动的宣传剧。剧中常表现革命者与清朝政府官员的对立，特别是对清朝官员人物刻画出神入化，他们一般都有滑稽的动作。其三是一幕与一幕之间有一个幕间剧。这是符合中国传统戏剧表演方法的，因为没有这个幕间剧，观众就没有时间休息。其四是还不存在女演员，全部是男扮女装，这也是传统戏剧的遗留物。可见早期的话剧出现了新的东西，其以对话为基础，这是后来话剧的基础，但是与后来话剧不同的地方也很多。这就充分说明了"文明戏"正是在传统戏剧和现代话剧之间的一种过渡，而这种过渡为后来现代话剧的产生奠定了基础。

又如，很多戏剧史都会书写 1921 年著名的文明戏演员汪仲贤在上海主持演出萧伯纳的名剧《华伦夫人之职业》遭到了意外的失败，但是为什么失败却解释不清，读者多会认为是汪仲贤的改编存在问题。但是濑户宏对此进行了细致分析。他说，在新舞台上演的都是把外国故事翻译成中国故事，把内容都解释成让人理解的东西，语言也换成中国观众也易理解的语言。这方面汪仲贤做出了很大努力，失败与其说是剧本，不如说是在观众与演员上有问题。这次演员都是京剧演员，只有汪仲贤出自文明戏。新舞台是穿西洋服装来表演的，所以他们当时既要表演西洋人物，又要让观众感觉不奇怪。但京剧演员没有认识到京剧和西洋剧的不同。很多演员只记得自己的台词，没有注意到整体的互动，甚至将重要的台词忘记了，这就毁了这部剧。而且这部剧的主人公是女性，但演员却是京剧中演女性的旦角。而从观众来看，观看这部剧的观众都是新舞台平常的观众，不是特别的观众。这些观众认为看戏只是打发时间的一种工具，让他们接受这部剧是有些困难的。这时期新舞台上演的都是荒唐不经的内容，他们把滑稽性和奇特的舞台布置作为卖点。对于这些观众来说，有紧凑台词的《华伦夫人之职业》，他们一时间是不能接受的，更何况没有剧本和演技。但是这部剧打开了中国戏剧运动的开口，之后爱美剧就开始得到提倡。濑户宏这里不是从剧本而是从演员和观众的角度很好地揭示了这部剧的失败，而且因为这一失败爱美剧得到提倡，爱美剧正是针对这些失败因素进行补救的。这就很好地还原了历史真相，为我们重新认识这部剧和爱美剧的兴起提供了新的视角。

又如对于 20 世纪 80 年代的戏剧运动，一般都会强调探索剧的成就，但是该文学史指出当时有两种趋向。其一是学习荒诞剧，学习欧美现代剧，发挥话剧与观众交流，将话剧与周边戏剧因素相互融合，这成为"探索剧"。例如高行健就认为，话剧应动作为先，语言为后。其二是提倡创作有深度的故事，重视具有厚重性格的人物形象，加强现实主义，以曹禺和老舍的话剧作为学习的榜样，这是话剧的"再生派"。而对于探索剧中的《绝对信号》，濑户宏评价也并不高，他认为当时都推崇的时空转移，实际上只是在顺时序推移中加入了联想和回忆，后来的探索剧也成了说明哲理的道具。可见濑户宏推崇的是话剧"再生派"。

总之，该部戏剧史的历史韵味十足，而且在文学史评价上也不人云亦云，有着自己的文学史眼光和评判立场，其作为中国戏剧史编撰史中少有的一部个人编撰的戏剧史，取得了不错的成绩，值得中国大陆将其翻译成中文在国内出版。

第六节　韩国学人金时俊的中国现代文学史撰写

金时俊 1958 年汉城大学毕业，是韩国第二代中国现代文学史研究者，先后在台湾国立大学、汉城大学获得了硕士和博士学位。现在是汉城大学中文系教授，任韩国中国现代文学会名誉会长。他个人单独撰写的《中国现代文学史》① 是韩国第二代学者所编撰的中国现代文学史中的代表作。

该文学史体例首先是"绪论",然后分为三编,各编分为几章。第一编为"新文学的诞生与成长（1917—1926）",其中第一章阐述了"新文学诞生期的时代背景",第二章为"文学革命",第三章为"文学社团与文艺社",第四章为"小说",第五章为"诗歌",第六章为"散文",第七章为"戏剧",第八章为"文学批评"。第二编为"文学发展与政治理念上的矛盾（1927—1936）",其中第一章为"第一次国共合作与北伐时期的时代背景",第二章为"革命文学论",第三章为"左翼作家联盟与文艺大众化运动",第四章为"民族主义文艺运动",第五章为"文学团体之间的矛盾",第六章为"小说",第七章为"诗歌",第八章为"散文",第九章为"戏剧",第十章为"文学批评"。第三编是"中日战争与国内战争时期的文学（1937—1949）",其中第一章是"中日战争时期的国内情况、文学界动向",第二章为"战争期间各地的文艺活动",第三章为"文艺思想论争",第四章为"国内战争时期的文坛",第五章为"小说",第六章为"诗歌",第七章为"散文",第八章为"戏剧",第九章为"文学批评",最后为"中国现代文学史年表"和"查询目录"。

从编撰体例上可以看出该文学史分期与国内文学史大体一致,每个时期为一编,每编最先论述时代背景,然后叙及文艺社团、文艺杂志及文学争论,然后按照文体小说、诗歌、散文与戏剧进行,明显的不同是重视到文学批评。另外该文学史的"绪论"也是很有特色的,值得我们注意。

一　中国现代文学史编撰史的梳理

该部文学史在撰写之前有很长篇幅的"绪论"。在这一"绪论"中金时俊对中国本土中国现代文学史编撰历史进行了大致的梳理,显示了他对中国现代文学史编撰情况总的了解,如此之长的篇幅不亚于一个中国新文学史编撰史大纲,而这比大陆学者黄修己的《中国新文学史编纂史》② 还要早那么几年。所以这个"绪论"使得该文学史具有了中国现代文学史编撰史的意味,下面将其予以介绍。

---

① ［韩］金时俊:《中国现代文学史》,知识产业社1992年版。
② 黄修己:《中国新文学史编纂史》,北京大学出版社1995年版。

　　该"绪论"分为 5 个部分,依次为"中国现代文学史的范围"、"中国现代文学史的分期"、"体裁"、"编述内容的变化"和"结论"。"中国现代文学史的范围"主要叙述中国现代文学史时间的起止,中国近、现、当代几个时期的关系及合并问题。在列举完各种中国现代文学史著的分期之后,他对分期问题进行了小结,并提出自己的分期观点。他赞成将中国文学史分为两大部分即古代和现代。他还主张,把 1911 年看成古代和现代的界限最为妥当。其理由为两千年的封建国家崩溃了建立起民主国家,是中国历史上最大的变革,同时新文学也是在这样的土壤中诞生的。这样的文学史分期让我们想到当前部分学者倡导的"民国文学史"概念。但是在实际的文学史编撰中,金时俊还是从 1917 年开始,他并没有将这种分期执行到底。同时他也认为没有必要再将现代分为近代、现代、当代。因为这些概念的提出主要以当下的人们为参照物。也就是说,不是站在长久的时间上看,因而不具有永久性。如果把中国现代文学史细分,容易让人误解各个时期的文学都是独立的文学而没有连续性。将近代、现代、当代统一整合为"现代",这就与西方历史中的"现代"概念非常接近了,看来金时俊没有顾及中国历史分期中的意识形态性。

　　"中国现代文学史的分期"讨论了中国现代文学史具体的文学史分期,他认为文学史分期是文学的标准和历史的标准并用的,应该是文学的标准为主、历史的标准为辅。他指出 1929 年朱自清开始在清华大学讲授中国现代文学史,他的讲稿是分为两个时期的,一是 1898—1914 年,二是从 1915 年《新青年》创刊到 1933 年。接着他分别讨论了第一部中国新文学史教学大纲以及王哲甫、李何林、王瑶的中国现代文学史的历史分期。他指出 1957 年以后在中国大陆出版的"集体编写"的"中国现代文学史",复旦大学本、北京大学本、吉林大学本都是坚持 3 分法(1919—1927 年,1928—1942 年,1943—1949 年),都是按中国革命史的标准来划分的。而冯光廉等的《中国现代文学史教程》(1984 年),邵伯周主编的《简明中国现代文学》(1986 年),孙中田主编的《中国现代文学史》(1988 年),邓英华主编的《中国现代文学史》(1989 年)也是三分法,特别是冯光廉等人的分期法,是脱离以政治为主的方法,这是很大的进步。而金时俊自己则同意三分法。

　　"体裁"则叙述中国现代文学史编撰已经具有的三种体例。一类,把中国现代文学史划分为"编",再把编分为几个章,各编的第一章或第二章叙述文艺思潮或文学运动史、文学论争的概况，以后各章叙述诗、小说、戏剧、散文（报告文学）等的类型最多。如王瑶本、复旦大学本、北京大学本、吉林大学本、中南七院校本、十四院校本、邵伯周本、黄修己本、司马长风本等。二类，不分为编而分为章，并不是按时期分类，但各章都叙述了文艺思潮、文学运动、文艺论争，并介绍作家和作品。如九院校本、田仲济本、林志浩本、孙中田本等。三类，把中国现代文学史分为两大部分，前部分按时期分别叙述文艺思潮、文学运动、文学论争，后部分按时期叙述作家作品。如丁易本、冯光廉本等。接着他指出这些体裁分别具有不同的优缺点，但他认为现代文学史以编、章等来区分较为妥当，所以在该部文学史中他采用的就是这种体裁。

　　最为详尽的是"编述内容的变化"，这里金时俊将中国现代文学史编撰分为 4 期。第 1 期是 1951 年至 1957 年，他介绍了王瑶的《中国新文学史稿》、蔡仪的《中国新文学史讲话》与张毕来的《新文学史纲》、丁易的《中国现代文学史略》与刘绶松的《中国新文学史初稿》。他认为这一时期胡适的实用主义及西方的学术思想都被批判为唯心主义，这些文学史著几乎都按阶级革命史观叙述。第 2 期是 1958 年至 1975 年，金时俊介绍了复旦大学中文系现代文学组学生集体编著的《中国现代文学史》、复旦大学中文系 1957 年级文学组学生集体编著的《中国现代文艺思想斗争史》、吉林大学中文系现代文学史教材编写小组编的《中国现代文学史》。他认为这时期中国现代文学史著的最大特征，不是个人编写，而是集体编写。学生自己编写他们要学习的教材，这在世界上是前所未闻的事。第 3 期是 1976 年至 1984 年，这一时期金时俊介绍了九院校编的《中国现代文学史》、田仲济和孙昌熙主编的《中国现代文学史》、中南七院校编的《中国现代文学史》、唐弢主编的《中国现代文学史》、十四院校编的《中国现代文学史》。这时期最大的特征是许多大学教授共同编写中国现代文学史。第 4 期是 1984 年至 1990 年代初，金时俊介绍了朱德发著的《中国五四文学史》、黄修己著的《中国现代文学发展史》、张毓茂主编的《二十世纪中国两岸文学史》。他认为这时期的中国现代文学史著都从极"左"的倾向脱离了，1957 年消失的个人著作开始复活、再现。

　　除此之外，金时俊还在该"绪论"中介绍了中国台湾、中国香港出版的中国现代文学史，这包含尹雪曼总编辑的《中华民国文学史》、周锦的《中国新文学史》、李辉英的《中国现代文学史》、司马长风的《中国新文学史》。

　　金时俊在分析这些中国现代文学史著之时，重在对已有的中国现代文学史的分期、文学史概念进行反省，然后在此基础上提出自己的文学史看法。正如他自己所说，我们不能绝对认为哪一个时期编写的中国现代文学史最正确，研究中国现代文学史的人，必须具有辨别的能力，辨别出那一个时期的那一著作是在什么样的背景下编写的，有了这种辨析能力，才能避免出现研究中国现代文学史的人认为自己所读的书最正确。这种能力是研究中国现代文学史的学者应该具有的最基本的要求。看来他并不认为文学史叙述的历史就是唯一的真实，文学史著作是不同时代的作者为了回答所处时代的问题而进行的一种文学史建构，只有不同的文学史建构，而没有唯一正确的文学史。金时俊在“绪论”中对中国现代文学史编撰史的梳理显示了他的文学史编撰的自觉，这种自觉无论是在大陆还是在海外中国现代文学史编撰史中都是较早的。

二　重视时代背景、文艺论争

　　该文学史非常重视时代背景和文艺论争的书写，在每编的开始都会书写每个时代的政治文化背景和文艺社团、文艺论争的概况，我们依次来看其每编的书写。

　　在第一编“新文学的诞生和成长（1917—1926）”中，第一章是“新文学的诞生期的时代背景”，这里就讲述了“1. 洋务运动与诗界革命”、“2. 维新运动与小说界革命”、“3. 辛亥革命”。这一章主要是介绍晚清之际的政治运动和文学活动，其有意将中国现代文学的起源延伸到“五四”文学运动之前。第二章是“文学革命”，包含“1. 文学革命的时代背景”、“2.《新青年》和文学革命运动”、“3. 新文学的诞生”、“4. 五四运动和人道主义”、“5. 涌向文学革命的逆风”。在“5. 涌向文学革命的逆风”中主要介绍的是反对新文学运动的保守派，大致有林纾、辜鸿铭、章士钊及学衡派。第三章是“文学社团的成立和文艺杂志”包含“1.《新青年》和《新潮》”、“2. 文学研究会和《小说月报》”、“3. 创造社和《创造季刊》”、“4. 语丝社和《语丝》”、“5.《现代评论》”、“6.《新月社》和《诗镌》、《新月》”、“7. 创造社第 2 期和《洪水》、《创造月刊》”、“8. 未名社”、“9. 莽原社和狂飙社”、“10. 浅草社和沉钟社”、“11. 骆驼草社”、“12. 弥洒社”。从第三章可见该文学史对文学社团和文艺杂志的介绍非常详尽。其不仅介绍了这些文学社团和文艺杂志的成立经过、代表人物和主要文学理念，而且还涉及这些杂志之间的人事纠葛，例如创造社和文学研究会之间的种种矛盾，而创造社自己又经历过的不同时期，孙伏园从《北京晨报》副刊辞职的缘由，《语丝》创刊的经过，高长虹与鲁迅的冲突等等，都在该文学史得到了梳理，从而将新文学第一个十年中众多社团流派、报纸杂志之间的网络布局清晰地展现出来。

在第二编"文学的发展与政治理念上的矛盾（1927—1936）"中，第一章是"第一次国共合作与北伐期的时代背景"，包含"1. 国民党广东政府的成立"、"2. 中国共产党的成立和第一次国共合作"、"3. 北伐战争和四·一二政变"、"4. 国共内战与日本的满洲侵略"。这一章就将1927—1936 年间的各种政治势力的活动及它们之间的矛盾斗争进行了概览。第二章是"革命文学论"，包含"1. 革命文学论的抬头"、"2. 创造社的革命文学论"、"3. 太阳社的革命文学论"、"4. 创造社和太阳社的论争"、"5. 革命文学派和鲁迅的论争"、"6. 太阳社和矛盾"。这里将"革命文学论"予以专门的一章，讨论不同社团的不同革命文学观点，并且将它们之间的论争予以了披剖，一般中国现代文学史少有这样的编排。第三章是"左翼作家联盟和文艺大众化运动"，包含"1. 左翼作家联盟的成立"、"2. 文艺大众化论"、"3. 国防文学和民族革命战争的大众文艺的口号论争"；第四章是"民族主义文艺运动"，包含"1. 民族主义文艺派的成立"、"2. 民族主义文艺派的出版物"、"3. 民族主义文艺派和左翼作家联盟"。第三、四两章将左联文艺运动和"民族主义文艺运动"都进行了介绍，并且还分析了二者之间的论争。特别是对民族主义文艺派出版物进行的介绍，非常详尽。该文学史将这类出版物分为两类，一类是"组织部系列的出版物"，包含（1）《前锋周报》，（2）《前锋月刊》，（3）《橄榄月刊》，（4）《开展月刊》，（5）《现代文学评论》；另一类是"宣传部系列的出版物"，包含（1）《流露月刊》，（2）《文艺月刊》，（3）《文艺周刊》，（4）《南风月刊》，（5）《创作月刊》。这些出版物名称一般文学史很少予以介绍，该文学史将其以完整地披露显示出客观中立地叙述立场。第五章是"文学团体间的矛盾"，包含"1. 新月社和左翼作家联盟"、"2. 文艺自由论争"（"自由人"和"第三种人"的文艺理论）、"3. 论语派和鲁迅"、"4. 文艺出版物和作家群"。

在第三编"中日战争期和国内战争期的文学（1937—1949）"中，第一章为"中日战争期的国内状况和文艺界的动向",包含"1. 中日战争和第二次国共合作"、"2. 中华全国文艺界抗敌协会的成立"。第二章为"战争期间各地区的文艺活动",包含"1. 武汉文坛"、"2. 重庆文坛"、"3. 桂林文坛"、"4. 上海文坛"、"5. 香港文坛"、"6. 延安文坛和延安文艺座谈会"、"7. 国民党的文艺政策"。这一章金时俊注意到抗战时期不同地域的文坛现象以及国共两党不同的文艺政策。特别是对"延安文坛和延安文艺座谈会"进行了重点介绍,包含三小节:"延安整风运动和文坛"、"延安文艺座谈会和座谈会上的谈话"、"延安整风运动的结果"。第三章为"文艺思想论争",包含"1. 抗战文艺论争"、"2. 民族文艺论争"、"3. 民族形式论争"、"4. 主观论争"。这一章在"民族文艺论争"中对战国策派进行了正面评价,而对"主观论争"则从 20 世纪 40 年代国统区叙述到中国香港时期,一直书写到新中国成立胡风被批判为止。金时俊这里尽管书写的是中国现代文学史,但时常会将一些文艺论争和作家创作延伸到当代文学时期,这也是其文学史撰写的一个特色。第四章为"国内战争期的文坛",包含"1. 中华全国文艺协会"、"2. 文坛的 2 大不幸之事"、"3. 中华全国文学艺术界联合会"、"4. 中国文艺协会"。其中"文坛的 2 大不幸之事"叙述的是"闻一多被杀事件"和"萧军'文化报'事件",这都是在国内战争期间发生的重要文化事件,该文学史将其予以并列,是少有的。

通过这三编的时代背景、文艺思潮和文艺论争我们会发现,该文学史非常强调文学的外部环境因素对文学的影响,特别是关注政治势力在不同时段所起到的特殊作用。金时俊自己在"绪论"中也指出,文学史撰写中有的作者重视"文学性",有的作者重视"历史性",而金时俊的文学史更多侧重于"历史性",其对重要的文坛势力不论何种党派都能予以公正呈现,显示了其作为文学史研究者的客观公正态度。

三　按文体介绍作家、重视文学批评

该文学史介绍作家之时主要是按照小说、诗歌、散文、戏剧及文学批评的分类进行介绍,牵涉的作家作品非常之多,而且分类非常细致。其对作家的介绍重在其生平事迹和创作经历,对于代表性作品很少予以详细地分析,所以经典文学解读相对来说还存在不足。但其对中国现代文学中文学批评的发展予以了重视,作为外国学者来说非常难得。

该文学史第一编是按照文学报纸杂志和文学社团介绍作家的。其中第四章"小说"包含"1.《新青年》的作家和作品",介绍了鲁迅、陈衡哲;"2.《新潮》的作家和作品"中介绍了汪敬熙和杨振声;"3. 文学研究会的作家和作品"中介绍了叶绍钧、谢冰心、许地山、王统照、庐隐、王鲁彦;"4. 创造社的作家和作品"中介绍了郁达夫、郭沫若、张资平、冯沅君;"5. 其他文学团体的作家和作品"中介绍了冯文炳、台静农。第五章"诗歌"中包含"1.《新青年》、《新潮》的作家和作品",介绍了胡适、刘半农;"2. 文学研究会的作家和作品"介绍了俞平伯、朱自清;"3. 创造社的作家和作品"介绍了郭沫若;"4. 新月派的作家和作品"中介绍了徐志摩、闻一多。第六章"散文"介绍了鲁迅、周作人、徐志摩、朱自清、郁达夫。第七章"戏剧"包含"1. 文明戏与爱美剧"、"2. 新月社的国剧运动",后者介绍了欧阳予倩、洪深、田汉、丁西林、熊佛西。第八章"文学批评"中包含"1. 人道主义文学论和浪漫主义文学论"、"2. 小说批评论"、"3. 诗批评论"、"4. 戏剧批评论"。这一章分别从文艺思想和各文体批评来介绍文学批评的萌生,很好地展现了中国现代文学批评刚刚开始的情形。金时俊指出最早引入西方文学理论的是周作人发表的《人的文学》,最早的文学批评是胡适的《论短篇小说》,而最早的戏剧批评是胡适发表在《新青年》上的《易卜生主义》。

在第二编第六章"小说"中介绍了茅盾、巴金、老舍、沈从文、张天翼、蒋光慈、萧军、萧红、王平陵、黄震遐。第七章"诗歌"中包含"1. 新月诗派",介绍了朱湘、陈梦家;"2. 现代诗派"介绍了李金发、戴望舒;"3. 中国诗歌会"介绍了穆木天;"4. 独立诗人"介绍了臧克家、艾青。第八章"散文"中介绍了林语堂、丰子恺、何其芳、李广田、靳以。第九章"戏剧"中介绍了欧阳予倩、洪深、田汉、曹禺、李健吾。第十章"文学批评"中介绍了李健吾、朱光潜、胡风。这一章对文学批评家的选择显示了其对纯文学批评的重视,而对于那些杂文和文艺论争的批评,金时俊并不重视,只是在文艺思潮中叙及。

在第三编第十章"小说"中介绍了巴金、老舍、茅盾、沈从文、萧红、端木蕻良、徐訏、吴组缃、丁玲、周立波、赵树理、沙汀、姚雪垠、张天翼《华威先生》的出国事件以及"黑暗与光明的表现"的论争、艾芜。第十一章"诗歌"中包含"1. 朗诵诗运动"、"2. 七月诗派"、"3. 长篇诗的登场",在长篇诗里介绍的是艾青、田间、臧克家、柯仲平、何其芳、卞之琳、胡风、冯至。第十二章"散文"里包含"1. 报告文学的兴起",介绍了李广田、冯至、丰子恺、沈从文、巴金、梁实秋、夏衍、丘东平、碧野;"2. 报告文学作品集《上海一日》"。第十三章"戏剧"中包含"1. 抗战剧","2. 历史剧的现代化"介绍了田汉、李健吾、夏衍、曹禺、陈白尘、宋之的、郭沫若、吴祖光,还介绍了"3. '秧歌剧'和新歌剧《白毛女》"。第十四章"文学批评"中依次介绍了艾青、朱自清、李广田、朱光潜、李健吾、胡风。这一章金时俊强调了艾青、朱自清和李广田的诗论,并再一次强调了朱光潜、李健吾、胡风,可见其对这三人的文学批评还是非常看重的。

通过该文学史的作家介绍,我们也可以看出其更重在历史性的特点。其将每一个时段的重要作家都按照时代和文体进行介绍,读者可以精准地看到不同时代中的重要作家作品。但是这种作家作品的编撰也有不利之处:其一是这样编排不能看出整个中国现代文学史中的经典作家。大陆文学史编撰中非常重视的鲁迅、郭沫若、茅盾、巴金、老舍、曹禺、沈从文、张爱玲、艾青等人没有在如此之多的作家介绍中得到凸显,特别是鲁迅的大家地位没有得到强调,这使得整个文学史筛选、确立经典作家的任务没有实现。其二是如此的文学史编排使得同一作家在不同章节中多次出现,显得有些混乱驳杂。如果能用专章的形式介绍大家可能会避免上述问题的出现。

第四章　英语国家的中国现代文学史编撰

第一节　概述

全球以英语为母语的国家有英国、美国、加拿大、新西兰、澳大利亚、爱尔兰，所以论说英语国家的中国现代文学研究最好是以国家分别介绍为好（但实际情况更为复杂）。因为很多研究者都是国际性学者，他们出生在自己的国家，但是在另外的国度获得硕士、博士学位，然后又来到第三国进行长期工作，有的甚至是不断地在不同国度工作，所以很难按照具体国别来区分。学界公认美国应是英语国家中国现代文学研究的领头羊，所以笔者这里参照杨肖的观点以美国为中心，将英语国家的中国现代文学研究划分为前学科化时期、学科化时期和跨学科时期三个阶段。前学科化时期是从中国现代文学的起始至 20 世纪 50 年代末，此时期英语国家的中国现代文学研究从汉学研究向独立学科发展。学科化时期是从 20 世纪 60 年代初至 80 年代末，此时期英语国家的中国现代文学研究已经脱离汉学研究而成为一门独立的学科。跨学科时期是从 20 世纪 90 年代初至当下，此时期英语国家的中国现代文学研究已经不再局限于本学科，而是与哲学、艺术、科学等诸多学科交织起来。[①] 现在我们以这三个阶段来对英语国家的中国现代文学研究进行一个简短的

---

① 杨肖：《欧美中国现当代文学研究的历史分期》，《扬州大学学报》（人文社会科学版）2011 年第 6 期。

扫描。①

　　中国现代文学的起始至 20 世纪 50 年代末是英语国家中国现代文学研究的前学科化时期。英语国家对中国的研究原来都是服务于对中国进行的殖民扩张，其在 18、19 世纪粗具规模，这时对中国的研究主要集中在中国的古典学术，通常称之为"汉学"（Sinology）。进入 20 世纪后，现代中国进入了中国研究的范围，中国研究（Chinese Studies）学科得以确立，并取代了传统的汉学。这一时期美国的中国现代文学研究重在翻译简介中国现代文学作家作品。我们所熟悉的美国友人《西行漫记》的作者埃德加·斯诺（1905—1972 年）在 20 世纪 30 年代就编译了英文版《活的中国》（*Living China*）。该书由英国伦敦乔治·C. 哈拉普公司于 1936 年 8 月出版，这是一本向西方读者介绍现代中国短篇小说及其作者的书，斯诺当时的夫人妮姆·威尔斯撰写的《现代中国文学运动》应是在国外较早出版的关于中国现代文学史的文章。1941 年美国哥伦比亚大学执教的华裔学者王际真（Chi-Chen Wang）翻译的《阿Q及其他：鲁迅小说选集》（1941 年）就由哥伦比亚大学出版社出版，该书收入了鲁迅的 11 篇小说。王际真还翻译了张天翼、老舍、巴金等人的作品，1944 年他将这些作品与鲁迅的《端午节》和《示众》两篇小说结集成《当代中国小说选》一书出版。② 随着中国现代文学作品不断翻译出版，越来越多的英语国家学者开始关注中国现代文学。

　　学科化时期是指英语国家的中国现代文学研究已经脱离汉学研究而成为一门独立的学科，时间是从 20 世纪 60 年代初至 80 年代末。戈茨（Michael Gotz）在 1976 年的研究报告《中国现代文学研究在西方的发展》

　　① 参见［澳］雷金庆《澳大利亚中国文学研究 50 年》，刘霓摘译，《国外社会科学》2004 年第 4 期；杨雁斌《南太平洋岛国的中国学研究——新西兰中国学研究概况》，《国外社会科学》2005 年第 2 期；［美］王德威《海外中国现代文学研究的历史、现状与未来——"海外中国现代文学译丛"总序》，《当代作家评论》2006 年第 4 期；季进《美国的中国现代文学研究管窥》，《当代作家评论》2007 年第 4 期；牛云平《当前英国的中国学研究：现状、特点与思考》，《河北大学学报》（哲学社会科学版）2008 年第 5 期；季进《多元文学史的书写——海外中国现代文学研究论之一》，《文学评论》2009 年第 6 期；［澳］欧阳昱《中国文学在澳大利亚的起源、生发、传播和影响》，《华文文学》2011 年第 2 期；季进《回转与呈现——海外中国现代文学研究一瞥》，《中国现代文学研究丛刊》2011 年第 12 期；刘江凯《认同与"延异"——中国当代文学的海外接受》，北京大学出版社 2012 年版；［加］梁丽芳《加拿大汉学：从古典到现当代与海外华人文学》，《华文文学》2013 年第 3 期。
　　② 参见顾钧《关于鲁迅著作的英文译本》，《中国图书评论》2012 年第 7 期。

中就曾指出："在过去二十年左右，西方学者对中国现代文学严肃认真的研究已大大地发展起来，可以名副其实到了称为'学科'（field）的阶段。中国现代文学研究已不再是附属于汉学的一部分，它已经从语言、历史、考古、文学研究及其他与中国有关的学术研究中脱离，自成一门独立的学科。"① 从此美国的中国现代文学研究日益蒸蒸日上，并对中国形成了巨大影响，以致有专家开始担忧国内学者的"汉学心态"② 了。

英语国家的中国现代文学研究学科化阶段以夏氏兄弟为杰出代表。夏志清 1961 年出版的《中国现代小说史》③ 是美国中国现代文学研究的开山之作。其兄长夏济安逝世后才出版的《黑暗的闸门》④，对左联瞿秋白、鲁迅、蒋光慈、冯雪峰、丁玲"左联五烈士"进行了全新解读，从此开启了英语世界研究左翼文学的先河。而神学家陶普义（Britt Towery）从大众文学角度介绍了老舍⑤，奥尔格·郎（Lang Olga）对巴金的研究⑥，Julia C. Lin. 对现代中国诗的介绍⑦，李欧梵对"五四"浪漫文人的行为及创作的研究⑧，都有较大影响。

此时英语国家的中国当代文学研究也有所斩获：阿尔博特 1954 年在麻省理工学院国际研究中心出版了《中共小说》，1955 年香港联合出版社出版了《中共的文学与艺术纲要》，1958 年加州大学伯克利分校中文研究中心出版了从语言修辞角度研究当时文学与共产主义关系的《共产中国比喻语言的使用》，1960 年纽约出版了《百花运动与中国知识分子》，1960 年纽约圣约翰大学出版了霍华德·希尔曼编的《中国当代文学与政治》，1962 年中共文学国际研究社团出版了夏济安的《中国小说中的英雄与英雄崇拜》，1963 年纽约出版了白之编的《中共文学》等。

---

① Michael Gotz, The Development of Modern Chinese Studies in the West, *Modern China*, Vol. 2, No. 3 (July 1976), pp. 397–416.

② 温儒敏：《文学研究中的汉学心态》，《文艺争鸣》2007 年第 7 期。

③ C. T. Hsia., *A History of Modern Chinese Fiction*, Yale UP, 1961.

④ Tsian Hsia, *The Gate of Darkness: Studies on the Leftist Literary Movement in China*, Seattle: University of Washington Press, 1968.

⑤ 陶普义（Britt Towery），*Lao She, China's Master Storyteller.* Texian Pr, 1964。

⑥ 奥尔格·郎（Lang Olga），*Pa Chin and His Writing: Chinese Youth between Two Revolutions*, Harvard UP, 1967。

⑦ Julia C. Lin, *Modern Chinese Poetry: An Introduction*, University of Washington Press, 1972.

⑧ 李欧梵（Leo Ou-fan Lee），*The Romantic Generation of Chinese Literature*, Harvard UP, 1973。

随着时间的推移，20 世纪 70 年代初期，不仅出版了一些作品选集，也出现了从传统文学、人物形象、文学运动等方面来研究中国当代文学的著作。例如 1970 年纽约出版了《中国文化传统与共产主义》，1971 年纽约出版了梅尔·戈德曼（Merle Goldman）的著作《共产党中国文学界的持异议者》，1973 年中国香港出版了《共产中国的英雄与恶棍：作为生命反思的中国当代小说》，1974 年美国麻省理工学院出版社出版了哈·伊罗生（H. Isaacs）编写的《草鞋脚：中国短篇小说集 1918—1933》，1980 年美国印第安大学出版社出版了《中华人民共和国的文学》，1981 年美国哥伦比亚大学出版社出版了《中国近代小说选 1919—1949（现代亚洲文学）》。随着中国"文革"的发生发展，也有一些研究者开始予以关注，例如 1976 年纽约出版了《中国文坛：一位作家对中国的参访》，1978 年夏威夷大学出版了论文集《中国大众媒介：塑造新的文化形态》，等等。

　　总的来说，在 20 世纪 50 年代至 70 年代，英语国家的中国现代文学研究虽然不是如中国台湾那样受到禁止，一些作品能够得到翻译，一些作家也能受到重视并被予以研究，但冷战时代的氛围情绪会影响到当时学者的价值判断、研究模式和结论推断，他们的研究都有着意识形态化的气息存在，对中国共产党及其领导下的文化、政治、经济状况的描述都带有一种妖魔化、歪曲化的因素。

　　学科化阶段最重要、最有影响的学术著作是 20 世纪 70 年代至 80 年代末的一系列以作家研究为重点的专著，包括卜立德（Pollard David）对周作人文学观的研究[1]，韩南（Patrick Hanan）的鲁迅小说技巧研究[2]，兰比尔·沃勒（Ranbir Vohra）的老舍研究[3]，葛浩文（Howard Goldblatt）的萧红研究[4]，莫勒·戈德曼（Goldman Merle）的五四文学研究[5]，金介

---

[1]　卜立德（Pollard David），*A Chinese Look at Literature：the Literary Values of Chou Tso-jen in Relation to the Tradition*，U of California P，1973。

[2]　韩南（Patrick Hanan），The Technique of Lu Xun's Fiction，*Harvard Journal of Asiatic Studies*，1974。

[3]　兰比尔·沃勒（Ranbir Vohra），*Lao She and the Chinese Revolution*，Harvard East Asian Monographs，1974。

[4]　葛浩文（Howard Goldblatt），*Hsiao Hung*，Boston：G. K. Hall & Co.，1976。

[5]　莫勒·戈德曼（Goldman Merle），*Chinese Literature in the May Fourth Era*，Harvard UP，1977。

甫（Jeffrey Kinkley）的沈从文研究①，内森克·茅的巴金研究②，西门农（Semanov V. I.）的鲁迅研究③，耿德华（Edward Gunn）的沦陷区文学史研究④，傅静宜（Jeannette Faurot）的中国台湾文学研究⑤，林培瑞（Link Perry）的鸳鸯蝴蝶派研究⑥，胡志德（Theodore Huters）的钱锺书研究⑦，梅仪慈⑧的丁玲研究，柳存仁（Liu Tsun-Yan）的晚清文学研究⑨，李欧梵⑩、威廉·莱尔⑪的鲁迅研究，等等。这些著作所关注的对象一直是中国大陆现代文学界所忽略、漠视或者被予以偏见、政治化解读的，而这些著作则从文学自身的艺术性角度，从个人化的心理体验角度，用马克思主义文艺理论之外的文艺批评方法对这些对象进行了"重读"，从而对整个中国现代文学的经典大厦进行了重构，所以这些著作轰动一时，即使到现在还是中国现代文学研究界的经典之作。

英语国家20世纪70年代末至90年代的中国当代文学研究主要关注的是中国新时期之后的文坛动态。1981年加州大学伯克利分校中国研究中心出版了《文革伦理与修辞》。1982年加州大学伯克利分校出版社出版了《民主墙与非官方杂志》。1984年，加利福尼亚大学出版社出版了林培瑞编著的《玫瑰与荆棘：中国小说的第二次"百花"时期1979—1980》。1984年出版了古德曼的（David S. G. Goodman）《北京街头的声音：中国民主运动的诗歌与政治》。1984年，加利福尼亚大学出版社出版了杜博尼

---

① ［美］金介甫（Jeffrey Kinkley）：《沈从文笔下的中国》，哈佛大学出版社1977年版；金介甫（Jeffrey Kinkley），*The Odyssey of Shen Congwen*，Stanford UP，1987。

② ［美］内森克·茅：《巴金》，波士顿特维恩出版社1978年版。

③ 西门农（Semanov V. I.），*Lu Xun and His Predecessors*，M. E. Sharpe，1980。

④ Edward Mansfied Gunn，*Unwelcomes Muse：Chinese Literature in Shang Hai and Peking 1937 – 1945*，Columbia University Press，1980.

⑤ 傅静宜（Jeannette Faurot），*Chinese Fiction from Taiwan*，Indiana UP，1981。

⑥ 林培瑞（Link Perry），*Madarin Ducks and Butterflies：Popular Fiction in 20th Century Chinese Sites*，University of California Press，1981。

⑦ 胡志德（Theodore Huters），*Qian Zhongshu*，Twayne，1982。

⑧ 梅仪慈（Yi-Tsi Mei Feuerwerker），*Ding Ling's Fiction：Ideology and Narrative in Modern Chinese Literature*，Harvard UP，1982。

⑨ 柳存仁（Liu Tsun-Yan），*Chinese Middlebrow Fiction：From the late Ch'ing to the Early Republican Era*，Renditions Press，1984。

⑩ 李欧梵，*Lu Xun and His Legacy*，U of California P，1985；李欧梵，*Voice from the Iron House*，Indiana UP，1987。

⑪ 威廉·莱尔（Lyell William），*Lu Xun's Vision of Reality*，University of California Press，1986。

（*Bonnie Mcdougall*）的著作《1949—1979 年中国流行文学与表演艺术》。①
1985 年印第安纳大学出版社出版了杜迈可（Michael Duke）的《百花齐放
和争鸣：后毛泽东时期中国文学》②，这是北美第一本关于后毛泽东时期的
个人评论专集。1985 年纽约夏普出版了《中国当代文学：后毛时代中国小
说与诗歌选》。哈佛大学出版社 1985 年出版了金介甫编的《后毛时代：中
国文学和社会 1978—1981》，等等。这些著作都是聚焦 20 世纪七八十年代
之交的中国社会和文学。1985 年出版了诗评集《当代中国诗歌评论》，集
中了当时海外学者的一些批评文章。③ 1987 年，新西兰学者康浩（Clark,
Paul）通过电影研究了中国 1949 年以来的文化与政治。④ 值得注意的是，
从 1983 年开始剑桥大学出版社陆续出版了费正清等人主编的《剑桥中华
民国史（1912—1949）》（上、下）和《剑桥中华人民共和国史》（上、
下），其中李欧梵、佛克马和白之叙述了从晚清、民国到新中国的文学史。
这个时段对中国当代文学史的研究呈现淡化意识形态向文学本位回归的态
势，但是中国新时期文学时间还不长，所以有影响的成果还不多。

　　跨学科时期的时间范畴是从 20 世纪 90 年代初至当下。按照王德威的
观点，此时美国（实际上也是英语国家）的中国现代文学显现巨大变化，
出现了三个特征："第一，'理论热'成为治学的一大标记。七十年代以
来各种文学批评方法在欧美学院人文领域轮番登场，从事中国文学研究的
年轻学者也群起效尤"；"其次，九十年代以来的现代中国文学研究早已
经离开传统文本定义，成为多元、跨科技的操作"；第三是"对有关历史
论述的重新审视。以往文学史研究强调经典大师的贡献，一以贯之的时间
流程，历史事件和文学表征的相互对照，所谓的'大叙述'（master nar-
rative）于焉形成。上个世纪末以来的文学史研究则对这一'大叙述'的
权威性提出质疑"。⑤ 王德威这里所说的现代文学的研究特征，实质上也

---

　　① 杜博尼（Bonnie Mcdougall），*Popular Chinese Literature and Performing Arts in The People's Re-
public of China*，*1949 - 1979*，University of California Press，1984。

　　② 杜迈可（Michael Duke），*Blooming and Contending*：*Chinese Literature in the Post-Mao Era*，
Indiana University Press，1985。

　　③ Lin, Julia C，*Essays on Contemporary Chinese Poetry*，Ohio University Press，1985.

　　④ 康浩（Clark, Paul），*Chinese Cinema*：*Culture and Politics since 1949*，Cambridge Press，
1987。

　　⑤ ［美］王德威：《海外中国现代文学研究的历史、现状与未来——"海外中国现代文学
译丛"总序》，《当代作家评论》2006 年第 4 期。

包含在中国当代文学研究中，因为在国外的中国现代文学界中，并没有如中国大陆学界那样严格的现代、当代文学之分。

在 20 世纪 90 年代之后英语国家的中国现代文学研究的代表有吴茂生（Mau-sang Ng）对现代中国文学和俄国文学间的影响研究①，周蕾的妇女现代性研究②，安敏成的现实主义文学研究③，阿巴斯（Abbas Akabar）的中国香港文学研究④，耿德华（Edward Gunn）的语言风格研究⑤，奚密对中国新诗诗学的再研究⑥，刘康（Liu Kang）的文化政治学批评⑦，魏爱莲（Ellen Widmer）的文学与电影研究⑧，加拿大学者吕彤邻（Lu, Tongling）的虚无主义文化研究⑨，唐小兵的梁启超研究⑩，刘禾（Liu Lydia）的"跨语际实践"研究⑪，张英进的电影研究⑫，澳大利亚学者寇志明（Jon Kowallis）的鲁迅文言诗与清末民初"旧派"诗人的研究⑬，王德威

① 吴茂生（Mau-sang Ng），*The Russian Hero in Modern Chinese Fiction*，State University of New York Press，1989。

② 周蕾（Rey Chow），*Women and Chinese Modernity：The Politics of Reading between East and West*，University of Minnesota Press，1990。

③ 安敏成（Marston Anderson），*The limits of Realism：Chinese L iterature in the Revolutionary Period*，University of California Press，1990。

④ 阿巴斯（Abbas Akabar），*Hong Kang：The Politics of Disappearance*，University of Minnesota Press，1990。

⑤ Edward Mansfied Gunn，*Rewriting Chinese：Style and Innovation in Twentieth-Century Chinese Prose*，Stanford，1991；Edward Mansfied Gunn，*Rendering the Regional：Local Language in Contemporary Chinese Media*，University of Hawaii Press，2006.

⑥ 奚密（Michelle Yeh），*Modern Chinese Poetry：Theory and Practice since 1917*，Yale University Press，1991。

⑦ 刘康（Liu Kang）、唐小兵，*Politics，Ideology，and Chinese Literature：Theoretical Interventions and Cultural Critique*，Duke UP，1993。

⑧ 魏爱莲（Ellen Widmer）、王德威（David Der-wei Wang），*From May Fourth to June Fourth：Fiction and Film in 20th Century China*，Harvard UP，1993。

⑨ 吕彤邻（Lu, Tongling），*Misogyny，Cultural Nihilism，and Oppositional Politics*，Stanford UP，1995。

⑩ 唐小兵：Clobal Space and the Nationalist Discourse of Modernity：The Historical Thinking of Liang Qichao. Stanford UP，1996. 唐小兵：Chinese Modem：The Heroic and the Quotidian. Duke UP，2000. 唐小兵：Originsofthe Chinese Avant-garde：The Woodcut Movement. U of California P，2007.

⑪ 刘禾（Liu Lydia），*Translingual Pratice：Literature，National Culture and Translated Modernity，China，1900 – 1937*，Stanford UP，1996。

⑫ 张英进（Zhang Yingjin），*The City in Modern Chinese Literature and Film：Configurations of Space，Time，and Gender*，Stanford UP，1996。

⑬ 寇志明（Jon Kowallis），*The Lyrical Lu Xun：A Study of His Classical-style Verse*，University of Hawaii Press，1996. *The Subtle Revolution：Poets of the "Old Schools" during Late Qing and Early Republican China*，Institute of East Asian Studies，University of California at Berkeley Centre for Chinese Studies，2005。

的晚清文学研究①，王斑的马克思和毛泽东美学研究②，张旭东的后社会主义研究③，邓腾克（Kirk Denton）的胡风、路翎研究④，英国学者贺麦晓（Hockx Michel）的 20 世纪中国文学场研究⑤，李欧梵的城市文化研究⑥，林培瑞（Link Perry）的文化体制研究⑦，史书美（Shu-mei Shih）的半殖民主义的现代主义研究⑧，钟雪萍的性别研究⑨，苏文瑜（Daruvala Susan）的周作人研究⑩，丁淑芳（Dora Shu-Fang Dien）对丁玲的文化心理研究⑪、Jones Andrew 的流行音乐研究⑫，罗福林（Charles Laughlin）的中国现代报告文学史的撰写⑬，查尔斯·J. 艾勃（Charles J. Alber）的丁玲研究⑭，柏佑铭（Yomi Braester）的历史和创伤研究⑮，等等。此时段在现代中国文学史编撰上也有了新的成果，那就是澳大利亚学者雷金庆

---

①　王德威（David Der-wei Wang），*Fin-de-siecle Splendor：Repressed Modernities of Late Qing Fiction，1849 - 1911*，Stanford UP，1997；*The Monster That Is History：History，Violence，and fictional Writing in 20 th Century China*，University of California Press，2003。

②　王斑（Wang ban），*The Sublime Figure of History：Aesthetics and Politics in* 20th *Century China*，Stanford UP，1997。

③　张旭东，*Chinese Modernism in the Era of Reforms：Cultural Fever，Avant - garde fiction，and New Chinese Cinema*，Duke UP，1997。

④　邓腾克（Kirk Denton），*The Problematic of Self in Modern Chinese Literature：Hu Feng and Lu Ling*，Stanford University Press，1998。

⑤　贺麦晓（Hockx Michel），*The literary Field of 20th Century China*，Curzon，1999。

⑥　李欧梵，*Shanghai Modern*，Harvard UP，1999。

⑦　林培瑞（Link Perry），*The Use of Literature：Life in the Socialist Chinese Literary System*，Princeton UP，2000。

⑧　史书美（Shu-mei Shih），*The Lure of the Modern：Writing Modernism Semicolonial China*，University of California Press，2000。

⑨　钟雪萍（Zhong Xueping），*Masculinity Besieged? Issues of Modernity and Male Subjectivity in Chinese Literature of the Late 20th Century*，Duke UP，2000。

⑩　苏文瑜（Daruvala Susan），*Zhou Zuoren and An Alternative Chinese Response to Modernity*，Harvard University Asia Center，2000。

⑪　丁淑芳（Dora Shu-Fang Dien），*Ding Ling and Her Mother：A Cultural Psychological Study*，Nova Science Publishers，2001。

⑫　Jones Andrew，*Yellow Music：Media Culture and Colonial Modernity in the Chinese Jazz Age*，Duke UP，2001。

⑬　罗福林（Charles Laughlin），*Chinese Reportage*，Duke UP，2002。

⑭　查尔斯·J. 艾勃（Charles J. Alber），*Enduring the Revolution：Ding Ling and the Politics of Literature in Guomindang China*，Praeger Publisher，2002；Charles J. Alber，*Embracing the Lie：Ding Ling and the Politics of Literature in the People's Republic of China*，Praeger Publisher，2004。

⑮　柏佑铭（Yomi Braester），*Witness Against History：Literature，Film，and Public Discourse in Twentieth-Century China*，Stanford University Press，2003。

（Kam Louie）和杜博尼（ Bonnie S. McDougall）合著了一部《二十世纪中国文学》①，这应是英语国家第一部 20 世纪中国文学史著。

20 世纪 90 年代之后，美国的中国当代文学研究也成果众多。这里简单地列举一下较有影响的研究：瓦格纳（Wagner Rudolf）的当代中国历史剧研究②和散文研究③，王瑾的大众文化和政治研究④，梅仪慈（Yi-Tsi Mei Feuerwerker）对中国现当代作家中自我与农民的关系探讨⑤，新西兰学者玛丽亚·加利科夫斯基（Maria Galikowski）对 1949—1984 年中国的艺术与政治关系的研究，⑥ 齐邦媛和王德威主编的 20 世纪下半期中国文学评述⑦，Ray Heisey 对中国修辞和交流的研究⑧，加拿大学者胡可丽（Claire Huot）的当代文化研究⑨，陈小眉的新时期话语理论研究⑩，加拿大学者林镇山的中国台湾小说与叙事学研究⑪，曹左雅（Zuoya Cao）的知青文学解读⑫，加拿大学者孔书玉的消费文学研究⑬，等等。

上面简略提到的这些著作大都是利用正在兴起的有关语言、性别、族裔、阶层、殖民、历史等等新的理论视角去考察原有的作家作品，从而开

① 雷金庆（Kam Louie）、杜博尼（ Bonnie S. McDougall），*The Literature of China in the Twentieth Century*，Columbia University Press，1999。

② 瓦格纳（Wagner Rudolf），*The Contemporary Chinese Historical Drama：Four Studies*，University of California Press，1990。

③ 瓦格纳（Wagner Rudolf），*Inside a Service Trade：Studies in Contemporary Chinese Prose*，Harvard - yenching Institute Monograph Series，Mass：Harvard University Press，1992。

④ 王瑾（Wang Jin），*The High Culture Fever：Politics，Aesthetics，and Ideology in Deng's China*，University of California Press，1996。

⑤ 梅仪慈（Yi-Tsi Mei Feuerwerker），*Ideology，Power，Text：Self-representation and the Peasant Other in Modern Chinese Literature*，Stanford University Press，1999。

⑥ 玛丽亚·加利科夫斯基（Maria Galikowski），*Art and Politics in China，1949 – 1984*，Waikato University Press，1999。

⑦ 齐邦媛（Pang-yuan Chi）、王德威（David Der-wei Wang），*Chinese Literature in the Second Half of a Modern Century：A Critical Survey*，Indiana University Press，2000。

⑧ Ray Heisey，*Chinese Perspectives in Rhetoric and Communication*，Praeger，2000.

⑨ 胡可丽（Claire Huot），*China's New Cultural Scene*. Durham：Duke University Press，2000。

⑩ 陈小眉（Xiaomei Chen），*Occidentalism：A Theory of Counter-Discourse in Post-Mao China*，Oxford University Press，2000。

⑪ 林镇山：《台湾小说与叙事学》，前卫出版社 2002 年版。

⑫ 曹左雅（Zuoya Cao），*Out of the Crucible：Literary Works about the Rusticated Youth*，Lexington Books，2003。

⑬ 孔书玉，*Consuming Literature：Best Sellers and the Commercialization of Literary Product in Contemporary China*，Stanford University Press，2005。

拓了新的研究领地。明显可以看出，这些研究著作都是学院派的学术研究著作，这意味着英语国家的中国现代文学研究队伍已经比较庞大，该领域的学术梯队已经构建完备。特别值得一提的是，上述很多学者都是在中国本土读完大学，而后留学美国的年轻学者，比如张旭东、王斑、唐小兵、陈小眉、陈建华、张英进、史书美、刘康、刘剑梅等都可视为其中的代表。这些学者先受到中国文化与中国文学的浸淫，对中国现代的历史有着亲身经历，对中国现代作家作品有着良好的阅读体验，留学美国后再接受系统的西方理论训练，于是文本阅读和理论构建相互间得以融会，从而使得他们论述中国现代文学亦有了新的角度和新的发现，所以我们也可以称他们这种阐释模式为"再解读"模式。而大陆学界在 20 世纪 90 年代兴起的"再解读"热潮，就是这些海外学者的学术成果所激发起来的。

　　这里有些悖论性的东西存在，一是中国现代文学的研究中心应该是在中国本土，但是这些学者却要到美国去学习中国现代文学，这说明国内学界的研究水准还要奋起直追；二是这种现象也说明了当下国际学术的不平等现象，只有当中国现代文学用英语写作在英美国家出版，才能换来国际学术界的认可，这也充分表明了这些学人所肩负的重任，而在某种程度上也是中国现代文学研究必须承受的"屈辱"；三是西方的理论资源不一定是万能的，这些理论都是从西方文学、文化、社会实践中提炼出来的，而中国现代文学却是从中国社会中创作出来并反映中国人精神状态的，这种中西差别如何克服跨越，二者能否通约？这是我们借鉴这些研究成果之时应该注意的。

　　通过简略地梳理，我们会发现，英语国家的中国现代文学研究很少有学者编撰中国现代文学史著，进入 21 世纪后，他们在文学史编写方面才有了可喜的进步。其一是 2001 年哥伦比亚大学出版社出版了梅维恒主编的《哥伦比亚中国文学史》，该文学史主要分文类进行叙述，将中国文学史各文类的历史从古代叙述到当代，其中不乏精彩之处；其二是剑桥大学出版社 2010 年出版了宇文所安和孙康宜主编的《剑桥中国文学史》。该文学史也是将中国文学史从古到今叙述完整，其中中国现代文学部分由美国学者王德威和奚密担任，这是继李欧梵等在《剑桥中国史》中对中国现代文学史进行书写之后的又一次全新叙述。但是英语国家的中国现代文学史编撰成果并不丰厚，这正意味着他们在作家作品翻译以及资料库的建设等方面还差强人意，而上述一些文学史著中时常会有一些让国内学者不以为然的史料性错误也就不可避免。正如唐小兵所指出的，美国（实际上也是英语国家）的中国现代文学研究应该"重视教材与基本文献建设，打破目前各自为战的格局，编著出较为通行的英文版 20 世纪中国文学史，并加强作品翻译的系统性"。①

　　两相对照，我们正可看出国内学者和美国学者之间的差异，他者的视域以及理论资源的丰富自然会带给他们很多的优势，而其成果常常也会在学界刮起超级风浪，但是国内学者并不必妄自菲薄，我们所处的地理空间以及身在历史之中的当下感更会让我们踏实地将中国现代文学研究推向深入，因为学术工作毕竟不是一阵风或者几级浪之后就可以一劳永逸的，它需要的是持续的坚韧的执着努力，而我们国内学者需要比拼的是耐力和毅力。

第二节　埃德加·斯诺与妮姆·威尔斯向西方介绍"活"的中国

　　埃德加·斯诺（1905—1972 年），美国记者，因其在中国革命期间的著作而闻名。他被认为是第一个参访毛泽东的西方记者。1937 年的《西行漫记》是斯诺最为著名的出版物，该书记录了从中国共产党创建至 1930 年期间的中国共产主义运动。《活的中国》是《西行漫记》的前奏，该书至少在 1931 年就开始筹划准备，此时埃德加·斯诺还只有 23 岁，他主要和他的妻子妮姆·威尔斯合作编选，当时燕京大学学生杨刚和萧乾也参加了编译工作。该书最后在 1936 年 8 月由英国伦敦乔治·C. 哈拉普公司出版，英文名为 *Living China*，该书受到西方文艺界热烈好评。纽约的雷纳尔—希区柯克出版社也于第二年在美国再版了此书。笔者要论及的《活的中国》是陈琼芝、文洁若等辑录翻译的中文版。②

　　该书英文版的封面原有一张鲁迅的照片，这张照片是姚克陪同鲁迅一起到南京路雪怀照相馆专为斯诺拍摄的，但是中文版并没有这张照片。英文版原来就有对宋庆龄的献词及鸣谢在中文版仍然予以翻译。中文版增加

　　① 见李凤亮《海内外中国现代文学研究：优势与影响——访唐小兵教授》，《中国社会科学报》2011 年 3 月 24 日。
　　② ［美］埃德加·斯诺：《活的中国》，陈琼芝、文洁若译，湖南人民出版社 1983 年版。

了萧乾特意写的序言《斯诺与中国新文艺运动——本版代序》，该序言主要是介绍斯诺对中国新文艺运动的贡献及该书的编选及出版经历。除了萧乾的序言之外，就是斯诺自己的《编者序言》，这是斯诺解释自己当时编选的理由及经过。

该书主体是中短篇小说选，包含两部分，第一部分是"鲁迅的小说"，有斯诺对鲁迅的简介及他书写的"鲁迅印象记"，在中文版中还添加了鲁迅原来写的《英译本〈短篇小说选集〉自序》这篇文章。这个自序是为斯诺编选英译本鲁迅短篇小说集而作，斯诺后来在编选了鲁迅的几篇短篇小说之后，又编译了其他作家的短篇小说组成了《活的中国》，所以中文版就将其放置在一起。然后就是鲁迅的 7 部短篇作品，收有《药》、《一件小事》、《孔乙己》、《祝福》、《风筝》、《论"他妈的！"》和《离婚》，其中《论"他妈的！"》是杂文，但斯诺并没有区分。该书第二部分是"其他中国作家的小说"，计收入 14 位作家的 17 件作品。他们是（按目录顺序）：柔石的遗作《为奴隶的母亲》、茅盾的《自杀》和《泥泞》、丁玲的《水》和《消息》、巴金的《狗》、沈从文的《柏子》、孙席珍的《阿娥》、田军（萧军）的《大连丸上》和《第三枝枪》、林语堂的《狗肉将军》、萧乾的《皈依》、郁达夫的《茑萝行》、张天翼的《移行》、郭沫若的《十字架》、失名（杨刚）的《日记拾遗》，以及沙汀的《法律外的航线》等，其中林语堂的《狗肉将军》也不算小说，应是杂文之类。除了萧乾之外，该著还简介了每位作家生平和创作情况。附录了妮姆·威尔斯撰写的《现代中国文学运动》和《参考书目》，中文版还有陈琼芝的《辑录后记》说明其翻译出版的经过和原因。该著中的作者简介和书后附录的妮姆·威尔斯撰写的《现代中国文学运动》应算是在国外较早出版的关于中国现代文学史的文章，这里有研究介绍的必要。

首先，该著命名为"活的中国"，这是由其选择的文学时代和编撰意图所决定的。斯诺在"编者序言"中指出，"编译的动力既出于好奇，也为了做一些尝试，但主要是由于我急于想了解'现代中国创作界是在怎样活动着'，并让西方读者也了解他们的情况"[①]。而当时的西方人"几乎都把过去作为重点，所谈的问题和文化方式都是早已埋葬了的。外国作家

---

① ［美］埃德加·斯诺：《活的中国》，陈琼芝、文洁若译，湖南人民出版社 1983 年版，第 1 页。

对中国的知识界差不多一无所知，而那些一般都是顽固不化、把变革看作洪水猛兽的汉学家总有意不去探索。大部分中国作者则要末对现代中国加以贬低，要末用一些假象来投合外国读者之所好"。① 这段话其实也是海外汉学研究的真实写照，现代中国在 20 世纪 30 年代还没有真正引起国外汉学者的注意，所以在斯诺准备翻译这些小说之前，现代中国"革命时期的白话文学迄今译成英文的只是一鳞半爪"②，所以斯诺要将现代中国的中短篇小说译成英文，使其受到西方文学、文化界的注意。可见，这里"活的中国"的含义带有正在进行的、当下的现代中国文学而不是古老的、旧的传统中国文学的意思。从这个意义上来看，该书在海外汉学史中还是很有历史意义的，它意味着海外汉学界逐步转型开始注意到了现代中国文学，这就难怪其出版之后伦敦《英国泰晤士报·文学评论副刊》评论称："我们能接触到的来自中国的书太稀少，因此，这部现代中国小说的译作具有历史性意义。此书的编者是生活在北京的美国记者斯诺先生，这就使它具有更加不同凡响的意义。斯诺先生为西方文明对世界上最古老的文化造成的深刻影响提供了强有力的解读，为文艺研究填补了这方面的空白，做出了卓著贡献。"③

其次，该著命名为"活的中国"，还与当时斯诺夫妇的政治立场有关。正如萧乾所说，"当时在中国的洋人，从外交官、商人到传教士，都是一切旧秩序的维护者。原因很清楚，他们自身同中国的旧秩序是唇齿相依的。"④ 然而在他们中间，也有一些叛逆者揭他们的黑底，斯诺就是其中一位，所以说《活的中国》"是一个外国人为五四以来中国人民轰轰烈烈进行的反封建斗争所唱的赞歌"。⑤ 我们来看斯诺是怎么样为中国人民唱赞歌的："世界上最古老的、从未间断过的文化解体了，这个国家对内对外的斗争迫使它在创造一个新的文化来代替。千百年来视为正统的、正常的、天经地义的概念、事物和制度，受到了致命的打击，从而使一系列旧的信仰遭到摈弃，而新的领域在时间、空间方面开拓出来了。到处都沸

---

① ［美］埃德加·斯诺：《活的中国》，陈琼芝、文洁若译，湖南人民出版社 1983 年版，第 2 页。

② 同上书，第 3 页。

③ 转引自舒云童《埃德加·斯诺、鲁迅及〈活的中国〉》，《世界文化》2010 年第 12 期。

④ 萧乾：《斯诺与中国新文艺运动——本版代序》，见［美］埃德加·斯诺《活的中国》，陈琼芝、文洁若译，湖南人民出版社 1983 年版，第 2 页。

⑤ 同上书，第 2—3 页。

腾着那种健康的骚动，孕育着强有力的、富有意义的萌芽。它将使亚洲东部的经济、政治、文化的面貌大为改观。在中国这个广大的竞技场上，有的是冲突、对比和重新估价。今天，生命的浪涛正在汹涌澎湃。这里的变革所创造的气氛使大地空前肥沃。在伟大艺术的母胎里，新的生命在蠕动。"① 可见斯诺是站在中国进步势力的立场上编译现代中国作家作品选的，这里的"活的中国"意味着"健康的骚动"，"强有力的、富有意义的萌芽"和"新的生命在蠕动"。

斯诺的这种政治立场典型体现在他对作家作品的选择和简介上。他选择的是鲁迅、柔石、茅盾、丁玲、巴金、沈从文、孙席珍、萧军、林语堂、萧乾、郁达夫、张天翼、郭沫若、杨刚、沙汀这十五个作家，大多数属于激进的左翼文学，只有沈从文和林语堂是相对中立立场，这显示了斯诺对中国左翼文学的欣赏和支持。而在作家简介中他直言不讳地揭露了当时政府逮捕、关押乃至枪杀诸多作家，查禁很多作品的历史事实，可见其对当时国民党政府压制与扼杀左翼文学强烈不满，这就"详细而具体地揭露了、义正词严地声讨了国民党反动派对左联作家的迫害和血腥镇压。在法西斯国民党一面实行白色恐怖，一面对内对外严密封锁消息的当时，仅仅把这些法西斯暴行公诸于世就是可贵的正义之举"。② 当然，由于当时的消息不是很畅通，斯诺在书写这些迫害事实之时有以讹传讹的嫌疑，但这不是该著有意为之，恰恰是其同情左翼作家作品的立场决定的。

这种价值倾向也表现为该著对"新感觉派"进行了严厉批判，他们称这一派为"颓废——肉感派，中国称之为'城市派'。这一派专门描绘现代城市生活以娱读者，往往带有一种形同自杀的逃避感。穆时英就是从左翼背叛出来，对革命变革失掉信心而转入悲观绝望的描写的。还有他的追随者黑婴和刘呐鸥"。③ 可见他们对"新感觉派"的批判是站在左翼文学立场上的，对文学政治和斗争功能的强调是他们一贯的主张。

最后，该著名为"活的中国"还体现在其介绍了现代中国文艺发展

---

①　[美] 埃德加·斯诺：《编者序言》，见《活的中国》，陈琼芝、文洁若译，湖南人民出版社 1983 年版，第 1 页。

②　萧乾：《斯诺与中国新文艺运动——本版代序》，见 [美] 埃德加·斯诺：《活的中国》，陈琼芝、文洁若译，湖南人民出版社 1983 年版，第 8 页。

③　[美] 埃德加·斯诺：《活的中国》，陈琼芝、文洁若译，湖南人民出版社 1983 年版，第 351 页。

史，呈现了流动发展的文学运动，而不是僵死静止地平面化书写。这典型体现在妮姆·威尔斯撰写的《现代中国文学运动》之中。她首先指出，"现代中国文学运动紧跟着政治上革命运动的变迁，差不多截然分作两个时期。它是从 1917—1927 年的文艺复兴运动开始的，这是在留洋归国的学生所译的西洋文学的刺激之下掀起的，是吸收与传播的时期"。① "这个时期，中国的新兴资产阶级表达了他们对自由、平等、博爱的绝望而混乱的憧憬，体现了他们反对古老社会制度的斗争。随着 1927 年国民党右派的政变，这个时期宣告结束，那就标志着半完成的资产阶级革命的死亡；而在共产党的领导下，农民和工人的革命独立地发展起来了。随着这一军事政变，文艺运动的富有生命力的主体急遽地向左转了，它痛切地表现出对中产阶级的软弱及反动所感到的失望，对下层酝酿的大众革命表示了信念。从 1928 年到现在，左翼革命文学一直是主流"。② 这里妮姆·威尔斯以 1927 年为界将现代中国文艺运动一分为二，前者是资产阶级领导的，后者是共产党领导的，前者是文艺复兴，后者是左翼革命文学，这种文学史分期与左翼文学家的文学史观基本上一致。

　　叙述完文学史分期之后，妮姆·威尔斯就简笔勾勒了现代中国文艺运动的标志性事件，如文学革命、创造社、文学研究会、"现代评论派"、左联等文艺团体；还介绍了鲁迅、郭沫若、徐志摩、冰心、丁玲、沈从文、张资平等重要作家，该文篇幅短小，但是一般文学史认为重要的作家在该文中都曾提及；重要的是该文根据社会、政治的形势来阐释新文学运动发展变迁的轨迹，常常寥寥几笔就展示了文学随着外在环境的变迁而变迁；并且在文学思潮变化的过程中该文呈现了一种敌我斗争的叙事模式，一方面是反动政府的镇压、迫害，一方面是左翼文学人士坚持不懈的奋斗抗争。例如，该文写到了革命文学前后两个时期不同的写作风格："从 1927 年到 1932 年这个期间，左翼文学有意地轻视'艺术性'，它关心的几乎全是宣传、理论分析和报刊文章，其影响很大，尽管作品的艺术生命短暂。1927 年的右翼政变使革命知识分子受到挫折，他们对资产阶级的背叛感到极为愤慨；于是，他们就歌颂其农民和工人，同时剖析这一时期

---

　　① ［美］埃德加·斯诺：《活的中国》，陈琼芝、文洁若译，湖南人民出版社 1983 年版，第 341 页。
　　② 同上。

的革命学生和知识分子的心理。"① 但在 1931 年、1932 年之时，国民党反动派对左翼文学及文人进行镇压，开始了"文化剿匪战"，此时"为了慎重起见，左翼又转入新写实行动，其特征是客观地、带有分析地描述生活和社会情况，很少作露骨的宣传，但明确地表示出需要革命。所有评论家都认为，这是迄今在现代中国文学上出现的最有前途的发展。作家在自由表现方面有所损失，但作品的谨严和不露痕迹的感染力这方面的技巧却有进步"。② 妮姆·威尔斯叙述了左翼文学在与国民党反动派进行斗争之际如何随着社会环境的变化而采取不同的斗争策略，在革命文学兴起之时，敌人控制不严，革命文学家多进行革命宣传，在敌人进行残酷镇压的时候，左翼文人改变了斗争策略，敌人的白色恐怖反而带来了左翼文学艺术成就的进步。很明显，这种文学史叙事基调都是站在左翼文学的立场上，而且多从双方斗争态势、此消彼长的演变出发。

除了描画现代中国文学运动的发展梗概之外，妮姆·威尔斯还用接近三分之一的篇幅叙说了国外文学对现代中国文学的影响。她指出，"现代短篇小说在中国是一种新的写作形式。它主要是向俄国借鉴的，就象许多现代欧洲作品那样。此外唯一的重要影响来自法国。用英语撰写的作品他们虽然也读得津津有味，但对中国人的心理、处世方法以及整个物质背景来说，那好像是格格不入的。尽管由于政治上的需要，中日两国对俄国文化的输入设置了极多的障碍，俄国对这两国的影响还是最为深远。有许多因素造成倾向于俄国的趋势，但最根本的还是由于它们都在进行同样的革命运动"。③ 妮姆·威尔斯这里详细阐明了俄国、法国和英国三个国家对现代中国文学的影响力度依次递减，并指明了这种影响力度是由于中国的国情和政治运动的要求所决定的。

除此之外，妮姆·威尔斯还分析了具体外国作家对中国文学界的影响。她指出，在俄国作家中，托尔斯泰对现代中国文学的影响最大，其次是屠格涅夫，阿尔志跋绥夫占第三，契诃夫第四。其他被广泛阅读的俄国作家则为高尔基、陀思妥耶夫斯基、普希金、果戈理、安特列夫、蒲宁、奥斯特罗夫斯基、爱罗先珂、西门诺夫、布洛克、鲁普施金和柯罗连珂。

---

① ［美］埃德加·斯诺：《活的中国》，陈琼芝、文洁若译，湖南人民出版社 1983 年版，第 349 页。

② 同上书，第 350 页。

③ 同上书，第 358 页。

次于俄国的是法国作家的影响，排在前列的是福楼拜和莫泊桑。真正吸引中国人的德国作品则是歌德和海涅所写的。厄普东·辛克莱是最受中国人欢迎的美国作家。在英国作家中，引起中国读者欢迎的只有萧伯纳和王尔德。戏剧方面挪威的易卜生影响最大，诗歌方面印度的泰戈尔影响最大。妮姆·威尔斯还简洁指出中国具体作家所受具体作家的影响。这说明她对外国文学对中国文学的影响还是很为关注的，但是她并不认为中国作家作品只是对外国文学的模仿。她指出，中国早期的作家"对中国古典文学造诣很深"，而"中国文艺运动，正如中国的革命，现在深化了，它本身逐渐形成独立的存在"，而中国读者伴随着现代中国文学运动的发展，也"不象初期那样为世界文学的灿烂宝藏所吸引了。读者们现在要买的是本国作家的作品，而不是西方名著的译本了"。[1] 而且她认为中国作家之所以"还不能产生其他伟大作家在其历史发展时期所产生过的那种具有生命力的崭新的文学，只是由于写作及探讨的自由受到压制，而这种压制本身就是一股辩证的力量，不久必然会以巨大的爆炸力朝相反的方向发展"[2]，这显示了她对现代中国文学独立性和自主性的期待，并对其美好未来充满信心。

严格来说，我们很难知道《活的中国》中哪些具体的文学判断来自于斯诺夫妇本人。一方面是因为他们当时都还年轻，对现代中国文学的研究还不是很深入；另一方面原因是斯诺夫妇在编选这本选集和撰写后面的《现代中国文学运动》之时不止一次和鲁迅进行过面谈，特别是《现代中国文学运动》的写作与斯诺对鲁迅的一次长时间采访是分不开的。在这次采访中，鲁迅对中国新文学运动中的诸多问题都谈了他自己的看法，从某种程度上说，这部书的编选和《现代中国文学运动》的撰写是一次合作编写也不为过，因为我们看《鲁迅同斯诺谈话整理稿》[3] 中的大部分问题都在该书中有所体现，这也说明早期西方汉学界研究现代中国文学还是以中国学者为主，还没有独立发展开来，这几乎是任何新生事物发展的规律所在，不值得大惊小怪。而该书的重大意义正如我们前述在于其较早向

---

① ［美］埃德加·斯诺：《活的中国》，陈琼芝、文洁若译，湖南人民出版社1983年版，第363页。

② 同上书，第364页。

③ ［美］埃德加·斯诺：《鲁迅同斯诺谈话整理稿》，安危译，《新文学史料》1987年第3期。

西方介绍"活的中国"，同时斯诺"他看到了一个被鞭笞着的民族的伤痕血迹，但也看到这个民族倔强高贵的灵魂。通过新文艺创作中的形象和其中的精神世界，他一步步地认识到中国人民的伟大并成为我们革命事业的同情者"。① 仅此两点，就足够让该书多年之后仍然光芒四射！

第三节　夏志清的文学标准

夏志清的《中国现代小说史》从出版到现在，一共有 3 个英文版，第 1 版 1961 年由美国耶鲁大学出版社推出，第 2 版仍由耶鲁出版社 1971 年出版，第 3 版在 1999 年改由美国印第安纳大学出版社出版。而中文版本一共有 4 个，其中 3 个港台版本，皆属繁体字印刷，1 个大陆出版的增删版本，简体印刷。② 第一个中译本于 1979 年 7 月由中国香港友联出版社出版，刘绍铭教授主持翻译工作，这是根据英文的第二版本翻译过来的。第二个中译本在中国台湾的出版日期是 1979 年 9 月 1 日，这跟第一个中译本并无多大不同，只是改由中国台湾传记文学出版社出版，把横排改为竖排。笔者这里讨论的是中国台湾传记文学出版社的版本。③ 因为大陆 2005 年的中译本④是简体译本，它不是全译本，删去了《1958 年来中国大陆的文学》和《姜贵的两部小说》，并且有三个章回也都只是节选：正文第十三章"抗战时期及胜利以后的中国文学"，第十五章"张爱玲"和第十八章"第二阶段的共产主义小说"。这就将其本来就有的当代文学部分全部删除掉，变成彻头彻尾的中国大陆概念的"中国现代小说史"了。

一　寓褒于贬的文学评鉴

夏志清的小说史重在作家论，重在文学的审美批评。其总共十九个章节中，"鲁迅"、"茅盾"、"老舍"、"沈从文"、"张天翼"、"巴金"、"吴组缃"、"张爱玲"、"钱锺书"、"师陀"就占据十个章节，其中对沈从

① 萧乾：《斯诺与中国新文艺运动——本版代序》，见［美］埃德加·斯诺《活的中国》，陈琼芝、文洁若译，湖南人民出版社 1983 年版，第 2 页。
② 许昭：《版本学视野中的夏志清〈中国现代小说史〉》，《华文文学》2011 年第 1 期。
③ ［美］夏志清：《中国现代小说史》，刘绍铭编译，台湾传记文学出版社 1979 年版。
④ ［美］夏志清：《中国现代小说史》，复旦大学出版社 2005 年版。

文、张天翼、吴组缃、张爱玲、钱锺书、师陀的重视都是同时期大陆现代文学史所忽略的，难怪其被大陆学者关注之后，引起了一段"重写文学史"的热潮。夏志清小说史的现代部分影响甚大，评价者众多，笔者这里不再赘述，而他对受到毛泽东文艺思想影响的作家作品的评价则少有人关注，这里将予以探讨。

其对中国大陆"十七年"小说的总体评价还是很深刻的。他说："中共的小说，既然都是千篇一律，对于个别作者的讨论因此也是多余的。情节与人物都依照着一定的模型，宣传色彩极浓。共产主义艺术必须是乐观的，必须颂扬共产党过去及现在的光荣，以及向往一个更好的将来。因为个人不能有他自己对真理的看法，所以悲剧自然是不可能的。又由于在传统上喜剧都用社会风俗习惯做素材，所以喜剧也不受共产党方面的欢迎。资产阶级及乡绅的行为本来已够'恶心'，配不上喜剧形式的处理；而共产党干部、工、农、兵各界的行为都是或者应该是为人表率的，自然开不得玩笑。当然，有一些题材是可以用喜剧形式写的，例如旧式农民的保守性，但他们的本质必须是善良的，可以改进的；或者是态度傲慢、笨手笨脚但是并未犯严重错误的共干，都可以勉强凑成喜剧角色。但问题是，面对这种人物，喜剧的讽刺性变得麻木了，因为作家是绝对不能以个人为主来蔑视社会，向社会挑战的。并且，除非在剧中有一个更重要的角色，能够维护共产党的路线，代表共产党的正确作风，否则上述那种喜剧人物不能出现。就是在短篇小说里，对于正面角色，也不容许些微的讥讽。"①他认为对于大陆"十七年"小说个别作家的讨论是多余的，实际上就是暗指这个时间段没有出现经典作家，不值得单列一个章节来加以专题讨论，这是他对大陆"十七年"小说的批评。接着，他从单一的乐观风格、欠缺悲剧、喜剧的模式化、讽刺的丧失等方面对大陆"十七年"小说进行了总体勾勒。尽管夏志清的描述使得大陆作家看了不舒服，但是作为文学史研究者来说，我们不得不承认夏志清的眼光独到而深刻，能烛照幽微。这种从风格、体裁以及讽刺等文学形式的单一化来论及"十七年"文学，应该在1999年洪子诚的文学史中才引起突出的重视。

夏志清接着分析了大陆"十七年"小说因为悲剧和喜剧不能存在，

---

① ［美］夏志清：《中国现代小说史》，刘绍铭编译，台湾传记文学出版社1979年版，第473—474页。

人物心理和个别的道德面不能描写，那么能够存在的"只是最简单的田园形式的与我们可以称之为'传奇'（melodrma）形式的这两种类型"。① 他认为这两种样式是大陆作家不得已的选择，而"小说中传奇式的情节往往较田园式的情调突出，虽然是凭空塑造的田园式恬静生活，在宣传功用上——预示中国在社会主义下将来美丽的憧憬——是很有用的方式"。② 同时，他指出"十七年"小说样式的局限性导致了小说人物的公式化、模式化、概念化："传奇正是表现斗争最恰当的文艺手法。在这斗争里有四种人物——第一类是已经觉悟，所以不会堕落的人（此类包括大多数的共产党员干部及工农兵群众的领袖人物）；第二类基本上是好人，但时常也是会走错了路的人（群众和某一些干部）；第三类是表面是坏的，但是可能改造的人（诸如中农、小资产阶级、知识分子）；最后一类是坏得无法挽救的人（如地主、国民党人员及一切隐藏或公开的人民公敌）。小说家的责任是要肯定这些已经觉悟的人的力量，纠正改良那些中间分子，暴露惩罚坏分子。阴谋分子及反动分子必须对一切共产主义所受的障碍负责，一切共产主义的成功都应归功于共产党的领袖。所以不论长篇也好，短篇也好，传奇的公式是一定的：英雄人物立功，中间分子被改造，坏蛋受惩罚。"③ 这种人物类型的划分在大陆"重写文学史"之后更是多被学者认可。

夏志清也看到大陆当代作家"在应用民间语言上已经有了进步，跟早期几乎与现实脱节的革命小说相比，毛泽东时代的小说，至少在语言的模拟上与对表面生活的观察上表现得相当精确"④，有利于地方特性的描绘。例如丁玲的《太阳照在桑干河上》就比其早期的《水》文体更为严谨，对农民的语言运用也比较成功；而欧阳山20世纪30年代的作品充满欧化的句子，但现在已经能够在《高干大》中运用起地道的陕西方言了。夏志清对这仅有的表扬也要打折，他批评了尽管这些作家能够成功运用这些地方色彩的手法，但是如果这些作家没有自己对人生的看法，只能按照模式化、公式化的框架去填充的话，这种地方色彩反而会

---

① ［美］夏志清：《中国现代小说史》，刘绍铭编译，台湾传记文学出版社1979年版，第477页。

② 同上。

③ 同上书，第477—478页。

④ 同上书，第479页。

成为绊脚石。①

夏志清对赵树理小说的评价很有意思，他认为赵树理早期的小说《小二黑结婚》和《李有才板话》中的滑稽语调（一般人认为是幽默）和口语（出声念时可以使故事动听些）是其唯一的优长，而他的新主题还是反封建及歌颂党的仁爱。虽然这两个故事写得笨拙，但是完全摆脱了欧化的左翼传统，嘻嘻哈哈之中起到了宣传目的。所以夏志清认为周扬评价这两部小说是共产主义小说的新开始或许是对的。② 夏志清评价赵树理的《李家庄的变迁》是其最成功的创作，"书中已看不到那种丑角式的语调，因为他已应用了传统小说的文笔，而且，还运用得颇为成功"。③

夏志清评价丁玲的《太阳照在桑干河上》也发现了我们没有发现的东西，他将张爱玲的《赤地之恋》与其进行比较。指出"丁玲一方面仔细的描写村民和地主恶霸间的仇恨，另一方面又聪明的表现了共干的宽大与对秩序法律的尊重。这正与我们所听到的共干对地主残忍的刑罚报道恰巧相反。"④ 他还指出这部小说写得最成功的地方，"是描写共党干部来到以后，原本平静的村中社会关系的转变"。⑤ 他感叹这部小说和茅盾的《动摇》都是写的革命干部和反动分子，"时间上仅隔了一代，但风格和手法是多么的不同啊"。⑥

在对《三家巷》的解读中，我们也看到夏志清的精彩之处。例如他认为"欧阳山似乎着力于模仿《红楼梦》的模式"：英俊潇洒的周炳，就是无产阶级的贾宝玉；表姊区桃是无产阶级的晴雯；布尔乔亚出身的表妹陈文婷，有些地方像袭人，虽然作者可能有意以她来代表宝钗的品性。⑦尽管夏志清言语中寓有讥诮，但根据文学母题、主题模式的角度从《三家巷》寻找出《红楼梦》中的宝玉、晴雯、袭人的影子来，的确高明。大陆文学史著分析中国当代文学受到传统文学的影响，主要在于《三国演义》、《水浒传》等影响，而能看出《红楼梦》的影响，似乎只有夏志

① ［美］夏志清：《中国现代小说史》，刘绍铭编译，台湾传记文学出版社 1979 年版，第 479 页。

② 同上书，第 480—481 页。

③ 同上书，第 481 页。

④ 同上书，第 484 页。

⑤ 同上书，第 487 页。

⑥ 同上书，第 488 页。

⑦ 同上书，第 522—523 页。

清一人而已。相信欧阳山看了也是会暗自得意的，并引夏志清为知音。

但夏志清对一些作品的解读也会给读者带来一点剑走偏锋的味道。他称赞了周立波在《山乡巨变》中显示了他运用方言的天才。[①] 但对《山乡巨变》中有一个妇联主任开会迟到并在会场上给孩子喂奶的场面描写加以了发挥，"最令我们惊异的，倒是她目前的处境：虽然时间已经这么晚，虽然她心中也许不愿意，但她却非来参加这种强制性的会议不可。因此，她只好带着孩子来了。"[②] 夏志清言下之意就是召开强制性会议不人道，使得这么晚了，我们的妇联主任还不得不带着孩子来开会。政治强烈地干涉了人民的私人生活。尽管这从理论上说起很新鲜，但大陆的读者看到这里，可能还是觉得夏志清有点神经敏感了。更妙的是夏志清分析刘玉生离婚这件事情。"互助队队长刘玉生为了职务的关系，把自己的家几乎全部抛下不管，结果不获太太谅解，要跟她离婚。可是，像刘太太这样一个旧式的女人，迫于无奈，要跟她丈夫离婚；她丈夫虽然爱她，可是也迫于无奈，要答应她的请求。"[③] 文学史家暗示互助组使得老百姓被迫放弃自己私人的财物，甚至是他们的婚姻，他们的爱情、家庭。夏志清引用他哥哥夏济安的话说，"农民无可奈何的向共产党投了降这种收场，在周立波处理下，实在是对中共政权下可怕的现实一种更有力的控诉。"[④] 这样一来周立波就成了对中共"暴行"控诉的"异端"作家了，这大概是大陆文学史家没有想到的。

夏志清的小说史中对大量的现代作家作品所进行的分析解读，我们都已经非常熟悉，现在我们看到的是他对受到毛泽东文艺思想影响的作家作品的分析，实际上也非常深刻精辟，而这是我们很少注意到的。因为这些分析往往是在寓褒于贬之中，二者常常混合在一起，不好分辨剔取，就容易被我们所忽略。夏志清的这种风格是因为他自己的文学标准和文学史原则所决定的，一方面他坚持纯文学标准，所以对"十七年"的文学标准不以为然；另一方面他又认为必须"寻找一个更具备文学意义的批评体系"[⑤]

---

① ［美］夏志清：《中国现代小说史》，刘绍铭编译，台湾传记文学出版社1979年版，第517页。

② 同上书，第518页。

③ 同上。

④ 同上书，第519页。

⑤ 同上书，第495页。

来进行文学史编撰，而不能一味地贬抑谴责。这二者的结合，自然使得他对上述作家进行了寓褒于贬的评判。

二　平等化的中外文学比较

夏志清在具体的作家作品分析中注重中西文学对等的比较分析。夏志清后来认识到"拿富有宗教意义的西方名著尺度来衡量现代中国文学是不公平的，也是不必要的。到今天西方文明也已变了质，今日的西方文艺也说不上有什么'伟大'。但在深受西方影响的全世界自由地区内，人民生活的确已改善不少，社会制度也比较合理；假如大多数人生活幸福，而大艺术家因之难产，我觉得这并没有多少遗憾。"① 夏志清关注的还是每个个人的世俗生活的幸福，而文艺能否出现繁荣倒还在其次。从这个观点出发，也可以认为只要大陆极大改善民众生活，而文艺作出了牺牲也是可以理解的。同时，他认为："比起宗教意识愈来愈薄弱的当代西方文学来，我国反对迷信，强调理性的新文学倒可说是得风气之先。富于人道主义精神，肯为老百姓说话而绝不同黑暗势力妥协的新文学作家，他们的作品算不上'伟大'，他们的努力实在是值得我们崇敬的。"② 这就从整体上把中国现代文学与西方文学作为对等的文学来看待了。

尽管夏志清是反共文学史家，但是在他的血脉里，流淌的还是中国文化的血液，这使得他能理解中国文学的细微之处。同时，由于他在西方世界生活多年，而且攻读的是西方文学的博士学位，他对西方文学有较深的了解，这就使得他能注意到中西文学的不同之处。例如，夏志清评价茅盾小说中吴荪甫"是一个无可抗拒的命运或环境下受到打击的一个传统的悲剧主角。这种角色，在左拉、Noris 和 Dreiser 等自然主义作家的小说中，实在屡见不鲜。但在另一方面来看，吴荪甫不啻是那个可怜的、瞎眼的 Oedipus 的化身"。③ 这不是以中国文学作为外国文学陪衬而贬低中国文学，而是为了向西方读者介绍中国文学而列举西方文学的例子进行比较，指出茅盾小说中的人物，在西方文学中也存在许多同样的故事模式与人物原型。

---

① 　[美]夏志清：《中国现代小说史·原作者序》，刘绍铭编译，台湾传记文学出版社 1979 年版，第 14—15 页。

② 　同上书，第 15 页。

③ 　同上书，第 178 页。

夏志清进行中西文学、文化的横向比较，不是借抬高西方文学来打压中国文学。他将老舍的《赵子曰》的风格与狄更斯相比，将《二马》父子冲突的主题与维多利亚晚期和爱德华七世的小说寻找到类似之处。又将其与福斯特的《印度之行》相比。例如他指出同样是讨论中英关系，因为老舍深深体会到海外华侨所受到的屈辱，所以他做不到福斯特那样超脱的讽刺，而是悲愤中的激情掩盖了讽刺的笔触。① 夏志清从风格、主题方面将老舍与几个作家进行了比较，这种比较是为了显出中国作家的不同，显出老舍独特的风格，而不是为了说明老舍紧跟西方文学之后没有创新。这种态度才是真正的中西文化、文学的比较和对话。这也体现在他对沈从文小说中的人物类型评价中："沈从文的小说世界分成两边，一边是露西（Lucy）形态的少女（如三三、翠翠），那么另外一边该是华兹华斯的第二种人物：饱历风霜、超然物外、已不为喜怒哀乐所动的老头子。"② 夏志清以西方文学中的人物引导西方读者来领会沈从文笔下的人物，这显示了夏志清对中西文学的贯通。其以西方文学与中国文学进行比较来写中国文学历史，而不是本末倒置以中国文学去印证西方文学的伟大。

夏志清在中西文学的对话方面做了很多尝试。如将许地山小说与狄更斯、福楼拜；茅盾与艾略特；沈从文与海明威、叶芝、福克纳；张天翼与海明威、班琼生、狄更斯；巴金与伊夫林·瓦、劳伦斯；吴组缃与斯威夫特；端木蕻良与伍尔夫；郭沫若与席勒；张爱玲与珍·奥斯汀、妥斯陀耶夫斯基、第特勒斯；钱锺书与贡斯党，等等都进行了比较，这是将中国文学与西方文学置于对等的地位让他们进行对话，这是真正的两种文学、文化之间的交流。

三　政治立场中的同情

批评中国共产党和中国社会主义，夏志清是"不甘人后"的，这典型体现在其对张爱玲的《赤地之恋》和《秧歌》的解读中，以及对毛泽东的《讲话》进行全面否定并加以攻击上。这些内容的确体现了夏志清如他自己所说，他是一位与胡适反共立场完全一致的文学研究者，这作为

---

① ［美］夏志清：《中国现代小说史》，刘绍铭编译，台湾传记文学出版社 1979 年版，第192—193 页。

② 同上书，第 221 页。

他自己的政治信仰倒不是什么大不了的事情。因为我们不可能要所有的人都信仰共产主义，正如不能要所有人都崇尚资本主义一样。但是当这种反共立场影响了夏志清的文学史研究及书写的话，这就值得我们怀疑夏志清的史学品格了。夏志清有些地方还是很明显地将道德问题与政治信仰挂钩，显示出某种政治信仰就一定具有某种道德品质，其谬误是不言自明的，这里我们就不予列举了。

　　但是，夏志清在他的《中国现代小说史》中对周扬予以了同情心，并给以一定正面的评价，这也显示其对政治人物并不绝对化的一面。不知道周扬看到这种对他的正面评价与同情理解竟出自于有名的反共文学史家夏志清笔下，将会有何感慨。夏志清首先澄清周扬只不过是执行经过毛泽东同意后的政策而已，他也是迫不得已。同时，有些文学研究者认为周扬批判胡风、丁玲、冯雪峰等人，是怕他们时刻危及他个人在党内的地位，夏志清认为这也有理由。但夏志清也替周扬进行了辩解。从夏志清的描述中，我们看见了另外一个周扬，他身处于时代斗争的夹缝中，有千般的无可奈何，有万般的身不由己。他反对、批判过胡风、丁玲、冯雪峰，但又和他们存在着亲密的血脉渊源，在适当时机他会回到受批判者的立场之上，这是作为文艺理论家的周扬的悲剧命运；作为文艺领导者，他在适当的时候尽他所能做一些文化贡献，编撰古典文学，重视出版工作，他对自己的同党和一手提拔的晚辈很够义气，对国民党政府时代"出了问题"的作家如周作人的帮助，也很热心，替他们找工作，觅饭碗；作为有着自己信念的知识分子，他能在时机成熟之时，就大胆按照自己的文学信念去进行文艺领导，从延安时期到 1958 年之后，这是一脉相承的。[①] 即使是夏志清，也不得不钦佩这个共产党知识分子，为这个复杂人物秉笔直书，予以文学史家的温情关怀。周扬这个复杂的历史人物形象，可说开始于夏志清的《中国现代小说史》，而大陆文学史能对其以相同的评价，应该始于 1999 年洪子诚的文学史著。

　　夏志清的《中国现代小说史》已成为文学史中的经典，他发掘的几位现代文学的经典人物以及其中西对比的文学史视野已被大部分文学史著所认同。尽管其对当代文学存在偏见，但其寓褒于贬并能对周扬予以温情

---

　　① ［美］夏志清：《中国现代小说史》，刘绍铭编译，台湾传记文学出版社 1979 年版，第 512—513 页。

理解，仍给我们很多启示。所以我们认为其是始终坚持着文学批评标准的有着自己政治立场的文学史家。

第四节　耿德华对沦陷区文学史的探照

耿德华（Edward Mansfied Gunn），美国哥伦比亚大学中国文学博士。1978 年受聘于康奈尔大学。两度出任康奈尔大学亚洲研究系主任，时间长达十五年之久。其主要研究 20 世纪中国小说、话剧、电影、文化批评、流行文化、中文叙事文体，以及中国当代地方媒体与文学中的方言等。代表作除已被翻译为中文的《被冷落的缪斯——中国沦陷区文学史（1937—1945）》[1] 外，还有两部未被翻译的著作《重写中文：20 世纪中国广义散文中的文体和创新》[2] 和《宣示地域：中国当代传媒中的方言》[3]，这里主要论述其沦陷区文学史。

《被冷落的缪斯——中国沦陷区文学史（1937—1945）》英文原版在 1980 年哥伦比亚大学出版社出版。该著共有六章，前面还有"前言"、"导论"。第一章是"文学及政治对文学的干预"重在论述整个沦陷区时期的文学秩序和文学潮流，以下第二章至第五章将沦陷区文学分为浪漫主义、传统的复兴和反浪漫主义三类进行论述，各章依次为"五四浪漫主义的没落"、"传统的复兴：现代戏剧"、"传统的复兴：随笔性散文"、"反浪漫主义"，每章之下以典型作家作品为主，第六章为"结论"。可见该著总体思路明晰，先宏观鸟瞰，然后分类切割，落脚点为典型个案分析。总的来说在研究立场、作家作品选择及阐释和中外文学的比较方面都有可观之处。

一　客观中立与情理通达的融合

对于中国抗战时期的沦陷区文学，1980 年的国内对其研究得还不是

---

① ［美］耿德华：《被冷落的缪斯——中国沦陷区文学史（1937—1945）》，张泉译，新星出版社 2006 年版。

② Edward Mansfied Gunn, *Rewriting Chinese*: *Style and Innovation in Twentieth-Century Chinese Prose*, Stanford, 1991。

③ Edward Mansfied Gunn, *Rendering the Regional*: *Local Language in Contemporary Chinese Media*, University of Hawaii Press, 2006。

很充分，此时还处于资料收集整理阶段。1980 年辽宁社会科学院文研所同黑龙江社会科学院文研所合办的《东北现代文学史料》创刊，第一辑 19 篇文章中有 17 篇文章同东北沦陷时期文学有关。张泉则指出"较早描述沦陷区文学并流传较广的，是 1984 年出版的《中国现代文学简史》（黄修己，中国青年出版社）、《中国现代文学史教程》（冯光廉等，山东教育出版社）。"① 中国台湾地区学者对沦陷区文学研究也较早，前面已经论述的刘心皇的《抗战时期沦陷区文学史》② 也在 1980 年出版，但是该著将曾经生活在沦陷区发表过作品的作家都视为"落水作家"，持论太严，对这些作家的具体生活感受没有予以温情理解，多重在政治上的对立，所以影响并不大。而耿德华的《被冷落的缪斯——中国沦陷区文学史（1937—1945）》在 1980 年出版，从时间上来看是中国沦陷区文学研究较早的专著，而在其视点和研究立场上更是走在该专题研究的前沿，其立场是客观中立但又注重到具体人情，为我们研究中国沦陷区文学史在方式方法上开辟了一条新路。这表现在以下几个方面：

为什么有的作家在抗战期间不离开敌占区？这个问题在政治化年代里是每个人都会发问的，而且会怀疑这些人在政治上有投敌的意愿。而耿德华则指出："有许多理由可以说明，为什么某些作家留在日本占领区，而另一些作家逃到别处去，但是其中没有一种理由是属于政治方面的"，而且，"很难证明，任何留在日本占领区的作家所创作的文学作品是出于对日本军国主义的同情，或者希望在日本人的统治下得到政治庇护"。③ 他是从人类生活的最简单生存之道告诉了我们主要原因：抗战时期"在经济不发达的内地或居民麇集的中国香港，就连那些知名作家也觉得谋生不易。随着战争的延续，内地社会条件的恶化更加剧了这个问题的严重性。这是一些作家不愿离开日本占领区的主要原因。内地生活非常艰难，这对于那些担心找不到固定职业而难以养家糊口的作家来说，更不敢贸然离去。因此，有些作家从未离开过京、沪，有的甚至去内地后又重返这两个城市，在外国当政者的统治下等待战争的结束，就像他们的大多数同事在

---

① 张泉：《沦陷区文学研究回顾与反思》，《中国现代文学研究丛刊》2002 年第 2 期。

② 刘心皇：《抗战时期沦陷区文学史》，成文出版社有限公司 1980 年版。

③ ［美］耿德华：《被冷落的缪斯——中国沦陷区文学史（1937—1945）》，张泉译，新星出版社 2006 年版，第 3 页。

内地等待一样"。① 同时还有一个不明显的原因就是作家对"某一地区或城市以及那里的生活有着不解之缘，而不管它是否暂时处于外国控制之下"。② 这样一来，没有逃离日本人占领区反而留下来的那些作家就获得了读者的更多理解，在混乱的战争年代，更多的人是为了不饿死，也不失节，二者几乎同样重要，没有"大小"之分。

而关于抗战时期的文学接受，耿德华也指出不是所有的老百姓在任何时候都是抗战当前，呼喊抗战口号的。当抗战延续到"1941 年，那里的人们对爱国主义的战争故事也感到厌烦了。超脱文学——与抗日无关的逃避现实的作品和主题——不仅在上海和北京很普遍，而且在内地也很普遍"。③ "公众所欢迎的主要是与处于僵持状态的战争没有直接联系的作品。"④ 在资料引用上，耿德华注重参考日本人的论述，其中一些例子常被我们所忽视，例如该著说明了日本人为了更好驯服占领区的中国人民，还组织了中国传统戏剧团，改编中国的地方戏，加入政治内容，这是我们想不到的地方。

而对于日本人的审查制度，耿德华也指出其事与愿违的地方，"在中国沦陷区，作家是以合法的方式发表他或者她的作品。结果是：虽然有些剧本出版物遭到删改，有些杂志被迫暂时停刊，但有一些经审查官审查通过的作品仍然准确无误地记载了日本人统治的种种后果。"⑤ 而在具体的审查中也不是那么森严可怖，他引用了剧作家顾仲彝所述，"检察官是可以贿赂的，有些暗含抵抗主题的戏剧换个新剧名又可继续搬上舞台。"⑥ 他还引述姚克和自己的谈话说明，沦陷区的作家"真正害怕的不是公开的政治迫害，而是傀儡官僚们偶尔作出的善意表示，这种表示要难抵制得多"。⑦ 我们一般会认同唐弢的观点，认为日本人通过成立的电影公司会在所拍摄的电影中从事阴谋活动："一、诋毁中国；二、称颂'皇军'威

---

① ［美］耿德华：《被冷落的缪斯——中国沦陷区文学史（1937—1945）》，张泉译，新星出版社 2006 年版，第 3 页。

② 同上。

③ 同上书，第 6 页。

④ 同上书，第 3 页。

⑤ 同上书，第 7 页。

⑥ 同上书，第 55 页。

⑦ 同上书，第 56 页。

德；三、宣传'占领'区域的太平；四、海淫。"① 但是耿德华认为上述四条中第一、四条并不是很明显，甚至看不出这方面的意图。

从整体上看，我们会发现耿德华对沦陷区文学的评价是正面的，并且认为其带有反抗的性质。他说："虽然日本占领当局镇压共产党的抗日文学，当局仍企图推进文学活动，希望把它纳入为自己服务的轨道。但是，日本文化工作人员却从来没有找到一位能够重整文学运动旗鼓的主将，而且他们对社会的控制也仅仅局限于禁止那些毫不隐晦的抗日作品。结果，出现了一种文学上的无政府状态：主要是产生了日本人所容许的忽视或不利于他们统治的作品，还有些作品甚至达到了讽刺和持不同政见的地步。到战争结束时，有更多的事实说明：中国人用想象力所创造出来的，要比日本人想从中得到的多得多。"②

可见耿德华在论述日占区的文学之时，保持了客观中立的态度，力求以证据说话，所以其文学史著降低了敌我双方的敌对性，而认为二者之间往往存在更复杂微妙的情态。特别是他认为日本人作为统治者在当时的种种措施并不是非常严格并持之以恒地予以一贯坚持，这也导致其最终的效果并不是非常理想，这种观点与大部分文学史著并不一样，在大陆学者看来，有为日本侵略进行"美化"的嫌疑。因为历史当事人并不认为日本人是如此的"仁慈"，一桩很小的事情在当时可能并没有造成很大的伤害，历史研究者后来也许会觉得这并不值得在意而加以书写，但是对于经历此事的当事人可能会激起内心情感的惊涛骇浪，从而严重影响他以后或一生的行为方式和思考问题的模式。所以光从历史证据来进行客观冷静的研究，远远不能深入到历史原初情境去感受当时人们心中的那种精神恐惧和胆战心惊，这不能怪耿德华一人，因为这是我们文学史研究本身的命定局限。沦陷区作家们在这种"严酷"的生活环境下度日如年，还在进行力所能及的抗战工作，并还要使得自己及家人能在那种环境里生存下去，二者之间如何平衡时刻考验着他们，对于这种生存状态，耿德华以对人情世故的通达洞察对他们予以了体谅，这应让那些沦陷区作家们倍感慰藉，因为在此之前，更多的人对他们是以忽视、怀疑、敌视的眼光来审查，他

---

① 唐弢：《电影圈》，《唐弢杂文选》，人民文学出版社 1955 年版，第 173 页。

② ［美］耿德华：《被冷落的缪斯——中国沦陷区文学史（1937—1945）》，张泉译，新星出版社 2006 年版，第 9 页。

们心中太多的委屈在这种理解的视角下或许会得到部分的化解抚慰。

二　对作家作品的分类、选择和阐释不同一般

1961 年夏志清的《中国现代小说史》英文版得以出版，轰动一时，这是因为他致力于"优美作品之发现和评审"，发掘并论证了张爱玲、张天翼、钱锺书、沈从文等重要作家的文学史地位，使此书成为西方研究中国现代文学史的经典之作，影响深远。而耿德华作为夏志清的弟子在作家作品的选择与阐释上也有不同凡响之处，只是其研究的是沦陷区文学史，涉及政治层面较多，所以一直在大陆影响并不大。现在看来，他对一些作家作品的选择和阐释还是独具慧眼的，这体现在他对沦陷区作家的分类上，他将沦陷区的作家作品分为三类，即"五四浪漫主义的没落"、"传统的复兴"和"反浪漫主义"，而相关各类的代表作家作品的分析也有独到精准之处。

什么是"五四浪漫主义的没落"？耿德华汲取了李欧梵的《中国现代作家中的浪漫一代》里的观点。"在 20 世纪头几十年里，特别是在 20 年代，一种新文学发展起来了。从形式上看，这种文学有时是现实主义的，但实际上，它已注入了作家们的浪漫主义观念，表现在他们的理想以及他们那放荡不羁的行为中。他们高度关注自我，或者讴歌自我的伟力，或者细微地发掘自我的情感。他们产生了一种新的自信心，并且坚决主张个人的解放与感情的满足是改造中国社会的前提。这是与基本的传统思想相背离的。自我的力被理想化了，自我的需求得到了肯定。"① 而在抗战时期，中国现代文学的三个浪漫主义特征：唯情主义、理想化和抽象观念都有所没落，这里他依次论述了柯灵、唐弢等鲁迅风格的杂文家、苏青（冯和仪）、师陀（王长简）、李健吾等作家作品，以此来说明"五四浪漫主义的没落"。

关于"传统的复兴"，耿德华认为一方面是传统的文学体裁，例如侠义传奇小说、传统戏曲和旧体诗词得以在抗战时期大行其道；另一方面是大量的话剧家和散文家在自己作品的"形式、题材或主题上沿袭传统，一仍故旧。他们并不共同代表某一运动，在个人生活和社会生活方面也未

---

① ［美］耿德华：《被冷落的缪斯——中国沦陷区文学史（1937—1945）》，张泉译，新星出版社 2006 年版，第 66 页。

必具有共同的基础，他们的动机和手法是形形色色的。"① 所以第二章
"传统的复兴：现代戏剧"依次论述了于伶、阿英、周贻白、顾仲彝、姚
克和秦瘦鸥等剧作家。在第三章"传统的复兴：随笔性散文"中依次论
述的是周作人、上海散文作家、文载道和纪果庵等散文家。耿德华认为：
"就戏剧和散文这两者来说，不管舞台上的英勇行为与'温和'散文家有
克制的平凡之间的差距有多大，其主要动机都被认为是报效国家。在中国
人遭受外来侵略的时候，剧作家和散文家都力求用中国的特点来打动中国
人的心。"② "为了表明勤奋、进取和乐观主义的精神是中国人民的固有精
神，凡是与此有关的作家都被找了出来，用以取代对拜伦、雪莱、歌德和
席勒的推崇。"③ "冒险、勇敢和英雄主义的献身精神减弱了，而反抗的精
神却保存下来。"④ 这就是特殊情境下传统复兴的功能和意蕴。

关于"反浪漫主义"，耿德华认为张爱玲的小说和散文、杨绛的戏
剧、钱锺书的散文和小说以"各自不同的方式为排斥浪漫主义作家的装
腔作势和价值观念作出了贡献"⑤，他们的作品在精神上与五四以来的那
种浪漫主义是相对的，也是相反的。因为"在他们的作品里，没有任何
理想化的概念，也没有英雄人物、革命或爱情。取而代之的是幻想的破
灭，是骗局的揭穿，是与现实的妥协。高潮让位于低潮。唯情让位于克
制、嘲讽和怀疑。机智代替了标语口号。不像他们之前那些完全站在浪漫
主义范围之外的作家，他们断言，不存在任何社会目标，也没有包治百病
的灵丹妙药"。⑥ 他们认为"把理想的实现想象为一件与主题有关的事是
毫无意义的。个人的希望可以靠一次机遇来达到，但起支配作用的是命
运，而不是个人"。⑦ 以此第五章"反浪漫主义"论述了吴兴华、张爱玲、
杨绛、钱锺书等作家作品。

耿德华在自己的著作中以三种类型来确定沦陷区文学，并且对每种类
型的文学类型都超越具体文学题材，抓住它们共有的特点性质予以归纳。

① ［美］耿德华：《被冷落的缪斯——中国沦陷区文学史（1937—1945）》，张泉译，新星
出版社 2006 年版，第 126 页。
② 同上书，第 218 页。
③ 同上书，第 219 页。
④ 同上。
⑤ 同上书，第 228 页。
⑥ 同上。
⑦ 同上书，第 230 页。

这样既照顾了这三种类型的文学分别是之前文学思潮的发展，同时考虑到时代环境的变更对它们特点的形成所起的作用。这三种文学类型可能不被其他学者所认可，但是就耿德华的这部著作来说，还是很有说服力和逻辑自足性的。为了论说他的这种分类及相关特质的归纳具有正确性，耿德华在具体作家作品的阐释上也不同一般。

在"五四浪漫主义的没落"中，耿德华重在评价柯灵、唐弢的杂文，苏青的小说，师陀、李健吾的小说和戏剧。对杂文的艺术性质，耿德华并不贬低，他认为："对杂文或杂感感兴趣并不会损害艺术的固有价值或远见卓识的表达。杂文通常以 1000—1500 字为限，它为散文提供了一种模式，通过这种模式，作家可以训练他们的写作技巧。"[1] 但是他对以《鲁迅风》杂志为中心的上海杂文家的艺术成就并不高看，认为他们在技巧上都在模仿鲁迅，但是"模仿得很笨拙，不够细致，往往难以奏效"。[2] 他稍微认可的是柯灵的杂文，他的"作品常常得力于活泼清新，得力于栩栩如生的应景描绘"。[3] 此时成就最高的还是唐弢，他的杂文"作为社会评论来说是异常尖锐的，作为文艺批评来说是富于观察力的"，但他的杂文"有时也摆脱不掉一个令人苦恼的问题，对于那些喜欢把引喻和引语罗列在一起的作家来说，这是个共同的问题：文章中所引用的原始资料要比文章的正文好得多"。[4]

对于苏青的《结婚十年》，耿德华并不看好其艺术性，认为其很平庸。因为"书中几乎没有令人难以忘怀的形象化的描述；一些事件铺陈得过于戏剧化；除了女主人公以外，其余人物都显得苍白无力；思想内容是东拼西凑的，除了母亲和她的孩子外，她对任何其他人都没有同情心。从不事夸张的感情真挚的文风方面来说，苏青是一位有造诣的作家，但那种真挚感情的深度和广度是有限的，因而小说的文学成就也是有限的"。[5]而这部小说的最大价值，是它"作为对当时失败婚姻的综合叙述，作为对相关问题有意识的论述，它必定具有某种文献价值"。[6]

---

① ［美］耿德华：《被冷落的缪斯——中国沦陷区文学史（1937—1945）》，张泉译，新星出版社 2006 年版，第 68—69 页。

② 同上书，第 70 页。

③ 同上。

④ 同上书，第 73 页。

⑤ 同上书，第 86 页。

⑥ 同上。

　　对于师陀，耿德华分析了他的小说《上海书札》、《果园城记》、《马兰》和《荒野》还有他的两部戏剧《大马戏团》和《夜店》，显示了其对师陀的重视。对于李健吾则介绍了他的《金小玉》和《青春》。耿德华认为他们的浪漫主义也在没落，他说："师陀的浪漫主义想象力仍然是肤浅的，但在许多细节方面确实为他对世俗社会的嘲讽增添了力量，并增加了他的悲观主义的深度。的确，战争，特别是日本人的占领，给发掘浪漫主义的气质造成了困难。在这一点上，李健吾的作品表明，他是一个多方探索现实主义传统的作家，但很明显，他的浪漫主义的基调仍然不变。"①

　　"传统的复兴：现代戏剧"中首先介绍的是"当代现实主义的局限：于伶"，这里论说了在上海租界尽管剧作家想创作现实主义的戏剧来表现其抗战主题，但是日本人和其代理人采取的敌对行为和审查制度，对演出者和剧作者的严加防范，使得现实主义题材的创作在当时极为困难，很少成功，而于伶是其中较突出的一位。耿德华认为他的"创作题材集中于描写年轻女子、美德和爱国主义精神"②，而他的"社会问题剧基本上是茅盾在小说《子夜》中提出的问题的延伸"③。正因现实主义的局限，所以古装戏剧得以兴起和发展，尽管阿英的《明末遗恨》"作为历史是会引起争议的，作为艺术是不成熟的"，不过它为"战争初期大量出现的古装戏剧树立了一个典范"。④古装戏剧的发展中，耿德华认为最值得赞颂的是姚克的《清宫怨》和《秋海棠》。姚克的《清宫怨》后又改编为电影《清宫秘史》，由香港永华影业公司在 1948 年摄制而成，由朱石麟导演，姚克编剧。该影片在大陆上映后开始反响很好，后因受到江青的批评，成为《武训传》之前最早被禁演的电影。在 1954 年 10 月 16 日，毛泽东在给中央政治局和有关同志写的《关于"红楼梦研究"问题的一封信》中也批评了《清宫秘史》是卖国主义影片。以后《清宫秘史》等作品基本上都被否定，在新时期之前的文学史中，很少书写姚克及《清宫怨》，遑论正面肯定。但耿德华认为："《清宫怨》表现出一个艺术家对布景、服务和世态细节的关注，这是当时的其他戏剧几乎没有注意到的，尽管一些

---

　　①　［美］耿德华：《被冷落的缪斯——中国沦陷区文学史（1937—1945）》，张泉译，新星出版社 2006 年版，第 117 页。

　　②　同上书，第 133 页。

　　③　同上书，第 135 页。

　　④　同上书，第 142 页。

事实和事件的取舍方式会使历史学家按照历史对戏剧诘难、质疑。但是，这部作品的确从它所运用的资料提炼出了一个具有普遍意义的主题，与它之前的剧本相比，更为准确地传达了历史的真实。"① 接着耿德华还从慈禧、珍妃、光绪几个人物的塑造和该剧的主题来评说这个剧本的高超的艺术成就，并总评："姚克是一个有才能的作家，他的《清宫怨》对中国现代剧作出了重大贡献。"② 这是笔者看到的对姚克《清宫怨》的最高评价。而对于秦瘦鸥的《秋海棠》，耿德华评价也是很高的，他认为该剧是"战时上海戏剧成为商业化艺术的例证"。③ 这个剧始终贯穿的主题是非常传统而又持久的，"即一个道德和智能的价值没有被社会承认的人，而不是进步与传统的冲突。"④

在第四章"传统的复兴：随笔性散文"中，耿德华对周作人、文载道、纪果庵予以重视。周作人自抗战开始一直到20世纪八九十年代在一般中国现代文学史中的地位都不是很高，认为其是汉奸作家，其在国民党和共产党的审判下都坐过牢。但是耿德华为其进行了平反，认为："说到真心直接同日本人的政策唱反调的，当首推周作人。"⑤ 因为"日本理论工作者早就决定把儒家思想当作一种意识形态，但是他们坚持认为中国人自己不再理解儒家思想，因而需要指导"⑥，所以他们写了大量倡导"王道"和武士道的文章和论文来进行这项工作。但是周作人并不这样认为，他在抗战时期写了多篇文章：《禹迹寺》、《中国的思想问题》、《汉文学的传统》、《中国文学上的两种思想》和《汉文学的前途》。以此来说明："孔子是仁民爱物的典范，作为一种共同体验的苦难是把当前世界与过去世界连接在一起的力量，注意地方习俗以及'自然界和人类感情'间的关系。"⑦ 而日本人的儒家思想吸收外国思想比中国人更多，"外国书籍可能阐明了对于人类关系的其他看法，但是中国人毕竟最清楚如何管理他们自己的社会，这不仅表现在英雄贤哲的业绩和高论中，也表现在一般民众

---

① ［美］耿德华：《被冷落的缪斯——中国沦陷区文学史（1937—1945）》，张泉译，新星出版社2006年版，第145—146页。

② 同上书，第159页。

③ 同上。

④ 同上书，第163页。

⑤ 同上书，第54—55页。

⑥ 同上书，第184页。

⑦ 同上书，第178页。

的言行里。"① 这样，周作人就怠慢和反对了日本理论工作者为侵华而提出的文化、文学理论，所以日本学者吉川幸次郎就认为《中国的思想问题》的主题是"我们外国人不应当干预"中国文学②，而周作人也遭到了片冈铁兵的谴责，并暗指其是应被"扫荡"的"老作家"③。不仅仅是平反，耿德华还认为周作人抗战时期的文学作品"在那些年代达到了完全成熟的地步"。④ 他的性格和个性特征也被称赞："趣味、个性突出，加之平淡、自然、适度、真诚，不事矫揉造作。如果说他战争期间的文学作品里失掉了什么吸引人的东西的话，那就是他的幽默感。这样我们从周作人的著作中看到，写文章是自我修养的一种方式，这是和明、清末年散文作家的遗风一脉相承的。"⑤ 这样一来周作人不仅不是"汉奸"，而且还有抵抗行为，其为人与为文都是中国文人的典型代表了，耿德华提供的这种文学史形象应该是此前少有的。

除了为周作人"平反"之外，耿德华还考察了抗战时期周黎庵、朱朴、柳存仁等散文家，重在考察周作人曾在文坛推荐过的文载道和纪果庵，这两个人即使在现在的中国现代文学史中也较少介绍了。他指出文载道的作品大部分是"怀旧的或逃避现实的"，以"经过时间考验的审美意象为构思中心，以唤起人们注意文学的时髦特性——平淡无奇"。⑥ 文载道"主张要有回忆自己乡村根基的体验。从这个意义上说，他强调这种白日梦情感的意义高于实际行动，是与他对魏晋文学的解释一脉相承的。他反复练习这种精神上的游仙养性，强调梦境和期待要比实际达到目的更令人满足"。⑦ 而纪果庵"把自己描绘成有文采而又谦卑的乡下佬。他的文体多样，变化于古典和通俗之间，但并不求华丽或达到古典与通俗口语的融合，像文载道所做的那样"。"纪果庵表达的悲伤和悲观主义不亚于

---

① ［美］耿德华：《被冷落的缪斯——中国沦陷区文学史（1937—1945）》，张泉译，新星出版社 2006 年版，第 184 页。

② ［日］吉川幸次郎：《致日华作家》，《文学界》（1943 年 10 月）第 10 卷第 10 期，第 13 页。

③ ［日］片冈铁兵：《中国文学之建立》，《关于老作家问题》，《杂志》1944 年 5 月，第 177—178 页。

④ ［美］耿德华：《被冷落的缪斯——中国沦陷区文学史（1937—1945）》，张泉译，新星出版社 2006 年版，第 195 页。

⑤ 同上。

⑥ 同上书，第 210 页。

⑦ 同上书，第 211 页。

他的任何一位同行"，他"总是把自己装扮成微不足道的、胆怯的人，如在自己家里温和地讲述乡村生活，当他面对着可怖的上海或衰败的北京时，当他面对着各地民众简陋而危险的生活时，忧虑和不安困扰着他"。①

在第五章"反浪漫主义"中耿德华介绍了吴兴华的"新古典主义"，将张爱玲的小说分为两类："在第一类中，环境中的一种非人格力量把个人的幻想变成了行动；在第二类中，活跃的主人公企图直截了当地把他或者她的意图强加于人。"② 耿德华对张爱玲作品的意象分析令人称道叫绝。他认为钱锺书和杨绛的作品都有类似的风格，"捉弄作品中的人物，嘲弄这个世界，以暗示自负的风格写作，在喜剧的外表下间接地表达一种黯淡的、严肃的幻想"。③

可见耿德华在将沦陷区文学进行三种类型的划分之后，分别归纳出典型的作家作品并予以分析，更多着重于文本而不是作家个人是否有"汉奸"行为，其选择一些作家作品在 1980 年还是具有一定超前性的，除钱锺书、张爱玲等早被发掘外，其他作家作品在同时、之前或之后的研究者都少有论及。

三　注重比较的方法

耿德华在书写沦陷区文学史之时注重比较方法的运用，具体体现为不同作家作品比较、中外文学比较，同一作品不同版本的比较等，正是多种多样比较方法的运用使得他的文学史撰写摇曳多姿，让读者时感惊喜。这里我们将其中的精彩之处展示给大家欣赏。

鲁迅对唐弢的影响不仅是艺术创作而且还有生存方式，但是耿德华也洞察出二者之间在相同之处还有细微的不同：唐弢与鲁迅的讽刺性杂文都有相同的癖好，力求"把人的精神从传统束缚下解放出来，并创造一种新的文学形式来体现他的意图"④，但是唐弢始终"没有在任何地方表示过鲁迅式的内省"⑤。唐弢的《落帆集》中的作品大部分好似从鲁迅的

---

① ［美］耿德华：《被冷落的缪斯——中国沦陷区文学史（1937—1945）》，张泉译，新星出版社 2006 年版，第 214 页。
② 同上书，第 247 页。
③ 同上书，第 244 页。
④ 同上书，第 74 页。
⑤ 同上书，第 75 页。

《野草》中衍生出来的，但是二者的差异也是很明显的。"唐弢散文里的背景和人物具有异国情调，是虚构的，甚至是超现实的，但他并没有使它们形成某种结构，比如鲁迅的梦境结构之类。唐弢的遣词造句以及一些比喻性语言要比鲁迅的更为精雕细镂。最后，他总是对希望、乐观主义或忠诚、某种崇高感加以明确的、毫不含糊的陈述，而鲁迅在《野草》中那些令人不安的文章中则没有把握住这些。"① 为了说明这两人之间的不同，耿德华选用了鲁迅的《腊叶》和唐弢的《自春徂秋》进行比较，两者都在通过季节的更换，花叶的凋零感慨时间的飞逝，但最后结尾的况味截然两样。而当时试图效仿鲁迅《野草》的还有谭正璧，他的一本散文集就直接叫《拟野草》。他也有一篇同样主题的散文《落叶》咏叹时光稍纵即逝，与前二者比较来看，谭正璧是"像鲁迅那样，一心想着青年；像唐弢那样，认为积极地肯定理想是他义不容辞的责任"。②

苏青和谢冰莹都是女作家，前者的《涛》、《结婚十年》和后者的《一个女兵的自传》都带有自传性质，耿德华认为两者在女主人公的塑造和主题的展开方式上有着相同点但是又有着相异处：谢冰莹书写的是激进的、富有浪漫主义的五四时期，在一系列的"鲁莽的冒险活动中，谢冰莹因她那风流的姿态、欧化的理想以及从自我出发对传统观念的攻击而得意洋洋，在某种程度上说，这是《结婚十年》中的女主人公在奋斗中几乎难以达到的。"③ "尽管她们对社会弊端抱有同样的看法，并且极为愤激地面对着这些弊端。苏青的文章以反省和怀疑的低调结尾，情绪阴郁：社会大动荡的'涛'把她冲上大地后离去了，但她仍未成熟，而且谢冰莹那一代所走的通向成熟的路又被堵塞了。"④

知识分子访问故乡所感受到故乡的停滞僵化在鲁迅的《故乡》、《在酒楼上》就已存在，耿德华认为师陀的《果园城记》在继续叙述同类故事，"但在记录这些因循守旧的状况时，表达出来的信心更为不足。"⑤ 鲁迅"经常在小说——例如《故乡》、《祝福》里暴露人物的徒劳无益的内

---

① ［美］耿德华：《被冷落的缪斯——中国沦陷区文学史（1937—1945）》，张泉译，新星出版社 2006 年版，第 76 页。
② 同上书，第 78 页。
③ 同上书，第 84 页。
④ 同上书，第 82 页。
⑤ 同上书，第 94 页。

疚感，以此来促使读者觉悟。师陀并不这样做。他不考虑知识分子的职责问题，却通过时而讥讽、时而感伤的叙述，提出引人深思的问题，即中国任何人与中国社会任何部分的关系问题。正像中国大都市变幻莫测的世界显示出外表上的腐败那样，一个又一个的故事揭示出小城镇的这种生活状况对于养育人类的社会来说同样是有害的。中国小城镇是稳定的、可亲的，并且正在复兴的乐观说法被揭穿了"。①

除了注重中国同类型的作家作品比较之外，耿德华还注重了中外文学文本、文学思潮的比较。例如他在分析中国沦陷区文学时将其与法国沦陷区文学进行比较，在介绍吴兴华的诗歌时，就清理了他诗歌创作中包含着的布朗宁、爱略特、庞德、艾肯、梅特林克、叶芝以及爱尔兰的文艺复兴等的影响。在分析张爱玲的小说中，说明了她的小说中与毛姆许多小说中的手法几乎一样。难能可贵的是，耿德华并不认为受到西方文学影响的作家都是在简单模仿他们的前辈，而是有着中国自己本民族文学传统的基因，并有着自己的创新。他认为杨绛的《风絮》酷似易卜生的《野鸭》，但《风絮》的人物刻画则完全是中国式的、现代的。他对钱锺书在《谈艺录》中对古今中外关于诗歌与神秘主义的观点进行的辩证分析就颇为欣赏。在分析钱锺书的《围城》受到瓦渥的《衰落与瓦解》和赫胥黎的《滑稽的环舞》影响时，他也指出二者之间的同与异。"瓦渥和钱锺书都喜欢描绘众多次要人物那种令人可恶而又可笑的姿态。不过，钱锺书并不仿效瓦渥去创造那些显然是荒诞不经的情景。钱锺书更为关注的是与日常现实生活的联系比较密切的荒唐情景。此外，保尔·彭尼费瑟完全不计较利害得失，而鸿渐则斤斤计较，尽管他是个无害人之心的笨伯。彭尼费瑟的头脑相当简单，而鸿渐并不像他那样简单，这是一个重要的不同之处。最后，瓦渥从不让他笔下的人物达到可能使他们真切地感到痛苦的程度。钱锺书对其作品中主人公的心理状态非常关心，赫胥黎也是这样。"② 耿德华还将钱锺书和赫胥黎进行比较，"钱锺书小说的结构并不是摹仿赫胥黎早期的创作。虽然钱锺书的小说在很大程度上靠叙事主人公的极致来维系，赫胥黎的小说也同样靠插入过多的概念游戏来维系。"③《围城》和

---

① ［美］耿德华：《被冷落的缪斯——中国沦陷区文学史（1937—1945）》，张泉译，新星出版社 2006 年版，第 94 页。

② 同上书，第 298 页。

③ 同上。

《滑稽的环舞》"所取的战争与社会的背景虽各不相同，但每部小说的结构都是在衰败与破坏的环境中描写人性的。在每部小说里，两位作者都选择了一个炫耀其可怜的自负行为并遭到疏远和孤立的情人。钱锺书依仗他的才智促使读者读完《围城》的大部分。然而，当他放弃这种反讽方式时，正如当赫胥黎笔下的人物不再能继续随便表达他们的意见时，泄气就成了神会和惊慌的一声长叹，意味深长而经久不变"。①

就师陀来说，国内文学史家在 1980 年之前很少如耿德华这样被强调，更不要提他曾经改编的两部剧本。而耿德华这里将他根据列昂尼德·安德列耶夫的《吃耳朵的人》改编的《大马戏团》和根据高尔基的《底层》而改编的《夜店》进行了比较，探究了这两部改编本和外国原本之间的不同，由此论述师陀改编的成功。耿德华认为这两位外国戏剧家都是浪漫主义作家，而"师陀的任务是把这两部作品中国化。在改编过程中，为了使之适应中国的情况，他缩减或删掉了原剧中所表现出来的浪漫主义成分"。② 除了将改编本与外国原本进行比较之外，耿德华还将《大马戏团》和《夜店》进行了比较，指出"师陀在把原作令人信服地改编成中国戏剧这个基本任务方面取得了成功"。③

耿德华还注重考察同一文本在不同时代的不同面貌及不同文学艺术样式，这种比较就是版本变迁的收集整理了。例如他对秦瘦鸥的《秋海棠》的版本比较就是版本研究的典型。他指出，"秦瘦鸥的《秋海棠》故事几近递嬗演变：先是作为小说在 1941 年的《申报》上连载，后来搬上戏剧舞台，又被拍成电影。显然在不同的本子里，故事的主要轮廓都保持不变"④，"但是各种本子对母亲和女儿相认的场面以及故事结局的安排都不一样。"⑤ 小说在连载的时候，有人批评故事结尾中湘绮的行为太冲动，海棠的死太突然，于是在小说单行本里安排了湘绮和女儿第二天才见面，而海棠为自己丑陋和潦倒感到屈辱跳楼自杀。在写剧本的时候，因舞台上不好表现跳楼自杀，又改成海棠、梅宝和湘绮在剧院里相会，海棠倾尽自

① ［美］耿德华：《被冷落的缪斯——中国沦陷区文学史（1937—1945）》，张泉译，新星出版社 2006 年版，第 299—300 页。

② 同上书，第 103 页。

③ 同上书，第 116 页。

④ 同上书，第 160 页。

⑤ 同上书，第 161 页。

己激情进行生命最后的演出，最后死在湘绮的怀抱里。后来，在上海的费穆、顾仲彝和黄佐临重新设计了舞台演出情节，删除了小说中反映社会问题的内容，而让其变成了纯粹的言情故事，这自然考虑到日本人的审查制度。这个改编本并没有发表，原来的油印本已找不到了。但是秦瘦鸥后来在1946年里，凭借自己的记忆将上海剧作家的剧本写了出来，添加了一些话，恢复了该剧的社会主题。1950年以后该剧的修订本在新中国出版，"真实地概括了战时上海戏剧界舞台艺术的各种程式。"① 耿德华在讨论秦瘦鸥《秋海棠》的各种版本之时，兼顾了时代环境的变迁对主题的要求，不同艺术样式自身的规定性对情节的取舍，以及传统戏剧与话剧的互融交会等问题，使得该版本研究趣味盎然，问题意识串联了整个版本的流变历程。

总的来说，耿德华在叙事立场与人情理解，作家作品的分类、选择和阐释，以及文学比较方法上的运用都很有功力，该文学史对沦陷区文学研究，乃至在整个中国现代文学史研究和编撰上都具有开创意义。

第五节　"剑桥史"中的中国现代文学史书写

《剑桥中国史》共16卷，各卷由西方知名学者主编，卷内各章由研究有素的专家撰写，反映了国外中国史研究的水平和动向。这些历史著作先后由中国社会科学出版社翻译出版，其中李欧梵在《剑桥中华民国史》② 中对中国现代文学进行了历史书写，西里尔·伯奇在《剑桥中华人民共和国史》③ 中对中国当代文学进行了历史书写，现分别将其介绍如下。

一　《剑桥中华民国史》中的中国现代文学史

第一，李欧梵在《剑桥中华民国史》中论述了现代文学的总体特征

---

① ［美］耿德华：《被冷落的缪斯——中国沦陷区文学史（1937—1945）》，张泉译，新星出版社2006年版，第164页。

② ［美］费正清：《剑桥中华民国史（1912—1949年）》（上卷），中国社会科学出版社1994年版。

③ ［美］费正清：《剑桥中华人民共和国史——中国革命内部的革命（1966—1982年）》，中国社会科学出版社1992年版。

及研究方法。他指出要研究中国现代文学，就避不开中国的现代历史，除了适当注意文学本身的特点以外，历史的方法既是必要的，也是不可避免的。李欧梵认为"摆脱不了的中国国情"这一主题至少包括三个主要的方面，它们甚至可以被认为是中国现代文学的特点。"第一，从道德的观点把中国看作是'一个受精神疾病所困扰的国家'。这种看法引起了传统与现代性的两极尖锐对立。这一疾病扎根于中国的传统，而现代性本质上就是破除对传统的迷信，并从精神上寻求新的解决途径。"① "第二，中国现代文学这种反传统的立场更多地来源于中国的社会—政治条件，而较少地出于精神上或艺术上的考虑（像西方现代派文学那样）"，"现代文学因此成了社会不满的工具。中国现代文学的主体扎根于当代社会，反映出作家们对政治环境的批判精神。这种批判态度是五四运动最持久不衰的遗产，其回响一直到今天都能感觉到"。② 中国现代文学的第三个特点是，"尽管它反映出对社会—政治痛苦的极其强烈的意识，它的批判眼光却极其主观。现实是通过作者本人的观点来理解的，这同时也表现出一种自我关注。"③ 现代文学的这三个特点始终是李欧梵论述文学运动与作家作品的潜在线索与叙述基调，他在论述文学史实之时都注重从这三个特点出发，也就是说下面的文学史实的书写就是为了提炼出这三个特征，后面的文学史实就是这三个特征的演绎。

　　第二，李欧梵对现代文学分期不一样，导致整个体系框架也不一样，他将现代文学分为两个时期："文学的趋势Ⅰ：对现代性的追求 1895—1927 年"；"文学趋势Ⅱ：通向革命之路 1927—1949 年。" 在第一个部分里面，又分为三个时期："晚清文学，1895—1911 年"，"鸳鸯蝴蝶派小说与五四前的过渡时期，1911—1917 年"， "五四时期，1917—1927 年"。这样他从晚清开始写起非常重视解释"五四"文学的发生源头，及其如何逐渐演化为文学革命。"晚清文学"重在展示"文学报刊的发展"，"'新小说'理论"，"新小说的实践"这三个方面。李欧梵阐释了晚清小说的几个特点：与《儒林外史》"除了在形式和内容上那些明显的相似之处以外，晚清小说散发出一种更紧迫尖刻的调子和更阴暗的灾难临头的情

---

　　① ［美］费正清：《剑桥中华民国史（1912—1949 年）》（上卷），中国社会科学出版社 1994 年版，第 505—506 页。

　　② 同上。

　　③ 同上。

绪。这种紧迫感常常用沉重的漫画手法表达出来：吴敬梓温文尔雅的讽刺走向了极端"①；"外国词语和思想常和本地的场面和人物结合在一起"②；"政治幻想是晚清小说的又一特征"③；"虽然关于中国命运的各式各样的乌托邦都指出改革的迫切性，但维新本身却成了没有精神内容和政治意义的陈词滥调"④；"晚清小说的大主题是社会讽刺，但对社会与政治的批判也和作者自觉的主观个人感情交织在一起。社会和感情两种因素常互相结合以达到一定的情绪高度来为作者目标的严肃性辩护"⑤。大部分文学史书写晚清文学都是为了说明其是"五四"文学的前奏，而忘记了将其置于整个清代小说史的历程上去阐释，而李欧梵似乎吸纳了这两种不同视角的优点，并兼顾了晚清社会局势对晚清小说内容与形式的影响，这样晚清小说的趣味就大不一样了。

在"鸳鸯蝴蝶派小说与五四前的过渡时期"中，李欧梵论说了鸳鸯蝴蝶派小说是晚清小说及"五四"文学之间的一种过渡，并详细论及这种过渡的形式与内容，价值与局限。他指出"随着清王朝末日的到来，晚清小说的改革冲击力和严肃内容好像也消失了。正如言情小说堕落成'狭邪小说'和'蝴蝶小说'那样，社会小说的主流也从自觉地批判和揭露社会—政治病态的基本方向转为专以耸人听闻为目的：少数值得尊重的'社会批判'杰作，被大量描写社会丑恶和犯罪的所谓'黑幕'小说所取代。在民国最初的十年里，这两种群众文学——庸俗的社会小说和言情小说——都达到了鼎盛时期。它们所拥有的读者和销售量都超过了此前此后时期的作品。"⑥"鸳鸯蝴蝶派小说大受欢迎一事证明了新的更加激进的一代人所早已感到的迫切需要：重新创造一种完全不同类型的通俗文学以作为全面的精神革命的一部分。从五四作家们的'新'观点来看，晚清的'新小说'，连同它的庸俗化的鸳鸯蝴蝶派，已经'陈旧'了，应被归入腐朽的'传统'世界，尽管他们的晚清前辈在建立方言文体、造就广大

---

①　［美］费正清：《剑桥中华民国史（1912—1949年）》（上卷），中国社会科学出版社1994年版，第512页。

②　同上书，第513页。

③　同上书，第514页。

④　同上。

⑤　同上书，第515页。

⑥　同上书，第517页。

读者群和一种富有生命力的职业方面曾作出过相当大的贡献。"① 在 20 世纪 90 年代初期，李欧梵就开始强调晚清民初文学的意义，重在强调其为"五四"文学提供了充分的基础，在时间分期上也淡化了"五四"文学的重要性，而从历时性角度分析其是如何发展而来的。这种文学史分期对王德威以及后来中国本土现代文学研究的影响都是很大的。

正是在前两个时期的基础之上，李欧梵才开始论述"五四时期"。其以"文学革命"、"新作家的出现"、"浪漫主义与个性解放"、"鲁迅与现代短篇小说"、"外国文学的影响"、"对现代性的追求"等小标题论述了"五四"文学的发动、作家作品代表以及特征，并在"对现代性的追求"中对整个"五四"文学进行了点评，其前两个时期的介绍正是为这后一时期分析做铺垫。

第二部分"文学趋势Ⅱ：通向革命之路 1927—1949 年"重在阐释中国现代文学是如何"通向革命之路"的，又分为两个时期："30 年代文学，1927—1937 年"，"战争与革命，1937—1949 年"。其中第一个时期以三个小标题论述了 20 世纪 30 年代文学："从文学革命到革命文学"论述了这种转化的过程，特别是茅盾、鲁迅的思想转变及其与革命派的争论经过；"左翼作家联盟与关于文学的论战"论述了左翼作家联盟的成立及其权力分配、左联的特征，并依次阐述了几次论争："序幕：鲁迅与新月派的较量"，"'民族主义文学'问题"，"'自由人'以及'第三种人'问题"，"关于'大众话'和'拉丁化'的论争"，"关于'两个口号'之争"；而"文学创作与社会危机"则介绍了杂文、小说、现代诗与话剧四种体裁的作家作品。第二个时期"战争与革命，1937—1949 年"依照时代政治的发展论述了 20 世纪 40 年代的文学运动及文学创作："'民族抗战'的英雄传奇"与"'爱国铁血'文学"，"延安座谈会"，"延安文学"，"革命前夕，1945—1949 年"。

李欧梵在短短的篇幅中就将整个现代文学的发展路线图予以描画，并对重要的作家作品进行了评述，更重要的是文学史分为两个时期，前一个时期重在描述晚清文学走向"五四"文学，后一个时期描述现代文学走向革命之路，这样的时期划分与中国大陆三个十年的划分大不一样。

---

① ［美］费正清：《剑桥中华民国史（1912—1949 年）》（上卷），中国社会科学出版社1994 年版，第 519 页。

第三，除线索明晰之外，李欧梵在文学运动、文学论争、文学流派评析上很见功底，坚持了文学史的辩证分析，这是一般文学史所不能企及的。例如一般文学史在评价历次文艺论争之时，要么回避，要么"背书"。但李欧梵对历次运动的分析更多了一种实事求是的精神，这并不是说李欧梵所评析都正确无误，而是说他力图站在客观公正、实事求是的立场上去书写、评说，给读者一种实事求是的历史感觉。这特别表现在他对左联以及《延安文艺座谈会上的讲话》的解读剖析上。

在"序幕：鲁迅与新月派的较量"中李欧梵就论述了人事的复杂性。"在鲁迅眼里，梁实秋也确实是一棵特别棘手的荆棘，也许因为这位上海文坛的老前辈，感到梁的雄心是对其地位的挑战，而且他在某种程度上还对梁在西方文学上的造诣有点妒嫉。"而"梁实秋进一步从鲁迅翻译的普列汉诺夫和卢那察尔斯基的著作中找到毛病。鲁迅有意识地按日文转译本直译，他的翻译是'硬'译，而梁则觉得难以理解"①。在"民族主义文学"问题上李欧梵指出其"是一伙与国民党有紧密联系的文人，作为一种反左联的手段而策划的。但是他们的口号带有泰纳的'民族、环境和时间'理论的味道，这些口号十分模糊，因为它倡导一种反映'民族精神和意识'的文学来代替左派的阶级观点。来自中国台湾的学者承认，这个派别对左派的批评主要是人身攻击，而且它的成员没有一位在文坛上博得声望或尊敬"②。对于我们现在看来一无是处的"民族主义文学"，李欧梵能看出泰纳的意味，的确不同凡响。关于"自由人"以及"第三种人"的争论，李欧梵对胡秋原的评价公道，他指出："胡秋原曾留学日本，在那里学得相当多的马克思主义知识，而且撰写了一本大部头的关于普列汉诺夫及其文艺理论的书，于 1932 年出版。左联的作家们大概不了解胡的背景，而将其观点作为新月派自由主义的又一变种来对待。令他们吃惊的是，胡证明自己是一个自由派马克思主义者，他对马克思主义学说的掌握超过他的左联论敌。"③ 李欧梵也梳理了"大众话"和"拉丁化"论争的分歧所在，并指出："瞿秋白对五四文学的过激批评，为毛的延安讲话打下了基础。瞿与毛两人都同意无产阶级文学的语言必须接近大众的

---

① ［美］费正清：《剑桥中华民国史（1912—1949 年）》（下卷），中国社会科学出版社 1994 年版，第 292 页。

② 同上书，第 293 页。

③ 同上书，第 294 页。

用语。文学的'通俗化'就这样成为 1942 年毛政策的一个标志；而由瞿开始的收效甚微的第二次'文学革命'，在延安经再次发动，效果大有可观。"① 他通过"两个口号"之争的描述对左联的内部矛盾如茅盾、鲁迅、冯雪峰与周扬、田汉、夏衍、阳翰笙等人的复杂纠葛进行了认真披露。他认为他们的个人爱憎影响了其立场选择："鲁迅对周扬的厌恶，甚至比茅盾对周扬的厌恶更为强烈。"② "周扬的所作所为尤其令鲁迅生厌，因为周不是致力于进一步巩固左联，而是将其解散，并命令坚定的左翼作家向右转！"、"然而，冯雪峰在这场对周扬最嚣闹的指责中流露出来的个人怨恨，在党代表的处理权上反映并不良好。"③ 他对民族形式论争中的复杂性也进行了辩驳："周扬在不偏不倚姿态的背后，含蓄地同意胡风，这证实了胡风作为鲁迅的门徒和重庆首屈一指的左翼批评家的威望，周扬经受不起再次与他冲突（像在关于'两个口号'之争中所做的那样）。也有可能，由毛的词语所引起的争端，甚至连这些委员自己也几乎捉摸不透。周扬本人对于苏联文学理论颇有了解，他也许把毛的指令解释为一个进一步大众化的号召，而不是对五四文学的全力批评。"④ 这样，历史不是简单的对错可以裁断的，更多还有个人的情感掺杂，这方面的书写需要学者的移情能力。但是国内文学史很少聚焦这些文学史论争，一方面是过多重在文学作品的解读上；另一方面也可能是文学史书写会受到某些仍在世的现代文学作家或文学论争参与者的影响，而不能一分为二地评价这些论争。李欧梵在文学论争中注重了辩论双方各有优缺点，这样使得文学史不是黑白分明，而是复杂多样，这可能更符合历史的真相。

　　该文学史注重文学历史的多样性和复杂性，也体现在对文学流派的辨识上。例如其在"文学革命"中论说了"五四"知识分子与南社及鸳鸯蝴蝶派的关系："五四的知识分子们很幸运地能够在由南社控制的报纸上，宣传他们的事业，并能赢得其他革命的报刊工作者和梁启超的追随者的支持。后来他们又逐渐从鸳鸯蝴蝶派作家们的手中，夺取了各报文艺副

---

　　① ［美］费正清：《剑桥中华民国史（1912—1949 年）》（下卷），中国社会科学出版社 1994 年版，第 297 页。

　　② 同上书，第 298 页。

　　③ 同上书，第 300 页。

　　④ 同上书，第 323—324 页。

刊的编辑地位。其中最有名的例子是《小说月报》的内容和版面的改变。"① 李欧梵还阐明了胡适的文学主张与前代人的关系，并分析了他自身及其陈独秀的思想贡献。他对学衡派等人的分析也是一分为二的，指出，"白话文的倡导者和反对者似乎都不曾认识到，最后在五四文学中形成的'国语'是一种口语、欧化句法和古代典故的混合物。保守的评论家们忧虑得不是地方，因为文学中使用白话并不一定会降低质量；而且这种忧虑也太早了，因为五四时期的白话文学到 30 年代又遭到像瞿秋白这样的左翼评论家的抨击，认为它是披着现代外衣的贵族精英主义。"② 他在"新作家的出现"中指出文学研究会与创造社："这两个集团代表五四时期大多数新作家共同主要气质的两个互相关联的方面。这是一种自我与社会互相交织的人本主义的气质，但经常以强烈的感情主义的方式表现出来。在文学研究会的会员方面，这种人本主义的气质较多地从社会的和人道主义的方面表现出来，而创造社的领袖们的早期著作则有集中于自我的倾向。但这两种倾向并不互相排斥。"③ 在"浪漫主义与个性解放"中他指出："五四作家们被割断了和政治权力的联系，并且和任何社会阶级都缺乏有机的接触，他们被迫回归到他们自身，并将他们自我的价值观念强加于社会——这一切都是在思想革命和文学革命的名义下进行的。"④ "在差不多整整十年之内，这种青春激情的爆发可以用一个难以捉摸的字眼概括：爱。对于迎着浪漫主义疾风骤雨而前进的五四青年，爱已经成了他们生活的中心。"⑤

第四，在具体作家作品的解读上也很见李欧梵的文学赏鉴能力。如他指出黄庐隐的作品显示妇女觉醒之后的女性命运，在她的作品中"总是出现欺诈与受害的主题：她那些解放了的女主人公满脑子都是从在家里读过的传统言情小说里学来的爱情幻想，对仍然是由男人主宰的社会简直毫无准备。她们起初的叛逆很快就导致了她们的'堕落'。当这些初出茅庐的娜拉式的少女被追赶时髦的纨绔子弟领进放荡淫乱的世界时，他们就油

---

①　［美］费正清：《剑桥中华民国史（1912—1949 年）》（下卷），中国社会科学出版社 1994 年版，第 521 页。

②　［美］费正清：《剑桥中华民国史（1912—1949 年）》（上卷），中国社会科学出版社 1994 年版，第 528 页。

③　同上书，第 531 页。

④　同上书，第 533 页。

⑤　同上。

嘴滑舌地炫耀自吹出来的文学天才，娴熟地玩弄'自由恋爱'的把戏，占那些毫无经验的幼稚的理想主义的姑娘们的便宜"。① 这就道破个性解放的庸俗难堪的一面。接着他对"五四"女性作家进行了中肯评价："一旦她们经过了这一充满青春活力的自我追求与自我肯定时期，她们的写作动力好像也随之枯竭了。除了丁玲以外，大多数女作家在纵情沉缅于爱情这个阶段以后，都安定下来过着更常规的生活。到30年代，20年代的那种欢乐感已经消失，大多数的娜拉们便放弃了写作生涯而成为教师、学者，或者像凌叔华和冰心那样，当了家庭主妇。鲁迅对他自己提出的问题——'娜拉出走后怎样？'——的回答，证明确有先见之明：娜拉或者'堕落'，或者'回家'。"②

　　李欧梵在"鲁迅与现代短篇小说"中不仅分析了短篇小说盛行的原因，评论了创造社和文学研究会的作家，更是对鲁迅评价很高："在同时代人中，鲁迅作为一个有创造性的作家的天才是无与伦比的。"③ 他分析了鲁迅作品中的"铁屋子"与"孤独者"形象："孤独者这一中心形象和群众的对立，揭示出鲁迅对自己的'民族主义'和无法解决的'个人主义'与'人道主义'之间的矛盾，有一种左右为难的感情：换句话说，就是在对社会思想启蒙的责任感和无法克服的个人悲观主义之间深感不安。"④ 他还重点分析了《阿Q正传》和《狂人日记》，由此肯定了"作为一个阅历丰富的中年人，鲁迅具有更成熟的洞察力，能够透过五四反对传统的浪漫主义的光辉找出隐藏在后面的问题和冲突。对这些问题他没有提出解决的办法；实际上他出于训诫的目的而暴露病态，并未导致任何明确的医治方案。什么地方也没有看到'铁屋子'的破坏。但是鲁迅却比任何其他作家都更成功地、尖刻地嘲讽了一些'铁屋子'中的'熟睡者'。他并且成功地以极大悲痛与激情，揭示了剧烈转变时期中觉醒了的知识分子的悲惨命运。即此两点，鲁迅在中国现代文学史中的重要地位就是肯定的了"。⑤

① ［美］费正清：《剑桥中华民国史（1912—1949年）》（上卷），中国社会科学出版社1994年版，第535页。
② 同上书，第537页。
③ 同上书，第541页。
④ 同上书，第543页。
⑤ 同上书，第547—548页。

　　李欧梵对端木蕻良的评价很高，他认为《科尔沁旗草原》："这部散漫的小说，以其端庄的散文笔法并借鉴电影的技巧，加上对典型人物的刻画，本来可以达到民族史诗的地位。但端木也许是一个过于急躁和雄心勃勃的年轻作家，未能磨炼好讲述生动故事的技巧。这个明显的缺点，损伤了一部否则堪称辉煌的长篇小说———一部功亏一篑的伟大杰作，它本来可能成为中国现代小说发展中的一个里程碑。"① "如果没有八年漫长的中日战争（这场战争耗尽了整个民族的精力，并剥夺了中国现代作家发展艺术的稳定环境），端木与其他人的才能会把中国现代小说推上一个新的高度。"②

　　李欧梵在"外国文学的影响"中肯定了："正是林纾，这位文言文的大师和文学革命的反对者，为年青一代的想象力提供了必要的营养：几乎没有哪一个五四作家不是通过他的翻译接触西方文学的。"③ 而苏曼殊的确开创了一个翻译的先例，其"将拜伦偶像化并将自己比拟为拜伦，为中国接受西方文学立下了一个有趣的先例并被后来人所继承：正如拜伦被苏曼殊当作慷慨悲歌的英雄的光辉形象崇拜一样，自此以后一位外国作家在中国的地位，就要由他的一生和品格来衡量了：而他的作品的文学价值则几乎不关紧要。"④ "到了五四运动时期苏曼殊的遗产为徐志摩和郁达夫以及创造社的其他成员所继承，发展成一种新的传统：外国文学被用来支持新的中国作家的形象和生活方式。由于他们自己膨胀了的自我和崇拜英雄的狂热，这些杰出的文人建立了一种个人认同的偶像：郁达夫自比欧内斯特·道生，郭沫若自比雪莱和歌德，蒋光慈自比拜伦，徐志摩自比哈代与泰戈尔（两位他曾与之谋面并成了朋友的诗人）；田汉则是初露头角的易卜生，王独清是雨果第二。要在文艺界出风头，不仅要拿出新创作的诗歌或小说，还要提供他所膜拜的外国大师：拜伦、雪莱、济慈、歌德、罗曼·罗兰、托尔斯泰、易卜生、雨果、卢梭几乎都列名于每一个人最倾心的作家的名单。这些'英雄'中的大多数很自然地都是欧洲浪漫主义作

---

　　① ［美］费正清：《剑桥中华民国史（1912—1949年）》（下卷），中国社会科学出版社1994年版，第308页。

　　② 同上书，第308页。

　　③ ［美］费正清：《剑桥中华民国史（1912—1949年）》（上卷），中国社会科学出版社1994年版，第549页。

　　④ 同上。

家中的佼佼者；即使那些不能简单地归入浪漫主义行列的人——例如托尔斯泰、尼采、哈代、莫泊桑、屠格涅夫——也被他们的崇奉者从浪漫主义的观点，奉为以超人的精力为理想而战斗的伟人。"① "像这样从感情上将西方作家偶像化，导致了将外国文学当作意识形态的源泉的倾向。像浪漫主义、现实主义、自然主义和新浪漫主义这样的术语，也和社会主义、无政府主义、马克思主义、人文主义、科学与民主等词语一样，被热情地到处传播。对这些了不起的'主义'的一知半解，就像和外国作家的'大名'发生关系一样，马上可以提高一个人的地位。令研究现代中国文学史的人最感棘手的问题之一，就是要澄清、比较和评估这些各式各样来自外国的文学方面的'主义'，并确定这种'外国影响'的真正性质。"② 李欧梵就将"五四"文学浪潮中挟洋自重的一面予以披露，他并不将这些作家置放在高高的神龛之上，而是道出了他们的浅薄幼稚、庸俗无聊。

　　当然，李欧梵的一个潜在比较对象是西方文学，其指出"五四"文学对现代性的追求存在阶段性与不足之处："从好的方面说，五四文学传达出一种心灵上的冲突与痛苦，其尖锐的程度尤甚于相似的西方文学……从不那么纯粹的美学观点看，中国文学对现代性的追求包含着一种悲剧性的人的意义。"③ "在为自己和为祖国追求'改善生活'和'恢复人性尊严'的过程中，现代中国作家在因不断恶化的社会危机这种阴暗现实而痛苦的时候，总是寄希望于光明的未来。这一理想与现实的冲突为 30 年代初一些最成熟的作品提供了源泉。但是现代性从来不曾在中国文学史中真正获得过胜利。在中日战争爆发以后，这种追求现代性的艺术方面被政治的迫切性所压倒。……现代性，无论就其西方还是中国的含义而言，在现代中国文学进入它的当代阶段以后，已经不再是中国共产主义文学的主要特点了。"④ 李欧梵这是以西方文学的现代性来衡量中国现代文学的性质及特征。他在寻找和西方文学现代性一样的现代性，自然就得出中国现代文学现代性不足的结论，而没有考虑到西方的现代性来到中国之后，会发生现代性的变异与自洽性发展，而现代性会有不同的方案及表现形式。

---

① ［美］费正清：《剑桥中华民国史（1912—1949 年）》（上卷），中国社会科学出版社 1994 年版，第 549—550 页。

② 同上书，第 550 页。

③ 同上书，第 555—556 页。

④ 同上书，第 565 页。

第五，整个文学史书写注重了文学地域的变化，书写了北京、上海的文化中心，以及抗战时期中国作家们进入内地。他指出 1937 年至 1939 年，武汉与广州取代上海和北平成为文学活动的新的中心，1939 年武汉和广州的失陷，文学中心是重庆，当第二次统一战线破裂时，"重庆国民党政府通过审查和逮捕，重新对左翼作家采取了镇压政策。他们中有些人结伙前赴延安；茅盾等另一些人撤退到中国香港，那里短期内成了文学活动的中心。在 1941 年圣诞节，中国香港被日本人占领，桂林取而代之成为作家云集的地方。1944 年桂林失陷后，重庆成为'大后方'的最后一个堡垒。"① 这就将抗战时期中国文学中心不断漂移形成的各种不同板块予以了明晰展示，与一般文学史只是强调国统区、沦陷区与解放区是不一样的。

二　《剑桥中华人民共和国史》中的中国当代文学史

《剑桥中华人民共和国史——中国革命内部的革命（1966—1982 年）》中对中国当代文学的书写分别由杜韦·福克玛和西里尔·伯奇书写，前者专门书写了文化大革命时期的文学，后者则书写比较成体系的中国当代文学史。这里先论说西里尔·伯奇的文学史书写。

西里尔·伯奇对中国当代文学的历史分期和历史叙事基本上是借鉴中国大陆当代文学史的"四分法"进行的："社会主义文学的建立（1949—1956 年）"；"从'百花齐放，百家争鸣'到社会主义教育运动（1956—1965 年）"；"中国的文化大革命　台湾的新作家（1966—1976 年）"；"毛以后的时代"。

"社会主义文学的建立（1949—1956 年）"包含："文学创作的组织"主要对文联、文代会以及文艺杂志加以介绍；"诗歌"中介绍"许多早已成名的诗人，战时和战后是在国民党统治地区度过的，随着中华人民共和国的成立，他们努力使自己的作品与新世代的精神相一致"，代表性作家有郭沫若、冯至、臧克家、袁水拍、卞之琳、何其芳、艾青、田间、李季、邵燕祥、孙友田、李学鳌；"农民题材的小说"介绍了赵树理、丁玲、周立波等人的创作；"战争小说"介绍了孔厥和袁静、马烽和西戎、

---

① ［美］费正清：《剑桥中华民国史（1912—1949 年）》（下卷），中国社会科学出版社 1994 年版，第 318 页。

刘白羽、杨朔、柳青、杜鹏程；"工人题材的小说"介绍了草明、柯岩、雷加、艾芜、杜鹏程；"新戏剧"中不仅介绍了传统戏剧的改编如田汉的《白蛇传》与苏州昆曲《十五贯》，还介绍了话剧家杜印、夏衍、曹禺、宋之的、陈白尘、陈耘、丛深、老舍等。该著对许多现代作家进入当代之后的创作进行介绍，是一般文学史所没有的。

"从'百花齐放，百家争鸣'到社会主义教育运动（1956—1965年）"包含："小说中的批判现实主义"论述了刘宾雁、王蒙、丰村、方纪、秦兆阳、胡风、姚雪垠；"革命浪漫主义：大跃进时期的诗歌"除介绍"新民歌"之外，还重点分析了公刘、梁上泉、高平、藏族诗人饶阶巴桑、蒙古族小说家玛拉沁夫、阮章竞；"小说中的英雄和中间人物"介绍了马烽、葛琴、杨沫、罗广斌和杨益言，柳青、陈登科、白危、孙犁、唐克新、胡万春、金敬迈。"60年代的诗歌"介绍了毛泽东、陈毅、郭沫若、萧军的旧体诗词，戈壁舟、陆鲁琪、严阵、郭小川、贺敬之、李瑛、闻捷、严辰等诗人；"历史剧——一种表示抗议的工具"介绍了《白毛女》、《关汉卿》、《谢瑶环》、《海瑞罢官》等作品。

"中国的文化大革命　台湾的新作家（1966—1976年）"包含："革命样板戏"介绍了几部样板戏，并分析了张永枚的诗歌；"浩然的小说"应该是少见的单独介绍一个作家的小节，这里分析了浩然的短篇小说，还有长篇《艳阳天》、《金光大道》、《西沙儿女》；"台湾新小说"中介绍了张爱玲、杨逵、姜贵、陈纪滢、朱西宁、司马中原、白先勇、王文兴、陈映真、聂华苓、於梨华、陈若曦、黄春明、王祯和、王拓、杨青矗、张系国等作家；"台湾新诗"中介绍了余光中、纪弦、痖弦、洛夫、郑愁予、周梦蝶、叶维廉、杨牧、吴晟等诗人。

"毛以后的时代"则包含：""伤痕文学'、暴露文学和新浪漫文学"介绍了刘心武、曹冠龙、刘庆邦、刘宾雁、王蒙、蒋子龙、茹志鹃、黄翔、苏明、从维熙、刘真、竹林、高晓声、钱玉祥、陈村、金河、巴金、谌容、张洁、张扬、戴厚英等作家。这里的"暴露文学"则是我们通常所认为的"反思文学"，而"新浪漫文学"则是对浪漫爱情故事的书写；"抗议的新诗人"介绍了天安门诗歌运动中的旧体诗词，叶文福、韩瀚、雷抒雁、舒婷、艾青、白桦、毕塑望、北岛、顾城、梅绍静、雷雯、徐迟等诗人；"新话剧"中介绍了苏叔阳、宗福先、邢益勋、赵国庆、沙叶新、王靖、李克威、田芬、钱罗曼等剧作家。

可见西里尔·伯奇对中国当代文学史的书写主要是将其分为四个时期，然后每个时期的文学按照小说、诗歌、戏剧来进行梳理，没有论及散文，而每种文体之下又以作家作品为主。在其"各章书目介绍"中，我们看见编者引用的资料与中国大陆的文学史有较多关联。所以其介绍的作家作品与当时中国大陆文学史的介绍大致重合，而且对"十七年"文学的评价以正面肯定为主。例如文学史指出：正是由于周立波"这种对于人性基本因素的细致关注，才使得人们深信，《山乡巨变》是新时代最成功的五、六部长篇小说之一"。① 杜鹏程的"长篇小说《保卫延安》达到了新标准，至今仍是战争题材的优秀小说"。② 艾芜的《百炼成钢》，"主角秦德贵是一位炼钢工人——工业骄子，工业题材小说没有哪一个形象超得过他的魅力。"③《红岩》"它所记叙的事件的性质和特征使它完全可以跻身于中国散文史诗的传统行列"。④ "郭小川和贺敬之在他们的作品中都保持了那种无懈可击的热情，或许正是这个原因使得他们在文化大革命那个相当贫乏的时期，仍能继续成功地创作。"⑤ "田汉创作的《关汉卿》是解放后上演的新戏中最感人的一出戏，同时也是最直露地要求给艺术家以自主权的一部作品。"⑥ 文学史还列举了毛泽东、陈毅、萧军的旧体诗词，并称赞毛泽东"毕竟是一位伟大的诗人，他在传统的形式中融入了新的主题和意象，这就给其他诗人指出了一条道路，诗人们也很快效法起他来"⑦。这些正面评价也体现在对柳青的《创业史》的评价上。这种正面评价有时会让读者产生错觉，以为这不是国外学者在进行评论，而是位大陆学者在进行文学史书写。

西里尔·伯奇对一些作家作品的书写在同时代的中国当代文学史也是没有的，例如他介绍刘宾雁"文革"后的创作及后来境遇，对沙叶新、王靖、李克威等人在"文革"后受到批评的剧作进行分析等等就是如此。其对作家浩然的评价更会让我们想不到。浩然作为唯一在"文化大革命"

---

① ［美］费正清：《剑桥中华人民共和国史——中国革命内部的革命（1966—1982年）》，中国社会科学出版社1992年版，第791页。

② 同上书，第794页。

③ 同上书，第796页。

④ 同上书，第814页。

⑤ 同上书，第825页。

⑥ 同上书，第827页。

⑦ 同上书，第819页。

十年中没有受到冲击的作家，在新时期之后一直被研究者所诟病，罪名似乎在于所有的作家都在受苦受难而他却能安然无恙。于是，在新时期文学史书写中，浩然的作品以及其创作能力受到有意忽略。而该章的分析让我们看见了另外一个浩然："在讲故事的绝对流畅方面没有谁比得了他。用精心选择的细节来使人物的一举一动一颦一笑富于感染力，从庸常琐屑中抢救出的小插曲也饱含寓意，而象征则既像芟剪枝蔓的斧斤，又像在扣结之处蓄着力量的绳索——一个生动的故事所具有的这一切都似乎行云流水般出自浩然。他在《西沙儿女》中的主要艺术（区别于政治的）缺点是他写了他所不熟悉的题材；华北平原的农民生活才是他亲切熟悉的，深切体验过的，也是他能够随心所欲地表达出来的。"[1]

　　西里尔·伯奇对那些能够在中西文化交融中找到自己艺术风格的作家评价还是很到位的，他充分尊重了中国民族文学的独有性，将传统形式的文学如旧体诗词、戏曲以及少数民族文学都纳入书写中，他还注意到中国当代文学对西方文学的借鉴，并且将中国台湾文学纳入中国大陆文学一体，并予以高度称颂，这说明了他对中国政治历史的理解和同情。例如其认为中国台湾作家之中"一些卓越的诗人和小说家的优秀作品是大陆现在活着的作家至今仍无法超越的"。[2] 而在白先勇与王文兴创办的《现代文学》杂志"发表的作品使中国的小说在艺术上攀上了一个新的高度，其中，白先勇的贡献是尤为突出的（唯一可以与之媲美的是张爱玲）。他将现代反思手法、时间的结构安排、叙述方式的多样变化与他在选材和艺术趣味等华夏文化精髓方面的娴熟技巧融为一体，这是他的突出贡献"。[3] 而陈映真的代表作《将军族》的"力度是本世纪中文短篇小说中没有几个能望其项背的"。[4] 这就注意了中国作家面临西方文学与中华民族传统文学两种资源之时所做出的努力以及所取得的成就。

　　杜韦·福克玛以"文艺创作与政治"的标题对"文化大革命"时期的文艺进行了书写，包含以下几个小节："文化大革命的发端：作家遭受思想攻击，文化机构"，"陷入混乱"，"文学体系的变化"，"现代革命题

---

　　① [美]费正清：《剑桥中华人民共和国史——中国革命内部的革命（1966—1982 年）》，中国社会科学出版社 1992 年版，第 833—834 页。

　　② 同上书，第 834 页。

　　③ 同上书，第 836 页。

　　④ 同上书，第 838 页。

材的京剧样板戏"，"1976 年和'伤痕文学'的产生"。这里更多政治运动的介绍，不再赘述。

　　总的来说，李欧梵在《剑桥中华民国史》中对中国现代文学史的书写成就非凡，对中国大陆现当代文学研究影响甚大，而西里尔·伯奇对《剑桥中华人民共和国史》的书写相对来说受到中国大陆自身的文学史编撰影响更多。

附录　李欧梵清查中国现代作家浪漫精神的历史

　　李欧梵的《中国现代作家的浪漫一代》① 英文原著是其在哈佛大学的博士论文基础上删节而成，论文完成于 1970 年，出版于 1973 年，新星出版社曾在 2005 年、2010 年分别出版中文版本，这里以 2010 年的版本为讨论对象。该著大致梳理了中国浪漫主义精神在现代作家的发生、发展及流变的历程及规律，其典型作家的个案分析和中西文化、文学比较的文化视野值得我们这里予以介绍。

　　该著第一部分是"背景"，其中第一章为"文学界的出现"，依次介绍了"通商口岸的文学报刊"、"'五四'时期的报业与文学"、"'京派'"、"文学研究会"、"创造社"、"新月社"、"论战和人"。这是从出版、报业与文学派别、文学社团及相互论争的角度介绍新的文学界的诞生。从文学媒介与文学团体来介绍新文学的背景尽管现在已不再新鲜，但这在 1970 年的中国大陆还是少有的。第二章为"文坛和文人现象"，这章中李欧梵用一种戏谑的口吻书写了"文坛现象"和"文人现象"。他认为："自二十年代初，无论对参与者或旁观者来说，文坛似乎只包含了心胸狭隘的口角、个人不和、意识形态上的论争、'时髦'文学的制造，以及对外国文学时尚的拙劣仿效"②，而与此同时，当时的文人或者说文丐大量地出现，这是因为"在二十年代被普及化和庸俗化的所谓新式思想，往往能够因为下列资格而获得现代文人的身份：订阅《新青年》和更多新文学杂志，如《创造季刊》；对西方学术和文学潮流的认识，主要从梁启超、严复、陈独秀、胡适及主要的文学杂志中搜集得来；在 1927 年前，

---

① 　[美] 李欧梵：《中国现代作家的浪漫一代》，王宏志等译，新星出版社 2010 年版。

② 　同上书，第 31 页。

一个反军阀和亲广州的立场，但是其后则是一个反抗蒋介石的'白色恐怖'的立场；对俄国虚无主义和苏维埃人迷，但不一定是理论上的马克思主义；再者，对于新式的短发女性，对易卜生主义的彻底拥护，也就是对家庭和社会的抛弃，在情绪上认同解放的女英雄，如柯伦泰、苏菲亚·佩罗夫斯卡亚、郭耳缦或者艾伦·基"。① 李欧梵写作该书之时正处于31岁的年龄，他对"五四"时代的文坛及文人现象的剖析，不是带着膜拜瞻仰的心态，而是以平视甚至是以己度人的心态去琢磨当时的那帮"同龄人"，所以他看出了"五四"一代人在青春年少之时的轻狂浮躁、挟洋自重的不良形象，这种眼光及形象的塑造即使在当下来看，也是一种警醒。因为我们的现代学术界往往将我们的研究对象予以神化、圣化，而真实的历史面貌反而离我们越来越远。正是在这样的文坛背景和文人气质精神的影响下，李欧梵认为整个中国现代文学开始了一种"浪漫性情的进化"②。介绍完这样的文坛之后，他开始介绍七个具有代表性的浪漫主义作家，依此来演绎现代浪漫主义精神的演进变化。

李欧梵认为中国现代作家的浪漫首先是以林纾和苏曼殊开头引起的，而他们两人分别代表不同的类型，由此而造成后来者的不同表现。在第三章"林纾"中，李欧梵指出林纾作为一个传统儒者，在重重的礼教下却放纵自己的感情，这是十分罕见的："在一个偶然的机会下，他接触到一本西方小说，开始沉醉于西方小说的世界，并尝试以中西方事例来辩明自己容易动情的个性。"③ 于是，"林纾有意无意地尝试把儒家学者官员传统上视为截然不同的两个世界合而为——一个是以正确道德操守为基础，在社会及政治上以效忠国家为己任的世界，一个是讲求艺术文化、暂时回归自然、不拘礼节、随便与歌女交往的比较轻松的世界。换句话说，林纾这个着重道德观念的儒家弟子，尝试以自己对道德操守的认真态度来对待感情事，填补道德观和感情观之间的空隙。对林纾来说，'情'并不仅如《论语》中所规定的那样，是'礼'的内在反映；情就是道德"④。可见，在李欧梵的眼中，林纾是从中国传统儒者开始向浪漫主义精神进行转化的

---

① ［美］李欧梵：《中国现代作家的浪漫一代》，王宏志等译，新星出版社2010年版，第39页。

② 同上书，第41页。

③ 同上书，第44页。

④ 同上书，第45—46页。

第一个代表。林纾在一般文学史中基本上都是负面形象，即使现在也只是强调其"林译小说"的启蒙功能，这里李欧梵却从浪漫主义的引入与转换中强调了他精神气质的超前性，这个角度是很少见的。

在第四章"苏曼殊"中，李欧梵认为"当林纾仍然居于学者的传统形象时，苏曼殊却已经走出了儒家的雏形了"，因为他认为"无论对他自己或是对公众而言，个人的风格，较之于人的本身更为重要。他是第一个以此概念立论的人，而他的个性以至他的生活模式，竟能获得和他的文学作品一样的声誉。这就带出了另一个更大的定论，就是既定的行为习惯和传统已经遭受不断侵蚀，必须出现像苏曼殊这样的人来创造新的局面"①。

于是，李欧梵认为林纾和苏曼殊可以被"视作现代中国文化与生命的激烈主观潮流的先驱者"②，他们二人有着相同的目标，但是在内容上却有着细微的差别。林纾"在传统的儒家学说中成长，在旧有的儒家传统下带出这些新的讯息，希望能将新的血液逐渐输入这日趋腐化的传统学说的躯壳之内，并凭借引入西方文化去拓展中国文人的思想领域"③，但"当林纾仍在理论中艰苦奋斗的时候，苏曼殊已经将之付诸实现。林纾以其独有的创作风格著名，苏曼殊则以其生活风格的优点闻世。两者对于后世皆有深远的影响"。④

第一部分书写了"五四"之交文坛、文人现象及两位先驱者的创作和行为来阐释现代浪漫主义产生的"背景"，在接下来的第二部分则介绍现代浪漫主义"两位倡导者"：郁达夫和徐志摩。其中第五章是"郁达夫：孤寂者的漂泊"，重在介绍郁达夫一生漂泊的命运。第六章是"郁达夫：自我的幻象"，介绍郁达夫作品中的特色。李欧梵认为郁达夫"大多数的小说都只描述了自己，因此他进一步确立了那个首先由苏曼殊所始创的传统：作家的作品应能反映他的性情，表达他的行为和生活作风。毫无疑问，郁达夫确是这一方面的倡导者"。⑤ 相比一般研究者认为郁达夫的作品多是描绘自己，是其"自叙传"，李欧梵则认为除此之外，郁达夫

---

① ［美］李欧梵：《中国现代作家的浪漫一代》，王宏志等译，新星出版社 2010 年版，第63 页。

② 同上书，第 75 页。

③ 同上。

④ 同上书，第 76 页。

⑤ 同上书，第 81 页。

"同样坚持要描绘一个自我以外的自我——也就是要去建立他自己的幻象。由此，文艺创作对郁达夫有着解脱作用：把他的灵魂从真正自我的束缚中解放出来，只选取当中一些他需要的属性"。① 郁达夫在"十七年"大陆中国现代文学史研究界很少受到重视，而李欧梵却予以相当篇幅予以研究，这也是不同一般的。

第七章是"徐志摩：感情的一生"，介绍的是徐志摩一生的经历和人生信念。李欧梵认为郁达夫和徐志摩都是感情极为丰富的人，但是二者处理感情的方式则很不相同，"郁达夫以一种自我剖白以及'自我形象（visions of the self）的方式，不断扩大他的主观主义倾向，但徐志摩则如痴如醉地追求爱，并把这倾向推到新的高峰"。② 徐志摩推行"健康"与"尊严"的作诗原则，而"回到徐志摩的一生和他的个性，这两个原则其实就是他理想化个性的标记。真挚的感情是'健康'的，开放自己的活力便是一个'健康'的人，应该享受'尊严'的人生"。③ 第八章是"徐志摩：伊卡洛斯的欢愉"，这一章叙及徐志摩的艺术创作。李欧梵认为"林纾强调爱的正确性，苏曼殊在爱中漂泊，郁达夫制造了爱的幻象，那么徐志摩则是把爱本身充分体现出来了"④，前三者都是"从书本中接触西方，但曾经在美国和欧洲住过的徐志摩，便是透过阅读和亲身的体验来学习。他的个性和观点并没有多少传统中国的成分，他的使命感是他在前往西方的途中萌芽出来的，而他要以自己的生命和著作来宣扬的信息，也主要来自西方"。⑤ 徐志摩"在追求理想的爱情以及崇拜雄伟的偶像时，他实际在尝试摆脱自己'皮囊'。结果，在最终的飞行动作里，他个性中各种活力成分达到了巅峰，甚至把他推出了他自己的极限"。⑥

第三部分是"浪漫的左派"，这一部分介绍浪漫主义后来的"左转"。其中第九章为"郭沫若"、第十章为"蒋光慈"、第十一章为"萧军"。李欧梵认为"要理解郭沫若的泛神论，就不能脱离他性格上的英雄主义倾向与思想上的'反逆'主题：构成两者的基础的，是一种激进主义特

---

① ［美］李欧梵：《中国现代作家的浪漫一代》，王宏志等译，新星出版社 2010 年版，第110 页。

② 同上书，第 125 页。

③ 同上书，第 151 页。

④ 同上书，第 167 页。

⑤ 同上。

⑥ 同上书，第 178—179 页。

质，这一特质巩固了他的性格，并把其加诸他对生命及社会的一般看法"①，而后来郭沫若性格发展的种种特点，都是来自这个基本源头。相对于郭沫若能将自己的浪漫主义和革命工作和谐的予以配合，蒋光慈"把自己的英雄看法加诸社会政治的现实上，结果以幻想破灭告终；萧军以自我跟党的政策较量，结果成为被清洗的受害者"。②

第四部分是"浪漫的一代：同一主题的变奏"，主要是对现代浪漫主义的特征进行总结。其中第十二章为"现代文人与中国社会"，从文人身份及与政治的关系分析了现代浪漫主义兴起和衰微的缘由。李欧梵认为，"文人在现代中国社会中，成为新社会有地位的一群，以阔气的生活方式和美化的道德观念来维持他们在大城市中心疏离的存在"。③"在政治疏离时期，英雄主义的狂热和英雄崇拜都不可能产生直接的政治后果，只能美化作家的孤芳自赏。一旦作家变得政治化并参与政治行动，主观的英雄主义和英雄崇拜有时会与比较客观的政治要求发生冲突"，而"一旦作家不再与政治疏离，便不再是现代文人"。④

第十三章为"情感的旅程"，李欧梵梳理了不同时代浪漫主义在情感方面的侧重点。"林纾致力辩明而苏曼殊致力体现的重要一点是：要有正面的价值，主观表现的个人情感应该是真实的"，这一时代的小说作品中，"创造了一个受儒家、佛教和中西元素影响的情感世界"。⑤ 而"在郁达夫、郭沫若和徐志摩带领下，自我揭示几乎成了一时风尚——把作者内心最深处的感情和性欲秘密揭露出来"⑥，"在 1920 和 1930 年代，文人的流行形象往往是爱侣甚至陷入三角恋中的爱侣"⑦。而左派文人的主要特色则是情感的政治化。"为了把爱情从革命中分离出来，许多左派文人都卷入反复辩论的纠纷中，然而对于洞察力较强的郁达夫来说，两者其实是不可分割地与同样的情感特色相连接：恋爱的热情和革命的热情一样，来

---

①　[美] 李欧梵：《中国现代作家的浪漫一代》，王宏志等译，新星出版社 2010 年版，第190 页。

②　同上书，第 209 页。

③　同上书，第 260 页。

④　同上书，第 265 页。

⑤　同上书，第 270 页。

⑥　同上书，第 271 页。

⑦　同上书，第 274 页。

自同一个源头"。①

第十四章为"浪漫主义传统",分析了中国现代浪漫主义的渊源。李欧梵认为,"中国现代文学中,主观主义情感的趋势,部分源自本国,然而现代特性的灵感却来自西方"。②"两类英雄可以视做西方浪漫主义遗产支配中国文学界的两种模式",即"少年维特般的(消极而多愁善感的)和普罗米修斯似的(生机勃勃的英雄)"。③"在浪漫主义的构架中,从文学革命转移到革命文学,体现了拜伦物力论的看法——从情感发展到力量,从爱情发展到革命,从维特发展到普罗米修斯。"④

可见,李欧梵在他的博士论文中通过七位作家的生活经历、个性特征及创作风格梳理了现代浪漫主义在中国的发展过程。其由林纾、苏曼殊转换过渡,到郁达夫和徐志摩的理论倡导和实践上身体力行,再到后来郭沫若、蒋光慈和萧军的转向革命,整个过程清楚显豁,每个阶段的共性特征及不同个性得以显现,浪漫主义发展规律在其后的三章之中得以总结归纳,这都彰显了李欧梵杰出的研究能力和对浪漫主义研究的开创之功。

李欧梵在研究方法上的一大特色是其不仅仅注重文本,而是将作家人生经历和文本鉴赏相互贯通予以相互辉映。他在介绍七位作家之时都叙述了其人生大部分经历,特别是详述了他们的爱情生活:例如介绍了一位妓女对林纾的爱慕而遭致他的拒绝,但他却撰文称赞自己的侍妾勤俭刻苦,依此说明他在道德与感情之间达到了糅合一体;讲述了苏曼殊与妓女同居而不发生性关系的精神恋爱及与其他女性的缠绵悱恻;郁达夫在情感之路上的颠沛流离及其和王映霞的一波三折都跃然纸上;徐志摩和张幼仪、林徽因及陆小曼之间的波澜四起也牵动诸多关联;郭沫若与日本姑娘安娜共坠爱河使得其精神气质比起郁达夫更为积极;蒋光慈与宋若瑜的情感纠葛决定了他如何在爱情与革命之间做出抉择;萧军与萧红、端木蕻良三人之间的情感博弈,凸显了他将个人英雄主义置放在政治要求之上的必然性。李欧梵如此重视作家个人的情感经历和爱情遭遇,固然是因为爱情与浪漫主义之间存在内在的共鸣,但由此带来该著将作家人生经历和文本鉴赏相

---

① 〔美〕李欧梵:《中国现代作家的浪漫一代》,王宏志等译,新星出版社 2010 年版,第 282 页。

② 同上书,第 284 页。

③ 同上书,第 288 页。

④ 同上书,第 302 页。

互连接起来彼此增光添色却是不争的事实。

　　除了注重将作家的爱情经历和其创作活动进行联系以外，李欧梵还善于将著名作家及作品中的典型人物与作家本人予以勾连，寻找二者之间的隐含关系，由此阐释作家作品中的微言大义。例如他分析林纾对狄更斯的接受更着重于道德的世界，这表现在其对《孝女耐儿传》的翻译上"把可怜的耐儿转化为孝道的一个光辉化身，在一个简单的言情小说中加入了道德教义"。① 他翻译哈葛德的系列作品则表明他所追求的英雄主义，体现了他希望凭借武力保卫国家的爱国思想。而苏曼殊的《断鸿零雁记》、《碎簪记》、《绛纱记》都为我们研究他的生平传奇提供了重要资料，他对拜伦和雪莱的追慕则反映了他对爱情的两种态度和双重性格，"他仰慕并渴望能有拜伦一样激烈澎湃的情怀"，然而这对于他来说太过炽烈，所以"他较需要寻找像雪莱那样的沉默，从他宁静与高深之中去找寻'爱的涅槃'"②。郁达夫本人与西方的欧内斯特·道森和中国的黄宗则有着类似行径，甚至可以说郁达夫在将他们予以理想形象予以模仿，其与前者的关系体现在《沉沦》之中，而与后者的联系则在《采石矶》中触目可见。徐志摩的系列作品《话》、《翡冷翠的一夜》、《爱的灵感》则反映了他"生命与爱的动力"，而他对西方文学和作家的仰慕则体现了他的"英雄崇拜"，他渴望自由的"想飞"等等这一系列都意味着他享受着一种"伊卡洛斯的欢愉"。郭沫若对英雄崇拜的狂热，不但贯穿他的《女神》、《天狗》、《创作者》等作品中，也渗透了他在日本的生活方式③，他的"泛神论英雄哲学，可以视为他本身性格的投射，而且也有助于这种性格的塑造"④。蒋光慈的政治信念，在一定程度上通过其诗作《莫斯科吟》、《哭列宁》、《我是一个无产者》等等中的"炮火、燃烧的梁柱、奔腾的洪流以及人道的重生等充满活力的形象表现"⑤。而他的小说在革命的幌子背后实际上暗藏双重的忧虑："他确实不愿意做党指派给他的政治工作，却又想证明自己作为革命者的价值；他渴望爱情、人间温暖和一个不错的家

---

　　① ［美］李欧梵：《中国现代作家的浪漫一代》，王宏志等译，新星出版社 2010 年版，第 47 页。

　　② 同上。

　　③ 同上书，第 191 页。

　　④ 同上书，第 193 页。

　　⑤ 同上书，第 213 页。

庭，却为了这些小资产阶级欲望而惭愧。因此，他太急于描绘革命，并强调应该把革命放在浪漫爱情与孝道之上。"① 萧军的《八月的乡村》是社会主义现实主义不完美的例子，"这是因为作者还有尚未解决的冲突：他的爱国主义，要求角色有丰富的英雄主义，但他的现实主义只可以使他面对许多人类的缺点，有损纯粹的英雄主义。他很了解那些农民英雄的性格，因此不可能把所有主角描绘成深受共产主义美德影响、具备正确意识形态的正面模范"②。只有到了《五月的矿山》之时，萧军才达到了社会主义的现实主义的所有要求，并吻合毛泽东的文艺思想，但又让评论者找到了他作品中的"新毒素"。可见李欧梵在对作家作品进行分析之时始终注意古今中外各类作家及作品的比较分析，由此使得他的文本细读内涵丰富，不只是停留在文本内部，时而旁逸斜出东联西扯，显示了广阔的视野与深刻的思想内涵。

新中国成立后，中国现代文学的研究一向重视的都是现实主义作家及作品，而李欧梵的这部著作早在 1970 年就注重到浪漫主义在中国的引进和传播的历程及规律总结，在研究领域上具有突破"禁区"的味道。而他在具体方法中紧扣作家个人生活和爱情花絮进行古今中外作家作品的比较分析和文本细读，展示了其超凡卓越的知人论世、以文观人、以人论文的文学研究能力，值得我们学习。

第六节　安敏成发现中国现实主义演变线索

安敏成是美国耶鲁大学东亚系教授，是美国中国现代文学研究界很有潜力的学者，不幸于 1992 年因病英年早逝，时年 40 岁。《现实主义的限制——革命时代的中国小说》③ 是其代表作。该书重在研究 20 世纪 20 年代至 30 年代革命时代现实主义小说的特点，可以将其作为一部断代文学史来介绍。其突出亮点在于重视中国现实主义的独特性、发展的逻辑性、文本解读的思想性。

---

① ［美］李欧梵：《中国现代作家的浪漫一代》，王宏志等译，新星出版社 2010 年版，第 223 页。

② 同上书，第 239 页。

③ ［美］安敏成：《现实主义的限制——革命时代的中国小说》，姜涛译，江苏人民出版社 2011 年版。

一　重视中国现实主义理论的独特性

安敏成非常重视中国革命时代的现实主义小说的独特性，他认为中国的现实主义文学观念来自西方，但是中国的作家和文艺理论家对其不是全盘照搬，而是进行了适合自身的选择、改造，以此来回答中国迫在眉睫的现实问题。

首先，安敏成重视了中国特有的现实国情，正是这一国情决定了中国现代作家对西方文学理论的借鉴带有政治使命和特殊目的。中国现代时期处于一个频繁的历史倒退中，由此中国的文化、文学工作者产生一种严重的挫败感，从而诞生一种斗争精神。这决定了他们的文学实践带有改变政治社会的企图，"他们推想，较之成功的政治支配，文学能够带来更深层次的文化感召力；他们期待一种新的文学，通过改变读者的世界观，会为中国社会的彻底变革铺平道路。面对愈来愈紧迫的西方挑战，他们在欧洲纷繁的文化思潮中探寻着能够解释'富强'奥秘的一脉：西方人借以概括自身传统的种种主义被他们匆忙而热切地攫取。"① 安敏成认为这一文学借鉴的特殊功利心，应该是我们讨论中国现实主义特殊性的必要背景和视域框架。

其次，安敏成通过对现实主义的解剖分析，确立了现实主义研究的新维度。典范的现实主义论带有认识论和反映论的特征，即认为一个文学文本可以直接反映物质或社会世界。以语言学为基础的当代批评，更多会认为"一部小说是一种语言建构，其符号学身份不能被忽略"。② 面对这样的语言学理论，中国现实主义文学作品似乎已经不具有研究的价值了。但是安敏成认为："有关现实主义的争论在主流文学的发展中起到过如此重要的作用，我们不应满足于压抑这一术语，而更应该正视且认真探究它与周遭事物的复杂关联"③，这意味着他尊重中国现代文学属于现实主义主流的实际，而不是对其嗤之以鼻。相反，他创造性地将现实主义从认识论的窘境中解脱出来，指出"很多现实主义作品其实都运作于两种层面：一为对社会的'客观'反映层面；一为自觉的寓言层面。在寓言的层面，

---

① ［美］安敏成：《现实主义的限制——革命时代的中国小说》，姜涛译，江苏人民出版社2011 年版，第 3 页。

② 同上书，第 4 页。

③ 同上书，第 5 页。

作家会探索他的写作形式的可能和局限；通过考察这一层面，我们就能够揭示作品内在的压力、缺陷以及作家在将素材纳入到特殊的形式构建的过程中必须闪避的陷阱"。① 而他所着力的方向正是现实主义"寓言的层面"，"悬置那些不可捉摸的认识论问题，转而将再现行为当做一种智力劳作来考察［或者，用语言学的术语来讲，当做一种'动机性言语行为'（motivated speechact）］，其蛛丝马迹可以从文本中发现。现实或许可以看作为——至少是暂时的——仅是想象的产物。如此理解'现实'（我将用大写的方式强调其修辞的而非本质的意义）可以使我们摆脱有关现实与文本之关系（反映论）的狭隘论辩，腾出手来探讨小说的创造性生成（发生论）、它的接受和社会效用（我们将看到，在现实主义中，后者通过亚里士多德的'净化'作用得到了最佳的实现）"。② 正是安敏成重视了中国现实主义的特殊性和独有的研究价值，所以他为之专门寻找到一种现实主义的研究方法与中国现实主义这一研究对象相匹配，而不是始终在老套的现实主义反映论中打转而抽不开身，这种研究方法对我们的现实主义研究应该是不无裨益的。

最后，安敏成在西方现实主义与中国传统美学的比较中认识到西方现实主义为中国人提供了一种崭新的美学经验，并进而在中国形成一种独特的现实主义理解及实践。在西方"现实主义中，作家在理论上像社会科学家一样，拥有一种独立的客观视点，通过在读者心中唤起并宣泄恐惧和怜悯的不快情感，达到一种净化作用。与此相反，传统中国文论的核心观念，是将文学当做作家内心情感的自然表现，即便创作中存在观察的视点，它也只被理解为伦理开掘的一个阶段。另外，在中国，没有净化的观念，小说（不是所有的文学）一般要执行教化的功能"。③ 正因为这样的不同，所以，安敏成发现中国的现实主义理论有三个不同特征是西方现实主义较为少见的：其一，中国的现实主义理论是将现实主义与文化变革的承诺联系起来，"五四思想家从未将西方的观念当做游离于现实之外的知识来把玩，而是将其当做一项解决严峻课题的现实方案：借助何种资源，中国才能奋然崛起，打破传统的枷锁，重建崭新的文化

---

① ［美］安敏成：《现实主义的限制——革命时代的中国小说》，姜涛译，江苏人民出版社2011年版，第7页。

② 同上书，第7—8页。

③ 同上书，第22—23页。

途径?"① 所以，中国的思想家并不是完全跟从西方人对现实主义的理解，
"对于西方人来说，与现实主义关联最紧密的是模仿的假象，即：一种要
在语言中捕获真实世界的简单冲动。至少是在新文学运动的早期，中国作
家很少讨论逼真性的问题——作品如何在自身与外部世界间建构等同性关
系——叙述的再现性技术问题也受到冷落，而该问题对福楼拜和詹姆斯这
样的西方现实主义者来说却是前提性的。相反，现实主义被热情接受，是
因为它似乎能够提供一种创造性的文学生产和接受模式，以满足文化变革
的迫切需要。虽然这两重焦虑与这一时期的讨论始终相伴相随，但在 20
年代，争论的焦点是文学发生问题，而在 30 年代，文学接受则又变得最
为重要了。"② 其二，中国的现实主义理论在"新的文学源泉"的探索上
与西方现实主义不同。西方现实主义认为文学创作的源泉来自作家对现实
的客观反映，但是"五四一代知识分子，虽然对批评遗产中的古典品味
和教条进行无所顾忌的批判，但却从未诋毁这种观念：文学首先是人类深
层情感的表现"。③ 现实主义者孜孜以求的是"在外部世界开掘新的文学
源泉，他们强烈期望自己的小说能够发出个人活生生的声音，与人生紧密
地相关。不仅如此，五四现实主义者还希望能在小说中引入与传统的表现
性诗艺相关的因素。如果新的小说能够如他们热切希望的那样，在文化变
革中起到重要作用，仅仅去说教或娱悦是不够的，它必须在读者心灵的最
深处激起共鸣"。其三，是对读者的态度和新读者的寻找上的不同。中国
引进现实主义的目的是希望通过现实主义的教化，引起读者的心灵感应，
从而唤醒他们为更美好的世界而奋斗的本能愿望。所以，通俗艺术和民歌
乃至白话作为最基本的文学媒介被推广使用都是为了适应更广泛的读者接
受这一目的的实现。但是实际上在"五四"时期，新文学的读者并不见
扩张，其比传统白话文学的读者还要狭小，所以新文学家们"尴尬地看
到新文学所排斥的正是它所要取悦的人"。④ 于是在 20 世纪 20 年代末和
30 年代，新文学的读者受到更为密切的关注。由此，现实主义这一西方
文学模式受到了质疑，因为现实主义的文学思想中包含着对读者及文学反

---

　　① ［美］安敏成：《现实主义的限制——革命时代的中国小说》，姜涛译，江苏人民出版社
2011 年版，第 33 页。
　　② 同上书，第 33—34 页。
　　③ 同上书，第 34 页。
　　④ 同上书，第 55 页。

映的现实进行思想启蒙和文化批判的因素，使得其不能受到更广大读者的亲近和响应。现实主义就"被理解为一种个人主义表现，属于一种更广泛的意识形态体系，中国人认为其背后隐含的是西方的霸权意志。'批判'来自于对现实的超越性把握，它独立于作品的产生与接受的语境，如果说这种西方模式确实曾在中国落地生根的话，那么现在，它被压抑了。作为一种变革工具而被引入中国的批判现实主义，恰恰因为没能使变革向集体性的要求发展，而成为了怀疑的对象"。①

可见，安敏成尊重中国作家学习接受西方现实主义的社会环境和功利性动机，他并不认为中国文学家们只是被动地汲取、被灌输，而是在追求着现实主义的中国化；他也并不认为中国文学家们所追求的现实主义是落后的文学样式，他在摆脱现实主义研究中认识论的痼疾后，从许多混乱、迷失、矛盾的表征中寻找到中国现实主义理论的独有特征。

二　重视中国现实主义文学创作的独特性及发展的逻辑性

安敏成对中国现实主义理论及创作的发展历程进行了科学分析，显示了其自身发展的逻辑性，这从该著目录和叙述的层次中就可以看出。

该著第一章是"导言：讲述他人"，这一章重在阐释西方现实主义理论与中国文学传统理念之间在客观与主观、净化与教化之间的不同性，表明在研究中国的现实主义之时必须将其放在这二者之间进行比较，方能发现中国现实主义在革命时代具有什么样的特质。

该著第二章是"'血与泪的文学'——五四现实主义文学理论"，这一章主要阐释中国现实主义理论与西方现实主义理论有何不同，这表现在三个方面："现实主义与文化变革的承诺"、"探索新的文学源泉"与"寻找新的读者"。

该著第三章是"鲁迅、叶绍钧与现实主义的道德阻碍"，这里通过鲁迅"观察的暴力"和叶绍钧"同情、真诚以及叙述的分化力量"来说明他们与西方现实主义的不同在于他们的小说"个性鲜明地凸显了对作品内容进行评判的阐释过程，而不是内容本身"。② 也就是说，他们的现实

---

① ［美］安敏成：《现实主义的限制——革命时代的中国小说》，姜涛译，江苏人民出版社2011 年版，第 65—66 页。

② 同上书，第 67 页。

主义与西方现实主义作品存在侧重点的不同，前者重在对作品内容进行再次"评判"，后者重在反映现实使之成为作品内容。于是安敏成分析了鲁迅对自我内省式的观察，以及叶绍钧对"同情"和"真诚"的信念追求所具有的中国现实主义特点，指出他们对西方现实主义有所借鉴，但同时又有着自己独有的创作。二人都不只是直接挪用西方现实主义模式来适应中国情境，而是积极地探索借鉴的形式源头，发掘其内在局限。他们的现实主义小说创作"打破了作家对小说改变现实的道德功能所抱的理想主义幻想，而是直面了一种形式困境，在其中文学变革之可能性变得暧昧了"。①

　　该著第四章是"茅盾、张天翼以及现实主义的社会阻碍"，安敏成通过分析茅盾的"细节的政治"和张天翼"作为社会使命的小说"来说明他们的创作与西方现实主义的不同。他认为茅盾希望"自己的创作能够摆脱那种个人的、因而也是局限的时代视角；他还希望自己的小说成为'时代性'的喉舌，即让历史本身发言"。② 这表现在茅盾小说的主题层面上"观念与现实的冲突中，即：小说结构虽然清晰明了，却难以消化观察到的社会现实"。③ 所以茅盾"在长度控制和结尾处理方面遇到的难题表明，将小说世界作为一个意义整体纳入一个外部空间，并使各部分彼此协调，这种追求仍是遥不可及的。最终，现实主义小说还是跌入了资本主义的潮流中"。④ 但与之相对照的张天翼却"积极地打碎小说表面的连贯，使社会的分裂直接投射到小说形式上。他更多将注意力集中在人物行为的结果而非动机上，尤其热衷于探讨由所有人类行为构成的——并最终强化的——基本的社会分裂。与他对社会行为外在性的强调相伴随的，是他作品特有的语言游戏性；当茅盾努力使自己文绉绉的叙述接近自然，哄着读者被动地接受着他表现的世界，在张天翼这里，精力充沛而又滑稽可笑的叙述，却频频让人注意到文本的语言层面，让读者在震惊中认识到文本的表意方式对它描写的社会实践的戏仿"。⑤ 安敏成认为茅盾和张天翼这两

---

　　① ［美］安敏成：《现实主义的限制——革命时代的中国小说》，姜涛译，江苏人民出版社2011年版，第103页。
　　② 同上书，第110页。
　　③ 同上书，第113页。
　　④ 同上书，第131页。
　　⑤ 同上书，第154—155页。

位作家具有共同点，"他们都反对美学上心理上的超然之境，而坚持认为，他们的作品与特殊的时代及特殊的环境相联。只有在中国社会变革的潜力和小说不仅反映生活的时代而且积极推动历史车轮的力量中，才能找到出路"。① 但作为现实主义者，他们仍然坚信，"这些推动力可以在他们观察和描写的世界中发现，而不是来自外部强加的观念框架。总之，他们处身于中间地带，既抗拒单纯反映美学的决定论，又反对幼稚地盲从于思想观念"②，这也是他们与西方现实主义所不同之处。

　　该著第五章是"超越现实主义——大众的崛起"，安敏成指出在 1920 年至 1930 年期间，每一个现实主义作家都发现完全按照西方现实主义精神进行创作，实际上是"无法兑现它所承诺的社会影响"。③ 所以在茅盾、丁玲、艾芜和沙汀等人的小说中，"工人和农民的形象逐渐成了大众的普遍代表；他们以大众的名义忍受苦难，他们的身上凝聚了大众承诺的美德。30 年代小说真正的主人公，不再通过个体挣扎在混乱的社会场景之上获取一个在 20 年代非常典型的批判性视点，反之，他们是一个特殊的人群，虽然也是满脑子抽象的观念，但强健有力，行动敏捷。30 年代小说真正的戏剧性恰恰在这里：五四一代知识分子主动摆脱自我的冷漠，冒险尝试突破，去遭遇——并且创造——大众，这个崭新的实体"。④ 同时中国作家采取了一种新的叙事立场："他们开始擦抹'我'与'他们'——自我与社会之间的——作为批判现实主义实践明确基础的划分，将两者都融入集体性的'我们'之中。随着这种新的民族群众，或大众感受的生成，批判现实主义最终被当做 20 世纪一种殖民主义圈套被逐出中国"。⑤

　　可见，安敏成分析了中国现实主义作家在创作中并不是严格按照西方现实主义规则进行创作，而是重视了中国现实主义创作的独特性。西方现实主义要求作家以客观中立的立场视角进行写作，但是鲁迅对作家的写作始终带有一种道德内省意识，叶绍钧则认为作家需要同情和真诚；西方现

---

　　①　［美］安敏成：《现实主义的限制——革命时代的中国小说》，姜涛译，江苏人民出版社 2011 年版，第 156 页。

　　②　同上。

　　③　同上书，第 157 页。

　　④　同上书，第 159 页。

　　⑤　同上书，第 177 页。

实主义要求作家对现实社会进行镜子式的反映，茅盾则坚持必须反映出时代性，坚持在总体观和细节上取得一种调谐，张天翼则在语言技巧上多方实验，显示了一个破碎的社会形象；西方现实主义要求作家带有批判意识，以启蒙意识高高在上地去指导批判大众，但是中国现实主义作家为了更好地达到小说的政治目的，他们逐渐泯灭了自我与大众的隔阂，而混同在"我们"这一集体性的叙事称谓里，同时应被批判的大众却成了现实主义的英雄形象。

　　总之，安敏成对中国现实主义作家创作的特点分析带有逻辑性，其先分析作家主观态度，然后介绍作家作品所反映社会内容，最后落脚在作家人物塑造上，逐步展开，分类明确，使得其对中国现实主义作品的分析具有条理性和逻辑性。这也体现在全部的章节安排上：先介绍西方现实主义的文学观和中国传统文论的区别，然后分析出中国现实主义理论的独异性，最后以三章作家作品论来阐释中国现实主义创作的自有发展规律。整个著作能够围绕中国现实主义的理论及创作来展开，其中紧扣其与西方现实主义理论与创作的区别，从而使得其自身特点得以彰显。

三　重视文本解读的思想性

　　安敏成在作品解读方面也有不菲表现，其对作家作品的解读非常注重思想性，并紧紧围绕自己所要阐释的现实主义话题，从而使得作品解读能很好地服务于自己的专著主题。

　　安敏成注意到鲁迅后期小说常见的结尾是叙述者突然感到与小说中的苦难相悖逆的解脱感。例如《在酒楼上》中叙述者听完吕纬甫幻灭的坦白，走出酒楼之后感觉到"爽快"；在《孤独者》中叙述者看到朋友魏连殳的尸体后，心情在悲痛之余感受到"轻松"和"坦然"。安敏成认为："这些段落只能表明，在净化的时刻，叙述者与受害人的朋友、亲属间沉重的认同感被驱散了。读者的反应则主要取决于他们对传达这种经验的叙述者的态度。在很大程度上，叙述者就是鲁迅本人，但最大的共性是相同的阶级地位，这使他们能够执笔写作，为'沉默的中国'发声。借助文字，他们能够表述其他阶层的生活，由此为社会整体提供意义。但是叙述者和他的阶级没能完成这种使命，因而，中国人'正像一大盘散沙'。虽然在结尾，读者分享了情感的满足，但他们也意识到叙述者道德上的失败，小说净化效果的圆满性被打破了，这使得叙述的道德功效充满了疑问。"①

安敏成分析了叶绍钧的《倪焕之》中乐山在说出自己要献身革命的一刻，"小说中出现的文化意象最鲜明地表明了一种对尘世的弃绝。道德选择在这里奇异地扭曲了：革命持续不断的侵犯力已成为历史的宿命，对乐山和倪焕之来说，极端的投入就是对残酷暴力的积极接纳。他们必须听从它的召唤，舍生取义，乐山的行动很快证明了这一点。"②

安敏成分析了茅盾的《子夜》中："决定 30 年代中国历史进程的两个主要推力（农民和帝国主义者）被遗漏了——而在茅盾看来，他们必定是历史辩证法的基本因素。结果，小说中的上海脱离了当时真实的历史运动。它既不属于旧世界（封建中国），也不属于新世界（革命的乡村中国），它是一潭死水，扼杀了所有的生机和创造。小说中的一切都是虚构的：核心的情节冲突，吴荪甫纱厂里发生的罢工，只是为了营造必要的僵局。吴荪甫，这个与帝国主义经济霸权绝望抗争的民族资本家，不是工人的真正敌人，而势单力薄的中国城市无产阶级，也不是中国革命性变革真正合格的担负者。"③

安敏成分析张天翼的《在城市里》和茅盾的《子夜》都写到了钟声具有末世感，两部作品"都通过钟声暗示，人物自身无法看清的历史和时间的客观进程；而作为读者的我们，会认识到历史的巨浪必定会将他们吞没，他们无聊的野心和争吵只是大潮上的泡沫而已"。④ 在张天翼的《报复》和《笑》的解读中，安敏成指出："暴力的赤裸裸地展示的，没有伴随着道德信条。在两个故事中，性本身都不是性暴力的动机，而是洗刷羞耻、显示权威的方式，然而，这种权威不只是来自经济的实力或身体的强壮，而且来自在性方面的双重标准；因而，在背后为其撑腰的是认可（实际上是鼓励）此类虚伪行径的社会秩序的整体。在习见的迫害行为中，蠢笨的男人或许只是木偶，脚本则由社会秩序的成规来提供。"⑤

---

① ［美］安敏成：《现实主义的限制——革命时代的中国小说》，姜涛译，江苏人民出版社 2011 年版，第 79 页。

② 同上书，第 99—100 页。

③ 同上书，第 128 页。

④ 同上书，第 147 页。

⑤ 同上书，第 150 页。

安敏成在阐释20世纪30年代的作家在塑造大众形象之时，指出"大众永远动荡不宁，假使没有引入一个决定性的视角，便很难获得稳定的把握。作家们不得不求助于某种可预知的隐喻去转化大众，在30年代的中国文学中，这一类隐喻俯拾皆是"。① 接着他指出，这样的隐喻包括火、水（"潮水"、"风暴"、"激流"）、野兽、昆虫（"愤怒的老虎"、"蜂群"）以及风。

对于沙汀的《在其香居茶馆里》和《淘金记》中的那些追逐小利小惠以及善于油嘴滑舌的争辩的官僚们，安敏成指出，这些人物的"狡诈与昏庸和吞灭了整个民族的历史性灾难形成鲜明对比。但沙汀的人物却保持了一种对公众事件几近反常的冷漠，他们有意拒绝在个人经验和更大的历史叙述间取得联系。结果，他们彼此之间，在某种意义上也与自身深深地隔绝：即使是他们的最有限的私人愿望也难以达成。他们如此急迫地追逐着微小的目标，以至于不可避免地相互争斗，而当人物之间的冲突发生时，讽刺家沙汀总是不动声色地以某种叙述转折抽空他们争夺的对象，让愤怒的口角沦为一场空洞的闹剧"。②

可见安敏成的文本解读重在抓住最具代表性的细节、意象来进行分析，这些细节或意象往往是大多数批评家所忽略的琐碎零件，但他却能从中看出有意味的内涵，并以此为原点不断向深处、向周边予以开掘，从而发掘出更深刻的思想观念，并将其与中国现实主义的独有特点相联系，使之成为自己观点的有力支撑，从而实现了四两拨千斤的论证意图。

第七节　《哥伦比亚中国文学史》中的中国现代文学史

《哥伦比亚中国文学史》是《哥伦比亚中国传统文学选》（*The Columbia Anthology of Traditional Chinese Literature*）和《哥伦比亚中国传统文学精选》（*The Shorter Columbia Anthology of Traditional Chinese Literature*）的配套作品，美国哥伦比亚大学出版社2001年出版，主编维克托·梅尔

---

① ［美］安敏成：《现实主义的限制——革命时代的中国小说》，姜涛译，江苏人民出版社2011年版，第162页。

② 同上书，第168页。

（Victor H. Mair）是宾夕法尼亚大学的中国语言文学教授。这部厚达 1280 页的著作研究了中国文学从开端到当代的整个发展历史。该文学史不是专门的 20 世纪中国文学史，只是在部分章节中予以涉及，其中第 24 章是现代诗歌，第 32 章是 20 世纪散文，第 38 章是晚清期到民国初的小说（1897—1916 年），第 39 章是 20 世纪小说，第 40 章是 "1980 年代和 1990 年代中国大陆、中国香港、中国台湾的小说"，第 42 章是 20 世纪话剧，这种安排明显带有文体史的特征。该文学史目前还没有中文版，笔者这里以中文介绍之。

首先来看第 24 章的现代诗歌。该章论述现代诗歌也是从胡适的《文学改良刍议》和陈独秀的《文学革命论》谈起，强调了新诗肇始之时所受到的外国浪漫主义、象征主义文学的影响，以及在抗日战争期间现代诗歌在集体主义和爱国主义方面的尝试。文学史在小结这章之时认为中国的现代诗歌既是中国的又是现代的，但是其对中国现代诗歌的自有特征强调不够，更多以描述史实为主，很少诗歌赏析以及史论评说。该章在论述大陆现代时期诗歌之后开始叙述中国台港诗歌，注重了三地的联系。相对来说，当代时期中国台湾诗歌介绍最详细，大陆次之，中国香港最少。而现代时期的延安地区、当代的 "十七年" 及 "文革" 这三个时期的诗歌很少论说，如贺敬之、郭小川等等就没有提及，更多强调了改革开放之后的朦胧诗和第三代诗，这表明了该文学史的文学趣味和一定的意识形态取向。

第 32 章是 20 世纪散文。这章从几个方面来书写，依次为 "白话文在 20 世纪散文中"、"20 世纪白话散文的历史概述"、"中国白话散文的一般特征"、"20 世纪散文的主要流派" 四大部分。其中前两个部分介绍比较简单，而对中国白话散文的三个特征归纳得颇有新意，即作者本人就是叙述者，作者与读者之间呈现一种亲密关系，在散文中显示出其他写作中被隐蔽的作家个人的人情人性。该文学史认为 "20 世纪散文的主要流派" 有抒情和劝说这两种，大致即言志派与载道派，然后文学史围绕这两种流派分析了鲁迅、柏杨、李叔同、丰子恺、朱自清等人的作品。

第 38 章是清晚期到民国初的小说（1897—1916 年），包含以下几个方面："新的方法，新的视角" 论述晚清民初小说在外来文化的影响下，小说艺术出现了新的因素；"上海：中国现代文化的摇篮" 强调上海作为租界带给古老中国的现代转型，因此孕育了晚清民初小说的现代性，该文学史强调没有现代上海现代中国文学就不会诞生；"关于小说理论与批评的讨论"则剖析了本时期梁启超、刘鹗、严复、金天翮、吴趼人、王国维、黄人、林传甲等人围绕小说的性质、功能、特征所进行的种种争论与阐述，创新之处在于将这些小说理论与中国古代及西方小说理论相比较，指出其继承与借鉴之处，这应是少有的对晚清民初小说理论的萌生及发展进行详细梳理的文学史书写。然后是"长短篇小说"、"一个回顾"以及"传统小说的现代转型"等小节进行作品介绍。该章重在强调中国传统小说逐渐向现代小说过渡，是现代性转换的开始。

第 39 章是 20 世纪小说，分为几大部分："总的历史背景"对整个 20 世纪中国文学历史背景进行概述，注重从政治、经济与文化等相互交错的关系中去考察；"20 世纪代表性长短篇小说调查"重点考察了刘鹗的《老残游记》、吴趼人的《恨海》、《二十年目睹之怪现状》、徐枕亚的《玉梨魂》、张恨水的《啼笑因缘》、程小青等人的侦探小说。对鲁迅的小说有很高的评价，也指出其学术成就和对汉字改革的热心，这是一般文学史少见的。该文学史还介绍了"五四"时期的郁达夫、郭沫若、叶圣陶、茅盾、许地山、凌叔华、冰心、丁玲，20 世纪 30 年代的蒋光慈、新感觉派穆时英等。其对老舍的《骆驼祥子》评价很高，称老舍为 20 世纪最杰出的作家之一，郭沫若、茅盾等都没有得到这样的称呼。该文学史还介绍了巴金、沈从文、吴组缃、张天翼、艾芜、张爱玲、钱锺书，但对新中国"十七年"和"文革"时期的小说基本上是一概忽略。"最近几十年来的小说：1970 年代的台湾及 1980 年代的大陆"介绍了中国台湾的王文兴以及乡土文学陈映真、黄春明、王祯和。而大陆文学则介绍了李存葆的《高山下的花环》，从维熙的《风泪眼》，莫言的红高粱家族。这一小节与第 40 章的安排有部分重复。

第 40 章"1980 年代和 1990 年代中国大陆、中国香港、中国台湾的小说"中包含以下小节："1980、1990 年代的文化及外部环境"整体叙述三地文化环境的变化。从"1980 年代有限度的实验"开始介绍大陆反思文学、改革文学、张洁、蒋子龙、遇罗锦、王若望、张辛欣、冯骥才、戴厚英、从维熙、张贤亮、古华、白桦、杨绛、宗璞、北岛、阿城、王安忆、谌容、王蒙、刘心武等。该文学史认为在新时期中国的政治运动仍然频繁，影响了中国文学实验探索，并将一些作家视为被压制的对象。其在介绍小说思潮之时，总是认为作家的创作在反抗政治迫害，这种固定思维有失偏颇。而在大陆学者来看，此一时期正是知识分子和政治话语取得"共谋"时期，摩擦并不是主流。"1990 年代的新潮和先锋文学"介绍了以阿城、韩少功、郑万隆、郑义等为代表的寻根文学，刘索拉、陈建功等人的新潮小说，高行健的《灵山》也被视为寻根文学，并评价甚高。而马原、王朔、李锐、莫言、史铁生、苏童、格非、孙甘露、何立伟、余华等的创作都被视为反抗之作，并指出他们所受西方文学的影响。该文学史忽略了中国的先锋文学更多的是一种文学形式的试验，很多时候也许与作家自身的生活、生命体验有所距离，而以西方现代作家的人生体验来看待中国作家，就有张冠李戴之嫌。该章涉及大陆文学的小节较多，还有"1990 年代的女性作家"介绍了方方、池莉、张欣、陈染、林白、毕淑敏。"'无政府主义者'王朔与 20 世纪 90 年代的后现代主义的幻灭"将王朔与张承志予以并列对比，虹影也被介绍。"重获自信：中国的新的文化批评"重在介绍陈晓明、陈平原，对赵毅衡的评价很高，这应与他的学缘背景和知识结构有很大关系。"文学与当局：截至 1996 年第五次作家代表大会的文学领导"论述了文坛权力的斗争与纠葛，以及莫言、王蒙、王朔、刘再复、李泽厚等人受到的排挤，还有对吴宏达等人的介绍，这都是一般文学史著很少涉及的。

论述该时期中国香港文学的标题则是"香港：迟来的地区特征"，包含"什么是香港文学的代表？"而中国台湾文学的标题是"地方主义的危险：台湾文学景象"，包含"日治时期台湾作家的再发现"、"20 世纪 50 年代的反共产主义的叙事写作"、"台湾现代主义"、"乡土文学的作家们"、"台湾女性文学"、"台湾诗歌的发展"、"平民化、大众化文学"，"台湾地域文化的意义"。该章最后一个部分是"对整个中国文学的展望"。总之，该文学史将 20 世纪八九十年代中国大陆、中国台湾、中国香港两岸三地的文学态势予以互动性展示，并视为不可分割的整体，这是可贵的。

该文学史在编排戏剧文学之时分为两个章节，第 41 章为传统戏剧文学，这章详细论述了中国传统戏剧的萌生、发展、兴隆以及在 20 世纪走向衰败的历史性过程，其中涉及梅兰芳、样板戏以及其衰败的原因。接下来顺势就在第 42 章专门论及 20 世纪话剧。这样两章的顺序安排有着不错的承接转合，对大陆文学史编撰戏剧文学应该是一个启示。第 42 章包含："中国现代戏剧的起源"，这里将中国现代戏剧的发展分为七个阶段——

形成阶段（1866—1918 年）、"五四"时期（1918—1928 年）、20 世纪 30 年代（1928—1937 年）、抗日战争时期（1937—1945 年）、"十七年"时期（1949—1966 年）、"文革"时期（1966—1976 年）、毛泽东之后时期（1976 年至今），然后书写形成阶段的话剧文学。接下来的章节依次就为"五四运动时期的发展"、"从 20 世纪 20 年代末期到三十年代"、"从抗日战争到共和国早期"、"后毛泽东时代"、"走向团体及老舍之死"。

　　总的来说，该文学史兼顾历史的复杂性，深入其内在肌理，认识到中国社会政治的局势决定了中国现代文学的种种分歧与共识，而中国现代文学始终在西方现代性与中国民族性之间摇摆、彷徨，也是该文学史倍感同情之处。其对作家作品的介绍重在粗略介绍故事情节，时有精到的规律性点评。另外，该文学史内容涵括面广，全书 55 章，首章介绍中国文学的基础，然后几个大章按照文体区分，依次为诗歌、散文、小说、戏剧、文学理论与批评，最后介绍了流行文化及外围表现，其中介绍了中国文学在韩国、日本和越南的接受情况。这样的中国文学史具有全球性视野，文类齐全，互动性强，既展示了中国文学自身由古代而现代的发展规律，又显示了中国文学与东亚地区文学的横向联系，区域之间的交叉流动得以凸显。但是，这部著作的作者众多，他们各自负责一个独立的章节，每个章节都是一篇独立的论文，信息量很丰富，可是作为一部整体著作，在各个章节的彼此照应与共同聚焦上缺乏连续性和整体性，有些章节有自相矛盾，或者相互重复之处。正如美国学者田晓菲所说："这本书变得好像不是一部'文学史'，而是一部'论文集'。一本专著和一本论文集是很不同的，因为论文集没有一个核心的 argument（论题）。中心论题很重要，因为一本书应该有一个支撑性的整体观念，各个不同的章节最终都要贡献于这个整体观念。"①

第八节　史书美书写半殖民地中国现代主义发展历程

　　史书美毕业于加州大学洛杉矶分校，后在加州大学洛杉矶分校比较文

---

① 田晓菲、程相占：《中国文学史的历史性与文学性》，《江苏大学学报》（社会科学版）2009 年第 5 期。

学系、亚洲语言文化系及亚美研究系任职助理教授、副教授和教授。其
2001 年在加州大学出版社出版《现代的诱惑：书写半殖民地中国的现代
主义（1917—1937）》（*The Lure of the Modern：Writing Modernism in Semico-
lonial China，1917 - 1937*）。该书 2007 年由何恬翻译①，在江苏人民出版
社出版。该著最大的特点是注重到中国现代社会的性质属于半殖民，这种
性质与全部被殖民的社会存在着不一样的特点，所以在这样的社会里诞生
的现代主义就会表现出不同的特征，由此她对中国现代文学中现代主义的
发展历史进行了梳理。

一　从中国发现中国问题

　　史书美在该著中所运用的主要方法是从中国发现中国问题。在很多现
代文学的研究著作中，都将西方文学作为中国现代文学研究的比照对象，
认为中国现代文学多受到西方文学的影响，只需要找寻到这些作家所受到
的影响即可。这样的研究忽略了中国现代作家在受到外界影响之时的主动
性和地域性。作家不是被动受到影响，而是会根据自己所在的环境和自己
的知识结构、价值认同和个人禀赋来吸收外界的营养从而形成属于自己的
风格，并且作家将以自己的个性风格来增补和添加其所受文化的类型，使
得其更为复杂，也就是说作家会以他的成就来反哺曾滋养过他的文化馈赠
者。无疑，史书美在该著中就注意到了作家的这种被动性和主动性相结合
的复杂和生动。

　　史书美首先批评了西方中心主义的现代主义观。西方中心主义者认为
西方的现代主义是所有非西方现代主义的最终参考标准和框架，二者在内
容上的差别只是后者在前者基础上的细微变化。这样，就将现代主义描述
为"一个从西方向非西方（然而事实上却是现代主义的起源地）的移动
过程"，这样的"理论化过程实际充斥着各种地域偏见、欧洲中心主义偏
见和家长制的登记偏见"。② 接着她强调现代主义的研究应该突破西方中
心主义的拘囿，注重具体情境的影响。她赞扬"新的跨国现代主义研究
强调对于亚洲、非洲、拉美等非西方现代主义所处具体'情境'（situat-

---

　　① ［美］史书美：《现代的诱惑：书写半殖民地中国的现代主义（1917—1937）》，何恬译，
江苏人民出版社 2007 年版。
　　② 同上书，第 3 页。

edness）的关注。这一情境虽然与西方现代主义所处情境之间存在着根本性的区别，但同时也与后者保持着某种对话性联系"。① "非西方的现代主义起源于对现代性、民族主义和国家主义等等观念的不满，因此，它也必然与殖民主义、帝国主义的历史密切相关。每一种非西方现代主义都有其自身与西方进行协商的特定模式"。②

而史书美发现中国的现代主义所产生的具体情境是什么呢？她认为中国当时的具体情境是其社会性质是半殖民主义，这种社会性质暗含多种意义。"首先，外国势力和中国之间构成了一种不均衡的关系，而半殖民主义意味着，列强们不会假想要对中国实行'完全的支配和正式的最高统治权'，这种支配虽然不太正式，但其破坏性却并未减少。第二，完全控制的缺席意味着，无论在经济渗透层面，还是在种族偏见层面，亦或是在地区司法权之限度层面，半殖民主义的运行实际都更接近于新殖民主义（neocolonialism）而非正式的制度化了的殖民主义。第三，外国势力的碎片化和多元化表明，每一势力在中国文化的想象中分别占据了不同的位置。事实上，许多中国人在日本帝国主义和欧美帝国主义之间作着区分。第四，对我们来说最为重要的是，当多元的殖民势力各自忙着加强控制和加重剥削之时，它们也使得自身对本土活动范围的殖民管理和控制不可能是紧密的和统一部署的。这就造成了中国知识分子在意识形态、政治和文化立场上的态度远比正式殖民地的知识分子更加多元化的局面，而这种多元化的立场实际也动摇了通常在民族主义者和卖国贼之间所作出的二元划分。"③ 半殖民主义的这种知识分子多元化在很大程度上"反映了中国文化想象的紧急状态，充满了似是而非且变化多端的异质性。知识分子努力地在不同的方向上寻求着对中国问题的解答。通常情况下，民族主义在这些探索中只处于次要的位置。在几十年间，世界主义的思想家和作家虽然绝不拥护殖民，但却都将西方文化视为应该去争取获得的东西"④，"对于启蒙思想家来说，批判封建主义和推进西化的紧迫性远远地超过了反抗和

---

① ［美］史书美：《现代的诱惑：书写半殖民地中国的现代主义（1917—1937）》，何恬译，江苏人民出版社 2007 年版，第 4 页。

② 同上。

③ 同上书，第 42 页。

④ 同上书，第 42—43 页。

批判殖民统治的迫切需要"①。

伴随着这种"启蒙"超过"救亡"的思想模式的就是这些知识分子将"西方"概念予以二分化——都市西方（西方的西方文化）和殖民西方（在中国的西方殖民者的文化）——加以接受。"在这种两分法中，前者被优先考虑为模仿的对象，同时也就削弱了作为批判对象的后者。通过这种两分，知识分子可以倾向西化却不会被看成是一个卖国贼，他变成了民族主义者/卖国贼两分之外的第三种人。与之相类似，由于日本是西方知识的中介，所以日本的政治占领可以和文化启蒙的急务相分离（即便由于日本是一个新的侵略者，作出这种分离是难之又难的）。而这种通过文化启蒙话语来遮蔽殖民现实的做法正是半殖民文化政治的地区性特征。"②

也正是由于这种半殖民性质，导致中国不能像印度那样产生由甘地领导的反现代和非现代的本土话语。这是因为："殖民势力的多元性和殖民势力间的合作与竞争，意味着要想清晰地定位敌人是非常困难的。同时，由于中国的启蒙思想家已经亲自动手系统地废黜了中国的本土文化，因此，人们无从获得用来对抗殖民主义的无瑕疵的和未受搅扰的本土文化。在这个意义上，半殖民主义的语境使得对反抗的清晰表达成了一件异常困难的事。"③ 所以，"半殖民话语促生了一种自愿接受的、未受批判的、以新殖民主义方式运作的某种意义上的文化殖民。"④ "中国没有出现具有一贯性、稳定性和普遍性的反殖民话语，也没有形成由不同阵营的知识分子所结成的联盟。直到抗日战争期间，中国才出现了一致的政治和文化民族主义。此时，马克思主义的意识形态将处于不同甚至矛盾立场的人们归并到一个统一的意识形态共同体之中。"⑤

史书美除了就中国当时所处的半殖民情形和全殖民存在的不同性进行论述外，她还强调了："日本在中国的现代主义进程中扮演了十分重要的角色，它既是西方文化的中间传播媒介，又是对中国现代主义构成影响的

---

① ［美］史书美：《现代的诱惑：书写半殖民地中国的现代主义（1917—1937）》，何恬译，江苏人民出版社 2007 年版，第 43 页。

② 同上。

③ 同上书，第 44 页。

④ 同上书，第 45 页。

⑤ 同上。

潜在力量。这种三角关系既描述了中国受欧美和日本帝国主义多重支配的政治和文化状况，同时也对比较文化研究的中国/西方的二元模式提出了质疑。"① 当时，无论是中国人对日本殖民者的态度还是日本殖民者对中国人的情感都是复杂的。中国人一方面将日本视为"中介、侵略者和学习榜样"，但另外这种矛盾看法还会导向一种判断，"即将日本视作是中国对抗西方帝国主义的盟友。这一看法很少被普遍采纳，但却极具影响"。② 与此同时，日本对中国的看法也很为矛盾，"一方面，由于中国过去的文化霸权，现代日本存在着一股强烈的'影响的焦虑'，而另一方面日本在中国扩张的野心也正与日俱增"。③ "在中国、日本和西方三角关系的大背景下，日本化的东方主义强调了日本在其中所占的暧昧位置，日本既是西方东方主义的对象，又是针对中国的东方主义版本的施行主体，既是话语压迫循环怪圈的受害者同时也是推动者。"④ 所以，这导致很多在日本接受教育的中国现代主义作家不得不面对其"与日本文化的亲缘关系，它们在现代主义和民族主义之间、在热望和憎恨之间被撕裂，并由此突出了一种忧郁的音调。"⑤

　　正是因为史书美认识到中国现代主义的特殊处境和它的独有特点，所以她研究中国现代主义的中心任务乃是"戳穿欧洲中心主义的现代主义神话"，从中国发现问题，并突破"中西文化的二元区分模式"，楔入了日本这一中间体以形成中、日、西等多方面斗争互动的态势⑥，从而发现中国现代主义与日本、西方现代主义的相似处和相异处。而这正是其以中国为问题出发点，从中国发现问题的研究立场的表现。

二　中国半殖民地现代主义的特点及流变

　　史书美辨析了中国半殖民性质与全殖民性质不同的文化政治以及作家心态后，就梳理出半殖民地在三个不同时代所形成的对现代主义三种不同的态度并以此形成三大部分：第一部分"渴望现代：'五四'的西方主义

---

　　① ［美］史书美：《现代的诱惑：书写半殖民地中国的现代主义（1917—1937）》，何恬译，江苏人民出版社 2007 年版，第 5 页。

　　② 同上书，第 23 页。

　　③ 同上。

　　④ 同上书，第 31 页。

　　⑤ 同上书，第 36 页。

　　⑥ 同上书，第 6 页。

和日本主义",第二部分"重思现代:京派",第三部分是"炫耀现代:上海新感觉主义"。可见她将国人对现代主义的态度分为"渴望"、"重思"和"炫耀"三部分,由此形成了半殖民地中国现代主义发展的三部曲。

所谓"渴望",是指在"'五四'时期(1917—1927年),在对中国文化和文学所进行的激进反思中,时间而不是空间成为了决定性的范畴。也就是说,'五四'精神最为完美的体现即是跃入现代的渴望。尽管现代被认为是西方和西化了的日本的所有物,但人们坚持认为,现代也同样普遍地适用于那些尚在追赶西方和日本的落后国家"。① 在这一渴望之中,为了使得自己的行为诸如反传统主义和世界主义等启蒙议程合法化,"五四"时期的作家们更多的是持有一种线性时间观来表达现代主义,这一合法化过程在以下几个方面发挥着作用:"其一,它使得知识分子将循环往复和朝代更替的传统时间模式视为重复和凝滞的模式,进而对之加以否弃,同时,它也加剧了'五四'知识分子的反传统主义和偶像破坏情结。其二,通过将中国看作是西方的过去,知识分子得以创造出一个不以民族国家或民族性作为唯一划分标准的'世界主义意义上的主体性',进而为自己在全球语境中谋求到一个跨越国界的中介身份。其三,在中国语境中,这一跨越国界的中介性的'世界主义意义上的主体性'也就自然带上了几分受世人尊敬的文化权力色彩,因为这种新的文化资本形式仅仅属于那些已经'受到启蒙'的少数人。"②

史书美接着指出"五四"这代启蒙者持有的这种线性时间观还体现在他们将中国传统和西方现代性作出了二元对立的明确表述:"所有属于西方的特点都与'新的'和'现代的'相符合,而属于中国的特点则与'旧的'和'传统的'相对应。时间变成了中西文化差异的最终衡量标准。在这个意义上,中国只需要克服掉自身的落伍性和过时性,便可以将自身转变为'现代的'。"③ 这种对线性时间观的热衷还表现在他们对新浪漫主义的评价中,他们认为:"20世纪一二十年代的新浪漫主义体现了文学的最新发展,新浪漫主义是当时最为先进和最为现代的文学潮流。作家

---

① ［美］史书美:《现代的诱惑:书写半殖民地中国的现代主义(1917—1937)》,何恬译,江苏人民出版社2007年版,第57页。

② 同上书,第58页。

③ 同上书,第62页。

和批评家将这一现代主义写作潮流看成是进步过程的最后一阶，又将对新浪漫主义的认知和加入看成是自身文学现代性的完成标志。"①

　　所谓"重思"，是指京派文人在"五四"之后对"五四"一代鄙弃传统的进一步反思，并提出自己的新传统观念。他们对"中国传统重新加以了肯定，并承认中国传统作为西方文化之外的另一特殊性文化的合法性。在普遍性问题上，中国和西方拥有同等的发言权。当然，这种对中国传统的重新肯定又绝对不能等同于排外主义，因为它并未站在民族主义立场上来否认西方现代性。正相反，这群知识分子对中国传统的重新肯定通常是以西方的概念框架体系来表述，虽然他们批评西方现代性极端的实利主义和军国主义，但他们也肯定了将西方现代性整合进中国文化的必要性。换句话说，他们所努力寻求的是扩展现代性构成的范围，而并不否弃现代性本身。由此，京派支持中国传统的理由并非在于中国传统的本质特性，而是在于那些可以为中西所共享的普遍性质。因此，京派知识分子对'五四'西方主义予以了坚决反对，由于'五四'的西方主义认为现代即意味着全盘否定中国，但是他们却并不反对现代"。②但"这群知识分子对现代性的根本赞成同时也暴露出他们对启蒙视野的无意识亲近，由此，他们实际比他们自己想象的还要接近于他们的'五四'同胞"。③可见，"西方主义者希望为中国和他的中国听众提供一个有利于全盘接受西方现代性的语境。他们清除了所有构成中国特性的东西，进而将西方普遍性嫁接到这一新的空白名单上"，而"新传统主义者的对话者则包括了地区听众又包括了想象中的'地区之外的'西方听众，这也就意味着他们与西方现代性的合作又必然是带有批判意味的，因为现代性批判的声音早已在西方流行。在这个意义上，新传统主义者在复兴地区性的过程中反倒更具有全球化和世界主义色彩，与之相对，西方主义者则因为对全球性的西方内涵的忽视而显得更具地区性色彩"。④看来"'五四'西方主义和京派哲学美学的区别正在于他们不同的全球观念：对于前者来说，全球化意味着尽可能的西化；而对于后者来说，全

---

　　① ［美］史书美：《现代的诱惑：书写半殖民地中国的现代主义（1917—1937）》，何恬译，江苏人民出版社 2007 年版，第 65 页。

　　② 同上书，第 174 页。

　　③ 同上。

　　④ 同上书，第 180 页。

球化则意味着既是中国的又是西方的"。①

　　所谓"炫耀",是由于居于上海的作家们在民族主义方面处于有意无意的遗忘而对上海都市风景进行夸耀性书写而形成的。由于将西方文化分为都市文化和殖民文化来看待,众多自封为世界主义的作家和知识分子对西方文化采取分叉性策略予以处置:"将西方和日本的都市文化看成是可以与己合作或是使自己获得当代性的欲望客体,同时又将西方和日本殖民文化当作耻辱而加以拒绝。"② 然而,这两者却罕有相互冲突,因为"帝国主义者压抑民族主义以保护他们自己的利益,而中国人则策略性地免除了上海的民族主义负担,以使这个城市可以担当起作为中国现代化之动力的重任"。③ 于是,新感觉主义者在上海这座半殖民城市获得了一种分裂的主体性位置,"这种主体性有'左'倾色彩但却被纯粹美学形式所吸引,因此排斥严格的急进主义的方案;它也对资本主义进行批评,但却也同时享受着资本主义所带来的愉悦。"④ 他们的作品中流行文化、都市化与色情紧密联系在一起,而沉迷于商品化的消费文化、消费逻辑则使得文本充斥着强烈的视觉性维度,作为欲望媒介的视觉与电影文化贯穿在一起,刺激着人们对于商品的崇拜,激起人们看见一件商品就想马上拥有的感觉。这一切都使得读者看见了一种视觉性的诱惑、感官物质层面上的虚幻和"炫耀"。

　　史书美按照中国人所处半殖民社会中对西方现代主义的态度将中国现代主义分为三种类型,这三种类型按照时间的先后发展来予以叙述,的确富有逻辑性而且具有创见性。在我们大陆的文学史中一向对"五四"一代人的现代观念推崇备至,这是因为中国的现代化任务一直没有完成,所以"五四"文学一直是英雄形象存在于文学史中,史书美这里却认为其在线性时间观里蕴含着西方中心主义的自卑情结。京派在中国大陆文学史中,一般都认为其是传统保守的思想观念,很少将其地位提及全球现代性反思的高度去评价意义。至于新感觉主义在炫耀现代主义的奇光异彩之时,却忘记了本民族被殖民的悲惨遭遇。这些现代主义的反思在我们的文

① ［美］史书美:《现代的诱惑:书写半殖民地中国的现代主义(1917—1937)》,何恬译,江苏人民出版社 2007 年版,第 194 页。
② 同上书,第 262 页。
③ 同上书,第 266 页。
④ 同上书,第 277 页。

学史中或者是当局者迷，或者是因为我们还沉迷于先辈的困境之中没有寻找到新路，至今还不能予以反思。史书美对这些现代主义的审查和提炼，正是因为她发现了西方现代主义和非西方现代主义之间存在相异性和相似性，二者有着不同的功用。"当相异性被强调之时，我们意识到非西方现代主义向人们提供了一些不同于西方现代主义的现代性经验和叙述，这种经验和叙述是在与西方都会现代性和现代主义概念进行杂交的基础上所产生的变异物。当相似性被强调之时，我们认识到一种跨国界和去地区化（deterritorialized）的现代主义；这种现代主义为世界主义之文化政治的存在提供了可能性，哪怕其背后必然隐藏着'中心—边缘'的等级观念。当然，一旦由文化占领引发的忧患之情被投射到相似性之上时，非西方现代主义就变成了充满焦虑和疑问的概念。上面所有这些对非西方现代主义的解读实际都承认了某种针对西方的必然对抗。"① 史书美的这种论述或许让我们对现代主义观念的多元性与互补性多一些理性认识，而不只是一厢情愿的一元化、直线性认识。

三　注重作家作品的思想性解读

史书美从中国发现中国半殖民主义社会中存在着"渴望"、"重思"和"炫耀"三种不同类型的现代主义表现，这种提炼是来自于具体作家作品的分析，她在每一章节都会以具体作家作品的分析来表明每个时代在现代主义表现上呈现一定的共性特征。

在第一部分为了论说"渴望现代：'五四'的西方主义和日本主义"，史书美以"进化论与实验主义：鲁迅和陶晶孙"、"精神分析与世界主义：郭沫若的作品"、"利比多与民族国家：郁达夫、滕固等的道德颓废"三个章节来分析说明"五四"一代对西方现代主义的渴望。史书美认为鲁迅对现代的"渴望"表现为他在"进化论、科学、个人主义、国民性话语和文学之间构建起了一种转喻关系"②，他对未来的希望是"以跨地区的、普遍有效的现代性观念为前提的，而这一前提恰是以日本为中介的西方产品"③，他"拥抱日本文化，将日本视为西方的范本和中介"，他

---

① ［美］史书美：《现代的诱惑：书写半殖民地中国的现代主义（1917—1937）》，何恬译，江苏人民出版社 2007 年版，第 4—5 页。
② 同上书，第 92 页。
③ 同上书，第 94 页。

"并没有抬高文化混杂性的地位，而是将普遍有效性赋予了西方文化"，"鲁迅的西方主义是彻底的。相应地，鲁迅排斥印度、希伯来、埃及、伊朗等非希腊文化，认为如果希望遵循进步之路，中国就必须避免上面的这些文化路径。"① 而鲁迅的进化论思想也表现在他努力不断探索学习和实践文学新技巧，这是因为他认为："作为全球公民的作家个体的自信使得他能够自由地借用外来文化，而不会感到由文化侵染和文化压抑所引发的焦虑。对各种小说技巧和模式的使用以及鲁迅在医学、精神分析、历史、神话和艺术等不同学科方面的知识，显示了鲁迅是一位类似于西方现代主义者的具有自觉意识的作家。鲁迅在形式方面的实验则显示了他对传统写作技巧危机的敏感和支持新事物的反传统立场。而且，鲁迅与西方现代主义者相似的对新事物和实验的爱好还一直处于变化之中。新事物代替旧事物，但反过来新事物又随即变得过时而被更新的事物代替。'新'的概念又一次回应了鲁迅以过程和变化定位的进化观念和他作为过渡人物的自我描述。"② 而陶晶孙的创作也具有实验主义性质，在他的作品中可以"看到对'日本化的现代'的具体呈现，而这正是作者所受到的跨国教育、所具有的世界主义品味和所实行的跨语言写作实践的结果"，但"陶晶孙进行形式实验之时并不像鲁迅那样承担着社会进化的义务"。③ 所以"五四"时期实验主义存有两种不同模式："与社会层面之现代性相连的实验主义，和只作为文化层面之现代性标志的实验主义。"④

而郭沫若对现代的"渴望"是他作为第三世界的知识分子采取一种"世界主义"手段，"主要依靠对世界（西方）的了解来获得广博的知识"⑤，他对精神分析学说的借用，是因为两个原因所在："首先，弗洛伊德的精神分析学说被看成是赞同性解放的学说；这一学说同时也成为了能使个人主义获得合法性的主要模式之一，它包含了个人的'现代性'，即享受打破了传统道德规范约束的性自由。其二，在那个西方主义话语掌握文化权力的年代，精神分析学说也使得它的使用者获得了额外的文化资

---

① ［美］史书美：《现代的诱惑：书写半殖民地中国的现代主义（1917—1937）》，何恬译，江苏人民出版社 2007 年版，第 95 页。

② 同上书，第 97 页。

③ 同上书，第 103 页。

④ 同上书，第 107 页。

⑤ 同上书，第 109 页。

本，这些使用者成了世界主义者，进而得以出人头地。"① 在借用精神分析学说之时，郭沫若还将中西文化予以了"超国家"化理解，他"首先探询到中国文化和西方大都会文化在本体论意义上的文化相似性（希腊文化被看作是西方大都会文化的源头），然后找出了中国传统文化中的'现代'（西方）因子。早期郭沫若是一位'世界主义者'，他对中西之间的地理文化边界进行了模糊化的处理，当然这种模糊化处理的前提仍是等级森严的"。即西方文化是其他文化参照的标本和认证的框架，这就是郭沫若"渴望"现代的表现和手段。

马泰·卡林内斯库曾将颓废视为现代性的五副面孔之一种，李欧梵也认为西方颓废主义的本质是批判资产阶级现代性过分强调了技术和理性，从而导致中产阶级习俗和商业主义的失败。但是史书美认为中国的颓废并不是对资产阶级现代性进行批判，而是对其欢呼予以接受。在文学主题上，中国"颓废主义小说通常都是对社会批判和社会不满的隐晦表达，而小说中的性欲话题则是对政治和社会经济的隐喻"。② 例如郁达夫"在以中国为背景的小说里，有关性挫败的大胆描述在很大程度上是针对压抑个人性欲之严厉的道德符码而发出的呐喊，而一种强烈的疏离感则可以被看作是社会对诸如流亡的年轻人和社会下层阶级等等非特权人物的驱逐功能。而在以日本为背景的小说中，性挫折则暗示着民族的弱点：郁达夫小说中的男主人公代表了为'高级'之日本所蔑视的'低级'之中国。而民族弱点则决定着对中国男性的象征性阉割"。③ 而其他追随郁达夫风格的作家在颓废主义背后基本上都有着类似的隐喻。如周全平的小说"常常是对社会病态的攻击，尤其针对有产者和无产者之间的不平等以及穷人所受到的物质文化压迫"④；倪贻德则"悲叹了压在颓废唯美主义之上的社会压力，由此直接将当时的中国批判为脱离常规的恶魔和排外主义的化身"⑤；章克标虽然将"颓废主义实践仅仅视为一种流行的技巧，但是仍然明确地指出了'颓废'的社会含义"⑥；而滕固的小说主题主要是性、

---

　　① ［美］史书美：《现代的诱惑：书写半殖民地中国的现代主义（1917—1937）》，何恬译，江苏人民出版社 2007 年版，第 109 页。

　　② 同上书，第 127 页。

　　③ 同上书，第 131 页。

　　④ 同上书，第 140 页。

　　⑤ 同上书，第 141 页。

　　⑥ 同上书，第 142 页。

死亡和艺术创作，在他的留日小说中，"中国男性所受到的欲望压抑则直接导致了主人公在创作艺术作品时的无能"①。这些颓废主义风格的作家作品正显示了他们对中国现代主义的"渴望"。

在第二部分"重思现代：京派"中，史书美用"用毛笔书写英文：废名的著作"和"地区语境下的性别协商：林徽因与凌叔华"两个章节论述作家作品。她认为废名对现代的"重思"表现为，"第一，废名的传统主义是对传统的特定选择和对这些传统的独特解释。第二，他的这种特定的选择和解释又是以他的西方文学知识作为中介的。"② 这是因为废名受到了中国传统和西方现代的"互动影响"，这是京派所共有的美学特点，这种美学观念与表述理论"拒绝承认现实主义，否认真实的和被表述的、客观的和心灵的、实质的和被反映的之间的区别"③，颠覆了"文化区分的二元对立和本质主义观念。就废名来说，传统中的现代性和现代性中的传统同时影响着他的写作：由于传统和现代之间界限的不确定性，或者由于这条界限根本就不存在，因此，被'五四'话语具体化为现代（西方）的东西其实也部分地是由传统构成的。反过来说，被认作是传统的东西，也部分是由现代构成的"④。二者为什么会如此融洽相会，是因为"在这两种被许多人认为是根本相异的文化系统之间存在着互补和合作的关系"⑤。

在"五四"启蒙话语中，"男性的声音提出了民族文化复兴的日程表，而这一日程表又颇为讽刺地遮蔽了由庐隐（1898—1934 年）等女性作家表述出来的旨在女性解放的女性主义进程"⑥，"他们认为：女性的问题就只是更多的传统问题中的一个条目；一旦传统文化被削弱，女性问题也就随之自动解决了。"⑦ 但是史书美指出林徽因和凌叔华的创作却是例外，她们雄辩地证明了："为了参与进现代意义上的重新肯定传统的事业，女性由于自身与传统之间存在着的矛盾关系而不得不采取了一种相对

---

① ［美］史书美：《现代的诱惑：书写半殖民地中国的现代主义（1917—1937）》，何恬译，江苏人民出版社 2007 年版，第 143 页。

② 同上书，第 215 页。

③ 同上书，第 228 页。

④ 同上书，第 216 页。

⑤ 同上。

⑥ 同上书，第 229—230 页。

⑦ 同上书，第 230 页。

曲折迂回的现代性写作路线。"① 林徽因采用了传统文学技巧"缀段性"叙事方式，"即事件通常偶然地并存或相连着，叙事构成了一种广大的'相互混杂的'和'网状的'关系，而不是一种线性的因果关联。"② 通过这种叙事技巧，读者可以在一种共时性阅读策略中看出林徽因代表作《九十九度中》通过"比较了悠闲、富裕的有闲阶级和辛勤工作且备受剥削的下层劳动阶层，从而引发了社会不平等的主题"。③ 而阿淑在婚礼上的感受也表明："'五四'自由恋爱的理想仅是一种理想，而且这种理想正在嘲弄着阿淑。在'五四'过去的十多年后，林徽因思考着一成不变的社会背景之下理想主义的悲剧性缺失。理想只是一句空洞的口号，它徒增了性别压迫的痛苦。"④ 而凌叔华借用的传统文学形式则是"闺怨诗"，但是我们可以从中看出与该类文学种类相区别的特定动机和主旨。在中国传统闺怨诗中，作者或是政治上失意的男性，其假借女性的声腔来传达一种政治信息，或是身处闺阁的女诗人，以此表露女性独有的敏感与渴盼、忧郁和感伤。但是凌叔华的该类创作却表现了对父权制家庭逻辑的讽刺和抨击，她"一边描写着家庭琐事，一边更揭露了这些家庭琐事背后的社会和意识形态含义——压迫机制"。⑤ 由此史书美认为林徽因与凌叔华在走近传统之时也在反思"五四"，从而表现出她们的女性意识，这是她们"重思"现代的方式。

在第三部分"炫耀现代：上海新感觉主义"中，史书美以三章论述了新感觉主义的三个代表人物："性别、种族和半殖民性：刘呐鸥的上海大都会风景"、"表演半殖民的主体性：穆时英的著作"、"资本主义与内在性：施蛰存的'色情—怪诞'小说"。史书美认为："刘呐鸥作品所刻画的都是畸零男主人公与半殖民城市（即殖民主义物质现实的具体体现）之间存在着某种矛盾的关系。这种矛盾关系既拒绝又引诱着他，动摇着他的主体性，而在刘呐鸥对这种拒绝所作出的反应中，我们却听不到民族主义的弦外之音。在这里，都市现实开始融入一个新的现代性结构：舞厅、剧院、跑马

---

① ［美］史书美：《现代的诱惑：书写半殖民地中国的现代主义（1917—1937）》，何恬译，江苏人民出版社2007年版，第231页。
② 同上书，第239页。
③ 同上书，第239—240页。
④ 同上书，第241页。
⑤ 同上书，第255页。

场等实体化的都市场景成为了行动和叙事发生的场所。刘呐鸥以极富创作力的语言和句法赋予这些场景以一种充满魅力的感性诱惑力,从而自觉地创造出一种变幻莫测的、被刘呐鸥本人称之为'都市独特体验'的'新感觉'。"① 而在刘呐鸥作品中,"上海半殖民地语境中的性别种族形式既未明显地认同男权体制,又未明显地否认民族主义,而是将西化的'摩登女郎'看成是反男权制度、自主独立、都市风味和混血现代性的化身"。②

史书美评价穆时英"以欲望、性别和文本性来遮蔽民族主义和殖民现实的做法,正表明了半殖民地文化表述的多元化立场"③。"由于向往都市化的西方和日本,半殖民主体怀有一种文化跨越的想象,这也是一种单方面的与西方和日本的联系。半殖民地主体注视着上海的都市资本主义,从而不可避免地变成了都市幻想的观察者以及'商品化的西化形象、商品和地点'的消费者,由此,他与这个城市的主要关系即是消费关系:在舞厅等等的都市场景中观察、购买、吃饭和游乐。"④ 穆时英与他作品中的主人公就是这种半殖民主体,他类似于"围着舞厅地板不断旋转的头晕目眩的狐步舞舞者",他是"一种不均衡的经济事实的产物。他不曾参与都市现代性的建立,因而也就不能充分参与其间,更无法自信地疏离于城市。他感到了一种诱惑,然而也同时发现这是一种外来的幻影,从而获得了某种不安的体验"。⑤

史书美认为施蛰存为现代主义小说开创了一种新的文类,即色情—怪诞小说,"在色情—怪诞的欲望风景中,恐惧常常伴随着欲望而来,并进而导致了恋物、施虐受虐和恋尸癖等等情色层面的无节制行为,传达出某种超现实和超自然的弦外之音。"⑥ "这类小说很显然地站在反现实主义的立场之上。它对自然景物进行强制性处理,以使其成为扭曲之内心世界的外在投射。作为一种社会和历史的范畴,作家对内在性的关注通过色情—怪诞这一小说文类,将一种不被社会规范所许可的情色幻想表达了出来。这一文类显示了半殖民资本主义世界是如何导致并强化了主人公的神经质

---

① 〔美〕史书美:《现代的诱惑:书写半殖民地中国的现代主义(1917—1937)》,何恬译,江苏人民出版社2007年版,第313页。

② 同上书,第312—313页。

③ 同上书,第343页。

④ 同上书,第344页。

⑤ 同上书,第375页。

⑥ 同上书,第386页。

状态的（神经衰弱症）。对于一个都市男性来说，他的视觉是迷茫的，欲望是受挫的，他们甚至不得不放弃了自己的阳刚之气。"①

综上所述，我们会发现史书美的这本著作重在对文学文本的思想性解读，纵横捭阖，专擅比较。不是说该著没有文学文本的审美鉴赏，而是指其在文本细读的基础上进行深入剖析，以学者思考的深度与识见的卓绝将众多研究对象予以排列比较发掘其内在精神实质，从而揭示出中国半殖民地性质社会中所诞生出来的现代主义独有的特质和具体流变，的确不同一般。

第九节　罗福林的中国报告文学史叙述

罗福林（Charles A. Laughlin），是美国弗吉尼亚大学东亚研究中心教授。他在 1996 年毕业于美国哥伦比亚大学中国文学系，师从夏志清教授、王德威教授，获文学博士学位。他主要的研究方向为中国现当代文艺，包括休闲文学、报告文学和独立电影、纪录片等。他出版有英文著作《中国报告文学：历史经验的审美》（杜克大学出版社 2002 年版），《休闲文学与中国现代性》（夏威夷大学出版社 2008 年版）。这两本著作目前都还没有中文版，这里我们要谈论的是他的英文版《中国报告文学：历史经验的审美》。②

该书章节目录依次为"导言"，第一章"旅行：书写一种出路"，第二章为"公众游行：历史的现场"，第三章为"劳动报道和工厂情境"，第四章为"战争通讯Ⅰ：恐怖和创伤"，第五章为"战争通讯Ⅱ：游击队的景观"，第六章为"社会主义报告文学"，最后为"结语"。该著在体系上只标明章，没有节的标目显示，但是实际上每章都阐述几个方面的问题，每个问题下面又分为几个小点来书写，这就类似我们熟悉的节与小节的体系安排。为了叙述的方便，这里笔者用章、节、小节的方式来介绍该著的体系内容。

在"导言"中的第一节罗福林讨论了"非小说类作品与现代中国文

---

① ［美］史书美：《现代的诱惑：书写半殖民地中国的现代主义（1917—1937）》，何恬译，江苏人民出版社 2007 年版，第 386—387 页。

② 罗福林（Charles A. Laughlin），*Chinese Reportage：The Aesthetics of Historical Experience*，Duke University Press，2002。

学",他认为报告文学是指那些描绘或者叙述"当下"的人、事或者社会现象等的非小说类文学文本,他还书写了报告文学的起源,以及报告文学与其他文类的差别等等。在第二节"左翼新闻工作和它的'艺术'特点"中,罗福林讨论了"重建左派的世界观"和"左翼作家联盟和报告文学的发现",重在介绍左翼文艺思潮和报告文学的关系。在第三节"中国报告文学经典的形成"中他讨论了中国报告文学在 20 世纪 80 年代达到了高峰,并回顾了整个报告文学发展及其研究的历史,并对茅盾、阿英、以群、田仲济、王瑶等人关于报告文学的观点进行了点评。在第四节"报告文学的艺术何在?"中他讨论了报告文学的主要任务在于叙述逼真的事物以及对事件、环境以及集体而不是个人等特征的描述上。在第五节"中国报告文学的多种空间"中其提纲挈领地对该书六个章节的编排进行了概述,并陈述了理由。

　　在第一章"旅行:书写一种出路"中,罗福林阐释了梁启超等人的游记和之前的游记不同在于,这些游记关注的中心点不再是旅游本身,而是关注社会、文化以及著者所从事的领域。他们力求寻找出中国历史和社会现实沉疴中的解救之道,并将其表达出来,这是一种与此前游记大不相同的文化实践活动。而这种对公众事业的关注正是报告文学诞生的必经途径。围绕这一观点,这一章在第一节"游记的转换　晚清文学"中先叙述了中国游记的历史,从山海经叙述到徐霞客、顾炎武,延续到晚清外交官对国外风貌的记叙,一直到梁启超的旅行记,由此产生了对文化和集体主义的关注,这是报告文学产生的基础。在第二节"瞿秋白:越过'黑暗之门'"中,罗福林认为瞿秋白的报告文学《饿乡纪程》、《赤都心史》等带有满腔激情,其中的景物、意象都有着强烈的社会历史意义,他书写的苏联无疑是在抒写着他心中未来的中国。在第三节"邹韬奋:全球危机中的旅行"中,罗福林认为邹韬奋的旅行目的也在于考察当时世界的主潮以及中国应该选择何种道路。他指出邹韬奋的报告文学在自己的考察中不善于吸收新的经验与主观性,而喜欢用抽象的理论和概念去做老套的分析。特别是罗福林批评他对美国的考察与评论带有先入为主的偏见,几乎不需要到美国去旅行就可以按照他已有的理念去书写。① 这与瞿秋白的

---

　　① 罗福林（Charles A. Laughlin），*Chinese Reportage*：*The Aesthetics of Historical Experience*，Duke University Press，2002，p.61。

报告文学不一样，但更接近于梁启超、胡愈之的风格。在第四节"范长江：作为地理定位文本的风景"中，罗福林介绍了范长江的《中国的西北角》，指出其在文化、风景、战争、民族等问题上都有所涉猎，并在此基础上进行了自己的分析解释。第一章就是在叙述报告文学正式出现之前曾经在游记中得以出现雏形，这些雏形中的集体主义，为"中国"代言的身份认同是后来报告文学诞生的前提。

在第二章"公众游行：历史的现场"中，罗福林主要关注的是1919—1935年间关于叙述学生、工人在大城市里游行示威的报告文学。这些报告文学的作家或者作为观众或者作为参与者、报道者来进行叙述，而读者会被这些作品感动。在第一节"学生的激进主义和历史的编剧"中，罗福林介绍了1919年五四运动和1925年"五卅运动"两次运动爆发后分别发表的报告文学，这些报告文学的关键词是"血"与"泪"。在第二节"集体身体的能量"中罗福林从三个方面进行了讨论：先叙述了"群众的爆发"，指出人群在游行中聚集，使得他们成为中华民族的象征，而他们对抗的则是帝国主义及其支持下的腐败政府；接着罗福林在"城市作为历史对抗的舞台"中分析了那些报道1935年"一二·九"学生运动的报告文学；"在校园的渗透"通过"一二·九"学生运动爆发前后的东北大学师生们的组织及善后活动，表明了群众运动已经在大学校园里获得了广泛的拥护。在第三节"叙述者和群众"中罗福林通过废名和丁玲两篇报告文学探讨了以旁观者视角撰写的报告文学，从而展示了普通群众、学生、工人的游行示威活动，让读者看见了其内部夹杂着富有讽刺性或歧异性的声音。最后罗福林探讨了这些游行示威的人们心中仍然存在着火样的集体主义精神，中华民族的兴亡使得他们不顾个人生命安危，前赴后继，他们反抗的是腐败无能丧权辱国的政府。中华民族以其远高出无能政府的能量会聚着他们一起走上街头，抛洒热血甚至头颅。

在第三章"劳动报道和工厂情境"中，罗福林指出报告文学既可以让专业作家和新闻记者作为教导者和鼓动者参与工人学生运动，又可以用文学的形式描画出他们对工人们生活经验的理解，所以一些左翼作家开始积极从事报告文学创作。[①] 在该章第一节"工厂的墙后面"中，罗福林分

---

① 罗福林（Charles A. Laughlin），*Chinese Reportage：The Aesthetics of Historical Experience*，Duke University Press，2002，p. 114。

析了《唐山煤矿葬送工人大惨剧》、《矿工手记》、《锡是如何炼成的》等报告文学中所反映的工人恶劣的工作环境、毫无人生保障的劳动关系，以及工人性命还不如驴骡值钱的悲惨现实。在第二节"揭穿花言巧语"中罗福林通过《在机器旁边》这篇报告文学中对女工、童工以及对托儿所的描写指出这些工人都成为机器的一部分，其最大的价值就是尽最大可能创造和产生出对资本家有益的利润，而其他标语口号都是"花言巧语"。在第三节"'低保障的机器'：包身工的图像"中，罗福林分析了夏衍的著名作品《包身工》中包身工生活环境的逼仄，工作车间的嘈杂、肮脏、湿气弥漫，工人们有病不得治疗，不能与外界联系，动辄受到毒打的毫无人身自由的人生困境，他指出这些女工已经不能称之为"人"，而应是被低度保障的机器。在第四节"形象的情节剧和工厂情境的延伸"中，罗福林分析了反映纱厂女童工工作之后的饮食粗糙、精神麻木的报告文学《包饭作》，还有通过学生视角书写的其在慈善活动施粥事业中所见所感的《参观闸北施粥场》，他认为这些作品表明当时的工人在物质、身体乃至精神上已经极度疲乏，临近崩溃的边缘。在第五节"机器当作身体：寻找一个乐观的无产阶级身份"中，罗福林介绍了丁玲与众不同的《八月生活》，在她的笔下，工人与工人之间、学徒与师傅之间、工人与管理方之间，甚至工人与机器之间都不是那样惨淡无光的悲观色彩，他们更多的是一种亲密、乐观、志趣相投的伙伴关系，甚至他们形成了一定的阶级联盟。在第六节"工厂情境和无产阶级意识觉悟的场景"中，罗福林评价这些报告文学为了激发无产阶级意识的觉醒，对工厂工人非人待遇的描写存在着渲染和夸大化的倾向，这是他们没有认识到现代化本身就有着天生的缺陷所造成的。因为现代化的主体就是工业化，而工业化的实施就是劳动力成为商品，而现代社会的形成也是以时间管理为基础的。这些工人的遭遇与其说是资本主义造成的，还不如说是工业化建设所必然带来的，在工人的命运选择和中国现代化的进程中这一矛盾将始终存在。

　　第四章为"战争通讯 I：恐怖和创伤"，罗福林叙述了抗战将中国分为沦陷区、大后方和边区，这些地方的报告文学因为战争和政治局势的变化而呈现不同特色。战争使得报告文学由之前所关注的北京和上海转移到一些从前很少为人注意的地方，由于这些地方具有重要的战争战略作用，由此它们在报告文学中得到了重点报道。例如台儿庄，就因为其是抗战中的一次重大胜利，而对其关注就非常之多。在该章第一节"战争与报告文学"中，罗福林分别叙述了几个方面："报告文学与战争物质条件"指出战争使得文学的媒体发生了变化，报纸和杂志承担了重要的责任，而且报告文学成为战争中受欢迎和受重视的文体，因为人们都想了解战争和政治随时发生的变化，战争中对文艺家们的物质支持也使得报告文学得到了有力援助；"战时文学期刊"中罗福林介绍了《烽火》、《七月》、《文艺阵地》、《抗战文艺》等杂志在抗战初期迅速发展的情况，其中报告文学获得了重视，而且胡风等人还探讨了报告文学的理论，提出报告文学中也可以带有情感，还提倡"速写"这一文学种类，于是在 1936 年报告文学达到了一个高潮；"集体的报告文学"叙述了茅盾等发起编撰的《中国的一日》和梅益主编的《上海的一日》这两部报告文学集的经过，由此创造了一种新的集体撰写报告文学的样式，这种样式直到新中国成立之后都还被广泛使用。在该章第二节"心中有愧和生动的想象"中罗福林用三个小节揭示了反映抗战的报告文学：在第一小节"死女人"中他分析了1932 年阿英主编的报告文学集《上海事变与报告文学》，他认为该文集中的报告文学清楚地显示了当时的人们在战前及初期对战争还没有思想准备，而此时的报告文学都还没有显示出战争报告文学的特征，即使是阿英也只是在序言中强调战争即将来临，希望作家们重视报告文学这一文体在战时的重要性。只有到该集中的《死女人》这一篇报告文学之时，才意味着有了真正意义上的报道战争的报告文学，即将战场的情形、人类的身体感受、地形及战术等融会在一起予以记载。特别是该文对战场上死去女人尸体的想象让我们感受到了敌人的残酷，同时联想到祖国、母亲被残酷的敌人所伤害，这种女性被害的场景在此后的报告文学中成为固定的细节展示。在第二小节"问心有愧的修辞"中，罗福林介绍了善于构造突击形象的骆宾基、曾用"呼吸"来喻指希望的曹白，他还分析了凌叔华、白朗等人访问伤兵医院的报告文学。罗福林指出，这些作家无形中都带有心中有愧的感受，这或者来自他们没有如那些伤兵一样直接参加抗日战争，或者来自同志们被击败，被伤害。他们都在用生动的形象描绘来作为升华的工具，以此来表达愿意为国家献身的意志和愿望。[1] 在第三小节"战场的恐怖"中，罗福林分析了邱东平的《第七连》中描绘的战场恐

---

① 罗福林（Charles A. Laughlin），*Chinese Reportage*：*The Aesthetics of Historical Experience*，Duke University Press，2002，p.170。

怖，他认为邱东平以第一人称的口吻叙述了战场上的实情，并展示了个人在战场上的心理，面对上下级之时的心态，在敌人激烈炮火攻击下我方的溃败，从而展现了战场报告文学所能具有的真实性和残酷性。

第五章为"战争通讯Ⅱ：游击队的景观"，这章主要书写知识分子走向农村亲自参加抗战后的所见所感，这是知识分子亲自参加抗战，与之前作为旁观者、记录者大不一样，他们多记录自己亲身经历的事件。在第一节"描绘在战争中的中国农村图像"中，罗福林指出，战争使得人们不断地更换居住地，也使得他们看到了不同的祖国风景，也让他们感受到了集体的力量和爱国情怀。这里他叙述了两个小节：在第一小节"文协与报告文学转向集体活动"中介绍了文协的成立以及采取的种种活动，特别是详细地介绍了作家战地访问团的工作。在第二小节"游击意识：战士报道者的形象"中，罗福林分析了谢冰莹的《从军日记》和陈毅的《江南抗战之春》。在这两人的报告文学中都有着"笑"，这种"笑"是游击意识中的主要构成，它既是报道者的叙述基调，也是他们面对困难的自信与对入侵敌人的轻蔑，还是同志们互相鼓舞、坚信祖国抗战一定会胜利的乐观情绪的表现。对于碧野，罗福林很是看重，所以他将其单独列为第二节"碧野：作为共同体意识的风景"。他认为碧野的报告文学《北方的原野》不仅在塑造战士的时候注意到他们的农民性格，而且在摹绘农村景色的时候注意到与人物情感的波动互为协调。所以碧野的报告文学中没有生硬的说教、抽象的概念，而这些又能从生动景观与鲜明人物的衬托中折射出来。最后在该章第三节"后来的中国战争报告文学"中，罗福林指出中国战争报告文学不仅在抗日战争中盛极一时，在后来的国内战争和朝鲜战争中都有突出的表现。对于朝鲜战争时期的报告文学，罗福林认为有几个明显的特点：第一是报告文学的叙述口吻带有讲故事的特色，而说教的意味比较浓厚；第二是作家喜欢用形象的意象来作为情感的催发剂；第三是报告文学的目的在于用文学的丰碑纪念将士们不朽的英雄业绩。

在第六章"社会主义报告文学"中，罗福林首先总述了在新中国"十七年"文学中报告文学所具有的特征。此时的文艺被要求为工农兵服务，报告文学作家面对他们所要描绘的主人公都有着自卑情结，他们在塑造集体的身份认同之时欠缺自己个人情感的融入。罗福林认为这种社会主义报告文学的书写方式在 1931 年柔石的《一个伟大的形象》中就已经露出端倪，由此他对该篇报告文学进行了详细分析。罗福林从几个方面论述了该章的第一节"共产党进入报告文学意识中"：第一小节"根据地文化中的毛泽东的讲话和新的修辞"介绍了毛泽东的延安"讲话"精神，指出根据地的文艺工作者在"讲话"精神的指导下，开辟了一种新的文艺风格。这是与"五四"文学运动不一样的新的文艺准则，"五四"文学运动呼唤的是对"现在"的批判并从"现在"解放出来，而延安文艺运动则是赞美根据地的"现在"并认为未来美好中国就是"现在"的实现。这体现在报告文学中就是重在塑造共产党的将军、年轻的干部、农民和工人牧歌般美好的生活。这里他特别举出了黄钢这一革命报告文学作家代表。第二小节"服务军队和文工团"介绍了当时根据地文化团体的成立，如"文协"的"战地作家访问团"、"西北战地服务团"、鲁迅艺术学院、"陕甘宁边区文化协会战地文艺工作团"、"抗日军政大学文艺工作团"等等。第三小节"集体报告文学"介绍了继承之前茅盾等人开创的"一日"类型的集体报告文学创作，如延安根据地的《五月的延安》、冀中根据地的《冀中一日》，以及后来的《伟大的一年间》、《伟大的两年间》、《冀中抗战八年》、《渡江一日》、《志愿军一日》。罗福林认为这些报告文学集突出了报告文学的真实性，真正报道了"真人真事"，对当时的共产主义文化起到了与那些虚构类文学同等的作用。[①] 在该章的第二节罗福林从几个方面叙述了"边区社会的喜悦"：第一小节"延安生活"以刘白羽的《延安生活》为例，罗福林认为其通过描述延安普通人民的生活，折射了延安时期的政治、经济、农业以及军民之间的鱼水关系，从而构建了一个理想的新社会。刘白羽不仅展现给读者以生动形象的边区生活情节，而且在叙述的过程中充满着如火的颂扬激情，这些都令他印象深刻。在第二小节"两个除夕"中，罗福林分析了黄钢的报告文学《两个除夕》，他认为这篇报告文学通过理发、娱乐、被子这三个细节的描绘比较了国统区和延安解放区在生活上的不同，而这种不同恰是两个地区生活原则的不同，一个注重物质上的奢靡享受，另一个注重精神上的纯洁上进。作品通过贬抑物质达到歌颂精神的目的，从而诠释了延安生活的社会主义价值。在第三小节"皆大欢喜"中，罗福林分析了黄钢的《皆大欢喜》，该文是黄钢对

---

① 罗福林（Charles A. Laughlin），*Chinese Reportage：The Aesthetics of Historical Experience*，Duke University Press，2002，p. 233。

鲁艺宣传队灵活运用秧歌这一事件进行的报道，他指出秧歌有如农民的女儿，出嫁后受到了党的文艺思想的影响，然后再回到娘家向父母进行汇报演出，其形式没有发生多大变化，但是思想内容已经有了很大的不同。他认为黄钢的这个比喻正说明延安时期秧歌经过改良后，变成了政治宣传、教育意义与娱乐休闲同时并重的工具，可谓"皆大欢喜"。该章第三节用三个小节叙述了"社会主义报告文学重新定义爱情"：罗福林首先在第一小节"'决裂'：国内战争中爱的转换"中分析了黄钢的报告文学《决裂：南京国民党政府崩溃前的一幕》，指出作品中的女主角面临着政治和亲情的选择，是跟随父母去国民党统治区还是留在南京等待人民解放军的解放，最终女主角选择了在政治上跟随共产党留在南京，而与国民党的父母们进行了亲情的"决裂"。在第二小节"在社会主义建设时期的报告文学中调动爱：'李金芝'"中，他分析了 20 世纪 50 年代的《李金芝：记无缝钢管厂的一个女操作手》，指出在社会主义建设时期个人的情感被升华到国家层面，阶级友爱和社会主义激情弥漫在工业建设的工作中。在第三小节"《县委书记的好榜样焦裕禄》中的领导的道德风景"中，他详细分析了报告文学《县委书记的好榜样焦裕禄》中焦裕禄如何克服病魔的折磨，努力消除兰考县的贫苦，成为县委书记的好榜样。他认为在社会主义建设时期的报告文学中，对党的意义的重视高于一切，这远不同于旧社会的封建迷信，也不同于资本主义的人道主义。

该著最后是"结语"，罗福林解释了自己不分析中国改革开放时期刘宾雁等人的报告文学的原因：一方面他认为这方面的研究在中国及美国研究者都非常多，成就也比较丰富，另一方面他认为这时期的报告文学的特征在此前已经具备，所以通过此前报告文学的历史梳理，改革开放时期的报告文学特征就更加明晰。接着罗福林在第一节"大事件意识"中分析了报告文学中事件的客观性和作家的主观性问题，他明显服膺胡风的"主观战斗精神"的创作原则，认为这是报告文学处理主观和客观的精髓，而中国现代文学中的报告文学正是为了认识客观事件中所包含的意义，并将这种意义传达给读者。在第二节"集体主义意识还是集体主义的个人主义"中，罗福林指出延安时期的集体认同在 20 世纪 30 年代就已存在，它并不是一种"新"意识的出现，也不是新的集体主义的个性存在，而是以党的精神意志作为行动的驱动力，与个性主义并不相同。在第三节"报告文学是文学"中，罗福林认为报告文学是一种具有艺术性的文学形式，而很多人对此持相反看法，他们可能认为报告文学不是抒发的个人主观性，于是罗福林从空间的视角去论证报告文学是文学。因为报告文学常常利用讽刺性的对比书写，而且善于描绘个人在种种场景的感觉，如触觉、嗅觉、味觉等，同时又会让人感觉到是集体的身体正在经历着与个人相同的感受，这样个人空间的感觉实际上与集体的意识相互糅合。在第四节"报告文学与中国当代文化"中，罗福林认为报告文学在当代中国文化中失去了它最重要的特征，那就是真实性，所以导致报告文学在当代中国正在失去读者。可见在"结语"中罗福林围绕报告文学的几个理论性问题提出了自己的见解，从而回答了报告文学的文学性、个人性与真实性等问题。

通过该著全部章节大致内容的展示，我们可知该著主要有以下几个方面的特点。

首先，该著主要是通过报告文学叙述的文学场景的变化来叙述报告文学的发展历史，不同时代出现了不同文学反映的空间范畴正意味着时代环境的变迁，而将这些时代场景的变化予以勾勒正体现了 20 世纪中国报告文学史的发展主潮。该著在第一章主要描写的是晚清到 20 世纪 30 年代的游记，这时叙述人的空间在旅行的火车、轮船和飞机上。在第二、三章作者主要通过分析两种不同的报告文学叙述了两种不同的城市空间，一种是城市的学生游行及庆典的场景，另一种是工厂、矿区、公共食堂等的劳动场景。在第四、五章罗福林主要分析了抗战期间两种不同的场景，抗战前期报告文学主要场景是在战场和医院中，抗战后期报告文学主要场景是绵绵不绝的山脉和波动的平原。在第六章罗福林认为新中国成立后的报告文学所反映的主要是社会主义建设场景。可见该著将报告文学中主要场景的变化与中国时代发展的更迭相交结，从而构建了文学史研究中时空交叉的逻辑结构，罗福林用这种时空结构的变化来清理芜杂文学史现象，正可达到举一反三的目的。

其次，该著中文学史的书写与社会史的梳理相得益彰。由于该著书写的是报告文学的历史发展，而报告文学的主要特征是书写真人真事，所以作者在介绍报告文学的历史发展，解读报告文学经典作家作品之时，实际上就是在分析这些报告文学中所反映的那些真人真事。这样一来，该著既是对报告文学的历史进行书写，同时又让读者看见了整个现代中国社会的历史发展，于是文学史撰写与社会史研究互为表里，融为一体。这种特色的形成固然是因为前面已经叙述的该著在体例编排上注重报告文学所表现的空间场景与时代发展的变化相伴相生而形成的，其他类型的文学史采取这样的体例编排似乎也可达到这种效果，但是不会如该著这样来得自然无碍，这正说明罗福林在体例安排上考虑到了报告文学这种文类的特殊性，最终实现了这种文学史和社会史明暗相间的独特的文学史撰写方式。

最后，该著注重多种经典主题、意象、命意的历时性探讨。该著不仅注意报告文学中经典作家作品中的空间场景与社会历史的变迁发展，而且在叙述这些历史之时穿插了多种主题、意象和命意的探讨。例如他注意到了报告文学与虚构类文学最大的区别在于，一个是以集体性的公共意识作为叙述的主体，另一个是以私人化的个人意识作为叙述的主体。于是，该著从开始就关注到这种集体意识从晚清游记中的萌芽，到 20 世纪 30 年代的成形，后来在不同时期里这种共同意识又呈现不同的形式：在革命文学时代里是无产阶级意识，在抗战时期是中华民族意识，在社会主义建设时期又是党的意识，等等。这样该文学史就梳理了报告文学中集体意识的发生、发展的历时性线索。又如该著发现了在不同时代的报告文学中出现的经典意象不一样：在游行示威的报告文学中主要意象是血和泪，在关于工厂劳工的报告文学中则主要是大门、与世隔绝的厂区，在战争报告文学中出现的则是伤口、医院，在社会主义建设的报告文学中出现的主要是乐观精神。而且在不同时期的报告文学中，女人始终是关注的重心所在——她们或者是受害者、牺牲者，或者是访问者、劳动者。另外，该著在撰写之时始终关注的一个话题，那就是报告文学这种文类自身的艺术特质问题。报告文学是不是文学？如果它是文学的话，它与其他虚构性文类有什么不同？正因为这些问题始终萦绕于罗福林之心，所以他在撰写该书之时都暗含着这些问题的解答，最终他在"结语"中对此进行了全面的陈述。可见，该文学史著不光是大的时空线索注重前后勾连，左右配合，而且在具体分析之时注重到多种经典主题、意象、命意的历时性探讨，这样在大线索的交织中有了细小线索和板块的补缀，于是整个文学史的线条就得以密实，叙述就更为紧密。

第十节　《剑桥中国文学史》中的中国现代文学史

目前，为了破除中国近代文学、现代文学与当代文学的人为分割，将现代中国文学作为一个有机整体加以研究并编撰入史已成为学界热点，"汉语新文学史"、"现代中国文学史"等文学史概念纷纭而出并付之于编撰实践，其中佳作不时涌现，但令人扼腕遗憾之处也不少。因为这种现代中国文学的整体化编撰仍受"20世纪中国文学史"这一知识范型的拘囿，其思维模式与学术心态亟待修正。

在《剑桥中国文学史》①出版之后，中国古代文学史研究者颇为关注，而中国现代文学史研究者似乎不曾瞩目。可其名虽云"中国文学史"，但并不如国内学界仅限于"中国古代文学史"，实际上是涵盖自古至今的"中国文学史"。全书共分为两卷，各有七章，第一卷全部和第二卷前五章都是书写中国古代文学史。第二卷第六、七章和尾声，大致相当于大陆中国近代、现代、当代文学史的整体化编撰。这正可为当下现代中国文学的整体化历史建构提供镜鉴，显影出大陆文学史家受到了什么样的心态桎梏使得他们的编撰实践有所缺憾。

一　弱化文学史整合中的现代文学优越感

在20世纪中国文学史的编撰实践中，由于大多文学史主编自身就是研究现代文学的专家权威，自然而然都带有现代文学的优越感。这不仅明显体现在现代文学的篇幅以及单独成章成节的经典作家作品多于近代、当代文学，还体现在文学史分期、价值序列的预设与学术理想的秉持方面。而《剑桥中国文学史》则在这些方面大异其趣，其弱化了现代中国文学史整合中的现代文学优越感，值得我们予以比较性考析。

首先，来勘察该著的20世纪中国文学史分期。"20世纪中国文学"这一概念在新时期的意义怎么高估都不过分，但在今天予以学理性考究，我们会发现这个概念存在着内在的悖论。其倡议"把20世纪中国文学作为一个不可分割的有机整体来把握"，"把目前存在着的'近代文学'、'现代文学'和'当代文学'这样的研究格局加以打通"，这意味着其主要宗旨还是将近代、现代、当代文学三者全面融会在一起，但其同时又指出"20世纪中国文学"指的是"由上世纪末本世纪初开始的至今仍在继

---

① ［美］孙康宜、宇文所安：《剑桥中国文学史》（*The Cambridge History of Chinese Literature*），英国剑桥大学出版社2010年版。该文学史由生活·读书·新知三联书店2013年6月翻译出版，但该版本将1949年之后的当代部分予以省略，笔者这里将结合英文版来补充说明。

续的一个文学进程"①，这就暗示了其并不是将所有的近代文学包含在内，而只是取其末端。而整个 20 世纪这一百年的时间限定，也没有前瞻性地考虑到 20 世纪之后的文学，于是当代文学也只能取其 20 世纪文学部分。"20 世纪中国文学"这一内在悖论在当时不被注意，在后来却成为预设前提，导致文学史编撰实践往往带有现代文学优越感，任意割裂近代文学和当代文学。这一方面造成了近代文学的"难堪"，其被一分为二切割之后成为学科分类中的两不沾，前不着古代文学的村后不着现代文学的店；另一方面当代文学的 21 世纪文学却不能包含在 20 世纪文学之中，只能孤零零地走在 21 世纪的大道上。

在海外中国文学研究界中，将中国近代、现代、当代文学纳入中国文学史中来叙说是他们一贯的做法。李欧梵就说，"在海外研究中国现代文学，不像国内那样被视为重点研究项目，而且一向是挂靠在古典文学之后，直到最近才有所改观。当然，也从没有近—现—当代的分期"。② 因为在他们的学术共同体和教育体制中，中国文学只是"亚洲文学"中的一种，本属于边缘学科，研究的学者也较少，而中国学者历史分期中特有的民族情感与意识形态也不必予以同情之理解。所以《剑桥中国文学史》以两次战争——1840 年的鸦片战争和 1937 年的抗日战争——构筑了重要时间节点，为中国近代、现代、当代文学整体化编撰搭建起两个述史部件："从 1841 年到 1937 年的中国文学"和"从 1937 年至今的中国文学"，由此构成该文学史第六、七章。这就强调了两次战争对中国文学的重要影响，完全模糊了中国大陆学界传统的近代与现代、现代与当代之间的时间界牌和意识形态，使得这段文学历史建构有可能突破原有的路径拘囿，从而真正意义上将近代、现代、当代打造成有机联系的整体。

其次，"20 世纪中国文学"这一文学史概念的提出在 1985 年，这一时代语境形成了现代文学成就最高的这一价值优越感。因为此时近代文学研究还没有受到重视，多认为其只是传统文学向"五四"文学的过渡阶段，近代文学只是"五四"文学的陪衬，其最大功能就是为了向"五四文学"的成熟性转化。而当时的当代文学还只有"十七年"文学、"文

---

①　黄子平、陈平原、钱理群：《论"二十世纪中国文学"》，《文学评论》1985 年第 5 期。

②　[美]李欧梵：《插图本中国现代通俗文学史·序二》，北京大学出版社 2007 年版，第 9 页。

革"文学和新时期初文学，面对这种学科内部的等级秩序和隐形歧视也只能无话可说。由此在后来大量的文学史著中这种价值排序成了不证自明的前提。于是现代中国文学被简化为"过渡—高峰—低潮"的述史情节，而每一时段作家作品的探索性与原创性却没有得到应有的还原。

《剑桥中国文学史》第六章论述的是 1841—1937 年从鸦片战争到抗日战争的文学，其以 1841 年为起点，展现了不同一般的视野和问题意识。这章包含五节，除了第四节之外，皆由王德威撰写。第一节"1841—1894 年：文学写作与阅读的新论争"从诗歌、散文、小说乃至文人的新论争来论述近代文学开始了新变，而这种新变更多的是在中国传统的内部寻找动力能，外来因素也越来越引发传统文人的不安和觉醒。第二节为"1895 年至 1919 年：文学的改革和重建"，论述清末民初文学的新变更多是受外界文学、文化的影响，并在中国传统文学的基础上进行改革，文学的现代性更为复杂多样。第三节为"现代文学的时代：1919 年至 1937 年"，重在叙述现代文学三十年的前两个十年。通过这三节，王德威"没有晚清，何来五四"的文学史叙事理念得到展演。整个"1841—1937 年的中国文学"被分为三个时段，每一时段都有着自己的主体性和时代主题，而不是以"五四"文学的形成为最终目的和评判标准。近代文学获得了与现代文学的平等地位，自身的丰富性与复杂性得以原生态地展现。"五四"新文学不再是现代中国文学的起点，而是近代文学复杂缓慢发展之后的自然结局，这将新文学与传统文学的连接得以夯实。而在第七章"从 1937 年至今的中国文学"中，当代文学也并没有遭到贬低，而是被叙述成抗日战争影响了现代中国文学的发展，原来整体化的文学版图被先后分裂成不同板块，各自板块还呈现不同的特色，具体我们将在下节论述。

最后，不同的学术理想。其实将 1841 年视为现代中国文学的开端进行描述早在 1930 年陈子展的《最近三十年中国文学史》① 中就有之，但后来大陆学界为了将"五四"文学作为中国新文学的标杆，就将文学史起始后挪了。这种举措的背后是文学史撰述者启蒙主义思想的高扬，贯穿着历代作家、学者改造国民性，再造民族魂的宏大理想。另外，中国现代文学研究历来就有"谁"来书写"谁"的文学历史的话语权之争。自从

---

① 陈子展：《最近三十年中国文学史》，上海古籍出版社 2000 年版。

新文学诞生开始，新文学的参与者胡适、周作人等文坛大佬就主动书写自己的历史，将旧文学排除在外，只有少数的如钱基博的文学史书写了旧文学，几乎成了绝响。自新中国成立之后，书写中国现代文学史的都是革命文学参与者或认同革命文学的学者教授，自然就大书特书革命文学的辉煌成就。而新时期以来，书写20世纪中国文学史的大多是坚持启蒙主义，精英文学的大学教授，都将自己定位为"五四"文学传统继承者，这种身份地位学术理想，使得这些文学史家自然会持有现代文学优越感。

　　而王德威格外重视中国文学现代性从最初的萌芽、出土与发展，乃至到"五四"的每一个阶段存在着的内在逻辑的演化，所以在第六章第五节"小结：现代性和历史性"中，王德威再次通过学者及作家的学术工作与文学创作，来总结本时期中国文人是先在自身传统中去寻找内生动能，后来才大力从外引进，这有内外之分、先后之别。凸显中国文学的现代性在本土与西方的碰撞之后才形成，而且在每一个发展转折之处都有着多向路径的可能性，这种治学理路可谓柯文倡导的"在中国发现历史"，即文学史家"力图对任何特定的非西方社会的历史，从其自身的情况出发，通过自身的观点，加以认识。"① 也可以说，这是以中国文学的现代性作为西方文学的他者的另一种西方中心观的变相折射。而从王德威自身的学术渊源来看，他所代表的"台湾—美国'中国现代文学研究'的思想根基，则是徐复观、牟宗三、余英时等寓居港台地区的学人提倡的'新儒学'，在他们'重建中国传统文化'的方案中，包含着对'五四'与激进主义文化的深刻清算和反思"。② 所以他自然以1841年为起始来抵消"五四"文学的神圣性，并使得其"没有晚清，何来五四"的口号响彻云霄。

　　这两种文学史理路各有自己的学术渊源和梦想寄托，当然各自也并不是无懈可击的，重要的是如何取长补短。未来我们的现代中国文学的整体化历史建构自可坚守自己的学术理想，但是必须走出"20世纪"这一时间瓶颈，勇敢地彻底打破近代、现代、当代之间的隔阂，而如《剑桥中国文学史》一样将三者予以统合整编，达成学科之间谅解和协同。而且

---

　　① ［美］柯文：《序言》，《在中国发现历史——中国中心观在美国的兴起》（增订本），林同奇译，中华书局2002年版，第59页。
　　② 王丽丽、程光炜：《从夏氏兄弟到李欧梵、王德威——美国"中国现代文学研究"与现当代文学》，《当代文坛》2009年第5期。

还要如王德威更多从现代中国文学的发展历程出发，着眼于现代性的流动性与渐成性，破除现代文学优越感，重新仔细勘察每一个时段在中国文学现代化历程中的阶段性使命与各自的悖论难题，既梳理出具有世界现代性文学共享的因素，又查勘出中国现代性文学的原创之处。因为"没有原创的共享，是吃人家的残羹剩饭；而没有共享的原创，是用冷猪头肉去供神。二者的牵手共进，才是我们要提倡的现代性"。①

二　消解文学史地域空间的中心意识

中国台港澳文学如何编撰进现代中国文学史一直是个难题。大陆文学中心主义往往使得"台港澳文学在诸多中国现当代文学史著作中往往只是占据了一个附录的地位。这与台港澳地区文学的成就和特色显然是不相称的"②；中国台湾学者主编的《二十世纪中国新文学史》③ 也有意无意整体上抬高中国台湾文学的地位而贬抑大陆文学的成就。可见，中国台港澳文学进入现代中国文学史，不仅牵扯到文学史真实、文学水准等问题，还有政治局势的意气之争。而《剑桥中国文学史》第七章"从 1937 年至今的中国文学"在这方面的处理可能是另辟蹊径，其不从文学成就的高低出发，而只是从文学史事实来书写，尽量将不同区域重要的作家作品、思潮运动都予以并行直录，这就消解了文学史地域空间的中心意识。

该文学史第七章第一节"第二次中日战争（1937—1945 年）和它的后果"有着以下小节："抗战文艺"、"统一阵线：重庆"、"日趋成熟的现代主义：昆明与桂林"、"沦陷北京的文坛"、"上海孤岛"、"香港避难所"、"延安与整风运动"、"台湾"等。这是以历史地域来介绍抗战之时的文学，注意到该时期文学地域的复杂性。

第二节"国内战争的结束与新时代的开始（1949—1977 年）"，则以抗战文学之时就有的文学地域的分裂性，继续书写 1949 年之后的两岸三地文学。以三个区域为三个小节：第一小节是"中华人民共和国"，其中包含"'时间开始了'：文化政策和思想控制"、"历史小说和批判现实主义"、"革命历史小说"、"反右和文革的序幕"、"'地下文学'和'文

---

①　杨义：《重绘中国文学地图通释》，当代中国出版社 2007 年版，第 138 页。
②　方忠：《台港澳文学如何入史》，《文学评论》2010 年第 3 期。
③　皮述民、邱燮友、马森、杨昌年：《二十世纪中国新文学史》，骆驼出版社 2003 年版。

革'"等；第二小节"台湾"包含"反共和思乡之情"、"现代主义实验"、"通俗文学"、"新诗辩论和本土文学运动"等。第三小节"香港"包含"在两者之间"、"文学的大量外流"、"现代主义"、"通俗文学"等。

第三节为"十字路口和抗争（1978 年到现在）"，同样按照三个区域"中国大陆"、"台湾"、"香港"予以介绍。第一小节"中国大陆"包含"新的解冻时代"、"伤痕文学"、"朦胧诗和反精神污染'运动'"、"重写文学史"、"寻根文学和先锋文学"、"都市文学与新生代"、"诗歌论争"、"身体写作"、"对城市的感悟"、"个人的声音"等；第二小节"台湾"包含"文学与民主化"、"重新发现和去神秘化"、"怀旧和眷村文学"、"诗歌魔力和后现代状况"、"本土文学和民族写作"、"性别和性"、"散文作家"等。第三小节"香港"包含"借来的地方，借来的时间"、"怀旧和建造记忆"、"香港的故事"、"性别和性"等。

光看这些标题，我们大致就知道其与国内文学史在书写内容上区别并不是很大，但其整体空间安排上有创新之处。因为其以平等空间的并立免除了两岸三地文学价值高低的评鉴，尽量照顾到文学地域的复杂性和丰富性。我们以后在编撰中国台港澳文学之时，也可以这样处理，借用"一国两制"的思维将两岸四地的文学平行并列编织，主要区别在于大陆是社会主义文学，而台港澳是资本主义文学。四者之间价值高下评判暂时予以悬置，1949 年之后的中国文学史就成了一个中国两种不同社会制度下的两岸四地文学。这尊重了历史实际，现代中国文学史的面目也得以全景式展现，在政治上也吻合"始终坚持一个中国原则"，"坚持'和平统一、一国两制'方针"① 的十八大文件精神。而在四个地区的并列书写中始终最先书写大陆文学，因为无论是读者受众还是作家作品的数量其都超过其他地区，然后依次是中国台湾、中国香港、中国澳门文学。

如果只是空间领域的平行并置，这只是将两岸四地文学区域的相异之处予以昭显，还不能将两岸四地文学的互动性和共生性予以揭示。因为"台湾、香港、澳门与祖国大陆的文学分流，是建立在共同文化基础之上的文学，处于不同社会背景下的各自发展。民族文化的同一性，是分流的

---

① 《坚定不移沿着中国特色社会主义道路前进　为全面建成小康社会而奋斗》，2012 年 11 月 8 日。

前提，也是整合的基础"。① 这需要文学史家站在整个现代中国文学史的
立场上将几个地域的文学予以共同的文学史分期，以相同的文学史逻辑叙
事，强调两岸四地文学共有的民族文学的发展趋向和内在中心。《剑桥中
国文学史》就是将台港文学与大陆文学的并行分为两个时段两个文学史
主题的并行，即 1949—1977 年两岸三地都经历了"国内战争的结束与新
时代的开始"，而 1978 年到现在两岸三地都面临着"十字路口和抗争"。
这样既以平等空间的并立免除了两岸三地文学自我中心感，尊重了他们各
自的"异"，又以相同的文学史分期和共同的文学史主题获得了两岸三地
文学的"同"，增强了三者之间的整体性和共时性特征。这种空间上既有
联系又有区别、时间上又有相同起讫，而每一时段的文学还有共有文学史
情节的编撰方式，应该是我们以后编撰两岸四地文学史走出地域中心意
识，建立起"一个中国"的统一整体意识的有效方式。

　　《剑桥中国文学史》在地域上的考量还体现在其"尾声：华语写作与
移民写作"叙述了散居在不同地域移民的汉语写作及带给未来中国文学
的不同远景。而这方面的探讨国内已有文学史著取得更好的成就，例如朱
寿桐主编的《汉语新文学通史》② 就始终注意汉语新文学在大陆内外的影
响、联系和互动交融，这里就不再赘述。

三　破除文学史构建中的作家作品论偏好

　　由于文学四要素——作品、作家、世界、欣赏者（听众、观众、读
者），那么文学史自然就是研究文学四要素的历史，文学史编撰模式就
可以分别以社会、读者、作者和文本为中心进行分类。③ 但这四种模式
各有自己的便利，也有各自不便展开的宿命。固守某一种方法纯洁性的
文学史著往往让人有边长兵寡，掣襟肘见之感，这从当下大陆众多的 20
世纪中国文学史著偏好以作家作品论为唯一模式所遭遇到的窘境就可见
一斑。而笔者认为文学史只能兼顾统筹主体与客体，手段与对象之间的
相互适应性，着力于从文学四要素混合并进的大文学史观念出发，方能
撰写独具特色的文学史著。《剑桥中国文学史》在这方面也是值得我们

---

① 刘登翰：《分流与整合：二十世纪中国文学的整体视野》，《文学评论》2001 年第 4 期。
② 朱寿桐：《汉语新文学通史》（上、下卷），广东人民出版社 2010 年版。
③ 葛红兵：《文学史学》，湘潭大学出版社 2008 年版。

借鉴的：

其一，该文学史注重了文学外在世界的丰富性，注重到印刷文化、传播媒体以及文学社团对中国新文学发展的重要性。尽管国内文学史编撰也有较好的表现，例如刘勇主编的《中国现当代文学》①就书写过文学研究会、创造社、新月社、语丝社四大文学社团对中国现代文学的影响。但是真正如石静远、贺麦晓在《剑桥中国文学史》第六、七章各自第四节予以专节书写，清晰描绘其历史演变的轨辙却很为少见。

第六章第四节为"翻译，印刷文化，文学社团"。其中第一小节为"西方文学和话语的翻译"，这一小节不啻为晚清至 20 世纪 40 年代的翻译简史。其首先介绍了"中西翻译者的合作机制及机构"；其次是"严复、林纾以及晚清文坛"，不仅叙述了严复、林纾的翻译活动，而且介绍了陈鸿壁、薛绍徽等女性翻译家以及其他作家的翻译活动，例如陈季同、曾朴、吴趼人、周瘦鹃、包天笑、陈景韩，这是一般文学史很少提及的；最后在"意识形态，国家建设和翻译世界"中叙述了 1919—1940 年的翻译在意识形态和国家建设上所做出的贡献，其中涉及周氏兄弟、文学研究会、创造社、瞿秋白、巴金、郑振铎、耿济之、冯至、徐志摩、闻一多、傅雷、李劼人等作家及社团。第二小节为"印刷文化与文学社团"，其依次介绍了"印刷文化和文学杂志，1872 年至 1902 年"，"小说杂志，1902—1920 年"，"南社，1909—1922 年"，"短篇小说杂志和中国文学社团"，"较小的新文学集体和他们的期刊"，"20 世纪 30 年代战前"，"战时和以后"，"报纸副刊"。其中介绍了教材印刷以及商务印书馆、中华书局、世界书局，还有通俗小说的期刊，国际笔会中国分会的活动，左联的杂志《北斗》、四大副刊等等。而文学史在"刊物文学：结束语"中叙述期刊杂志定期发表的特点决定了新文学的种种特性也是发人深省的。这样文学翻译、印刷文化与文学社团的历时性线索得以梳理，各自演变嬗更的脉络清晰可见，也体现并应和了第六章"没有晚清，何来五四"的文学史主题。

第七章第四节为"最近印刷文化的变化和新媒体的出现"，有以下小节："国内出版系统的变化"、"海峡两岸的出版及国际出版权交易"、"全球的文学市场"、"新媒体"、"论争与论坛"、"检查"、"网络文学与纸质

---

①   刘勇：《中国现当代文学》，中国人民大学出版社 2003 年版。

文学之间的关系"等。这一节对 1949 年之后的出版文化和随着新媒体出现的文学样式进行了历史梳理，既注重了海峡两岸的地域空间，又有着全球文学市场的宏阔视野，还兼及网络文学、论坛文学，这就将新近文学媒体的演化予以生动再现。并且和第六章第四节一起构成了文学外部发展变迁的历史描画，二者既可分家另立，各自为所在章节服务，同时又遥相呼应，共同展示时代语境的渐次流变。

其二，《剑桥中国文学史》还"较多关注过去的文学是如何被后世过滤并重建的"①，这就注重到文学史读者接受层面。这体现在文学史书写中国古代作家作品之时，反映了其在 20 世纪中国文学中的接受，例如该著在书写晚明海瑞之时，指出其后来成为一些作品中的主人公，直至"文革"前夕的《海瑞罢官》；写清代诗人黄景仁之时，指出其诗歌在"20 世纪上半叶变得极为流行，尤其是在那些写作旧诗的'新文学'作家那里，如郁达夫、朱自清等人"。② 也指出："20 世纪的知识分子比从前任何时候都更崇尚《儒林外史》。他们赞扬吴敬梓无与伦比的白话写作能力，并把他的小说推举为新文学的范本，以对抗文言写成的作品。他们又在《儒林外史》中读出了对儒家礼教主义和科举制度的无情鞭挞，而这些正是五四新文化运动的纲领。"③ 还指出："《石头记》这部小说曾经深深地卷入了现代政治文化，尤其是 1949—1976 年这段时间。毛泽东很喜爱这部小说，指示共产党的干部，每人至少读五遍《红楼梦》，并且亲自策划了一场反对红学中的资产阶级倾向的意识形态运动。"④ 这无疑告诉我们在中国现代文学史整体化编撰之际，"应该讲述我们现在拥有的文本是怎么来的；应该包括那些我们知道曾经重要但是已经流失的文本；应该告诉我们某些文本在什么时候、怎么样以及为什么被认为是重要的；应该告诉我们文本和文学记载是如何被后人的口味与利益所塑造的"。⑤ 这样一来，文学史整体才会出现有机性和融贯性，形成一般文学史编撰较少

---

① 　［美］孙康宜：《中文版序言》，孙康宜、宇文所安《剑桥中国文学史》，刘倩等译，生活·读书·新知三联书店 2013 年版，第 3 页。
② 　［美］孙康宜、宇文所安：《剑桥中国文学史》，刘倩等译，生活·读书·新知三联书店 2013 年版，第 296 页。
③ 　同上书，第 321 页。
④ 　同上书，第 325 页。
⑤ 　［美］宇文所安：《史中有史（下）——从编辑〈剑桥中国文学史〉谈起》，《读书》2008 年第 6 期。

注意到的"史中有史"①。

　　大陆文学史编撰偏好以作家作品为核心，这种治学风气渊源来自于"文革"后以文学审美性为丈八长矛来防御政治对文学的侵占，但在排斥政治性高举文学性之时，文学的外部媒介和读者接受都一再予以忽略，以致文学史编撰很难取得突破，文学史的历史感也一直有所不足。而《剑桥中国文学史》注重到外在文学媒体、翻译与印刷文化、文学社团以及读者接受的演变，以短短两个章节一个尾声的篇幅就将现代中国文学史整体情形予以粗略勾勒，对作家所沉浸的时代氛围，所经历的文学事件，所拥抱的时代精神集中聚焦、透视，并加以放大、刻画、塑造。这种"对非文学要素的表达，是'大文学'概念所刻意追求的"②，有助于我们破除文学史编撰中的作家作品论偏好，更能浮现历史氛围让读者氤氲于其中细细品味，从而达到整体化编撰的宏观引导作用。

　　当然，《剑桥中国文学史》令人耳目一新之处还有很多，例如其对日本帝国主义在中国的暴行——包括南京大屠杀、慰安妇——进行的书写难能可贵，对女性文学、通俗文学、传统文学等都不吝笔墨；而其弊病也甚为明显，例如对作家作品的介绍还不全面……但就现代中国文学的整体化历史建构而言，笔者认为其在时间性、空间性和大文学史观念的书写方面正可解决我们当下的三种不利心态，这也正是我们以后寻求突破的方向，可谓以他人为镜，"可以明得失"矣。

附录　王德威重构 20 世纪中国文学史情节

　　王德威 1976 年台湾大学外文系毕业，1978 年、1982 年获威斯康辛大学比较文学系硕士、博士学位。先后在台湾大学、哈佛大学、哥伦比亚大学任教。其著作繁多，硕果累累，其中尤以《被压抑的现代性——晚清小说新论》③ 为世人所瞩目，对文学史研究及编撰也影响深远。该著最大

---

　　① 〔美〕宇文所安：《史中有史（上）——从编辑〈剑桥中国文学史〉谈起》，《读书》2008 年第 5 期。
　　② 孟繁华：《文学史家的想象与宿命——文学史制度与"百年中国文学总系"》，《中国现代文学研究丛刊》1999 年第 1 期。
　　③ 〔美〕王德威：《被压抑的现代性——晚清小说新论》，宋伟杰译，北京大学出版社 2005年版。

特点在于从中国独特现代性的立场出发，尊重晚清文学的主体性及价值，辨识出晚清文学更丰富的现代性价值，从而引发了学界对整个现代中国文学的精神气质、前进路径的再认识，并改变了整个文学史模板的宏观建构。

一　重评晚清文学的价值

近代文学在中国文学史研究及编撰中一向处于尴尬地位。首先，在学科分类中，没有单独的近代文学这一二级学科分类，它只能属于中国古代文学这一门类之中。而在古代文学中，近代文学又没有其他时期的文学受到重视，所以专门研究近代文学的专家相对来说就比较少。其次，对近代文学的总体评价也不高，特别是鲁迅、胡适等"五四"文学大家对晚清文学进行了严厉的批评，他们的具体评判几乎将其"盖棺定论"，后人很少有敢于"翻案"的勇气和信心。于是近代文学就成了古代文学向现代文学的过渡，被视为鸡肋。但是王德威对晚清文学的评判则挑战了权威，对其予以了重新审查，这表现在三个方面。

第一，其对"五四"以来的学人对晚清文学的评价及标准予以了怀疑。王德威指出，"五四"以来对晚清文学的批判大致集中于三点："首先，有晚明到清代中叶的古典小说巅峰期在前，晚清小说无论在形式或内容上都有所逊色。晚清小说因此注定被视为下一个伟大时刻——即'五四'文学革命——来临前的过渡点。晚清小说最多只能说是'中等水平'（middle—brow）的小说，对了大众的口味，但还够不上'好的'文学的标准。"① "其次，晚清小说也受到人文主义批评家的苛责，指其过分迎合当时社会/政治动力，却忽略了更宽广的'人文'经验脉络；毕竟社会/政治的变动只是其中的一部分而已。与这一观点恰相反的马克思主义批评家，则责难晚清小说家虽然逐渐看出写作与国家命运间的关联，却缺少足够的眼光及勇气强调社会/政治的动力，终必导向解放与革命。不论是太政治或不够政治，总之晚清小说病在其对社会现实的肤浅认知，从而影响到了它的艺术成绩。"② "最后，正由于其艺术之粗糙与历史/意识形态之

---

① ［美］王德威：《被压抑的现代性——晚清小说新论》，宋伟杰译，北京大学出版社 2005 年版，第 21 页。

② 同上书，第 21—22 页。

短视，一般认为晚清小说对'真正'的中国现代小说的形成，少有贡献。即使当时西方与日本文学的翻译充斥市场，作家们又急于学习外来的模范，大家仍认定晚清小说与传统小说有剪不断的脐带关系。学者们因之告诉我们，在作家'终于'完全掌握了西方的叙事方法、主题关怀，以及意象运用以前，中国现代小说是无由兴起的。"①

　　但是，王德威对这三种批评都不以为然，他认为这三种批评有着一个共有的思维模式、价值标准以支撑这三种评价的确立。这个共有的思维模式就是用"五四"文学作为标尺来衡量晚清文学，自然会发现晚清文学漏洞百出，各方面都不合格。而"五四"文学作为标尺的理由是因为它对西方文学的模仿不遗余力，几可乱真，从而实现了"'文学的一种作用'，传达了理性、人文精神、进步以及西方文明"。②　"'五四'作家急于切断与文学传统间的传承关系，骨子里其实以相当儒家的载道态度，接收了来自西方权威的现代性模式，视之为惟一典范，从而将已经在晚清乱象中萌芽的各种现代形式摒除于'正统'的大门外。"③　至于西方文明的多样性和复杂性，则是这些衡量者所无暇顾及的，他们以自己所愿意获取的价值目标选取了他们最乐意接受的西方标准。王德威正是从批判晚清文学的价值标准入手，来阐释这些评判结果的人为性和功利性，从而提出他的观点，那就是晚清文学恰恰是现代的，是一直以来就存在的"被压抑的现代性"。

　　第二，除了对"五四"学人所采纳借鉴的文学标准进行怀疑外，王德威还对"五四"文学所借鉴的文学样式进行了再评价，认为他们所借鉴的恰恰是当时西方文学中"保守的"、"落后的"、"现代性文学"。他指出"在种种创新门径中，鲁迅选择了写实主义为主轴——这其实是承继欧洲传统遗绪的'保守'风格"，"历来评者赞美他的贡献，多集中于他面对社会不义，呐喊彷徨的反应。鲁迅这一部分的表现，其实不脱19世纪欧洲写实主义的传统之一：人道胸怀及控诉精神。摆在彼时世界文学的版图上，算不得真正突出。据说是受果戈理（Gogol）启发的《狂人日记》成于1918年；卡夫卡的《蜕变》成于1914年，而夏目漱石的抒情

---

① ［美］王德威：《被压抑的现代性——晚清小说新论》，宋伟杰译，北京大学出版社2005年版，第22页。

② 同上书，第22页。

③ 同上书，第23页。

心理小说《心镜》则于 1916 年推出"。① "不客气地说，'五四'精英的文学口味其实远较晚清前辈为窄。他们延续了'新小说'的感时忧国叙述，却摒除——或压抑——其他已然成形的实验。面对西方的'新颖'文潮，他们推举了写实主义——而且是西方写实主义最安稳的一支——作为颂之习之的对象。至于真正惊世骇俗的（西方）现代主义，除了新感觉派部分作家外，在二三十年代的中国乏人问津。"② 王德威就鲁迅等人所孜孜不倦的文学借鉴恰恰是最不具"现代性"的文学，来说明他们以自己所称颂的文学来批判晚清文学的不现代是不具备说服力的。

第三，王德威颠覆了学界对现代中国文学现代性的定义和期许。正因为觉察到学界看低晚清文学的现代性是以西方文学现代性为依据，所以他提出了自己的现代性标准，并且对晚清文学进行了另外的评价。

王德威更换了中国文学现代性产生的来源，尊重了晚清中国文学的自主性，他认为："除非晚清时代的中国被视为完全静态的社会（这一观念早已被证明是自我设限），否则识者便无法否认中国在回应并且对抗西方的影响时，有能力创造出自己的文学现代性。另一方面，（西方的）文学现代性从非单一实体，它自身已是诸种语言与文化之间的复杂交往。中国的文学只有在作家学人认知中国的现代性与西方相比，能够产生同样前所未见的意义，才能以新颖的面目，展示给世界。本书的目的便是演示晚清作家之革新能力（而未必是成果），一如其他国家文化的作者，并不逊色。"③ 这里王德威并不认为中国的作家只有完全向西方文学学习才会产生现代性文学，他们自身就会产生现代性文学。当"晚清作家急切地以外来模式更新传承，他们自己不曾留意到，最弥足珍贵的变化其实已经在最不可能的地方出现了。这种创造力或许得自西方的刺激，但也可能脱胎于自为的新意"。④

正是注重了晚清文学自身就具有现代性特征，而不是如"五四"一代作家那样硬要用西方文学的现代性来苛求晚清文学，王德威发现了被排除在文学正典以外的晚清文学——如科幻小说、狎邪小说、黑幕谴责小

---

① ［美］王德威：《被压抑的现代性——晚清小说新论》，宋伟杰译，北京大学出版社 2005 年版，第 9 页。

② 同上书，第 10 页。

③ 同上书，第 26 页。

④ 同上。

说、鸳鸯蝴蝶派小说、新感觉派小说、批判抒情小说，以及侠义小说等——恰恰具备了丰富的现代性特质。这些现代性特质往往互相矛盾冲撞、暧昧含混，具有更多义性的现代性特征："首先，虽然晚清作家夸张启蒙的功能，他们也一再泄漏对颓废美学的偏爱；其次，他们的诗学与政治的观点如此复杂，以致与时新的革新与革命口号暗暗较劲；第三，他们的情绪丰沛泛滥，恰与他们念兹在兹的理想、理性背道而驰；第四，他们对谐仿（mimicry）的倾倒，恰为拟真取向的再现系统相与对话。"①

在分析了晚清文学中这四类小说所具有的丰富复杂的悖论性现代性之后，为了使其在更广泛的意义上体现出其具有的现代性特征，王德威还提炼出晚清文学中狎邪小说、丑怪的谴责小说、（反）英雄小说，以及科幻奇谭的写作，正是触及了所有现代性所共有的四种论述，那就是"欲望、正义、价值、真理（知识）"，从而佐证了晚清文学在更广阔的视域中具有现代性的公共特征。

二　重疏现代中国文学史的航道

现代中国文学史的编写至今的叙事模式是晚清文学向"五四"文学过渡，至"五四"文学是现代文学的成熟期和启蒙期，而后文学革命向革命文学转换，直至抗战文学和新中国"十七年"文学和"文革"文学都是政治压倒了启蒙，至新时期文学开始，文学才再次回到"五四"文学样式，进入多元化时期。这基本上是所有现代中国文学史遵循的共同叙事逻辑，不同的可能是在具体文学史分期起讫和经典作家作品的选择阐释上。但该著更改了现代中国文学史叙述模式，重新疏浚了现代中国文学史的航道及航线。

首先，该著重新确定现代中国文学史的源头。王德威认为："'五四'运动以石破天惊之姿，批判古典，迎向未来，无疑可视为'现代'文学的绝佳起点。然而如今端详新文学的主流'传统'，我们不能不有独沽一味之叹。所谓的'感时忧国'，不脱文以载道之志；而当国家叙述与文学叙述渐行渐近，文学革命变为革命文学，主体创作意识也成为群体机器的附庸。文学与政治的紧密结合，是现代中国文学的主要表征，但中国文学

---

① ［美］王德威：《被压抑的现代性——晚清小说新论》，宋伟杰译，北京大学出版社 2005年版，第 29 页。

的'现代性'却不必化约成如此狭隘的路径"。① 于是他大张旗鼓地宣传
"没有晚清，何来五四"的理念，这使得晚清文学在现代中国文学史中的
地位受到了重视，其不再是过渡性的不屑一顾的糟粕，而是整个现代中国
文学史的源头，而且这个源头充沛滋润，渊薮深远。他指出："'现代'
一义，众说纷纭。如果我们追根究底，以现代为一种自觉的求新求变意
识，一种贵今薄古的创造策略，则晚清小说家的种种试验，已经可以当
之。"② 而且"晚清之得称现代，毕竟由于作者读者对'新'及'变'的
追求与了解，不再能于单一的、本土的文化传承中解决。相对地，现代性
的效应及意义，必得见诸 19 世纪西方扩张主义后所形成的知识、技术及
权力交流的网路中"。③ 王德威通过对晚清说部四个文类：狎邪、侠义公
案、丑怪谴责与科幻奇谭的具体分析，认为晚清文学早就开始了现代中国
文学的现代性追求，他们在追寻启蒙的同时还偏爱于颓废美学，他们在追
寻诗学正义的同时还强调法律正义，他们情感汪洋恣肆而又念念不舍理想
和理性的魅惑，他们往往为谑仿、戏谑而努力但又在写实写真中探求。由
此晚清文学的现代性源头比"五四"文学更为驳杂繁复、意蕴丰厚，这
就为现代中国文学史重新勘定了一个文学史起始点和叙述源。

　　其次，王德威重释了"五四"至"文革"后的文学史叙事情节。在
他的视野中，这一段时期的文学史中晚清文学的丰富性受到了抑制，文学
主流只采取晚清文学中启蒙、革命的微小支流作为主流，而更多丰富博大
的文学样式成了"被压抑的现代性"。在他的命意中，"被压抑的现代性"
指陈三个不同方向："（一）它代表一个文学传统内生生不息的创造力。
这一创造力在迎向 19 世纪以来西方的政经扩张主义及'现代话语'时，
曾经显现极具争议性的反应，而且众说纷纭，难以定于一尊。然而'五
四'以来，我们却将其归纳进腐朽不足观的传统之内。相对于此，以西
学是尚的现代观念，几乎垄断了文学视野——尽管这渡海而来的'现代'
观念不脱时间上的落差；（二）'被压抑的现代性'指的是'五四'以来
的文学及文学史写作的自我检查及压抑现象。在历史进程独一无二的指标
下，作家勤于筛选文学经验中的杂质，视其为跟不上时代的糟粕。这一汰

　　① ［美］王德威：《被压抑的现代性——晚清小说新论》，宋伟杰译，北京大学出版社 2005
年版，第 5 页。
　　② 同上。
　　③ 同上书，第 6 页。

旧换新工作的理论基础，当然包括（却未必限于）弗洛伊德式的'影响的焦虑'或马克思式的'政治潜意识'影响。弗、马二氏的学说，在解放被压抑的个人或社群主体上，自有贡献。但反讽的是，这些憧憬解放的学说被神圣化后，竟成为压抑主体及群体的最佳借口。于是中国文学现代性的发展反愈趋僵化；（三）'被压抑的现代性'亦泛指晚清、'五四'及30年代以来，种种不入（主）流的文艺实验。在追寻政治（及文学）正确的年代里，它们曾被不少作家、读者、批评家、历史学者否决、置换、削弱或者嘲笑。从科幻到狎邪、从鸳鸯蝴蝶到新感觉派、从沈从文到张爱玲，种种创作，苟若不感时忧国或呐喊彷徨，便被视为无足可观。即便有识者承认其不时发抒的新意，这一新意也基本以负面方式论断。"①这样，"五四"至"文革"后的文学史叙事情节就是文学的现代性越来越狭隘，越来越以西方现代性为准而丧失自身特色，但是也潜隐着一种晚清以来就存在的现代性线索，只不过这条线索相对于文坛主线主流是以被排斥斥责的负面方式存在而已。

　　王德威开始重新发掘"五四"至"文革"后这曾被压抑的现代性因素。他对"五四"及之后文学创作中的晚清影响予以了辨析。例如他在分析文康的《儿女英雄传》之时，就指出"晚清与'五四'的作家相似，都倾向于将一名性情不俗、举止浪漫的女性投入乱世中，考察她历险和抗争的方式，直到她在意识形态上实现其命定的女性特质。虽然这些现代作家鄙视文康的儒家姿态，反讽的是，他们为笔下的女主人公安排的一整套叙事模式——将她们付诸考验，使之脱胎换骨，大彻大悟——这一切却极为接近文康驯化何玉凤的方法"②，这种类型的作品在《新儿女英雄传》和《青春之歌》中都屡见不鲜。王德威还认为张春帆的小说《九尾龟》中章秋谷这个"才子加流氓"的角色在现代文学中存在较多，连鲁迅都认为"现代小说极少有人物典型，能够体现出对时代转瞬的敏感，章秋谷便属于这罕见的典型。鲁迅是在30年代初发此洞见的。其时，章秋谷式的后之来者开始出现。这一现代的'才子加流氓'不仅见于鸳鸯蝴蝶派小说浪漫/感伤的支脉（《九尾龟》对其有明显的影响），还可见于刘呐

---

　　①　［美］王德威：《被压抑的现代性——晚清小说新论》，宋伟杰译，北京大学出版社2005年版，第10—11页。

　　②　同上书，第179页。

鸥、穆时英等‘新感觉’派的作品”。① 又如他还指出：“《二十年目睹之怪现状》及其续篇的影响，在 30 年代的老舍（1899—1966）、40 年代的钱锺书（1910—1999）的作品中，皆可得见。老舍与钱锺书都嘲笑民国社会的腐败，以及匹夫匹妇的愚昧，但他们终将点出笔下（自以为）正直的主人翁才是最可笑的人物。因此，当老舍郁郁寡欢的主人公们被迫重回他们发誓要规避的万恶社会时。当钱锺书笔下自鸣得意的社会栋梁被社会驱逐出去的时候，我们听到了最可疑的笑声。以阴鸷的笑谑取代涕泪飘零，中国这些现代作家们将中国人生存困境中最尖锐的环节予以戏剧化。而他们的成就倘若不上溯至晚清谴责小说的笑谑潜能，是无法充分评估的。”②

　　最后，王德威还从 20 世纪末文学中发现其与晚清现代性文学交通往来的态势。他在第六章“归去来——中国当代小说及其晚清先驱”中分为四小节依次阐释了“新狎邪体小说”、“英雄主义的溃散”、“‘大说谎家’的出现”、“‘新中国’的遐想”。在“新狎邪体小说”中，王德威“所要强调的是，当代作家将社会、历史脉动情欲化的倾向，以及他们对文学风格踵事增华的痴迷，已形成一种特殊话语，在在令人想起晚清时期的声色情状。晚清狎邪小说将妓院描写成独特的时空范畴，在其中金钱与欲望、爱恋与色欲的好戏轮番上演。新狎邪体小说则打破了妓院所象征的情色地缘界限，视社会本身为混杂的空间，在那里，阶级、商业、意识形态与身体的杂揉交媾无时无刻不在进行着”。③ 这方面他分析的文本是朱天文的《世纪末的华丽》、《荒人手记》，李昂的《迷园》，施叔青的《维多利亚俱乐部》和《香港三部曲》，李碧华的《青蛇》和《霸王别姬》，还有大陆王安忆的“三恋”系列和《长恨歌》，苏童的大部分作品和贾平凹的《废都》，等等。

　　在“英雄主义的溃散”中，王德威指出，晚清文学追求的社会正义和诗学正义在“80 年代以来海峡两岸的社会政治结构急速变动，文学与正义之间的对话，有了一个新向度。当司法系统对不公不义的现象反应迟钝或敷衍了事之际，作者及读者转向文学中求取想象的正义。‘伤痕文

　　① ［美］王德威：《被压抑的现代性——晚清小说新论》，宋伟杰译，北京大学出版社 2005 年版，第 101 页。

　　② 同上书，第 251 页。

　　③ 同上书，第 367 页。

学'以及数量甚丰的报告文学作品的风行，便证实了公众对重新界定并实现正义的渴望。而王蒙（1934—　）、白桦（1930—　）、刘宾雁（1925—　）、戴厚英（1945—1996 年）等作家直面当时的政治禁忌的作品，则为他们赢得了令名美誉"。① 同时他还分析了叶兆言的《殇逝的英雄》，王安忆的《叔叔的故事》，张大春的《鸡翎图》与《将军碑》，莫言的《红高粱家族》，张承志的《西省暗杀考》等作品。

在"'大说谎家'的出现"中，王德威认为 20 世纪 80 年代后期"中国大陆以及其他华文社群的作家，不再局限于批判的写实主义与社会主义现实主义，他们转而运用以往不可触及的素材，以广泛的文学形式从事书写：丑行大观、黑色幽默、怪异狂想，以及荒诞的情色闹剧等，无不一反以往'呐喊彷徨'与'涕泪交零'的感伤公式。作家现在所要凸显的是犬儒的笑声。特别是在中国大陆，这一嘉年华式的创造力成为对极'左'思潮的有力批判；极'左'思潮曾宰制中国文坛达三十年，对文学及政治的斫伤毋庸赘言。到了 80 年代，大陆作家刻意将现实转变成非现实，或将日常的事态扭曲为怪诞可笑的现象，引领读者进入一种判然有别的现实观"。② 这里他分析了刘震云的"官场"系列、张洁的《上火》、余华的《世事如烟》与《在细雨中呼喊》、张大春的《大说谎家》、王朔的"痞子小说"等作品。

在"'新中国'的遐想"中，王德威指出："如果说 80 年代初的科幻小说在预示（更为光明的）政治与思想未来方面，担当'游说文学'的角色，90 年代初的科幻小说则显出相当暧昧的向度。前瞻或者回顾，中国台湾与大陆的作家，纷纷发出了矛盾的信号。他们关心政治走向，大肆铺张想象，往往超越前人。他们想象中国如何遭受奇迹般的复苏或永恒的劫毁，预言华夏将成为核爆后的荒原，或新'黄祸'的发动者。借此他们创造了不同的时空，设想中华民族未来的可能。他们的努力其实并不陌生。他们正沿着晚清科幻奇谭，如梁启超的《新中国未来记》与碧荷馆主人的《新纪元》的模式，探索着该文类的新疆界。"③ 以此他分析了姚嘉文的《台海一九九九》、梁晓声的《浮城》、平路的《台湾奇迹》、张

---

① ［美］王德威：《被压抑的现代性——晚清小说新论》，宋伟杰译，北京大学出版社 2005 年版，第 372 页。

② 同上书，第 378 页。

③ 同上书，第 384 页。

系国的《城》三部曲等作品。

就这样，王德威将 20 世纪 80 年代后小说与晚清小说进行比照发现中国当代作家"通过探究欲望与情色的疆界，发展出新的一套狎邪话语"①，"借小说的形式探究正义与秩序，重新开启了与晚清侠义公案小说间的对话联系"②，"在力图全面演义现实的努力中"他们"必须对付一个吊诡——他们摹拟再现的意图只有以怪世奇谈的方式，才能充分展现"③，在"后历史"时代从事书写行为，他们"通过对历史本身的狂想，来尝试理解历史。凭借科幻奇谭，他们重新造访过去，预想未来"④。于是，当代文学的新动向都可以回溯到晚清文学的发端。

按照王德威对晚清文学、现代文学和当代文学的重新排序和价值鉴定，我们就会发现他的现代中国文学史的叙事逻辑是从晚清的"前现代"或诸种"现代性"蓄势待发的阶段到"五四"的现代或单一现代性的局限再到 20 世纪末的后现代或是多元现代性再一次的绽现。⑤ 这种叙事逻辑基本上是兴起—压抑—复兴的叙事模式。而我们当下大部分现代中国文学史认为"五四"文学是兴起繁荣阶段，20 世纪 30 年代至"文革"后是政治干预文学之时，是现代性文学受压抑的时段，新时期文学才是现代性文学复兴繁荣的时期。两者叙述话语及述史情节几乎一样，不同在于文学史分期、文学史评价及情调况味上已经迥然有异，这就是王德威这部著作对现代中国文学史研究和编撰的重大意义所在。

三 极具思想性的文本细读

除了为晚清文学平反，重描现代中国文学史发展曲线之外，王德威的这部著作留给读者最深刻的影响应是其极具思想性的文本细读。该书的第一章是建构晚清文学历史与理论的语境，界定"被压抑的现代性"的所指和能指。后续四章为全书的主干，每章分别处理晚清说部四个文类：狎邪、侠义公案、丑怪谴责与科幻奇谭。在这四种文类中，王德威或详或略

---

① ［美］王德威：《被压抑的现代性——晚清小说新论》，宋伟杰译，北京大学出版社 2005 年版，第 388 页。

② 同上。

③ 同上。

④ 同上书，第 389 页。

⑤ 同上书，第 364 页。

涉及六十多部作品的细读，其细读文本毫发无遗，角度刁钻。

首先，这种文本细读极具科学性。即使是同一种类型的小说，王德威却从中显示出不同类别。例如就晚清狎邪小说，他就讨论了四个层面，选取了不同文本。第一个层面，他选取的是《品花宝鉴》，他"认为《品花宝鉴》之所以成为晚清狎邪小说的先驱，乃在于其最具反讽意义的形式。该作借取浪漫传统的陈腔滥调，描述男扮女装的干旦及其恩客间的爱怨嗔痴；而它对女性的描摹其实基于男性想象。对性别以及性别取向修辞的置换，只有更让我们注意到女性的缺席。借着异性恋、同性恋与假凤虚凰的好戏，《品花宝鉴》暴露出'女性'是如何被视为男性狂想的对象，又怎样被看做为一个低下的社会'位置'，甚至可由男性来填充"。① 第二个层面，他选取的是《花月痕》与《九尾龟》，这两部著作"代表晚清爱与欲的两极表现。《花月痕》以典雅之极的浪漫修辞，刻意美化青楼中无望的情事；而《九尾龟》却公然暴露了假恋爱之名的色欲游戏，并以尔虞我诈、勾心斗角为能事。然而，这两部小说皆无从救赎叙事背后日益严重的文学危机与国族危难"。② 第三个层面，他选读的是《海上花列传》，认为这部著作"既否定了刻板老套的角色和主题，也揭橥了妓女生活浪漫想象与残酷现实错综复杂的存在，从而颠覆了传统狎邪小说的形象。该小说打破了其理想读者及书中人物所共同憧憬的浪漫主义传统，也因此，它比'五四'时期的多数浪漫写作更能清醒地看待激情的后果"。③ 在第四个层面中，他指出"《孽海花》与《九尾龟》借赛金花的风月传奇作为进入道德与政治迷宫的门径，并以之嘲弄、改写了晚清历史。《孽海花》在理念及实践上皆倒置了我们耳熟能详的情色伦理意义。相形之下，《九尾龟》却将赛金花由救国救民的'女神'还原为其最初的身份'神女'，并凸显了人生虚荣的追求，无论是情欲，还是政治，终究不免短暂无常"。④

在第二章中，王德威也从四个类别中去分析侠义公案小说。《荡寇志》"强化而不是驱散了古本《水浒传》暧昧的政治思想。……意外展现了臣民与君权之间的张力"；"《三侠五义》和《老残游记》在政治机器

---

① ［美］王德威：《被压抑的现代性——晚清小说新论》，宋伟杰译，北京大学出版社2005年版，第73页。

② 同上。

③ 同上书，第73—74页。

④ 同上书，第74页。

愈发错综复杂化之际，重思了'侠'的特性"；"《儿女英雄传》提供了一个独特的视角，考察历史变动时期，侠义与女性的关联，及其对现代革命小说的启发"；"《活地狱》揭露了晚清司法体制的黑暗，令人毛骨悚然。但就在它描摹并似乎欣赏一个是非颠倒的世界时，它颠覆了侠义公案小说所构造的拟真的叙事成规"。① 在第三、四章中，王德威基本上都是同样处理。这样的分类阐释，不仅显现了王德威在分析文本之时注意各种文类自身的千差万别和同中有异，同时也彰显了每种文类自身的发生发展、动态演变，从而使得文本解读秩序井然而不是一团乱麻。

其次，王德威的文本解读注重多方联系对比。例如关于赛金花这个真实人物和文学人物的书写，他就给我们展示了他无与伦比的知识结构，并擅长将所论述人物置于古今中外人物群中予以对比的才能。他不仅论说了赛金花这个真实人物的年庚和人生经历，而且就赛金花这个文学人物的塑造进行了抽丝剥茧的梳理：早在1899年，清末名士樊增祥就以《前彩云曲》效法白居易的《长恨歌》与吴伟业的《圆圆曲》讲述赛金花与洪钧之间的浪漫关系，后来又以续篇《后彩云曲》凸显赛金花与瓦德西可疑的绮情。随后，曾朴的《孽海花》取材于洪钧与两个妓女——李蔼如与赛金花——之间的风流情史以成为晚清文学的谴责小说，而张春帆的《九尾龟》中的赛金花妙年不再，早失去了庚子时代的赫赫声名与兴隆财运，她迫使当事人与读者一道面对不过数年前义和拳国耻的往事。此后赛金花不仅在《孽海花》的多本续书中重新塑造，而且不少作品还将其与荣禄、袁世凯、谭嗣同予以牵连加以敷衍成书。在抗战时期夏衍的剧本继续以《赛金花》为名借题发挥，并由此激发其与鲁迅的论辩。而江青在与王莹争演赛金花这一头号女主角的竞争中落败，由此埋下了该剧本在"文革"中被批为"大毒草"，王莹遭批斗而死的祸根。梳理通透赛金花作为文学人物的流变经历还不足让王德威心满意足，他还指出写风尘奇女子的侠骨柔肠、情义双全向来是一个传统主题，而赛金花这样的人物在中国古典文学类似于唐传奇《红拂女传》中的红拂，全本《水浒传》中的名妓李师师。晚明清初有关青楼女子的戏曲如《桃花扇》到《沧桑艳》等对曾朴演绎赛金花的传奇影响甚大。而在现实人物中，类似赛金花的人

①　[美]王德威：《被压抑的现代性——晚清小说新论》，宋伟杰译，北京大学出版社2005年版，第145页。

物也不乏其人，与蔡锷将军一起的小凤仙不也是广为流传？单单一个赛金花，就足以让读者看见了古代、晚清、抗战、"文革"时期诸多与此相关联的人和事，乱花渐欲迷人眼，读者看起来就颇为传奇。

最后，王德威的文本细读本身就极具个人性，常常令人叹为观止。例如他对石玉昆的《三侠五义》中白玉堂命丧铜网阵的解读就颇为"惊心动魄"，他至少从五个方面分析了白玉堂的死所具有的意义。第一，他分析了铜网阵这一事物本身和其在文学作品中的形象渊源。指出"铜网阵依照神秘道教原理设计，歧路密布，有如迷宫，更潜藏致命器械。甚至最为机敏的闯入者，也难逃厄运。诚然，古代历史演义与神怪小说充斥着各色奇门诡阵，譬如《封神演义》、《水浒传》，甚至《荡寇志》所布的'阵'。绝大多数'阵'的操纵，或通过妖术，或借助人力运筹。铜网阵则与众不同。它是一个巨型机关，无须常人或者超人的中介作用；它是一个自动装置，锁簧一旦上妥，便可产生致命威力"。① 第二，王德威分析了白玉堂的死是一种个人行为。他指出"白玉堂的一生以无拘无束的侠客知名，从不受藩篱羁绊。可以说，借助'闯'这一行为，他展示了自身的心高气傲，并承担了种种非常甚至非分的使命。在一种以生命做赌注的职业里，白玉堂遇害铜网阵固然令人扼腕，却也算得上是求仁得仁，死得其所。然而有鉴于《三侠五义》的主题讲述的是侠客的驯服，白玉堂遇害的方式便出现了歧义。白玉堂擅闯襄阳王领地，原非巡按的指派，而是想以自己的方式立功扬名。换言之，他的行动未必受社稷安危之大业所驱驰，而是个人的气性使然。白玉堂惨遭荼毒之际，究竟未能探明脱身铜网阵机关的方法，一如他未能学会在法律机制中生存的奥秘"。② 第三，王德威进而分析白玉堂的死所具有的意义："面对白玉堂的铜网阵之死，无论是襄阳王还是执政的官府，都算去了一桩大患。对襄阳王而言，锦毛鼠之死意味着为他的阴谋扫除一大障碍；对官府来说，锦毛鼠之死则带给那些心存最后一丝英雄情结的侠客一个现成的教训。铜网阵因此成为一个政治机器的象征形式。传统的英雄好汉倘若以身试法，擅自闯越，这一机器转瞬之间便可将之吞得尸骨无存。石玉昆及其编者对官府收编铲除法外

---

① 〔美〕王德威：《被压抑的现代性——晚清小说新论》，宋伟杰译，北京大学出版社 2005年版，第 163 页。

② 同上书，第 164 页。

之侠的做法，显然并非无动于衷。白玉堂之死其实质疑了正义的理想逻辑，并且暗示出一个专权或极权的官府，终能把所有对抗力量一网打尽。"① 第四，他进一步分析铜网阵的象征意义，从而论证白玉堂的死是一种必然。"铜网阵一节亦使我们怀疑，它是否不仅吞噬侠客，也威胁命官。包公或颜公这样的朝廷命官只有在皇权无可置疑的前提下，才能践行自己的使命。铜网阵这一节暴露了清官与侠客通力合作时的一个盲点。不论是收编归顺还是矢命效忠，他们其实并无法完全掌握或理解权力机器与司法机器的神秘性。值得注意的是，铜网阵是由襄阳王这个有贰心的皇亲国戚所装置，侠客与清官都无法接近这一'机器'的核心。其装置只能由极少数的自膺天命者所驱动"。② 第五，将白玉堂的死这一文学事件，上升到文学史意义来阐释。"我以为，白玉堂私闯铜网阵不得好死这一事件，是近现代文学首次处理个人主义英雄与政治机器间的斗争。这一主题将迅即充斥于 20 世纪的政治小说、革命演义以及政党历史的'叙事'中。白玉堂不仅仅是胡适所见的生动人物而已，他还践行了一种个人英雄主义的宿命。锦毛鼠之死，不禁令人重新思考在政治机器愈发精密和自动化的时代，侠客（或者现代时期的革命战士）如何安顿自己的所思所行"。③

　　总之，王德威的《被压抑的现代性——晚清小说新论》在重新估价晚清文学的现代性价值、疏浚现代中国文学史的航道和极具思想性的文本细读三方面成果巨大，其在中国文学研究界如雷贯耳，几乎人手一本是必然的，其必将成为中国现代文学研究界的经典著作。

第十一节　澳大利亚杜博尼、雷金庆的现代性情节结撰

　　杜博尼、雷金庆合著的《二十世纪中国文学》应是英语国家影响较大的 20 世纪中国文学史，但目前还没有中文翻译，这里论述的是其英文

---

　　① ［美］王德威：《被压抑的现代性——晚清小说新论》，宋伟杰译，北京大学出版社 2005 年版，第 164 页。

　　② 同上。

　　③ 同上书，第 165 页。

版①。该文学史在每章每节的开始都会进行总体描述，然后以介绍作家生平和作品主题内容为主，其看似简单但在现代性的述史情节、文学史的历史性和别样的政治关注方面却颇具特色，有待我们评析。

一　现代性的述史情节

杜博尼在文学史分期与文学史叙事上做出了努力，这显示了其不同于一般文学史的魄力与胆识。杜博尼的文学史将 20 世纪中国文学描写为三个时期，每一个时期为一部分，每个部分又从诗歌、小说、戏剧三个方面来阐释这一节的中心话语。全书共分 14 节，第 1 节为导言，第一章包含第 2、3、4、5 节；第二章包含第 6、7、8、9 节；第三章包含第 10、11、12、13 节，第 14 节为全书的总结。

在第 1 节"导言"里，作者先总体介绍现代中国的文学受到西方文学的影响，中国文学有精英文学和民间文学，但是重视的是精英文学。在"文学种类"里则介绍了中国现代文学中小说、诗歌、戏剧等文体由旧到新的大致经历。在"作家"中介绍了中国古代和现代作家差不多，大都是受过良好教育的非体力劳动者，都只占到人口的百分之一。同时也介绍了中国作家自我的身份认同，他们在 20 世纪大致经历了预言者、螺丝钉、旁观者、批评者、文化官员等等多重身份的变化。接下来在"文学发展分期"中介绍了该文学史的三个历史分期，以及具体的章节安排。在"中国、台湾和香港"中指出中国地域版图上分为中国大陆、中国台湾、中国香港，但是该著并不讨论后两个地域的文学。这一节是对中国 20 世纪文学的概述，同时说明了该文学史的编排意图。

该著第一章为"Part I 1900—1937"，第 2 节"走向新文学"相当于第一章的概述。该节从 1900 年慈禧太后西逃开始写起，因为这次西逃导致晚清政府认识到必须和西方国家打好交道，并且开始向西方学习，并逐渐对自身的文化体制、政治体制进行改革，由此产生了新的文学概念、文学种类以及文学语言，还有新的作家和读者也得以形成。这节按照历时性的顺序对 1900—1937 年间的政治、文化、文学进行叙述，论说中国传统文学步履蹒跚地走向新文学，并且取得新文学实绩。其以"走向新文学"为 1900—1937 年这个时间段的主题词，意指这个阶段中国文学由旧文学

---

①　［澳］杜博尼、雷金庆：《二十世纪中国文学》，香港大学出版社 1997 年版。

向新文学转向，并最终形成了比较成功的新文学，这就构成了一个分叙事。该章接下来就从三种体裁来谈中国文学开始"走向新文学"：第 3 节"诗歌：转化旧体"论述诗歌走向新文学主要是从形式上进行变革，从格律诗走向自由体；第 4 节"小说：叙述的主题"论述小说走向新文学是叙述的主题发生了变化，由娱乐休闲的文学走向启蒙的人的文学；第 5 节"戏剧：写作的表演"论述戏剧走向新文学是由原来有固定程式的、大家熟知的表演型的戏曲走向新的创作，由于这种新的创作还没有结合舞台表演，所以这时写作的戏剧适合阅读而不适合舞台演出。遗憾的是散文这一文类的历史发展在该著中没有书写。每种文体之下，是先进行概述，然后列举代表性的作家作品进行介绍，最后进行小结。

该著第二章为"Part Ⅱ 1938—1965"，第 6 节"回归传统"是第二章的概述。该节也是按照历时性的顺序书写 1938—1965 年间的文学史实。从 1937 年抗日战争爆发写起，战争机器的开动使得一切为了赢得胜利，战争影响了中国文学，而且这种影响一直持续到 1965 年。这就表现在中国文学回归传统，传统形式有利于战争宣传，寻找本民族的传统文化来抵御外来侵略，而且这种战争文化的影响一直持续到新中国"十七年"。所以"回归传统"是这一时期的分叙事，此一时段中国本土传统、西方形式的现代化和苏联形式的管制三者之间有着复杂的张力。其第 7 节"小说：寻找典型"论述这时期小说创造了很多优秀的典型人物；第 8 节"诗歌：大众化的挑战"论述诗歌转向大众化；第 9 节"戏剧：为政治表演"论述戏剧为了政治而进行表演。

该著第三章为"Part Ⅲ 1966—1989"，第 10 节"重估现代性"是第三章的概述。该节按照历时性的顺序书写 1966—1989 年间的政治、文化及文学演变。从 1966 年"文革"写起，是因为该文学史认为"文革"和后来"新时期"的改革都属于一种现代性实践，所以将二者并列为一章，"重估现代性"是这一时期的中心叙事。这种文学史分期还是以社会政治事件为分期界碑，最终还是强调政治变动对文学的深层影响。其第 11 节"戏剧：革命和改革"书写戏剧在"文革"中的革命和新时期的改革；第 12 节"小说：二者选一的探索"书写小说在传统和现代之间进行探索；第 13 节"诗歌：现代性的挑战"书写诗歌对现代性进行挑战。

第 14 节是对全部文学史的总结，论及了 20 世纪文学中作家、读者、传播、生产以及向传统和西方现代继承和借鉴等问题。

通过对该文学史篇章结构的介绍，我们发现该文学史的历史分期创新力度很大：首先，1900—1937 年为第一阶段，打破了近代和现代文学之间的分期。在中国本土的文学史编撰中，非常强调 1915 年、1917 年、1919 年的新文化运动、文学革命或五四运动的重大意义，在历史分期中始终在这三个时间点上徘徊犹豫。而杜博尼跨越了这个阶段，直接将近代文学与现代文学连接在一起。其次，1938—1965 年为第二阶段，打破了现代文学和当代文学的界限。1949 年是当代文学的开始，这几乎是一般文学史固有的思维模式，而杜博尼将这个重要时间段置之不理。而认为这个时期主要在于 1938 年开始的战争文化，特别是《讲话》精神基本上一直贯穿这个时期，所以，这一时期应划分在一起。最后，1966—1989 年为第三阶段，打破了"文革"与"新时期"之间的文学史分期。一般文学史一直强调"文革"与"新时期"之间的"断裂"，新时期与"文革"是绝对不能划分在一起的。所以很多当代文学史常常突出新时期的文学史意义，一般在 1976 年、1978 年、1979 年这三个时间节点游移不定，而杜博尼认为从 1966 年开始的"文革"和 1978 年开始的新时期是两种不同的现代性实践，所以需要将其进行重估，而这两种现代性合并在一起论述，正好将不同的现代性理念加以对照比较。

该文学史不仅历史分期有所创新，而且整个文学史述史情节也与众不同。其将 20 世纪中国文学划分为三个阶段，并将其归结为三个叙事情节：走向新文学、回归传统及重估现代性，每个阶段演绎一种文学史中心话题。仔细考究这三个中心话题我们会发现它们实际上是统一在 20 世纪中国文学现代性的中心主题中。他们认为 20 世纪中国文学的现代性就是"走向新文学"、"回归传统"及"重估现代性"三步走。这就将现代性这个统一的宏大叙事主题，具体化为三部曲这样的三个分叙事，具有很高的概括性。于是该文学史既有纵向的历时发展阶段性，每一个时间段又都有一个共时性的叙事分主题。这样的共时性与历时性的纵横交错就比只是历时性演变的叙述更加高明。

二　注重文学的历史性

该部文学史对文学规律的介绍比较重视，一般会在每节的开头概述某一文类在某一时期的发展概况，然后开始书写具体作家，最后再来个小结。笔者认为该文学史书写的一个突出特点是注重文学的历史性，这可以体现在其对作家作品的选择和阐释上。因为作家作品的选择阐释，就是文学史的经典化策略，就暗示着文学史撰写者的文学观念。现在我们来看看该文学史著中的作家作品选择及文本解读。

首先，该文学史作家作品选择力求资料性与历史性。这从其三个小节中所介绍的诗人就可以看出。在第一章的第 3 节"诗歌：转化旧体"中，其介绍了苏曼殊、胡适、郭沫若、刘大白、刘复、康白情、朱自清、俞平伯、徐玉诺、王统照、周作人、鲁迅、郁达夫、冰心、宗白华、田汉、汪静之、应修人、潘漠华、冯雪峰、徐志摩、闻一多、李金发、王独清、穆木天、冯乃超、蒋光慈、殷夫、朱湘、饶梦侃、邵洵美、孙大雨、孙玉棠、戴望舒、冯文炳、曹葆华、林庚、路易斯、王亚平、蒲风、臧克家、艾青、卞之琳、何其芳、李广田、王辛笛等诗人。在第二章第 8 节"诗歌：大众化的挑战"中，该著介绍了郭沫若、毛泽东、柯仲平、臧克家、冯至、戴望舒、苏金伞、方敬、高兰、田间、邹荻帆、艾青、卞之琳、何其芳、王辛笛、杭约赫、陈敬容、穆旦、郭小川、柯蓝、郑敏、李季、贺敬之、李瑛等诗人。在第 13 节"诗歌：现代性的挑战"中，介绍了1966—1989 年间的代表诗人，依次为李学鳌、冯景元、北岛、舒婷、顾城、杨炼、多多等。通过以上诗人姓名的列举，我们就会发现其选录作家比较多，不论政治立场如何，也不论文学成就高低，很多并不在诗歌上出名的作家也得以介绍。所以各个诗歌流派都能予以体现，上至国家主席下至普通工人都能受到重视，新旧诗人群体都录入其中，纯诗、政治抒情诗、朗诵诗等都不予遗漏，这样的诗人介绍能将 20 世纪中国诗人全部涵盖，体现历史的全面性，资料性得到了保证。

其次，该文学史重视旧诗词、通俗文艺、传统戏曲等中国传统文学形式。杜博尼指出，一些人"将西方文学样式只是作为一个模仿对象而不是作为一个激发灵感的资源；在很多情况下，中国作家的作品被很多中国知识分子的问题所凸显，而这些问题与中国外的世界几乎无关；甚至现在一些作家仍为一些其他目的而写作，以至他们忽略了文学作为娱乐和虚构的功能"。① 该文学史反对为了某一具体的功利性目的而影响文学自身的发展，强调文学的多方面功能，特别是娱乐和虚构的功能。强调中国文学不能紧跟西方文学的步伐前进，而应该将西方文学作为"一个激发灵感

---

① ［澳］杜博尼、雷金庆：《二十世纪中国文学》，香港大学出版社 1997 年版，第 448 页。

的资源"，这就注定了其对不同于西方文学样式的中国文学文类的重视。因此毛泽东因为他的旧体诗词而被文学史著作为诗人介绍，张恨水、向恺然、秦瘦鸥等通俗文学家也受到了礼遇，而《白蛇传》、《谢瑶环》、《海瑞罢官》等传统戏曲也被提及。特别是"文革"的现代京戏受到该文学史重视，十个"样板戏"《智取威虎山》、《红灯记》、《沙家浜》、《红色娘子军》、《白毛女》、《海港》、《奇袭白虎团》、《龙江颂》、《杜鹃山》、《沂蒙颂》得到了单独介绍，一些样板戏的版本来源也得到了研究。

最后，该文学史在书写具体作家之时注重知识性介绍、身世解读与文本细读相连接。例如鲁迅的《野草》作为诗歌在第 3 节中与周作人、郁达夫合为一小节得以书写，杜博尼评价了鲁迅创作《野草》之时的心情以及政治信念，并以此讨论《野草》作品中的特色。其对鲁迅的小说介绍是在第 4 节，大致包括其家庭背景、留学经历，以及其创办杂志失败，翻译弱小民族文学遭到冷遇，在教育部任职，受钱玄同要求进行创作，该著然后介绍《狂人日记》、《药》、《孔乙己》、《阿 Q 正传》、《祝福》等作品内容及艺术特色，夹叙夹议，既注重时代背景又强调艺术成就。又如该著在介绍浩然之时也分为两个时期，分别在第 7、12 节。前一节是创作《喜鹊登枝》和《艳阳天》之时，杜博尼评价此时浩然的成功来自于他的创作能够与正在进行的政治运动合拍，而且其对北方农村生活的描写非常细致而能引起读者的喜爱，其北方语言的运用也恰到好处，更重要的是浩然的家庭出身是农民，而此时的文艺政策也需要培养工农兵作家。正是浩然出身的根正苗红和作品内容始终能跟随时代变化，所以其在众多作家被剥夺写作权利之时能安然无恙。后一节书写"文革"之时的浩然进一步地反映农村的阶级斗争，代表作是《金光大道》和《西沙儿女传》，此时他的创作已经丧失了自己的个性。这一节也介绍了浩然在新时期的创作情况。

可见，该文学史非常重视文学的历史性介绍，不单以文学成就来选定作家，而是尽最大可能介绍尽量多的作家，著名作家与一般作家都能入史，而且在文类上也不坚持纯文学标准，对一些通俗文学、传统文学创作者都予以介绍，而且对作家的介绍能结合其身世解读其作品，大都能将一个作家的一生创作予以简笔勾勒，并能考虑到不同时期作家创作特色的不同。所以说，该文学史著非常重视历史性、资料性。

三　别样的政治关注

该文学史虽然出版在 1997 年，这时冷战已经结束，但是并不意味着该文学史书写就不带有政治性，只不过这时的政治性更多的是一种叙说，而不再如夏志清那样直接攻击和全面否定，这表现在以下几个方面。

该文学史注重书写那些与意识形态"不和"的知识分子，但与林曼叔注重"十七年"间的作家、文艺家、理论家不同，杜博尼注重的是"文革"期间和新时期初一些知识分子的突出表现。在一般文学史中，"文革"文学被书写为林彪、"四人帮"等反革命集团对作家作品的攻击污蔑，以及部分作家对这些帮派文艺进行了抵制。这没有展示"文革"期间具体的文艺斗争是如何进行的，读者只能看见"文革"文学一直是漆黑一团，没有历时性的变化，也没有共时性的联系。这可能是因为"文革"本身的复杂性、敏感性使得一般文学史不能透彻加以书写。但是杜博尼以她的理解方式对"文革"进行了较详细论述。该文学史认为林彪事件为"文革"文学的一个转折点，自此以后，文学控制逐渐减弱，报纸杂志、文艺出版都得到了适当的松动。注重林彪事件对文学的影响在 2005 年董健、丁帆等人编撰的《中国当代文学史新稿》中也有体现，他们将"当代文学分为五个阶段：1949—1962 年为第一阶段；1962—1971年为第二阶段；1971—1978 年为第三阶段；1978—1989 年为第四阶段；90 年代以后为第五阶段"。① 其中第三阶段就是以林彪事件为分期节点。可见，杜博尼的这种文学史分期还是走在前面的。

杜博尼对新时期初的中国当代文学史书写也注重了历史复杂性与对抗性。她展示了中国从十一届三中全会之后，文学发展的变化。其注重了1983 年的"清除精神污染运动"、1986 年的"反对资产阶级自由化"等运动，并同时涉及与此相关的文艺运动，作家作品。同样展示这种新时期的复杂性在 2004 年程光炜等人编撰的《中国当代文学发展史》② 中也有精彩的书写。杜博尼对中国政治的关注还体现在对 1989 年事件的格外重视上。在她的文学史中，她时刻以作家此时的态度来判断一位作家的高尚与否。例如，杨绛、艾青、曹禺、吴祖光、夏衍、陈凯歌、多多等人的态

---

① 董健、丁帆、王彬彬：《中国当代文学史新稿》，人民文学出版社 2005 年版，第 20 页。
② 孟繁华、程光炜：《中国当代文学发展史》，人民文学出版社 2004 年版。

度都被她予以记录，而那些流浪在异国的知识分子被她罩上光彩的晕圈，现在看来很无必要。

该文学史对老舍的话剧《茶馆》进行"第四幕"的理解，也是带着另外目的的。其指出：该剧非常明显地暴露了旧社会的罪恶，但也可以理解其通过高超的艺术形式批评新政权。这是因为1979年该话剧重新上演时，当时的"文革"后的历史语境使得观众们感觉到该剧有一个没有明说的第四幕存在，即新时期前的中国也是"莫谈国事"的年代。该文学史对《茶馆》进行了接受史阐述，这里提出的《茶馆》的"第四幕"问题有一个特定的接受语境，是在"文革"后不久观看《茶馆》。而其在欧洲和美国的成功演出，并不能让外国观众解读到这个"第四幕"，这恰恰证明她的这种解读有着夸大其词的一面。① 因为老舍创作《茶馆》正是带着对新中国无比热爱拥护之情进行的，其主观意图正是为了彰显中华民族埋葬三个旧时代迎来新时代的必然性。而该部文学史故意反其道而行之，就不是知人论世了。

总之，该文学史在叙事情节、历史性、政治性上有着鲜明特点，全书有阶段性主题，每章有核心叙事情节，每节有叙述的关键词，结构较完整，其成为英语国家广受欢迎的文学史著就理所当然了。

---

① ［澳］杜博尼、雷金庆：《二十世纪中国文学》，香港大学出版社1997年版，第303页。

第五章　欧洲国家的中国现代文学研究及文学史编撰

欧洲国家对中国文学的研究开始也是以中国古典文学为主，后来随着中国现代文学的诞生，对中国现代文学进行研究的学者也日益增多，成果也较为可观，其与美国、日本的中国现代文学研究已经形成了海外中国现代文学研究的铁三角态势。欧洲国家里法国、德国、捷克、英国是中国现代文学研究的主要阵地，这里我们主要关注法国、德国、捷克，再加上俄国的中国现代文学研究。

第一节　概述

我们大致可将欧洲国家的中国现代文学分为三个时期：从 20 世纪 20 年代初到 50 年代，是欧洲国家中国现代文学研究的发端；从 20 世纪 50 年代到 80 年代末，是欧洲国家中国现代文学研究的繁荣时期；从 20 世纪 90 年代至今，是欧洲国家中国现代文学研究的低潮时期。现在我们按照这三个时期对欧洲国家的中国现代文学研究进行粗略的巡视。①

---

① 参见［俄］李福清《中国现代文学在俄国（翻译及研究）》，《中国文化研究》1993 年第 2 期；［法］张寅德《中国当代文学近 20 年在法国的翻译与接受》，《中国比较文学》2000 年第 1 期；［俄］米列娜《欧洲的中国现代文学研究》，戴国华译，《国际汉学》2007 年第 1 期；李雪涛《一位瑞士汉学家眼中的德国汉学及中国现代文学研究——访德国波鸿鲁尔大学冯铁教授》，《国际汉学》2007 年第 2 期；谢淼《德国汉学视野中的中国当代文学（1978—2008）》，武汉大学博士学位论文，2009 年；高方《从翻译批评看中国现代文学在法国的译介与接受》，《外语教学》2009 年第 1 期；吴锦华、［荷］何墨桐《微缓不绝的异样"文火"——中国当代文学在荷兰》，《长城》2012 年第 9 期；刘江凯《认同与"延异"——中国当代文学的海外接受》，北京大学出版社 2012 年版。

一　欧洲国家中国现代文学研究的发端

欧洲国家对中国现代文学的研究最先关注"五四"文学革命和鲁迅的作品。1923 年，后来成为荷兰汉学泰斗的杜文达克（1889—1954 年）在《东方纪事》上发表了文章《中国的文艺复兴》，开始了欧洲人士对中国现代文学进行研究的旅程。当时杜文达克作为荷兰公使的翻译在北京生活了几年，这篇文章就是其目击了中国现代文学诞生之后而写的，杜文达克介绍了《新青年》杂志和《新潮》杂志，评论了沈尹默和刘半农等人写的新诗，并以钱玄同作品为例对当时的白话文与文言文的区别进行了比较，他认为这种新的语言具有革命性意义。

1926 年，留法学生敬隐渔将其所译鲁迅的《阿 Q 正传》递送给法国著名人道主义作家、1915 年度诺贝尔文学奖得主罗曼·罗兰（Romain Rolland），罗曼·罗兰马上被作品中阿 Q 的"可悲可笑"以及语言"辛辣的幽默"所吸引，并认识到在当时"巴黎的任何刊物或出版社都没有接触过当代中国文学"的环境下，刊发这篇"当前中国最优秀的小说家之一写的"[①] 作品所具有的重大意义。正是在其大力推荐下，巴黎月刊《欧罗巴》的 1926 年 5 月号和 6 月号刊发了《阿 Q 正传》，这是中国现代文学在欧洲最早的一次亮相。

1925 年，俄国阿列克谢耶夫（A. M. Alexeev）知道中国"五四"新文学消息后，及时就在列宁格勒出的《东方》杂志（1925 年五辑）上发表了题为《你研究新诗否?》的小文章，对当时北社编的上海亚东图书馆发行、1922 年 8 月初版的《新诗年选（1919 年)》进行了介绍。1926 年12 月他在《法国东方爱好者协会通讯》上发表题为《现代中国一些问题》的文章，也提到胡适的著作。同年，阿列克谢耶夫在巴黎法兰西科学院和吉摩博物馆进行了演讲，演讲稿中前五篇讲的是中国古典诗歌，而第六篇则谈到了中国当时的文学，简介了胡适文学改良的纲领及其诗集《尝试集》。1937 年这些演讲稿结集为《中国文学》出版，这应该是俄国中国现代文学研究的开端。值得我们注意的应该是阿列克谢耶夫对胡适及其所代表的中国新文学的态度，他作为中国古典诗歌的研究专家对胡适的宣传式的文风以及借鉴西方理论对中国文学进行改造的方法不以为然，并

---

① 转引自梁海军《法国鲁迅研究的历史与现状》，《鲁迅研究月刊》2013 年第 6 期。

予以批评。这再一次说明，中国新文学革命不仅遭到国内反对派的攻击，也受到国外汉学者的怀疑，而阿列克谢耶夫认为胡适的白话诗主张及其诗歌创作是矛盾的，其《尝试集》中的内里还是古典诗歌的精神，这确是一语中的。阿列克谢耶夫的学生华希里（B. Vasiliev）在1929年翻译了鲁迅的《阿Q正传》和《孔乙己》，他还与鲁迅通过信，见过面，鲁迅应其要求为《阿Q正传》俄文版写序。华希里还发表过《帝国主义时代中国文学中的外国影响》（1932年）及《中国文学中的左线》（1934年）等有关中国新文学研究的文章。20世纪30年代，华希里开始在大学教授中国新文学这门课。

1932年到1934年，捷克斯洛伐克的雅罗斯拉夫·普实克（1906—1980年）曾到中国游学两年，其间他曾结交了很多中国新文学作家，并阅读了他们的作品，他曾书写《中国新文学》一文。由于战争的原因，这篇文章直到1940年才在国民党当时在柏林的刊物《新中国》上发表。这篇文章展示了20世纪30年代前期中国作家和学者的个人特征及其创作成就。小说家鲁迅、茅盾、郭沫若、郁达夫、巴金、张资平、丁玲和沈从文，现代诗人徐志摩和冰心，剧作家曹禺，散文家周作人和林语堂，学者胡适和郑振铎等人的著作都被予以点评。普实克这时就已经批评中国新文学的创作及批评过于注重文学的外部因素和社会功能，而对文学自身艺术的创造却很少上心。而且普实克并不认为文学革命与晚清文学是断裂的两段，他对晚清文学桐城派、林纾译作和晚清小说家进行了研究，指出它们之间的连续性。

比利时人文宝峰（Henri Van Boven）是来华传教士，非常喜欢中国新文学，1944年他被日本侵略军关进集中营后，继续阅读中国新文学作品和有关书籍，用法文完成了《新文学运动史》。该书于1946年作为"文艺批评丛书"的一种，由北平普爱堂印行。《新文学运动史》正文共有15章，除序言和导论外，分别是"1. 桐城派对新文学的影响"；"2. 译文和最早的文言论文"；"3. 新文体的开始和白话小说的意义"；"4. 最早的转型小说——译作和原创作品"；"5. 新文学革命"："A. 文字解放运动"，"B. 重要人物胡适和陈独秀"，"C. 反对和批评"，"D. 对胡适和陈独秀作品的评价"，"E. 新潮"；"6. 文学研究会"；"7. 创造社"；"8. 新月社"；"9. 语丝社"；"10. 鲁迅：其人其作"；"11. 未名社"；"12. 中国左翼作家联盟和新写实主义"；"13. 民族主义文学"；"14. 自由运动大同盟"；"15. 新戏剧"。可见，该文学史非常注重晚清文学以及外来文学的翻译对中国新文学的影响，而且对文学团体与文学运动的掌握非常到位，对胡适和陈独秀的开创意义和鲁迅的经典性都有很好把握。

1945 年，法国传教士善秉仁（Joseph Schyns）用法文编写了《说部甄评》一书，1947 年该书被译成中文，名为《文艺月旦》，《甲集》由北平的普爱堂出版，书前有一篇 4 万余字的《导言》，其中第三部分"中国现代小说的分析"，多有对中国现代文学的评价。除此之外，还有赵燕声编纂的"书评"和"作家小传"（后文详述）。1948 年辅仁大学印刷了善秉仁（Joseph Schyns）主编的英文版《中国现代小说戏剧一千五百种》。该书由三部分组成：第一部分是苏雪林写的"中国当代小说和戏剧"，其简单清理了中国现代小说和戏剧的发展脉络，进行了简单客观的评价；第二部分是赵燕声写的"作者小传"；第三部分是善秉仁写的"中国现代小说戏剧一千五百种"，这主要是一个书目提要，作者从宗教价值观的角度对中国新文学作品进行了推介评价，如认为某书适合成年人或不适合任何人或者是坏书等，以达到保护青年、反对危险和有害阅读的目的。

1946 年，耶稣会会士 O. 布里埃尔（Octave Brière）撰文《鲁迅：一个深受大众喜爱的作家》，发表在上海法文版《震旦大学通报》第 7 卷第 1 期，该文翔实译介了鲁迅的生平和创作，其还在《震旦通报》上发表了论茅盾、巴金的文章。

1947 年，法国索邦大学中国现代文学研究者明兴礼（Jean Monsrer-leet）以《中国当代文学：见证时代的作家》为题撰写了博士论文。后来明兴礼以其博士论文为基础出版了两部专著，即 1947 年出版的《巴金的生活和著作》和 1953 年在巴黎多马出版的专著《中国当代文学的顶峰》，后者由中国香港耶稣会士朱煜仁将部分内容译成中文，并由中国香港天主教真理出版社于 1953 年出版，名为《新文学简史》（后文详述）。

1948 年欧·布莱尔在上海发表了《中国现代文学主流》，该文描述了中国现代文学的主流，特别观察了欧美文学在中国的翻译，评论了中国新文学中具有代表性的小说作家；1953 年然·蒙斯德拉特在巴黎出版了一本小册子《中国现代文学杰作》，该书论述了 1917 年到 1950 年的一些中国新文学作家，列举了他们的艺术特征，还罗列了在巴黎、伦敦、蒙特利尔及英国、法国、中国出版过的关于中国文学的很多文章和著作。

1953 年，克洛德·鲁瓦（Claude Roy）在巴黎迦利玛（Galli-mard）

出版社出版了《开启中国的钥匙》，该书部分章节叙述了鲁迅弃医从文、提倡新诗等事件。同年，贝尔塔·克莱布索娃（Berta Krebsová）用法文撰写的《鲁迅，生平与作品》由布拉格捷克斯洛伐克科学院出版。1957年，西蒙·波伏娃（Simone de Beauvoir）在迦利玛出版社出版了《长征》，该书涉及了鲁迅的《朝花夕拾》、《野草》等作品以及鲁迅关于文学与革命的观点。

二　欧洲国家中国现代文学研究的两次高潮

欧洲国家的中国现代文学研究从 20 世纪 50 年代至 70 年代迎来了第一次高潮，此时因为世界政治格局中社会主义阵营与资本主义阵营存在严重对立，而中华人民共和国的成立使得其成为社会主义阵营中的重要成员，这样欧洲国家的中国现代文学研究因为东西欧国家所处于不同阵营而存在不同特色，这样也促使了欧洲中国现代文学在大学开始学科化。20 世纪 80 年代因为中国否定了"文革"，开始了改革开放，这导致欧洲国家对中国新时期文学作品产生强烈兴趣，于是对中国现代文学研究迎来了第二次高潮。

20 世纪 50 年代，政治上对新中国的重视导致各种研究中国的学术机构在社会主义国家中纷纷正规化。东欧社会主义国家的学术机构开始有组织地进行汉学研究。苏联的莫斯科和捷克斯洛伐克的布拉格很快作为新的汉学中心出现了，中国现代文学研究也随之取得新成就。

此时苏联的中国现代文学研究取得重大发展，其研究条件非常丰厚，也得到苏联国家的鼓励。20 世纪 50 年代初出版的《艾青》一书介绍了艾青的创作道路，其是苏联当时大规模研究中国现代文学的开端。1953 年，费德林发表了《中国现代文学概观》，该篇文章于 1956 年收入他的《中国文学》著作中。该文以专章形式探讨了中国文学的渊源、"五四"文学革命、鲁迅、郭沫若、茅盾、老舍、赵树理、艾青、中国现代民歌和诗歌，以及中国新文学所表现的两个新主题——中国农村的变迁和工人阶级的崛起。1955 年，艾德林在《今天的中国文学》中描述了从 1942 年延安文艺座谈会到 20 世纪 50 年代初中国当代文学的新态势，这应该是较早注意到延安文艺座谈会历史意义的文章。1958 年，素罗金（V. Sorokin）在莫斯科东方文学出版社出版的《鲁迅世界观的形成》中谈到鲁迅早期的政治、哲学、美学观点在他的小说集《呐喊》中的体现，他还著有《茅盾创作道路》一书较全面地介绍了茅盾作品。同年，玛科娃出版了一部研究 1937 年到 1945 年中国抗日战争时期爱国诗的著作，分析了诗人郭沫若、臧克家、柯仲平的作品，还关注了大众诗形式。1959 年，波兹涅耶娃（L. Poxdneeva）出版了《鲁迅的生平和著作》，其主要用庸俗社会学观点分析鲁迅的思想、鲁迅与左联的关系、鲁迅对俄罗斯文学的评价。1960 年的《鲁迅：生活与创作大纲》主要从文学角度来分析《呐喊》、《彷徨》、《野草》这三部作品，论及鲁迅小说中的历史典故与白描手法，所受到的俄国古典文学的影响，以及象征、寓意、比喻等手法的运用。1961 年，出版了一本关于郭沫若诗歌的小册子。1962 年，马特科夫发表了一篇研究"左联"五烈士之一诗人殷夫（徐白莽）的专题论文。1965 年，苏赫鲁科夫写了《闻一多和新格律诗》。1967 年，谢马诺夫（V. Semanov）的《鲁迅与他的前驱者》在莫斯科科学出版社出版，其将鲁迅早期的小说集《呐喊》与清末小说家李宝嘉、吴沃尧、刘鹗、曾朴等人的名作予以比较，从而揭示鲁迅小说对前辈诗人、散文家、小说家、翻译家的继承。1967 年，A. Antipovsky 的《老舍早期创作》在莫斯科出版，作者分析了老舍的长篇小说《老张的哲学》、《赵子曰》、《二马》、《猫城记》，以及早期的短篇小说。1969 年，施耐得（M. Shneider）出版了《瞿秋白创作道路》一书，其中材料丰富，还找到了瞿秋白翻译的原文。1976 年，尼果里斯卡亚（L. Nikol-skaya）在《巴金》一书中介绍了巴金的《家》、《爱情》及其他短篇小说。是年还出版了《马雅可夫斯基在中国》一书，辨认了马雅可夫斯基诗歌在中国翻译的问题所在，并剖析艾青、贺敬之、田间等中国诗人所受到的马雅可夫斯基的影响。

1945 年，雅罗斯拉夫·普实克被布拉格的查理大学汉学院聘为教授，这意味着捷克斯洛伐克汉学研究的开始。在随后的十年里，普实克以他非同寻常的能量使得布拉格成为一个繁荣的汉学中心，他脱离了枯燥的马克思主义文艺理论，用两种历史观和艺术观代替马克思主义文艺理论对文学的研究，形成整个布拉格学派的学术研究特点。普实克深入研究中国中世纪至晚清的通俗文学，其研究成果大多收入 1970 年他出版的英文加法文著作《中国历史与文学》，该著在西方汉学界早负盛名，惜乎还没有中文本。我们现在最常见的普实克著作是李欧梵编选的《抒情的与史诗的：现代中国文学研究》，1987 年该书中译本为《普实克中国现代文学论文集》，由湖南文艺出版社出版。

　　1960 年，捷克斯洛伐克的另一个中国现代文学研究中心在布拉迪斯拉发建立，其中以普实克的学生安娜·朵莱扎洛娃（Anna Dolezalova）和马利安·高利克（Marian Galik）为杰出代表。朵莱扎洛娃重在研究郁达夫和创造社，从 20 世纪 80 年代开始，她研究了中国 20 世纪七八十年代出现的半官方半地下的作家们的活动。马利安·高利克以茅盾的文学批评观点为研究对象撰写博士论文，1969 年其以英文出版《茅盾与中国现代文学批评》。普实克的另一名学生米列娜（1932—2012 年）可能更为中国学者所熟悉。1977 年她的论文《论鲁迅的〈药〉》对鲁迅的小说《药》进行了结构主义的解读。乐黛云将此文翻译成中文收入 1981 年北京大学出版社出版的《国外鲁迅论集》中，由于此文方法独特，引起了当时国内许多现代文学研究者的关注。

　　此时的中国现代文学研究在社会主义国家里取得了成就，使得欧洲的中国现代文学研究得以学术化，这种成就的获取首先应该是国际政治的发展所带来的，可说是政治催生了学术的繁荣。但是万事有利必有弊端相随，欧洲的中国现代文学研究自然也是这样，这表现在政治意识形态会影响学术研究的方法、过程乃至结论。而一些政治事件的爆发也会导致学术活动迅速遭到打压。例如 1968 年苏军控制侵占捷克的"布拉格之春"，中苏关系破裂，中国自身的"文革"运动等就使得东欧的中国现代文学研究走向了低谷，研究者或多或少出现了疑虑、迷茫的局面。

　　与东欧中国现代文学研究不同，西欧的中国现代文学研究因为没有意识形态的支持，起步则稍迟了一点，20 世纪 60 年代后才产生大量成果，但是少了意识形态的关注也使得他们研究课题的选择得以自主灵活化，在研究方法上也有着另外不同的风采。

　　1950 年前后，德国杰夫·拉斯特发表了博士论文《鲁迅——作家与偶像：论新中国思想史》。1953 年，法国克洛德·罗阿发表了《〈阿 Q 正传〉序言》。1960 年，查尼瑞的《西方文学对鲁迅〈狂人日记〉的影响》分析了鲁迅《狂人日记》所受外域文学的影响。1965 年，荷兰佛克马（D. W. Fokkema）出版了 *Literary Doctrine in China and Soviet Influence 1956—1960*，该著已由季进、聂友军翻译为《中国文学与苏联影响（1956—1960）》，2011 年在北京大学出版社出版。该著是西欧较早一部研究中国现代文艺理论的著作，其从 1942 年延安文艺座谈会谈到了新中国后文艺理论的发展，并将其与苏联文艺理论进行比较。

　　1970 年，米歇尔·鲁阿的博士论文《墙上芦苇：1919—1949 年的中国西方学派诗人》在索邦大学答辩通过，1971 年在巴黎迦利玛（Gallimard）出版社出版，该论文研究了那些既注意在传统诗歌中寻找主题与意象又在尝试西方诗歌技巧的诗人。1972 年，让·沙百里（Jean Charbonnier）在巴黎大学完成了博士论文《鲁迅与人类的解放》。1973 年，《原样》杂志第 53 期刊载了米歇尔·鲁阿撰写的长篇论述《品读鲁迅》。1973 年，戴维·波拉德发表了论文《一个中国人的文学观：周作人的文学观与传统的关系》，研究了周作人的文学观与中国批评传统的关系。1975 年，皮埃尔·里克曼斯用法文翻译的《野草》入选《10/18》丛书系列，由巴黎出版联盟出版。译者在书前序言《官方苗床里鲁迅的野草》中认为《野草》的现实重要性依赖于它的两个特点：文艺和心理，而对鲁迅个人的"社会政治斗争行为"他则毫不忌讳地认为是中国国内的政治意识形态塑造了鲁迅的"文化偶像"形象。基于皮埃尔·里克曼斯上述尖锐观点，1975 年米歇尔·鲁阿撰书《保卫鲁迅，回应皮埃尔·里克曼斯》由阿尔弗雷德·艾贝尔出版社出版，其批驳了里克曼斯对鲁迅的偏见。1976 年 2 月 2 日，西蒙·雷斯用法文撰写了《阿 Q 还存在吗?》，发表于《观点》杂志。他受海德格尔的《存在与时间》的影响，认为阿 Q 的形象是具有"历史性"的，仅存在于特定历史环境。1978 年，法国弗朗索瓦·于连出版了《〈华盖集〉法译本序言》和《〈鲁迅，作品与革命〉导言》（巴黎高等师范学校出版）；1978 年，弗朗索瓦·于连在阿尔弗雷德·艾贝尔出版社出版了两本有关鲁迅的著作：《华盖集：1925 年间中国的意识形态之争》收录于《今日中国》第 5 卷，《鲁迅经典在当代中国之功用：1975—1977》收录于《鲁迅笔记》第 1 卷。1979 年他在巴黎高师出版社出版了博士论文《鲁迅：写作与革命》。1979 年，有学者发表了《中国的文学批评与政治批评》，注意到中国现代文学批评的政治方面。1979 年弗朗西斯·朱丽叶的研究也分析了鲁迅作品的思想内容。1979 年西蒙·雷斯则用心理学的二难推理解释了鲁迅《野草》中阴暗晦涩的意象。

　　1980 年之后，中国开始勇敢地揭开自己的面纱实施改革开放的国策，于是新时期中国文学成为欧洲各个出版社的宠儿，很多新时期作家作品得以在欧洲翻译出版，中国现代文学研究在欧洲获得第二次高潮，这应该是学科化之后的迅猛发展阶段，此时大致有下列代表性的研究著作。

　　1980 年米歇尔·鲁阿出版了《法国派的中国诗人》，其将受到法国文学影响的李金发、戴望舒、艾青、王独清、穆木天、冯乃超、汪铭竹、穆时英、卞之琳、姚蓬子、罗大冈等人进行了系统梳理。1980 年，弗朗索瓦·于连发表了《作家鲁迅：1925 年的展望，形象的象征主义与暴露的象征主义》等。1980 年，尼克拉斯卡亚的一篇专题论文开始注意到被苏联汉学界忽视的中国现代戏剧，田汉的作品得到强调。同在 1980 年，切尔卡斯基把他写于 1972 年的《二十年代到三十年代的中国新诗》扩充成专著《战争时期的中国诗 1937—1949》，该书点评了臧克家、袁水拍、柯仲平、萧三等人的诗作，并研究了民歌和抗战期间的讽刺诗。

　　1980 年高利克的专著《中国现代文学批评发生史（1917—1930）》得以出版，该书对 17 位中国新文学理论家与批评家的著作进行了评判。1970 年和 1993 年，高利克还有六篇论文以《中国现代思想史研究》之名发表，重点研究了王国维、鲁迅、郭沫若、瞿秋白和谢冰心等作家。1985 年，高利克完成的研究成果有《中西文学关系的里程碑（1898—1979）》，该著由伍晓明和张文定共同翻译成中文，出版于 1990 年。1980 年，米列娜教授主持完成了《世纪转折时期的中国小说》，该书中译本为《从传统到现代——世纪转折时期的中国小说》，1991 年由北京大学出版社出版，该著对晚清的六部长篇小说从结构主义和叙事学的角度进行逐一解读。

　　1981 年 12 月 5 日，法国汉学研究会组织的纪念研讨会上也有多篇力作出现，如弗朗索瓦·于连的《作家鲁迅：1925 年的展望——形象的象征主义与暴露的象征主义》于 1982 年发表在《中国研究》第 1 期；吉勒姆·法布雷（Gilhem Fabre）的《面对战争的鲁迅：国防文学与批判精神的问题》，于 1983 年发表在《中国研究》第 2 期。1981 年，斯多克出版社（Stock）出版了让·吉卢瓦诺（Jean Gui-loineau）作序的《狂人日记：继阿 Q 正传之后》，收录于《世界书库》第 23 卷。

　　1981 年，米歇尔·鲁阿在中法两国政府、学界及出版机构的支持下于法国巴黎蓬皮杜文化中心举行了"鲁迅百年诞辰纪念会"，会上交流了数篇未发表过的鲁迅研究新作及译作，有《向新的高度攀登，我们会看得更远》、《论鲁迅的诗》、《鲁迅笔下的中国女性》等文章以及鲁迅不同时期的部分著作译文，后集结成两册：《鲁迅（1881—1936）百年诞辰文集》于 1981 年由巴黎第八大学研究中心出版，《纪念鲁迅：1881—1936》于 1983 年由巴黎第八大学出版社出版。

　　1982 年，博洛蒂娜（O. Bolotina）在莫斯科出版《战争时期的老舍创作（1937—1949）》，她分析了老舍的长篇小说《火葬》、《四世同堂》与短篇小说集《火车集》、《贫血集》等，研究老舍塑造人物个性、描写人物心理的方法以及其小说的修辞艺术。

1983 年，荷兰汉乐逸（Lloyd Haft）在《卞之琳：中国现代诗研究》中细密地分析卞之琳的经历和其诗中的节奏美和形式美，并且探讨其诗歌"意象"中融合的欧洲现代与中国传统的各种因素。1983 年，本德·爱伯斯丁的专著《二十世纪中国戏剧》则对 20 世纪中国城乡剧作家在戏剧的不同发展时期分别承担的历史任务进行辨析。1983 年，法国保尔·巴迪以《小说家老舍》为题完成国家博士论文，成为法国和西欧研究老舍的第一位博士。在 20 世纪 90 年代，保尔·巴迪还撰写了一部中国现当代文学史。

1989 年，尼果里斯卡亚（L. Nikol-skaya）写有《曹禺》，分析了曹禺的主要剧作，突出曹禺的文学史意义在于他用新的人物和情节、新的戏剧冲突，从而使得新的戏剧观和导演思想成为潮流。1989 年，法国学者利大英（Lee Gregory）研究戴望舒的著作《戴望舒：一个中国现代派诗人的生平及其诗》由香港中文大学出版社出版。1989 年，沃尔夫甘·库宾组织部分欧洲学者编纂研究鲁迅的文集，集中研究鲁迅作品与西方文学（俄、荷、英）及中国传统文化之关系。1988 年到 1990 年瑞典汉学家马悦然在欧洲科学基金支持下先后出版了四卷大型文集《中国文学指南1900—1949》，每卷重点选取近百部代表性作品或作品集进行探讨。其中米列娜主编第一卷小说部分，史罗甫主编第二卷短篇小说，劳埃德·哈福特主编第三卷诗歌，本德·爱伯斯丁主编第四卷戏剧。这四卷文集为欧洲汉学家研究中国现代文学提供了文献目录和作品简析，有助于欧洲中国现代文学研究的普及推广。

三　欧洲中国现代文学研究的低潮

20 世纪 90 年代之后，相对于美国、日本新一代中国现代文学研究者已经独领风骚，以及他们的学术成果与中国本土的现代文学研究相互呼应，互为犄角之势而言，欧洲的中国现代文学应是走向低潮：一方面他们对中国当代文学特别是后新时期文学的研究还不能与时俱进，另一方面他们新一代学者的研究著作还没有引起学界的刮目相看，而且被翻译成中文版的著作也不是很多，而此时日本和英语国家相关著作的中文版已经在中国随处可见。这里我们简单列举一下他们代表性著作。

1990 年，施微寒（Helwig Schmidt-Glintzer）出版的《中国文学史》中将中国古代文学史与中国当代文学史予以衔接编撰成史，这应是当时德语世界里内容最为丰富的中国文学史。明斯特大学的艾默力（Reinhard Emmerich）也曾经牵头编撰出版《中国文学史》，该书篇幅短小，正文仅仅 395 页就从中国先秦的《诗经》介绍到当代的卫慧。1990 年，德国海德堡大学汉学系瓦格纳（Rudolf G. Wagner）在加利福尼亚大学出版社出版了《中国当代新编历史剧——四个实例研究》，该著以四部剧作作为考察对象阐述了"大跃进"时代知识分子如何通过旧剧改编以达到借古讽今的效果。1992 年，哈佛大学出版社出版了瓦格纳的《在服务的传统之中探寻——中国当代散文体作品研究》。[①]

1991 年，华裔学者黄晓敏所著《1949 年以来的中国小说》在法国出版，这应是法国少有的专门介绍中国当代文学的著作。1992 年德国波鸿出版了《张弛之间：1976—1989 中国政治——文学事件》，其将当时中国的政治形势与文学创作予以联系加以解读。同年莱顿大学出版了 Stream of Consciousness and Free Indirect Discourse in Modern Chinese Literature，对新时期张洁、王蒙等人的意识流技巧进行了探索。

1995 年，米歇尔·鲁阿著的《鲁迅——中国作家或永别了，我的先辈们》由巴黎阿谢特少儿读物出版社出版。1996 年荷兰柯雷（Maghiel van Crevel）的博士论文《破碎的语言：中国当代诗歌与多多》得以出版，该著分为上下两篇，上篇勾勒朦胧诗的发展脉络，下篇对多多的诗歌做文本细读的个案研究。2008 年出版了柯雷的《精神、混乱和金钱时代的中国诗歌》，这两部著作使得荷兰读者更多了解中国当代诗歌的创作情形。

1998 年，德国慕尼黑应用语言大学吴漠汀（Martin Woesler）在柏林欧洲大学出版了《中国现代散文研讨会：20 世纪内的自我定义》，同年，德国波鸿多问有限出版公司出版了他的《现当代中国散文史》（3 册）。后著对中国从"五四"至 20 世纪八九十年代的中国散文进行历史性的整理。是年，他还出版了《寻求自由的散文：王蒙，中国前文化部长，作为散文家在 1948—1992》。

---

① 张志忠：《转折关头的时代精神与文本阐释——瓦格纳的中国当代散文体作品研究》，《长城》2013 年第 3 期。

2000 年，德国出版了《南方的诗：中国当代抒情诗的比较研究》。2001 年伯尔尼出版了顾彬编的《苦闷的象征：寻找中国的忧郁》。

2001 年，数位学者们共同编辑了 *The Appropriation of Cultural Capital. China's May Fourth Project* 一书，汇集李欧梵、瓦格纳、米列娜、宇文所安、Ellen Widmer、叶凯蒂、王德威、余英时八位著名学者以"五四"为反思对象的精彩论文。是年米列娜发表了《清末民初小说：1897—1916》一文，对中国小说的现代性以进一步阐发。

2004 年，魏简（Sébastian Veg）翻译、批注并作跋的《彷徨：延续政权与文学的岔路》与《呐喊》由巴黎高师出版社出版。同年，德国汉学家江灿（Dr. Thilo Diefenbach）出版他的《中国现代文学的暴力语境》，讨论了莫言、苏童、张炜和陈忠实等人的作品。2006 年他又出版了《大城市之外的中国——刘继明、张炜与刘庆邦的短篇小说和散文》，主要是对刘继明、张炜与刘庆邦三位中国作家的简介以及作品的德文翻译。同年，莱顿 CNWS Publications 出版了张晓红（Zhang, Jeanne Hong）的《话语权的发现：中国当代女性诗歌》。2005 年德国学者顾彬出版了《二十世纪中国文学史》，该著由范劲翻译，2008 年在华东师范大学出版社出版。

自 20 世纪 90 年代之后，中国和欧洲的经济、政治联系越来越密切，但是欧洲对中国现代文学研究并没有迎来第三个高潮期，相比美国和日本的中国现代文学研究已经落后较多。正如法国华裔学者张寅德所说，虽然中国当代文学的译介在法国呈增长趋势，但它和法国文学系统的融合程度还很不够。[①] 究其落后的原因固然很多，但不外乎以下三个：一是因为欧洲的中国现代文学研究的人才队伍没有形成很好的梯队，大多数学习者职业前景渺茫，这导致其学术队伍很难江山代有人才出；二是因为欧洲国家数量较多，语种不一，研究人员散兵游勇各自为战，很难形成良好的学术生态；三是因为欧洲的中国现代文学研究华裔学者较少，很难如美国华裔学者那样在美国研究界起到"鲶鱼效应"。所以，未来欧洲的中国现代文学研究还将任重而道远，希望其能奋起直追，早日迎来第三个高潮期。

---

① ［法］张寅德：《中国当代文学近 20 年在法国的翻译与接受》，《中国比较文学》2000 年第 1 期。

第二节　善秉仁从宗教伦理视角考察中国现代文学

1948 年，普爱堂出版社计划出版一套丛书，共有五个系列，第一个系列是"文艺批评丛书"，共有四本书。第一本是《中国现代小说戏剧一千五百种》，第二本是《文艺月旦·甲集》，第三本是文宝峰的《中国新文学运动史》，第四本是《中法对照新文学辞典》。这四本书里有三本与中国现代文学史有关，这里我们主要介绍《文艺月旦·甲集》。①

这本书的作者善秉仁是新中国成立前在北京居住的法国神父。"他在东北待过较长时间，爱看中国的文艺读物，也收集了不少当地出版物。太平洋战争时期，他被日本宪兵逮捕，囚禁在北京的集中营里。大约集中营管理并不严格，他和几位同伴，常常偷偷地爬过墙头，到街上的书店买中国的文艺读物，运到住地，埋头阅读。后来，他们获得了自由，更是利用各地的教堂便利，收集这些图书，可以说形成了具有一定规模的图书馆。他有个特点，不管什么版本都要收集，然后，从作品开始他的评论、介绍工作。用英文、法文写作，他的目的是把中国新文艺作品和作家介绍到外国去"。②

一　"序"

该著署名为景明译，燕声补传，分为三部分，首先是"序"，然后是善秉仁的"导言"，最后是赵燕声补充的书评和作家小传。我们这里以谢泳和蔡登山编选的《文艺月旦·甲集》为讨论对象，其首先是谢泳的《"中国现代文学史稀见史料"前言》。在这个"前言"里，他介绍了《中国现代小说戏剧一千五百种》、《文艺月旦·甲集》和文宝峰的《中国新文学运动史》的出版情况，然后阐明将其合并为"中国现代文学史稀见史料"予以出版的意义，这里我们不予论及。我们先看《文艺月旦·甲集》的"序"。

首先，该序言没有注明是谁撰写，只写明"著者 1947 年 3 月 19 日于

---

① 谢泳、蔡登山编：《文艺月旦·甲集》，秀威咨讯科技 2011 年版。
② 孔海珠：《法国神父善秉仁的上海之行及其他》，《新文学史料》2007 年第 3 期。

北京"，但序言介绍了本书的出版情形。序言说明此书原为法文本，名叫
《说部甄评》，现在改名为《文艺月旦·甲集》，以后还会有乙集等出版
（未发现其出版）。序言介绍了天津《益世报》聂崇岐对该书的批评及编
者对批评的回应：第一，聂崇岐批评该著名为说部，实际上不只小说，还
有戏剧和随笔等（于是中文版才不用《说部甄评》而改为更为笼统的
《文艺月旦》）。第二，聂崇岐批评该著分类太细，可用一个总的名称代
替。著者解释这样分类是为了让外国读者阅读更加方便，所以没有改动。
第三，聂崇岐批评该著不仅是新文学，还有一些旧小说杂糅其间，不伦不
类。著者解释到他们也认识到这一问题，只不过这个改动很麻烦，所以在
中文版中就保持原样了。聂崇岐的批评告诉我们此书编撰的一些特色，而
著者对其解释和接受也表明善秉仁等人认真的著书态度，他们对介绍中国
文学到国外去是热忱的。

　　其次，著者在序中阐明他们编辑此书的标准和目的。他们是神职人
员，感于当时中国的文学界风气不正："有些英文原本的淫书，在国外宣
为属禁的，现在在北平市场上公然陈列。同时还有些对青年人很有毒害的
中文现代小说，似乎到处都有发售。这不是教育家和家长们联合起来迫使
当道加以取缔的时机了吗？"① 所以，"这书的编行，并非是专供公教读者
之用。我们知道有很多非公教的教育家对道德风化和我们怀着同样的忧
虑。我们最大的愿望，就是和他们取得联系，大家共同创立一种维护青年
德性的事业"。② 可见他们主要是从宗教伦理的角度来评价这些文学作品
适不适合青年阅读，但是他们也指出，"我们对于评骘各书的标准，并非
单纯地基于公教伦理思想。我们的标准，首先是约束一切人类的自然道德
定律，亦即是只看作家们所辩护和认定的原理，是否对于社会及个人可能
产生恶劣影响"③。看来他们担心别人攻击他们的宗教伦理，而从人类总
体的道德定律来阐明他们的远大目标是为了中国青年的精神健康，提高中
国人民的道德水准，免除不健康读物的毒害，实际上这种理想也就是宗教
伦理的终极目的。

　　最后，著者阐明了他们对中国的感情：他们生命中大部分时间都在中

---

① ［法］善秉仁：《序》，谢泳、蔡登山编《文艺月旦·甲集》，秀威咨讯科技 2011 年版。
② 同上。
③ 同上。

国生活，中国是他们的第二故乡，所以他们要为中国人民道德的进步略尽绵薄之力。

二 "文艺月旦导言"

该著第二部分是"文艺月旦导言"，这已经注明是善秉仁 1945 年 11 月 1 日所写。该文开头陈说编书的目的在于免除读者因涉猎有害读物而被伤害，并说明西文版多在内容的评价，而中文版在此基础上增加了文艺价值的说明，并增加了一些较著名作家的评传。然后依次论述的内容为"一、小说的影响"，"二、中国小说史简述"，"三、现代中国小说的分析"，"四、小说对公教青年的恶劣影响"，"五、小说危害之补救办法，特论'小说检核'"。以下对这五条进行介绍，侧重涉及中国现代文学史部分。

"一、小说的影响"论及小说的定义和小说的作用，并"认为在中国国内，圣教会也应当逐渐发挥她的移风易俗的能力，设法取缔禁止某一类的说部，同时鼓励一种健全文艺的建立"。[①] 接着，他引用梁启超的《论小说与群治之关系》来说明文艺的社会作用，而中国人多通过戏剧、"落子馆"等来接受文学的熏陶，以致影响自己的道德情操。总之，这一节在于说明小说的社会影响巨大，必须予以重视。

"二、中国小说史简述"主要对中国小说的历史予以介绍，分为三个小节："甲 旧小说"、"乙 中国戏曲"、"丙 中国新文学概观"。"甲 旧小说"中所述内容大致为中国小说的诞生、魏晋南北朝志人和志怪小说、宋元话本、明清小说等等，这些内容基本上是善秉仁摘自吴益泰所著法文本《中国小说研究》的精华部分，该书 1933 年在巴黎出版，与中国现代文学关系不大，这里不予详细叙述。

在"乙 中国戏曲"里，大致叙述了中国古代戏剧的定义和流变，这里只介绍其对现代中国戏剧的书写。善秉仁梳理了中国现代戏剧的发展，也是从春柳社、民众戏剧社、文明戏等谈起，他认为领军人物有欧阳予倩、田汉、洪深，只有曹禺才是最杰出的代表，他还介绍了当时戏剧教育等等。值得注意的是善秉仁对新剧和旧剧的态度，他从理智上赞成新剧

---

① ［法］善秉仁：《导言》，谢泳、蔡登山编《文艺月旦·甲集》，秀威咨讯科技 2011 年版，第 4 页。

革命，认为一时代有一时代的戏剧艺术，新剧的成功肯定是指日可待的，而旧剧已经一蹶不振，这是历史进化律使然。他也指出新剧的发展还有很多外在和内在的困境需要克服。他认为："有的困难是外来的，如守旧者的反动，经济的缺乏，电影的流行，戏院经理人的唯利是图，观众戏场教育的完全缺乏（直至今日为止，在北平最大的戏院里，也难以要求观众的完全静默；非坐在前排，很难听清楚演员的台词；茶役和小贩可以自由来往，小孩子乱嚷，观众怪声叫好，不断地起立，走出走进，简直跟赶会一样）。有的困难是内在的，例如：计划的不确定，好脚本的饥荒，各剧团内部的人事纠纷，观众思想的不成熟，无从领略剧情等。这些新剧内所传播的社会改革思想，本是编剧的核心，而人物个性的分析，却并不深刻。他们的斗争，并不是自身，内心的斗争；而是对外的，对周遭的一切顽固思想者的斗争。题旨既然千篇一律，这种新戏很快地变成单调；往往有顶希奇古怪的时代错误发生出来，例如，有生活在几百年前的历史人物，竟会在剧中辩护着顶新颖的现代社会思想。有的时候，显然是在死抄着西洋作家，和本国实地情形毫不调和。"① 善秉仁这里分析的现代新戏的外在困境特别是中国观众观看戏剧的陋习常为我们习焉不察，而其以观看西洋剧的礼仪相比较，自然觉得我们的观众教育还需要加强，他对现代新戏主题大于人物的缺陷分析也很到位。他以历史剧要忠于历史真实的观念评判现代时期的历史剧不真实，或许不会得到中国作家和学者的同意，因为中国历史往往更多在意于当下，借古讽今是我们的文化传统，一切历史作为当代史受到了剧作家的欢迎。但善秉仁从兴趣情感上对旧剧倒似乎更为欣赏，他认为京戏的"平民化戏剧脚本、都比较昆曲简短。固然谈不上文艺价值，可是有的却新鲜有趣；情节有时非常生动；日常生活的反映，也很耐人玩味。主旨和一般旧剧略同，大都以感化人心为目的：恶有恶报，善有善报；结局总是大团圆。若依现代剧的眼光，说它毫无艺术价值，也未免近乎武断。凡细心加以研究的外人，肯于耐性地去熟谙它的别致的做工和道具的，个个都赞不绝口。一想到它或有一天会完全澌灭，都觉得心理难过"。② "眼看着旧剧的没落，总令人不无伤感，好比昔年的兵

---

① ［法］善秉仁：《导言》，谢泳、蔡登山编《文艺月旦·甲集》，秀威咨讯科技2011年版，第13页。

② 同上书，第12页。

士，脱下金碧辉煌的甲胄，换上一套平凡而实用的服装的心理一样。旧剧固有其缺点，可是也不无其鲜明，丰韵，和别致之处"。① 所以，善秉仁"所希望的是，中国现代剧，不仅是西洋剧的黯淡的粉本，而能一直的保有其个别风格；即使采用西洋技术，仍旧是地地道道的中国东西"。② 善秉仁对中国旧戏的喜爱态度或许让当时的中国戏剧家们不以为然，时至今日，我们倒觉得他蕴藏着更长远的理想，更有利于中国文化传统的继承与发扬创新。

在"丙　中国新文学概观"中，善秉仁介绍了中国现代文学运动的历程、重要文学团体和代表性作家，在其对作家的臧否褒贬和作品艺术特色的分析中，我们可以看见其宗教伦理的文学评价标准。

首先，这表现在他对一些有关政治内容的作品评价并不很高，不论是共产党的还是国民党的，他热情赞扬的并不多。即使是鲁迅，他在赞颂之时，也有所保留，文字也不多。

其次，这种宗教伦理的文学标准还表现在他对那些社会效果明显不好的作家作品批评得比较严厉，如他认为张资平"连和郁达夫相比的资格都不够，他利用着一般青年的同样苦闷心理，自己先冷静的，无耻的，钻进感伤主义的脏泥里去。他给人的印象，是在欺骗青年，是在有意地把无数的小说集中在一个主题的周围，就是三角恋爱，和婚姻生活的不忠实。他在青年群中得到成功，自在意中；可是这并不能教人曲谅他过去和现在所为的害。我们要攻击他，不但以宗教和风化的名义，并且也是以社会安全的名义"。③ 善秉仁对鸳鸯蝴蝶派评价不高，他认为："他们只是人数众多，能力上倒没有什么了不得。这些人好像并没有受到各种新运动的多大影响，这就是所谓'鸳鸯蝴蝶派'。他们的特点，就是对于个人，家族，社会，国家，整个生活，一贯地嘻皮笑脸，毫没正经；不是冷嘲热讽，便是厌世牢骚。他们的写作，只是落个热闹，出出风头；所以废话连篇，庸俗空洞。之后，迫于时势，他们的作风，多少也有些改变；然而和文学研究会派揭橥的社会写实主义，还是背道而驰。后来大家又叫他们为'海派'，以与'京派'对比。现在大多数的连载小说，都可以入到这一派

---

① ［法］善秉仁：《导言》，谢泳、蔡登山编《文艺月旦·甲集》，秀威咨讯科技 2011 年版，第 13 页。

② 同上。

③ 同上书，第 15 页。

里。中国的文艺批评家，看不起他们。甚至不肯把他们算入文学领域。我们可以聊举几个例：像张恨水，刘云若，顾明道，包天笑等都是。"① 善秉仁主要是从社会效果的作用来评价张资平和鸳鸯蝴蝶派，这与当时中国现代文学界从文学的主题内容来进行批判，有殊途同归的感觉。

最后，善秉仁宗教伦理的文学观表现在他偏爱柔婉风格的文学，对女性作家予以选择性的赞美，并对信奉天主教的绿漪和张秀亚进行了凸显。他指出："在创造社壁垒的边沿，显露出苏雪林，亦即以笔名著称的绿漪女士的面貌。她是主张为艺术而艺术者。因为带有浪漫主义，艺术至上主义的气息，她秉性虽然温和，甚至幽静，可是脾气并不匀称：乐观起来，她会引人入胜；沉郁起来，看得世界一切都不满意。这种幻想渺茫的浪漫主义，像在郁达夫，郭沫若诸人的个性里一样，自当在现实生活的笼罩下发展下去。看她 1922 年，初露头角时的样子，很容易令人相信她一定会走上郭沫若所走上的路子。当时她确是鲜明的唯物主义者，反宗教者，破坏的革命者。可是，种种特殊的环境，竟把她领到一个完全出人意料的解脱。这是近年来追求解放的作者中，唯一的先例、正和郁达夫的悲观主义，郭沫若的狭隘而简略的观念论相反，她在天主教义里，找到了使她完全满意的理想，终于在 1927 年受洗入教。"② 这里善秉仁对苏雪林思想观念的变迁予以了书写，并对她入教进行了赞颂，这是他所赞许的作家，所以对其文字较多。而苏雪林本人也在善秉仁主持的《中国现代小说戏剧一千五百种》中撰写了《中国当代小说与戏剧》，他们之间的密切联系可见一斑。如果说苏雪林在当时的影响本来比较大，将其入史还不足以说明善秉仁宗教伦理的文学观的话，那么他对张秀亚的重视则让我们承认他的这种文学观的存在。他介绍张秀亚的文学天才"可以说是在社会写实主义的伤感气氛里发展着。早期似乎想追踪丁玲的作风，后来终于在公教教义里寻得心灵的安定，在以辅大为策源地的新兴公教文学运动里奠定了她的地位。抗战后期，她在大后方文坛相当活跃"。③ 张秀亚与苏雪林的共同点在于都有过从"激进"走向教会的经历，获得了心灵的安定，善秉仁将两者经历如此强调很明显是有着宗教教义宣扬的目的。善秉仁的宗教

---

① ［法］善秉仁：《导言》，谢泳、蔡登山编《文艺月旦·甲集》，秀威咨讯科技 2011 年版，第 16 页。

② 同上书，第 15 页。

③ 同上书，第 17 页。

伦理文学观也表现在他并不是只要是女性文学就予以赞同，对于丁玲那种革命性作家他并没有过多赞扬，他更多的是颂扬那些富有同情心和爱心的女性作家，如冰心等人。他认为冰心与徐志摩类似，"她的'爱的哲学'给予她的一切作品一种特殊的格调。她为人有学养，情感丰富而深挚，喜爱描写儿童，海，大自然，与伦理之爱。她以赤子的天真所讴歌的爱，并不是男女之爱，而是伟大的母爱。她很可庆幸地兼备着两项特长：一是像文学研究会时代同人叶绍钧的心理分析，一是像徐志摩的精湛词华。她所有的著作，都具着很高的道德水准"。① 可见他对冰心的作品很是高看，这应是善秉仁最认同的作家了，但是他也指出"可是仍有好些人批评她过于偏重个人主义，缺乏社会意义"②，从语气上看，善秉仁很为冰心抱不平。对于凌叔华、以翻译著称的沈性仁和陈学昭等人，善秉仁也予以褒奖："这些女作家，都以不同的材具，描写动与静的自然界，人类的心理与心境；一切都以宁静深刻的手法，令人读了心旷神怡，不禁和叶绍钧的作品，等视齐观。叶氏的作品，便是能在紧张的世界里，普通人陷入眩惑的时候，独能保持心神的泰然"③。作为神父的善秉仁自然喜欢始终宁静和谐安详的心态，与之相应的文学作品就会受到他的高看，与其说善秉仁偏爱女性文学，倒不如说他喜欢具有柔婉和顺之美的文学作品，所以徐志摩、冰心、凌叔华、叶绍钧等人的作品都获得他很高的赞美。

在"三、现代中国小说的分析"中，善秉仁也分为"甲　新文学作家"和"乙　非文学作家"两部分介绍。"前者，特别在智识群里，在思想界里，有很大的影响，后者较直接地熏陶着平民大众。"④ 在"甲　新文学作家"中，善秉仁分析了这些新文学作家的创作倾向，并对这些倾向进行了评判：第一，这些作家有共同一致的"革命思想"，善秉仁认为："这些思想宁可说是义勇的，但是可虑的，是怕读他书的青年，忘却了必须的自我牺牲，而单记住必须摧毁旧社会，旧道德的构造。"⑤ 第二，这些作家具有"非道德观"，"多数文学界领袖人物，无所谓道德观念

---

① ［法］善秉仁：《导言》，谢泳、蔡登山编《文艺月旦·甲集》，秀威咨讯科技 2011 年版，第 17 页。

② 同上。

③ 同上。

④ 同上书，第 18 页。

⑤ 同上书，第 19 页。

（幸而还有几个例外，就是巴金，老舍等）。同时，他们也率直实验他们的理想，由他们所创造的人物的生活方式，转示出他们对于人生，对于离婚，对于自由恋爱的看法；并显示出他们对于贞操观念的满不在乎"。① 第三，是"彼世的否定"，"对于大多数的作家，神是不存在的"。② 第四，"在一般大作家的著作里，谈不到宗教问题。本来宗教是人与神间之关系的综合，是人向神缴纳从属的贡献。在他们，人生只有为己的尘世，大可不必经心自己与自己所从属的另一高级权力间的关系"。③ 第五，"照林语堂和另外几个文坛巨子的看法，人生在世的目的，无非是求个人享受。这是他们反抗宗教与贞操的斗争，命定应产生的结论"，"而且上述诸作家所创造的人物，也照样以此为归宿，虽然作者自己并不全是倾向这结论"。④ 第六，"以上一切思想产生什么结果呢？一句话：混沌而已。固定的婚姻废除了，从而也无所谓家族与社会了，一切都要自由，一切都要革命！什么礼教也不要了，什么宗教也不要了"。⑤ 善秉仁分析了新文学家存在的几大内容缺陷，接着也指出这些特点的形成是受这些作家的爱国心，"抵御外来暴力的反感所驱使"。⑥ 但是，他对这些作家的上述特点并不赞同，因为"这些，普通都是出于善意，他们的著作天然的意向，虽是毁灭固有的一切；他们鼓励青年走进革命的路；可是轮到重新建设时，他们却完全失败了。这失败的最大原因，乃是在他们的作品里，没有神的存在。因此他们不能走上康庄大道，也不能替他们的读者指示应遵的正路，因为他们自己没有认识过'真理'"。⑦ 很明显，善秉仁的评价标准正是其宗教伦理，很难想象在当时社会里，倡导文学革命和革命文学的作家们会听从他的劝告去信奉神与宗教，指靠他们来救中国。中国人所信奉的佛教里有一句话是"用霹雳手段，显菩萨心肠"，在当时的中国，或许革命的霹雳手段，正是救苦救难的菩萨心肠，而这是善秉仁所信奉的宗教伦理所不见的，这也是中国的菩萨和西方的上帝不同之所在吧。

---

① ［法］善秉仁：《导言》，谢泳、蔡登山编《文艺月旦·甲集》，秀威咨讯科技 2011 年版，第 19 页。

② 同上书，第 20 页。

③ 同上。

④ 同上。

⑤ 同上。

⑥ 同上。

⑦ 同上。

在"乙 非文学作家"中，善秉仁指出非文学作家的写作目的并不为宣传思想，或发动斗争，而专为牟利。他认为"这些作家往往是多产的。他们认识大众，熟悉他们的偏好，所以他们的著作，只是些揣摩人民心理，投其所好的东西。只要人肯看，能增广销路，能多卖钱，就好。我们这里所说的作家就是张恨水，陈慎言，耿小的，刘云若，冯玉奇，顾明道和无数其他作家"。① 他认为这些作家的创作首先显露出"毫无意识"，"思想没有，理想更没有：这些作者笔下的人物，来去折腾；他们的生活没有说得出的目的，没有高尚的志愿，想不到人生一世，得有点贡献，得替家庭社会效点力"。② 这些作品"缺乏理想，缺乏思想，不健全的享乐，一切都成了家常便饭。令人向上的东西没有，供给出来的，只有污秽，龌龊；把一切高尚的事理，撇开不谈，向民众提出的理想，只有人生享受！大众所认为理想人物的都在放荡淫侠，现代式的愚蠢里讨生活"。③ 善秉仁这里所责难的是通俗文学家的创作目的和作品内容，看来他对通俗文学的价值并不认可，甚至认为他们是"非文学家"，这种文学观与当时文学研究会的文学观所见略同。

在"四、小说对公教青年的恶劣影响"中，善秉仁认为现代小说对公教青年的影响极大，极为恶劣，"除去少数几点高尚的思想以外，青年人由阅读小说而记取较多而较真的，就只有推翻一切的革命理论，和恋爱自由的原则。他们知道了如何否认彼世，否认任何宗教信仰，否认自己行为自己应负责。那么，除了混乱与无政府状态以外，还能有什么好结果呢？"④

既然现代小说有如此大的危害，所以善秉仁在"五、小说危害之补救办法，特论'小说检核'"中指出避免危害的方法，那就是要进行小说检核。所以他按照道德观点将书籍分为四大类进行检核：其一，是大家可读的书，标记为"众"，"这类书都没有什么伤风败俗的地方；没有大胆的描写，没有荒谬而与圣教教义抵触的理论"。⑤ 其二，是单纯应保留的

---

① ［法］善秉仁：《导言》，谢泳、蔡登山编《文艺月旦·甲集》，秀威咨讯科技 2011 年版，第 20 页。
② 同上书，第 21 页。
③ 同上。
④ 同上书，第 24 页。
⑤ 同上书，第 26 页。

书，标记为"限"，这类书可以让成熟的、有阅历的人去看（如结过婚、受过中等教育、年龄大的人）。其三，是加倍应保留的书，标记为"特限"，"这是指的我们应该直接劝别人别看的书，连成熟的人在内，除非为了特殊原因。可是假若一个正派的人，偶尔在看这样的书，也不值得大惊小怪"。① 其四，是应禁读的书，标记为"禁"，这些书不但不应该劝人看，并且除有重大原因外，应该禁止一切人看。善秉仁由此交代了自己所检核的缘由、标准和希望更多人响应。

三　《文艺月旦甲集》

在《序》和《导论》之后才是真正的《文艺月旦甲集》，这又分《现代之部》、《旧体之部》、《译本之部》三个部分，总共包含有 600 部作品。最后附录了《作家小传》、《著者索引》、《书名索引》。《作家小传》为赵燕声所撰，多具有史料性价值，《索引》是为了读者查找相应内容而设，这里不赘述。

在介绍书目之时，善秉仁都是先列举某部作品的书名，然后判定其为"众"、"限"、"特限"、"禁"四类中的哪一种，然后注明其册数、页数、出版年份、出版社名。这些之后是一个短短的内容简介，指明其归类的缘由。可见这本类似电影分级制度下的作家作品分级，指出哪些是成人作品，哪一些是少儿不宜。这部著作一个意想不到的好处是他收集了大量的现代文学书籍名称，为后来者研究当时的创作提供了资料查找的方便。就其具体评述和分类来说，还是视野过于狭隘，例如他认为鲁迅的《唐宋传奇集》属于"限"级别，他评论道，"都是些文言小说，相当艰深。多述宫闱秘史。没有什么要不得，但只有成熟的人可看"。②

而郁达夫的作品基本上都属于"特限"。林语堂的《幽默小品集》属于"众"，《孔子之学》属于"限"，《京华烟云》、《锦绣集》、《语堂幽默文选》、《语堂作选》、《林语堂代表作》、《浮生六记》、《吾国与吾民》都属于"特限"，《生活的艺术》更属于"禁"。沈从文的《旅店及其他》也属于"禁"。茅盾的作品都属于"限"或"特限"。郭沫若的诗集也属

---

① ［法］善秉仁：《导言》，谢泳、蔡登山编《文艺月旦·甲集》，秀威咨讯科技 2011 年版，第 26 页。

② 同上书，第 72 页。

于"特限"。曹禺的剧作《日出》、《原野》、《雷雨》、《北京人》都属于"特限"。

张恨水和张资平的作品属于"禁"的最多，属于"特限"的也不少。可见善秉仁的文艺批评主要还是从宗教伦理出发，这使得他对中国现代文学的欣赏太过功利，导致一些艺术价值较高的作品反而会被限制或禁止。

总的来说，善秉仁作为一个神父，在传教的同时还大量阅读中国现代文学，并有组织地将这些著作介绍给西方读者，这番热忱是可贵的。同时，他"希望中国天主教徒能振作起来，创造出一种崭新的'中国公教文学'"的愿望也是美好的①，何谓"公教文学"？"按天主教会传统上的定义，其大意为：凡对基督真、善、美、圣的切身感悟和对教会人和事的感受之叙述，并以文字形象化客观反映的艺术作品都是'公教文学范畴'"②。"公教文学有别于其他类型文学。无论是神职人员还是平信徒作家，在他们通过深入到'欢乐'、'痛苦'、'颓丧'、'黑暗'的地方，以心体心，经过文学语言和文字的加工，写出人性光辉的作品，道出人间有爱的真情，陈述引人向善的方向，筑起裨益世道人心的窝巢。传统上认为，作者的心灵深处有基督，人间生活有教会，他写出的作品中自然是公教的事。"③ 但是，中国当时面临着救亡图存的民族危机，这种愿望注定不会实现，而且这种愿望还会阻碍中华民族的觉醒和新生，也正是在这个意义上，斯诺比善秉仁更适合当时中国时代的需要，中国人民更多记住了斯诺而不是善秉仁，其理由也在于此。从中国现代文学史编撰史的角度来看，善秉仁为我们提供了一个编撰中国现代文学史的宗教伦理视角，可算是一个创新。

第三节　明兴礼在文学史家与传教士之间往来

明兴礼原是法国的一位哲学博士，后来又在巴黎大学获得文学博士学位。他曾在中国待过 14 年，对汉语与中国新文学有充分的研究。其研究成果主要体现在他 1947 年在巴黎大学文学院的博士论文《中国当代文学：

---

① ［法］善秉仁：《导言》，谢泳、蔡登山编《文艺月旦·甲集》，秀威咨讯科技 2011 年版，第 18 页。

② 勒依·王伟：《源远流长的公教文学》，《世界宗教文化》2003 年第 1 期。

③ 同上。

见证时代的作家们》中。后来明兴礼以其博士论文为基础出版了两部专著。其一，1947 年出版的《巴金的生活和著作》，该书是第一部研究巴金的专著。该书中文版由王继文翻译 1950 年出版。① 其二，明兴礼的博士论文后来又被改写成专著《中国当代文学的顶峰》，1953 年在巴黎多马出版。后由中国香港耶稣会士朱煜仁将部分内容译成中文，并由中国香港天主教真理出版社于 1953 年出版，名为《新文学简史》，1957 年该书由香港新生出版社再版。② 这里我们以再版本为研究对象。

一　在简明的体例框架中勾勒文学史线索

该文学史著的体例非常简明，分为三大部分，将整个中国新文学历史清晰地勾勒出来。

第一部分是"新文学运动（1917—1949）"，这相当于概述，包含下面几部分。

"写在前面"重在介绍文学革命的发起、"五四"运动的爆发、国语成为通用语言。"写实派和浪漫派"重在介绍新文学第一个十年期间的文学研究会和创造社。"艺术还是宣传"重在介绍新文学第二个十年中创造社、太阳社、新月社和鲁迅、周作人等人围绕革命文学展开的争论，直至中国左翼作家联盟成立。"独立派"是介绍 20 世纪 30 年代巴金、老舍等组成的时代社："他们愿意站在国家民族文学的右派和无产阶级文学的左派的中间，不做政治上的应声虫，不被政治利用。他们自称为第三派。"③ "林语堂、徐訏不左不右，也可算是独立派。他们喜欢诙谐，出版《人间世》、《西风》，提倡幽默文学，专门供人消遣。幽默文学风行一时。"④ 这样 20 世纪 30 年代的文坛，在明兴礼看来就是三足鼎立，他们各自成就不一样，"左边有声势大，产品多，攻击厉害的左翼联盟；右边有国民党的次等作家和《西风》的若干幽默派；中间便是时代社的各色独立派。这中间派的声誉却是在蒸蒸日上"。⑤ 这三派的划分主要是依据作家的政

---

① ［法］明兴礼：《巴金的生活和著作》，王继文译，上海文风出版社 1950 年版。

② 刘丽霞：《来华耶稣会士明兴礼与中国现代文学研究》，《云南师范大学学报》（哲学社会科学版）2012 年第 1 期。关于明兴礼的生平简历详见此文。

③ ［法］明兴礼：《新文学简史》，香港新生出版社 1957 年版，第 5 页。

④ 同上。

⑤ 同上。

治立场进行划分的，这与我们当下按照文学风格和文学观点分为"左翼作家"、"京派"、"海派"还是大不一样的，这让我们从另一个角度明了当时的政治情态和文坛面貌。"抗日战争"主要是介绍抗日战争期间的文学成就。明兴礼介绍了"中华文艺界抗敌协会"的成立情况，他认为："当时的文学，自然以'抗日'、'爱国'为主要题材，并且为求简便起见，流行着短篇小说和独幕剧。剧场是最好的宣传处，但正因为偏重宣传，便少顾到文艺方面，因此抗战中便没有产出伟大的小说家、戏剧家、或诗人。不过，抗战工作的流动，使文学也流传到乡间和中等阶级，而且起了很大的影响；从乡间和普通学校也产出了一大批作家。就是老作家们，也因为逃难流亡，与难民多接触，而产生地方文学和方言文学。"①"无产阶级文学"则论说在抗日战争期间，左右派作家们不断在斗争，"而且左派和独立派是始终没有休过战。国共相争的结果，使无产阶级文学得了胜利。"② 其还论说了新中国第一次文代会的展开，以及毛泽东文艺思想在新中国的主导地位，无产阶级文学占据了中国大陆的主要阵地。"新文学运动的检讨"主要是对新文学运动进行总结性的阐说。明兴礼认为："新文学运动的影响，是学校中采用了国语，文学界产生了白话文学。它改造了中国青年的思想，它鼓起了抗日的情绪"，但它也为共产主义在中国的确立作了准备。他还指出，尽管这一文学运动还只是在开始，但鲁迅、巴金、茅盾、曹禺、徐志摩等作家的作品还是很有价值的，因为"他们给读者们揭露了 20 世纪的中华民族寻求光明和新生命的艰苦探索"。③

从明兴礼的"新文学运动（1917—1949）"这一总说来看，他的文学史分期还是现代文学三个十年的划分，时间起讫与大部分文学史基本一致，注重时代政治局势的变化对作家作品的影响。而在三个十年中他对抗日战争时期的文学成就并不看好，他推崇前两个十年的文学成就。对整个现代文学的成就，他并不认为有多高，对无产阶级文学他持排斥态度，但是他也指出了一些经典之作是值得读者关注的。

该文学史第二部分是将新文学作家作品分为四种文类进行介绍，依次

---

①　［法］明兴礼：《新文学简史》，香港新生出版社 1957 年版，第 6 页。

②　同上。

③　同上书，第 7 页。

是"（甲）小说"、"（乙）散文"、"（丙）戏剧"、"（丁）诗歌"。在每
一文类的介绍中，明兴礼都是先对该文类进行概述，然后单独介绍他认为
的重要作家，并以概略性的标题予以提炼。在"（甲）小说"的概述中，
明兴礼认为："三十年来，中国小说界有两个潮流：一种是描写时代情
况，另一种是歌颂美、母爱、和大自然的奇妙等。描写时代情况的，目的
在唤醒社会，改造社会。这派的作家，把现代中国青年追求改革的渴望写
入小说中，把少数人的思想愿望，散播到群众里面去，想藉此分解旧社
会，创造新思想。歌颂美、母爱、和大自然的奇妙等的作家，都在流露他
们自己的心灵，在叙述他们自己的心灵变迁史或自己的幻想。他们的力量
比较薄弱，而且当这革命时代，也少受人欢迎。可是，这两种潮流实际上
彼此渗和着，并没有显然的分界，所以很难把它们绝对分开。"① 接着明
兴礼列举了巴金、茅盾、老舍、沈从文、叶绍钧、郁达夫、张天翼、徐
訏、端木蕻良、艾芜、萧军、沙汀、吴组缃、靳以、丁玲和谢冰莹。在概
述完之后，明兴礼依次介绍的是"巴金——革命的鼓吹者"、"老舍——
写人物和幽默的专家"、"茅盾——革命的记述者"、"沈从文——地方文
学的创始者"。他认为这四个人都是上述两种潮流中第一种潮流的代表
者，但是相比较而言，巴金和茅盾是激烈的作家，而老舍和沈从文是比较
缓和的作家。② 而"在散文中，也有出色的女作家，第一当推冰心。她歌
颂母爱和大自然，她喜欢儿童。她在写作上特别讲究用形容词。苏梅爱
水、爱鸟、爱花。她比冰心更雄健，但也讲究辞藻"。③

　　明兴礼的"散文"概念是很宽泛的，在"（乙）散文总述"中，不
仅短篇小说和小品被视为"散文"，而且文学批评也被放置在"散文"中
一起叙述，这是与大部分文学史著不一样的。他指出"第一个用西方技
术写短篇小说和小品的是鲁迅"，他是"讽刺小品作家中最泼辣深刻的一
个了。他可以同高尔基、斯尉夫特、福耳特耳等相比。林语堂、老舍、张
天翼等比较温和，另成幽默派"。④ 介绍完短篇小说和小品之后，明兴礼
还简略介绍了现代文学中文学批评的概况。他指出："批评文学一向不甚
发达。有的一些，也大都囿于派别成见，极少公正独立的批评。朱光潜提

---

① ［法］明兴礼：《新文学简史》，香港新生出版社 1957 年版，第 8—9 页。

② 同上书，第 9 页。

③ 同上书，第 33 页。

④ 同上。

倡美学，写有《谈美》，《谈文学》等书。朱自清学识广博，在新体诗中，仔细分析新文学运动中诗的趋向。李健吾是属于印象派的。他另外在《咀华集》中用暗示式的批评，揭发各作家的缺点，也指示各作家所受影响的来源。他的批评比较深刻独到。这大概是他文学的修养高，对比较文学也下过一番功夫的缘故吧。"① 明兴礼对现代文学批评的简笔勾勒，突出了重点批评家，对他们批评风格进行了恰到好处的点评，现在来看也仍能获得我们的认可。接着明兴礼依次叙述了"鲁迅——阿 Q 正传的作者"、"周作人——人道主义者"、"冰心——爱和美的歌颂者"、"苏梅——心灵变化史的记述者"。

在"（丙）戏剧总述"中，明兴礼指出："新剧的开创工作是相当艰难的。它的成就比新小说来得慢，它所生的影响也没有新小说那么大。"② 但"尤其是青年，对旧剧已不感兴趣，转而喜欢新剧。但他们还保持着旧习惯：喜欢诙谐而不注重对白；着重情节而不注意人物的心理；而且对悲剧总是抱着轻视的态度。此外，剧场的没有秩序和不能保守默静；演员们的还想表演旧剧的调子或姿态的倾向，使新剧中还夹杂着不少旧剧的色彩；这些都是阻碍新剧发展的重要因素"。③ 接着明兴礼概览了田汉、洪深、郭沫若、李健吾、姚克、陈白尘、舒湮、吴祖光、吴天、宋之的、曹禺等作家及其相关作品。接下来明兴礼叙述的是"曹禺——主张定命论的剧作家"、"郭沫若——诗人的剧作家"。

在"（丁）诗歌总述"中，明兴礼认为："三十年来白话文学运动在诗一方面的收获，确实很丰富，其中很有些佳作，诗才培成了，经验深刻了，古人所未知道的诗情也被表达出来了，新的形式也成功了。但新体诗本身，有两个不同的趋势：一个是更纯洁、更超脱，在追求宇宙中的永远的美；另一个是现实的，宣传作用的，在努力达出人们心灵上的感觉。将来能有一个能把'艺术'和'生活'联合在一起的大天才出来吗？"④ 他认为新中国成立后，第二个趋势在大陆获得了主导地位。在这一简短的"诗歌总述"中，明兴礼对众多诗人都进行了精练性的点评，如他指出：

---

① ［法］明兴礼：《新文学简史》，香港新生出版社 1957 年版，第 33 页。
② 同上书，第 55 页。
③ 同上。
④ 同上书，第 72 页。

"胡适的诗，实际上还是散文"①；冰心的《繁星》和《春水》"诗的形式已经解放，但是题材还没有脱掉旧诗的范围"②；"在同时还有一个浪漫而求通俗化的郭沫若。他大声疾呼，他在前面引导大众、指示大众"③；"反应这无拘束，不谨严的诗派的，是徐志摩、闻一多、朱湘等留美派的新月社人物。他们主张：诗应当注重形式，应当有节拍，有声韵"，"这派的老师，便是19世纪的英国浪漫派诗人"④；随后起来的象征派作家卞之琳、冯至"少注重于情感，而努力于把纤细的小事小物，用象征法，牵引到大事上去。这种'明暗相衬法'明明是受了法国象征派伐雷里、利尔克、哀黎奥等的影响"⑤；"在抗日战争中，民间写实派兴起了。这是为求通俗化而把诗引向散文的一种倾向。何其芳、臧克家、尤其是艾青，是这派的主要代表。但这个趋势到了极端，又退回来，回复到起初的样子"⑥。明兴礼提到的诗人还有俞平伯、梁宗岱、戴望舒、李金发、李广田、方敬等。可见他不仅点评了诗人，实际上也顺藤摸瓜地将整个新诗发展的简要历史予以了梳理，几个重要的诗歌流派及其主要主张和风格特点都被其归纳总结。接下来他重点叙述的是"徐志摩——热情浪漫的诗人"、"闻一多——注重规律的诗人"。

　　该文学史第三部分是王昌祉撰写的《新文学运动的总检讨》。这分为三个部分，其中"（甲）文学方面的效果"包含"（一）文学方面的效果"、"（二）重大失败"、"（三）失败的原因"三小节；"（乙）社会方面的影响"包含"（一）思想方面"、"（二）道德方面"、"（三）、政治方面"三小节；"（丙）结论"包含"（一）新文学运动是死了"、"（二）新文学作品是旧了"、"（三）建设真正的新文学"三小节。这部分与明兴礼无关，不予详述。

　　从该文学史的体例编排中可见，尽管该文学史只有薄薄的32开96页，但是有文学运动、各个文类的概述，还有经典作家作品解读，最后还有对整个新文学运动的总检讨，这就使得该文学史不仅顺时针线索明晰，

---

① ［法］明兴礼：《新文学简史》，香港新生出版社1957年版，第71页。
② 同上。
③ 同上。
④ 同上。
⑤ 同上书，第72页。
⑥ 同上。

重要作家作品都得到了精到分析，而且整个新文学历史的概貌得到了鸟瞰。

二 注重文学性

该文学史尽管是由明兴礼这位传教士所撰，但是其在具体作家作品分析之时能够以精准细微的文学审美去评析，表现出良好的文学鉴赏能力。其对作家的介绍大都是按照四个步骤进行的，即"（一）小史"、"（二）著作"、"（三）教育价值"、"（四）具体指示"。其中"（一）小史"主要是介绍作家的生平经历，及对其作品的影响，这类似一种社会批评；"（二）著作"主要是介绍作家的代表性作品，分析其思想内容与艺术特色；"（三）教育价值"主要从教育价值来阐说作品的社会影响，关注的是作品的教育意义；"（四）具体指示"是明兴礼作为宗教传教士对读者的建议，建议该作家的作品哪些可读，哪些不能读。该文学史最有价值的地方应该是"（二）著作"，这部分充分体现了明兴礼的文学素养，展现了他的文学审美能力，我们来对其进行介绍。

首先，明兴礼选择经典作家注重文学性。前面已经显示，明兴礼重点叙述的作家是巴金、老舍、茅盾、沈从文、鲁迅、周作人、冰心、苏梅、曹禺、郭沫若、徐志摩、闻一多。这十二位作家中鲁迅、郭沫若、茅盾、巴金、老舍、曹禺这六位是"十七年"大陆中国现代文学史中的固定经典作家，这是因为他们的政治立场和文学成就都受到了当时意识形态的认可。该文学史不像那些反共的文学史著那样，因为政治立场就对他们进行有意的遮蔽，而是实事求是地将他们置于经典作家之列，并且承认他们的文学作品具有政治意味。例如他指出巴金就是"革命的鼓吹者"，而茅盾则是"革命的记述者"，这说明明兴礼认识到这些作家的成就恰恰就在于他们对革命的态度。并不是所有倾向于革命的作家都一定要强调其革命精神，对于曹禺，明兴礼就指出他是"主张定命论的剧作家"，而这与曹禺的倾向革命的政治立场似乎正相矛盾；对于郭沫若这样一位从事革命的诗人，一般都会强调其《女神》的文学成就，但是明兴礼更看好的是他的戏剧，认为他是"诗人的剧作家"。

对于那些因为自己的政治立场而被新中国文坛有意识遗忘的作家，明兴礼却记忆犹新。例如沈从文在新中国成立后就从文坛消失，文学史也很少予以重视，但明兴礼却对其给予很高评价，认为其是"地方文学的创始者"，这就非同一般。这比夏志清的 1961 年英文版《中国现代小说史》中重视沈从文的时间还要早。而周作人也曾因为是汉奸人物，在新中国成立后的文学史中很少提及，但是明兴礼将其定位为"人道主义者"，并认为他的作品，"深刻而轻松，要算是小品文中最好的了。"① 这都显示了明兴礼能够不顾及作家的政治立场，而从其文学成就的高低来选择经典作家进行阐释。

其次，该文学史的最大特色是对一些作家作品的阐释不同一般，这也是该文学史最引人注目之处。明兴礼对巴金的研究是最为着力的，他不仅与巴金进行过书信交流，还亲自在上海拜访过巴金。他抓住了巴金作品中的最大特色，就是"在他的作品中，我们可以听出他的心的跳动。他的唯一的目的，便是用他的热情去征服别人"，"在他整个作品的中心站着的，便是他自己"。② 他指出，巴金的《激流》三部曲"大部都是抒情的描写。照现代廿世纪的忙碌的人的心理来说，这小说似乎写得太长了。在叙事中，作者惯常忽然中止，转而描写环境或节日，记述琐屑的感情，或插入冗长的谈话。然而各主要角色都能给人不可磨灭的印象"。③ 明兴礼还指出家在巴金的小说中很重要，但是又"不尽是相同的：在这《激流》中写的是威胁的家庭，在《憩园》中是分裂的家庭，在《寒夜》中是动摇的家庭，在《火》第三集中是团圆的家庭"。④ 对于巴金的缺点，明兴礼也能直言不讳。他不仅指出在思想内容上，"巴金的情似乎胜过他的知，他只在有数的几个思想中反覆玩弄，自然使人不久便感到乏味。对于人生意义的大问题，他自己还没有得到解答。他把哲学上高深的问题看作是没有意义的。人类心灵深处的忧郁，他还没有发现。他所感动的，还只是人类间狭小范围内的互助。他固然尽量叙述出了社会上外面的痛苦，但这只是加深了'人类在这个世界上'的问题的神秘性"。⑤ 在技巧上，明兴礼也认为："巴金醉心于俄国小说，但他还没有学到写作的最高技巧。他的有些小说还带着镶嵌拼凑等不自然的痕迹。他所描写的英雄不够理想。对于人物的分配，情节的叙述，独白对白的记录，还缺少选择剪裁和

---

① ［法］明兴礼：《新文学简史》，香港新生出版社 1957 年版，第 33 页。

② 同上书，第 14 页。

③ 同上书，第 12—13 页。

④ 同上书，第 13 页。

⑤ 同上书，第 14—15 页。

布置的工夫。不很紧要的枝节还太多。"① 对巴金的文学史价值，明兴礼还是予以高度肯定的。他认为："巴金的作品是中国新文学运动的动人的证件。这个价值还在他的文艺价值以上。将来的中国，或许会对这种情感太重的悲观主义感到厌倦。那时候，人们将更喜欢新的作家，思想更丰富，艺术更高妙的作家；但巴金的作品，仍将像唤醒中国的纪念碑一样，高高地矗立着。"②

关于老舍，明兴礼认为他"长于简短的描写和人物写照，却短于计划全部的结构分配。描写生活压迫下的穷人的苦况，真是老舍的拿手好戏。看他的书名篇名，便知道他是喜欢写人物的"。③ "老舍用他活泼而尖锐的文笔，给我们写出各个不同的形貌相态。他写出他们的奇形怪状，揭示他们隐藏着的弱点，宣布他们秘密的思想；但他也述出他们的苦衷。他带着含有讥讽的微笑，把他们介绍给人们，帮人们解闷；但在另一方面，他也引人们同情他们。老舍的每部小说中，总有几个这样动人的人物。"④ 老舍"没有鲁迅的酸苦的讽刺。他有的是幽默，能使人含着眼泪怀着怜悯而微笑。他用几个轻松的字，几句十足北平气味的话，便能写出一副可笑的面目，点出一个可笑的举动或姿态。对人物社会的批评，他从不长篇大论，而只把它们轻轻的嵌在故事和人物的描写里，所以不显得突兀"。⑤ 老舍的幽默"都是慢慢渗进到他的作品里的；除了他的最初几部小说外，他很少整段整段的尽写幽默"。⑥ 明兴礼也指出老舍的小说有着缺点，认为他"学了狄更斯的作风，所以不知怎样组织他的资料；他的小说的情节还嫌单薄。他描写的心理，还只是静态的。他描写的人往往缺少变化"⑦，他的作品"通常后半部不及前半部精彩"⑧。

关于茅盾，明兴礼认为他"兼有历史家、心理学家、文学家的三种才能"，"他特别是革命的见证人"。⑨ 对于茅盾的《子夜》，明兴礼认为

① ［法］明兴礼：《新文学简史》，香港新生出版社 1957 年版，第 15 页。
② 同上。
③ 同上书，第 21 页。
④ 同上。
⑤ 同上书，第 21—22 页。
⑥ 同上书，第 22 页。
⑦ 同上书，第 22 页。
⑧ 同上书，第 20 页。
⑨ 同上书，第 28 页。

尽管其众多的活动人的描写，"有时打断了故事的叙述。但题材的阔大，问题的切合实际，人物情节的变化，文笔的修饰等，都使《子夜》列入中国现代小说的头等成功作品中而无愧"。① 他也指出有些人更喜欢《蚀》，"因为《蚀》里的心理分析更细腻丰富。茅盾对于人的心理颇有研究，另外对于妇女的病态恋爱心理，认识得更透切"。② 明兴礼认为茅盾的缺点在于他的文字，"因为过于讲求华丽雕琢，便没有巴金的那样的流利，也没有鲁迅的那样的遒劲有力。他的描写，连他所取的书名，如《蚀》呀，《子夜》呀，《腐蚀》呀等，都给人一种暗晦的感觉，甚至会使人讨厌。布置情节的技巧还没有完善。作者的态度是谨慎的、冷静的、抱旁观态度的。他对于琐屑的小节目十分注意，他集中力量写出上海黑暗时代的黑暗"。③

关于沈从文，明兴礼认为他"特别擅长的是描写地方景色。但他所选的题材范围很广：军队的生活、湘西部族和苗民的情形，小船中的旅行、节日的描写、风俗的记述等，都是他的描写材料。他把他所见闻到的，所回忆到的，甚至为增添情趣所编造的，都能随意的写出来，只是缺少些剪裁和布置的工夫"。④ 他认为沈从文的缺点在于"作品嫌太冗长，他的人生经验还不够深刻，他心中所酝酿的情感还不够成熟。他描写半开化的苗民的生活情形，和他们的传说嫌得太浪漫些。但他确有观察的天才和活泼的想象力。他的题材都很新颖，用的字、词也丰富而且具体；有时竟同湘西船夫的说话一般的粗俗"。⑤ 总的来说，他认为相比较鲁迅、老舍、巴金和茅盾来说，"沈从文大概还不能列进头等作家的行列中吧！但无论如何，他总是新奇的，吸引人的现代作家之一。他是地方文学的创始者。"⑥

关于鲁迅，明兴礼认为他的思想"每每是粗浅的，所以他的笔战的文章只有些历史的价值。只有他的短篇小说和小品，确是很可珍贵的；它们是讽刺作品的模范，它们使他成为讽刺作品的老师"。⑦ "素来受到轻视

---

① ［法］明兴礼：《新文学简史》，香港新生出版社 1957 年版，第 28 页。
② 同上。
③ 同上。
④ 同上书，第 31 页。
⑤ 同上。
⑥ 同上书，第 31 页。
⑦ 同上书，第 35 页。

的民众，因了鲁迅，才在中国文场上得到了抛头露面的机会。鲁迅喜欢描写在贫穷，愚蠢、诡诈压迫下的乡下人一类的文章"①，"在他的目光下，中国是普遍的贫穷：人们都在褴褛的衣衫，粗劣的饮食，欺凌压迫下过日子"②。"无疑的，鲁迅的杰作，还是阿Q正传"③，"这是从鲁迅的观察、回忆、爱、恨里产生出来的。阿Q象征着麻木的、自大的、滑稽的、可怜的、愚蠢的、可憎的……被判死刑的老中国。必须阿Q死了，新中国才能产生。"④ 明兴礼认为"鲁迅的批评的文章，好比一柄纯钢的剑：短、简洁、然而非常锋利，有效。他的小说：短，内容丰富，并没有错综复杂的情节，大都是描写或记述农村社会中的人物或事实。他的小品和他的小说一样：文笔劲健，客观，简练，真是锋芒逼人。他的写实是悲观的，毫不含蓄的，但因着他的象征主义，又使人不易捉摸。他的作品自以为是给大众写的，可是未必适合大众的程度。然而鲁迅在他苦痛的深处，隐藏着一颗对大众的深刻的同情心；这样，他也不失为一位平民作家了"⑤。明兴礼也指出鲁迅的缺点在于"他的描写，很少使人兴奋的色彩，很少给人希望的光明。我们只感到一种无法挽救灾难的悲伤，一种麻木心理的暗澹气氛，笼罩在呐喊、彷徨里的大部角色的身上"⑥。

关于周作人，明兴礼认为他"用清楚流利的散文笔写各色的文章。他对词句意思的斟酌很讲究；有时就用得过于细腻，反叫人难于捉摸。他的文章从容不迫，好像蝴蝶在空中翩翩然的飞舞。从他的文章里，不时流出无色而却有甘美的糖汁。但是老式文言文的字法句法，在他的文笔下，未免太多。这也是初期新文学家的通病吧！"⑦

关于曹禺，明兴礼认为他"像一般的大剧作家一样，也想用他的剧本反映出世界的真面目。的确，他的剧本，使我们感到我们是生活在现社会重压下的悲剧中。曹禺主张：人应该活得像人，而只限于这个世界。人从禽兽进化而来，但要超乎禽兽；人当有他的欲望，他的求福心，他的合群的生活。但曹禺无法解决这个问题。所以，他的作品中的结局，除了

---

① ［法］明兴礼：《新文学简史》，香港新生出版社1957年版，第35—36页。
② 同上书，第36页。
③ 同上书，第37页。
④ 同上书，第38页。
⑤ 同上书，第39页。
⑥ 同上书，第38页。
⑦ 同上书，第43页。

《蜕变》外，几乎都是自杀、死、逃亡、发疯"。① 而在艺术方面，"曹禺
的作品，在思想和结构上还是还没有达到均衡，也缺少理想。但他的长处
是：独到、会利用材料，技术的变化和纯熟，剧情的挑选，动作的布置，
人物的活泼，吸引观众的感应力，言词的确当。这些都是使他成为中国现
代戏剧作家的第一名的因素。因了他，中国现代剧开了新局面，中国新文
学又多了一条路线"。②

关于郭沫若的戏剧，明兴礼认为最好的要算是《屈原》了，"这是用
了他的全力写成的"，"中间最美，也是作者创造性的幻想发挥得最成功
的一层，便是侍女婵娟的插入"。③ "诗情和慷慨，是郭沫若的历史性剧本
的特点。花、歌、舞、儿童、少女、爱国热情、英雄的胜利光荣等，都是
歌颂的好材料"。④

关于闻一多，明兴礼认为他"兼有文人和革命者的两重性格，这两
重性格时时在他内心交战：'文人'要求他写有形式，有纪律的文章，用
新眼光去重估旧事物；'革命者'却要求他用凄凉的笔墨去记述时代的悲
剧，要求他在诗上开辟新途径，创造新格局。他在作品中留给我们的印象
是：一个郑重、严肃、善于吟咏，却能恪守规律的诗人"。⑤ 闻一多诗歌
的特点在于"幻想人世酸苦的活泼，表达情感的合度和高洁，音调较拘
束而干枯，过于顾虑形式"。⑥

可见，明兴礼对作家作品的阐释重在强调其与众不同的特色，但是又
不因为作家的名声和面子而进行无底线的溢美称赞，他是坚持文学批评的
原则，客观中立地进行判断，并力图一针见血地指出作家作品所存在的缺
点，最终又能回到整个文学史的价值层面上对该作家作品进行盖棺定论。
这样的文学批评和文学史评价自然能获得读者的支持，同时也能得到作家
自己的认可。

最后，明兴礼的审美能力还体现在其批评鉴赏作家作品时，能以一种
比较的方法看出不同作家作品的异同，也能看出中国作家所受到的外国文

---

① ［法］明兴礼：《新文学简史》，香港新生出版社 1957 年版，第 62—63 页。

② 同上书，第 63 页。

③ 同上书，第 69 页。

④ 同上书，第 70 页。

⑤ 同上书，第 82—83 页。

⑥ 同上书，第 87 页。

学的滋养。

　　这典型体现在其将同时代的作家作品进行比较。他指出："郭沫若的诗，可比山上急雨后的瀑布，泛着耀眼的白沫，从高处倾泻下来；茅盾的历史小说，可比平原上的河水，夹着乡野间的泥沙和城市中的垃圾，滚滚流下；鲁迅的讽刺小品，可比大江中奔腾的急潮，向着兀立江中的石礁扑过来，想把它们击碎。"[①] 明兴礼还将巴金、鲁迅、茅盾和老舍的叙述进行比较。他指出巴金："要显出他心中的情绪，他的笔调是激昂的。但当他在平静的时候，他的作品，夹着诗一般的描写和比喻，又是曲折缓和，好像清澈的泉水一样。总之，他没有鲁迅的劲峭有力，没有茅盾的雕琢工夫，也比不上老舍的描绘的逼真。他的长处是清晰。"[②] 明兴礼还指出鲁迅兄弟俩的不同。他认为周作人的思想，"没有哥哥鲁迅那般固执；在表达上，在攻击别人上，在文学和政治的立场上，也没有他哥哥的那般激烈、泼辣、坚定。但是他比哥哥知道的更广博，受外国的影响也更深更大；他比哥哥更近人情。他是一个中庸主义者"。[③] 周作人的作品"好比竹树掩映下的绿溪，发着潺潺的清澈的流水声，令人感到其中的幽闲恬静；不像鲁迅的文章充满着反对旧制度的厮杀的血腥和喊声"。[④] 闻一多和徐志摩是新诗运动中最有力的推动者，明兴礼认为二人有着明显的不同。"徐志摩崇拜十八世纪的英国诗人；他的长处是：伟大、艳丽、有阴柔美、多情、自然、富音籁。他是新月派诗人中的盟主。闻一多的长处是：阳刚、严肃、熟悉中国的过去情形，合逻辑，适用于教育青年，他有些像冲锋陷阵队中的领袖。徐志摩多天赋，更浪漫。闻一多肯卖力，更近实际；不过他的灵感少，也没有徐志摩的来得自然，他的灵感被他的艺术淹没了。"[⑤]

　　明兴礼还就同一主题、题材在不同作家笔下的不同表现进行了比较。他比较了茅盾和巴金对于革命的不同姿态。"茅盾用了他冷静的、客观的、批评性的观察，记录这革命下种种情形，并且还加上他自己的注解。他不像巴金完全置身在革命中。在巴金的《激流》里，尽是旧制度压迫下的青

---

① ［法］明兴礼：《新文学简史》，香港新生出版社 1957 年版，第 4—5 页。
② 同上书，第 15 页。
③ 同上书，第 41 页。
④ 同上书，第 42 页。
⑤ 同上书，第 82 页。

年的哀号和怒吼，尽是青年光明的、寄有无穷希望的，未来胜利的欢呼。在茅盾的《蚀》里呢？这个未来胜利的希望，已被事实打碎；在《动摇》、《追求》中，人们已是明白这点了。巴金过于理想、偏激，因此把目前写得太黑暗，把未来捧得太高。茅盾的作品，是从他的酸苦的经验中产生出来的，因此能说破青年的太主观的幻想。"① 同样爱水，明兴礼认为："沈从文爱水，水把他吸引住了。冰心爱水，但冰心爱的是波浪起伏的海水和它那唱着催眠曲似的浪。苏梅爱水，但苏梅爱的是平静如镜的湖水，或是击石冲山的急湍。沈从文爱水，却是从山边滚滚而过的江水和江水中蕴藏的种种。在沈从文的好的作品中，水是一个不可缺少的因素。"②

　　明兴礼还将中国作家与外国作家进行比较。他评价老舍，"即使在最凄惨的场面下，他总要添上些滑稽，使故事的刺激性减低。他没有鲁迅的沉痛的悲苦，也没有莫利哀的深入肺腑的喜笑。他愿意叫人痛哭或大笑，但是没有做到；他还嫌得太缓和。他常一边写，一边打趣；一边叙述，一边劝人。他想带着幽默来批评，他想含着笑来矫正社会"。③ 在中外作家比较中，明兴礼也探寻出冰心的缺点。因为"大诗人大都从苦中产生出来的。在这点上，似乎冰心吃的苦还太少。冰心同汤姆孙一样，喜欢看儿童们的微笑。但汤姆孙比她看得深，汤姆孙看到儿童心灵的深处，发现了那深处的奥秘。冰心似乎还只及到表面。他们两人的长处都是：诚挚、热情、愉快；但冰心显得更浪漫些"。④

　　正是在这种比较中，读者不仅看出中外作家迥异不同的风格特点，品赏到同一风格中还有细致毫微的差别，也看出即使是同样的题材主题也有着千差万别的风采，而外国作家即使对中国作家有着强烈的影响，但是作家自身的禀赋和中国特有的环境又使得他们的作品呈现不同的斑斓。正是在这种种繁富多样的比较中，我们看出了明兴礼作为一个文学鉴赏者和文学批评家的精致嗅觉和对精准形象的把握。

三　宗教意识和写作指导

　　明兴礼不仅是一个文学批评者和文学史撰写者，他还是一个传教士，

---

① ［法］明兴礼：《新文学简史》，香港新生出版社1957年版，第26—27页。
② 同上书，第30—31页。
③ 同上书，第22页。
④ 同上书，第49页。

他有着浓厚的宗教意识，这导致他对那些批评宗教的人士进行反批评。如他批评郭沫若 1950 年在庆祝斯大林七十大寿的祝寿文中，"把史太林比做永远的太阳，他又趁机辱骂耶稣基督；他的人格可想而知了"[1]，而对于郭沫若的无产阶级文学，他认为"充满无神唯物的谬论"[2]。最重要的是这种宗教意识影响了明兴礼文学史经典的选择和阐释，在某种程度上还与他的文学审美相抵牾。这明显表现在他对作家作品的教育价值和阅读意见的指示上，即在"（三）教育价值"和"（四）具体指示"中。

　　明兴礼的这种宗教意识影响了他对苏梅的重视。苏梅就是苏雪林，明兴礼认为她"如同冰心一样，是艺术家，是歌颂大自然和母爱的诗人。但苏梅更擅长于把草木昆虫鸟兽人格化，而且用活泼的笔调，把它们活生生的写出来，放在我们面前"[3]。但这个作家在大陆文学史中很少对其予以重视，明兴礼这里将其作为一个重要人物与鲁迅、周作人、冰心并列为"散文"中的重要人物，这与苏梅自身的文学史地位是不相称的。而明兴礼自己也认为苏梅的代表作"《棘心》不能算是一部理想的作品。它没有像巴金的《家》介绍出中国社会的风俗，没有像茅盾的《蚀》叙出革命时代的史实，没有像曹禺的剧本反映出社会中的惨剧；也没有像法文中的许多小说，刻画出圣宠和人欲的斗争"[4]。但是为什么明兴礼如此重视苏梅呢？其原因之一就在于苏梅是一个天主教徒，明兴礼作为天主教的传教士自然予以了偏爱。原因之二在于苏梅的代表作《棘心》是一部关于皈依天主教的小说，"这部小说样的自传，平铺直叙，并不曲折，却到处充满着诗意。这是一部心灵变化史，叙述醒秋信奉天主教的前后经过"[5]，"这部心灵变化史，实在是中国新文学中关于描述宗教情绪的唯一作品呢！"[6] 这部作品的内容是醒秋最终皈依天主教的经历，而这种皈依历程正可为明兴礼的传教事业贡献不菲力量，所以他对其予以重视就不足为奇了。实际上，明兴礼对《棘心》是"描述宗教情绪的唯一作品"的判断，相信很多熟知中国现代文学作品的读者都不会同意，因为许地山的作品也

---

① ［法］明兴礼：《新文学简史》，香港新生出版社 1957 年版，第 68 页。

② 同上书，第 70 页。

③ 同上书，第 52 页。

④ 同上书，第 53 页。

⑤ 同上书，第 52 页。

⑥ 同上书，第 53 页。

洋溢着浓郁的宗教情绪，而且影响更大。但是明兴礼没有提及许地山，这是该文学史的一个遗憾吧。

明兴礼的宗教意识对他评价作家作品和提供阅读建议时有着潜在影响，对其作品解读也有着帮助作用。例如他指出巴金"在《火》中，作者努力描写一个忠诚于基督教信仰的家庭快乐。其中的主角便是一位富有新思想的基督教徒。其实他所描写的那个基督教徒，并不是一位真正的基督教徒，只是一个人道主义者罢了。无疑的，作者在他的作品中尽力写出他所喜爱的人物。但是作者把人类奉作他的真神一般，他的引用圣经，把耶稣看作光明的源泉，也只是为能多多为人类服务罢了"。[①] 这样他就明显地将巴金的思想和宗教意识区分开来。这种宗教意识也使得他在作品鉴赏分析上更加深邃，这在前述的一些作品阐释中就可看出，这里不予列举。

这种宗教意识也会桎梏明兴礼的视野和心怀，这体现在其对作品的"教育价值"的分析和阅读的"具体指示"上。例如，他认为，"对巴金的作品应特别小心。凡是带着忧郁性的青年和狂热而不知仔细反省的青年，都不该看巴金的小说。因为里面充满着悲观色彩和过度的革命思想。青年如果有一位经验丰富，批评准确的导师指引，关于第二点的危险便可减少许多。那么可以读像《砂丁》一类的小说，反可认识些社会病态而引起注意"。[②] 明兴礼还认为巴金"对于男女爱情的见解是不健全的。他把婚姻以外的爱情和来往，似乎也当作是自然的。他以为很少的婚姻生活能是幸福的。从这点上来说，他的小说，可看的便不多了，他在家中把觉慧鸣凤的狎昵行为视为正当的，这种看法，也是危险的"。[③] 至于巴金写的青年对封建家庭及家长的反抗，明兴礼也认为不适当，他认为"更要紧告诉青年的是：青年在决定那些终身大事上，能同父母合作，才是最合理想。父母即使有着错误的成见，做子女的也不能因此便对他们缺失尊敬"。[④] 他还指出："巴金在他的小说中鼓吹用罢工、暴动等激烈的恐怖手段去解决社会问题，这也是我们所不能赞同的。要知道：罢工等激烈手

---

① ［法］明兴礼：《新文学简史》，香港新生出版社1957年版，第13页。
② 同上书，第16页。
③ 同上。
④ 同上。

段，就是在合理的条件下，非到最后关头，也不可轻易使用。"① 所以他指出，巴金的作品，"高二高三的学生，可以读一读中国现代小说中最好，也最负盛名的《家》，一定有好处。《憩园》中有几处也很好，也可以念。念《砂丁》时，当特别谨慎。念《还魂草》、《忆》、《短简》、《生之忏悔》（有几章很有趣）也是一样。《秋》的最后几页，十分动人，也可以念"。②

明兴礼认为老舍的作品在教育价值方面的缺点是"能引一般缺乏志气的青年甘居庸碌，不奋勉上进"③，其作品中还"夹杂些太粗鲁的地方"，"这能使青年读者看了，掀起心灵上的不安和纷扰"④。而"《小坡的生日》、《文博士》、《牛天赐传》、《火葬》、《猫城记》、《老牛破车》（讲述写作经过），《国家至上》（剧本）；青年们都可以看。有阅历的人，也可念：《老张的哲学》、《赵子曰》、《二马》、《离婚》、《四世同堂》"。⑤而对于茅盾，明兴礼认为，"因了作者的思想的悲观，道德观念的不健全，和毫无顾忌的描写，除了少数稳健的大学生外，普通一般青年都不该读茅盾的东西"。⑥ 对于沈从文，明兴礼认为他的"道德观念欠纯正"，所以"青年们不该轻易阅读他的东西。他的短篇小说，中间把爱情看得太随便，兴趣也少，尤其不该念"。⑦ 即使明兴礼认为冰心的东西"人人都能看，连年轻的小学生也不例外"，但他也担心"男学生多读她的东西，能变得过于温柔，缺少刚强雄伟的精神；也能不切实际，把生活看得太美满、太理想；没有痛苦，没有罪恶"。⑧ 而"年轻的、经验未丰的，或一切不能辨认作者的深远的目的的人，都不该看曹禺写的东西。在公教场所上演他的剧本，不用说，更不可了"⑨，"青年绝对不可读《曹禺》、《日出》、《原野》、《北京人》"⑩，因为他认为曹禺对妓院的描写，对爱情的

---

① ［法］明兴礼：《新文学简史》，香港新生出版社1957年版，第16—17页。
② 同上书，第17页。
③ 同上书，第23页。
④ 同上书，第23—24页。
⑤ 同上书，第24页。
⑥ 同上书，第29页。
⑦ 同上书，第32页。
⑧ 同上书，第49—50页。
⑨ 同上书，第63页。
⑩ 同上书，第66页。

描写、对家庭的描写都不是健康的、乐观阳光的①。

　　通过介绍明兴礼对作品教育价值的评估和阅读建议的提示，我们会发现，明兴礼作为一位传教士，非常注重作品的教育价值，而这种教育价值就是建立在维护社会秩序、稳定社会统治基础之上的，这体现在明兴礼维护现实合法性的保守性立场。读者看到明兴礼这些评价之时，似乎看见一个唠唠叨叨时刻担心青少年会走上邪路的教会人士，杞人忧天，而又可怜可叹，这与前面的那位目光如炬、审美精巧的文学阐释者判若两人。

　　笔者认为，明兴礼在评判作品的"教育价值"之时，是用一种实用的观点去评判艺术作品。一方面高看了艺术作品的社会效果，并用想象中可能会出现的艺术影响力来评判作家的创作成就；另一方面低看了读者作为一个主动的艺术接受者的选择性和综合性。读者不会消极被动地只接受作品消极负面的影响，他同时还会接收到同一作家和不同作家积极乐观上进的滋养，在这多方面的接受和混合加工之后，正面的接受终将会抵消负面的吸纳，并使得正面的因素更加坚固而且具有更强的免疫力。单让接受者接受正面的元素滋润，反而会使得接受者因为营养过剩或者营养单一而身体孱弱精神萎靡，使得他们在现实生活稍有邪恶因素的侵袭就会不堪一击。更重要的是，明兴礼的这种教育价值的评判和阅读建议还会拘囿作家题材的选择和主题思想的表达，这不能写，那不能写，那什么才能写？这无形中束缚了作家的创造力。还是那句老话，不是写什么的问题，而是怎么写的问题，也不是不能看什么的问题，而是你想看什么的问题。

　　当明兴礼评说完作品的"教育价值"和罗列出阅读的"具体指示"之后，他还会从写作学的角度，来指导读者如何借鉴名家的经典作品来进行创作训练，这时那个文学素养高、审美能力强的明兴礼又回到了读者面前。例如他指出，"谁愿意写清晰简易的文笔，当时常选阅巴金的作品"②，"学生们可以向老舍学习怎样描写人物的身体方面，心理方面；怎样注意人家的眼睛、鼻子、头发等，去体味出美和幽默来"③，而去比较沈从文、冰心、苏梅、巴金和徐志摩等"对大自然，尤其对于江，水的不同描写，一定很有趣"④；而"要躲避繁文缛辞，学生可以多研究鲁迅

---

　　①　［法］明兴礼：《新文学简史》，香港新生出版社 1957 年版，第 64—65 页。

　　②　同上书，第 17 页。

　　③　同上书，第 24 页。

　　④　同上书，第 32 页。

文章的结构和叙述"，可以向冰心学习"怎样用不同的字句去表达自己心中的感情，用富有东方色彩的话去描写自然"①；而"把徐志摩的诗去同英、法的浪漫派诗人的作品，或同中国的旧诗比较、研究，是一件很有趣，也很有益的事"②。看到这里，我们又感受到明兴礼优异的文学审美能力和高超的写作指导水平，这或多或少冲淡了前面那个"卫道士"的部分酸腐气息。就这样，明兴礼在文学史家和传教士这二重身份之间往来穿行不已。

第四节　玛利安·高利克聚焦中国现代文学批评的发生

斯洛伐克学者玛利安·高利克1958年毕业于布拉格查理大学，然后他到北京大学进修了两年。1960年回国后，高利克到斯洛伐克科学院东方研究部工作。在翻译了一些中国现代文学作品后，在普实克的建议下，高利克开始以茅盾的文学批评观点为研究对象撰写博士论文，之后以英文出版了《茅盾与中国现代文学批评》。高利克于1980年出版了《中国现代文学批评发生史（1917—1930）》，陈圣生和他的同仁们1997年将其翻译成中文，由北京的社会科学文献出版社出版，这里介绍的就是这个版本。

早在中国新文学诞生不久已有人对其进行研究和文学史编撰，但中国现代文学批评史的研究则很为少见。高利克也知道自己所研究的中国现代文学批评史的重要性，所以他在"引论"中就回顾了中国现代文学批评史的研究情况。他指出中国现代文学批评史的研究最先是隐身于文艺思潮与文艺论争之中的，例如李何林在1938年光华书店出版的《近二十年中国文艺思潮论》，印度诗人泰戈尔的孙子阿米吞德拉纳施·泰戈尔1967年东京出版的《1918—1937年间中国文艺论争》，澳大利亚杜博尼1971年东京出版的《1919—1925年间引进中国的西方文学理论》和佛克马1965年出版的《中国的文学理论与苏联的影响》都涉及一些批评史研究，但中心论题并不是中国现代文学批评史。而高利克的这部中国现代文学批评

---

① ［法］明兴礼：《新文学简史》，香港新生出版社1957年版，第50页。
② 同上书，第81页。

史在 1980 年出版，囊括 17 位理论家与批评家的著作，书中对中国与世界文学思想的关系做了详尽分析，是较早的专门的中国现代文学批评史，该著也是高利克在中国学界影响较大的一部著作。

一　评介者的左翼文学观

批评史的撰写有多种方法，而以现代文学批评家为主进行批评史撰写，这是现代文学批评史写作的一种主要范式，这应算是高利克的首功。但不管采取何种方式进行批评史撰写，撰写者自己的立场常常会影响其对研究对象的选择和阐释，高利克的这部批评史撰写也不例外。我们从该批评史的时间起讫和批评家的选择与编排上可以明显看出其左翼文学观。

首先，这表现在该文学史的时间起讫上。该著研究的时间范围为 1917 年至 1930 年，选取胡适、周作人、陈独秀三人为中国现代文学批评的肇始，这意味着其在现代文学的起点上以文学革命诞生为准。而我们当下的现代文学批评史多会从王国维开始，例如温儒敏的《中国现代文学批评史》① 就是如此，这更多考虑到晚清与现代之间的转型，有意在文学革命之前探询中国现代文学批评的发生。高利克的这本著作探讨的是"中国现代文学批评发生史"，他如果能够深入到晚清去似乎更为得力。但一时代有一时代的学术范型，笔者的这番话是后来者的苛求，不足为训。

其次，高利克的左翼文学观也体现在其选择了较多左翼文学批评家单独成章节。该著十二章中有九个批评家单列一章，他们是郭沫若、成仿吾、郁达夫、蒋光慈、钱杏邨、茅盾、鲁迅、瞿秋白、梁实秋，可见高利克更多重视的是带有左翼文学背景的批评家，这种研究思路与中国大陆当时的左翼文学史观有很大关系，这与高利克自身教育背景也分不开。他在北京大学进修之时跟从的导师是吴组缃，并听过王瑶、王力和严家炎的课程。而且他在北京期间受到茅盾的帮助甚多，其文章第一读者就是茅盾，并得到他的亲自修改。后来他还受到捷克斯洛伐克汉学家普实克的提携。这些文学及学术界的元老直接影响了高利克在批评家选择方面多偏向于左翼批评家。这样的批评家选择和当时大陆文学史著保持了一致性。但是我们将高利克与温儒敏的批评家选择予以比较，会发现高利克的眼光还是严

---

① 温儒敏：《中国现代文学批评史》，北京大学出版社 1993 年版。

格的，而且获得后世治现代文学批评史者所认可。温儒敏的现代文学批评
史中有十一章，单独列为一章的依次为王国维、周作人、成仿吾、梁实
秋、茅盾、李健吾、冯雪峰、周扬、胡风、朱光潜。温儒敏的批评史着眼
的是整个现代文学批评史，而高利克重在 1917—1930 年的批评史，可见
他们对同一时期的批评家选择基本一致，即周作人、成仿吾、梁实秋、茅
盾。但是高利克对郁达夫和梁实秋的重视也表明其在研究对象上，有意识
地跳出当时中国的影响，而更多着重于批评家具体实践与贡献，很为
难得。

　　最后，高利克对鲁迅文学批评的评价及批评史的叙述情节上也可看出
其左翼文学观。高利克认为鲁迅是现代文学批评发生期间的元勋，他
"成为那一批杰出人物中唯一的一个开创中国现代文学的中流砥柱"①，他
"促使发生期的中国现代文学批评发展到它的鼎盛阶段"②。这一方面说明
高利克受到当时国内研究界重视鲁迅文学批评的影响，另一方面也与高利
克自己的文学思想有关，他坚持的是左翼文学观，而鲁迅在文学批评上是
"文学性和艺术原则的最强有力的捍卫者，同时，他也信守进步的马克思
主义文艺观中的其它原则"③，这正吻合高利克文艺观点，于是鲁迅被视
为重中之重也不足为奇了。

　　但是温儒敏的批评史中对鲁迅并不在意，没有将其列为一个章节，表
面上看是温儒敏认为鲁迅文学批评的成就并不显著，实际上与温儒敏的研
究立场有关，他并不秉持某种文学观为最高典范原则，而是以文学史家态
度客观研究各种文学批评的特色和意义，所以他的文学史中左中右批评家
都有，都被平等对待。而且一些不怎么出名的批评家也得到重视，例如其
专用一个章节介绍沈从文、梁宗岱、李长之、唐湜。因为这些批评家作为
独具特色的文学批评，在文学批评史上意义非常重要，尽管他们在当时并
不显赫。高利克也将胡适、周作人、陈独秀、邓中夏、恽代英、萧楚女、
冯乃超和李初梨等分别合并介绍，这些批评家（除周作人外）尽管在现
代文学批评史中并不那么显眼，但是就现代文学批评发生期的影响来说，

---

　　① ［斯］玛利安·高利克：《中国现代文学批评发生史（1917—1930）》，陈圣生、华利荣、
张林杰、丁信善译，社会科学文献出版社 1997 年版，第 226 页。
　　② ［斯］玛利安·高利克：《中国现代文学批评发生史（1917—1930）·跋》，陈圣生、华
利荣、张林杰、丁信善译，社会科学文献出版社 1997 年版，第 302 页。
　　③ 同上。

倒是名噪一时的，这呈现了当时现代文学批评发生时的原生态。而且这些
批评家除了胡适、周作人之外，基本上都是"左倾"文艺思想，高利克
这里将他们介绍是让全书有如一种"金字塔"，前面几章的叙述直至鲁迅
的第十章，"就是从基底升向顶点的中坚部分"①，这就有意彰显了马克思
主义文艺批评逐渐发展直至鲁迅之时达到了顶峰，这就是该批评史的叙述
情节，也是其所认为的这一时期文学批评史的主潮。正因为这样的编排目
的，所以还有一些批评家尽管高利克认识到他们也具有特色，但是他并没
有予以介绍，例如他在"引论"中就提到了罗家伦、傅斯年、郑伯奇、
田汉、王独清、闻一多、郑振铎、朱自清、梅光迪、吴宓、韩侍桁、陈源
等等，并解释了他没有书写的缘由在于这些批评家并不能使得这个时期的
批评史发生重大改观。② 可见，高利克和温儒敏的文学史观还是有根本不
同的，一个重视文学批评史中的主潮干流，一个强调批评史中的繁复多
样，一个是以自己的文学观进行价值评判，一个是着眼批评史本身的发生
发展进行文学史研究，二者之间各有千秋。

二　对批评家特色的散点分析

高利克并不重在对这些批评家具体批评实践的分析，而是对批评家的
文学哲学、文学艺术的本质探讨的分析，还有对"文学原理、标准，文
学与社会，与革命、思想意识、政治、娱乐等关系的探讨。因此，本书与
其说与狭义的文学批评有关，不如说与文学理论和文学思想关系更密
切"。③ 正因如此，该著重在抓住批评家最具特色的理论支点进行分析，
并注重到批评家理论的流变性。

高利克对批评家文学观点的核心内容予以提炼，表现在该著每章的标
题上。该书十二章，依次为"引论"、第一章"胡适、周作人、陈独秀：
中国现代文学批评的肇始"、第二章"郭沫若：从唯美印象主义到无产阶
级批评"、第三章"成仿吾：从社会审美主义到'全部的批判'"、第四章
"郁达夫的唯美主义批评"、第五章"邓中夏、恽代英、萧楚女：'政治性

---

① ［斯］玛利安·高利克：《中国现代文学批评发生史（1917—1930）·跋》，陈圣生、华
利荣、张林杰、丁信善译，社会科学文献出版社 1997 年版，第 302 页。
② ［斯］玛利安·高利克：《中国现代文学批评发生史（1917—1930）》，陈圣生、华利荣、
张林杰、丁信善译，社会科学文献出版社 1997 年版，第 2 页。
③ 同上书，第 5 页。

的'文学批评的开始"、第六章"蒋光慈的革命文学理论"、第七章"钱
杏邨：无产阶级现实主义与'力的文艺'"、第八章"茅盾：为现实主义
和马克思主义而斗争"、第九章"瞿秋白：俄国样板与文艺中'现实'的
概念"、第十章"鲁迅：中国现代文学批评史上的元勋"、第十一章"梁
实秋与中国新人文主义"、第十二章"冯乃超、李初梨及其左倾文艺理
论"。这样的标题就将每个批评家的文艺特色予以总括，给读者以突出的
印象。

　　这些标题不仅显示出批评家的突出特色，而且一些标题本身就展现了
批评家文艺观点的变迁。所以在第二章论述郭沫若之时，就围绕"从唯
美印象主义到无产阶级批评"，抓住郭沫若文艺理论的三个基本点及流变
进行分析。高利克指出郭沫若开始"以唯美印象主义理论家的面目出现，
1923 年之后变为表现主义者，终于在 1926 年至 1930 年间成了一位无产
阶级的文学批评家"。① 然后他按照"审美印象主义时期"、"表现主义时
期"、"无产阶级时期"对郭沫若的文艺观点进行梳理，并指出在三个不
同时期郭沫若文艺思想的侧重点分别为"天才"、"表现"、"革命"，这
三者有所不同而又前后相连。因为天才的内心表现出来就是文学，而革命
在郭沫若眼中本来就带有浪漫化的倾向，而且天才往往是革命的先行者。
在论述"成仿吾：从社会审美主义到'全部的批判'"之时，高利克也是
将其分为"社会审美主义时期"和"无产阶级时期"进行评价。其前期
的批评观点主要建立在两个原则上，一是同情；二是合群。而在后期，成
仿吾的批评则发生了变化："它转变为一种外倾型的：人道主义的方法变
成了阶级分析的方法，同时还从全人类、国家职责和民族义务的立场转向
无产阶级和被压迫劳工大众的立场上来。"②

　　以上两章是高利克在分析批评家不同时期的文学观点和变化轨迹比较
典型的，更多的时候，高利克按照批评家具体文章的先后顺序来分析批评
家本人所关注的文学问题。例如他在介绍茅盾的文学观点之时，首先介绍
的是茅盾的第一篇文学批评文章，即 1920 年 1 月刊登在《东方杂志》上
的《现在文学家的责任是什么》，然后介绍他 1920 年 1 月出版的著作

---

　　① ［斯］玛利安·高利克：《中国现代文学批评发生史（1917—1930）》，陈圣生、华利荣、
张林杰、丁信善译，社会科学文献出版社 1997 年版，第 23 页。
　　② 同上书，第 95 页。

《尼采的学说》，还有发表的论文《我们现在可以提倡表象主义的文学吗？》。1923 年茅盾可能是中国第一个公开反对创造社为艺术而艺术的文学批评家，这时他发表了《杂感》、《什么是文学》、《"大转变时期"何时来呢？》。1924 年茅盾发表了《苏维埃俄罗斯革命诗人》、《欧洲大战与文学》。1925 年茅盾写了《论无产阶级艺术》，这是他对无产阶级艺术和文学理论的最重要贡献。又如高利克在介绍瞿秋白的文学观点时，最先介绍的是 1920 年 2 月瞿秋白翻译果戈理的剧本《仆御室》之后写的译后记，这是瞿秋白文学批评活动的开始。他 1920 年 3 月写的《论普希金的"别尔金"小说集》则欣然接受了形式概念。同月完成的《"俄罗斯名家短篇小说集"序》则是瞿秋白个人的文学宣言：俄国文学要成为中国文学家的目标。1921—1923 年，瞿秋白主要从事规模较大的或专题的文学史写作，而文学理论工作基本上则已放弃，代表作有《十月革命前的俄罗斯文学》。瞿秋白 1924 年发表的《社会科学概论》，则可以看出他对艺术实质的概说，在他的文学观中"社会情绪起着重要作用"。[1] 可见高利克对批评家的介绍以批评家发表的文章为主要文本进行研究，从而解释批评家的文学观点和细微流变，其中穿插着批评家当时的文学、文化和政治情态的介绍，这不仅为读者阐释了批评家文学观点是在一个多重语境中合情合理的变化，同时也为我们展示了一个个共时性的画面。

　　按照时间顺序来介绍批评家的文艺观点和思想发展，并杂以当时文学创作、批评活动和政治形势的互动往来，以形成一个宽口径而又线索明晰的文学批评态势，是高利克文学批评史书写的固定手段。这在第五章介绍邓中夏等人强调文学的组织和建设力量，第六章介绍蒋光慈的革命问题和革命文学问题，第七章介绍钱杏邨的"无产阶级现实主义"问题，第八章介绍茅盾主张文学是现实的最客观的反映，第九章介绍瞿秋白强调文学中思想因素的重要意义，第十一章介绍梁实秋的新人文主义文学观点等中都有如此表现。这样书写的好处在于时间脉络清晰，共时性局面得以呈现。但是弊端也是显而易见的，即高利克在研究这些批评家的文学观点之时，太多注重于琐碎细节的考证和解说，而在论证提炼加工上有所欠缺，往往使得读者在读后感觉一头雾水，而没有获取一个整体的形象。也就是

---

　　① ［斯］玛利安·高利克：《中国现代文学批评发生史（1917—1930）》，陈圣生、华利荣、张林杰、丁信善译，社会科学文献出版社 1997 年版，第 223 页。

说，高利克没有条分缕析地给读者归纳出"郁达夫的唯美主义批评"、"邓中夏、恽代英、萧楚女的'政治性的'文学批评"、"蒋光慈的革命文学理论"、"钱杏邨的无产阶级现实主义与'力的文艺'"、"茅盾的为现实主义和马克思主义而斗争"、"瞿秋白的文艺中'现实'的概念"分别表现在哪几个方面，具体呈现什么样的特点，没有归纳出一二三四条。所以笔者认为这是一种欠缺聚焦透视的散点分析，这或许是笔者在这里鸡蛋里挑骨头吧。

三　考证批评家的理论资源

高利克在分析批评家艺术特色之时不仅注重了历时变化，同时还细致客观地搜查了每一时间片段中批评家所秉持的文艺观点究竟来自何处，批评家为什么持这样的文艺观念，而不是那样的文艺观念。这就显影了批评家理论资源的来龙去脉。

高利克在研究成仿吾的文艺观点之时，认为他的批评观点主要来自同情和合群。而同情这一文艺观点主要是因为成仿吾曾花费几年研究过法国杰出哲学家基约及其代表作《社会学的艺术观》。基约在这部著作中所体现的观念就是合群和同情是天才诞生的土壤。而成仿吾在《批评与同情》中也充分"认识到同情与文学艺术品的关系及批评时的理论真意和实际态度"。[①]成仿吾在《艺术之社会意义》这篇文章中也讨论过同情的社会作用，但与基约不同，他对"合群"这一社会团结问题议论不多，而对"社会意义，社会作用，社会现象等却很讲究。他比基约更注重实效"[②]，因而也更能利用其他概念，他这里借用了基约未曾提过的自我意识问题，这个概念来自卡本特的《创造的艺术》。成仿吾也不认为外国批评家都值得中国批评家借鉴，在《建设的批评论》中他反对的是圣·伯甫，认为他的批评是自然主义，很少有建设性；他还反对佩特，认为佩特的批评系统是外向的，批评方法却是主观的，而成仿吾与此相反，批评系统是内向的，而批评方法是纯客观的。最后，高利克还指出，成仿吾的批评观点与中国传统中的孟子最为接近，成仿吾同情原则中包含着用仁爱和正义去反

---

① ［斯］玛利安·高利克：《中国现代文学批评发生史（1917—1930）》，陈圣生、华利荣、张林杰、丁信善译，社会科学文献出版社1997年版，第58页。

② 同上书，第60页。

对私利，以及他认为"每个人身上都有某种东西使他能够作批评性的思维、考虑和判断"①，这都与孟子的影响极为相似，所以高利克认为"成仿吾的批评和批评方法的最初来源，即其真正的知识来源，可以从孟子的著作中去找"②。可见，高利克在分析成仿吾的批评观点之时，将其置放在世界文学的影响下去查找源流，同时也不忘这些中国现代文学批评家精神血脉中所流淌的传统文化的质素。

对批评家理论资源进行知识学的考察在高利克的这本著作中非常之多。例如他论及郭沫若受康德、佩特、克罗齐、王尔德、马利坦、罗伊、巴尔等外国文学艺术家的影响，但也指出"道家思想是郭沫若前期文学批评的一种根据。另一方面他发展了（即使是不自觉地）那些存在于传统的儒家观念中的因素。比如郭沫若仍然相信文艺的巨大力量，尽管没有达到二十年代前半期那样的程度；他还坚信文艺与社会和政治的牵连关系"。③ 高利克也论及了郁达夫受传统文学《庄子》的影响，并联系《庄子》中的"陆沉"、"市南子"和"盗跖"等中心意象和人物来分析郁达夫作品中的思想内容和情感倾向。同时，高利克也证明郁达夫受到勃兰兑斯、王尔德、E.道生、佐藤春夫、戴维生、柏格森、卢梭等外国作家的影响。总之，从中外不同的思想资源中去查找中国现代文学批评家的理论资源是该著非常突出的特点，也是其在中国现代文学研究界获得显耀地位的重要原因。

第五节　顾彬《二十世纪中国文学史》中的得失

顾彬的《二十世纪中国文学史》④ 中译本在中国出版之后，赞誉之声有之，贬抑不屑之态也不乏其人。其后者往往导致顾彬本人愤愤不平，因为他认为批评家都是在用其文学史的中译本来对其进行全面评估，而很少有评论家能从德文原版的角度来进行评判。而笔者倒认为批判者和赞颂者都缺少从文学史学史的角度对其进行客观公正的评价，所以笔者不揣鄙陋

---

① ［斯］玛利安·高利克：《中国现代文学批评发生史（1917—1930）》，陈圣生、华利荣、张林杰、丁信善译，社会科学文献出版社 1997 年版，第 73 页。

② 同上。

③ 同上书，第 45 页。

④ ［德］顾彬：《二十世纪中国文学史》，范劲等译，华东师范大学出版社 2008 年版。

从这个角度对其进行讨论。

一　顾彬的自我优越感

顾彬在其所著的《二十世纪中国文学史》中自我优越感是存在的。

首先，他的优越感来自他研究中国文学的年限和标准。顾彬是来自德国的汉学家，他说："四十年来，我将自己所有的爱都倾注到了中国文学之中！但遗憾的是，目前人们在讨论我有关中国当代文学价值的几个论点时，往往忽略了这一点。"① 言下之意是他浸润中国文学时间如此之久，理应受到应有的尊重。实际上这是大可怀疑的，正如他不会因为 20 世纪中国文学中的某位作家浸润汉语写作达 40 年甚至 50 年之久，就会对这位作家作言过其实的评价。因为他对 20 世纪中国文学的评价"主要依据语言驾驭力、形式塑造力和个体性精神的穿透力这三种习惯性标准"②，而不是某位作家从事写作的年限。他在这三个标准的衡估下标举的是鲁迅，认为其是唯一能够在世界上值得一提的作家，而鲁迅肯定不是中国现代文学中从事写作事业时间最长的作家。

遗憾的是，顾彬提出的这三个标准他并没有彻底贯彻。有时候学者自期的文学史与实际编撰有一定的距离，这同作家的创作意图与创作实绩一样。不过顾彬已经提前为自己的文学史著辩解："我的偏好与拒绝都仅代表我个人，如果它们更像是偏见而非判断的话，肯定也要归咎于中国在 20 世纪所处的那种复杂的政治形势。"③ 顾彬在这里说的是编撰实情，的确，每个文学史家都只能编撰属于他个人偏见的文学史著来。但是当他说这种偏见应该归罪于 20 世纪中国"复杂的政治形势"时，读者不能不去猜想顾彬是不是在为自己编撰的文学史不怎么样寻找遁词和借口。因为历史已经成为过去，历史绝对不会因为史家不好编撰史著而变得简单明了一些。

尽管顾彬原谅了他自己因为 20 世纪所处的"复杂的政治形势"使得他有时不得不带有偏见，但是他并不因为同样的理由而对 20 世纪中国作

---

① ［德］顾彬：《二十世纪中国文学史·中文版序》，范劲等译，华东师范大学出版社 2008 年版，第 1 页。

② ［德］顾彬：《二十世纪中国文学史·前言》，范劲等译，华东师范大学出版社 2008 年版，第 2 页。

③ 同上。

家放低标准给予同情性理解，而是责怪这些 20 世纪中国作家陷入了 "对中国的执迷"，即为了一种整齐划一的事业，将一切思想和行动统统纳入其中，以至于对所有不能同祖国发生关联的事情都不予考虑。这是某种爱国性的狭隘地方主义，使为数不少的作家强调内容优先于形式和以现实主义为导向。于是，20 世纪中国文学经常被导向一个对现代中国历史的研究。这与世界文学的观念相左，因为后者意味着一种超越时代和民族，所有人都能理解和对所有人都有效的文学。① 顾彬这里是以西方文学的价值判断作为旨归，并以其作为中国现代文学转型的唯一标准，才提出如此的批评。而且他提出个人必须不断同国家以及宗教势力作斗争才能获得自由以及捍卫自由。

就文学自身来说，我们必须承认顾彬谈论的是文学最终归宿，终极价值，按照这种标准来评价 20 世纪中国文学的确能照出许多病灶，并具有很强的深刻性、穿透性。但相信处在多灾多难的 20 世纪的中国作家都会明白，这只是一个乌托邦梦想。特别是对于马克思主义者来说，这就是资产阶级的文学观。从国家民族的独立自主来看，如果 20 世纪的中国作家全部采取这种文学观去创作的话，那将是民族的悲哀！同时值得追问的是，如果 20 世纪中国作家真的采取了这种创作态度的话，就真的会产生顾彬所认同的文学经典吗？

其次，顾彬的自我优越感还来自西方文学对中国现代作家的影响，他所看重的作家作品都能从中搜索出西方文学的因子，而中国文学只是一个接受西方文学传播的倾听者、接受者、被影响者。从他对台湾作家王文兴的评价就可以看出，顾彬始终将中国文学置放在西方文学笼罩之下。顾彬认为王文兴的《家变》"完全是在模仿或者消化乔伊斯的《尤利西斯》以及《芬尼根守灵夜》"②，而 "熟悉阿诺·施密特（1914—1979 年）、恩斯特·延得尔（1925—2000 年）、汉斯·卡尔·阿特曼（1921—2000 年）或者奥斯卡·帕斯提奥尔（1927 年生）等人实验作品的读者，很难从王文兴的强迫症写作中获得更新的体验"③。这里，顾彬在向西方读者介绍王文兴的《家变》是怎么样的一本书，而不是论述王文兴的《家变》在

---

① ［德］顾彬：《二十世纪中国文学史》，范劲等译，华东师范大学出版社 2008 年版，第 7 页。

② 同上书，第 249 页。

③ 同上书，第 250 页。

中国台湾文学、中国现代文学上具有什么样的历史意义。

不可否认，顾彬指出很多中国作品受到西方影响给人很多启示。例如他指出"韩少功和他的追随者更愿意运用他们在卡夫卡、马尔克斯、米兰·昆德拉（1929 年生）、卡尔维诺等人的译作中见到的叙述技巧"①；"阿城在世界观上没有提供什么新东西，出于共同的来源，人们有时会不觉想起了赫尔曼·黑塞（1877—1962 年）和他的小说《玻璃球游戏》（1943 年）"②；"卡夫卡、加西亚·马尔克斯、阿兰罗伯—格里耶（1922年生）或者川端康成（1899—1972 年）的强有力影响也同样存在于余华身上"③。

顾彬的文学史本来是用德文书写的，首要目的是为了德国读者阅读。读者接受的限制决定了顾彬始终将中国文学置于西方文学经典之中进行考评，而不是将这些中国的作家作品置于中国文学自身的历史序列中去考察其历史意义，并提及这本作品如何受到西方文学的影响。作为中国读者，我们很难看到受到西方文学影响的作家作品在中国文学史上的历史意义。而作为西方世界的读者，例如德国读者看见了中国现代文学在他们文学世界的意义，即一文不值，毫无创新，全部是模仿，只有我们西方的文学才是世界文学的本源。这样中国新文学史被置于西方文学史中得到阐释，中国新文学史只是西方文学史中的一个分支。20 世纪中国文学史中的这些作家作品尽管会在世界文学中被视为没有原创意义，但是在中国当时的历史处境所具有的历史意义应该是巨大的，这决定了他们在当时受到了瞩目。在某种程度上可以说，这些作品没有提供给世界文学新的价值，但是他们给中国现代文学提供了价值，为中国现代文学的继续发展充当了垫脚石。任何历史人物都只是时间的过渡载体，在当时的历史意义和永恒的历史意义之间历史学家应该取得一种平衡。而顾彬没有做到这种平衡，他以他西方文学的背景傲慢地扫描了 20 世纪中国文学史，自然得到的是失望。

最后，正因为顾彬对西方文学的偏爱及傲慢，导致他的文学史中中国文学始终只是处于被贬抑的位置，而他津津乐道的也是那些明显受到西方文学影响较深的作家作品，而对受到中国自身文化传统滋润的作家作品则

---

① ［德］顾彬：《二十世纪中国文学史》，范劲等译，华东师范大学出版社 2008 年版，第339 页。

② 同上书，第 343—344 页。

③ 同上书，第 351 页。

较少关注，他对那些在传统和现代交相融会方面取得成就的作家评价不高，甚至他对这些作品的解读也是乏力的。当然，这是他的知识结构和文化背景决定了他只能这样编写。这典型体现在对孙犁、白先勇的小说和余光中的诗歌解读中。

顾彬对孙犁小说中受中国传统文化影响而形成的诗意小说——中国本土的小说形式评价不是很高，他认为孙犁的《荷花淀》主要是一部"平庸的战争制作"，因为他没有描写在战争下这些妇女如西方战争文学中的那种恐惧。而"这场战争和后来的革命一样成为一次净化行动，为了一个'美的生活'的前景。一个男子和妇女所共有的崇高民族魂，驱散了战争的恐惧"。① 这是因为他不理解中国传统妇女"饿死事小，失节事大"的道德自律，也不理解中国文化中锄奸除恶本来就具有无比的道德崇高性。在中国文学传统中，杀死坏人不需要像西方文学那样彷徨，而应该是天赋正义，替天行道，这可见之于《水浒传》、《封神演义》、《杨家将》之类的中国传统文学。正是这种自律使得她们在对日作战时那么勇敢决绝，那么高贵无邪。因为与其被侮辱而死，不如死在战场上。也正因为这种文化传统使得这些妇女在对日作战之时敢于开枪，并以杀死坏人为乐事。

顾彬批评白先勇《台北人》的情节都采用了"过去—现在"、"虚无—真实"等可能过于简单的对比模式，人物也都成了历史。这里顾彬忽略了白先勇为中国大陆学者所注重的中国传统文化的影响，而用小说情节的简单来评说白先勇的《台北人》，这可说是哪壶不开提哪壶。一部作品、一个作家不可能面面俱到，他只能形成他所能具有的风格与技巧。而对于白先勇来说，应该是在中西文化的交融转换中去寻找他的文学史意义。而顾彬一言以蔽之，认为白先勇其作品——连晚期作品在内——很难跻身伟大作品之列而简单言之。②

余光中的诗歌也受到类似的解读，顾彬评价余光中的《等你，在雨中》"的确称不上伟大的作品，而且完全步戴望舒名作《雨巷》之后尘"，"这首诗唯一值得称道的是重叠手法，但这在 30 年代就作为现代手法流

---

① ［德］顾彬：《二十世纪中国文学史》，范劲等译，华东师范大学出版社 2008 年版，第201 页。

② 同上书，第 242 页。

行一时。重叠令整首诗显得轻盈，从而掩盖了现代主义批评者最为反感的东西。"① 余光中这里尽力在传统文化和现代诗歌中取得融洽的努力被顾彬所忽视。更糟糕的是诗歌中的地名台北植物园、科学馆等的具体所在被顾彬一一指点出来，不知道这是否有助于这首诗歌的解读。而中国传统文化意象"红莲"则成为不值一哂的东西。

二　不同一般的文学品读

在顾彬的文学史中对一些作家作品的解读还是很有水平的。

首先，这体现在他剑走偏锋的文本解读方面，常常令人有耳目一新之感。例如他对茅盾的解读就不同流俗。茅盾的文学地位经过新时期的"重写文学史"已大大降低，但是顾彬却为茅盾伸张正义并对国内批评家的批评进行了严厉的反批评，"茅盾被当前新一代的中国文学批评界轻率地贬为概念化写作的代表。而从世界文学的角度来看，他却是一个技法高明的作家。"② 接着，顾彬就《子夜》的标题进行了与大陆学者根本不同的解读："小说原先被命名为'夕阳'，副标题为英文的'*The Twilight：A Romance of China in* 1930'（夕阳：1930 年中国的浪漫史）"，这是"意指一个'封建主义'和'资本主义'的'众神的黄昏'，因此小说开始时的场景，甚至是第一句就描述上海外滩上的一轮夕阳，是绝非偶然的"。③ 顾彬以他的广闻博识提供了新的资料，从而展示了新的解读思路。

相对来说，在顾彬的 20 世纪中国文学史中，现代文学部分写得比当代文学好，更为有力。不过他对某些当代作家的解读也不同于大陆文学史。例如，"十七年"文学中的"百花"文学一直是大陆当代文学史所高度赞赏的，顾彬却对"百花文学"的文学意义进行了批评，"1956 年和 1957 年间的文学作品从文学的角度说早已过时，但是它们至今仍旧为了解毛主义内部权力和知识界的关系提供了范例——而且这一关系远远超过了 50 年代或者中国的范围"。④ 顾彬认为"百花文学"不仅是在 20 世纪 50 年代，也不仅只在中国这个地域，而可能是文学中更久远的文学母题。

---

① ［德］顾彬：《二十世纪中国文学史》，范劲等译，华东师范大学出版社 2008 年版，第 247 页。

② 同上书，第 112 页。

③ 同上书，第 112—113 页。

④ 同上书，第 280 页。

因为"努力揭示社会问题"的"道德化、激情式的动力依然存在"。①

顾彬对毛泽东诗词的解读更有中国文学研究者所看不到的趣味。他指出近代的中国人历来就不以身体强健而著称，直到近代，中国人都喜欢以轿代步。传统中国对游泳始终抱有怀疑态度，不会主动去涉险，也没有征服自然的雄心壮志，但是毛泽东 1956 年的《游泳》则展示了毛泽东游泳的画面，这就从主流意识形态上发出了主动改造自然、社会和历史的信号。② 读者读到这里，一定会会心一笑，因为这种解读让我们想起了现代西方政治人物不断展示自己身体肌肉而显示政治观点的雄健强悍，例如俄罗斯的普京、梅德韦杰夫等等。这自然使得我们佩服毛泽东的伟大卓越。

其次，最能体现顾彬直率与坦诚的，在于他对中国知识分子气节的重视与批判。20 世纪中国在两个重要历史时期最能体现中国知识分子的气节与良知，一个是日本侵略中国时期，一个是"文化大革命"时期。随着新时期以来对文学审美性、主体性的重视，大陆文学史对作家个人的政治性立场弃若敝屣。也许是现实生活中的种种利益关系影响了他们的批判勇气。但是顾彬能正视这种知识分子的陋病顽疾，并将其暴露于文学史著中。这不仅显示了顾彬的知识分子良知，也反映了他对中国知识分子的期盼。顾彬指出在抗日战争时期，一部分中国作家没有坚守气节投入敌伪的怀抱。"对于身陷其中的一些名字，现在的档案公布状况还不允许作出最终结论。其中最著名的代表人物有上文提到的周作人、穆时英或张资平等。"③ 顾彬还不依不饶、毫无顾忌地点出"文革"中"梁效"这一写作组的成员姓名，并批评这些人欠缺反思精神。④

在中国，新时期之后，有些知识分子因为种种原因移居国外，国内国外的学者把这些人作为"民主斗士"的形象进行阐释并加以夸大。其中高行健不仅移居国外，而且获得诺贝尔文学奖，自然使得这种阐释得到更多的联想与发挥。但是顾彬却能戳破某些浮华的表面，让我们见到其俗不可耐的实质。他指出高行健移居海外并不是什么政治压迫，也谈不上什么"流亡"，而只是意见的不同导致了一些委屈，但是这种委屈以及导致这

① ［德］顾彬：《二十世纪中国文学史》，范劲等译，华东师范大学出版社 2008 年版，第 280 页。

② 同上书，第 282 页。

③ 同上书，第 185 页。

④ 同上书，第 314 页。

种委屈产生的机制已经被那些留下来的知识分子所克服。这就暗含了顾彬对那些能留下来进行渐进式改革的知识分子的肯定。而且顾彬指出"流亡"已经成为某些海外中国人的运作手段,依靠这种手段,他们可以获得居留权,甚至诺贝尔奖。当然,顾彬也承认高行健的作品都不是不忍卒读的,而是逐渐提升进步的。①

最后,顾彬的文学解读有过度阐释的一面。例如他认为《茶馆》还有一个隐含的"第四幕"的存在,这个"第四幕"才是作者的立场,这一幕是一个"虚空和沉寂的一幕,这一幕指向 1949 年后的时期"。② 剧本将中国现代史设想为步步走向衰落的历史,而"每个阶段都要愈发地'莫谈国事'。当然,这一层意思在舞台上既没有表达也没有暗示,只有细心的观众才能想到这点"。③ 这样过多强调"第四幕"的普适性,并认为这是老舍自身追求,这就不是知人论世了,反而成了立论不足的过度阐释。

顾彬对"文革"时期"三突出"美学观的解释也很出人意料,他看出"三突出"的美学原则与中国政治构架具有相似性。他说,"三突出"的美学原则就是暗指"优秀的(中国)人民中产生了更为优秀的群体(干部、党、中央委员会),优秀群体的核心人物比其他所有人都更为优秀"。④ 顾彬还有将文学解读硬套向政治反叛或压迫的例子。例如他解读食指的《这是四点零八分的北京》时认为北京站"属于象征党和社会主义国家的胜利和权力的代表性建筑。这样,北京站的'抖动'、北京的'缓缓地移动'——此句在诗中缩进排印——最后就如同一场地震,旧秩序即将解体了。……远行的年轻人看到的是'最后的北京'。'最后的北京'之后,旧日的北京将不复存在。"⑤ 如果按照顾彬这样解读的话,那么食指就是反抗党、国家以及政治权力了,恐怕当时的食指还没有这么"高"的思想境界,也没有这种胆量,更不具备那种"时代先知"的穿透性精神。

---

① 〔德〕顾彬:《二十世纪中国文学史》,范劲等译,华东师范大学出版社 2008 年版,第 337 页。

② 同上书,第 275 页。

③ 同上。

④ 同上书,第 287 页。

⑤ 同上书,第 299 页。

顾彬有时的解读也很让中国读者感觉到生拉硬拽。例如，他指出："只要浩然作品的主人公在引用毛泽东的话，马上就从普通字体换成粗体字印刷。这种做法也许是借自《圣经》，耶稣和保罗的重要话语也是通过改变字体以示突出。浩然小说标题中'道'和'光'等用语也具有某些《圣经》色彩，符合认知过程的叙述结构以及'寻找'的叙述技巧也是如此。"① 不知道浩然看到这样揭示《金光大道》的深层含义会有什么样的感受，至少西方人看见了这样的解读是很满意的。他们满意的是，即使在毛泽东被崇拜得类似神的"文革"时期，《圣经》的影响仍然通过浩然作品曲折地表现出来，上帝的光辉与毛泽东的光芒一样照耀东方。顾彬可能也意识到这样的解读太过，他马上就退后一步，"当然，'道'也可以从中国传统的'道'的不同含义中得到解释"②，这样似乎就无懈可击。其实正暴露了他意识到他的西方神学的知识背景对其文本解读的桎梏。③

三　毫无新意的述史情节

从文学史整体来看，笔者觉得顾彬的文学史还欠缺融会贯通，其对20世纪中国文学的分期及叙事还没有凝结出自己的独立见解，而这最能体现文学史家的文学史观和述史能力。因为作家作品解读更多是来自文本个案解读，很容易借鉴他人成果，而整个文学史的叙事情节才是最不容复制模仿的匠心独具所在。

顾彬在这方面显示了他的短板。他的文学史分期主要参照普遍公认的历史分期，这个历史分期是以中国社会的发展为参照模式。

全书分为三章，第一章为"现代前夜的中国文学"，论述的是中国近代文学；第二章"民国时期（1912—1949）文学"，论及的是中华民国时期的文学。这种提法与中国大陆文学史有所不同，中国大陆文学史家一般是以1915年新文化运动为现代文学的开端，而很少使用"民国时期文学"这个概念。第三章是"1949年后的中国文学：国家、个人和地域"。

在第二章"民国时期（1912—1949）文学"中，顾彬将现代文学分

---

① ［德］顾彬：《二十世纪中国文学史》，范劲等译，华东师范大学出版社2008年版，第294—295页。

② 同上书，第295页。

③ ［德］顾彬：《二十世纪中国文学史·中文版序》，范劲等译，华东师范大学出版社2008年版。

成三个时期：一、"中国现代文学的奠基（1915—1927）"，这里又从 1915 年开始书写了，而不是 1912 年；二、"中国现代文学的发展（1928—1937）"；三、"文学的激进化（1937—1949）"。这种文学史分期在大陆学界已司空见惯，其历时性的循序渐进的叙事，也谈不上文学史情节提炼，只是顺时而书的故事。

而对于当代文学史分期，顾彬采取的是大陆文学史中常用的"二分法"，但以 1979 年为界。因为他认为 1978 年 12 月 18—22 日召开的十一届三中全会，中国共产党的工作重点转移到社会主义现代化建设上来，这从 1979 年开始实施。顾彬将这种转变的外部标志视为 *Chinese Literature*（《中国文学》英文月刊，北京）杂志办刊方向的变化，显出较大的新意。以 1979 年为时间界碑在大陆文学史中也有，例如在吴秀明主编的《当代中国文学五十年》① 中就如此划分，不过理由是 1979 年召开了第四次文代会。顾彬以 1979 年为界的叙事逻辑就是前一个阶段是公众意见对个人声音进行了压迫，而 1979 年后的中国文学是个人声音逐渐取代公众意见的过程。顾彬在文学史中论及过 1992 年的历史时间意义，因为从这一年开始，中国大陆开始实行市场经济，这对文学的影响是巨大的，导致文学从"共鸣"状态转移到"无名状态"。这实际上就是对新时期的再划分，这在大陆文学史中也早已实践。可见对于现代文学及当代文学的叙事分期与文学史叙事来说，顾彬可说是卑之无甚高论，大多在大陆中国现代文学史中早已有之，特别是《中国现代文学三十年》② 以及陈思和的"共名"与"无名"的文学史观念对其有巨大影响。

总之，顾彬的文学史在文本细读方面颇有让人眼前一亮之感，但其持有的文化、政治的"优越感"影响了他的学术判断力，而且他在文学史的述史情节方面也乏善可陈，对此我们也不必讳言。

---

① 吴秀明：《当代中国文学五十年》，浙江文艺出版社 2004 年版。
② 钱理群、温儒敏、吴福辉：《中国现代文学三十年》，北京大学出版社 1998 年版。

第六章 "全球化"的中国现代文学 研究及文学史编撰

20 世纪 20 年代中国现代文学诞生之后，就有海外学者开始对其予以译介、研究，时至今日，中国现代文学研究已经形成了一门国际性学科，相关的国际学术共同体已经形成，其"全球化"的研究格局已经筑成。而这正是多年来各国中国现代文学研究共同发展后的成果，面对这一格局，我们中国本土的学者应该如何面对？哪些原则应该是这一学术共同体中的同仁们应该秉持坚守的？下面我们将就这些问题进行讨论。

第一节 "全球化"的国际学术共同体正在形成

通过笔者在前述章节中介绍的中国香港、中国台湾、日本、韩国、英语国家以及欧洲国家的中国现代文学研究，我们会发现一个共同的趋势，那就是中国现代文学研究正在走向"全球化"。下面我们将对这种"全球化"现象的形成过程、内在肌理予以梳理。

一 各国中国现代文学研究的大致历程

中国现代文学诞生之后，各国开始了对其研究的历程，这些历程在具体的历史时段中或许不一样，这是因为各国的政治、经济、文化状况，以及该国与中国的关系处于不同的发展阶段造成的。但是总的来看这些国家的中国现代文学研究与中国本土有着一些共同的特点，我们可以按照学科化的历程来对其进行整理。

首先，在新文学诞生期间，不仅是中国国内的人士例如林纾、章士钊、吴宓等人对陈独秀、胡适等人提倡的"文学革命"持怀疑反对态度，而且在国外以及中国台湾都存在这种"敌视"中国新文学的人士。例如在日本的西本白川就在 1919 年的《上海周报》上撰文《支那的文化运动》表示了其对新文学运动的反对态度，此时日本学术界也是以中国古代文学研究为主。德国学人对中国现代文学的翻译，在很长一段时间里，都被"正统"的汉学家看作不登大雅之堂的练笔。老派的学者们认为现代汉语有损于他们的尊严，例如汉学家翁有礼（Ulrich Unger）翻译了鲁迅的著名小说《阿 Q 正传》，但是却不愿意署上自己的真名，只肯以笔名 Richard Jung 示人。当时汉学家嵇穆（Martin Gimm）还是西柏林自由大学的学生，他在翻译现代文学作品时使用的笔名是 Dschi Mu。莱比锡大学中国教师丁元（Ding Yuan）在翻译时使用的笔名是元苗子（Yuan Miaotse）。可见当时的德国对鲁迅的作品也没有加以优待，遑论对其他作家作品的态度了。[1] 而在俄国，尽管阿列克谢耶夫（A. M. Alexeev）知道中国"五四"新文学消息后，及时就在列宁格勒出的《东方》杂志（1925 年五辑）上发表了题为《你研究新诗否?》的小文章，但他作为中国古典诗歌的研究专家对胡适的宣传式的文风以及借鉴西方理论对中国文学进行改造的方法都不以为然。而在中国台湾更是形成了与北京"五四"时期一样的新旧文学论争，新文学以张我军为首，还有蔡孝乾、钱非、赖云几员大将，而在旧文学方面则以连雅堂为首，还有郑军我、蕉麓、赤嵌王生、黄衫客等人为其呐喊助威。

但是，随着白话文学的创作实绩日渐骄人，而新旧文学的理论讨论更是愈辩愈明，新文学最终取得了完胜。日本的中国现代文学研究终于在竹内好等人克服千难险阻后得以开辟，德国的中国现代文学研究也有了后来声名显赫的"波恩学派"，而中国台湾的旧式文人更是能够自省其身，实现了自我超越，例如连雅堂在《台湾诗荟》的《馀墨》中，黄衫客在《台湾诗人的毛病》中都表现出自我纠正的倾向。可见在新文学诞生期间对其进行研究都是有着学术风险的，其遭受到了古代文学创作及研究界人士的反对，但最终这些反对者大部分都会认清时势，"弃暗投明"。这种新旧文学之间的龃龉恰恰使得中国现代文学得以明了自身，更有助于其自身发展，旧文学研究以一种否定性力量实质上催生了、促进了新文学的创作和研究，最终中国现代文学研究脱离了原有古典文学学术机制，另起炉

---

① 谢淼：《德国汉学视野中的中国当代文学（1978—2008）》，武汉大学博士学位论文，2009 年，第 21 页。

灶成立了一个新的研究学科，二者得以并驾齐驱。这种强大的反作用力或许是任何新的学科乃至新生事物诞生之时的必经磨炼，中国现代文学研究自然也不例外。

其次，在各国的中国现代文学研究发展过程中，学科化是最重要的一步，而这一步又都受到国际国内政治、经济因素的巨大影响。政治、经济的干预对文学创作及研究的不利影响几乎已成为人文社科界的共识，但是政治、经济又是对人文社科界帮助最大的因素，这种有利因素在研究史和学科史的描述中显得尤为突出。因为只有当政治、经济方面认识到某类人文社科研究的重要性之后，才会批准设立相关研究学科，使其进入大学课程体系之中成为一门固定的学科种类，这是其获得学术研究认可的基石。随着学科门类的确立，自然就会带来教学课程的设置，教师岗位的确立，学位制度的建设，学科梯队的筹备，研究系部的创建，招生制度与招生计划的构想，还有学术课题的涌现，学术基金的资助，学术期刊、出版物的涌现，等等这一切，都会因为一门学科的诞生纷至沓来。一种研究类型如果没有这一基石，上述一切或许也有零星散乱的发展，但是星星之火不能燎原，其最终就很难成为学科体系之中的重要一员，对其进行的研究就不成其为学问。

在中国本土的中国现代文学研究发展过程中，政治对其所进行的帮助应该是劳苦功高的。新中国成立后，新中国政府已经认识到建立规范的中国现代文学研究和中国现代文学史编撰的重要性。因为对以往的文学历史进行梳理，并使得符合主流意识形态的作家作品、文学运动得到文学史正统地位，可以为新中国的成立确立合法性。所以在第一次文代会之后，茅盾就根据文代会代表们的提议，指出："对于文学史，尤其是'五四'到现在的新文艺运动史，也应该组织专家们从新的观点来研究。"[1] 但"在这种特定的情势下，文学史家的任务，与其说是整理历史、总结历史经验，毋宁说是运用历史事实，以宣传群众、教育群众。对他们来说，重要的不是写出'历史是什么样的'，重要的是写出'为什么历史是这样的'，以此参加对于胜利者必然胜利的宣传，实现编史设课的目的"。[2] 所以1950年5月，政务院教育部颁布的《高等学校文法两学院各系课程草案》

---

[1] 茅盾：《一致的愿望和要求》，《文艺报》第1卷第1号，1949年9月25日。
[2] 黄修己：《中国新文学史编纂史》（第二版），北京大学出版社2007年版，第268页。

就规定了中国新文学史课程的内容："运用新观点，新方法，讲述自五四时代到现在的中国新文学的发展史，着重在各阶段的文艺思想斗争和其发展状况，以及散文、诗歌、戏剧、小说等著名作家和作品的评述。"① 而这里一再强调的"新观点"、"新方法"即毛泽东 1940 年在延安发表的《新民主主义论》，该文章结合中国实际，科学地分析了中国革命的性质、特点和规律，系统地阐述了新民主主义的政治、经济、文化等理论和纲领，其中对新民主主义文化的论述对此后中国现代文学史研究及编撰影响深远。郭沫若在第一次文代会上的总报告《为建设新中国的人民文艺而奋斗》指出："五四运动以后的新文化已经不是过时的旧民主主义的文化，而是无产阶级领导的人民大众反帝反封建的新民主主义文化，五四运动以后的新文艺已经不是过时的旧民主主义的文艺，而是无产阶级领导的人民大众反帝反封建的新民主主义文艺"，并且认为"这就是五四以来的新文艺的新的地方"，"这就是五四以来的新文艺和以前的文艺在性质上的区别"。这其实就是对毛泽东《新民主主义论》的进一步阐发。正是按照这种观点，20 世纪 50 年代之后中国就出现了较多的新文学史著，如王瑶、蔡仪、丁易、张毕来、刘绶松等人都纷纷编撰了中国现代文学史著。正是这些众多的文学史编撰使得中国现代文学研究走向了正规化，而大学中文系的学生也在这些文学史著的教育下对中国现代文学有了基本的认识，有的学生甚至由此步入了中国现代文学研究的领域，开始了其学术研究的职业生涯。

　　同样的这类情形在其他国家也存在，例如在 20 世纪 50 年代世界政治处于资本主义和社会主义对垒的局势，民主德国、苏联及其他社会主义国家与新中国同属于社会主义阵营，所以这些国家的中国现代文学研究取得了蓬勃的发展。而捷克这一国家，无论在经济实力还是在国土面积上都远逊于世界上其他国家，但是其在中国现代文学研究上竟然取得巨大成就，其首都布拉格俨然成为欧洲中国现代文学研究的重镇。而韩国的中国现代文学研究开始较早，学科化时间大致也在 20 世纪 50 年代至 80 年代，但其中国现代文学研究在 20 世纪 90 年代取得了迅猛发展，这是因为彼时中韩两国建交，两国之间的政治互信、经济上的相互联系日益密切，导致中

---

① 转引自黄修己《中国新文学史编纂史》（第二版），北京大学出版社 2007 年版，第 83 页。

国现代文学研究在韩国的发展突飞猛进。这都意味着政治、经济有助于各国中国现代文学研究的学科化确立，而学科化成立之后，各国的中国现代文学研究就会一日千里，这在日本、美国、德国等都有着类似表现。

　　中国现代文学研究及文学史编撰在其他国家、地区发展还比较缓慢，除了其国内本身的相关基础比较薄弱之外，究其原因还有两方面：一是中国与这些国家的政治互信与经济上的联系还有待进一步提高，只有当政治经济的往来密不可分之后，对中国以及中国现代文学的研究才会引起政治经济人物的重视，而相关研究的开展就会水到渠成；二是一些国家自身的经济、文化、文学实力还有待提高。现在对中国现代文学研究及文学史编撰有所成就的国家地区都是经济发达地区，而且与中国的经济往来、政治交往都比较密切，这样就有兴趣同时也有实力，更重要的是有必要鼓励本国学界对中国进行研究，从而惠及中国现代文学研究。同理，中国现代文学研究及文学史编撰在一些地区还不太发达，就是因为这种必要性的缺失，使得研究的兴趣欠缺支持，而研究的实力也就不能得到相应提高。例如越南，其国内学者也能获得本国的中国现代文学研究的博士学位，这意味着其在学科体系上已经比较完备，但是其中国现代文学研究及文学史编撰的学术水平还不是非常强大，或许就是因为上述原因。①

　　最后，各国的中国现代文学研究有着互补性发展，彼此之间有过深刻的相互影响。对于中国本土的中国现代文学研究及文学史编撰历程，王瑶曾经做过学术史梳理，他指出对中国现代文学性质的认定导致了中国现代文学研究经历了几个不同范式的研究阶段，例如"十七年"是以"社会主义"为标准；新时期初期是以"反帝反封建"为标准；再到以"文学现代化"为标准；与对"中国现代文学与外国文学关系"的研究热潮，②发展到后来就是方法热以及现代性研究，而眼下应该是中国现代文学的比较文学研究热潮。这表现在具体研究领域上就呈现为冷热不均的现象：在新时期之前的中国本土的中国现代文学研究及文学史编撰是以左翼文学史观为中心，重在研究鲁迅、郭沫若、茅盾、巴金、老舍、曹禺等人，而且相关研究学会以及研究成果也非常之多。而沈从文、徐志摩、胡适、张爱

---

①　参见裴氏翠芳《中国现当代文学在越南》，华东师范大学博士学位论文，2011 年。
②　王瑶：《中国现代文学研究的历史和现状》、《华中师范大学学报》（哲学社会科学版）1986 年第 3 期。

玲、郁达夫则受到了忽略。而在英美国家的中国现代文学研究中，则与中国本土的中国现代文学研究反其道而行之，故意贬抑左翼文学和新中国文学成就，抬高中国本土不重视的沈从文、郁达夫、张爱玲等人的文学史地位。英美国家的这种研究策略貌似是坚持纯文学价值标准，其内在还有着和当时中国大陆的中国现代文学研究及文学史编撰唱对台戏的动机，夏志清本人也并不否认其反共的政治立场就是其中代表。但是在 20 世纪 50—70 年代里，中国香港的中国现代文学研究却各种各样的文学观点都存在，既有坚持纯文学观念的司马长风，也有貌似保持中立的曹聚仁，还有坚持左翼文艺观的李辉英，更有紧跟中国台湾政治局势的丁望等人。此时中国台湾则由对中国现代文学研究及文学史编撰予以极力压制、讳莫如深，转为对国民党文学史的梳理，展现了不一样的历史面貌。

通过呈现 20 世纪 50—70 年代的整个中国现代文学研究及文学史编撰板块，我们会发现，所有的中国现代文学研究及文学史编撰正是一种互补状态，而中国香港因为其独特的区域优势，竟然是比较完美的研究布局，这样整个中国现代文学史中的重要作家在此时基本上都有人予以涉及。而中国大陆的中国现代文学研究及文学史编撰或许有种种错失、遗漏，但是其抓住了历史的主线，建构了较完整的经典大厦。

时间发展到 20 世纪八九十年代之后，中国大陆的中国现代文学研究界通过夏志清的文学史著看见了中国现代文学研究中存在的盲点，于是掀起了沈从文热、张爱玲热、周作人热，原来曾被忽视的作家陡然成为学术研究的中心，而中国学者原来所关注的左翼作家以及中国"十七年"文学则成为英美学者新的理论武器的试验场，他们以此为利器对其"肆无忌惮"地进行文化政治学阐释，最终这些研究成果又再次回到中国形成"再解读"热潮。可见，中国本土与英美学界的中国现代文学研究及文学史编撰在各自的学科化初期，进行的是对立的但又是互补的研究态势。随着交流的增多，两者又呈现相互影响的态势。这方面国内学者多注重英美学者对中国学界的影响，往往忽视了中国学界对英美学界的研究所起到的催生、激发以及反向作用。

二 中国现代文学研究及文学史编撰的"全球化"格局

通过几个主要国家、地区的中国现代文学研究及文学史编撰历程的梳理，我们发现，各个国家的中国现代文学研究大致经历了一些共同的历程，具备一些共同的特点，同时朝着一个共同的方向在前进，那就是中国现代文学研究及文学史编撰正在由相互补充相互影响，最终汇成滚滚向前的大潮，已经有了一种"全球化"的趋势。特别是在几个主要研究国家、地区这一趋势格外明显，而其他一些国家、地区正在经历着这些"先进"国家曾经经历的过程，未来也会加入这一潮流之中。

　　这种"全球化"态势表现在多方面：从中国现代文学的译介来看，很多国家、地区都有中国现代文学的翻译，除笔者详述的国家、地区之外，亚洲的泰国、越南、印度、新加坡、马来西亚，非洲的埃及等国都已经有比较广泛的中国现代文学译介，特别是鲁迅和莫言在上述国家里更是广受欢迎；从研究地域来看，研究中国现代文学的国家越来越多，除了大家熟知的国家之外，还有越南、新加坡等国家的学者都可以在本国获得中国现代文学研究的硕士、博士学位；从学术交流来看，国际化、区域化的学术交流非常频繁，各种学术会议层出不穷，中国学者走出国门进修、访问的计划、项目在国家教育部、在各省教育厅中都是常规工作，而外国学者特别是英美、欧洲、日本的学者来华讲学更是接踵摩肩，很多学者更是成为中国的学术明星；从学术队伍来看，跨国际、跨区域的学术队伍已经成为常态，不仅有中国大陆的学者去中国香港就职，还有华裔学人在欧美求学然后在异地就职，也有在美国求学然后在加拿大、澳大利亚、新加坡、中国台湾、中国香港就职的人士，而中国很多高校已经将海外汉学家聘为学校的客座教授，等等。以致我们有时很难将某位学者确定为某个国家的研究人士。例如米列娜大家都认为其是捷克学者，因为其本是捷克人，1932 年生于布拉格，她曾在捷克求学于普实克门下，但先后任职于捷克科学院东方研究所、加拿大多伦多大学、布拉格查理大学、德国海德堡大学。加拿大的学者在总结他们的中国现代文学研究之时就常常将她列入。同样，杜博尼获得的是悉尼大学的学士、硕士和博士学位。毕业后，先后在悉尼大学（1972—1976 年）、伦敦大学亚非学院（1975 年）、哈佛大学（1977—1978 年）和挪威奥斯陆大学（1986—1990 年）等汉学研究重镇从事教学和研究工作。1990 年，她被聘为英国爱丁堡大学的首位中文教授（1990—2005 年），2006 年成为该校荣休教授。2010—2013 年，她在母校悉尼大学担任访问教授。学者个人职业生涯的不断"跳槽"，使得从事学术史、研究史的学人们"怨恨"不已，为什么他们就不能"安分"一些，老老实实待在一个地方，好让我们将其予以分类。但正是这种不"安分"导致的分类的不方便，说明了中国现代文学研究的"全球化"趋势。

上述所说的研究地域的扩大、学术交流的活跃和学术研究者多国家的任职，还只是中国现代文学研究及文学史编撰"全球化"的表面现象，更内在的实质是中国现代文学研究在研究课题上愈来愈具有同一性。例如当下中国现代文学研究都在倡导与文化研究接轨，开始重视晚清民初文学，对新中国"十七年"文学评价不高，等等；在研究方法上越来越有同质性，例如 20 世纪以后的西方文学批评理论几乎成了中国现代文学研究的共有"神器"，而西方文学经典的标准影响着几乎所有的文学研究者的文学价值观；在研究成果的传播接受上更是具有同时性，学者们可以随时随地在世界各地的大学讲坛、学术会议、学术交流的场所上表达自己的学术观点，而学术期刊和大众媒介随处可见，各国研究者撰写的学术论文和访谈纪实，特别是很多知名学者学术著作的出版几乎是同时的多语种出版，这在之前几乎是不可能的。例如顾彬 2005 年在德国出版了《二十世纪中国文学史》，该著 2008 年就由范劲等人翻译在华东师范大学出版社出版，前后不过三年。这还是德文翻译，实际上英文更快。另外，因为现在中国的中国现代文学研究者都是懂得英文的，而英文出版著作在一些购物网站上就可以搜索得到，并且可以购买到手，这比翻译更快。

这种同一性、同质性和同时性是全球政治、经济、文化以及传媒发展所带来的必然结果，更是中国现代文学研究及文学史编撰长期发展的必然趋势。这种"全球化"的便利意味着一个具有广泛参与度的中国现代文学研究及文学史编撰的国际学术共同体正在形成，共同体成员都能及时更新、夯实自己的学术根基，积极参加这种学术交流，推动该领域学术走向繁荣鼎盛，使得中国文化、文学成为世界文化、文学体系中生机勃勃的有力分支，既能增进世界文化、文学的生态发展，又能从中汲取营养促进中国文化、文学的健康成长。

三 创建"全球"性的中国现代文学研究史及文学史编撰史

正如我们所见，中国现代文学研究及文学史编撰已经有了"全球化"的趋势，我们在为这种"全球化"趋势欢欣鼓舞或者痴心不改的同时，也会意识到这种"全球化"带来的一些弊病。例如研究课题上的同一性使得当下中国现代文学研究都在倡导与文化研究接轨，但是传统的中国现

代文学及常规工作如何薪火相传？在研究方法上具有的同质性使得西方
20 世纪以来的文学批评理论成为所有文学研究者共有的工具，但有时又
似乎是欧美国家在贡献理论方法，中国现代文学只是为其提供资料和阐说
对象。研究成果传播接受的同时性固然方便了我们学术成果的交流，但是
中国本土学者的学术成果受到轻视，外国学者的学术成果受到热捧也是不
争的事实，更重要的或许是重复性研究越来越明显。这种"全球化"所
带来的"富贵病"如何未雨绸缪？笔者认为方案固然有多种，但是最重
要的是我们从现在开始就应该努力整理"全球化"的中国现代文学研究
史、中国现代文学史编撰史。胡适曾经在《国学季刊》发刊宣言中说道，
"一种学术到了一个时期，也有总结账的必要。学术上结账的用处有两
层：一是把这一种学术里已经不成问题的部分整理出来，交给社会；二是
把那不能解决的部分特别提出来，引起学者的注意，使学者知道何处有隙
可乘，有功可立，有困难可以征服。结账是（1）结束从前的成绩，（2）
预备将来努力的新方向。"[1] 而全球性的中国现代文学史研究史、中国现
代文学史编撰史的撰写就是为中国现代文学研究进行总结账的工作，做好
这项工作正可以让中国现代文学研究及文学史编撰清楚已经取得的成绩，
明白未来前进的道路，从而避免许多重复性的工作。

其实在"文革"结束后，就有研究史意识较强的学者开始对中国现
代文学研究的历史予以梳理，例如戈宝权发表的《鲁迅的世界地位与国
际威望》[2] 就对鲁迅及其作品在世界各地的译介和评价研究进行了翔实的
梳理。20 世纪 80 年代之后，中国现代文学研究史的发展更加自觉，发表
了很多论文，其中影响最大的应该是樊骏的《关于中国现代文学研究的
考察和思索》[3]、王瑶的《中国现代文学研究的历史和现状》[4]。还出版了
很多专著，仅 1986 年这一年就出版了几部关于鲁迅的研究史，如葛中义
的《〈阿 Q 正传〉研究史稿》[5]、陈金淦的《鲁迅研究的历史与现状》[6]、

---

① 胡适：《胡适文存》第二集，黄山书社 1996 年版，第 8 页。

② 戈宝权：《鲁迅的世界地位与国际威望》，《福建师范大学学报》（哲学社会科学版）
1977 年第 4 期。

③ 樊骏：《关于中国现代文学研究的考察和思索》，《中国社会科学》1983 年第 1 期。

④ 王瑶：《中国现代文学研究的历史和现状》，《华中师范大学学报》（哲学社会科学版）
1986 年第 3 期。

⑤ 葛中义：《〈阿 Q 正传〉研究史稿》，青海人民出版社 1986 年版。

⑥ 陈金淦：《鲁迅研究的历史与现状》，江苏教育出版社 1986 年版。

袁良骏的《鲁迅研究史》①，而王瑶主编的《中国现代文学史研究：历史和现状》应该是较早对整个中国现代文学研究进行的一次大检阅②。而此时对中国现代文学史也开始进行编撰史的梳理，这方面应该以邢铁华的《中国现代文学史研究述评》③ 为代表，其以上下篇的形式对新中国成立前后的中国现代文学史编撰予以了细致分析。20 世纪 90 年代之后，中国现代文学的研究史和文学史编撰史取得成就更大，例如前者就有冯光廉和谭桂林合著的《中国现代文学史研究概论》④、许怀中的《中国现代文学史研究史论》⑤、徐瑞岳的《中国现代文学研究史纲》⑥、温儒敏等人的《中国现当代文学学科概要》⑦、黄修己和刘卫国合编的《中国现代文学研究史》⑧、杨义等主编的《中国当代文学研究（1949—2009）》⑨；而后者则有黄修己的《中国新文学史编纂史》⑩，任天石的《中国现代文学史学发展史》⑪，朱德发的《现代文学史书写的理论探索》⑫，朱德发与贾振勇的《评判与建构：现代中国文学史学》⑬，董乃斌等的《中国文学史学史》⑭，王春荣、吴玉杰的《文学史话语权威的确立与发展》⑮，张军的《中国当代文学史叙述研究》⑯《现代中国文学整体化历史编撰研究》⑰，等等。这些中国现代文学研究史以及文学史编撰史大都只整理了中国（包含中国台湾、中国香港）的现代文学研究史及文学史编撰史，而对于国外的相关研究及文学史编撰则很少涉及。这些专著的文献价值和史学史

---

① 袁良骏：《鲁迅研究史》，陕西人民出版社 1986 年版。
② 王瑶：《中国现代文学史研究：历史和现状》，中国社会科学出版社 1989 年版。
③ 邢铁华：《中国现代文学史研究述评》，《文学评论》1983 年第 6 期。
④ 冯光廉、谭桂林：《中国现代文学史研究概论》，南京大学出版社 1995 年版。
⑤ 许怀中：《中国现代文学史研究史论》，厦门大学出版社 1997 年版。
⑥ 徐瑞岳：《中国现代文学研究史纲》，江苏教育出版社 2001 年版。
⑦ 温儒敏、李宪瑜、贺桂梅、姜涛：《中国现当代文学学科概要》，北京大学出版社 2005 年版。
⑧ 黄修己、刘卫国：《中国现代文学研究史》，广东人民出版社 2008 年版。
⑨ 杨义、江腊生：《中国当代文学研究（1949—2009）》，中国社会科学出版社 2011 年版。
⑩ 黄修己：《中国新文学史编纂史》，北京大学出版社 1995 年版。
⑪ 任天石：《中国现代文学史学发展史》，江苏文艺出版社 2002 年版。
⑫ 朱德发：《现代文学史书写的理论探索》，山东人民出版社 2010 年版。
⑬ 朱德发、贾振勇：《评判与建构：现代中国文学史学》，山东大学出版社 2002 年版。
⑭ 董乃斌、陈伯海：《中国文学史学史》，河北人民出版社 2001 年版。
⑮ 王春荣、吴玉杰：《文学史话语权威的确立与发展》，辽宁人民出版社 2007 年版。
⑯ 张军：《中国当代文学史叙述研究》，中国社会科学出版社 2012 年版。
⑰ 张军：《现代中国文学整体化历史编撰研究》，中国社会科学出版社 2015 年版。

价值无疑有所缺憾。

上述专家在撰写中国现代文学研究史和文学史编撰史之时，绝对不是没有雄心壮志撰写这种"全球性"综览性著作，而是因为时至今日各国的中国现代文学研究史和文学史编撰才引起我们的重视，才开始有相关的论文和著作对其进行详细的介绍。笔者前述的有关国家、地区的中国现代文学研究及文学史编撰的"概述"章节，就是借鉴这些成果予以的粗略化介绍。但是，对国外中国现代文学研究成果进行摸底调查还只是撰写研究史和文学史编撰史的第一步，国外的那些研究著作和文学史的具体内容我们还不得而知。大量的研究成果尚未译介，我们需要有组织地对海外中国现代文学研究及文学史编撰进行翻译介绍，但这几乎是不可能完成的任务。我们只能期望专家学者及早开展对各国中国现代文学研究进行整体研究的专著，对这些国家的中国现代文学研究及文学史编撰的发展脉络、基本特点、代表成就与存在缺点进行深入分析与研究，这之后，"全球性"的中国现代文学研究史及文学史编撰史才会有实现的可能。

第二节　"全球化"研究格局中中国本土学者的自我坚守

我们已经讨论了中国现代文学研究及文学史编撰正走向了一种"全球化"的研究格局，那么在这种格局下中国本土学者应该如何应对这种新形势下的新状态？笔者认为我们首先要有一种自我坚守的心态，夯实学科基础，及时地将当代文学历史化，引领中国现代文学史的述史情节，这样我们就能抢占这一学术研究的制高点和前沿阵地。

一　夯实学科基础

随着中国经济的发展，中国政府也认识到中国学术走出去获得国际话语权的重要性。于是学术期刊在大力发展外文版，以使得中国报纸杂志具有国际学术的视界，以使学术传媒能获得发达国家的认可，从而创建一种新的学术评价制度。而在文学作品和学术著作方面也采取学术外译的项目，提供经费支持中国的学术走向世界。这些项目、工程的实施都是有着长远的规划和可行的步骤，其能达到的效果将随着时间的推移逐渐显现出来。但笔者在这里想谈论的是中国现代文学研究及文学史编撰走出去存在的难度，以及应该采取的措施。

外国学者的中国现代文学研究及文学史编撰得以在中国翻译出版，并受到广泛的欢迎，其主要原因是中国现代文学研究在中国具有广阔的市场和庞大的读者群。且不论其他业余的中国现代文学的爱好者会关注中国现代文学研究成果，就是中国大学里中文系学生和现当代文学专业的硕士生、博士生就是一个潜在的读者群，所以外国学者的这类学术专著在中国的读者远远超出他们本国的人群，这应该是他们乐意在中国进行学术讲座、出版学术专著的重要原因。另外一个重要的缘由，那就是他们的研究著作为中国本土的中国现代文学研究提供了新的方法、新的视角以及新的结论，而这种"新"是针对中国本土的"旧"而言的，也就是说他们的研究成果正好与中国本土的研究成果呈现一种互补状态，只有这样的著作才会在中国受到欢迎。例如夏志清、李欧梵、王德威的著作无不如此。

所以说，要想使得中国的中国现代文学研究和文学史著作在国外受到欢迎，至少必须具有针对性，即针对相应的读者和相应的研究领域。就读者而言，这有很大的难度，就是因为中国现代文学在其他国家还只是一种外语文学，而在外国研究中国现代文学的人数是远不能和中国国内相比的。而就对中国现代文学感兴趣的读者也不是很多，读者的匮乏自然导致中国学者的这类学术专著走出去的难度。所以，要想中国现代文学研究著作在国外受到欢迎，只有加强中国现代文学的翻译，当无数的外国人对中国的现代文学感兴趣之后，中国现代文学研究的著作自然会受到业余读者的欢迎。但是任何国家之中，相信学术著作的读者都是小众群体，而中国现代文学研究著作的阅读在国外，应该主要是研究中国现代文学的本科生、硕士生和博士生，这些人群的扩大只有在其国内学习中国现代文学的人数大规模增加的情况下才会有所好转。而这还需要中国的政治、经济实力的大发展才能有根本性的改变。例如韩国就因为与中国的经济往来密切，而其研究中国现代文学的人士就飞速增长。

但是，我们发现中国学者的中国现代文学史著在国外非常受欢迎，这与中国本土的中国现代文学研究学术著作在国外的待遇有着天壤之别。例如在 20 世纪 50—70 年代中，王瑶的《中国新文学史稿》、丁易的《中国现代文学史略》在韩国、日本等地都有翻译出版，而新时期之后，洪子诚的《中国当代文学史》、陈思和的《中国当代文学史教程》、黄修己的《中国现代文学发展史》、郑万鹏的《中国当代文学史》等，都曾在国外出版。中国现代文学史在国外受到如此之多的翻译原因很明显：一是中国现代文学史著一般都是对整个中国现代文学史发展历程的介绍，其中包含作家作品解读、文学思潮文学运动简介、文学规律归纳总结，初学者通过文学史著的学习就可以对中国现代文学有个大致了解，所以其在国外翻译并受到欢迎理所当然；二是因为国外也有较多大学开设中国现代文学史这门课程，但是大量的中国现代文学作品没有得到翻译，原始资料的欠缺使得他们对很多基本的历史性问题难以理解，这方面中国学者编写的文学史著自然成了他们的首选；三是因为国外研究中国现代文学的学者不是很全面，一些历史规律的总结归纳他们还没有予以研究，一些文类他们也没有涉及，所以国外的学者很难凭一己或一校之力编撰一部中国现代文学史。

通过上述分析，我们就明白了我们在"全球化"研究格局中的所应做的工作。那就是，做好基础性工作，夯实中国现代文学研究的资料库。我们应该编撰各类原始资料汇编，乃至将这些原始资料整理传送至网络，让所有研究者能够查阅相关原始资料。令人感叹的是至今还没有一个全国性的中国现代文学研究网站，这是学术基础性工作，只有我们本土的中国现代文学研究者才能完成。时至今日，许多中国现代文学研究者仍在大声疾呼创建中国现代文学史料学，其原因也许就在于此。只有有了最基本的资料库，我们的学术研究才能兴旺发达，从而使其走向世界。但是在当下这种学术评价机制下，这些工作的成功或许还要等待若干年。

二　当代文学及时历史化

当代人能否写当代文学史，曾经被作为一个问题提出，并得到了广泛讨论。反对当代文学写史的认为当代就是当下，就不能称之为历史，这就釜底抽薪地动摇了当代文学写史的理由。当然赞成当代文学写史的理由也很多，这又使得当代文学有了继续写史的根据，于是，一部部当代文学史就那么堂而皇之地大行其道。但在"全球化"的中国现代文学研究及文学史编撰格局中，我们要抓紧将当代文学历史化。首先，是不断拓展中国现代文学研究的范围，制造出学术研究的兴趣点，不然大家都拥挤在固定的中国现代文学作家作品中，研究力量太过集中就会造成人员的浪费，也使得学科研究的凝聚力下降；其次，中国本土学者研究最新的当代文学有着天时地利的优势，在新课题、新作品、新作家方面我们能较国外学者有较大的时间差，我们应该充分利用这一先天优势；最后，及时将当代文学历史化，也有利于为后来研究者积累研究资料，为历史真实记录最初的文献资料。及时将当代文学历史化，笔者认为在研究方法上应该有所侧重。

第一，研究者应以个人化文本体验为中心。正如我们前述，夏志清的小说史出版之后，普实克曾撰文批评，二者所持文学史观大略代表 20 世纪西方不同的文学史批评思潮："一是标举'体验'性的人文主义诗学，其特点是注重将人的体验、感性、直觉放在首位加以考察，通过对人的精神内宇宙的揭示去探寻艺术的本质和世界的审美本性。二是注重实证的科学主义诗学思潮，其特点是偏重于归纳法，更重视科学性和实证性，注重语言的逻辑功能，要求概念的确定性、表达的明晰性、意义的可证实性。"① 对于刚刚发生的当代文学史来说，很多历史资料还没有整理，甚至还没有解密，这时候用实证的科学主义文学史研究方法，难度很大，因为很多文学史概念的内涵和外延都没有确定，时间长度不够历史化沉淀，历史规律的归纳总结也不好开展。鉴于这些难度，新时期初就有前辈学人警告不要去荒废心力对当代文学史进行研究书写。但是如果文学史研究者坚持自己的阅读感受，注重自己的审美体验，寻找自己所认为的将成为经典的作家作品去进行艺术价值的评鉴，或许就能以人文主义的体验性研究达到文学史书写的目的，并且在第一时间为"当代"文学的经典建构贡献不菲之力。

尽管任何时代的文学经典及经典阐释都有着特定的时效性，因为时代不会永恒不变，而读者的接受也会随之而变。正如姚斯所指出的那样，"一部文学作品，并不是一个自身独立、向每一时代的每一读者均提供同样的观点的客体。它不是一尊纪念碑，形而上学地展示其超时代的本质。它更多地像管弦乐谱，在其演奏中不断获得读者新的反响，使本文从词的物质形态中解放出来，成为一种当代的存在"。② 这就导致个人体验化的文学史书写对经典的确立及阐释会在一定程度上出现偏差，例如夏志清对鲁迅的评价就误解很多。但是，作为经典的建构总有一些共性因素能经得住时间的淘洗，不然就不能解释为什么中国的四大名著、西方莎士比亚的戏剧不论时代如何变迁，总能在经典大厦中稳坐钓鱼台。这是因为文学经

① 温潘亚：《追寻文学流变的轨迹——文学史理论研究》，人民出版社 2009 年版，第 240 页。

② ［德］姚斯等：《接受美学与接受理论》，周宁、金元浦译，辽宁人民出版社 1987 年版，第 26 页。

典建构的六个要素——"（1）文学作品的艺术价值；（2）文学作品的可阐释的空间；（3）意识形态和文化权力的变动；（4）文学理论和批评的价值取向；（5）特定时期读者的期待视野；（6）发现人（又可称为'赞助人'）"①——中，排在首位的还是文学作品的艺术价值，排第二位的还是文学作品的可阐释空间，这都是文学的内部因素，是自律性问题。而排在第三、四位的才是文学的外部因素，是他律性问题。所以，从文学艺术本身出发，从个人审美的角度去发掘其文学价值并予以书写，还是能够经受时间考验获得广泛的认同。

　　第二，研究者应注重对作家作品予以移情式理解。移情是心理学上常用的一个概念，这里指文学史研究者通过自己对历史人物的内心情绪的认知、体验，把握历史人物的思想情感，设身处地理解他们在特定历史情境中的立场和情感，以求以己度人与历史人物感同身受。也就是钱锺书所说："史家追叙真人实事，每须遥体人情，悬想事势，设身局中，潜心腔内，付之度之，以揣以摩，庶几入情合理。盖与小说、院本之臆造人物、虚构境地，不尽同而可相通。"② 在林曼叔的文学史中，他就能从大多数作家追求的现实主义原则去探求每个作家的得与失，为那些作家在逆境之下的遭遇倍感痛心，所以他的文学史情节就是作家们与教条主义作斗争。他对每个作家的天才禀赋有发自内心的赏识，并以诤友的角色认同予以一针见血的建言。而夏志清也是如此，即使对周扬这位主管文艺官员也能对其历史地位及难言之隐予以仗义执言。

　　这种对作家的移情式理解，作家和文学史撰述者相互之间就能互通理解。文学史撰述者因为懂得所以慈悲，而且作家也会对文学史撰述者予以情感认同，并引其为知音同道。这种情感的交通自然会调动不同时代读者都参与这种情感认知，从而文学史能获取超时空的生命力。当然这种移情也不是万无一失，他要求文学史研究者与作家具有类似的知识结构、人生信仰、价值观念、经验阅历，否则这种移情就是"以小人之心度君子之腹"，导致出现很可笑的结果，这在很多大陆外文学史研究者书写的文学史著中就容易出现。

---

　　① 童庆炳：《文学经典建构诸因素及其关系》，童庆炳、陶东风主编《文学经典的建构、解构和重构》，北京大学出版社 2007 年版，第 80 页。
　　② 钱锺书：《管锥编》，中华书局 1979 年版，第 166 页。

第三，研究者应对政治意识形态持有怀疑，并保持一定的距离，而坚信知识分子自己的文学史原则。夏志清小说史最大的成功就是对自己的阅读体验保有高度的自信，对当时大陆文学史的经典系列予以怀疑，发掘出沈从文、张爱玲、张天翼、师陀等文学经典人物。并且其对大陆的经典人物评价并不高，例如对鲁迅的评价就是典型例子。而林曼叔对大陆作家的书写，特别是对胡风以及其他被打倒、被批判的作家评价很高，并大张旗鼓地将胡风作为一个章节，其对很多作家的评判也与大陆文学史不一样。正因为文学史撰写者相信自己的鉴赏力，真正把握文学三昧，并真诚坦露自己对文学史的看法，这样的胸怀见识直接决定了文学史著质量。

人不可能拔着自己的头发离开地球，文学史研究者不能离开所处的时代，所以他们会受到时代政治的影响，例如身处冷战时代的林曼叔、夏志清就是如此。他们的政治标准以及文学标准与大陆学者不一样，所处国家地区的氛围影响了他们苛评毛泽东及其《在延安文艺座谈会上的讲话》与"十七年"文艺政策，而中国当时的社会主义制度也成为了被批判的对象，毛泽东个人的形象在他们心目中自然也不高。他们对这些研究对象基本上提不出深刻的见解，而给读者的感觉只能是不讲学理地谩骂和侮辱。这就使得他们的文学史著无形中对另外一种政治意识形态予以认同，而不能客观看待新生的中华人民共和国。这正从反面证明了文学史研究者对政治意识形态保持警惕之心是多么重要。

可见，"当代人"只要不断提升自己的文学趣味，坚持文学艺术的真诚体验，并对作家作品能予以移情式理解，对各种宏大的意识形态保持间距，就不仅能及时将当代文学历史化，而且也能做好这项工作！

三 建构"新世纪"文学史情节

文学史编撰是一种叙述行为。这种叙述是为了更好地将文学史信息传送给读者，书写者必须考虑自己的述史方式。这涉及文学史分期、述史线索、情节编排这三方面内容。不同的文学史分期，意味着文学史述史存在不同的开头、中局与结尾，也意味着文学史述史不同时段的详略安排以及随之而来的不同的文学史评价，这体现了书写者不同的文学史书写意图以及不同的文学史故事、情节。文学史述史线索，是文学史书写中主要思路与文学史主干的提炼、归纳。同样的文学历史可以用不同的文学史线索按照不同文学史分期去讲述，这些不同的文学史线索与文学史分期正是书写者不同文学史观念和文学思想的直接体现。文学史编撰可以采用胜利、挫败、和解，或者兴盛、衰亡、兴盛和衰亡，或者双方斗争，不断进步等等不同的文学史述史线索。这些不同的述史线索将直接体现书写者对文学史的评价、估量及判断，同时这种线索也是文学史的主干框架，所有文学史实的安排与编组会围绕文学史线索的展开而进行。文学史分期与文学史述史线索的划分与梳理是书写者根据自己掌握的文学史实进行认真研究后采取的对文学史实的叙述方式，也是主流意识形态、文学史实、书写者之间协商、谈判后的一种结局，书写者不会随意采用文学史分期与文学史述史线索。而某一时期占住主流地位的文学史分期与文学史述史线索是在压制与它同时的其他文学史分期和文学史述史线索后的一种结果。

最重要的是情节编排。这是文学史书写者将文学史实本身进行艺术的加工和重构，使生活事件的发展过程展现为一个具有审美意味的序列。情节并不是对文学历史全部事件的讲述和"如实"呈现，它必然有所突出、有所强调，也有所舍弃和忽略，以此完成对文学史实的加工和重构，从而获取对某个问题的解释归纳。书写者通过情节把文学史实的事件和行动联结起来，这些行动和事件通过叙述的因果网络而构成了一个意义系统。简而言之，情节通过把似乎无联系的东西连成一体而建构了语境。他们通常采取的办法是：从每个时段选取一个具有代表性的事件或问题，集中加以讨论；在整个研究框架中，各个时期前后相续，各个时期的核心问题彼此联系和衔接，构成一条明显的时间之流中的变动主线。

在中国，文学史述史情节必须满足民族国家想象，在其他国家，想来也大致类似。霍布斯鲍姆认为："所谓一个民族的传统，只是 1870 年以后西方国家为了巩固既有政治秩序而进行的一连串'发明'，而民族国家认同则是一个人发掘、认识自我与民族大我正确关系的过程，认同的基础是某种'本质性'（essential）的存在，或者说认同的过程是指一种本质性的建构过程。那么，用什么方式来创造这种共同意识呢？当然是历史学。只有通过历史学，我们才可能创造出'一个同一的、从远古进化到现代性的未来的共同体'。当一个全新的民族国家被解释为有着久远历史和神圣的、不可质询的起源的共同体时，民族国家历史所构成的幻想的情节才能被认为是曾经发生过的真实的存在。正是通过这种驯化和熏陶，民族国家神话被内化为民族国家成员的心理、心性、情感的结构。"① 可见历史学为民族国家这个"想象的共同体"提供了丰富的证据和精彩的内容，而文学史编撰也具有同样的功能效用，在中国现代文学史编撰中已经经历了两种文学史叙述情节，一种是新中国文学史述史情节，一种是新时期文学史述史情节。

新中国文学史述史情节主要存在于新中国成立之初至"文革"结束期间。此时段的中国古代文学史从语言、文字构成的历史当中，寻找民族精神的祖先，建立国家文化的谱牒，以完成劳动人民文学史的想象，这就将抽象的中国变成了感性的形象；而在中国近代文学史中则展现民族国家遭到西方侵略，步步走向半殖民地半封建社会的深渊，文学作品中充满着被凌辱被压迫的反抗之声，祖国大地四处愁雾弥漫，国家民族濒临绝望的生死边缘；中国现代文学史则通过中国现代历史的回顾，展现中国现代时期所经受过的屈辱挫折，以及广大的仁人志士为华夏民族的新生谱写的慷慨悲凉、昂扬奋进之曲，从而为新中国的诞生论证了历史逻辑性；而本时期的中国当代文学史就通过展示新的文学史概念、新的作家作品、文艺方针的选择与阐释来展示新的国家性质、新的政治制度、新的人文风貌、新的理想国民，以此确保所有国民对其保持高度的认同感与坚贞不渝的忠诚度，并确信新中国具有无可怀疑的合法性。可见，文学史的书写与民族国家的新生互为因果，新的民族国家创造了新的文学史书写，新的文学史书写构建了新的民族国家意识。上述文学史述史情节基本上是 20 世纪五六十年代中国文学史撰写的共有主题，文学史文本的情感基调也大致如此，文学史观基本上是左翼文学史观。

"文革"之后的新时期，文学史编撰出现了新的述史情节。本时期的文学史叙事具有的重要功能是：对"文革"期间的文学史评价"拨乱反正"，为"新时期"新任务提供合法性论证。一切从实际出发，理论联系实际，实事求是成为新的史学中心话题。中国古代、近代和现代文学史开始放宽文学史评价标准，将原来被遮蔽的作家作品予以了发掘。叶剑英在国庆三十周年的讲话②、1981 年 6 月 27 日中国共产党第十一届中央委员

---

① 转引自李杨《文学史写作中的现代性问题》，山西教育出版社 2006 年版，第 120—121 页。
② 叶剑英：《在庆祝中华人民共和国成立三十周年大会上的讲话》（1979 年 9 月 29 日），《三中全会以来——重要文献选编》（上），中共中央文献研究室编，人民出版社 1982 年版。本小节论及《讲话》不再注释，只注引号。

会第六次全体会议一致通过的《中国共产党中央委员会关于建国以来党的若干历史问题的决议》，以及邓小平在第四次文代会上的祝辞等，对新中国三十年的历史进行了非常细致的历史分期并给以具体的历史评价，这样对中国当代文学史形成了一个权威的历史叙事：新中国社会主义事业在新中国成立初七年取得辉煌成就；随后是开始全面建设社会主义的十年，这里有挫折，但仍取得巨大成就；此后的"文革"十年是全面错误的内乱；在 1976 年开始了新时期，在新时期的头两年里，我们取得了成绩，但是由于领导人的"左倾"政策，使得我们的事业受到了阻碍；1978 年我们成功召开了十一届三中全会，终于打通了前进的航道，正在走向胜利。这种历史叙事是新时期以来的中国现代文学史的共同叙事情节。

正是因为中国现代文学史述史情节始终有新中国和新时期两种政治话语的规定，所以其文学史分期始终都是在 1917 年的新文化运动、1919 年的五四运动、1949 年的新中国成立、1976 年"文革"结束这几个时间界址上打转。而最近的一系列探索——将中国现代文学的起源前伸至晚清，或者确立在中华民国的成立，或者将中国当代文学的起源从 1942 年延安文艺座谈会予以书写，或者从 1945 年抗战结束之后论及，等等——都是希望在原有政治时间的起止上获得突破，以此获得文学史自身历史演变的时间节点，从而完成文学史叙述的独立性。但是这些努力收效甚微，一方面是因为文学史与政治史、社会史本身就有着剪不断理还乱的恩怨情仇，单单梳理出文学史单独发展的时间链条何其难哉；另一方面现实政治力量也不会允许太过"离谱"的时间分割，文学史编撰不仅是文学史书写者的个人行为，还具有国家知识体系建构与民族国家想象的功能，怎么能全由一帮书生任性而为？

其实文学史编撰者还没有意识到"新时期"文学史述史情节存在的多种弊端：其一，忽视了"十七年"文学的成就。在 20 世纪 90 年代之后的代表性中国当代文学史中，洪子诚的《中国当代文学史》①述史情节主要是"一体化"的形成及消解，上编严格地按照中心叙事进行，说主流，谈异端，论及被排斥的文类及受批判的作家命运，展示了新中国成立后主流的当代文学如何逐渐走上舞台，独霸文坛，逐渐极端，走向"文革文学"，直至"文革"文学巅峰。而在下编展现了这种"一体化"格局

---

①　洪子诚：《中国当代文学史》，北京大学出版社 1999 年版。

的逐渐消失。而陈思和的《中国当代文学史教程》①的文学史述史情节则是从"共名"走向"无名",他认为1990年前的文学都是"共名"状态,而在1990年后则是一种"无名"状态。二者的价值判断中都有着由差向好的转变逻辑,实际就是新时期述史情节的变形,而"十七年"文学的成就以及其在现代中国文学史的意义则不被注意,甚至成了负面形象。其二,"新时期"文学史述史情节不能涵盖中国台湾、中国香港、中国澳门地区的文学成就。因为"新时期"所指时间是十一届三中全会之后,这本是一个政治时间在文学史上的挪用,这一述史情节的中心主题是十一届三中全会之后文学取得了大发展。而大陆外的这三个区域也是中国领地,这三个区域的文学发展不能按照这个时间节点被这一中心主题所演绎。其三,"新时期"文学史述史情节不能传达出中国文学、文化的继承创新。中国文学、文化的发展归宿一定是在中国传统基础上的创新,既海纳百川接受全世界先进文化的丰富营养,又能守中持平继承中国灿烂悠久的历史文化。如果单单强调新时期之后的文学、文化就一定超越此前的文学、文化,这必定有着简单化、情绪化的因素包含其中。

　　所以,笔者倒认为与其在时间节点上孜孜不倦废寝忘食,还不如在述史情节上下功夫。在原有时间节点上,改换叙述详略及段落安排叙述新的故事情节。更具体一点就是,我们现在要超越"新时期"叙事情节,叙述"新世纪"文学史情节。而"新世纪"述史情节的核心关键词就是"中国梦",也即"中华民族的伟大复兴"。这一述史情节当然有紧跟现实政治的一面,但是好的政治叙事可以带来文学史研究及编撰的更新繁荣,前面的"新中国"与"新时期"述史情节无不如此。更重要的是这一述史情节正好破解"新时期"述史情节的几个弊端。其一,重审"十七年"文学的成就。"十七年"期间众多出版社的建立,识字率、入学率的大幅度提高,报纸杂志的喷涌增长等多方面成就,促成了全国统一读书市场的形成。而大众文学读物,如革命英雄传奇、农村土改小说等的流行普及使得工农兵能够广泛阅读或者听取(广播)文学,无形中使得大众的民主意识得到提高。还有各个少数民族文学迅速发展更是中国历史上从未有过的成就。其二,各个少数民族、中国港澳台地区都是中华民族,都可以纳入这一文学史述史情节中予以书写。而国民党文学、移民文学等都可以在

---

① 陈思和:《中国当代文学史教程》,复旦大学出版社1999年版。

中华民族的名义下进入到文学史中，于是文学史涵括的地域、族裔、阶级、政党等等更加广阔，包容性更强。其三，中华民族的复兴，既是民族的"复"，又是民族的"兴"，这提供了新的价值判断标准，也提供了未来新的美好愿景。在价值判断上我们可以重新反思"五四"对传统文学、文化的意义，再度判断先锋文学的意义，而对其他"旧"文学也会多了一种同情。可见"新世纪"文学史述史情节具有更包容的胸怀，也具有更美好的远景，同时也具有更辩证的评价标准。

中国本土的学者只有在资料库建设、当代文学历史化、文学史述史情节上予以创新，才能在日趋激烈的"全球化"中国现代文学研究及文学史编撰中抢占先机，才能在与异域学者的竞争中扮演好议题设置的主人翁角色。否则我们就只会随着外域之风而摇摆起舞，但不知道风向哪一个方向吹，从而在本国文学研究及文学史编撰中丧失话语权。

第三节　"全球化"研究业态中的立场与愿景

做好资料库提供给全球中国现代文学研究及文学史编撰者使用，及时将当代文学历史化、塑造具有广泛包容性的中国现代文学史述史情节，这是对中国本土学者提出的希望，而作为全球学者来说，笔者也认为有些共同的价值观来信奉，那就是注意到中外文学比较中的起点和落脚点，多用理解而少估价的方式，再就是坚持各自的主体性，力争形成中国现代文学研究学派竞荣的研究态势。

一　中外文学比较中的起点和落脚点

中国现代文学的发生、发展以及成熟，无不与外国文学有着千丝万缕的关系。正如斯洛伐克汉学家马利安·高利克所说"20世纪的中国文学如果脱离了西方语境就无法被理解"[①]，所以，中国现代文学史撰写必须正视西方文学的影响，这是书写该时段文学史之时必须面对的问题，但是用什么样的心态、立场以及方法原则来叙述却是我们文学史撰写者需要慎重对待的。

---

　　① 转引［德］顾彬著《二十世纪中国文学史》，范劲等译，华东师范大学出版社 2008 年版，第 30 页。

其一，应该以平等交流的心态进行文学比较。文学、文化以及科技的相互交流，这在不同民族国家、不同时代环境之下都是普遍存在的。中国文学历史上对亚洲国家乃至全球文化都曾有着重大影响，而在近代以来开始向西方学习，这是不争的事实。这种文化、文学以及科技的相互学习是人类不断向前，各个民族不断更新的文化战略以及具体措施。从历史的长时段来说，人类的相互学习是每个民族国家都必须经历的过程。所以说，对于去当学生的民族国家来说，他们去学习异国异族文化并不是羞耻之事，而应该是本民族国家的英雄和先锋人物；而对于被学习处于老师地位的民族国家来说，也不应该"恃才傲物"，大有"老子天下第一"的心态，而应该明白，在历史的长河中，每个民族都或有当老师或当学生的时代。

只有以这样的心态去书写文学史，我们才会正确书写鲁迅、郭沫若、茅盾等等文学大家曾经对异域文化的借鉴，而不是为尊者讳，百般掩饰这段学习经历。但是，对于一些曾经是乃至现在还是被学习对象的民族国家的文学史撰写者来说，也没有必要故意夸大这种老师的权威与尊严。时时刻刻强调你们向我们学习，就是我们什么都比你们强，在人格尊严上蔑视学生的求知欲望，这就漠视了学术求知的真谛。这方面曾经的榜样，应该是鲁迅在日本仙台的老师藤野先生，他拥有以先进文化、科技能够流布全球，推动整个人类前进为己任的胸怀，所以他活在了所有中国人的心中。

其二，学习影响不能忽略作家个人的作用。很多文学史在书写作家对外来文化的学习之时，总是以一对一的影响模式来描述作家作品的内容与形式。这是僵化的将作家当成容器的文学史分析。因为作家在学习外来文化、文学之时，肯定不只是受到一种文化、文学的影响，在他的学习过程中，应该是多种文化、文学因素的相互激荡，然后才焕发出属于他自己的创作个性以及作品风格。文学史在书写作家对异域文化接受之时，就要考虑到这种复杂性，有时作家是受到多种外来文化影响，有时是传统与外来的双重影响，有时是对外来文化的误读、扭曲乃至错误的解读下予以接受。

不能忽略作家个人的作用，也意味着不能忽略作家的创新。例如大家熟知的鲁迅的《狂人日记》，就受到过尼采超人思想的影响，还有果戈理的《狂人日记》的影响，但是鲁迅还有着他个人的影响，他个人的创新，他不是将尼采和果戈理两人的东西东拼西凑予以剽窃，而是在融化二者之后，在结合自己对中国封建礼教的认知之后创作出一个新的"狂人"。如果在分析鲁迅的《狂人日记》之时大量篇幅在阐释尼采以及果戈理恐怕是本末倒置了。所以，文学史在书写作家受到的外来影响之时，要知道外来文化不会是直接倾倒进作家大脑之后，就如生产线开始工作，最后产生作品，而作家的创新性才是我们比较各种"影响"之后关注的重心。

其三，尊重各个民族文学的独特性。书写中国现代文学史需要考虑作家作品对外来文化的影响，但是不能将其书写成 20 世纪外国文学传播影响史，也就是要考虑到中国文学史是有着自己的发展渊源及流动趋向的。因为"一个民族的诗在历史过程中有一种继续不断的日渐发扬光大的生命，后一阶段的发展总是建筑在前一阶段的基础上"①。中国现代文学借鉴什么样的作家作品，在什么时段借鉴，不是没有自身的选择、鉴别的，这离不开它自己的发展内驱力，中国文学自身的接受语境及民族文化深层结构潜在地作用于这种影响。

尊重各个民族文学的独特性，还指东西方文化的彼此尊重。因为"东边的景致只有面朝东走的人可以看见，西边的景致也只有面朝西走的人可以看见。向东走者听到向西走者称赞西边景致时觉其夸张，同时怜惜他没有看到东边景致美。向西走者看待向东走者也是如此。这都是常有的事，我们不必大惊小怪。理想的游览风景者是向东边走过之后能再回头向西走一走，把东西两边的风味都领略到。这种人才配估定东西两边的优势"②。这就告诉我们西方学者不能高高在上，傲视群雄，东方学者也不能天朝上国，以己为中心。在尊重彼此文化、文学独创性的基础上，再来书写中国现代文学与其他文化、文学的关系。

夏志清和顾彬在他们的文学史编写中都注意到中国大陆文学与西方文学的对话，这无形中使得他们的文学史编写带有比较文学的影子。但是这两种形式层次有高低，境界有优劣。顾彬的文学史在书写中西文学对话之时，总是从中国文学中寻找西方文学的影响。对那些中国传统文化继承、吸收得好的作家评价不是很高，这与他是西方人不能完全领会中国文化艺术魅力并以西方文学为标准有关。而夏志清作为熟谙中国文化、文学传统的美籍华人，他的小说史是为了更好地向西方文学界介绍中国文学而使用

---

① 朱光潜：《朱光潜全集》第 10 卷，安徽教育出版社 1987 年版，第 53 页。
② 朱光潜：《朱光潜全集》第 3 卷，安徽教育出版社 1987 年版，第 346 页。

一种比较性的文学介绍，他的中西对话是一种平等的交流。因为中国大陆的作家作品在国外相对来说较少，文学史为了更好地让外国人对中国大陆的文学产生兴趣，并理解中国文学，他时刻将中国大陆文学的故事情节、人物形象以及艺术风格等等用西方读者熟悉的作家作品去比较而进行介绍。

我们要倡导夏志清的文学比较模式，以中西文学比较、对话的视角去编撰、阐释中国现代文学史。但正如顾彬所指责的，因为"中国的文学批评通常缺乏足够宽的阅读面和相应的外语知识。探测现代中国文学的深层的任务，往往就留给了西方文学批评"①。顾彬的话是值得我们思考的，中国文学教育体制中，学科划分过于狭小，导致外国文学与中国现当代文学隔阂较大，这使得中国现代文学专业的研究者对西方文学研究不够，因此不能中西贯通来研究20世纪中国文学史。尽管中国现代文学史编撰需要中国人自己的编撰原则，不能围绕外国人的指挥棒转，② 但如何平等交流，以比较文学的视野撰写中国现代文学史仍是中国本土文学史家面临的一项艰巨任务。

二 尊重理解中国政治

前述笔者论说了中西文学比较要用对话的视角去阐释现代中国的文学，实际上就是要求外域学者尊重中国的文学价值标准与西方有着不同之处，中国读者的爱好兴趣也与外域读者有着不同的偏好。对中国政治的尊重理解也是如此，每一个国家的政治制度一定是与这个国家历史传统有关，也与这个国家的现实选择有关，全世界没有最好的国家政治制度，只有最适合他们本国人民的政治制度。我们强调外域学者要尊重中国的政治制度，是因为中国现代文学的历史发展一直是与中国政治发展紧密相连的，如果不联系中国的政治历史发展，就只能就文本来谈文本，就文学来谈文学，而不能解释文学史为什么如此发展。笔者认为尊重中国的政治表现在以下几个方面。

首先，域外学者应该尊重中国共产党的领导及社会主义制度。中国共

---

① [德] 顾彬著：《二十世纪中国文学史》，范劲等译，华东师范大学出版社2008年版，第112页。

② 唐弢：《既要开放，又要坚持原则》，《文艺报》1983年第8期。

产党能够在国共相争处于劣势的情形下获得全国政权，这绝不是侥幸，也不是偶然，这中间一定有着历史发展的必然性，这是所有历史力量较量之后最合适的结局，不然新中国成立之后就不会获得全国人民的拥护，而中国现代史上的那么多著名作家、活动家、科学家都不会甘愿留在新中国。所以我们的文学史撰写要尊重历史，承认这个政党所获取的人民拥护。而就中国的社会主义制度而言，外域学者也必须承认中国人民在社会主义制度下所获得的成就。在新中国成立之后的"十七年"，我们从无到有建立了比较完备的现代化工农业体制，入学率、识字率、平均寿命、新生儿存活率等等都有了显著提高；在改革开放后的三十年，我们的成就更是有目共睹的，人民的生活有了飞跃进步。所以外域学者要尊重我们的执政党，同时要尊重我们的社会主义制度，有了这种尊重之后，我们的学术研究才会有交流对话的平台和情感基调，而更长远的合作及学术发展才具备坚实的基础。

其次，域外学者应该尊重中国的领土完整。中国至晚清之后，就面临着国土分割的历史，而中国香港、中国台湾、中国澳门都被分离出去，今日仍有中国台湾还没有与大陆统一。可敬的是很多外域学者在编撰中国现代文学史之时，都是将这些地域与中国大陆编织在一起，这就表明他们是认可中国对这些地区具有主权的，而且他们也承认这些地区与中国本土同属一个国家。这就是尊重中国领土完整的最佳表现。

最后，域外学者应该尊重中国曾被凌辱的历史。中国在历史上经历过的最大一次侵略应该是日本帝国主义对中国的侵略。但是如何看待中国曾遭受过的侵略？大部分外域学者都能予以同情性理解，但是部分学者的研究却让我们感觉到不舒服。他们会研讨在日本侵华时期，例如在侵占东三省之际，伪满洲国获得了经济的大发展，而伪满洲国的部分日本作家也竭力是想发展真正的文学；同样的理由，他们会探讨在日本侵占中国台湾之际，使得中国台湾的经济、教育得到发展，而文学也有所进步，其中日据时期的日语文学更是成就可观。这些研究可能包含着历史真实，但是这些历史真实只是局部的真实，只是细枝末节的真实，在这些真实之上还有着更多更宏观的真实，那就是殖民者侵略了中国领土，亿万人民生活在异族入侵的统治下，其精神上的痛苦是无法形容的。而从学术研究的伦理学上来看，该种研究思路违背了诗性正义的伦理观念。玛莎·努斯鲍姆（Martha C. Nussbaum）曾指出，文学，尤其是小说，能够培育人们想象他者与去除偏见的能力，培育人们同情他人与公正判断的能力。正是这些畅想与同情的能力，最终将锻造一种充满人性的公共判断的新标准，一种我们这个时代急需的诗性正义。而上述研究思路以部分真实掩盖着侵略本身的罪恶，从而混淆了正义的标准，因为物质上的繁荣和侵略者再美好的愿望都不能掩盖一个事实，那就是侵略者对中国进行侵略的本身野蛮。

笔者这里谈论的域外学者对中国政治的尊重并不是说我们本土学者讳疾忌医，愿意粉饰我们的缺点，不愿意域外学者对我们的缺憾进行诤友似的批评，而是说批评有多种，有善意的批评，有发自内心愿望希望中国进步的批评，也有高高在上强求一致的批评，甚至还有肆无忌惮混淆黑白的批评。我们需要的是建设性的、尊重我们的批评，并且欢迎这种批评。

三 坚持各自的主体性 多种学派竞荣发展

《现代汉语词典》对学派的定义进行了言简意赅的阐释，认为学派就是指："同一学科中由于学说、观点不同而形成的派别。"而学派所具有的特征，刘大椿也曾经予以明晰："任意考察一个学派，总能发现，其中有某种共同的学术思想、学说与方法，它们为该学派所有的科学家所遵循；并且有某个（或几个）科学家被公认为权威——共同的学术大师，作为他们的核心。"[1] 具体到全球中国现代文学研究及文学史编撰，我们会发现也存在不同的学派，如捷克普实克建立起来的"布拉格学派"、夏志清建立的英美批评学派、德国的"波恩学派"和日本的东亚意识学派。

捷克布拉格汉学派是由雅罗斯拉夫·普实克（Jaroslav Prusek，1906—1980 年）创建的。普实克是一位马克思主义者，他强调文学与社会的密切关联，他不仅要求将独特的文学现象或某一时期的文学置于文学自身历史发展演变的宏观背景中进行考察，从而勘定其在文学史长河中的价值与地位；而且他还要求文学研究者能够注意到社会历史与文学实践的相互作用，注意文学史与社会史的相互联系。普实克从文学史和社会史的角度来研究中国现代文学，我们看起来非常熟悉，因为在新中国成立之后的中国学界这种研究方法早就风行一时，而现在大家却已不再热心。但是普实克的高明之处在于他不是僵化地利用马克思主义文学研究方法，来达到一个固定的政治目的，他相信文学与自然科学别无二致，同样有着变化

---

① 刘大椿：《科学活动论：互补方法论》，广西师范大学出版社 2002 年版，第 229 页。

消长的规律。文学研究的目的就是以一种科学主义的精神去发现这种规律。另外，普实克还是一位开放的马克思主义者，他在文学研究的工具上远比庸俗马克思主义者更为繁富，他早年曾对俄国形式主义和布拉格结构主义理论有着认真研究，而这两种文学理论也直接形成了布拉格学派的理论框架，而中国现代文学的语言、风格、叙事策略、类型转换等等也由此得到了重新关注。正是因为普实克将马克思主义文学观与结构主义美学予以相互融合，他发现了中国现代文学具有抒情性与史诗性交融的特征，而这也在一定程度上将科学主义与人文主义进行了交融。①

夏志清与普实克不一样，他是人文主义者，他撰写的《中国现代小说史》秉持着对欧美人文主义和形式主义批评的信念，对现代中国小说的流变和意义进行大胆论断，并坚持运用比较文学的眼光，对鲁迅、沈从文、张爱玲、钱锺书、张天翼等人的文学史价值予以了重估，并批评了整个中国现代作家不像陀思妥耶夫斯基、康拉德、托尔斯泰和托马斯曼那样去探索现代文明的病源，而是非常关怀中国的问题，无情刻画国内的黑暗和腐败。这是中国作家的文学政治症候群，也是现代中国文学感时忧国的精神。也正是在夏志清的带领下，英语国家在 20 世纪六七十年代迎来了一个作家研究的热潮，我们可以命名为英美批评学派。

普实克和夏志清二者之间的不同，不仅是二者文学理念本身的迥异，也是当时冷战格局中政治意识形态的对峙，由此必然引出了学术争论。实际上普实克理论资源来自于欧陆的布拉格学派和马克思主义理论，而夏志清的背后则是英美自由主义的"新批评"和利瓦伊斯"伟大的传统"观念。可见这二者各有自己的文学史观念，各有自己思考问题的出发点和理论推演的路径，并且都是以自己所持文学史观为绝对真理，并以此拒斥对方的文学史观。②

德国的"波恩学派"是德国的汉学研究代表，其以德国波恩大学为中心，主要创建者是特劳策特尔（Rolf Trauzettel），成名于 20 世纪 80 年代。这个学派主要研究中国古代文学、哲学，也旁涉中国现代文学，例如特劳策特尔的弟子顾彬在中国就以研究中国现代文学著称。顾彬曾经撰文

---

① 刘云：《普实克中国现代文学研究的科学主义倾向》，武汉大学 2014 年比较文学与世界文学博士学位论文。

② 陈国球：《"文学批评"与"文学科学"——夏志清与普实克的"文学史"辩论》，《北京大学学报》（哲学社会科学版）2011 年第 1 期。

谈到了波恩学派的研究方法和理论资源，他认为波恩学派中特劳策特尔以及他的学生克维林（Michael Quirin）和默勒的思想与美国学派有着显著的不同，他把巴瑞（William de Bary）、杜维明和梅茨格（Thomas Metzger）算作"美国学派"的代表。美国社会科学"促使人们以译文而不是以原著为基础，到处去寻找并发现相同的事物。与此同时，它使人们忽视：一切事物拥有自己的历史，拥有应该慎重对待的、各自不同的、错综复杂的历史"。波恩学派"他们反对那种在一切文化中寻找同样东西的普遍主义思想。像特劳策特尔那样，他们坚定不移地证明中国有自己独特的思想。他们认为：如果因为中国的思想不同于欧洲的思想，就认为它不如欧洲的思想有价值，那么实际上是把欧洲的价值体系看作世界普遍通行的唯一价值标准。如果从只有一种理性主义、一种伦理学、一种人权等等出发的普遍主义概念来看中国，表面上是把中国放在与欧洲同等的层次上进行比较，实际上中国却为此付出了高昂的代价"①。听到顾彬所论说的波恩学派，我们自然会发现比较文学的真谛，但是就中国现代文学研究及文学史编撰来看，我们还没有看到这一学派具有影响的学术著作，还有待更多的翻译来完成该项工作。

而就日本的汉学界来说，或许竹内好所代表的中国现代文学研究及文学史编撰也应算一派别。"竹内的中国论，比起论述中国本身来更倾向于论述日本，如果不惮言过其辞的话，则是首先批判日本文化、社会的近代主义，然后作为相反的一极而设定中国。十分微妙，有时候在知道这个中国论与现实中国有脱节的基础上，毋宁说是有意识地将它当成一种方法；但若有时这一方法意识未得到贯彻，设定的'像'处于独立运行状态的情况也不是没有。"② 竹内好除了对日本的文化进行了反思性批判，他还进而对中国—亚洲的现代性进行宏观整体的探索。可见竹内好所开启的这一学派在于将中国现代文学研究与日本、中国乃至亚洲的现实问题、思想困境与文化出路予以结合，从而展现了后发现代性国家中思想者自强自立的精神风貌。

但在中国文学研究界，只有比较文学研究界对比较文学"中国学派"

---

① ［德］顾彬：《略谈波恩学派》，《读书》2006 年第 12 期。

② ［日］丸山升：《鲁迅·革命·历史》，王俊文译，北京大学出版社 2005 年版，第 346 页。

反复辩论不已①，而中国现代文学研究及文学史编撰发展到今天，依然可以听到"中国现代文学研究至今无学派"②的断语，这不能不让我们有所反思。其实就中国现代文学研究及文学史编撰来看，有很多可能形成学派，或者是已经具备了学派的雏形。例如就中国现代文学研究而言，就有不同的研究路数，第一种是作家参与研究和批评的路数，他们大多注重文学创作中的问题，注重文学艺术的内在本质要求。例如早期新文学研究中茅盾、朱自清等人就是作家兼批评家，特别是茅盾在他专力于文学创作以前，有十余年之久致力于新文学理论建设和文学批评实践，新中国成立以后又基本中止文学创作，主要从事文学批评工作，建立了他自己独有的批评范式。第二种应该是作协批评和中国社会科学院文学研究所的研究传统。这一批评传统在中国当代文学研究中特别明显，这应以周扬、张炯等人为代表。他们的批评非常强调政治性、人民性，注重与意识形态合拍。他们也注重文学史书写，周扬在几次文代会上的讲话直接影响着中国当代文学的撰写模式和价值判断。而张炯本人更是主编过多种类型的中国当代文学史。这类研究模式的理论资源比较单一，但是关注面比较宽泛，特别是注意到不同民族作家作品以及工农兵创作情形。第三种应该是学院派研究和批评模式，以大学教授为主体，王瑶、洪子诚、陈平原等人为代表。这类研究注重中国现代文学研究的知识性积累，重视知识体系的建构，历史规律的总结归纳往往成为他们的主要任务。而研究方法和理论资源则较为多样。这里对这三种模式的划分只是一种粗略大致的分类，它们之间有时也有许多的交集，但是从研究心态、行文风格、理论资源等方面来看，差异也是比较明显的。

在中国当代文学中，这三类研究模式有此起彼伏的消长模式。例如在新中国成立初期，应该是作协模式占主体，作家兼批评家模式为辅助，学院模式只能亦步亦趋不敢逾矩半步。新时期之后，我们看见作家兼批评家模式已经式微，二者之间甚至已经有了井水与河水的区别，作协模式也已趋于消亡，学院批评则后来居上一统三国。这从主要的文学批评、研究杂志上就可以看出，大量的批评研究文章都是大学校园批评家、学者撰写，

① 曹顺庆：《比较文学中国学派的渊源》，《求是学刊》1995 年第 5 期；王向远：《"阐发研究"及"中国学派"：文字虚构与理论泡沫》，《中国比较文学》2002 年第 1 期。

② 冯光廉：《中国现代文学研究至今无学派》，《中国社会科学报》2014 年 8 月 1 日。

而作家最多只能谈谈自己的创作感受，很少谈论自己和别人创作中的艺术成就。而作协批评更是少见其踪影，作协现在就是文学活动的组织者和协调者。这样看起来是学院批评取得了胜利，实际上也使得学院批评走向了封闭，而整个中国现代文学研究及文学史编撰就多了僵化之感，而少了灵动、泼辣的鲜活之气。

而就全球性的中国现代文学研究来说，在 20 世纪 50—80 年代，就形成了具有中国特色的中国现代文学研究学派，只不过这种学派的研究特色过于"左"倾，也过多带有"政治性"，以致发展到后来的"文革"，文学研究和文学史编撰完全成了阶级斗争的工具。笔者认为"十七年"的文学批评最重要的特色就是为政治服务，意在通过文学创作、文学研究及文学史编撰塑造新中国社会主义的民族国家想象。其实这种思路并没有多大的错误，正如有人说过，所有第三世界国家的文学创作都是"民族寓言"，我们完全没有必要予以掩饰。但是我们得承认当时所要服务的"政治"划定的范围太过狭小，所要求的功效太过迅捷和直接，最后竟然变成了为政策服务。新时期之后，中国这一个古老的国度，这一个欠发达的发展中国家，正在迈步向现代化进军，这样的格局下必然要求相应的文学创作、文学研究和文学史编撰，但是我们的文学研究完全走出了"十七年"文学为政治服务的格局，没有吸纳"十七年"文学研究和文学史编撰中的有益因素，而倡导完全"纯文学"的文学创作、文学研究和文学史编撰就有了矫枉过正的嫌疑，这就忽视了最大的"政治需要"，于是随之而来的就是 20 世纪 80 年代末的局面。

20 世纪 90 年代之后，随着世界冷战局面的结束，中国开始实施市场经济，文学与政治的关系更见疏离，从 20 世纪 80 年代就有的西方各种文学创作、文学研究和文学史编撰的理论纷纭而来，中国学者由开初的艳羡，然后是追随拥抱，最终我们实现了眼下这种"全球化"的研究格局。但是中国学者自身的特色和话语权却已经或正在消散，未来的中国现代文学研究及文学史编撰的中国学派的建立，一定要知道我们从哪里来，我们到哪里去，我们是谁这几个问题才能予以建构。也就是要站在中国当下现实的背景中，清楚我们仍是发展中国家，我们国家的现状还处于前现代、现代和后现代多种复杂交错的情态，明了中国 19 世纪、20 世纪以来的民族国家命运，懂得我们最终的目的是实现中华民族的伟大复兴，只有在这一过去、现在、未来的时间链条中，我们才能真正懂得我们的文学创作、文学研究及文学史编撰所要回答的问题，所要完成的宏大叙事。只有这样，中国本土与其他国家、地区的中国现代文学研究及文学史编撰才会卓然有别、分庭抗礼而又互通有无。

如果说这是建立中国学派的大前提的话，那么笔者认为对"文学"、"现代文学"及"中国现代文学"这些概念有着新的认识，是形成中国学派的中国现代文学研究及文学史编撰的小前提，而独立的价值标准则是创建中国学派的重中之重。

众所周知，中国现代文学的研究基本上就是按照西方的"文学"、"现代文学"的概念来定义"中国现代文学"，并大量借用西方的文学理论来对这种"中国现代文学"进行研究，那么结论自然是西方文学研究所能得出的学术研究结果，而文学史编撰就是无数这样的学术成果的缩减或者说凝练。也正因为如此，当下这种"全球化"的中国现代文学研究及文学史编撰的格局才能形成。所谓"全球化"格局，实际上就是"西方化"，将中国现代文学用西方的方法、理论来进行一番解释，从而达到与"国际"其实也就是"西方"接轨的效果。也正因如此，我们面临着自己的文学历史，却丧失了阐释注解它的能力与工具，与西方学者说着类似的话，而"中国"特色却不能从我们的学术活动中呈现出来。

首先，我们来看"文学"这一概念。我们都知道中国古代的"文学"概念比较宽泛，既包含韵文又包含散文，其中有抒情叙事之类，也有日常应用之类。进入20世纪之后，中国学者借鉴西方的文学观念开始对中国的经史子集进行挑选，从而编撰中国文学史。这一文学概念现在在文学理论中都已经成为基本定义，即文学是以语言文字为工具借助各种修辞以及表现手法形象化地反映客观现实的艺术，包括戏剧、诗歌、小说、散文等，是文化的重要表现形式，以不同的形式（称作体裁）表现内心情感和再现一定时期或者一定地域的社会生活。将古代中国"文学"的概念予以窄化，是中国文学现代化关键的一步，我们现在没有必要再回到中国古代文学概念上去撰写中国现代文学史。但是我们围绕这个概念的几个关键词还是可以做些文章：以语言文字为工具，那就意味着所有的文字都是可以作为文学工具的，这包含白话文、文言文、汉语、少数民族语言等等；而内心情感就更为复杂，这说明文学不能只表现一种情感，而多种多样的内心情感中应该没有等级差别，也没有一种情感处于最高级别；一定时期和一定地域的社会生活也是同样的道理，只要是存在一定时空中的社会生活都是可以被文学反映的。

其次，我们来看"现代文学"这个概念。前述的文学概念还是比较宽泛，其目的是将文学从法律、历史、哲学这些门类中区分开来。所有的文学都应该被研究，但是研究的人员和时间有限，再加上研究的意义不一样，所以学界在"文学"前面加上了"现代"二字，以此将高质量的文学从众多文学中挑选出来予以研究。这本来意味着应该在白话文、文言文、汉语、少数民族语言中挑选各自最优秀的文学，在各种各样内心情感中选取表达该类情感最成功的文学……但是，我们对这个"现代"归纳得过于严格。王瑶曾对什么样的文学才是现代性文学予以了定义，他强调现代文学的现代性内涵"就是用现代人的语言来表现现代人的思想"[①]，他以"语言的现代性"、"思想的现代性"、"人的现代性"三个层次总结的是"五四"所追求的"现代性"。王瑶当时如此的定义是因为当时的时代需要"五四"精神的再度启蒙，但却造成后来的追随者们将该种定义视为理所当然，于是现代社会中的很多文学成为了不"现代"的文学，或者因为他们不是用的"现代"的白话汉语，或者是因为他们思想上不是强调的个性主义，或者他们塑造的人物不是"现代的人"。所以我们现在要在反思"五四"的基础上继承"五四"，要在继承原有"现代文学"概念的基础上扩展其内涵与外延。

最后，我们来看"中国现代文学"。现代中国作家作品一定体现着中华民族的民族特色，这表现在作品的价值观念、文体样式、风格特征等方面。中国民族文学中一直存在着载道文学，文以载道的观念源远流长，姑且不论这种文学观念的优劣何在，但是在中国文学历史上的确存在，并且读者众多，很有市场。而且这种文学作品在特定的历史情境中还起着不可忽视的政治、经济、文化的作用。例如新时期之初的伤痕文学、反思文学与改革文学，在目下的文学史著中很多文学史家对其鄙薄不已，将其予以简略化书写。但是这些文学作品在新时期初曾有的强大的思想解放的意义，应该是我们文学史家值得重视的。再如中国传统文学诗词中常常注重意境的塑造经营，这种文学精神在中国现代的小说中也有类似之表现，这

---

① 王瑶：《在东西古今的碰撞中——对五四新文学的文化反思》，转引自杨联芬《晚清至五四：中国文学现代性的发生》，北京大学出版社 2003 年版，第 4 页。

种传统文学手法、精神的继承应该在我们的文学史中予以凸显。例如郁达夫、废名、沈从文、汪曾祺、孙犁等人在传统文学精神继承上所做出的贡献应该是值得强调的。这还应该体现在中国文学的种类上。我们本民族的旧体诗词、文言小说、传统戏曲在"五四"之后相当长一段时期都还存在，并得到了持续更新的发展，但是文学史著中很少予以书写。由于中国现代文学史的前身就是"新文学史"，一个"新"将很多文学现象列入了"旧"，并由此取消了它们进入文学史的权利，这是不吻合历史学家历史精神的。这些"旧文学"在精神实质上也许并不旧，如果我们力求全面真实地反映历史真相，我们应该将这些"旧"文学书写进现代中国文学史中。因为"要研究中国文学，要说清楚中国人的智慧，必须要发现它原创性的东西，要发现那些拥有文化专利权的东西"①。而旧体诗词、文言小说、传统戏曲也许正是我们拥有的"文化专利权"。

体现在作家上也不一样。"由于西方古典哲学和基督教都把超世间和世间清楚地划分成两个领域，西方知识人一直到现代都不免有一种偏见，认为知识人的本分是维护永恒的价值，而不应卷入世间的活动，特别是政治活动。"但"中国知识人自始便以超时间的精神来过问世间的事。换句话说，他们要用'道'来'改变'世界"。即"救世"与"经世"，这都是'改变世界'的事"。"所谓'救世'或'经世'也有正面和反面两种方式。正面的方式是出仕；但出仕则必须以'道'是否能实现为依据。"、"'改变世界'的反面方式则是对'无道'的社会加以批评……可以根据最高的理想——'道'——来判断世间的一切是与非。社会批判（social criticism）至此才完全成立……"② 一句话，中国知识分子可以参与政治并维护正义和真理，也可以如西方的知识分子那样提倡做社会的良心，做社会的批判者，与政治保持间距。但是中国学界往往只信奉西方知识分子的定位与角色认同，如萨义德的《知识分子论》③ 受到热捧，并进而以此来思考问题，而忽略了中国知识分子还有从政以实现"道"的理想。正因为这种忽略，直接导致学界对一些知识分子参与政治，乃至对一些政治性文学的偏见。例如对周扬、茅盾、邓拓乃至姚文元等文人参政以及新中

---

① 杨义：《重绘中国文学地图通释》，当代中国出版社 2007 年版，第 58 页。

② 余英时：《现代危机与思想人物》，生活·读书·新知三联书店 2012 年版，第 15—21 页。

③ ［德］萨义德：《知识分子论》，生活·读书·新知三联书店 2005 年版。

国之初大量作家对新生政权的拥护等现象的理解都不是从中国式知识分子的角度予以同情性理解。

强调现代中国文学具有民族特色，并不是说这种传统就不是现代的，而是说其是现代与传统的融会。中国传统社会并不是僵化停滞的，而是正在向现代性转型。而且这种现代性首先是在借鉴西方现代性的前提下进行的。例如自由、民主、科学、博爱等等，自然应该是我们现代中国文学应该具有的特征。但是，这种普世性的现代性特色不是孤立的存在，而是作为一种人类文学的共性附着在中国民族特色文学的个性之上的。普世性的现代性是所有民族文学的共性，而中国特色的民族性是一种个性，共性是在个性基础上的共性，个性是体现了共性的个性。正如王德威身为旁观者所具有的"清醒"提醒我们的："文学现代性是否必须按照特定历史时间表依序进场候教？现代性是否可能有一种品牌、来源及出路？现代性的'意识'甚至意识形态是否有如神谕，只能由图腾式的作家或作品（或国家领导人或西方理论大师）说了算？还有文学的（形式）现代性是否需要社会、历史的（实践）现代性来决定？我们学界的一支一方面高谈'一切历史化'，一方面将文学史神话化，已是一种奇观。"①

可见，中国学派的中国现代文学研究及文学史编撰要从根源上重新认定我们对于"文学"、"现代文学"以及"中国现代文学"诸多文学概念，发掘出我们自身的文学概念体系与评价模式，建立中国学者自己的中国现代文学经典体系，而不是紧跟着西方文学理论家来随时变更我们的评判模式。例如，中国传统文化中一直对叛徒、汉奸文化嗤之以鼻，清朝撰史还专门以《贰臣传》的形式对那些背叛明朝投靠清朝的官吏予以名节上的贬抑，威武不能屈、富贵不能淫、贫贱不能移，本是中华民族的传统美德，但是当下的中国现代文学研究及文学史编撰中又有多少人贯彻这些最基本的历史原则呢？

总之，在未来"全球化"的中国现代文学研究及文学史编撰中，我们倡导各种学派的创立与发展壮大，并且鼓励各个学派之间相互争论，并协同发展，正所谓一枝独秀不是春、百花齐放春满园，只有学派林立，百

① ［美］王德威：《被压抑的现代性——晚清小说新论》，北京大学出版社2005年版，第2页。

家争鸣才会迎来学术的繁荣与学科的进步，而现代中国文学研究与文学史编撰才会繁复多姿。而对于中国本土的学者来说，在这一百花争艳之际，又如何创建自己的理论学说，自成一家，方不愧这伟大的时代，可说是迫在眉睫的学术任务。

参考文献

1. ［美］韦勒克·沃伦：《文学理论》，生活·读书·新知三联书店 1984 年版。

2. 钱穆：《中国历代政治得失》，生活·读书·新知三联书店 2001 年版。

3. 陈思和：《新文学整体观续编》，山东教育出版社 2010 年版。

4. 吴冠军：《多元的现代性——从"9·11"灾难到汪辉"中国的现代性"论说》，上海三联书店 2002 年版。

5. ［以］S. N. 艾森斯塔特：《反思现代性》，生活·读书·新知三联书店 2006 年版。

6. 杨春时：《现代性与中国文学思潮》，生活·读书·新知三联书店 2009 年版。

7. 杨义：《重绘中国文学地图通释》，当代中国出版社 2007 年版。

8. ［美］萨义德：《知识分子论》，生活·读书·新知三联书店 2005 年版。

9. ［美］王德威：《被压抑的现代性——晚清小说新论》，北京大学出版社 2005 年版。

10. 吴秀明：《中国现当代文学史与生态场》，中国社会科学出版社 2009 年版。

11. 梁庭望、李云忠、赵志忠：《20 世纪中国少数民族文学编年史》，辽宁民族出版社 2006 年版。

12. 黄仁宇：《黄河青山——黄仁宇回忆录》，生活·读书·新知三联书店 2007 年版。

13. ［法］保尔-戴密微：《法国汉学研究史》，中国社会科学出版社 1998 年版。

14. 吴原元：《隔绝对峙时期的美国中国学（1949—1972）》，上海辞书出版社 2008 年版。

15. 张西平、李雪涛：《德国汉学：历史、发展、人物与视角》，大象出版社 2005 年版。

16. ［斯］马立安·高利克：《捷克和斯洛伐克汉学研究》，学苑出版社 2009 年版。

17. 李明滨：《中国文学俄罗斯传播史》，学苑出版社 2011 年版。

18. 熊文华：《英国汉学史》，学苑出版社 2007 年版。

19. 熊文华：《荷兰汉学史》，学苑出版社 2012 年版。

20. 严绍璗：《日本中国学史稿》，学苑出版社 2009 年版。

21. 李庆：《日本汉学史》，上海人民出版社 2010 年版。

22. 何寅、许光华：《国外汉学史》，上海外语教育出版社 2002 年版。

23. 刘正：《海外汉学研究——汉学在 20 世纪东西方各国研究和发展的历史》，武汉大学出版社 2002 年版。

24. 朱政惠：《美国中国学史研究：海外中国学探讨的理论和实践》，上海古籍出版社 2004 年版。

25. 钱林森：《法国汉学家论中国文学：现当代文学》，外语教学与研究出版社 2009 年版。

26. 侯且岸：《当代美国的"显学"——美国现代中国学研究》，人民出版社 1995 年版。

27. 范伯群、朱栋霖：《1898—1949 中外文学比较史》，江苏教育出版社 1993 年版。

28. 周发祥、李岫：《中外文学交流史》，湖南教育出版社 1999 年版。

29. 刘江凯：《认同与"延异"——中国当代文学的海外接受》，北京大学出版社 2012 年版。

30. 张柠、董外平：《思想的时差——海外学者论中国当代文学》，北京大学出版社 2013 年版。

31. ［美］阿诺德·豪塞尔：《艺术史的哲学》，中国社会科学出版社 1992 年版。

32. ［美］昂利·拜耳：《方法、批评及文学史》，中国社会科学出版社 1992 年版。

33. ［美］柯文：《在中国发现历史——中国中心观在美国的兴起》，中华书局 1989 年版。

34. ［美］库恩：《必要的张力——科学的传统和变革论文选》，福建人民出版社 1981 年版。

35. 王钟陵：《文学史新方法论》，苏州大学出版社 1993 年版。

36. 李明滨、陈东：《文学史重构与名著重读》，北京大学出版社 1996 年版。

37. 韩震、孟鸣岐：《历史哲学——关于历史性概念的哲学阐释》，云南人民出版社 2002 年版。

38. 韩震：《西方历史哲学导论》，山东人民出版社 1992 年版。

39. 何兆武、陈启能：《当代西方史学理论》，上海社会科学院出版社 2003 年版。

40. 王晴佳、古伟瀛：《后现代与历史学：中西比较》，山东大学出版社 2006 年版。

41. 李杨：《文学史写作中的现代性问题》，山西教育出版社 2006 年版。

42. 张京媛：《新历史主义与文学批评》，北京大学出版社 1993 年版。

43. 刘禾：《跨语际实践——文学、民族文化与被译介的现代性（中国，1900—1937)》，生活·读书·新知三联书店 2002 年版。

44. 黄宗智：《中国研究的范式问题讨论》，社会科学文献出版社 2003 年版。

45. 顾颉刚：《当代中国史学》，南京胜利出版公司 1947 年版。

46. 陈平原：《中国现代学术之建立——以章太炎、胡适之为中心》，北京大学出版社 1998 年版。

47. 温儒敏：《文学史的视野》，人民文学出版社 2004 年版。

48. 冯林：《重新认识百年中国——近代史热点问题研究与争鸣》，改革出版社 1998 年版。

49. 周策纵：《五四运动史》，岳麓书社 1999 年版。

50. 朱学勤：《道德理想国的覆灭》，生活·读书·新知三联书店上海分店 1994 年版。

51. 刘龙心：《学术与制度：学科体制与现代中国史学的建立》，台北远流出版公司 2002 年版。

52. 陶东风：《文学史哲学》，河南人民出版社 1994 年版。

53. 李剑鸣：《历史学家的修养和技艺》，上海三联书店 2007 年版。

54. 王学典：《二十世纪后半期中国史学主潮》，山东大学出版社 1996 年版。

55. 单德兴：《重建美国文学史》，北京大学出版社 2006 年版。

56. 戴燕：《文学史的权力》，北京大学出版社 2002 年版。

57. 陈平原、陈国球：《文学史》，北京大学出版社 1996 年版。

58. 瞿林东：《中国史学史纲》，北京出版社 2000 年版。

59. 张文杰：《历史的话语：现代西方历史哲学译文集》，广西师范大学出版社 2002 年版。

60. 陈国球：《中国文学史的省思》，香港三联书店 1993 年版。

61. 王晴佳：《西方的历史观念——从古希腊到现代》，华东师范大学出版社 2002 年版。

62. 陈新：《西方历史叙述学》，社会科学文献出版社 2005 年版。

63. 董乃斌、陈伯海、刘扬忠：《中国文学史学史》，河北人民出版社 2003 年版。

64. 徐庆全：《风雨送春归——新时期文坛思想解放运动记事》，河南大学出版社 2005 年版。

65. ［荷］佛克马·蚁布思：《文学研究与文化参与》，北京大学出版社 1996 年版。

66. 陈平原：《文学史的形成与建构》，广西教育出版社 1999 年版。

67. 黄万华：《中国与海外：20 世纪汉语文学史论》，百花文艺出版社 2004 年版。

68. 贺桂梅：《“启蒙”知识档案——80 年代中国文化研究》，北京大学出版社 2010 年版。

69. 杨庆祥：《“重写”的限度：“重写文学史”的想象和实践》，北京大学出版社 2011 年版。

70. 李怡：《现代性：批判的批判》，人民文学出版社 2006 年版。

71. 童庆炳、陶东风：《文学经典的建构、解构和重构》，北京大学出版社 2007 年版。

72. 余英时：《现代危机与思想人物》，生活·读书·新知三联书店 2012 年版。

73. 李遇春：《中国当代旧体诗词论稿》，华中师范大学出版社 2010 年版。

74. 葛红兵：《文学史学》，湘潭大学出版社 2008 年版。

75. ［美］马克斯·韦伯：《学术与政治》，冯克利译，生活·读书·新知三联书店 2005 年版。

做一回"文抄公"又何妨(代后记)

算上这本书，这应该是我关于文学史编撰的第三本书了。在博士论文《中国当代文学史叙述研究》中，我选取的是文学史编撰中的史家立场、叙述声部和述史情节这三个关键概念对中国当代文学史编撰史进行了研究；而在博士后出站报告《现代中国文学整体化历史编撰研究》中，我是以问题讨论的形式对现代中国文学史编撰进行了历史线索的厘清；而在该书中，我是以大量摘引"文抄公"的方式来展示那些值得我们关注的话题，以此来探讨每部文学史著的特征。

这样做的原因不外乎这几点：第一，我认为对台港及海外中国现代文学史编撰史的研究应该注重其资料性。或许多多摘引原有观点，明了其叙述逻辑，展示其论证资料，而不随意取舍枝叶，对读者更为重要。因为现在很多台港及海外的中国现代文学研究成果在学术界都只是听说耳闻，而具体的原文却很难窥见一斑。就笔者而言，收集这些著作也花费了一些时间和精力，还有人民币。如果不大加摘引，不是太"亏"了吗？第二，这样做还因为笔者认为不论是人文学科还是自然科学，很多"错误"甚至是"荒谬"的观点，更能激发后来者的灵感。因为这种"错误"乃至"荒谬"会对我们习以为常的"正确"观点产生一种冲击和颠覆，创新火花由此电光一闪，豁然开朗就会随即而来。所以在进行本书写作时，我坚持的是一种"无原则"的"原则"观。就是不要用一个先入为主的"正确"观点去看待别人的研究成果，而是尽量将那些与当下"共识"不同的认识引入到本书之中，让大家知道在"常识"之外还有一种"非常态"的存在。第三，我还想通过这些文学史著的摘引加上自己的评述，从整体上将该著变成一部多元视域叠加的中国现代文学史综合版，但主观动机和实际效果的差距有多大，读者一看就会感觉得到。正是这三个原因，让我理直气壮地觉得"做一回'文抄公'又何妨"，让各位方家见笑了。

前面我已经说了收集资料的难度，但是本人遇到了贵人相助，所以时常有意想不到的收获。中南财经政法大学的古远清先生，多次询问我的研究进展，而且还帮我联系到唐翼明先生，而唐先生知道我需要他出版的文学史著，也直接予以邮寄。这两位先生的提携帮助为我的研究工作提供了不竭的动力。还有济南大学的刘丽霞博士，当我冒昧地询问素不相识的她有没有明兴礼的文学史著之后，她用快递为我邮寄了其在香港访学之时的复印书籍，让我感动不已。还要感谢吉林大学的朋友们为我的日文、韩文版文学史所做的翻译，辛苦她们了。而孩子他小舅为我从美国寄回几部英语版文学史著，还没有给他钱，这里用一声感谢代替了吧。

本书是 2013 年教育部人文社会科学研究一般项目"台港及海外的中国现代文学史编撰研究"的结项成果，感谢当初评审专家的大力支持，感谢我的老师张卫中教授为此项目申请书提出的建议。还有潍坊学院文学与新闻传播学院尹健民院长、郭顺敏书记、王恒升教授、刘家忠教授等院系领导多年来为我的研究工作提供的种种方便，让我时刻铭记在心。中国社会科学出版社郭鹏编辑的认真态度让我对学术出版有了更新的认识，感谢这位诤友！

我的妻子欧阳梦为我的科研工作付出了许多，还有我刚上初中的儿子张阳一鹤，他面对如此之多的试卷、作业都能坦然自若，如此风范值得我学习。让我们一起奋斗，为我们共同的梦想！

张军

2015 年 6 月 23 日于潍坊